o tempo redescoberto

marcel proust
em busca do tempo perdido
volume 7
o tempo redescoberto
tradução lúcia miguel pereira

revisão técnica guilherme ignácio da silva, henriete karam,
regina salgado campos e olgária chain féres matos
prefácio e resumo guilherme ignácio da silva
posfácio bernard brun
ensaios críticos olgária chain féres matos e leda tenório da motta

BIBLIOTECA AZUL

Copyright da tradução © 2013 Editora Globo

Todos os direitos reservados. Nenhuma parte desta edição
pode ser utilizada ou reproduzida — em qualquer meio
ou forma, seja mecânico ou eletrônico, fotocópia,
gravação etc. — nem apropriada ou estocada em sistema
de bancos de dados, sem a expressa autorização da editora.

Texto fixado conforme as regras do novo Acordo Ortográfico
da Língua Portuguesa (Decreto Legislativo nº 54, de 1995).

EDITOR RESPONSÁVEL
Alexandre Barbosa de Souza

EDITOR ASSISTENTE
Juliana de Araujo Rodrigues

CAPA E PROJETO GRÁFICO
warrakloureiro

TRADUÇÃO DOS TRECHOS AUSENTES
NA EDIÇÃO ANTERIOR
Guilherme Ignácio da Silva
Regina Salgado Campos

PREPARAÇÃO
Marcela Vieira

REVISÃO
Luciana Araujo

IMAGENS DE CAPAS E GUARDAS
© Hulton Archive/ GETTYIMAGES
© art images archive / glow images

1ª edição, 1948 [várias reimpressões]
2ª edição, revista, 1988 [duas reimpressões]
3ª edição, revista e ampliada, 2013 – 1ª reimpressão, 2021

Dados Internacionais de Catalogação na Publicação (CIP)
Câmara Brasileira do Livro, SP, Brasil

Proust, Marcel, 1871-1922
    O tempo redescoberto / Marcel Proust; tradução Lúcia
Miguel Pereira; prefácio e resumo Guilherme Ignácio da Silva;
posfácio Bernard Brun; ensaios críticos Leda Tenório da Mota e
Olgária Chain Féres Matos. — São Paulo:
Globo, 2013. — (Em busca do tempo perdido; v. 7)

    Título original: Les temps retrouvés
    Vários revisores técnicos
    ISBN 978-85-250-4231-6

    1. Romance francês I. Silva, Guilherme Ignácio da. II.
Brun, Bernard. III. Mota, Leda Tenório IV. Matos, Olgária
Chain Féres. V. Título. VI. Série.

12-11138   CDD-843

Índice para catálogo sistemático:
1. Romances: Literatura francesa 843

Direitos de edição em língua portuguesa
adquiridos por Editora Globo
Rua Marquês de Pombal, 25
20.230-240 – Rio de Janeiro – RJ – Brasil
www.globolivros.com.br

prefácio 7

tansonville 13

resumo 407
posfácio 431
traduzir proust 449
a história de um texto 453

sumário

prefácio

I

O início de *O tempo redescoberto* retoma exatamente o final de *A fugitiva*, em que o herói saía pelos campos nas proximidades de Combray em companhia de uma amiga de infância, Gilberte de Saint-Loup. A narrativa interrompida entre um volume e outro é retomada na véspera do fim de uma estadia aparentemente longa em Tansonville, propriedade do casal Saint-Loup. Daí a importância de uma menção enigmática a Tansonville e a esse sobrenome que aparece já no quarto parágrafo de *No caminho de Swann*: ao despertar, no meio da noite, o herói acreditava estar em seu quarto "em casa da sra. de Saint-Loup, no campo"; confuso, ele supõe estar sendo esperado para o jantar e nos explica a especificidade da vida que ali se levava: "Muito outro é o gênero de vida que se leva na residência da sra. de Saint-Loup, em Tansonville, outro gênero de prazer que experimento em só sair à noite, em seguir, ao luar, esses caminhos onde brincava outrora ao sol".[1]

Essas frases, que aparecem na abertura do primeiro volume, deveriam soar ao mesmo tempo estranhas e familiares para aqueles que releem o livro. Pois elas nos obrigam a pensar que o final de *A fugitiva* e o início de *O tempo redescoberto* coincidem com uma época de que o herói já se lembrava em *No caminho de Swann*: ali, a estadia em Tansonville era o episódio mais próximo temporalmente daquele em que despertava na madrugada e permanecia deitado, relembrando os lugares em que já estivera.

Esboçando uma linha de tempo, a sequência de lembranças que abrem *No caminho de Swann* ficariam dispostas da seguinte maneira:

COMBRAY BALBEC VENEZA TANSONVILLE

---

1 *No caminho de Swann*, na tradução de Mario Quintana.

Depois da estadia em Tansonville, haveria um longo período de leituras noturnas daquele que adormece lendo. Durante o sono, suas leituras tomam "uma feição um tanto particular", adaptando-se a seu próprio mundo afetivo: "parecia-me que eu era o assunto de que tratava o livro: uma igreja, um quarteto, a rivalidade entre Francisco I e Carlos V". Ainda durante o sono, ele tem acesso a elementos ligados a seu passado e aos lugares que visitou. Logo em seguida, vem uma primeira revelação trazida pelo episódio da madeleine.

Entre esse episódio e a conclusão do ciclo de romances há duas conclusões parciais, que acontecem de forma antecipada, ou seja, antes da estadia em Tansonville: a revelação estética trazida pela audição de obras de Wagner e da sonata de Vinteuil, enquanto espera Albertine voltar do Trocadero, e a audição reveladora do septeto de Vinteuil, durante uma recepção no salão dos Verdurin. Ambas as conclusões acontecem no quinto volume, em *A prisioneira*.[2] Depois disso, morre Albertine, o herói parte enfim para Veneza com a mãe e, bem mais tarde, retorna à região de Combray para a estadia na propriedade do casal de amigos.

Em linhas gerais, *O tempo redescoberto* narra os episódios que preenchem o intervalo de tempo entre a estadia em Tansonville e a revelação final do sentido da arte e da literatura. O livro engloba, assim, a narrativa da experiência da Primeira Grande Guerra em Paris, duas internações em uma casa de saúde e o retorno à capital, onde o herói é convidado para uma recepção no salão da (nova) princesa de Guermantes.

Nesse intervalo de tempo entre Tansonville e a guerra, o herói parece ter se dedicado a alguns trabalhos de erudição. É o que

---

2 Devemos ao livro *Marcel Proust*, da coleção *Idées Reçues*, a valiosa observação sobre as conclusões estéticas antecipadas ao livro. Estudando a gênese da *Recherche*, Bernard Brun associa a localização dessas conclusões a um deslocamento de ideias que, originalmente, deveriam constar em *O tempo redescoberto*. Ver o posfácio, do mesmo autor, ao final desta edição.

nos informa ironicamente Jupien, na porta de seu hotel de prostituição masculina: "O senhor fala muito bem dos contos das *Mil e uma noites*", observou. "'Conheço um que não deixa de lembrar o título de um livro por mim avistado na casa do barão' (aludia à tradução de *Sesame and lilies*, de Ruskin, que eu mandara ao sr. de Charlus)."

O que está prestes a acontecer é uma mudança de postura daquele que, no início da obra, e por muito tempo ainda, era apenas um *leitor.*

II

A diferença entre um herói-leitor, consumidor passivo mas refinado de arte, e o narrador-criador aparece agora teorizada na figura do "celibatário da arte". Tal diferença será também ressaltada no emprego que esse narrador-criador fará de sua vastíssima rede de leituras. Exemplo disso é a maneira como aparecem no livro as citações da obra dos irmãos Goncourt, desqualificados pela arrogância intelectual e inocência mundana de que dão mostras em seu diário.[3]

O quinto volume do romance está pautado por imagens que associam Marcel ao rei Luís xv e Albertine à célebre amante deste, a sra. Du Barry: dentre os desejos da "prisioneira" está o de tentar adquirir algum objeto remanescente da coleção de baixelas encomendadas especialmente por Luís xv a Roettiers para sua amante preferida, a quem o rei cativa com presentes caríssimos. Albertine havia lido o recenseamento das "maravilhas que Roettiers lavrara" para a amante do rei justamente na obra que os irmãos Goncourt

---

3 Para uma leitura do papel contrastivo do diário dos pseudo-Goncourt no delineamento de uma outra postura diante da literatura, ver "Realidade e realismo (via Marcel Proust)", ensaio que Antonio Candido publicou em *Recortes* (São Paulo: Companhia das Letras, 1993, pp. 123-129).

dedicaram às *Amantes de Luís* xv. Ainda no paralelo entre os personagens históricos e os proustianos, vale lembrar a origem bastante humilde, tanto de Albertine, quanto da amante do rei, que, após a Revolução, morreria guilhotinada.

Novas citações dos Goncourt retornam ao romance com a eclosão da guerra: uma vez que o interesse do narrador proustiano não é a descrição dos horrores dos campos de batalha, mas, sobretudo, o reflexo do conflito nas mentalidades, a Paris da guerra aparece como uma imagem especular de "eterno retorno",[4] reatualizando elementos da Paris do período do Diretório, descrita brilhantemente pelos irmãos Goncourt em uma de suas primeiras publicações, *A sociedade francesa durante o Diretório*: passados o ímpeto de destruição do período revolucionário e as atrocidades do período do Terror, a capital se notabiliza pela vastíssima oferta de divertimento para as massas febris — centenas de bailes, teatros, restaurantes, prostíbulos.

*

A menção, logo nas primeiras linhas do primeiro volume, de *Rivalidade entre Francisco I e Carlos V* — título do livro magnífico de Mignet — assinala, desde o início da obra, a presença de um herói ligado a leituras sobre a história europeia e as artes. Com a revelação final de *O tempo redescoberto*, o herói proustiano desperta, enfim, para sua vocação, deixando de ser um mero leitor, um simples "celibatário da arte", e passando a mobilizar, para o interior da criação, seu poderoso arsenal de leituras.

---

4 Antes de Walter Benjamin utilizar o termo nietzschiano "eterno retorno" para analisar a Paris das Passagens, Proust já mobilizava essa ideia na leitura do livro dos Goncourt — modelo, em vários sentidos, do estudo de Benjamin *Paris, capital do século* xix.

tansonville[1]

1 A edição francesa de 1927 utilizada por Lúcia Miguel Pereira trazia títulos para três capítulos; esses títulos foram eliminados da atual edição (Bibliothèque de la Pléiade, 1989), que os traz, por sua vez, no resumo final, onde há ainda uma subdivisão do capítulo III: "Recepção da princesa de Guermantes" é dividida em "Adoração perpétua" e "Baile de máscaras". Devemos indicações de leitura bibliográfica às duas edições do livro pioneiro de Jacques Nathan, *Citations, références et allusions de Marcel Proust dans À la recherche du temps perdu*; também à edição italiana da Arnoldo Mondatori Editore e à edição da Bibliothèque de la Pléiade, cuja paragrafação e sequência de frases foi aqui adotada.

O dia inteiro, na mansão de Tansonville,[2] um pouco rústica demais, com jeito de pouso entre dois passeios ou durante um aguaceiro, uma dessas casas cujas salas lembram caramanchões, e onde, nas paredes dos quartos, aqui as rosas do jardim, os pássaros das árvores ali, aproximavam-se e nos faziam companhia — cada um por sua vez —, porque as forravam velhos papéis, nos quais cada rosa se destacava tanto que poderia, se fosse viva, ser colhida, cada pássaro engaiolado e domesticado, sem nada das grandes decorações dos quartos de hoje, nas quais, sobre fundo prateado, todas as pereiras da Normandia vêm perfilar em estilo japonês, para alucinar as horas que passamos na cama, o dia inteiro eu ficava em meu quarto, que dava para a folhagem verde do parque e os lilases da entrada, para as folhas verdes das grandes árvores à beira da água, brilhantes de sol, e para a floresta de Méséglise. Só olhava, afinal, com prazer tudo isso, porque dizia de mim para mim: "É bonito ter tanto verde na janela do meu quarto" até o momento em que, no vasto quadro verdejante, reconheci, pintado ao contrário em azul-escuro, por estar mais longe, o campanário da igreja de Combray, não uma imagem desse campanário, mas o próprio campanário, que, pondo assim sob meus olhos a distância das léguas e dos anos, viera, em meio da luminosa verdura e com tom inteiramente outro, tão sombrio que parecia apenas desenhado, inscrever-se no losango de minha janela. E se eu saía um instante do quarto, no fim do corredor orientado de modo diverso, percebia, como uma banda escarlate, o revestimento de uma saleta, simples musselina, mas vermelha, e prestes a incendiar-se se a tocava um raio de sol.

Em nossos passeios, Gilberte dizia Robert cada vez mais afastado dela, mas para procurar outras mulheres. E é verdade que muitas lhe atravancavam a vida, e, como certas camaradagens masculinas para os homens apreciadores de mulheres, com o cará-

---

2 A atual edição francesa não traz mais a menção a Tansonville, registrada na versão de 1927.

ter de precaução inutilmente tomada e de lugar em vão usurpado que têm na maioria das casas os objetos sem serventia. Robert foi várias vezes a Tansonville durante a minha permanência ali. Estava bem diferente de quando o conhecera. A vida não o engrossara, como o sr. de Charlus, muito pelo contrário, mas, operando mudança inversa, lhe conferira um aspecto desenvolto de oficial de cavalaria — embora houvesse pedido demissão ao se casar — que nunca tivera. À medida que o sr. de Charlus se tornava pesadão, Robert (e sem dúvida ele era infinitamente mais jovem, mas sentia-se que com a idade ainda se aproximaria mais desse ideal), como algumas mulheres que sacrificam resolutamente o rosto ao corpo e, a partir de certa época, não saem mais de Marienbad (pensando, visto não poderem conservar juntas várias mocidades, que a da silhueta será ainda a mais capaz de representar as outras), ficara mais esguio, mais rápido, efeito contrário de um mesmo vício. Essa velocidade provinha aliás de diversos motivos psicológicos, o receio de ser visto, o desejo de não trair tal receio, o estado febril que nasce do descontentamento de si, e do tédio. Tinha o hábito de frequentar lugares suspeitos e, como não gostava de que o vissem nem entrar nem sair, sovertia-se a fim de oferecer aos olhares malevolentes de hipotéticos transeuntes o menos possível de superfície, como se faz num assalto. E esse jeito de pé-de-vento lhe ficara. Talvez esquematizasse também assim a intrepidez aparente de quem quer mostrar que não tem medo nem se dá tempo de pensar. Para ser completo, deveria fazer entrar em linha de conta a vontade, à proporção que envelhecia, de parecer jovem, e até a impaciência dessa gente sempre enfadada, sempre enfastiada, que são os homens inteligentes demais para a vida relativamente ociosa que levam e na qual não se realizam suas faculdades. Sem dúvida, a ociosidade pode neles se manifestar pela displicência. Mas, sobretudo depois da voga da cultura física, a ociosidade assumiu um caráter esportivo a traduzir-se, ainda fora das horas de exercício, por uma vivacidade febril que imagina não deixar ao tédio nem tempo nem lugar para se desenvolver.

Minha memória perdera o amor de Albertine, mas parece existir uma memória involuntária dos membros, pálida e estéril imitação da outra, que lhe sobrevive, como certos animais ou vegetais ininteligentes vivem mais do que o homem. As pernas, os braços, estão cheios de lembranças embotadas. Uma vez, tendo recolhido-me cedo, acordei durante a noite no quarto de Tansonville, e ainda meio adormecido chamei: "Albertine". Não que tivesse pensado nela ou com ela sonhado, nem que a tomasse por Gilberte. É que uma reminiscência nascida em meu braço me fizera procurar atrás de mim a campainha, como em meu quarto de Paris. E, não a encontrando, chamara: "Albertine", julgando minha amiga defunta deitada a meu lado, como fazia às vezes à noite, quando adormecíamos juntos, contando, ao despertar, com o tempo que Françoise levaria a chegar, para Albertine poder sem imprudência puxar a sineta que eu não encontrava.[3]

Tornando-se — pelo menos nessa fase desagradável —[4] muito mais seco, quase não dava mais a seus amigos, a mim por exemplo, nenhuma prova de afeto. E em compensação tinha para com Gilberte afetações de sentimentalismo levadas até a comédia, que desagradavam. Não que na realidade Gilberte lhe fosse indiferente. Não, Robert amava-a. Mas mentia-lhe continuamente, e seu espírito de duplicidade, se não o próprio motivo de suas mentiras, acabava sempre sendo descoberto. E então só lhe ocorria, para salvar-se, exagerar de modo ridículo a sua tristeza real de magoar Gilberte. Chegava a Tansonville obrigado, dizia, a voltar na manhã seguinte para um negócio com um homem do lugar que alegava estar a sua espera em Paris e que, encontrado à tarde perto de Combray, desvendava involuntariamente o embuste a par do qual se esquecera de pô-lo, contando que viera a sua terra para descansar e ficaria um mês sem ir a Paris. Robert

---

3 A sequência de frases desse parágrafo foi atualizada segundo a última edição de 1989; todas as situações similares receberam esse mesmo tratamento.

4 O que está entre travessões é um acréscimo da edição francesa.

corava, via o sorriso melancólico e fino de Gilberte, livrava-se — insultando-o — do desastrado, tornava à casa antes da mulher, enviava-lhe um bilhete desesperado em que dizia que a enganara para não a afligir, para que, vendo-o partir por um motivo impossível de revelar, não imaginasse que não a amava (e tudo isso, embora o escrevesse como mentira, era em suma verdade), mandava depois perguntar se podia ir a seu quarto, e lá, parte por tristeza real, parte por enervamento, parte por simulação cada dia mais audaciosa, soluçava, inundava-se de água fria, falava da morte próxima, algumas vezes se deixava cair ao chão como se desmaiasse. Gilberte não sabia até onde lhe devia dar crédito, supunha-o falso em cada caso particular, inquietava-se com o pressentimento da morte próxima, mas, de modo geral, julgava-se amada, temia alguma doença ignorada, não ousando por isso contrariá-lo e pedir-lhe que renunciasse às viagens.

Eu compreendia, por outro lado, cada vez menos por que era Morel recebido como um filho da casa junto com Bergotte[5] onde quer que estivessem os Saint-Loup, em Paris, em Tansonville.

Morel imitava Bergotte com perfeição. Depois de algum tempo, nem era mais necessário pedir que ele o imitasse. Como esses histéricos que não precisam mais ser hipnotizados para se tornarem esta ou aquela pessoa, por si só, de repente, ele incorporava o personagem.[6]

Françoise, testemunha do que o sr. de Charlus fizera por Jupien e Robert de Saint-Loup fazia por Morel, não o atribuía a um traço a reaparecer em certas gerações dos Guermantes, mas — porque Legrandin ajudava muito Théodore — acabara, embora virtuosa e cheia de preconceitos, por ver nisso um hábito respeitável pela universalidade. Dizia sempre dos rapazes, Morel ou Théodore: "Encontrou um senhor que sempre se interessou por ele e lhe auxiliou muito". E como em tais casos os protetores são

---

5 Embora incoerente, a menção a Bergotte foi acrescentada à edição atual.
6 Esse parágrafo é acréscimo da edição atual.

os que amam, que sofrem, que perdoam, Françoise, entre eles e os menores que desviavam, não hesitava em conferir-lhes o melhor papel, em achar-lhes "bom coração". Censurava sem rebuços Théodore, que pregara boas peças a Legrandin, não obstante parecesse não ter a menor dúvida sobre a natureza de suas relações, pois acrescentava: "Então o pequeno compreendeu que era preciso dar de si e disse: 'Leve-me, hei de lhe querer muito bem, de amimá-lo', e, palavra de honra, aquele senhor tem tão bom coração que Théodore com certeza encontrará junto dele talvez mais do que merece, porque é um desmiolado, mas aquele senhor é tão bom que tenho dito muitas vezes a Jeannette (a noiva de Théodore): 'Menina, se algum dia estiveres em dificuldade, procura aquele senhor. Ele seria capaz de dormir no chão e dar-te sua cama. E gostou demais de Théodore para despedi-lo, com certeza não o abandonará nunca'".

Foi durante uma dessas conversas, que, ao indagar o nome da família de Théodore, agora residente no sul, compreendi bruscamente ter sido ele quem escrevera a propósito de meu artigo no *Figaro* aquela carta, de letra popular e linguagem encantadora, cujo signatário me era então desconhecido.[7]

Da mesma forma, prezava mais a Saint-Loup do que a Morel e acreditava que, apesar de todas as cabeçadas de Morel, o marquês nunca o deixaria ao desamparo, porque era homem muito bondoso, a menos que também por seu turno sofresse grandes reveses.

Saint-Loup insistia para eu me demorar em Tansonville e deixou uma vez escapar, embora já visivelmente não procurasse mais me agradar, que minha vinda alegrara sua mulher a ponto de, segundo lhe dissera esta, transportá-la de felicidade uma noite inteira, noite antes tão triste que, chegando de surpresa, eu a sal-

---

7 A atual edição traz uma versão um tanto diferente desse parágrafo: "Para ser gentil, perguntei à irmã dele o sobrenome de Théodore, que agora estava morando no sul da França. 'Mas foi ele quem me escreveu sobre meu artigo do *Figaro*!' exclamei, ao ficar sabendo que ele se chamava Sanilon".

vara milagrosamente do desespero, "talvez do pior", acrescentou ele. Pedia-me que tentasse persuadi-la de seu amor, alegando que a outra mulher a quem também amava, amava-a menos e em breve romperia a ligação. "Entretanto", explicava, tão felinamente[8] e com tal desejo de confidência que por momentos eu esperava ver o nome de Charlie "sair", como um número de loteria, "tenho do que me orgulhar. Essa mulher, que me deu tantas provas de ternura e que vou sacrificar a Gilberte, nunca se interessara por homem algum, julgava-se incapaz de amar. Sou o primeiro. Eu sabia que se recusara a todo mundo, tanto que, ao receber a carta adorável em que me dizia que só comigo seria feliz, fiquei como louco. Evidentemente, teria razão para perder a cabeça se a ideia de ver em lágrimas a pobrezinha da Gilberte não me fosse intolerável. "Não achas que ela tem alguma coisa de Rachel?", perguntava. E de fato chamara-me atenção a vaga parecença que se poderia agora a rigor encontrar entre elas. Talvez proviesse da real semelhança de alguns traços (devidos, por exemplo, à origem hebraica todavia muito pouco marcada em Gilberte), graças à qual, quando sua família o quisera casar, Robert, nas mesmas condições de fortuna,[9] se sentira inclinado por Gilberte. Acrescia que Gilberte, tendo descoberto umas fotografias de Rachel, de quem ela não sabia nem o nome,[10] procurava, para agradar Robert, imitar certos hábitos caros à atriz, como o de ter sempre laços vermelhos nos cabelos, uma fita de veludo preto no braço, e tingia os cabelos para escurecê-los. Além disso, vendo que os desgostos lhe transpareciam na face, buscava disfarçar o abatimento. E algumas vezes passava da conta. De uma feita, sendo Robert esperado para passar 24 horas em Tansonville, pasmou-me vê-la sentar-se à mesa do jantar tão estranhamente diferente, não só do que fora outrora, mas do que era nos

---

8 A última edição de 1989 traz, em vez de "félinité", da edição de 1927, "fatuité", o que modificaria a tradução para "com uma tal fatuidade".

9 O trecho "nas mesmas condições de fortuna" é acréscimo da nova edição.

10 O trecho "de quem ela não sabia nem o nome" é acréscimo da nova edição.

dias comuns, que me parecia ter diante de mim uma atriz, uma espécie de Théodora.[11] Senti que sem querer eu a olhava com insistência excessiva, curioso de verificar por que mudara tanto. Minha curiosidade foi aliás logo satisfeita, pois quando se assoou, apesar de o fazer com muito cuidado, pelas cores que ficaram no lenço, transformando-o em farta palheta, percebi que estava toda pintada. Daí lhe vinha a boca sangrenta que procurava tornar risonha, julgando-se assim mais bonita, enquanto a hora do trem, que se aproximava sem ela saber se o marido chegaria realmente ou mandaria um daqueles telegramas dos quais o sr. de Guermantes fixara espirituosamente o modelo: "Impossível ir, segue mentira", empalidecia-lhe as faces sob o suor violeta da maquiagem[12] e cavava-lhe as olheiras.

"Ah! sabes", dizia-me Saint-Loup, num tom voluntariamente meigo, tão diferente de sua espontânea ternura de outrora, com voz de alcoólico e modulações de ator, "daria tudo para ver Gilberte feliz. Nem imaginas quanto lhe devo." E o mais desagradável era ainda a presunção, porque Saint-Loup se envaidecia de ser amado por Gilberte, e, sem ousar dizer que amava Morel, dava entretanto sobre o suposto amor do violinista pormenores que sabia exagerados, se não inventados, ele a quem Morel pedia cada vez mais dinheiro. E não regressava a Paris sem me recomendar Gilberte.

11 Alusão à personagem da peça homônima de Victorien Sardou, encenada pela primeira vez em 1884, com Sarah Bernhardt no papel principal. *Théodora* encena o drama da esposa do imperador Justiniano na cidade de Bizâncio. A imperatriz é "filha de um simples adestrador de ursos no circo", e é, também, uma ex-acróbata. Talvez o paralelo com Gilberte seja o início da peça, quando Théodora vai à procura de Tamyris, feiticeira egípicia de quem espera obter uma poção mágica para enfeitiçar o marido e fazer com que ele perca sua frieza, ame-a como outrora e se submeta "a todos os (seus) caprichos"; sua necessidade de domínio sobre o marido está ligada à insegurança que lhe despertam os encontros noturnos que ela tem com um amante. O drama da peça é que esse amante, sem saber quem ela é, está coordenando uma insurreição para matar o imperador. Théodora morre enforcada, seguindo ordens do marido. Assim como Gilberte, ela "não é totalmente inocente, nem merece inteira piedade".

12 O trecho "sob o suor violeta da maquiagem" é acréscimo da nova edição.

Tive, aliás, ocasião — para antecipar um pouco, pois ainda estou em Tansonville — de avistá-lo, rapidamente, em Paris, numa recepção onde sua palestra, apesar de tudo ainda viva e atraente, fez-me voltar ao passado. Espantou-me ver quanto mudara. Parecia-se cada vez mais com a mãe. Mas a altiva esbelteza que lhe transmitira, e que era nela perfeita, nele se exagerava e endurecia pela educação mais esmerada; o olhar penetrante dos Guermantes dava-lhe o ar de estar inspecionando todos os lugares por onde passava, de modo quase inconsciente, como por hábito e instinto animal; mesmo imóvel, a coloração, ouro sólido de um dia ensolarado, mais acentuada nele do que nos outros, como que o revestia de estranha plumagem, tornando-o um exemplar tão raro e precioso que se desejaria adquiri-lo para uma coleção ornitológica; mas então, quando essa luz transmudada em pássaro se punha em movimento, em ação, quando, por exemplo, eu via Robert de Saint-Loup entrar numa festa onde já me achava, eram tais os meneios da cabeça, alegre e orgulhosamente alçada sob a aigrette dourada dos cabelos já um pouco ralos, tais os gestos do pescoço, mais ágeis, altaneiros e faceiros do que os humanos, que, ante a curiosidade e a admiração meio mundana meio zoológica que despertava, ninguém sabia mais se estava no faubourg Saint-Germain ou no Jardin des Plantes, se contemplava um grão-senhor a atravessar um salão ou um pássaro maravilhoso[13] a passear em sua gaiola. Esse retorno, aliás, à elegância volátil dos Guermantes de bico pontiagudo, de olhos acerados era agora utilizado por seu novo vício que dela se servia para disfarçar. E quanto mais dela se servia, mais se assemelhava ao que Balzac chama de tia.[14] E não era mister muita imaginação para perceber que a voz se prestava a interpretação semelhante à da plumagem. Usava a linguagem

13 O adjetivo "maravilhoso", que constava na edição de 1927, foi eliminado da edição de 1989.
14 De "Esse retorno" até "tia", acréscimo da nova edição. O termo é explicado pelo narrador das *Splendeurs et misères des courtisanes*: "trata-se do terceiro sexo".

que cria do *grand siècle*,[15] e reproduzia assim as expressões dos Guermantes. Mas um nada indefinível as transformava nas do sr. de Charlus. "Deixo-te um instante", disse-me naquela recepção em que a sra. de Marsantes estava um pouco afastada de nós. "Vou fazer um bocado de corte a minha mãe."[16]

Quanto ao amor do qual sem cessar me entretinha, não era apenas o que sentia por Charlie, embora fosse este o único que de fato lhe importava. Sejam quais forem os amores de um homem, enganamo-nos sempre sobre o número de ligações que entretém, tomando amizades por ligações, o que é um erro por soma, imaginando que uma ligação comprovada exclui outra, o que constitui modalidade oposta de erro. Duas pessoas podem afirmar: "A amante de X..., eu a conheço", pronunciar dois nomes diferentes e estar ambas certas. A mulher que amamos preenche raramente todas as nossas necessidades, e nós a enganamos com outra que não amamos. Voltando ao gênero de amores que Saint-Loup herdara do sr. de Charlus, o marido a ele inclinado torna geralmente feliz a esposa. Regra à qual os Guermantes achavam jeito de fazer exceção, porque, quando tinham desses gostos, queriam passar, ao contrário, como loucos por mulheres. Exibiam-se com muitas, e desesperavam as suas. Os Courvoisier eram mais espertos. O jovem visconde de Courvoisier se cria o único ser sobre a Terra, desde a origem do mundo, a ser tentado por alguém do próprio sexo. Supondo que lhe vinha do diabo a preferência, lutou contra ela, casou-se com uma jovem encantadora, fez-lhe filhos... Depois, um de seus primos o convenceu de que eram muito espalhadas suas tendências, e teve a bondade de conduzi-lo a lugares onde as poderia satisfazer. O sr. de Courvoisier não deixou por isso de amar a esposa; ao contrário, redobrou de zelo prolífico, e o casal era citado como o mais feliz de Paris. Não se dizia o mesmo

---

15 Século XVII.

16 A edição original de 1927 e a tradução de Lúcia Miguel Pereira traziam "nièce", "sobrinha", substituída por "mãe" na edição de 1989.

dos Saint-Loup, porque Robert, em vez de contentar-se com a inversão, matava de ciúmes a mulher, procurando amantes que não lhe proporcionavam nenhum prazer!

Talvez Morel, excessivamente moreno, fosse necessário a Saint-Loup, como a sombra ao raio de sol. É fácil imaginar-se, naquela velha família, um fidalgo louro, dourado, inteligente, dotado de todos os prestígios, e escondendo nos porões do ser, de todos ignorado, um gosto secreto pelos negros.

Robert não permitia, porém, a menor alusão a amores do gênero dos seus. Se uma palavra me escapava: "Oh! não sei", respondia com tanto desinteresse que o monóculo lhe caía, "não tenho a mínima ideia dessas coisas. Se queres informações nesse sentido, meu caro, aconselho-te a te dirigires a outros. Quanto a mim, sou soldado, e mais nada. A guerra balcânica me entusiasma tanto quanto essas tolices me deixam indiferente. Antigamente tu te interessavas pela história das batalhas. Eu te dizia então que voltaríamos, mesmo em condições muito diversas, às batalhas típicas, à grande tentativa de envolvimento de flanco da batalha de Ulm, por exemplo. Pois bem! Não obstante as peculiaridades das guerras balcânicas, Loullé-Bourgas é de novo Ulm, o envolvimento do flanco. De assuntos assim é que me podes falar. Mas das coisas a que te referiste, entendo tanto quanto de sânscrito".

Os assuntos pelos quais Robert mostrava tão completo desprezo, na sua ausência, Gilberte, ao contrário, os abordava espontaneamente comigo. Não, é claro, a propósito do marido, já que ignorava, ou fingia ignorar, tudo. Mas, tratando-se de terceiros, comprazia-se em comentários, talvez para desculpar indiretamente Robert, talvez porque este, dividido como o tio entre um silêncio severo a esse respeito e a necessidade de expansão e de maledicência, a houvesse minuciosamente informado. Menos que ninguém, poupava o sr. de Charlus, sem dúvida porque Robert, sem mencionar Morel a Gilberte, não se pudera impedir de repetir-lhe, fosse como fosse, o que soubera pelo violinista. E este odiava seu antigo benfeitor. As conversas preferidas de Gilberte permitiram-me indagar-lhe se, num gênero paralelo, Albertine, cujo nome ela ouvira pela primeira vez há anos, quando eram colegas, não tivera os mesmos gostos. Gilberte negou-me um esclarecimento,[17] que, seja dito de passagem, já não me interessava. Mas eu continuava a inquirir maquinalmente, como um velho que, sem memória, pede de vez em quando notícias do filho morto.

O ponto mais curioso, sobre o qual não me posso estender, é como, naquela época, todas as pessoas que Albertine amara, todas as que poderiam ter feito dela o que quisessem, pediram, imploraram, ouso dizer, mendigaram, já não a minha amizade, mas simples relações comigo. Não seria então necessário oferecer dinheiro à sra. Bontemps para fazer Albertine voltar a minha companhia. Esse retorno da vida, produzindo-se quando já nada adiantava, entristecia-me profundamente, não por causa de Albertine, que receberia sem o menor prazer se me chegasse, não mais de Touraine, mas do outro mundo, e sim por causa de uma jovem que eu amava e não conseguia ver. Dizia a mim mesmo que, se ela morresse ou cessasse meu amor, cairiam a meus pés todos quantos nos teriam podido aproximar.[18] Por ora, tentava em vão utilizá-los, não me tendo curado a experiência, que me deveria haver ensinado — se alguma coisa ensinasse — que amar é um sortilégio como os das histórias de fadas, contra o qual nada prevalece enquanto subsiste.

"Justamente", continuou Gilberte, "o livro que estou lendo fala dessas coisas." (Comentei com Robert sua frase misteriosa: "Creio que nós dois nos entenderíamos muito bem…". Ele declarou que não se lembrava e que, em todo caso, não queria dizer nada em particular.)[19]

---

17 A edição atual substitui "negou-me", da primeira edição, por "não pôde dar-me".
18 A edição atual substitui "a meus pés", da primeira edição, por "a meus olhos".
19 O texto entre parênteses é acréscimo da edição de 1989.

"É um velho Balzac que vou cavoucando para ficar à altura de meus tios, *A menina dos olhos de ouro*. Mas é absurdo, inverossímil, um belo pesadelo. Aliás, talvez uma mulher possa ser vigiada assim por outra mulher, nunca por um homem."[20] "Engana-se, conheci uma rapariga realmente sequestrada pelo amante; não podia ver ninguém e só saía com empregados de confiança." "Com certeza horrorizou-se com isso, você que é tão bom. Robert e eu achamos que deveria casar-se. Sua mulher o curaria, e seria feliz." "Não, porque tenho muito mau gênio." "Que ideia!" "Garanto! Até já fui noivo, mas não consegui ir ao fim (e ela mesma desistiu, por causa de meu temperamento indeciso e complicado)." Era, de fato, de uma forma muito simplificada que eu julgava minha aventura com Albertine, agora que só via de fora essa aventura.[21]

Entristeceu-me, naquela última noite, ao subir para meu quarto, pensar que não fora nem uma vez rever a igreja de Combray, que, através da janela violácea, entre verduras, parecia esperar-me. Dizia a mim mesmo: "Agora não há remédio, fica para o ano que vem, se eu viver até lá", não vendo outro obstáculo além

---

20 Gilberte está lendo *A menina dos olhos de ouro*, parte das "Cenas da vida parisiense", da *Comédia humana* de Balzac. O romance traz várias alusões ao lesbianismo. O livro inicia-se com a descrição dos "ciclos do inferno" de uma Paris em que as pessoas obedecem "ao mestre universal, o prazer e o outro". Contra esse pano de fundo sombrio, destaca-se Henri de Marsay, jovem perfeito, de origem nobre e de beleza fora do comum. Henri faz parte de um grupo de jovens que "parecem igualmente indiferentes às desgraças da pátria e a seus flagelos. Eles se vestem, vão a jantares, dançam, se divertem no dia da batalha de Waterloo, durante a cólera, ou durante uma revolução". Caminhando pelo jardim das Tulherias em abril de 1815 (véspera da queda de Napoleão), ele encontra "a jovem de olhos dourados", "como o dos tigres", uma espécie de "mulher de fogo", com quem ele se envolve intensamente. Em um desses encontros, ela já lhe pedira para vesti-lo de mulher antes da relação. Na cena final do livro, Henri a vê ser assassinada por uma mulher que se diz proprietária da jovem; essa mulher se revelará a meia-irmã dele, Euphemia, filha de mãe espanhola, criada em Havana.

21 A partir de "e ela mesma desistiu", trecho acrescido à edição de 1989.

de minha morte, e não imaginando a da igreja, que se me afigurava dever durar muito depois de mim, como muito durara antes de meu nascimento.

Voltei de outra feita à carga e perguntei de novo a Gilberte se Albertine gostara de mulheres. "Oh! absolutamente não." "Mas ouvi-a dizer outrora que ela tinha um ar duvidoso." "Eu disse isso? Deve estar enganado. Em todo caso, se disse — mas você se engana — referia-me, ao contrário, a namoros com rapazes. Naquela idade, aliás, não seriam muito graves." Não estaria Gilberte falando assim para esconder-me que ela própria, segundo me dissera Albertine, apreciava as mulheres e fizera propostas a Albertine? Ou então (pois os outros conhecem nossa vida melhor do que julgamos), sabendo que eu amara Albertine e tivera ciúmes, supondo (os outros podem estar mais do que cremos a par da verdade, mas também exagerá-la e errar por suposições excessivas, quando esperávamos que errassem por ausência de suposições) que ainda os tinha, não me quereria tapar os olhos com a venda que todos têm sempre pronta para os ciumentos? Em todo caso, as palavras de Gilberte, do "ar duvidoso" de antes ao atual certificado de boa conduta, seguiam trajeto inverso ao das afirmações de Albertine, que acabara quase por confessar meias relações com Gilberte. Albertine surpreendeu-me com isso como já me surpreendera a respeito de Andrée, porque se, antes de conhecê-lo, eu já acreditava na perversão do grupinho, convencera-me depois da falsidade de minhas desconfianças, como acontece quando se encontra uma moça honesta e quase ignorante das realidades do amor num meio injustamente tido como dos mais depravados. Mais tarde eu refizera o caminho em sentido contrário, voltando às convicções iniciais. Mas talvez Albertine houvesse dito tudo aquilo para parecer mais experimentada do que era e ofuscar-me, em Paris, com o prestígio de sua depravação, como a princípio, em Balbec, com o de sua virtude. Ou simplesmente, ao falar-lhe eu em mulheres que gostam de mulheres, quisera mostrar-se a par do assunto, como numa conversa todos assumem ares de entendidos se se menciona Fourier ou Tobolsk, embora não saibam do que se trata. Talvez houvesse vivido, junto da amiga da srta. Vinteuil e de Andrée, separada por uma parede estanque das outras que não a criam da confraria, só mais tarde se instruindo — como procura cultivar-se a mulher de um homem de letras — para comprazer-me e poder responder-me às perguntas, até o dia em que as verificara inspiradas pelos ciúmes — a menos que fosse Gilberte quem me mentia. Assaltou-me a ideia de que, por ter sabido, durante um namoro começado com outros intuitos, da inclinação de Gilberte pelas mulheres, é que Robert a desposara, esperando prazeres que não encontrara, pois os procurava alhures. Nenhuma dessas hipóteses era absurda, já que, em criaturas como a filha de Odette e as moças do grupinho, há tal diversidade, tal acúmulo de gostos alternados, ou mesmo simultâneos, que passam rapidamente da ligação com outra mulher ao grande amor por um homem, tornando-se dificílimo definir-lhes as preferências reais e dominantes. Fora assim que Albertine procurara agradar-me, a fim de me decidir ao casamento, mas renunciara por causa de meu gênio indeciso e impertinente. Era, com efeito, esta a maneira simplista pela qual eu explicava minha aventura com Albertine, agora que só de fora a via.[22]

Não quis pedir a Gilberte *A menina dos olhos de ouro*, já que ela não o terminara. Mas emprestou-me para eu ler antes de dormir,[23] na última noite que passei em sua casa, outro livro, que me causou uma impressão muito forte e desigual, que aliás não deveria durar muito.[24] Era um volume do diário inédito dos Goncourt.

Quando, antes de apagar a vela, li o trecho abaixo transcrito, minha pouca disposição para as letras, pressentida outrora no caminho de Guermantes, confirmada durante a estada cuja última

---

22 A última edição exclui todo o trecho iniciado por "Fora assim".
23 O trecho "para eu ler antes de dormir" é acréscimo.
24 Também é acréscimo o trecho "que aliás não deveria durar muito".

noite chegara — uma dessas vésperas de partida nas quais, cessando o torpor comunicado pelos hábitos prestes a interromper-se, procuramos nos examinar —, já não me pareceu tão lamentável, como se a literatura não revelasse nenhuma verdade profunda, ao mesmo tempo que me penalizava verificá-la diferente do que julgara. Por outro lado, eu deplorava menos o estado doentio que me prenderia numa casa de saúde se as belas coisas de que falam os livros não eram mais belas do que as que eu vira. Mas, por uma estranha contradição, porque as mencionava aquele diário, eu desejava contemplá-las. Eis as páginas que li até o cansaço cerrar-me os olhos:

"Surgiu-me aqui anteontem, para levar-me a jantar em sua casa, Verdurin, o antigo crítico de *La Revue*, autor daquele livro sobre Whistler em que na verdade a maneira, a arte de colorir do americano tão original é quase sempre traduzida com grande delicadeza pelo apaixonado por todos os requintes, por todas as graças da pintura que é Verdurin. Enquanto me visto para sair com ele, não cessa de falar, e há por vezes em suas palavras o tímido balbuciar de uma confissão sobre a sua renúncia às letras logo após o casamento com a 'Madeleine' de Fromentin,[25] renúncia devida ao hábito da morfina e que levaria, segundo Verdurin, a maior parte dos frequentadores do salão de sua mulher a, sem sequer desconfiar de que houvesse jamais escrito, falar-lhe de

---

25 Alusão irônica ao romance *Dominique* (1859), de Fromentin. Dominique é ex-escritor que enterrara sua carreira literária ao optar pelo anonimato da vida no campo, onde cuida de seus vinhedos, sai para caçar e é prefeito da comuna. Sua existência no campo lembra a situação do sr. Verdurin com os convidados da mulher: "ele tinha contato continuamente com eles, embora não partilhasse, é claro, nem seus modos, nem seus gostos, nem qualquer de seus preconceitos". Como os convidados do salão, no campo "ninguém, com certeza, jamais duvidara do mundo de ideias e de sentimentos que o separava deles". Aos poucos, Dominique nos revela elementos inesperados de seu passado em busca de Madeleine, mulher casada por quem tivera uma paixão não correspondida. Perto do final do livro, desistindo dessa relação, ele atinge certa reputação como escritor, seguida de severo exame de consciência sobre a natureza dos próprios méritos. No final, ele decide então se retirar do mundo.

Charles Blanc,[26] de Saint-Victor,[27] de Sainte-Beuve,[28] de Burty[29] como de indivíduos que lhe imaginavam superiores. 'Ora, você, Goncourt, sabe muito bem, e Gautier também sabia, que minhas críticas dos salões eram muito superiores àqueles pobres *Maîtres d'autrefois*, tidos como obra-prima na família de minha mulher.'[30] Depois, num crepúsculo a banhar as torres do Trocadero na der-

26 O sr. Verdurin se indigna ao ouvir elogios a críticos de arte de grande prestígio. Charles Blanc (1813-1882) era antigo diretor da Academia de Belas Artes e membro da Academia Francesa de Letras. Grande erudito, ele escrevera uma *Grammaire des arts du dessin*, abarcando a história da arquitetura, da escultura e da pintura. Ele era também professor no prestigioso Collège de France e, após sua morte, um conjunto de suas aulas seria reunido e publicado sob o título de *Histoire de la Renaissance artistique en Italie* — embora com muitos méritos de cultura e erudição, percebe-se que o conteúdo dessas aulas advinha em grande parte das *Vidas*, de Giorgio Vasari.

27 O conde de Saint-Victor (1827-1881) era ensaísta e crítico de arte, que, em colaboração com Théophile Gautier e Arsène Houssaie, publicou, em 1864, *Les dieux et les demi-dieux de la peinture*. Fiel ao romantismo, ele publica estudos importantes sobre o teatro romântico.

28 Muito antes de Proust cogitar um projeto de crítica contra ele, Sainte-Beuve foi amplamente caluniado pelos irmãos Goncourt em seu diário. Em seu *Idées et sensations*, Sainte-Beuve dedicara um ensaio depreciando o refinadíssimo trabalho de erudição dos irmãos Goncourt sobre a arte francesa do século XVIII: ali, ele lamenta a falta de apreço dos irmãos pela Antiguidade, concluindo: "Eles começaram o jantar pela sobremesa".

29 Philippe Burty (1830-1890) era crítico de arte com livros consagrados, como uma *Histoire de la Renaissance*, uma *Grammaire des arts décoratits* e a coletânea de ensaios *Maîtres et petits maîtres* (1877), em que dedica justamente dois ensaios altamente elogiosos ao trabalho de pintor de Jules de Goncourt: demonstrando conhecimento aprofundado dos trabalhos artísticos e literários dos irmãos, Burty cita até mesmo trechos de sua correspondência íntima com Jules. Em outro ensaio, Burty tenta manter sua imparcialidade na mediação dos conflitos entre os irmãos e Saint-Beuve, não poupando, entretanto, elogios àquele que foi durante muito tempo alvo principal dos sarcasmos dos irmãos (e do próprio Proust).

30 Talvez pela própria sofisticação da pesquisa de fontes envolvidas nos trabalhos de história e de história da arte empreendidos pelos Goncourt, a menção arrogante do sr. Verdurin ao popular *Maîtres d'autrefois*, de Fromentin tem algo de sugestão de certa timidez e acanhamento na pesquisa e nas conclusões a que chega Fromentin. Proust, por exemplo, via como grande lacuna desse livro o fato de Fromentin nem sequer mencionar Vermeer no capítulo sobre arte holandesa.

radeira centelha de uma luz que as torna absolutamente idênticas às torres cobertas de geleia de groselha dos confeiteiros de outrora, a conversa continua no carro, a caminho do cais Conti, onde moram os Verdurin, numa casa que o proprietário pretende ser o antigo palácio dos embaixadores de Veneza, e cujo *fumoir*, segundo ele transportado intato, como nas *Mil e uma noites*, de um célebre *palazzo*, cujo nome esqueço, *palazzo* à boca de um poço de bordas esculpidas representando uma coroação da Virgem, que Verdurin sustenta ser indubitavelmente um esplêndido Sansovino, serviria de cinzeiro para seus convidados. E, de fato, quando chegamos, no glauco e difuso luar realmente semelhante ao que, na pintura clássica, envolve Veneza, e no qual a cúpula recortada do Institut lembra a Salute nos quadros de Guardi, tenho um pouco a ilusão de estar à beira do Grande Canal. Ilusão favorecida pela disposição da casa, onde do primeiro andar não se avista o cais, e pelas frases evocadoras de Verdurin afirmando que o nome da rue du Bac — diabos me levem se eu já pensara nisso — viria da balsa na qual as religiosas de outrora, as Miramiones, iam aos ofícios de Notre-Dame. Bairro por onde errei na infância, quando o habitava minha tia de Courmont, e que começo a 're-amar' porque descubro, quase contígua à residência dos Verdurin, a tabuleta do Petit Dunkerque, uma das raras lojas a sobreviverem fora das vinhetas a *crayon* ou aquarela de Gabriel de Saint-Aubin, onde o século XVIII vinha, curioso, passar momentos de lazer negociando quinquilharias francesas e estrangeiras e 'tudo quanto a arte produz de mais novo', como diz uma fatura desse Petit Dunkerque, fatura da qual, creio, só Verdurin e eu possuímos exemplares, e que é, na verdade, uma daquelas volantes obras-primas de papel destinadas às contas no reinado de Luís XV, com seu cabeçalho representando encapelado mar cheio de navios, um mar cujas ondas lembram as gravuras da edição de Fermiers Généraux de *L'huître et des plaideurs*. A anfitriã, a cujo lado me sentarei, diz amavelmente só ter querido para ornar a mesa crisântemos japoneses, postos em vasos que seriam raríssimas obras-primas, sobretudo um de bronze com pétalas de cobre avermelhado dando a impressão do desfolhar de uma flor viva. Estão presentes Cottard, o médico, e sua mulher, o escultor polonês Viradobetski, o colecionador Swann, uma grande dama russa, uma princesa cujo nome dourado me escapa; Cottard segreda-me ter sido ela quem atirou à queima-roupa no arquiduque Rodolphe, e, a crê-la, eu teria na Galícia e no norte da Polônia uma situação absolutamente excepcional, moça alguma prometendo a mão sem saber se o noivo era admirador de La Faustin.[31] 'Vocês, ocidentais, não podem entender isso', lança à guisa de conclusão a princesa, que parece, confesso, uma inteligência realmente superior, 'essa penetração por um escritor da intimidade da mulher.' Um homem de queixo e lábios raspados, com suíças de *maître d'hôtel*, proferindo, em tom condescendente, brincadeiras de professor secundário confraternizando, num gesto escolar, com seus melhores alunos, é Brichot, o universitário. Ante meu nome, pronunciado por Verdurin, não acha uma só palavra para mostrar que conhece nossos livros, e sinto um colérico desânimo vendo a conspiração organizada contra nós pela Sorbonne trazer até o lar amável onde me festejam a discordância, a hostilidade de um silêncio intencional. Vamos para a mesa e assistimos a um extraordinário des-

---

31 O romance dos Goncourt cuja leitura decide o destino de alguns casamentos põe em cena La Faustin, atriz muito célebre que abandona tudo para viver afastada com o amante muito ciumento. Assim como a Berma, La Faustin vive suas maiores glórias no papel da Fedra raciniana. Isolada com o amante em uma casa de campo à beira do lago de Constança, o narrador nos mostra uma La Faustin mais bela e feliz. Num primeiro momento, com efeito, o romance parece ser um elogio da convivência conjugal. Mais à frente, La Faustin passa a acordar no meio da noite e começa a recitar falas de seu personagem raciniano; com o tempo, não pensa em outra coisa, senão no teatro da Comédie Française. Incomodada com os hóspedes do marido, na véspera de uma viagem do casal à Itália, ela cai praticamente morta. O romance termina com a grande atriz tentando reproduzir em seu rosto as convulsões agônicas (a "horrível caricatura satânica") do amante quando ele está à beira da morte; consciente por um instante, ele surpreende os esforços da atriz e pede que a expulsem. As noivas exigirem de seus noivos a leitura desse romance é, naturalmente, uma ironia.

file de obras-primas da arte da porcelana, cuja fina harmonia, nas refeições delicadas, é a que mais deleita o espírito alerta do conhecedor — pratos de Yung-Tsching em que, nos bordos cor de fogo, azulado, de túrgido esfolhar de íris aquáticos, de matinal esvoaçar de martins-pescadores e de grous, a atravessá-los de modo tão decorativo, há exatamente os tons da aurora diariamente entrevista por meu despertar no bulevar Montmorency; pratos, mais delicados em sua feitura graciosa, variando da languidez, da anemia das rosas violáceas aos recortes borra-de-vinho de uma tulipa, ao rococó de um cravo ou de um miosótis; pratos de Sèvres, gradeados pelas finas estrias de suas alvas caneluras, verticilados de ouro, ou atados, no fundo leitoso, pelo galante ressalto de uma fita dourada; enfim, a prataria onde correm mirtos de Luciennes, que a Dubarry reconheceria.[32] E não menos rara talvez seja a qualidade verdadeiramente notável das coisas que em tais pratos se servem, manjares sabiamente preparados, como os parisienses, é preciso dizê-lo bem alto, nunca vistos nos banquetes, e que me lembram certos grandes cozinheiros de Jean d'Heurs. Até o *foie gras* não tem o menor parentesco com o creme insosso habitualmente apresentado sob esse nome, e não conheço muitos lugares onde a simples salada de batatas seja assim feita, com batatas que possuem a resistência dos botões de marfim japoneses, a pátina daquelas ebúrneas colherinhas com as quais as chinesas deitam água sobre os peixes que acabaram de pescar. No copo de Veneza que tenho diante de mim, um extraordinário Léoville comprado no leilão do sr. Montalivet põe ricas joias vermelhas, e é uma alegria para a imaginação dos olhos e também, não receio confessá-lo, para a imaginação do que outrora se chamava goela, ver chegar um mero em tudo diferente dos meros pouco frescos servidos nas mesas mais luxuosas, cujas arestas, nas delongas do transporte, imprimiram-se na carne das costas;

---

32 A prataria da sra. Du Barry é elencada pelos Goncourt no livro que dedicam à amante de Luís xv. Essa descrição motiva os desejos de consumo de Albertine.

um mero acompanhado, não pela cola que, sob o nome de molho branco, preparam tantos mestres-cucas de grandes casas, mas pelo verdadeiro molho branco, feito com manteiga de cinco francos a libra; ver apresentar esse peixe numa travessa maravilhosa de Tching-Hon, cortada pelos raios purpúreos do crepúsculo sobre um mar onde, com movimentos engraçados, um bando de lagostas nada com um pontilhado grumoso tão espantosamente reproduzido que parecem moldadas em carapaças vivas, travessa cuja borda se compõe de um chinesinho pescando à vara um peixe que é um verdadeiro deslumbramento de tons nacarados, graças à prata azulada do ventre. Falando eu a Verdurin do delicado prazer que devem representar para ele esses acepipes requintados e essa coleção como atualmente nenhum príncipe possui em suas vitrinas: 'Bem se vê que não o conhece', observa melancolicamente a dona da casa, e trata o marido de maníaco original, indiferente a todo esse luxo, 'um maníaco', repete, 'sim, isso mesmo, um maníaco a quem talvez apetecesse mais uma garrafa de cidra bebida no ambiente um tanto acanalhado de uma herdade normanda'. E a encantadora senhora, com autênticas expressões de apaixonada pelos coloridos regionais, nos descreve com transbordante entusiasmo essa Normandia onde moraram, uma Normandia que seria um imenso parque inglês, com a fragrância de seus altos bosques à Lawrence, o veludo das criptomérias nos gramados naturais, cercados de róseas hortênsias que se diriam de porcelana, com suas rosas açafrão que, caindo em tufos desordenados sobre a porta de um camponês, na qual a incrustação de duas pereiras entrelaçadas simula uma tabuleta de grande efeito ornamental, lembram os lustres de Gouthière, cujos floridos ramos de bronze pendem tão naturalmente, uma Normandia de que nem suspeitam os parisienses em férias, protegida por campos fechados, cujas cercas, como me confessaram, os Verdurin fartaram-se de atravessar. No fim do dia, no sonolento apagar de todas as cores, quando a luz só vinha de um mar quase talhado, com tons azulados de soro — 'Mas não, não tem nada do mar que conhece', protesta freneticamente minha vizinha, em resposta ao que lhe digo sobre nossa ida, minha e de meu irmão, a Trouville com Flaubert, 'nada, absolutamente nada, é preciso ir comigo, senão não entenderá' —, voltavam para casa entre as verdadeiras florestas de flores de filó róseo das azáleas, inteiramente embriagados pelo perfume dos jardins, que dava ao marido terríveis crises de asma — 'sim', insistia, 'é isso mesmo, verdadeiras crises de asma'. No verão seguinte, lá estavam eles de novo, abrigando toda uma colônia de artistas na admirável residência medieval fornecida por um velho claustro que alugavam por quase nada. E, não nego, ao ouvir essa senhora que, passando por tantos meios realmente distintos, guardou entretanto um pouco da vivacidade verbal das mulheres do povo, tem palavras a mostrarem as coisas com as cores de que as reveste a imaginação, veio-me água à boca, graças à vida que me confessa haver levado lá, cada um trabalhando em sua cela, reunindo-se todos, antes do almoço, no salão tão vasto que possuía duas lareiras, para conversas de alto nível, entremeadas de jogos inocentes, vida que me lembra a obra-prima de Diderot, as *Lettres à Mademoiselle Volland*.[33] Depois, findo o almoço, saíam, mesmo nos dias em que, a chuva misturando-se ao sol, fúlgidos pingos d'água riscavam, com fios luminosos, os troncos nodosos de um magnífico renque de faias centenárias que representavam, logo à entrada, a beleza vegetal tão amada pelo século XVIII, e os arbustos em cujos ramos se suspendiam, em lugar de botões florescentes, gotas de chuva. Paravam para escutar o delicado borrifar, enamorado de frescura, de um passarinho, uma barbirruiva a banhar-se na minúscula e gentil banheira de Nymphenburg, que é a corola de uma rosa branca. E como falo à

---

33 Em vez das obras filosóficas, políticas ou ficcionais de Diderot, os pseudo-Goncourt elogiam uma obra "mundana" do escritor: a coletânea de cartas que, no decênio de 1759-1769, Diderot envia a sua amante, Louise-Henriette Volland; algumas dessas cartas registram, com efeito, os prazeres da conversação e de pequenos jogos em um castelo no campo.

sra. Verdurin dos finos pastéis feitos por Elstir com paisagens e flores normandas: 'Mas fui eu quem lhe revelou tudo isso', exclama, levantando, num gesto colérico, a cabeça, 'tudo, compreende?, tudo, os recantos pitorescos, os temas todos, disse-lho de cara quando nos deixou, não é, Auguste?, todos os temas de seu quadros. Os objetos, sempre os conheceu, sou justa, não o nego. Mas as flores, nunca as tinha visto, não sabia distinguir a malva da malva-rosa. Mostrei-lhe até — vai achar incrível — o jasmim'. Devo confessar que me causava estranheza pensar que o pintor de flores considerado hoje o melhor pelos entendidos, superior até a Fantin-Latour, talvez não tivesse, sem a mulher a meu lado, pintado nem um jasmim. 'Sim, dou minha palavra, o jasmim; todas as rosas que fez, viu-as aqui em casa ou lhe foram levadas por mim. Nós o chamávamos sr. Tiche.[34] Pergunte a Cottard, a Brichot, a todos, se era aqui tratado como grande homem. Ele mesmo riria, se o fosse. Aprendeu comigo a arrumar flores; no começo não havia meios de conseguir. Nunca soube fazer um buquê. Não tinha gosto natural para escolher, eu precisava dizer-lhe: Não, não pinte isso, pinte aquilo. Ah! se nos tivesse ouvido no arranjo da vida como no das flores, se não tivesse feito aquele péssimo casamento!' E bruscamente, absorta num sonho todo voltado para o passado, a transparecer-lhe nos olhos febris, repuxando nervosamente, com um mecânico abrir e fechar de falanges, os babados das mangas, sugere, pela atitude dolorida, um quadro admirável que, creio, nunca foi pintado, onde se estamparia toda a contida revolta, todas as irritadas suscetibilidades da amiga ultrajada em sua delicadeza, em seu pudor de mulher. E, a propósito, fala-nos do esplêndido retrato que Elstir fizera para ela, o da família Cottard, doado ao Luxembourg após a ruptura com o pintor, confessando ter sido sua a ideia de representar de casaca o homem, a fim de obter aquele alvo cascatear de roupas interiores, e a mulher num vestido de veludo, em que se apoiava todo o

---

34 A nova edição trocou o original "Tiche" por "Biche".

borboletear de claras nuanças dos tapetes, das flores, dos vestidos de gaze das meninas, semelhantes a saiotes de dançarinas. Caber-lhe-ia igualmente a ideia do penteado, pelo qual tanto se louvou depois o artista, e que consistia, afinal, em pintar a mulher, não em atitude cerimoniosa, mas surpreendida no íntimo viver cotidiano. Eu lhe dizia: 'Mas na mulher que se penteia, que enxuga o rosto, que aquece os pés, certa de não ser observada, há uma porção de movimentos interessantes, de graça absolutamente leonardesca!'."

"Mas, a um sinal de Verdurin, denunciando o risco, para a grande nervosa que seria no fundo sua mulher, desse despertar de ressentimentos, Swann me faz admirar o colar de pérolas negras da dona da casa, por ela mesma comprado, todo branco, no leilão de um descendente de sra. de La Fayette, a quem teria sido dado por Henriette de Inglaterra, e enegrecido no incêndio que destruíra parte da casa onde então moravam os Verdurin, numa rua cujo nome não me ocorre, após o qual se encontrou a caixa com as pérolas, mas inteiramente negras. 'E eu conheço o retrato dessas pérolas, nos ombros da própria sra. de La Fayette, sim, perfeitamente, seu retrato', insistiu Swann diante das exclamações dos convivas atônitos, 'seu autêntico retrato, na coleção do duque de Guermantes. Uma coleção como não há outra no mundo', proclama, e que eu deveria ver, herdada pelo célebre duque da tia de quem era o sobrinho predileto, sra. de Beausergent, mais tarde sra. D'Hayfeld, irmã da princesa de Villeparisis, e da princesa de Hanovre. 'Meu irmão e eu gostávamos muito dele, antigamente, sob os traços do garoto encantador chamado Basin, nome de batismo do duque'.[35] Mas o dr. Cottard, com finura de homem realmente distinto, retoma a história das pérolas e nos revela que catástrofes desse gênero produzem nos cérebros alterações semelhantes às observadas na matéria inanimada, e cita,

---

[35] Com efeito, ao final da leitura do diário, o narrador também terá lido e comentará cenas das *Memórias* da duquesa de Beausergent em que o duque, ainda criança, aparece.

com filosofia rara nos médicos, o criado de quarto da sra. Verdurin, o qual, apavorado pelo incêndio do qual escapara de morrer, tornara-se outro homem, tendo-se-lhe mudado tanto a letra, que seus patrões, então na Normandia, atribuíram à mistificação de algum farsante a carta em que anunciava o ocorrido. E não foi só a escrita a se transformar, segundo Cottard, que conta como, de sóbrio, o homem passou a ébrio habitual, tendo-o por isso despedido a sra. Verdurin. A sugestiva dissertação, começada na sala de jantar, prosseguiu, a um sinal gracioso da anfitriã, no *fumoir* veneziano, onde Cottard me assegurou ter assistido a verdadeiros desdobramentos de personalidade, citando o caso de um de seus clientes, que se oferece amavelmente para mostrar-me, em quem, com um toque nas têmporas, despertava uma segunda vida, durante a qual nada recordava da primeira, tanto que, muito honesto numa, fora diversas vezes, como autêntico meliante, preso pelos roubos cometidos na outra. Ao que a sra. Verdurin lembra finamente que a medicina poderia fornecer ao teatro assuntos mais reais, cujos lances imprevistos se baseassem em equívocos patológicos, e, uma coisa puxando a outra, a sra. Cottard alude a uma obra desse gênero, escrita por um amador,[36] que é o favorito de seus filhos, o escocês Stevenson,[37] nome que põe na boca de Swann esta afirmação peremptória: 'Mas Stevenson é um grande escritor, eu lhe garanto, sr. de Goncourt, muito grande, igual aos maiores'. E como, elogiando o teto de painéis armoriados, proveniente do antigo *palazzo* Barberini, da sala onde fumamos, eu lamente ao mesmo tempo o enegrecimento progressivo, pela fumaça de nossos *londrès*, da concha da fonte, e Swann conte que manchas semelhantes, em livros pertencentes a Napoleão I, pos-

---

36 O termo "amateur", do original de 1927, foi substituído por "conteur", "contador de histórias", na última edição.

37 Os casos patológicos analisados pelo doutor Cottard têm paralelo com o que é narrado por Stevenson em sua narrativa célebre, *O estranho caso do Dr. Jekyll e Mr. Hyde*. Trata-se de um dos textos em língua inglesa preferidos do próprio Proust.

suídos agora, a despeito de suas opiniões antibonapartistas, pelo duque de Guermantes, provam que o imperador mascava, Cottard, cujo espírito penetrante parece estar a par de tudo, assevera que tais manchas não se devem de modo algum a isso — 'mas de modo algum', insiste com autoridade —, e sim ao hábito de ter sempre na mão, mesmo nos campos de batalha, pastilhas de alcaçuz, para aliviar as dores do fígado. 'Porque ele sofria de uma doença de fígado, e foi do que morreu', concluiu o doutor."

Parei aí, porque devia partir no dia seguinte e, além disso, chegara a hora em que me reclamava outro amo, cujo serviço nos absorve diariamente metade do tempo. As obrigações que nos impõe, executamo-las de olhos fechados. Todas as manhãs nos restitui a nosso primeiro amo, certo de que, do contrário, não o serviríamos bem. Apenas nosso espírito descerra os olhos, já os mais espertos dentre nós, ávidos de saber o que poderemos ter feito sob as ordens do senhor que deita seus escravos antes de os submeter a um trabalho apressado, procuram sub-repticiamente espiar a mal terminada tarefa. Mas o sono luta de velocidade com eles, a fim de apagar as pegadas do que queriam ver. E, após tantos séculos, ainda pouco sabemos a esse respeito.

Fechei, pois, o diário dos Goncourt. Prestígio da literatura! Desejei rever os Cottard, fazer-lhes mil perguntas sobre Elstir, visitar a loja do Petit Dunkerque, se ainda existisse, pedir licença para percorrer a casa dos Verdurin, onde já jantara. Mas experimentava um vago mal-estar. Sem dúvida, nunca me iludira sobre minha incapacidade de ouvir, e até não estando sozinho, de olhar: não sabia reparar nos colares de pérolas de mulheres velhas, nem prestar atenção aos comentários que suscitavam. Contudo, aqueles seres, eu os conhecera na vida cotidiana, jantara frequentemente em sua companhia, eram os Verdurin, era o duque de Guermantes, eram os Cottard, gente que me parecera tão pouco interessante como à minha avó aquele Basin em quem não reconhecia o sobrinho querido, o jovem herói delicioso da sra. de Beausergent; achava-os a todos insípidos, lembrava-me das inúmeras vulgaridades de cada um... "Et que tout cela fasse un astre dans la nuit!!!"[38]

Resolvi deixar provisoriamente de lado as objeções contra a literatura que me provocaram essas páginas dos Goncourt lidas na véspera de partir de Tansonville.[39] Mesmo descontando o índice individual de ingenuidade, espantoso no memorialista, tinha muitos motivos para tranquilizar-me. Primeiro, no que me tocava pessoalmente, minha incapacidade de ver e ouvir, tão penosamente posta em evidência pelo diário citado, não era entretanto total. Havia em mim alguém que sabia mais ou menos olhar, mas era uma personagem intermitente, só animada pelo contato de alguma essência geral, manifestando-se em muitas coisas, da qual tirava alimento e alegria. Então via e ouvia, mas só a determinada profundidade, de nada valendo, assim, para observação. Como um geômetra que, despojando os corpos das qualidades sensíveis, só lhes visse o substrato linear, escapavam-me o que as criaturas contavam, pois não me interessava o que diziam, e sim o modo pelo qual o diziam, e tanto quanto lhes revelava o caráter ou os ridículos; ou, melhor, o objeto sempre visado particularmente por minhas pesquisas, o que me causava um prazer específico, era a descoberta dos pontos comuns a vários seres. Só ao vislumbrá-los, meu espírito — até então sonolento, mesmo sob a aparente vivacidade das palavras cuja animação, na conversa, mascarava para outrem um completo torpor

---

38 "E que tudo isso vire um astro na noite!!!" Citação aproximada do poema de número XI do terceiro livro *Les contemplations* de Victor Hugo. Esse poema, datado de outubro de 1840, traz por título um mero ponto de interrogação. Proust troca "nos céus" ("dans les cieux") do original por "na noite" ("dans la nuit"). Trata-se do verso conclusivo de um poema de 21 versos em que se constatam várias catástrofes motivadas pela "raça humana", nesse contexto em que o ódio reina "no coração de todos", em que "todas as paixões engendram o mal" e em que em todos os continentes "ruge a guerra infame", chegamos a essa conclusão de tom desencantado em que o poeta esboça o gesto de se abster de participar daquelas catástrofes por ele enumeradas. No final do livro, é a duquesa de Guermantes que mobiliza o mesmo livro de poemas de Hugo para criticar o marido.

39 O trecho "lidas na véspera de partir de Tansonville" é acréscimo de 1989.

espiritual — lançava-se de súbito à caça, mas o que nesses momentos perseguia — por exemplo, a identidade, em diversos lugares e épocas diversas do salão Verdurin — situava-se a certa profundidade, para além da aparência, em zona um pouco mais recuada. Escapava-me também o encanto visível, imitável, dos seres, porque já não possuía a faculdade de nele me deter, como um cirurgião que, sob um ventre polido de mulher, distinguisse o mal interno que o corrói. Por mais que jantasse em sociedade, não via as pessoas presentes, porque as radiografava quando cria olhá-las.

Disso resultava que, reunidas todas as observações por mim feitas num jantar, o desenho das linhas assim traçadas formava um conjunto de leis psicológicas em que quase não figurava, por si mesmo, o sentido das palavras dos convivas. Mas talvez não perdessem por isso todo o mérito de meus retratos, já que não os vendia como tais. Se um retrato, em pintura, patentear certas verdades relativas ao volume, à luz, ao movimento, será necessariamente inferior a outro, em tudo diferente, da mesma pessoa, em que se fixem com minúcia mil pormenores naquele omitidos, permitindo verificar haver sido encantador o modelo, que se diria feio pelo primeiro, circunstância importante para a verdade documental e mesmo histórica, mas não para a da arte?

E, mal me via acompanhado, induzia-me a frivolidade a brilhar, mais desejoso de divertir tagarelando do que de instruir-me escutando, a menos que só houvesse comparecido à reunião para esclarecer questões artísticas, ou suspeitas ciumentas que já me ocupassem o espírito! Mas era incapaz de ver senão aquilo do qual a leitura me despertara a cobiça, e cujo esboço, previamente por mim desenhado, quisesse confrontar com a realidade. Muitas vezes, não sabia antes de me assinalar essa página dos Goncourt, deixei de notar coisas ou pessoas que, depois, ao me ser sua imagem apresentada na solidão por um artista, teria andado léguas, afrontado a morte para tornar a ver. Já então minha imaginação se pusera em movimento, começara a pintar. E a propósito do que me fizera bocejar no ano anterior, indagava com angústia, contemplando-o antecipadamente, desejando-o: "Será realmente impossível vê-lo? Quanto não daria para isso!".

Quando se leem artigos sobre pessoas, mesmo apenas mundanas, qualificadas de "últimos representantes de uma época da qual não resta mais nenhuma testemunha", pode-se sem dúvida exclamar: "Dizer que é de alguém tão insignificante que se fala com tanta abundância e tantos elogios!", é isto que eu deploraria não ter conhecido, se lesse os jornais e revistas sem ter visto "o homem", mas minha tendência nessas circunstâncias era antes pensar: "Que pena" — eu só cuidava então de encontrar Gilberte ou Albertine — "não ter sido mais atento àquele homem, tomei-o por um mundano fastidioso, por um mero figurante, e era uma grande figura!".

As páginas que li dos Goncourt fizeram-me lamentar meu feitio. Pois talvez pudesse concluir delas que a vida nos ensina a não levar muito a sério os livros, e nos mostra a pouca importância do que o escritor elogia; mas podia igualmente inferir que a leitura, ao contrário, nos permite descobrir o valor da vida, valor que não soubéramos apreciar e de cuja grandeza só assim nos inteiramos. A rigor, podemos nos consolar do pouco prazer experimentado na companhia de um Vinteuil, de um Bergotte, já que o burguesismo pudibundo de um, os defeitos insuportáveis do outro nada provam contra eles, seu gênio se manifestando em suas obras; assim também a pretensiosa vulgaridade de um Elstir ao tempo de sua estreia. Verificara pelo diário dos Goncourt que Elstir não era senão aquele "Monsieur Tiche", que dissera outrora a Swann, em casa dos Verdurin, coisas tão irritantes. As memórias serem ou não culpadas por tornar atraentes criaturas cuja convivência nos desagradara é problema de pequena monta, já que ao enganar-se, nesse ponto, o autor, não constitui prova contra o valor da vida que produz tais gênios, que anima obras como as de Vinteuil, de Elstir e de Bergotte. Mas que homem de gênio deixa de adotar as expressões exasperantes dos artistas de seu grupo antes de atingir (como atingiu Elstir, o que raramente acontece) um bom gosto superior? As cartas de Balzac, por exemplo, não estarão cheias de termos vulgares, cujo emprego faria Swann sofrer paixão e morte? E é todavia provável que Swann, tão fino, tão expurgado de ridículos odiosos, fosse incapaz de escrever *A prima Bette* ou *O cura de Tours*.

Quando ao extremo oposto da experiência, ao fato de as anedotas mais curiosas do diário dos Goncourt, graças às quais fornece inesgotável divertimento à noturna solidão dos leitores, terem sido narradas por convivas a quem essas páginas dão vontade de conhecer, e entretanto a mim não deixariam nem sombra de recordações interessantes, também não era de todo inexplicável. Apesar da ingenuidade de Goncourt, sempre pronto a inferir da graça de um caso a provável distinção do narrador, era possível que homens medíocres contassem coisas dignas de nota, a eles sucedidas ou de terceiros hauridas. Goncourt sabia ouvir, sabia ver; eu não o sabia.

Cada um desses fatos deveria, aliás, ser examinado separadamente. Certo, o sr. de Guermantes não me parecera o modelo adorável de graças juvenis que minha avó queria tanto ter conhecido e me propunha como exemplo inimitável, de acordo com as Memórias da sra. de Beausergent. Mas é preciso lembrar que Basin tinha então sete anos, que a escritora era sua tia, e que até os maridos que se divorciarão poucos meses depois fazem grandes elogios às esposas. Uma das poesias mais bonitas de Sainte-Beuve é consagrada à aparição, diante de uma fonte, de uma criança coroada por todos os dons e todas as graças, a jovem srta. de Champlâtreux, que não contaria então dez anos. Ainda votando a mais terna veneração a sua sogra, a duquesa de Noailles, nascida Champlâtreux, o poeta genial que é a condessa de Noailles não teria podido fazer-lhe o retrato sem estabelecer um vivo contraste com o traçado cinquenta anos antes por Sainte-Beuve.

O mais perturbador talvez fosse o meio-termo, isto é, as pessoas cuja reputação implica algo além de uma memória capaz de reter anedotas interessantes, sem contudo nos facultarem, como os Vinteuil, os Bergotte, o recurso de julgá-las por suas obras; não criaram, mas — para maior pasmo dos que as críamos medíocres — inspiraram. Admito que, desde a grande pintura da Renascença, a maior impressão de elegância, nos museus, provenha dos salões dessas pobres pequeno-burguesas de quem, se não as conhecesse, os quadros me fariam desejar aproximar-me na vida real, esperando aprender, com aquelas cujas caudas de veludo e rendas são comparáveis às mais perfeitas realizações de Ticiano, segredos preciosos que não me comunicaram nem a arte do pintor nem sua tela. Se tivesse percebido antes que não é o mais espirituoso, o mais instruído, o mais bem relacionado, mas quem se sabe tornar um espelho e refletir assim a própria vida, acanhada embora, que chega a ser um Bergotte (a despeito de o considerarmos contemporâneo inferior em chiste a Swann e em cultura a Brichot), teria verificado que o mesmo se dá, e mais justamente, com os modelos dos artistas. Ao despontar no pintor, livre de abordar qualquer assunto, o amor da beleza e do luxo, tão fecundo em temas sugestivos, seu modelo há de ser forçosamente gente pouco mais rica do que ele, em cuja casa encontrará o que em regra falta a seu ateliê de gênio desconhecido, obrigado a vender quadros a cinquenta francos: um salão com móveis cobertos de seda antiga, muitas lâmpadas, belas flores, belas frutas, belos vestidos — gente relativamente modesta, ou que o pareceria aos realmente ricos (que nem lhe suspeitam da existência), mas que, precisamente por isso, está mais próxima do artista obscuro, pode conhecê-lo, convidá-lo, apreciá-lo, comprar-lhe os trabalhos, mais facilmente do que os aristocratas que, como o papa e os chefes de Estado, só encomendam retratos a pintores acadêmicos. A poesia dos interiores luxuosos e dos lindos vestidos de nosso tempo, não encontrará a posteridade antes no salão do editor Charpentier, segundo Renoir, do que no retrato da princesa de Sagan ou da condessa de La Rochefoucauld, por Cotte ou Chaplin? Os artistas a quem devemos as maiores impressões de elegância não colheram elementos junto das pessoas mais requintadas de sua época, as quais raramente se deixam pintar pelo desconhecido mensageiro de uma beleza que não lhe conseguem descobrir nos quadros, dissimulada como se acha pela interposição de velhas chapas, cuja graça antiquada baila nos olhos do público como, nos dos doentes, as visões subjetivas que lhes parecem reais. Mas o fato de indivíduos medíocres, como alguns de meu conhecimento, terem além do mais inspirado, aconselhado certas disposições que me encantaram, de não figurarem nos quadros apenas como modelos, e sim também como amigos que o pintor fizera questão de apresentar em seus trabalhos, induz-me a indagar se todas as criaturas que lamentamos não haver conhecido, porque Balzac as pôs em seus livros ou, em penhor de admiração, lhes dedicava estes, porque sobre elas fizeram Sainte-Beuve e Baudelaire seus mais lindos versos, se, com maioria de razão, todas as Récamier, todas as Pompadour, não me teriam parecido insignificantes, seja por deficiência de minha natureza, suposição que me infundia revolta ao ver-me doente, impossibilitado de rever todos quantos desconhecera, seja porque, verdadeiramente, só devessem seu prestígio à magia ilusionista da literatura, hipótese que revelava a necessidade de ler segundo um dicionário diferente, e me consolava de precisar, repentinamente, devido à gravação de meus males, romper com a sociedade, renunciar às viagens, aos museus, para tratar-me numa casa de saúde. Talvez, porém, esse lado mentiroso, essa falsa luz, não existam senão nas memórias recentes, muito próximas de reputações que, intelectuais ou mundanas, logo se extinguirão. (E se tentar obstar a esse sepultamento, logrará a erudição afastar um em mil dos esquecimentos que se amontoam?)

Tais pensamentos, tendentes uns a diminuir, outros a aumentar minha tristeza de não possuir dons literários, não me veriam mais durante os longos anos que passei longe de Paris, num sanatório, onde, aliás, renunciei inteiramente ao projeto de escrever, até este se ver desfalcado de seu corpo médico, em começos de 1916.

Voltei então para uma Paris bem diversa, como breve se verá, daquela a que já regressara uma vez, em agosto de 1914, a fim de sofrer um exame médico, após o qual me recolhi de novo à casa de saúde.[40]

---

40 Como na edição atual não há a segmentação de capítulos, este parágrafo está ligado ao parágrafo abaixo, iniciado por "Numa das primeiras noites".

O SR. DE CHARLUS DURANTE A GUERRA;
SUAS OPINIÕES, SEUS DIVERTIMENTOS

Numa das primeiras noites de minha estada em Paris em 1916, desejoso de ouvir comentar a única coisa que então me interessava, a guerra, saí depois do jantar para visitar a sra. Verdurin, já que ela era, com a sra. Bontemps, uma das rainhas daquela Paris da guerra, que lembrava a do Diretório.[41] Como pela ação de um pouco de fermento, aparentemente de geração espontânea, as moças usavam a qualquer hora altos turbantes cilíndricos, semelhantes aos das contemporâneas da sra. Tallien. Trazendo, por civismo, túnicas egípcias, retas, escuras, de aparência militar, sobressaias muito curtas, calçavam sapatos presos às canelas por fitas cruzadas, a lembrarem o coturno de Talma, ou polainas longas, como as de nossos caros combatentes; era, diziam, apenas para cumprir seu dever de alegrar os olhos desses combatentes que ainda se enfeitavam, não somente com os largos e soltos vestidos em moda, mas também com joias cujos temas decorativos evocavam o exército, mesmo quando dele não provinha nem nele fora trabalhado o material; em vez de ornatos egípcios, recordando a campanha do Egito, viam-se anéis e pulseiras feitos com fragmentos de obuses ou faixas de canhões 75, acendedores de cigarros formados por duas moedas inglesas, às quais algum soldado, em seu abrigo, conseguira dar uma pátina tão bela que se

41 A comparação entre a Paris da Primeira Guerra com a do período imediatamente posterior às atrocidades do Terror está baseada no registro que os irmãos Goncourt fizeram do Diretório. Publicado às custas dos autores em 1855, eles falam de uma Paris de mais de seiscentos bailes públicos, de uma cidade em que uma vida efervescente talvez seja uma tentativa de mergulhar em festa o período sombrio que a França acabava de atravessar. Eis o resumo do que eles desenvolvem no livro: "Todo decoro violado, toda a decência banida, todas as riquezas dissipadas, todos os liames sociais rompidos, toda ordem em desordem — esse mundo, que é uma balbúrdia, dedicou a vida ao gozo". Edmond et Jules Goncourt. *Histoire de la société française pendant le Directoire*. Paris: Gallimard, 1992, p. 131.

diria traçado por Pisanello o perfil da rainha Vitória; era ainda por pensarem nisso continuamente, explicavam, que mal punham, quando morria um dos seus, um luto, "onde se estampava também o orgulho", o que autorizava um chapeuzinho branco de crepe inglês (de efeito graciosíssimo a permitir todas as esperanças, e, graças à certeza invencível do triunfo definitivo), podiam substituir as lãs de outrora pelo cetim e pela musselina de seda, e até conservar as pérolas, "respeitando embora o tato e a correção que não se precisam recomendar às francesas".

O Louvre e todos os museus estavam fechados, e quando se lia num título de artigo de jornal: "Uma exposição sensacional", podia-se ter a certeza de que se tratava de exibir não quadros, mas vestidos, e vestidos destinados a despertar "os delicados prazeres artísticos de que estavam há muito privadas as parisienses". Assim voltavam a elegância e as distrações; na falta da arte verdadeira, a elegância procurava desculpar-se como os artistas de 1793, que, expondo no salão revolucionário, proclamavam não haver motivo para "austeros republicanos estranharem que cuidemos das artes enquanto a Europa coligada sitia o território da liberdade".[42] Procediam da mesma forma os costureiros de 1916, ao confessarem, com altiva consciência de artistas, que "buscar o novo, fugir à banalidade, afirmar uma personalidade,[43] preparar a vitória, descobrir para as gerações posteriores à guerra uma nova fórmula de beleza", tal era a ambição que os empolgava, a quimera que perseguiam, como se poderia verificar visitando seus salões deliciosamente instalados na rua..., onde a palavra de ordem era dissipar por uma nota

42 Citação literal da apresentação do salão de 1793, pior ano do Terror; Proust a extrai do livro dos Goncourt sobre a França do Diretório. Eis o comentário dos Goncourt para essa apresentação: "Assim, a arte pede desculpas à barbárie. Assim, a arte busca o perdão". Edmond et Jules Goncourt. *Histoire de la société française pendant le Directoire*. Op. cit., p. 197. Para outro comentário da arte no período do Terror, ver a nota para a citação do livro *Les dieux ont soif*, de Anatole France.

43 O trecho "afirmar uma personalidade" é acréscimo da nova edição.

luminosa e alegre as pesadas tristezas do momento, embora com a discrição imposta pelas circunstâncias.

"As agruras do presente venceriam, sem dúvida, as energias femininas, se altos exemplos de coragem e resistência não se nos oferecessem à meditação. Por isso, pensando em nossos combatentes, a sonharem, no fundo de suas trincheiras, com mais conforto e mais graça para a querida ausente deixada no lar, capricharemos cada vez mais na criação de vestidos adaptados às necessidades atuais. Domina, como bem se compreende, a voga das casas inglesas, portanto aliadas, e reina neste ano a mania do vestido-tonel, cuja encantadora simplicidade nos confere a todas um cunho interessante e de rara distinção. Será mesmo uma das consequências felizes desta triste guerra", acrescentava o agradável cronista (esperando a volta das províncias perdidas, o despertar do sentimento nacional), "será mesmo uma das mais felizes consequências desta guerra o fato de se haverem obtido, com tão pouco, sem luxo descabido e de mau gosto, excelentes resultados em matéria de toilette, de se ter tirado de quase nada coisas tão graciosas. Aos vestidos de grandes costureiros, com edições de vários exemplares, preferem-se os feitos em casa, porque são uma afirmação do espírito, do gosto e das tendências indiscutíveis de cada uma."

Quanto à caridade, era natural que, diante de tantas misérias devidas à invasão, de tantos mutilados, se devesse tornar "ainda mais engenhosa", obrigasse as donas dos altos turbantes a terminar as tardes nos chás, em redor de mesas de bridge, comentando notícias do front, enquanto, à porta, esperavam-nas seus automóveis, em cuja boleia um belo militar conversava com o lacaio. Não eram todavia novos apenas os chapéus cujos estranhos cilindros encimavam os rostos. Estes também o eram. Ninguém sabia bem de onde vinham as donas dos turbantes, que representavam a nata da elegância, umas há seis meses, outras há dois anos, outras há quatro. Essas diferenças tinham, aliás, para elas, importância semelhante à que, quando eu comecei a frequentar a sociedade, assumiam, para duas grandes famílias como os Guermantes e os La Rochefoucauld, três ou quatro séculos de comprovada anciania. A senhora que conhecera os Guermantes em 1914 considerava *parvenue* a que lhes apresentavam em 1916, cumprimentava-a entre distante e protetora, examinava-a através de seu *face-à-main* e tinha trejeitos de desprezo para segredar que nem se sabia ao certo se a outra era ou não casada. "Nada disso me cheira bem", concluía a dama de 1914, lamentando sem dúvida não se haver encerrado com a sua o ciclo das admissões. Essas recém-vindas, que os rapazes achavam bastante passadas, e que alguns velhos, antigos frequentadores de outras rodas além da alta, julgavam já ter visto, não só ofereciam à sociedade os divertimentos adequados, conversas políticas e concertos na intimidade, como deviam ser as únicas a promovê-los; porque, para as coisas darem a impressão de novas, embora velhas, ou mesmo novas, são necessários, em arte como em medicina ou mundanismo, nomes novos (e estes o eram, de fato, sob certos aspectos). A sra. Verdurin, por exemplo, estivera em Veneza durante a guerra, mas, como certas pessoas evitam aludir a desgostos e sentimentos, quando a dizia estupenda, não se referia nem à cidade em si, nem a São Marcos, nem aos palácios, ao que tanto me agradara e lhe parecera secundário, mas ao efeito dos projetores no céu, dos projetores sobre os quais dava informações apoiadas em cifras. (Assim renasce de tempos em tempos certo realismo, reação contra a arte até então admirada.)[44]

---

44 Nessa observação da sra. Verdurin parece haver uma referência a Maurice Barrès (1862-1923), escritor conservador nacionalista, que durante a guerra redigia regularmente para *L'Écho de Paris* crônicas de propaganda exaltando as qualidades dos soldados franceses e prevendo a vitória do país. Enquanto deputado, vai à Itália na delegação francesa e, em 27 de junho de 1916, narra sua visita a Gabriele d'Annunzio em Veneza. Em casa dele assiste a um concerto de música de câmera por soldados de licença e conversam sobre a guerra até tarde da noite caminhando pela cidade. Mas, ao contrário da sra. Verdurin, ele diz que aviões sobrevoavam Veneza e que todas as luzes estavam apagadas. Temos então: "Aqueles que virem essas

O salão Sainte-Euverte era um cartaz desbotado que, mesmo com a presença dos maiores artistas, dos ministros mais influentes, já não atraía ninguém. Corria-se, ao contrário, para ouvir uma palavra pronunciada pelo secretário de um daqueles ou pelo chefe de gabinete de um destes, a um sinal das novas damas de turbante, cujo bando alado e palrador invadira Paris. As mulheres do primeiro Diretório tinham uma rainha que era bela e jovem e se chamava sra. Tallien.[45] As do segundo tinham duas que eram velhas e feias e se chamavam sra. Verdurin e sra. Bontemps. Quem poderia culpar a sra. Bontemps por que seu marido desempenhara na questão Dreyfus um papel duramente criticado por *L'Écho de Paris*?[46] Toda a Câmara se tendo, em dado momento, tornado revisionista, recrutaram-se forçosamente entre antigos

---

trevas extraordinárias tornar-se-ão temíveis. Quando se falar de Veneza, nunca mais deixarão de cansar seus contemporâneos ao repetir insistentemente: 'Era em 1916 que se devia passear por ali!'". No dia seguinte, entretanto, à luz do sol, Barrès sobrevoa Veneza, "fascinante como nunca", a bordo de um dirigível. ("Voyage en Italie" XII: "Le Concert chez le poète" — "La Ville dans les ténèbres" — "Un Vol sur Venise". In *L'Âme française et la guerre* 9. Paris: Émile-Paul, 1915-1920, p. 374)

45 Alusão ao capítulo que os irmãos Goncourt dedicam às rainhas do Diretório, líderes de uma "contrarrevolução sensual": a sra. de Staël e a sra. Tallien. Sobre esta última, eles registram: "A bela embaixatriz que se apresenta para reconciliar as mulheres com a Revolução, os homens com a Moda, o comércio com a República, a França com a corte! [...] e com sua voz encantadora, ela traz de volta do exílio o riso e a jogatina! Ela estende um tapete por sobre as marcas de sangue; ela serve a uma França já esquecida novas doses de esquecimento em forma de loucura!" Edmond et Jules Goncourt. *Histoire de la société française pendant le Directoire*. Op. cit., p. 218.

46 Nessa alusão ao marido da sra. Bontemps talvez haja uma alusão a Joseph Reinach (1826-1921) que, como o sr. Bontemps, durante o caso Dreyfus, por força das circunstâncias, torna-se "revisionista", ou seja, favorável à revisão do processo Dreyfus, sendo então considerado antipatriota. Agora, em 1913, ao apoiar a extensão do serviço militar para três anos em vez de dois, é considerado patriota. Também, durante a guerra, Reinach publica diariamente, no *Figaro*, crônicas sobre os detalhes das ações das tropas, reunidas em dezenove volumes de *Commentaires de Polybe*. É um caso que mostra, portanto, a relativização das opiniões sobre as posições políticas de determinados personagens.

revisionistas, como entre antigos socialistas, os membros do partido da ordem social, da tolerância religiosa, da preparação militar. Ter-se-ia detestado outrora o sr. Bontemps, porque os antipatriotas se denominavam então dreyfusards. Mas tal nome fora logo esquecido e substituído pelo de adversário da lei do serviço militar de três anos. O sr. Bontemps era, ao contrário, um dos autores dessa lei e, portanto, um patriota.

Na sociedade (fenômeno mundano que não é, diga-se de passagem, senão a aplicação de uma lei psicológica muito mais geral), as novidades, culpadas ou não, só horrorizam enquanto não são assimiladas e envoltas em elementos tranquilizadores. Sucedera ao dreyfusismo o mesmo que ao casamento de Saint-Loup com a filha de Odette, alvo, a princípio, de tanta indignação. Agora que se encontrava em casa dos Saint-Loup toda gente "conhecida", tivesse embora Gilberte o procedimento de Odette, que, apesar disso, todos a "frequentariam" e lhe aprovariam as censuras de *douairière* às novidades morais não assimiladas. O dreyfusismo integrara-se já numa série de coisas respeitáveis e habituais. De indagar o que por si mesmo valia, ninguém cogitava, agora, para admiti-lo, como não cogitara, outrora, para condená-lo. Não era mais *shocking*. Eis tudo quanto se exigia. Mal se recordava de que o fora, como não se sabe mais, ao cabo de algum tempo, se o pai de uma jovem era ou não desonesto. Quando muito, pode-se dizer: "Não, confunde com o cunhado, ou com um homônimo, mas dele nunca se falou mal". Assim também houvera dreyfusismo e dreyfusismo, e o que era recebido pela duquesa de Montmorency e fizera passar a lei dos três anos não podia ser ruim. Em todo caso, não há pecado sem perdão. Esse esquecimento outorgado ao dreyfusismo beneficiava a fortiori os dreyfusards. Só restavam eles, aliás, em política, já que, em dado momento, tiveram de adotar esse rótulo todos quantos quiseram participar do governo, mesmo se representassem o contrário do que o dreyfusismo encarnara quando constituíra chocante novidade (no tempo em que Saint-Loup ia resvalando para tendências perigosas): o antipatriotismo, a irreligião, a anarquia etc. Assim, o dreyfusismo do sr. Bontemps, invisível e contemplativo como o de todos os políticos, não se lhe notava mais do que os ossos sob a pele. Ninguém se lembraria de que fora dreyfusard, porque os mundanos são distraídos e esquecidos, e também porque todos timbravam em exagerar o recuo desses fatos já antigos, sendo moda afirmar que o período anterior à guerra se separava desta por alguma coisa tão profunda e, aparentemente, tão prolongada como uma era geológica, e até Brichot, o nacionalista, ao aludir à questão Dreyfus, dizia: "Naqueles tempos pré-históricos".

(Na verdade, a funda alteração determinada pela guerra atuava sobre os espíritos na razão inversa do valor destes, pelo menos a partir de certo nível, porquanto, na camada inferior, os tolos completos e os que só buscam o prazer nem se preocupavam com o conflito. Mas, na superior, aos que fazem da vida interior a sua ambiência, pouco se lhes dá o vulto dos sucessos. O que lhes modifica sensivelmente a ordem dos pensamentos é antes algo que, sem parecer ter em si mesmo a menor importância, destrói para eles a sequência do tempo, tornando-os contemporâneos de outra fase de sua vida. Podemos perceber isso na prática pela beleza das páginas que inspira.[47] um pássaro a cantar no parque de Montboisier ou uma brisa a trazer um perfume de resedá são, evidentemente, fatos menos marcantes do que as grandes datas da Revolução e do Império. Inspiraram entretanto a Chateaubriand, nas *Mémoires d'outre-tombe*, páginas de valor infinitamente maior.[48]) As palavras *dreyfusista* e *antidreyfusista* não tinham mais sentido, diziam as mesmas pessoas que teriam ficado estupefatas e revoltadas se lhes dissessem que provavelmente dentro de alguns sécu-

---

47 A frase "Podemos perceber isso na prática pela beleza das páginas que inspira" é acréscimo da nova edição.

48 Mais adiante, o narrador especificará melhor o trecho das *Memórias de além-túmulo* a que se refere.

los, e talvez menos, a palavra *boche* não teria mais do que o valor de curiosidade das palavras *sans-culotte* ou *chouan* ou *bleu*.[49]

O sr. Bontemps não queria ouvir falar em paz sem reduzir-se a Alemanha à mesma fragmentação da Idade Média, declarar-se a degradação da casa de Hohenzollern, meterem-se doze balas no corpo de Guilherme. Numa palavra, era o que Brichot chamava um "jusqu'auboutiste" no melhor diploma de civismo que se lhe poderia dar. Sem dúvida, nos três primeiros dias, a sra. Bontemps se sentira um pouco deslocada entre as pessoas que manifestavam à sra. Verdurin desejo de conhecê-la, e foi ligeiramente azedo o tom da sra. Verdurin ao retificar: "O conde, minha cara", quando a sra. Bontemps lhe indagou: "É mesmo o duque D'Haussonville que acaba de me ser apresentado?", talvez por completa ignorância, por não lhe lembrar nenhum título o nome de Haussonville, talvez, ao contrário, por excesso de informação e associação de ideias com o "Partido dos duques", do qual ouvira ser o sr. D'Haussonville um dos membros na Academia.

A partir do quarto dia, começou a instalar-se mais solidamente no faubourg Saint-Germain. Viam-se ainda, por vezes, em torno dela, estranhos remanescentes de um mundo ignoto, aceitos, tão naturalmente, como restos de casca ao redor de um pinto, pelos que conheciam o ovo de onde saíra a sra. Bontemps. Mas não levou uma quinzena para sacudi-los, e ao cabo de menos de um mês, quando anunciava: "Vou ver os Lévy", toda gente entendia, sem precisar de maiores esclarecimentos, que se referia aos Lévis-Mirepoix, e nenhuma duquesa se deitaria sem ouvir da sra. Bontemps ou da sra. Verdurin, ao menos pelo telefone, o que dizia o último comunicado, o que omitia, como iam as coisas na Grécia, que ofen-

---

49 A partir de "As palavras *dreyfusista* e *antidreyfusista*", acréscimo da atual edição. Os vocábulos "*boche*" (gíria para "alemão") e "*sans-culottes*" (revolucionário de 1789) já estão dicionarizados em português; "*chouan*" é o defensor da realeza, contra os ideais da Revolução Francesa; "*bleu*" é o soldado recém-convocado para a guerra, que chega com a roupa de trabalho de cor azul.

siva se preparava, enfim, todas as novidades que só chegariam ao público no dia seguinte, ou mais tarde, e que, por assim dizer, desfilavam como vestidos modelos em exibição privada. Na conversa, quando transmitia notícias, a sra. Verdurin usava sempre "nós" para designar a França. "Pois fique sabendo: nós exigimos que o rei da Grécia se retire do Peloponeso"; "nós lhe enviamos" etc. E em todas as suas narrativas surgia volta e meia o G. Q. G. (telefonei ao G. Q. G.), abreviatura pronunciada com prazer igual aos das mulheres que, antigamente, sem conhecer o príncipe de Agrigente, perguntavam, sorrindo, quando se falava dele, para mostrar-se a par: "Grigri?", prazer reservado só aos mundanos nas épocas mais tranquilas, mas que nas grandes crises o próprio povo experimenta. Nosso copeiro, por exemplo, a propósito do rei da Grécia, podia, graças aos jornais, dizer como Guilherme II: "Tino?", apesar de ter sido até então mais vulgar sua familiaridade com os reis, inventada por ele mesmo, como quando, outrora, ao referir-se ao rei da Espanha, dizia: "Fonfonso". Convém, a outro respeito, notar como, à medida que aumentava o número de pessoas ilustres nas relações da sra. Verdurin, diminuía o daquelas que chamavam os "cacetes". Por uma espécie de transformação mágica, todo cacete que a visitava e solicitava um convite tornava-se para logo agradável, inteligente. Em suma, num ano a quantidade de cacetes decresceu tanto que o "receio e a incapacidade de cacetear-se", cujo lugar fora tão grande na conversa e na vida da sra. Verdurin, desapareceram quase por completo. Dir-se-ia que, à noite, essa impossibilidade de aturar maçadas (que assegurava entretanto outrora não haver sentido na primeira mocidade) a afligia menos, tal como certas enxaquecas, certas asmas nervosas que se abrandam com a velhice. E o medo ao tédio se teria sem dúvida, por falta de quem o provocasse, desvanecido na sra. Verdurin, se ela não houvesse, em escala reduzida, substituído os que já não o causavam por outros, recrutados entre os antigos fiéis da sua igrejinha.

Afinal, para concluir as informações sobre as duquesas que frequentavam agora o salão Verdurin, elas lá buscavam, sem o perceber, exatamente o mesmo que dantes os dreyfusards, isto é, um prazer mundano composto de tal modo que sua degustação mitigasse a curiosidade política e saciasse a necessidade de comentar entre si os incidentes lidos nos jornais. A sra. Verdurin dizia: "Venha às cinco horas falar da guerra", como antigamente: "Falar da Questão", e no intervalo: "Venha ouvir Morel".

Ora, Morel não deveria estar presente porque não fora isentado do serviço militar. Não se apresentara, simplesmente, era um desertor, mas ninguém o sabia.

As coisas eram de tal modo idênticas, embora parecessem diversas, que voltavam muito naturalmente as palavras de outrora: "bem pensantes, mal pensantes". E, assim como os antigos partidários da Comuna tinham sido antirrevisionistas, os maiores dreyfusards queriam agora mandar fuzilar todo mundo e contavam com o apoio dos generais que ao tempo da questão Dreyfus haviam ficado contra Galliffet.[50] Para essas reuniões, a sra. Verdurin convidava certas damas algo recentes, que a princípio ostentavam vestidos espalhafatosos, grandes colares de pérolas, por Odette, possuidora de um igualmente belo, considerados com severidade agora que, à imitação das senhoras do faubourg Saint-Germain, andava em "uniforme de guerra". Mas as mulheres sabem adaptar-se. Ao cabo de três ou quatro vezes percebiam que as toilettes por elas tidas como elegantes eram precisamente as proscritas pelas pessoas que o eram, punham de lado os trajes refulgentes e resignavam-se à simplicidade.

---

50 O general Galliffet (1830-1909) teve uma carreira brilhante sob Napoleão III na Argélia e no México, mas sua fama de crueldade está ligada à repressão à Comuna de Paris em 1871. Detestado pelos socialistas e já aposentado, é nomeado ministro da Guerra do gabinete de Waldeck-Rousseau em 1899 e é ele que decide pedir a revisão do processo Dreyfus. O condenado, que retorna à França, não é inocentado, mas anistiado pelo governo, concluindo-se assim o caso. Nesse momento é a direita que odeia Galliffet. Agora os que eram contrários à condenação de Dreyfus apoiam os generais, havendo portanto mudanças de posições de acordo com as circunstâncias.

Brilhava também no salão o "estou frito" que, apesar de seus gostos desportivos, conseguira ser considerado inapto. Vendo nele tão somente o autor de uma obra admirável sobre a qual não me cansava de meditar, apenas por acaso, quando se estabelecia alguma corrente transversal entre duas séries de recordações, é que me lembrava ter sido o causador da saída de Albertine de minha casa. E ainda assim essa corrente transversal ia dar, no que se reportava às reminiscências de Albertine, a um caminho havia muito abandonado. Pois eu já não cogitava mais dela. Estrada por onde não passavam as recordações, rumo que eu não seguia. Enquanto as produções de "estou frito" eram recentes, estavam numa vereda da memória perpetuamente frequentada e utilizada por meu espírito.

Devo porém dizer que as relações com o marido de Andrée não eram fáceis nem agradáveis, e que muitas decepções aguardavam quem se lhe afeiçoasse. Estava, com efeito, já então muito doente e evitava todas as fadigas de que não esperasse prazer. E não incluía nestas senão os encontros com desconhecidos, que sua imaginação ardente lhe representava sem dúvida com probabilidade de serem diferentes dos outros. Mas os conhecidos, sabia muito bem como eram, como seriam, e não lhe pareciam merecer um cansaço perigoso e talvez mortal. Era, em suma, muito mau amigo. Talvez em seu gosto por gente nova houvesse restos da audácia frenética com que outrora, em Balbec, se lançara aos esportes, ao jogo, a todos os excessos de comida e bebida.

Quanto à sra. Verdurin, queria volta e meia apresentar-me a Andrée, não se podendo capacitar de que eu a conhecesse de longa data. Aliás, Andrée raramente aparecia, mas era para mim uma amiga admirável e sincera. Fiel à estética do marido, em reação contra os balés russos, dizia do marquês de Polignac: "Entregou a Bakst a decoração da casa; como se pode dormir naquilo? Eu preferia Dubuffe". Também os Verdurin, pelo progresso fatal do estetismo, que acaba por devorar-se a si mesmo, afirmavam não suportar o *modern style* (de mais a mais vinha de Munique) nem os apartamentos brancos, e só gostarem dos velhos móveis franceses, em ambientes sombrios.

Nessa época, encontrei-me muito com Andrée. Não sabíamos o que dizer um ao outro, e certa vez pensei no nome Juliette que emergira do fundo das lembranças de Albertine como uma flor misteriosa. Misteriosa no passado, mas que hoje não excitava mais nada: enquanto eu falava sobre tantos assuntos indiferentes, sobre este me calei, não que ele o fosse mais do que qualquer outro, mas há uma espécie de saturação das coisas em que pensamos demais. Talvez o período em que eu via tantos mistérios nesse assunto fosse o verdadeiro. Mas como esses períodos não vão durar para sempre, não devemos sacrificar nossa saúde, nossos bens, para tentar descobrir mistérios que um dia não terão qualquer interesse.[51]

Causou grande espanto por essa época, na qual a sra. Verdurin podia ter em casa quem quisesse, vê-la fazer indiretas amabilidades a alguém que perdera completamente de vista, Odette. Achava-se que esta nada acrescentaria à brilhante sociedade em que crescera o antigo pequeno círculo. Uma separação prolongada, porém, assim como aplaca rancores, desperta algumas vezes a amizade. E, além disso, tem seu equivalente social o fenômeno que leva os moribundos a pronunciar nomes outrora familiares, os velhos a se comprazer em reminiscências da infância. Para lograr bom êxito na empresa de atrair Odette, a sra. Verdurin não empregou, é claro, os "ultras", mas os frequentadores menos fiéis, que haviam conservado um pé em cada salão. Dizia-lhes: "Não sei por que não vem mais aqui. Talvez esteja zangada, mas eu não estou. Afinal, que lhe fiz eu? Foi em minha casa que ela conheceu seus dois maridos. Se quiser voltar, saiba que encontrará abertas as portas". Tais palavras, que magoariam o orgulho da Patroa, se não lhas ditasse a imaginação, foram repetidas, mas sem resultado. A sra. Verdurin esperou em vão Odette, até certos acontecimentos, que serão narrados mais adiante, conseguirem,

51 Esse parágrafo é acréscimo da atual edição.

por outros motivos, o que não obtivera a embaixada, todavia zelosa, dos inconstantes. Tanto são raras as vitórias fáceis e as derrotas definitivas.

A sra. Verdurin dizia: "Estou desolada, vou telefonar a Bontemps, que tome providências para amanhã, já tornaram a 'empastelar' todo o fim do artigo de Norpois,[52] só porque ele insinuou que teriam posto Percin 'no desvio'". Porque a tolice corrente tornava para todos ponto de honra o uso das expressões correntes, e ela julgava mostrar-se assim na moda, tal como uma burguesa ao exclamar, a propósito do sr. de Bréauté, o príncipe D'Agrigente ou o sr. de Charlus: "Quem? Babal de Bréauté? Grigri? Mémé de Charlus?". As duquesas procediam, diga-se de passagem, do mesmo modo, e se deleitavam igualmente em articular "no desvio", pois, se seu nome fala à imaginação dos plebeus tocados de poesias, elas se exprimem segundo a categoria intelectual, não raro burguesa, a que pertencem. As classes espirituais não respeitam o nascimento.

Toda essa atividade telefônica da sra. Verdurin não deixava, aliás, de ter seus inconvenientes. Apesar de nos havermos esquecido de dizê-lo, o "salão" Verdurin, se ele continuava em espírito e em verdade, transportara-se momentaneamente para um dos maiores hotéis de Paris, a falta de luz e carvão tornando dificultosas as recepções na antiga residência, muito úmida, dos embaixadores de Veneza. O novo salão não era, todavia, desagradável. Como em Veneza o espaço, exíguo por causa da água, determina

---

[52] O termo "caviarder"" no sentido de "censurar" ("empastelar") é de origem russa, do tempo de Nicolau I, na primeira metade do século XIX e significa recobrir de tinta e portanto censurar ("passer au caviar"). Os jornalistas franceses protestam contra a censura no começo da Primeira Guerra. Clemenceau (1841-1929), que era redator do jornal *L'Aurore* quando da publicação da carta de Zola a favor da revisão do processo Dreyfus em 1898, depois de ser presidente do Conselho e ministro do Interior de 1906 a 1909, cria em 1913 o jornal *L'Homme Libre* [*O homem livre*] que será chamado de *L'Homme Enchaîné* [*O homem acorrentado*] no início da guerra, por causa da censura. Vale lembrar que Clemenceau, novamente presidente do Conselho de 1917 a 1920, é o negociador francês na Conferência de Versalhes que porá fim à Primeira Guerra.

a forma dos palácios, como um palmo de jardim em Paris seduz mais do que um parque na província, a estreita sala de jantar da sra. Verdurin no hotel formava uma espécie de losango, em cujas paredes de brilhante alvura se projetavam, tal em tela, todas as terças--feiras e quase diariamente, personagens das mais interessantes e várias, as mulheres mais elegantes de Paris, todos radiantes por aproveitarem do luxo dos Verdurin, crescente, graças a sua fortuna, numa época em que, privados de rendas, os mais ricos reduziam as despesas. O cunho das reuniões se modificava sem diminuir a admiração de Brichot, que, quanto mais se estendiam as relações dos Verdurin, mais prazeres novos, acumulados no espaço exíguo como em meia de Natal, encontrava em sua companhia. Enfim, em certos dias, sendo os convivas muito numerosos para caberem na pequena sala de jantar do apartamento, ia-se para a imensa sala de baixo, onde os fiéis, fingindo hipocritamente deplorar a intimidade lá de cima, como outrora a necessidade de convidar os Cambremer levava a sra. Verdurin a dizer que ficariam muito apertados,[53] mas, no fundo, rejubilavam — fazendo grupo à parte, como antigamente no trenzinho —, ao se sentirem contemplados e invejados pelos ocupantes das mesas vizinhas. Sem dúvida, em tempos normais, de paz, uma nota mundana, sub-repticiamente enviada ao *Figaro* ou ao *Gaulois*, informaria a mais gente do que a que podia conter o salão de refeições do Majestic em que Brichot jantara com a duquesa de Duras. Mas desde a guerra, tendo os cronistas mundanos suprimido esse gênero de informações (desforravam-se nos enterros, nas citações em ordem do dia e nos banquetes franco-americanos), à publicidade só restava esse meio infantil e restrito, próprio de eras primitivas e anterior à descoberta de Gutenberg — ser visto à mesa da sra. Verdurin. Depois do jantar subia-se para as salas da Patroa, e os telefonemas começavam. Mas muitos dos grandes hotéis estavam então repletos de espiões que anotavam as notí-

---

53 O trecho a partir de "como outrora" é acréscimo da atual edição.

cias comunicadas por Bontemps com uma indiscrição corrigida apenas, felizmente, pela inexatidão dos informes, sempre desmentidos pelos fatos.

Antes da hora de terminarem os chás, ao cair da tarde, viam-se ao longe, no céu ainda claro, pequenas manchas pardas que se tomariam, no crepúsculo azul, por mosquitos ou passarinhos. Assim se confunde com uma nuvem a montanha muito distante. E comove pensar que essa nuvem é imensa, sólida, resistente. Era da mesma natureza minha emoção ante a mancha parda no céu, nem mosquito nem passarinho, mas um aeroplano tripulado pelos homens que velavam por Paris. A lembrança dos aeroplanos que eu vira com Albertine em nosso último passeio a Versalhes não entrava em nada nesse enternecimento, porque a memória de tal excursão se me tornara indiferente.

À hora do jantar os restaurantes se enchiam, e se, passando pela rua, eu via algum pobre soldado de folga, livre por seis dias do risco permanente de morte mas prestes a voltar às trincheiras, pousar um instante os olhos nas vitrinas iluminadas, sofria como no hotel de Balbec, quando os pescadores nos espiavam ao jantar, mais ainda, porém, pois sabia a miséria do soldado maior do que a do pobre, porque compreende todas as misérias, e mais comovente, porque mais resignada, mais nobre, e conhecia o filosófico balancear de cabeça com o qual sem ódio, pronto a tornar aos combates, observava, vendo os *embusqués** acotovelarem-se à procura de mesas: "Por aqui, nem parece que há guerra". Depois, às nove e meia, sem dar tempo de se acabar de jantar, apagavam-se bruscamente, por determinação da polícia, todas as luzes, e o novo avanço dos *embusqués*, arrancando os sobretudos aos lacaios do restaurante onde eu jantara com Saint-Loup durante uma licença deste, deu-se às nove e trinta e cinco, numa penumbra misteriosa de quarto onde se projeta lanterna mágica, ou de sala de espetáculo adaptada à exibição dos filmes dos cinemas para os

---

* Civis que, durante a guerra, conseguiram evitar a mobilização. (N. T.)

quais se precipitavam todos os que deixavam os restaurantes, homens e mulheres. Mas após essa hora, para aqueles que, como eu na noite que narro, tendo jantado em casa, saíam para ver amigos, Paris, ao menos em certos bairros, era mais escura do que a Combray de minha infância; as vistas que então se faziam assemelhavam-se às de vizinhos no campo.

Ah! se Albertine estivesse viva, como seria bom, quando eu jantasse fora, combinar um encontro ao ar livre, sob as arcadas! A princípio, eu não distinguiria nada, sentiria a emoção de supor que não viera, mas, de repente, destacar-se-ia da parede negra um de seus caros vestidos cinza, seus olhos sorridentes já me havendo descoberto, e poderíamos, antes de ir para casa, passear abraçados, sem ninguém nos reconhecer, nos importunar. Infelizmente, estava só, com a impressão de ir a uma visita no campo, como as que, depois do jantar, Swann nos fazia, sem topar, na escuridão de Combray, no estreito caminho margeando o rio, até a rue de Saint-Esprit, com mais gente do que eu no trecho entre a rue Ste.-Clotilde e a rue Bonaparte, andando como em sinuosas vielas rústicas. Aliás, como nenhuma moldura imprópria desfigurasse mais esses fragmentos de paisagem, à noite, quando o vento agitava o ar glacial, eu tinha, mais do que em Combray, a sensação de estar à beira do mar furioso de meus sonhos de outrora;[54] e outros elementos da natureza, até então inexistentes em Paris, concorriam para a ilusão de se estar descendo do trem, para férias no campo: por exemplo, o contraste de luz e sombra, muito próximo, no chão, quando havia luar. Este armava efeitos que as cidades nem no inverno conhecem; seus raios se estendiam na neve que nenhum trabalhador mais removia, no Boulevard Haussmann, tal como nas geleiras dos Alpes. As silhuetas das árvores se refletiam nítidas e puras nessa neve de ouro azulado, com a delicadeza que assumem em certas pinturas japonesas ou certos fundos de tela de Rafael;

54 A inclusão de Combray e a omissão de Balbec foi opção da tradutora; na edição de 1927 e na edição de 1989 consta apenas Balbec.

alongavam-se no solo ao pé da própria árvore, como ao crepúsculo em plena natureza, quando o sol inunda e transforma em espelhos os prados onde a vegetação se eleva em intervalos regulares. Mas, por um requinte de deliciosa sutileza, o relvado sobre o qual se estendiam essas sombras de árvores, leves como almas, era um campo paradisíaco, não verde, mas de um branco tornado tão brilhante pelo luar a irradiar na neve de jade que se diria tecido de pétalas de floridas pereiras. E nas praças, as divindades das fontes públicas, com o jato gelado a lhes sair das mãos, pareciam estátuas de matéria dupla, para cuja confecção quisera o artista unir exclusivamente o bronze ao cristal. Nesses dias excepcionais, estavam escuras todas as casas. Mas na primavera, desafiando os regulamentos da polícia, uma residência particular, ou apenas um andar de um edifício, ou até mesmo um único aposento num andar, não tendo fechado as venezianas, surgia, dando a impressão de sustentar-se sozinho sobre as trevas impalpáveis, como uma projeção puramente luminosa, uma aparição sem consistência. E a mulher que, a quem erguesse muito alto a vista, era perceptível na penumbra dourada, assumia, na noite em que se perdia o observador e ela mesma parecia reclusa, o encanto misterioso e velado de uma visão do Oriente. Depois, seguia-se para diante e nada mais interrompia os higiênicos e monótonos passos ritmados na escuridão.

Ocorreu-me que não estava, havia muito, com nenhuma das pessoas de que se trata este trabalho. Em 1914, nos dois meses que passara em Paris, avistara o sr. de Charlus e encontrara Bloch e Saint-Loup, este apenas duas vezes. Na segunda ele se mostrara muito mais natural; desmanchara as impressões desagradáveis causadas durante a estada em Tansonville que acabo de narrar, e patenteara todas as belas qualidades de outrora. Na primeira, logo após a declaração de guerra, isto é, no começo da semana imediata, enquanto Bloch fazia praça do mais exaltado nacionalismo, Saint-Loup, assim que Bloch nos deixou,[55] excedia-se em

---

55 O trecho "assim que Bloch nos deixou" é acréscimo da atual edição.

ironias contra si mesmo, porque não voltara ao exército, e pareceu-me despropositada a violência de seu tom.

Saint-Loup acabava de chegar de Balbec. Fiquei sabendo mais tarde por vias indiretas que ele fizera tentativas vãs junto ao diretor do restaurante. Este devia sua situação ao que herdara do sr. Nissim Bernard. De fato, ele não era ninguém menos que o ex-jovem funcionário que o tio de Bloch "protegia". Mas a riqueza lhe trouxera a virtude. De forma que foi em vão que Saint-Loup tentara seduzi-lo. Assim, por compensação, enquanto certos jovens virtuosos, com a idade, se deixam levar por paixões de que enfim tomaram consciência, adolescentes fáceis tornam-se homens de princípios contra os quais, os Charlus, acreditando em antigos relatos, mas tarde demais, esbarram desagradavelmente. Tudo é uma questão de cronologia.[56]

"Não!", exclamou com ímpeto e alegria, "aqueles que não enfrentam, diga o que quiser, é porque não querem ser mortos, é por medo." E com o mesmo gesto afirmativo, mais enérgico ainda do que ao sublinhar a covardia alheia, acrescentou: "E eu, se não me apresento, é por medo, e nada mais!". Já me fora dado observar em diversas pessoas que a afetação de sentimentos louváveis não representa o único disfarce dos maus, constituindo recurso mais novo a exibição destes, de modo que ao menos não se pareça querer escondê-los. De mais a mais, em Saint-Loup, essa tendência se robustecia pelo hábito de, ao cometer uma indiscrição ou uma gafe pelas quais pudesse ser censurado, proclamá-las dizendo que fizera de propósito. Hábito que, creio eu, lhe viria de um professor da Escola de Guerra, em cuja intimidade vivera e por quem professava grande admiração. Não hesitei, pois, em classificar esse desabafo como a ratificação verbal de um sentimento que Saint-Loup preferia confessar abertamente, já que ele ditara sua conduta e abstenção na guerra incipiente.

56 Parágrafo acrescentado à atual edição.

"Ouviste dizer", perguntou-me ao deixar-me, "que minha tia Oriane estaria para se divorciar? Pessoalmente, não sei de nada. Falam nisso de vez em quando, e já o ouvi anunciar tanto que espero ver para crer. Devo dizer que acharia esse divórcio muito compreensível. Meu tio é um homem encantador, não só em sociedade, mas para os amigos, os parentes. Até, sob certos aspectos, tem melhor coração do que minha tia, que é uma santa, mas lho faz terrivelmente sofrer. Apenas, é um marido péssimo, nunca cessou de enganar a mulher, de insultá-la, de maltratá-la, de privá-la de dinheiro. Seria tão natural ela deixá-lo que pode ser verdadeira a notícia, mas pode pelo mesmo motivo também não ser, pois há razões de sobra para que a inventem e propalem. E depois, já o suportou tanto tempo... Mas sei de muitas coisas que, anunciadas sem fundamento, desmentidas, se tornam mais tarde verdadeiras." Isso me sugeriu perguntar-lhe se havia cogitado, antes de seu casamento com Gilberte,[57] de desposar a srta. de Guermantes. Sobressaltou-se e me garantiu que não, que tudo não passara de boato mundano, desses que nascem volta e meia sem se saber por quê, vão como vêm, e cuja falsidade não torna os que nele acreditaram mais cautelosos na aceitação e divulgação, apenas surgem, de novos rumores de noivados, divórcios ou sucessos políticos.

Mal decorridas 48 horas, chegaram-me ao conhecimento certos fatos comprobatórios de que me enganara redondamente na interpretação das palavras de Robert: "Só não se alista quem tem medo". Dissera-as Saint-Loup para brilhar na conversa, para alardear originalidade psicológica, antes de saber se seria despachada favoravelmente sua petição para voltar ao exército. Mas fazia ao mesmo tempo o possível para isso, revelando-se assim menos original, no sentido que emprestava ao termo, mas mais profundamente francês de Saint-André-des-Champs, mais de acordo com o que havia então de melhor nos franceses de Saint-André-des-Champs, se-

---

57 O trecho "antes de seu casamento com Gilberte" constava na edição original, mas foi retirado da edição de 1989.

nhores, burgueses e servos submissos aos amos ou contra eles revoltados, duas divisões igualmente francesas da mesma família, sub-ramificação Françoise e sub-ramificação Morel, nas quais duas flechas apontavam de novo uma única direção, a da fronteira. Encantara a Bloch a confissão de covardia de um nacionalista (que, aliás, o era tão pouco) e, como Saint-Loup lhe indagasse se partiria, assumira ares de sumo sacerdote para responder: "Míope".

Mas Bloch mudara inteiramente de opinião sobre a guerra ao me procurar, aflitíssimo, alguns dias mais tarde. Embora "míope", fora considerado apto para o serviço militar. Acompanhava-o eu até a casa quando encontramos Saint-Loup, que, para ser apresentado, no Ministério da Guerra, a um coronel, ia em busca de um antigo oficial, "o sr. de Cambremer", acrescentou, dirigindo-se a mim. "Ah, é verdade, falo-te de uma velha relação tua. Conheces Cancan tão bem quanto eu." Respondi-lhe que de fato o conhecia, e também a mulher, mas não os apreciava muito. Habituara-me tanto, porém, desde que pela primeira vez os vira, a ter a esposa em conta de pessoa apesar de tudo superior, grande conhecedora de Schopenhauer, pertencente, em suma, a um meio intelectual vedado ao grosseiro marido, que me espantou ouvir Saint-Loup retrucar: "A mulher é idiota, não me interessa. Mas ele é um homem excelente, ainda muito atraente, se bem que não tanto quanto prometia". Pela "idiotice" da mulher entendia sem dúvida Saint-Loup o desejo frenético de frequentar a alta-roda, coisa que esta não perdoa. Pelas qualidades do marido, certamente algumas das que lhe reconhecia a sobrinha, quando o proclamava o melhor da família.[58] A ele, pelo menos, pouco se lhe davam as duquesas, mas, na realidade, essa "inteligência" é tão diferente da do pensador como a que o público atribui a um homem rico "por ter sabido fazer fortuna". Gostei contudo da observação de Saint-Loup, por sugerir que a pretensão é vizinha da tolice e que a simplicidade

58 A atual edição substitui "sobrinha" ("nièce"), da edição original, por "mãe" ("mère").

tem um gosto pouco pronunciado porém agradável. Não me fora, confesso, dado saborear a do sr. de Cambremer. Mas é inegável que um mesmo ser se multiplica em tantos outros, diversos, quantas são as pessoas que o apreciam, ainda descontadas as diferenças de julgamento. De Cambremer eu só conhecera a casca. E seu sabor, por outros atestado, nunca o provara.

Bloch nos deixou em frente a sua porta, transbordante de amargura contra Saint-Loup, dizendo-lhe que os "belos rapazes agaloados", sempre a se pavonearem nos Estados-Maiores, não corriam o menor risco, mas ele, simples soldado de segunda classe, não queria ser "crivado de balas" por causa de Guilherme. "Parece que o imperador Guilherme está gravemente enfermo", respondeu Saint-Loup. Bloch, que, como toda gente da Bolsa, acolhia com especial facilidade as notícias sensacionais, emendou: "Dizem até que morreu". Na Bolsa, qualquer soberano doente, seja Eduardo VII ou Guilherme II, está morto, qualquer cidade ameaçada de sítio, já tomada. "Só o escondem", acrescentou Bloch, "para não abater o moral dos boches: Mas morreu ontem à noite. Meu pai soube-o de fonte fidedigna." As fontes fidedignas eram as únicas válidas para o sr. Bloch pai, ao tempo em que, graças a "altas relações", tinha a sorte de estar em comunicação com elas, delas recebendo a notícia ainda secreta de que as ações da Extérieure iam subir ou, as da Beers, descer. Aliás, se naquele momento preciso se verificasse uma alta nas da Beers ou "ofertas" nas da Extérieure, se o mercado da primeira se mantivesse "firme" e "ativo", o da segunda se revelasse "hesitante", "frouxo", provocando atitudes "de reserva", nem por isso a fonte fidedigna deixava de sê-lo. Por isso Bloch nos anunciou a morte do Kaiser com ar misterioso e importante, mas também irritado. Exasperava-o particularmente ouvir Robert dizer: "o imperador Guilherme". Creio que sob o cutelo da guilhotina Saint-Loup e o sr. de Guermantes não se expressariam de outro modo. Dois homens de sociedade, últimos sobreviventes numa ilha deserta, onde a ninguém precisariam dar provas de boas maneiras, se reconheceriam graças a esses vestígios de polidez, como dois latinistas pela citação correta de Virgílio. Nem torturado pelos alemães, Saint-Loup não diria nunca senão "o imperador Guilherme". E tal *savoir-vivre* é, apesar de tudo, indício de grandes entraves para o espírito. Quem não os sabe afastar nunca passará de mundano. Essa elegante mediocridade parece, aliás, deliciosa — sobretudo pelo que deixa perceber de recôndita generosidade e de inexpresso heroísmo — em comparação com a vulgaridade de Bloch, a um tempo pusilânime e fanfarrão, que gritava para Saint-Loup: "Não poderias dizer simplesmente Guilherme? É que estás com medo, e desde já te pões de rastos diante dele! Ah! teremos belos soldados na fronteira, vão lamber as botas dos boches. Usam galões, sabem exibir-se nos picadeiros. E mais nada".

"Esse pobre Bloch não pode admitir que eu faça coisa alguma senão exibir-me", disse sorrindo Saint-Loup, ao nos separarmos de nosso companheiro. E eu sentia que exibir-se não era o desejo de Robert, embora então não lhe percebesse as intenções tão claramente como mais tarde, quando, permanecendo inativa a cavalaria, ele obteve transferência primeiro para oficial de infantaria, depois para oficial dos atiradores e por fim quando sucedeu o que se lerá mais adiante. Mas Bloch não fazia a menor ideia do patriotismo de Robert, que a esse respeito guardava a maior reserva. Se, após ter sido considerado "apto", Bloch fazia profissões de fé maldosamente antimilitaristas, antes, quando se julgara isento por miopia, alardeara declarações de ardente nacionalismo. De tais expansões, Saint-Loup seria incapaz, antes de tudo por uma espécie de delicadeza moral que coíbe a expressão de sentimentos muito profundos e que se acham naturais. Minha mãe, outrora, não só não hesitaria um segundo em morrer por minha avó como sofreria horrivelmente se se visse impedida de fazê-lo. É-me, porém, impossível imaginar retrospectivamente em sua boca frases como: "Eu daria a vida por minha mãe". Igualmente tácito em seu amor pela França era Robert, que nesse momento me parecia muito mais Saint-Loup (tanto quanto me podia figurar seu pai) do que Guermantes. Preservá-lo-ia também de manifestar esses sentimentos a qualidade em certo sentido moral de sua inteligência. Há nos trabalhadores intelectuais realmente sérios tal ou qual aversão pelos que transpõem para a literatura, explorando-o, tudo quanto fazem. Não estivéramos juntos nem no liceu nem na Sorbonne, mas seguíramos, separados, alguns cursos dos mesmos professores, e não me esquece o sorriso de Saint-Loup ao falar dos que, não satisfeitos com darem aulas de fato notáveis, queriam se fazer passar por homens de gênio, batizando com nomes ambiciosos suas teorias. Bastava aludirmos a isso para Robert rir gostosamente. Não preferíamos de instinto, evidentemente, os Cottard e os Brichot, mas inspiravam-nos consideração homens que, sabendo a fundo grego ou medicina, nem por isso se criam autorizados a tomar ares de charlatães. Assim como todas as ações de mamãe se baseavam outrora na convicção de que sacrificaria à sua mãe a própria vida, embora nem a si mesma a formulasse jamais, e achasse não só inútil e ridículo, mas chocante e vexatório comunicá-la a outrem, assim também era-me impossível imaginar Saint-Loup (entretendo-me de seu equipamento, do que tinha a fazer, de nossas probabilidades de vitória, da fraqueza do exército russo, da conduta da Inglaterra) a proferir tiradas eloquentes de ministro popular a deputados erguidos e entusiastas. Não posso entretanto afirmar que não houvesse, nesse lado negativo que lhe sufocava a expressão dos bons sentimentos, influência do "espírito dos Guermantes", cujos efeitos foram tão visíveis em Swann. Porque, se me parecia sobretudo Saint-Loup, permanecia também Guermantes, e assim sendo, entre os vários incentivos a sua coragem, alguns havia diferentes dos de seus amigos de Doncières, os rapazes apaixonados pela carreira militar com quem eu jantara diariamente, e dos quais tantos morreram, na batalha do Mame ou alhures, à frente de seus homens.

Os jovens socialistas porventura existentes em Doncières quando lá estive, que não conheci por não frequentarem a roda de Saint-Loup, hão de ter verificado que os oficiais desse grupo não eram em absoluto *aristos*, na acepção insolentemente orgulhosa e grosseiramente gozadora dada a tal alcunha pelo populacho, pelos oficiais tarimbeiros e pelos maçons. E, aliás, os oficiais nobres encontraram o mesmo patriotismo nos socialistas que tanto acusavam, durante minha estada em Doncières, em pleno caso Dreyfus, de serem "sem pátria". O patriotismo dos militares, igualmente sincero e arraigado, assumira forma precisa, por eles tida como intangível, sobre a qual viam com indignação lançar-se o "opróbrio", enquanto os patriotas por assim dizer inconscientes, independentes, sem religião patriótica definida, não logravam compreender a realidade profunda e viva de fórmulas que consideravam vãs e geradoras de ódio.

Sem dúvida, como os demais, Saint-Loup habituara-se a desenvolver em si, na zona mais autêntica de seu eu, a busca e a concepção das melhores manobras, tendo em vista os maiores êxitos estratégicos e táticos, de sorte que, para ele como para os outros, a vida do corpo possuía importância relativa, podia ser facilmente sacrificada à parte interior, verdadeiro núcleo vital em torno do qual a existência pessoal não passava de epiderme protetora. Na coragem de Saint-Loup havia elementos mais característicos e nos quais seriam facilmente reconhecidos a generosidade, que constituíra no início o charme de nossa amizade, e também o vício hereditário, que nele despertara mais tarde, e que, aliado a certo nível intelectual que ele não havia ultrapassado, fazia com que ele não só admirasse a coragem, mas levasse o horror à afeminação até certo êxtase no contato com a virilidade. Ele experimentava, talvez castamente, ao conviver a céu aberto com senegaleses que sacrificavam a vida a todo momento, uma volúpia cerebral da qual fazia parte muito desprezo pelos "homenzinhos afetados" e que, por mais oposta que lhe parecesse, não era tão diferente daquela que lhe proporcionava a cocaína de que havia abusado em Tansonville e da qual esse heroísmo — como um remédio que substitui um outro — o curava. Em sua coragem havia em primeiro lugar esse hábito duplo de polidez que, por um lado, o levava a elogiar os outros, mas, quanto a si mesmo, a contentar-se em agir corretamente sem nada dizer, ao contrário de um Bloch que lhe dissera em nosso encontro: "Naturalmente você ia dar no pé" e que não fazia nada; e, por outro lado, o levava a considerar sem valor e a abrir mão do que era seu: de seus bens, de sua posição social e mesmo da vida. Em suma, a verdadeira nobreza de sua natureza. Mas são tantas as origens que se confundem no heroísmo que dele também participavam as novas preferências de Saint-Loup e a mediocridade intelectual que ele não conseguira superar. Ao assumir os hábitos do sr. de Charlus, Robert acabara também assumindo, embora sob uma forma muito diferente, seu ideal de virilidade.

"Vai durar muito tempo?", perguntei eu a Saint-Loup. "Não, acredito numa guerra muito curta", respondeu-me ele. Mas nesse caso, como sempre, seus argumentos eram livrescos. "Considerando as profecias de Moltke, releia", disse-me ele, como se eu já o tivesse lido, "o decreto de 28 de outubro de 1913 sobre a condução das grandes unidades, você vai ver que o suprimento das reservas do tempo de paz não está organizado, nem mesmo previsto, o que não deixariam de fazer se a guerra tivesse de ser longa."

Parecia-me que se poderia interpretar o decreto em questão não como uma prova de que a guerra seria breve, mas como a imprevidência de que ela o seria, e do que ela seria, na visão daqueles que o haviam redigido, e que não suspeitavam nem o que seria durante uma guerra instaurada o temível consumo de material de toda espécie, nem a solidariedade de diversos teatros de operação.

Mesmo fora da homossexualidade, entre as pessoas mais opostas a ela por natureza, existe certo ideal convencional de virilidade que, caso o homossexual não seja um ser superior, se encontra à sua disposição, para que, aliás, ele o desvirtue. Tal ideal — de determinados militares, de determinados diplomatas — é especialmente irritante. Em sua forma mais baixa, é simplesmente a rudeza de um bom coração que não quer deixar transparecer sua emoção, e que no momento de uma separação de um amigo que talvez vá morrer, está, no fundo, com vontade de chorar e ninguém desconfia disso porque ele a disfarça com uma ira crescente que termina com uma explosão no momento da partida: "Vamos, caramba! me dê um abraço, seu idiota, e carregue esta bolsa que está me incomodando, seu imbecil". O diplomata, o oficial, o homem que sente que só tem valor uma grande obra nacional, mas que apesar de tudo sente uma afeição pelo "garoto" que estava na embaixada ou no batalhão e que morreu de febre ou baleado, apresenta o mesmo gosto pela virilidade sob uma forma mais hábil, mais engenhosa, mas no fundo igualmente detestável. Ele não quer chorar a morte do "garoto", sabe que daí a pouco não se pensará mais nisso como o cirurgião de bom coração que, no entanto, na noite da morte de uma jovem vítima de doença contagiosa, tem uma tristeza que não expressa. Por pouco que o diplomata saiba escrever e relate essa morte, ele não dirá que ficou triste; não; primeiro por "pudor viril", em seguida por habilidade artística que faz nascer a emoção dissimulando-a. E ele e um de seus colegas vão velar o agonizante. Em nenhum momento dirão que estão tristes. Falarão de questões da embaixada ou do batalhão, até com mais precisão do que de costume:

"B*** disse-me: 'Não se esqueça que amanhã tem revista do general, faça com que seus homens estejam limpos'. Ele que habitualmente era tão doce, tinha um tom mais seco do que de costume, notei que ele estava evitando me olhar. Até eu estava me sentindo nervoso também".

E o leitor compreende que esse tom seco é a tristeza em seres que não querem deixar transparecer que estão tristes, o que seria simplesmente ridículo, mas o que é também bastante desesperador e horrendo, porque é a maneira de ficar triste dos seres que acham que a tristeza não conta, que a vida é mais séria do que as separações etc., de forma que, quando alguém morre, deixam essa impressão de mentira, de vazio, como no dia do Ano Novo, um senhor que, ao lhe dar de presente marrons glacês, diz: "Feliz Ano Novo", sorrindo sem graça, mas dizendo mesmo assim. Para concluir a história do oficial ou do diplomata que estão velando o moribundo, com a cabeça coberta porque transportaram o ferido para fora, em dado momento, tudo acabou:

"Estava pensando: é preciso voltar e preparar as coisas para os últimos retoques; mas, não sei bem por que, na hora em que o doutor largou o pulso, B*** e eu, aconteceu que, sem termos combinado, o sol estava a pino, talvez estivéssemos com calor, de pé diante do leito, tiramos o quepe".

E o leitor percebe que não é por causa do calor do sol, mas de emoção, diante da majestade da morte, que os dois homens viris, que nunca pronunciaram as palavras ternura ou tristeza, se descobriram.

O ideal de virilidade dos homossexuais à Saint-Loup não é o mesmo, mas tão convencional e tão mentiroso quanto o outro. A mentira situa-se para eles no fato de não querer perceber que o desejo físico está na base dos sentimentos aos quais atribuem uma outra origem. O sr. de Charlus detestava a afeminação. Saint-Loup admira a coragem dos jovens, o êxtase dos ataques de cavalaria, a nobreza intelectual e moral das amizades entre homens, totalmente puras, em que sacrificam reciprocamente a vida. A guerra que faz, das capitais em que só restaram mulheres, o desespero dos homossexuais, é, pelo contrário, o romance apaixonado dos homossexuais, caso forem inteligentes o bastante para forjarem quimeras para si, não o suficiente para saber desvendá-las, reconhecer sua origem, julgar-se. De forma que, no momento em que certos jovens se alistaram apenas por espírito de imitação esportiva, como num ano todo mundo começa a brincar com diabolô, para Saint-Loup a guerra foi mais o próprio ideal que ele imaginava seguir em seus desejos muito mais concretos, mas velados pela ideologia, um ideal partilhado com os seres que preferia, numa ordem de cavalaria puramente masculina, distante das mulheres, em que poderia expor sua vida para salvar seu ordenança, e morrer inspirando um amor fanático a seus homens. E assim, embora houvesse muitas outras coisas em sua coragem, o fato de ser um nobre fazia parte dela e fazia parte dela também, numa forma irreconhecível e idealizada, a ideia do sr. de Charlus de que é da essência de um homem não ter nada de afeminado. Aliás, da mesma forma que na filosofia e na arte duas ideias análogas só têm valor pela maneira pela qual são desenvolvidas, e podem diferir muito se são expostas por Xenofonte ou por Platão, assim também mesmo reconhecendo o quanto devem um ao outro, eu admiro muito mais Saint-Loup pedindo para ser enviado para o local mais perigoso do que o sr. de Charlus evitando usar gravatas claras.[59]

Falei a Saint-Loup de seu amigo, o diretor do Grande Hotel de Balbec, que, segundo consta, propalara terem-se dado em certos regimentos franceses, no início da guerra, algumas defecções, "defeituosidades", como dizia, provocadas pelo que chamava de "militarista prussiano"; chegara mesmo a crer, em dado momento, em um desembarque simultâneo dos japoneses, dos alemães e dos cossacos em Rivebelle, ameaçando Balbec, e dissera que não restava outra opção a não ser "dar o fora". Ele achava a transferência do poder público para Bordeaux um pouco precipitada e declarava que cometeram um equívoco ao "dar o fora" tão depressa.[60] Esse germanófobo acrescentando, a rir, a respeito do próprio irmão: "Está nas trincheiras, a trinta metros dos boches!",[61] até verificar-se que era alemão e ser internado num campo de concentração.

"A propósito de Balbec, você se recorda do antigo ascensorista do hotel?", inquiriu Saint-Loup ao despedir-se, no tom de quem não estava bem lembrado e contava comigo para esclarecê-lo. "Alistou-se e escreveu-me, pedindo que o fizesse entrar para a aviação." Naturalmente o ascensorista se cansara de subir na gaiola cativa do elevador, e já não lhe bastavam as alturas da escadaria do Grande Hotel. Ia ganhar galões diversos dos de portei-

---

59 A partir de "Na coragem de Saint-Loup", longo acréscimo da atual edição.
60 A partir de "chegara mesmo a crer", acréscimo da atual edição.
61 Em vez de "trinta", a atual edição agora traz "25" metros.

ro, pois nem sempre nosso destino é o que supúnhamos. "Não tenho dúvida em apadrinhar sua pretensão", afirmou Saint-Loup. "Ainda esta manhã eu dizia a Gilberte que precisamos muito de aviões. Só com eles saberemos o que faz o adversário. Assim o privaremos da maior vantagem do ataque, a surpresa, e o melhor exército será talvez o que tiver melhores olhos."

Eu encontrara esse ascensorista aviador fazia poucos dias. Ele me falara de Balbec e, curioso em saber o que me diria de Saint-Loup, conduzi a conversa perguntando-lhe se era verdade, como me haviam dito, que o sr. de Charlus demonstrava interesse para com alguns jovens etc. O ascensorista pareceu surpreso, não sabia absolutamente nada a respeito. Pelo contrário, ele acusou o jovem rico, o que vivia com a amante e três amigos. Como parecia estar pondo tudo no mesmo saco e como — vocês hão de se lembrar — eu ficara sabendo pelo sr. de Charlus, que havia dito, diante de Brichot, que nada disso era verdade, eu disse ao ascensorista que ele devia estar enganado. Opôs a minhas reticências as afirmações mais categóricas. Era a amiga do jovem rico que estava encarregada de arrebanhar os jovens e juntos cada qual tinha seu quinhão de prazer. Sendo assim, o sr. de Charlus, o homem mais competente nessa matéria, havia se enganado por completo, a tal ponto é parcial, secreta e imprevisível a verdade. Por medo de raciocinar como um burguês, de enxergar charlismo onde não havia, ele não percebera o recrutamento realizado pela mulher. "Ela veio me procurar muitas vezes", disse-me o ascensorista. "Mas ela logo viu com quem estava lidando, recusei categoricamente, não me meto nessa lama; disse-lhe expressamente que isso me desagradava. Basta que uma pessoa seja indiscreta, que uma conte para a outra e a gente não consegue mais encontrar emprego em lugar nenhum." Essas últimas considerações enfraqueciam as virtuosas declarações do início, já que pareciam fazer supor que o ascensorista teria cedido, caso estivesse seguro da discrição. Fora talvez o caso de Saint-Loup. É provável que mesmo o homem rico, sua amante e os amigos não tenham deixado de receber seus favores, pois o ascensorista citava muitas conversas com eles em épocas muito diversas, o que acontece raramente quando recusamos de maneira tão categórica. Por exemplo, a amante do homem rico viera procurar o ascensorista para ser apresentada a um criado de quem ele era muito amigo. "Não creio que o senhor o conheça, o senhor não estava aqui naquela época. Chamavam-no Victor. Naturalmente", acrescentou o ascensorista parecendo se referir a leis invioláveis e um tanto secretas, "não dá para recusar uma coisa dessas para um colega que não é rico." Lembrei-me do convite que o amigo nobre do homem rico me fizera alguns dias antes de minha partida de Balbec. Mas é provável que não houvesse relação alguma e que o convite fosse ditado apenas pela amabilidade.[62]

"É verdade, e a coitada da Françoise conseguiu a reforma do sobrinho?" Mas Françoise, que havia muito tudo tentava para o sobrinho ser reformado, e que, quando lhe propuseram uma recomendação por via dos Guermantes, para o general Saint-Joseph, respondera desalentada: "Oh! não, não adiantaria nada, não se pode esperar nada desse velhote, é o que há de pior, é patriota". Françoise, desde o começo da guerra, por mais que lhe custasse, achava que não se devia abandonar "os pobres russos", já que eram "aliançados". O copeiro, persuadido, aliás, de que a guerra não duraria mais de dez dias e terminaria pela vitória esmagadora da França, não ousaria, por medo de ser desmentido pelos fatos, e também por falta de imaginação, predizer uma guerra longa e indecisa. Mas da vitória completa e imediata tentava ao menos extrair de antemão tudo quanto pudesse atormentar Françoise. "As coisas vão ficar feias, porque parece que muitos não querem marchar, há rapazes de dezesseis anos que choram." Procurava também, para irritá-la, contar-lhe coisas desagradáveis, isto é, em sua linguagem, "atirar-lhe uma graçola, lançar-lhe uma apóstrofe, enviar-lhe um trocadilho". "De dezesseis anos, Virgem Ma-

---

62 Todo esse parágrafo é acréscimo da atual edição.

ria!", exclamava Françoise e, num assomo de desconfiança: "Mas diziam que só chamariam os de vinte anos, são ainda umas crianças." "Naturalmente os jornais têm ordem de não tocar nisso. Mas toda a mocidade será convocada, e voltará bem desbastada. Por um lado, isso tem suas vantagens, uma boa sangria de vez em quando é útil, movimenta o comércio. E veja lá, se os meninos muito mimosos hesitarem, serão fuzilados imediatamente, doze balas no corpo, e pronto! Em parte, é necessário. E depois, que têm com isso os oficiais? Ganhar suas pesetas é tudo quanto querem." Françoise empalidecia tanto durante essas conversas que era de temer-se ver o copeiro matá-la de uma doença cardíaca.

Mas nem por isso perdia seus defeitos. Quando alguma moça vinha visitar-me, por mais que doessem as pernas da velha criada, se me acontecia sair um instante da sala, surpreendia-a trepada numa escada, na rouparia, ocupada, alegava, em procurar um casaco meu, a fim de examinar se não o cortavam as traças, na realidade para nos escutar. Conservava, apesar de todas as minhas críticas, seu modo insidioso de fazer perguntas de maneira indireta, para o qual ultimamente utilizava certo "porque, sem dúvida". Como não ousava indagar-me: "Aquela senhora tem casa própria?", perguntava, os olhos timidamente levantados, como os de um cachorro manso: "Porque, sem dúvida, aquela senhora tem uma casa…", evitando a interrogação direta menos por polidez do que para não parecer curiosa.

Enfim, como os empregados que mais estimamos — sobretudo se já quase não nos prestam os serviços e a obediência de sua condição — permanecem, infelizmente, empregados, e marcam com maior nitidez, à medida que julgam penetrar na nossa, os limites (que desejaríamos apagar) de sua classe, Françoise fazia, com frequência, a meu respeito, observações que nunca ocorreriam a pessoas da sociedade; com prazer tão dissimulado mas tão profundo como se se tratasse de moléstia grave, se acaso eu sentia calor, e o suor — que não me incomodava — me gotejava na testa: "Mas o senhor está ensopado!", exclamava, atônita como diante de um fenômeno extraordinário; ou, a sorrir de leve, com desprezo, como se presenciasse algo de indecente, e com uma voz preocupada, própria para alarmar alguém sobre seu estado: "Vai sair e esqueceu-se da gravata". Dir-se-ia que só a mim, em todo o universo, sucedera jamais estar "ensopado". Enfim, ela já não falava mais tão bem como outrora.[63] Pois em sua humildade, em sua terna admiração por criaturas que lhe eram infinitamente inferiores, adotava-lhes os feios modos de falar. Sua filha, tendo se queixado dela a mim, e dito (não sei por quem o soube): "Tem sempre alguma reclamação a fazer, que eu não fecho bem as portas, e patati patatá e patati patatá", Françoise sem dúvida imaginou que só uma educação incompleta a privara até então desse belo hábito. E de seus lábios, onde florescera o mais puro francês, ouvi várias vezes por dia: "E patati patatá e patati patalá". E, diga-se de passagem, curioso como não apenas as expressões mas os pensamentos variam pouco num mesmo ser. O copeiro, tendo-se acostumado a dizer que o sr. Poincaré tinha más intenções — não em matéria de dinheiro, mas porque quisera com afinco a guerra —, repetia-o sete ou oito vezes por dia diante do mesmo auditório, sempre igualmente interessado. Não modificava uma palavra, um gesto, uma entonação. Embora só durasse dois minutos, sua alocução se assemelhava, pela invariabilidade, a uma peça teatral. Seus erros de francês corrompiam a linguagem de Françoise tanto quanto os da filha desta. Ele achava que aquilo que deixara o sr. de Rambuteau tão indignado um dia ao ouvir o duque de Germantes chamar de "edículas Rambuteau" chamava-se na verdade *pistières*. Provavelmente em sua infância ele não ouvira a vogal "o", e continuou não ouvindo. Pronunciava então essa palavra incorretamente mas com muita frequência. Françoise, no início incomodada, acabou por pronunciá-la da mesma forma, lamentando que não existisse esse tipo de coisa para as mulheres como havia para os homens. Mas sua humildade e sua admiração pelo mordomo

---

63 Essa frase é um acréscimo da atual edição.

faziam com que ela nunca dissesse *pissotières*, mas — com uma leve concessão ao hábito — *pissetières*.[64]

Françoise já não dormia, não comia, vivia a ouvir a leitura dos comunicados, dos quais nada entendia, feita em voz alta pelo copeiro, que também nada entendia, e cuja vontade de atormentá-la se via frequentemente sobrepujada pela alegria patriótica; dizia com um riso simpático, a respeito dos alemães: "As coisas estão esquentando, nosso velho Joffre vai cortar-lhes a cauda do cometa". Françoise não sabia de que cometa se tratava, mas nem por isso deixava de sentir que essa frase fazia parte das extravagâncias amáveis e originais às quais as pessoas bem-educadas devem responder de bom humor, por polidez, e, com um dar de ombros jovial, a significar: "Qual, é sempre o mesmo!", temperava as lágrimas com um sorriso. Regozijava-se ao menos porque seu novo açougueiro, que a despeito do ofício era assaz medroso (começara não obstante pelos matadouros), não tinha idade para ser chamado. Senão, seria capaz de ir ao ministro da guerra para dispensá-lo?[65]

O copeiro não podia admitir que os comunicados não fossem excelentes e que as tropas não se acercassem de Berlim, já que lia: "Rechaçamos o inimigo com grandes perdas" etc; feitos que celebrava como novas vitórias. Preocupava-me todavia a rapidez com que se aproximava de Paris o teatro dessas vitórias, e espantou-me que o copeiro, tendo lido a notícia de um combate perto de Lens, não se assustasse ao ver no jornal do dia seguinte que as consequências desse encontro nos haviam sido finalmente favoráveis em Jouy-le-Vicomte, onde era firme nossa posição. Era-lhe entretanto familiar o nome de Jouy-le-Vicomte, localidade não muito distante de Combray. Mas leem-se os jornais como se ama, com uma venda nos olhos. Ouvem-se as doces expressões do reda-

---

64. A partir de "Ele achava que aquilo" é trecho de acréscimo da atual edição, que repete trecho praticamente idêntico presente em *A prisioneira*. Aí, Manuel Bandeira traduz "pissotière" em nota por "mictório".

65 O trecho "para dispensá-lo" é acréscimo da atual edição.

tor-chefe como as de uma amante. Pode ser derrotado e feliz quem se julga, não vencido, mas vencedor.

Eu não me demorei, aliás, muito em Paris, e logo voltei a minha casa de saúde. Apesar de em princípio o médico me tratar pelo isolamento, entregaram-me em épocas diversas uma carta de Gilberte e outra de Robert. Gilberte escrevia-me (mais ou menos em setembro de 1914) que, embora fosse muito forte seu desejo de ficar em Paris, a fim de ter mais facilmente notícias de Robert, alarmada, sobretudo por causa da menina, pelas constantes incursões dos *Taubes** sobre a cidade, fugira pelo último trem saído para Combray, que nem chegara até lá, e só graças à charrette de um camponês, na qual fizera um atroz trajeto de dez horas, conseguira alcançar Tansonville! "E lá, imagine o que esperava sua velha amiga", concluía Gilberte. "Eu deixara Paris para fugir aos aviões alemães, julgando-me ao abrigo em Tansonville. Não se passaram dois dias, e nem calcula quem chegou: os alemães, que invadiam a região depois de terem batido nossas forças perto de La Fère; um Estado-Maior, seguido por um regimento às portas de Tansonville, e me vi obrigada a hospedá-lo, sem meios de fugir, sem trem, sem nada." Ter-se-ia conduzido bem o Estado-Maior alemão, ou dever-se-ia interpretar a carta de Gilberte como um efeito, por contágio, do espírito dos Guermantes, que eram de origem bávara, aparentados à mais alta aristocracia da Alemanha? Não se fartava de elogiar a perfeita educação dos oficiais, e até dos soldados, que apenas lhe haviam pedido "licença para apanhar um dos miosótis da beira do açude", boa educação a contrastar com a violência desordenada dos fugitivos franceses, que antes da chegada dos generais alemães haviam atravessado a propriedade, estragando tudo. Em todo caso, se a carta de Gilberte sob certos aspectos se impregnava do espírito dos Guermantes — outros diriam do internacionalismo judeu, e provavelmente errariam,

---

* "Pombos", em alemão. Nome que se dava aos monoplanos alemães da Primeira Guerra Mundial. (N. T.)

como se verá —, a que recebi muitos meses mais tarde de Robert era muito mais Saint-Loup do que Guermantes, refletindo-lhe também a cultura liberal, e, em suma, admirável. Infelizmente, não me falava de estratégia, como em suas conversas em Donciè-res, não dizia até onde a experiência confirmava ou infirmava os princípios que então me expusera.

Afirmava apenas que desde 1914 se haviam de fato sucedido diversas guerras, as lições de cada uma influindo no rumo da seguinte. E, por exemplo, a teoria do "rompimento" fora completada pela tese segundo a qual era mister, antes de romper, revolver inteiramente pela artilharia o terreno ocupado pelo adversário. Mas depois se verificara, ao contrário, ser impossível o avanço da infantaria e da artilharia no terreno assim revolvido, onde milhares de covas de obuses se transformavam em outros tantos obstáculos. "A guerra", observava, "não escapa às leis de nosso velho Hegel. Está em perpétuo vir-a-ser."

Era pouco, em vista do que eu queria saber. Mas ainda mais me irritava ser-lhe vedado citar nomes de generais. E, entretanto, pelo pouco que diziam os jornais, não incumbia àqueles com quem, em Doncières, eu me preocupava tanto, indagando qual se revelaria mais valoroso numa guerra, a direção desta. Geslin de Bourgogne, Gallifet, Négrier estavam mortos. Pau deixara o serviço ativo logo após o começo das operações. De Joffre, Foch, Castelnau, Pétain, nunca faláramos. "Meu caro", escrevia Robert, "reconheço que expressões como 'não passarão' ou 'vamos pegá--los' não são agradáveis; durante muito tempo me causaram tantos arrepios quanto *poilu* e o resto,[66] e talvez seja desconfortável construir uma epopeia baseada em termos que são piores que um erro de gramática ou uma falta de gosto que são essa coisa contraditória e atroz, uma afetação, uma pretensão vulgares que tanto detestamos, como por exemplo as pessoas que acham espi-

---

66 *Poilu* significa "destemido, audacioso". Assim é chamado o combatente da guerra de 1914-18.

rituoso dizer 'coco' em vez de 'cocaína'.[67] Se visses todo mundo, sobretudo o povo, os operários, os pequenos comerciantes, que nem suspeitavam de quanto heroísmo tinham em reserva, e morreriam em suas camas sem o ter adivinhado, correr sob as balas para socorrer um camarada, para transportar um chefe ferido, e, atingidos eles próprios, sorrir na hora da morte ao ouvir o médico-chefe contar que a trincheira fora retomada aos alemães, eu te garanto, meu caro, que ficarias admirando os franceses e entendendo certas épocas históricas, que nos pareciam um pouco fantásticas quando as estudávamos.

A nossa é tão bela que acharás como eu que as palavras nada mais valem. Rodin ou Maillol poderiam fazer uma obra-prima com um material horrendo que ninguém reconheceria.[68] Ao contato de tanta nobreza, o nome de *poilu* tornou-se para mim, como o de *chouans*, por exemplo, alguma coisa da qual não sei mais se teve origem em alguma alusão ou alguma brincadeira. Mas sei que *poilu* está à espera dos maiores poetas, como as palavras *dilúvio*, *Cristo* ou *bárbaros*, que já eram grandiosas antes de as empregarem Victor Hugo, Vigny e os demais.

Digo que o povo — os operários[69] — é o melhor, mas todos são bons. O pobre Vaugoubert, o filho do embaixador, foi sete vezes ferido antes de morrer, e cada vez que voltava incólume de uma expedição parecia pedir perdão e explicar que não fora culpa sua. Era uma criatura encantadora. Ficamos muito amigos. Os desgraçados pais tiveram licença de assistir ao enterro, com a condição de não virem de luto e não se demorarem mais de cinco minutos, por causa do bombardeio. A mãe, um cavalão que talvez conheças, podia estar muito triste, mas nada deixava perceber. Tal era porém o abatimento do pai, coitado, que te asseguro que eu, já endurecido pelo hábito de ver de repente sulcada por um torpedo

---

67 Esse trecho inicial da carta de Saint-Loup é acréscimo da edição atual.

68 A frase iniciada com "Rodin ou Maillol" é acréscimo da edição atual.

69 O termo "operários" é acréscimo da edição da edição atual.

ou mesmo separada do corpo a cabeça do companheiro com quem conversava, não me podia conter presenciando o aniquilamento do pobre Vaugoubert, na verdade um farrapo. Quanto mais o general lhe repetia que fora pela França, que seu filho se portara como um herói, mais redobravam os soluços do mísero, que não se podia apartar do corpo do filho. Enfim, e é por isso que podemos dizer 'eles não passarão', toda essa gente, como meu infeliz criado de quarto, como Vaugoubert, deteve os alemães. Talvez julgues que não avançamos muito, mas deixemos de raciocínios, um exército se sente vitorioso por impressão íntima, como um moribundo se sente perdido. Ora, nós sabemos que alcançaremos a vitória, e queremo--la, a fim de ditar uma paz justa, e não somente para nós, realmen-te justa, justa para os franceses, justa para os alemães."

É claro que o "flagelo" não elevara a inteligência de Saint--Loup acima dela mesma.[70] Ao passo que os heróis de espírito me-díocre e comum, ao escreverem poemas durante a convalescença, colocavam-se, para descrever a guerra, não no nível dos aconteci-mentos, que em si mesmos nada são, mas no da estética vulgar, cujas regras haviam até então seguido, falando, como teriam fei-to dez anos antes, da "aurora sangrenta", do "voo fremente da vitória", Saint-Loup, muito mais inteligente e artista, permane-cia inteligente e artista, e fixava para mim, com finura, as paisa-gens que via, imobilizado à borda de uma floresta pantanosa, como se estivesse numa caçada de patos selvagens. Para dar-me a perceber certas oposições de sombra e luz que lhe haviam enchi-do "de encanto a manhã", lembrava alguns quadros que ambos apreciávamos e não temia aludir a uma página de Romain Rolland,[71] ou mesmo de Nietzsche, com a independência dos com-

70 Essa frase é acréscimo da Pléiade.

71 Romain Rolland (1866-1944) publicou no *Journal de Genève* de setembro de 1914 a agosto de 1915 uma série de artigos reunidos no livro de 1915 *Au-dessus de la mêlée* [*Acima da confusão*], título de um deles, de 15 de setembro de 1914. Apesar da guerra fomentada pelos Estados e pela propaganda impressa, guerra que arregimenta to-dos os segmentos sociais, dos socialistas aos católicos, diz respeitar os esforços para

batentes que não temem como os inativos pronunciar nomes alemães, e até com aquela ponta de vaidade de citar o inimigo que levara, por exemplo, o coronel Paty de Clam, na sala das testemunhas da questão Zola, a recitar de passagem, diante do poeta Pierre Quillard, dreyfusard exaltado, a quem, aliás, não conhecia, versos de seu drama simbolista, *La Fille aux mains coupées*. Mencionando uma melodia de Schumann, Saint-Loup dava o título só em alemão, e não recorria a nenhum circunlóquio para dizer que quando, de madrugada, ouvira à entrada de uma floresta o primeiro gorjeio, sentira-se transportado, como se lhe falasse o pássaro daquele "sublime Siegfried" que esperava tornar a ouvir depois da guerra.[72]

---

conseguir a vitória francesa tendo em vista suas lutas ao longo do tempo. Finda a guerra, o autor quer que se forme um tribunal neutro para julgar os crimes de guerra. Mas "os artistas e escritores, religiosos e pensadores de todas as pátrias" têm uma outra tarefa: elevar-se "acima das tempestades e afastar as nuvens que buscam obscurecer o espírito e a luz". Devem construir, dominando a injustiça e o ódio entre as nações, uma cidade em que se reúnam "as almas fraternas e livres do mundo inteiro". Quer, portanto, que se conserve o respeito pela Alemanha de Goethe tão diferente da Alemanha atual. Essa atitude pacifista é vista pela opinião pública como traição.

72 Como o narrador, Proust, no *Cahier 74*, Pléiade tomo IV, p. 772, analisa os diversos tipos de textos produzidos durante a guerra. Os muito cultos, produzem "poemas idiotas" com as imagens mais fora de moda; "outros mantinham um diário delicioso, mas exatamente aquele que teriam mantido em qualquer outro lugar". E continua: "Essa cultura é aliás algumas vezes a dos neutros: 'Pensei naquela página de *Jean Christophe*, ou de inimigos: 'Parece-me que sinto o frescor do coro adorável dos marinheiros do primeiro ato de *Tristan*". Aqui Saint-Loup não hesita em citar "uma página de Romain Rolland e até de Nietzsche", com toda a independência. No parêntese que vem a seguir, é apresentado como fato autêntico, que lhe foi contado pelo próprio Pierre Quillard (1864-1912), mais um exemplo dessa atitude de citar um inimigo: na sala das testemunhas do processo Zola, o coronel du Paty de Clam, antidreyfusista, encontra o poeta, um dos primeiros defensores da inocência de Dreyfus. Como conhecia de cor as obras do anarquista Quillard, ao passar por ele, du Paty de Clam recita os primeiros versos de *La Fille aux mains coupées*. Datado de 1886 e caracterizado como "mistério", gênero dramático da Idade Média que põe em cena temas religiosos. Tem como personagens: uma Jovem, um coro de anjos, o

E agora, voltando pela segunda vez a Paris, recebi, logo no dia seguinte ao de minha chegada, nova carta de Gilberte, sem dúvida esquecida daquela a que me referi, ou pelo menos de seu sentido, pois sua partida de Paris em fins de 1914 era agora apresentada retrospectivamente de modo muito diferente. "Talvez não saiba, meu bom amigo", escrevia-me, "que estou há quase dois anos em Tansonville. Cheguei junto com os alemães. Ninguém queria me deixar partir. Chamavam-me louca. 'Como', repetiam, 'está segura em Paris e vai para a zona invadida, justamente quando todos fogem de lá.' Eu não desconhecia o bom senso desse raciocínio. Mas, que quer, só tenho uma qualidade, não ser covarde, ou, se preferir, ser fiel, e, sabendo meu querido Tansonville ameaçado, não pude resignar-me a deixar nosso velho adminis-

---

Poeta-rei, o Pai, o Serviçal. A ação se passa em lugar não definido e na Idade Média. A Jovem reza: "Oh Jesus, afaste as garras do Maligno! Os anjos de safira dormem no velino/ As graves letras de outro pesam nas asas brancas/ a pomba do céu cai numa cilada por trás dos galhos? E a prece está presa na armadilha dos versículos". Ela deseja preservar-se para o encontro do "terrível e sedutor Esposo". Um coro de anjos intervém para dizer que esse lugar maravilhoso está fechado para sempre, pois a "sua virgindade só está embriagada de Orgulho". Que o Redentor deu a Eros o reino da Terra. Conclama a virgem a esquecer dos céus sonhados, pois o amor caminha invencível. Na dúvida quanto à origem desse coro, a Jovem apela à Virgem para que a proteja do tentador. Surge então o Pai que acaricia suas mãos, "com carícias incestuosas e brutais". Ela foge e pede ao Serviçal ocupado em limpar as armas que corte suas mãos. Ele obedece depois de ser intimado. Em seguida, ela pede-lhe que leve ao Pai um jarro cheio de sangue. Muda a cena e agora o Pai coloca a Jovem numa embarcação para que as ondas a levem. A Jovem pede a Deus que acolha sua alma. Sente-se maravilhada e ouve cânticos estranhos celebrando seu himeneu com o Poeta-rei. Este toma da lira e canta: estava à sua espera e quer que ela não seja mais um sonho. A Jovem o repudia, pois tem medo de ser condenada ao inferno ao escutá-lo. Mas a dor do Poeta-rei é tal que a Jovem reconsidera sua atitude e o abraça, enquanto o coro de anjos canta, aconselhando-a a afastar os maus presságios. "O Senhor devolveu-te as mãos para os abraços. Amem-se." Voltam a cantar a permanência de Eros a quem o Redentor deu o reino da Terra. Dizem: "Imortal, a sede os lábios a perturbam e o inferno dos beijos equivale a nosso paraíso". O mistério, que trata do confronto entre a castidade e o instinto, foi encenado como parte de um espetáculo do Théâtre de l'Art em 19 e 21 de março de 1891.

trador defendê-lo sozinho. Achei que meu lugar era a seu lado. E, aliás, graças à minha resolução, pude mais ou menos salvar o castelo — enquanto os outros da vizinhança, abandonados pelos proprietários apavorados, foram na maioria completamente destruídos — e não só o castelo, mas também as preciosas coleções, tão caras a meu pai." Numa palavra, Gilberte se persuadira de que não fora para Tansonville, como me comunicara em 1914, para fugir dos alemães, mas, ao contrário, para ir a seu encontro e defender o castelo. Eles não se haviam porém demorado em Tansonville, mas nem por isso diminuíra o constante vaivém de militares, muito superior ao que na rua de Combray arrancava lágrimas a Françoise, e Gilberte podia dizer, dessa vez com inteira verdade, que vivia como se estivesse na frente de batalha. Por isso os jornais lhe noticiavam com grandes elogios a conduta admirável, e cogitava-se de condecorá-la. O final da carta era rigorosamente exato: "Não imagina, meu caro amigo, o que é esta guerra, e a importância que confere a qualquer estrada, qualquer ponte, qualquer elevação. Quantas vezes, quando imensos combates se travavam pela posse de um caminho, de uma colina de sua predileção, pensei em você e nos passeios, por sua causa deliciosos, que juntos demos nestes locais hoje tão maltratados. Como eu, provavelmente nunca supôs que o obscuro Roussainville ou o desinteressante Méséglise, de onde nos levavam a correspondência, e onde foram buscar o médico quando você esteve doente, se tornassem jamais lugares célebres. Pois, meu caro, entraram para sempre na glória, como Austerlitz ou Valmy. A batalha de Méséglise durou mais de oito dias, os alemães perderam mais de cem mil homens, destruíram Mégéglise, mas não o tomaram. O caminho estreito de que tanto gostava, que chamávamos de atalho dos espinheiros, e onde pretende se ter na infância apaixonado por mim, embora eu possa garantir com toda a razão que fui eu quem me apaixonei por você, não calcula a importância que assumiu. O imenso trigal ao qual conduz é o famoso marco 307, cujo nome há de ter lido muitas vezes nos comunicados. Os franceses dinamitaram a ponte sobre o Vivonne, aquela que, segundo dizia, não lhe lembrava a infância tanto quanto desejaria, e os alemães construíram outras; durante ano e meio, dominaram uma metade de Combray e os franceses, a outra".

No dia seguinte àquele em que recebi essa carta, isto é, na antevéspera da noite em que, caminhando no escuro, ouvi ressoarem meus próprios passos enquanto ruminava todas essas recordações, Saint-Loup, chegado do front e prestes a voltar, fez-me uma visita rápida, que só por ser anunciada comoveu-me violentamente. Françoise quisera logo atirar-se a seus pés, esperando que poderia obter a reforma do tímido açougueiro, cuja classe deveria partir dentro de um ano. Mas conteve-se, pensando na inutilidade do pedido, já que o timorato sacrificador de bois mudara havia muito de açougue, e a dona do nosso, por medo de perder a freguesia, ou de boa-fé, declarara ignorar onde o rapaz, "que, aliás, nunca daria um bom açougueiro", estava empregado. Françoise procurara por toda parte, mas Paris é grande, numerosos açougues e, embora entrasse em vários, nunca descobrira o moço cauteloso e sangrento.

Quando Saint-Loup entrou em meu quarto, acerquei-me dele com a sensação de timidez, com a impressão de sobrenatural que comunicavam no fundo todos os combatentes em licença, e que se experimenta diante das vítimas de um mal mortal, que entretanto ainda se levantam, se vestem, passeiam. Parecia (parecera sobretudo no princípio, pois, para quem, ao contrário de mim, não saíra de Paris, o hábito sobreviera, cortando quase sempre das coisas a raiz de impressão e de pensamento que lhes confere o sentido real), parecia haver certa crueldade nessas folgas dadas aos combatentes. Nas primeiras, todos diziam: "Não quererão voltar, desertarão". E, com efeito, não regressavam apenas de lugares que se nos afiguravam irreais porque só pelos jornais sabíamos de sua existência e porque não imaginávamos a possibilidade de alguém tomar parte em combates titânicos e sofrer apenas uma contusão no ombro; era das paragens mortuárias, às quais tornariam, que vinham passar um instante conosco, incompreensíveis para nós, enchendo-nos de ternura, de susto e de senso de mistério, como os mortos invocados, que vislumbramos, um segundo, sem ousar interrogá-los, e que, aliás, quando muito responderiam: "Não poderíeis fazer uma ideia". Porque é extraordinário a que ponto, quer se trate dos escapados da morte, que são os combatentes entre os vivos, quer de espíritos que um médium hipnotiza ou chama, o único efeito do contato com o mistério é aumentar, se possível, a insignificância das palavras. Dominado por essa impressão, abordei Robert, cuja cicatriz na testa era mais augusta e misteriosa do que a marca deixada no solo pelo pé de um gigante. E não ousei fazer-lhe perguntas, e ele só me disse palavras simples, muito semelhantes às de antes da guerra, como se, a despeito dela, as criaturas ainda fossem o que dantes eram: o tom das conversas continuava o mesmo, só a matéria diferia, e ainda assim!

Percebi que Robert encontrara no exército distrações graças às quais esquecera pouco a pouco que Morel se conduzira tão mal com ele como com seu tio. Dedicava-lhe porém ainda grande amizade e tinha bruscos desejos de revê-lo, sempre adiados. Achei mais delicado para com Gilberte não revelar a Robert que para encontrar Morel lhe bastaria ir à casa da sra. Verdurin.

Disse humildemente a Robert quão pouco se sentia a guerra em Paris, respondendo-me ele que mesmo em Paris havia às vezes "coisas incríveis". Referia-se à incursão de zepelins da véspera e perguntou-me se eu o vira bem, mas como comentaria outrora qualquer espetáculo de grande esplendor estético. Na frente de batalha, ainda se compreende que haja vaidade em exclamar: "É maravilhoso, que rosa! E este verde-claro!", quando se pode cair morto a qualquer momento; não a experimentaria porém Saint-Loup em Paris, a propósito de uma incursão insignificante, mas que, vista de nossa sacada, no silêncio de uma noite em que houvera de repente uma verdadeira festa com foguetes úteis e protetores, toques de clarins que não eram só para o desfile das tropas etc.[73] Falei-lhe da beleza dos aviões que subiam na noite. "E talvez ainda mais dos que descem", retrucou. "Admito que seja deslumbrante vê-los subir, formar uma 'constelação', obedecendo a leis tão precisas como as que regem os astros, pois o que aprecias como se fosse um espetáculo é na verdade a reunião das esquadrilhas, sua obediência às ordens, sua partida para a caça etc. Mas não preferes o momento em que, definitivamente incorporados às estrelas, delas se destacam para lançar-se à perseguição, ou para voltar ao soar o toque de recolher, fazendo tal movimento no céu que até os astros parecem mudar de lugar? E as sereias, não as achaste wagnerianas? Coisa, aliás, muito natural para saudar a chegada dos alemães, dando a impressão de hino nacional, de Wacht am Rhein, com o Kronprinz e as princesas no camarote imperial; seria o caso de indagar-se se eram mesmo aviadores, e não Valquírias que voavam." Parecia comprazer-se nessa confusão entre aviadores e Valquírias, explicando-a por motivos puramente musicais: "Ora, é que a música das sereias lembrava uma Cavalgada. Decididamente, sem a chegada dos alemães não se ouviria Wagner em Paris".

Sob certos pontos de vista, não era má a comparação. De nossa sacada,[74] a cidade assemelhava-se a uma massa informe e negra que de repente assomasse das profundezas da noite para a luz e para o céu onde, um a um, os aviadores se elevavam ao apelo desesperado das sereias, ao passo que, com movimento mais lento, porém mais insidioso, mais alarmante, pois seu olhar sugeria o objeto ainda mais invisível e talvez já próximo que buscava, os refletores mudavam incessantemente de direção, farejavam o inimigo, bloqueavam-no com seus faróis, até os aviões aguilhoados se lançarem para dar-lhe caça e capturá-lo. E, esquadrilha após esquadrilha, cada piloto se alçava assim da cidade, projetava-se no céu como uma Valquíria. Mas em certos cantos da terra,

---

73 A partir de "mas que, vista de nossa sacada", acréscimo da atual edição.
74 O termo "De nossa sacada" é acréscimo da atual edição.

junto às casas, havia claridade, e eu disse a Saint-Loup que, se tivesse vindo ver-me na véspera, poderia, enquanto contemplasse o "apocalipse" do céu, ver cá em baixo, como em *O enterro do conde de Orgaz*, de El Greco, onde são paralelos esses planos diferentes, uma verdadeira comédia representada por personagens em trajes noturnos, as quais, dada a notoriedade de seus nomes, mereceriam ser mencionadas por algum sucessor daquele Ferrari cujas crônicas mundanas nos divertiam tanto, a Saint-Loup e a mim, que as imitávamos por brincadeira. E o que teríamos feito de novo, naquela noite, como se não estivéssemos em guerra, embora nela se inspirasse o tema: o medo dos zepelins — reconhecidos: a duquesa de Guermantes, soberba em sua camisola de dormir, o duque de Guermantes, inenarrável em pijama rosa e roupão de banho etc. etc.

"Garanto", acrescentou ele, "que em todos os grandes hotéis se devem ter visto judias americanas, de camisola, apertando contra o seio murcho o colar de pérolas que lhes permitirá desposar algum duque arruinado. O Ritz, nessas noites, há de parecer a Bolsa de Valores."

Perguntei a Saint-Loup se essa guerra confirmava nossas opiniões em Doncières sobre as de outrora. Recordei-lhe palavras suas de que se esquecera, por exemplo, sobre a reprodução das batalhas antigas pelos futuros generais. "A dissimulação", objetei, "já não será mais possível em operações longamente preparadas, exigindo tão grande acúmulo de artilharia. E o que depois me escreveste sobre o reconhecimento pelos aviões, que evidentemente não poderias então prever, impede o emprego das surpresas napoleônicas." "Como te enganas!", respondeu. "Esta guerra é sem dúvida uma novidade em relação às outras, e compõe-se de guerras sucessivas, a última representando sempre um progresso sobre a precedente. Adaptamo-nos, forçosamente, para nos defender, a qualquer fórmula nova do inimigo, e então ele inventa outra, mas, como em todas as coisas humanas, os velhos truques pegam sempre. Ainda ontem à noite o mais inteligente dos críticos militares escrevia: 'Quando quiseram libertar a Prússia Oriental, os alemães começaram a campanha por uma poderosa demonstração muito ao sul, contra Varsóvia, e sacrificaram dez mil homens para despistar o adversário. Quando, em começos de 1915, concentraram as forças do príncipe Eugène a fim de defender a Hungria ameaçada, fizeram correr o boato de que tentariam invadir a Sérvia. Também em 1800, o exército armado para atacar a Itália foi dado como de reserva, e parecia destinar-se não a transpor os Alpes, mas a apoiar as forças em luta nas frentes setentrionais. A manha de Hindenburg, ameaçando Varsóvia para mascarar o verdadeiro objetivo, os lagos da Mazúria, foi tirada de um plano de Napoleão em 1812'. Vês que Bidou quase reproduz as palavras que me recordas, das quais já me havia esquecido. E, como a guerra ainda não acabou, esses embustes se reproduzirão e darão resultado, porque nunca se chega a decifrar totalmente coisa alguma, o que pegou de uma vez pegou porque era bom e pegará sempre." Com efeito, muito tempo depois dessa conversa com Saint-Loup, quando os olhares dos Aliados convergiam para Petrogrado, contra o qual se acreditava que os alemães breve marchariam, estes preparavam a mais poderosa das ofensivas contra a Itália. Saint-Loup citou-me vários outros casos de plágios militares, ou, a admitir-se que não haja uma arte, mas uma ciência militar, de aplicação de leis permanentes. "Não quero dizer, pois haveria contradição nos termos", acrescentou, "que a arte da guerra seja uma ciência. E, a existir uma ciência da guerra, existem também divergência, disputa e contradição entre os sábios. A diversidade de opiniões reduz-se, porém, em parte a uma questão de tempo, o que nos tranquiliza, pois assim sendo não há forçosamente erro, e sim verdade em evolução." Dir-me-ia mais tarde: "Pensa na evolução, nesta guerra, das ideias sobre a possibilidade de ruptura, por exemplo. Começou-se por acreditar nela, firmou-se depois a doutrina da invulnerabilidade das frentes, para logo voltar-se à da ruptura possível, porém perigosa, implicando a necessidade de não dar um passo sem destruir antes o objetivo (um jornalista categórico afirmou que seria pura sandice pretender o contrário), aceitou-se em seguida a teoria do avanço com fraca preparação de artilharia, chegou-se por fim a fazer remontar a invulnerabilidade das frentes à guerra de 1870 e a proclamá-la noção falsa para a atual, relativamente verdadeira, portanto. Falsa agora por causa do aumento das massas e do aperfeiçoamento dos engenhos (ver Bidou, 2 de julho de 1918), progressos diante dos quais se pensou primeiro que seria muito curta a próxima guerra, depois que seria muito longa, aceitando-se, ao cabo, novamente, a possibilidade das vitórias decisivas. Bidou cita os Aliados no Somme, os alemães visando a Paris em 1918. Assim também, a cada nova conquista alemã, todos repetiam: o terreno não vale nada, as cidades não valem nada, o importante é destruir o poderio militar do inimigo; mas os alemães, tendo por sua vez adotado essa teoria, em 1918, Bidou explicou, contraditoriamente (2 de julho de 1918) como certos pontos vitais, certas áreas essenciais decidem da vitória quando conquistados. É, aliás, esse o seu feitio de espírito. Demonstrou que a Rússia seria vencida se fossem obstruídas suas vias marítimas, e que um exército encurralado não pode deixar de perecer".[75] Devo todavia dizer que se a guerra não modificara o caráter de Saint-Loup, sua inteligência, sofrendo uma evolução em larga parte devida à hereditariedade, ganhara um brilho que eu nunca lhe vira.[76] Que distância entre o moço louro, outrora cortejado, ou querendo ser cortejado pelas mulheres elegantes, e o dissertador, o doutrinador que não se cansava de jogar com as palavras! Noutra geração, noutro ramo, como um ator retomando um papel criado por Bressant ou Delaunay, era como o sucessor — rosado, louro e dourado,

---

75 Todo o parágrafo, até aqui, constava da edição original de 1927, mas foi suprimido da última edição de 1989.

76 A edição de 1927 trazia uma menção ao "caráter" de Saint-Loup. A última edição de 1989 traz a seguinte versão: "se a guerra não aumentara a inteligência de Saint-Loup, essa inteligência...".

ao passo que no outro se opunham o branco e o preto — do sr. de Charlus. Embora não se entendesse com o tio sobre a guerra, filiado à fração da aristocracia que prezava a França acima de tudo, enquanto o sr. de Charlus era no fundo derrotista, poderia mostrar, a quem não tivesse visto "o criador do papel" como se encarna o tipo do argumentador. "Parece que Hindenburg é uma revelação", disse-lhe eu. "Uma revelação passada, ou futura", respondeu prontamente. Devia-se ter dado liberdade de ação a Mangin, abatido a Alemanha e a Áustria, e europeizado a Turquia, em vez de poupar o inimigo e "montenegrizar" a França. "Mas teremos o auxílio dos Estados Unidos", lembrei. "Enquanto não chega, só vejo por aqui o espetáculo dos Estados desunidos. Por que não fazer maiores concessões à Itália? Por medo de descristianizar a França?" "Se teu tio Charlus te ouvisse!", exclamei. "No fundo gostarias que se ofendesse ainda mais o papa, e ele pensa com horror no mal que se pode fazer ao trono de Francisco José. Pretende-se aliás nisso de acordo com a tradição de Talleyrand e do Congresso de Viena." "A era do Congresso de Viena já passou", retorquiu; "à diplomacia secreta sucedeu a diplomacia concreta. Meu tio é no fundo um monarquista impenitente, que engoliria baleias como a sra. Molé ou tubarões como Arthur Meyer, contanto que fossem preparados à Chambord. Por ódio à bandeira tricolor, aderiria até ao esfregão do Bonnet Rouge, tomando-o de boa-fé pelo estandarte branco da realeza." Sem dúvida, tudo isso se cifrava a frases espirituosas, e Saint-Loup estava longe da originalidade por vezes profunda do tio. Mas era afável e cordial, tanto quanto desconfiado e invejoso o outro. Continuava belo e rosado como em Balbec e não perdera um só fio da cabeleira dourada. Não o sobrepujaria porém o tio na feição de espírito peculiar ao faubourg Saint-Germain, a impregnar até os que se julgam mais livres, infundindo-lhes a um tempo o respeito pelos homens inteligentes sem nascimento (respeito que só medra na nobreza, e torna tão injustas as revoluções) e uma tola satisfação de si mesmos. Por essa mistura de humildade e orgulho, de curiosidade mental adquirida e inata autoridade, o sr. de Charlus e Saint-Loup, trilhando caminhos diferentes e com opostas opiniões, haviam-se tornado, com uma geração de intervalo, intelectuais sempre interessados pelas ideias novas, e conversadores dos que nenhuma interrupção consegue reduzir ao silêncio. A alguém medíocre pareceriam, segundo a disposição do momento, deslumbrantes ou maçantes.

"Você se lembra", disse-lhe eu, "de nossas conversas em Doncières." Ah! Bons tempos. Que abismo nos separa deles. Será que algum dia vão renascer 'du gouffre interdit à nos sondes,/ Comme montent au ciel les soleils rajeunis/ Après s'être lavés au fond des mers profondes?'"[77]

"Pensemos nessas conversas unicamente para evocar sua doçura", disse-lhe eu. Eu buscava com elas alcançar certo tipo de verdade. "A guerra atual que desorganizou tudo, e sobretudo, como você está me dizendo, a ideia da guerra, será que ela torna caduco o que você me dizia naquele momento com relação às batalhas, por exemplo, com relação às batalhas de Napoleão que seriam imitadas nas guerras futuras?" "De forma alguma", disse-me ele. "A batalha napoleônica é sempre retomada, e ainda mais nesta guerra, porque Hindenburg está imbuído do espírito napoleônico. Seus rápidos deslocamentos de tropas, suas simulações, seja porque ele deixa só uma pequena linha de defesa diante de um de seus adversários para precipitar-se com todas as forças reunidas sobre o outro (Napoleão 1814), seja porque investe pesadamente em uma diversão que força o adversário a manter suas forças no front que não é o principal (como na simulação de Hindenburg diante de Varsóvia graças à qual os russos ludibriados concentraram ali a resistência e foram vencidos nos lagos de

---

77 Tradução: "de um fundo abismo onde não chegam nossas sondas/[...] como o sol retorna aos céus benditos/ depois de mergulhar nas mais profundas ondas?" (Charles Baudelaire. *As flores do mal*. Trad. Ivan Junqueira. Rio de Janeiro, Nova Fronteira, 1985, p. 191.)

Masúria), suas recuadas análogas àquelas pelas quais começaram Austerlitz, Arcole, Eckmühl, tudo nele é napoleônico, e ainda não acabou. Além disso, se em minha ausência você tentar interpretar os acontecimentos desta guerra, à medida que forem ocorrendo, acho que você não deve confiar muito exclusivamente na maneira particular de Hindenburg para descobrir o sentido do que ele faz, a chave do que ele vai fazer. Um general é como um escritor que quer compor uma determinada peça, um determinado livro, e que o próprio livro, com as possibilidades inesperadas que revela aqui, o impasse que apresenta ali, faz com que ele se desvie demais de um plano preconcebido. Como uma diversão das tropas, por exemplo, deve ser feita unicamente em um ponto que tenha por si só bastante importância, suponha que tal diversão tenha êxito para além de qualquer expectativa, enquanto a operação principal se conclua por um fracasso; é a diversão que pode se tornar a operação principal. Quero ver Hindenburg num dos tipos de batalha napoleônica, a que consiste em separar dois adversários, os ingleses e nós."[78]

Enquanto evocava a visita de Saint-Loup eu caminhara e, para ir à casa da sra. Verdurin, dera uma longa volta;[79] quase alcançara a ponte dos Inválidos. Algumas luzes, poucas (por causa dos gothas) se haviam acendido cedo demais, porque a mudança de hora, estabelecida com grande antecedência, quando a noite ainda baixava depressa, estabilizara-se durante o verão inteiro (como os caloríferos que se abrem e fecham em datas fixas), e, sobre a cidade noturnamente iluminada, em boa parte do céu — do céu ignorante da hora de inverno e da hora de verão, que não se dignara tomar conhecimento do fato de oito e meia ter passado a ser nove e meia —, em boa parte do céu azulado reinava ainda a claridade do dia. No trecho dominado pelas torres do

78 Todo o trecho que se inicia com "Você se lembra" é acréscimo da atual edição.
79 A edição de 1989 excluiu a menção à visita ao salão dos Verdurin, que constava no texto original de 1927.

Trocadero, o firmamento parecia um vasto mar turquesa em vazante, deixando já emergir uma estreita linha de rochedos negros, ou talvez de simples redes de pesca, na realidade nuvens ligeiras. Mar naquele instante cor de turquesa, a carregar consigo, a sua revelia, os homens arrastados pela imensa revolução da terra, da terra sobre a qual são bastante insensatos para continuarem suas próprias revoluções e suas guerras vãs, como a que ora ensanguentava a França. Dava até vertigem contemplar o céu preguiçoso e excessivamente belo, que achava indigno de si mudar de horário, e sobre a cidade iluminada prolongava indolentemente, com tons azulados, o dia retardatário; já não era um mar horizontal, mas uma gradação vertical de geleiras azuis. E as torres do Trocadero, que pareciam tão próximas dos degraus de turquesa, deles deviam estar muito longe, como as duas torres de certas cidades da Suíça, que se diriam a distância vizinhas dos cimos escarpados. Fiz meia-volta, mas ao deixar a ponte dos Inválidos vi que já não era mais dia no céu, que já não havia luzes na cidade, e, tropeçando aqui e ali nas latas de lixo, tomando um caminho por outro, atravessando maquinalmente um dédalo de ruas escuras, cheguei, sem saber como, aos bulevares. Renovou-se logo a impressão do Oriente que já experimentara, e, por outro lado, à evocação de Paris do Diretório sucedeu a de Paris de 1815.[80] Como em 1815, havia um heterogêneo desfile de uniformes das tropas aliadas; entre outros, os africanos de largas calças vermelhas, franzidas como saias, e os hindus de alvos turbantes me bastavam para transformar a Paris onde passeava em imaginária capital exótica, de um orientalismo minuciosamente exato no tocante às vestes e aos tons de pele, arbitrariamente quimérico quanto ao cenário, como povoando-a de uma turba cujos maravi-

---

80 A passagem da Paris do Diretório para a Paris de 1815 significa uma mudança de referência de leituras: em vez da Paris descrita pelos Goncourt, Proust parece aludir à Paris descrita pela condessa de Boigne em suas *Memórias* — uma cidade que, com a queda de Napoleão, assiste ao desfile de tropas estrangeiras.

lhosos coloridos não eram mais ricos de que este, transmudava Carpaccio em Jerusalém ou Constantinopla a cidade que habitava.[81] Seguindo dois zuavos, que não davam mostras de notá-lo, avistei um homem alto e gordo, de chapéu desabado e longa capa, em cujo rosto arroxeado hesitei se devia pôr o nome de um ator ou de um pintor, igualmente famosos por inúmeros escândalos sodomitas. Estava em todo caso certo de não conhecer o transeunte, e espantou-me, por isso, ao cruzar com o meu o seu olhar, sentir que se perturbara; fez questão de parar e dirigiu-se a mim, como para provar não se ter deixado surpreender numa atividade que preferiria secreta. Um segundo, fiquei sem saber quem me cumprimentava: era o sr. de Charlus. Pode-se dizer que, nele, a evolução do mal ou a revolução do vício atingira o ponto extremo onde a pequena personalidade primitiva do indivíduo, suas qualidades ancestrais, são inteiramente interceptadas pela passagem do defeito ou da tara genérica que o acompanha. O sr. de Charlus afastara-se tanto quanto possível de si mesmo, ou melhor, mascarara-se tão completamente com o que não só a ele, mas a muitos invertidos pertencia, que, à primeira vista, andando assim atrás de zuavos em pleno bulevar, parecera-me outro, outro que não o sr. de Charlus, que não um grande senhor, que não um homem de imaginação e de espírito, outro cuja semelhança com o barão se cifrasse àquele ar comum a todos, que agora, ao menos para quem não se detinha em examiná-lo, inteiramente o recobria.

Foi desse modo que, querendo ir à casa da sra. Verdurin, eu encontrei o sr. de Charlus. E, certo, não o encontraria lá, como antigamente; sua inimizade só fizera agravar-se, e a sra. Verdurin aproveitava as atuais circunstâncias para ainda mais o desacreditar. Tendo dito e redito que o achava gasto, acabado, mais fora de moda, com suas pretensas audácias, do que os medalhões, resumia agora esta condenação e o tornava repulsivo a todas as pessoas dotadas de imaginação, acusando-o de ser *avant-guerre*.

---

81 A edição de 1989 retirou a menção a Jerusalém, que constava na edição de 1927.

Segundo o grupinho, a guerra cavara entre ele e o presente uma separação que o relegava ao mais morto dos passados.

Além do mais — e visando sobretudo ao mundo político, menos a par dessas coisas — ela o descrevia tão sem cotação, tão à margem no mundanismo como na intelectualidade. "Não vê ninguém, ninguém o recebe", afirmava a Bontemps, sempre muito fácil de convencer. Havia contudo algo de verdadeiro em suas palavras. A situação do sr. de Charlus mudara. Levando cada vez menos a sério a vida social, tendo, por mau gênio, rompido relações, e, por consciência de seu valor mundano, desdenhado reconciliar-se com a maioria dos que constituem a fina flor da sociedade, ficara num relativo isolamento, cuja causa não seria, como o daquele no qual morrera a sra. de Villeparisis, a condenação ao ostracismo por parte da aristocracia, mas que ao público parecia ainda mais grave, por dois motivos. Sua má reputação, agora divulgada, era tomada pela gente mal informada pela causa de seu afastamento de pessoas que, ao contrário, se recusara a frequentar. De modo que atribuíam ao desprezo daqueles sobre quem se exercia seu mau humor o que na verdade só provinha de seu gênio atrabiliário. Por outro lado, a sra. de Villeparisis protegera um forte baluarte: a família, com a qual o sr. de Charlus multiplicara as desavenças. Sempre lhe parecera, aliás — sobretudo a do lado do velho faubourg, lado Courvoisier — de completa insipidez. E não imaginava — ele que, por oposição aos Courvoisier, professara sobre arte ideias tão ousadas que a Bergotte, por exemplo, teria interessado principalmente por seu parentesco com o antigo faubourg quase todo —, pela descrição da vida a bem dizer provinciana de suas primas, que se espalhavam da rue de la Chalse à place du Palais Bourbon e à rue Garancière.

Adotando um ponto de vista menos transcendente e mais prático, a sra. Verdurin afetava julgá-lo estrangeiro. "Qual exatamente a sua nacionalidade? Não será austríaco?", perguntava inocentemente o sr. Verdurin. "Não, de modo algum", contestava a condessa Molé, cujo primeiro movimento obedecia mais ao bom senso do que ao rancor. "Não, é prussiano", interpunha a Patroa. "Posso garantir porque sei, gabava-se de ser membro hereditário da Câmara dos Pares da Prússia e Durchlaucht." "Entretanto, disse-me a rainha de Nápoles..." "Saiba que é uma horrível espiã", exclamava a sra. Verdurin, que não se esquecia da atitude assumida uma noite em sua casa pela soberana deposta. "Se tivéssemos um governo enérgico, tudo isso estaria num campo de concentração. Mas que fazer? Em todo caso, aconselho-a a não receber essa gente, pois sei que o ministro do Interior está de olho nela, e sua casa passaria a ser vigiada. Nada me tirará da cabeça que durante dois anos Charlus não cessou de espionar a minha." E, pensando provavelmente que os interlocutores poriam em dúvida o interesse do governo alemão pelos relatórios circunstanciados sobre a organização do grupinho, assumia o ar suave e perspicaz de quem sabe que dará maior realce a suas revelações se não elevar a voz. "Desde o primeiro dia eu disse a meu marido: 'Não me agrada o modo por que esse homem se introduziu aqui. Parece-me equívoco'. Nossa propriedade ficava em lugar muito elevado, ao fundo de uma baía, onde certamente fora encarregado pelos alemães de preparar uma base de submarinos. Compreendo agora muita coisa que então me espantava. Assim, no princípio, ele nunca viajava de trem, com os outros convidados. Eu lhe ofereci muito amavelmente um quarto no castelo. Pois recusou, preferiu ficar em Doncières, onde havia forças do exército. Tudo isso cheira a espionagem às léguas."

Com a primeira das acusações contra o barão, a de haver passado da moda, os mundanos concordavam inteiramente, dando razão à sra. Verdurin. Mostravam-se assim ingratos, pois o sr. de Charlus fora de algum modo seu poeta, soubera extrair da ambiência mundana uma espécie de poesia em que entravam a história, a beleza, o pitoresco, o cômico da elegância frívola. Mas, incapazes de compreender tal poesia porque nenhuma descobriam em suas vidas, os esnobes procuravam-na alhures, e colocavam cem furos acima do sr. de Charlus homens que lhe eram infinitamente inferiores, mas que afetavam desprezar a sociedade e, em compensação, professavam teorias de sociologia e economia política. O sr. de Charlus, comprazendo-se em celebrar as frases líricas e as graciosas toilettes da duquesa de Montmorency, tratando-a de mulher sublime, as damas do tom, que achavam a duquesa de Montmorency uma tola sem o menor atrativo e os vestidos destinados a ser usados como se não tivessem a menor importância, tinham-no na conta de quase imbecil e, certas de darem com isso prova de inteligência, acorriam à Sorbonne ou à Câmara, para ouvir Deschanel.

Em resumo, os mundanos se haviam desencantado do sr. de Charlus, não por conhecerem demais, mas por nunca haverem percebido seu raro valor intelectual. Tachavam-no de *avant-guerre*, de fora da moda, porque os incapazes de aquilatar o mérito são os que mais facilmente adotam para classificá-lo a ordem em voga; sem penetrar, nem sequer superficialmente, nos homens de valor de uma geração, logo os condenam em bloco, mal surge a insígnia da seguinte, que não será mais bem entendida.

Quanto à segunda acusação, a de germanismo, repelia-a o espírito moderado dos mundanos, mas encontrara um propagador incansável e maldoso em Morel, o qual, tendo sabido conservar nos jornais e mesmo na sociedade o lugar que o sr. de Charlus lhe conseguira dar, mas não, mais tarde, retirar, embora tanto numa como noutra ocasião se empenhasse a fundo, perseguia o barão com ódio implacável; Morel não se mostrava nisso apenas cruel, mas duplamente culpado, porque, fossem quais fossem suas verdadeiras relações com o sr. de Charlus, este lhe dera a conhecer o que a tanta gente ocultava, sua profunda bondade.[82] Testemunhara ao violinista tal generosidade, tal delicadeza, que, ao deixá-lo, não levou Charlie em absoluto a impressão de um

---

82 A edição de 1989 traz uma versão um pouco mais sintética se comparada à de 1927: Morel "perseguia o barão com um ódio ainda mais culpado na medida em que, fossem quais fossem suas verdadeiras relações com o barão, este lhe dera a conhecer o que a tanta gente ocultava, sua profunda bondade".

viciado (quando muito consideraria doença o vício do barão), mas a do homem de ideias mais elevadas que jamais vira, de extraordinária sensibilidade, uma espécie de santo. Tanto que, mesmo após a ruptura, dissera sinceramente aos pais de mais de um rapaz: "Podem confiar-lhe seu filho, só exercerá sobre ele a melhor influência". Assim sendo, quando em seus artigos o agredia, o que de fato achincalhava nele não era o vício, era a virtude.

Pouco antes da guerra, breves crônicas, transparentes para os iniciados, haviam começado a campanha de desmoralização contra o sr. de Charlus. De uma, intitulada "As desventuras de uma *douairière* em atividade, a velhice da baronesa",[83] a sra. Verdurin comprara cinquenta exemplares para emprestar aos conhecidos; e, declarando que nem Voltaire escrevera melhor, o sr. Verdurin lia-a em voz alta para quem quisesse ouvir. Depois da guerra, o tom mudara. Já não se denunciava só a inversão do barão, mas também sua pretensa nacionalidade germânica: "Frau Bosh", "Frau von der Bosh" eram as alcunhas habituais do sr. de Charlus. Um trecho poético trazia esse título, tirado de certas músicas dançantes de Beethoven: "Uma alemã". Enfim, duas crônicas recentes, "Tio da América e tia de Frankfurt" e "Valentão da retaguarda", lidas em prova pelo grupinho, deliciaram o próprio Brichot, que exclamara: "Contanto que não as empastele a muito alta e poderosa Anastácia!".

Os artigos eram superiores aos títulos ridículos. Seu estilo provinha de Bergotte, mas de modo talvez só a mim sensível, pela seguinte razão. Os escritos de Bergotte não haviam em absoluto influenciado a Morel. A fecundação se operara de forma tão especial e desusada que só por isso a noto aqui. Indiquei a seu tempo o jeito peculiar a Bergotte de, ao falar, escolher as palavras e pronunciá-las. Morel, que o encontrava amiúde na casa de Saint-Loup,[84] fizera então dele imitações, reproduzindo-lhe per-

83 O termo "douairière" é empregado para designar senhora idosa da nobreza.
84 O trecho "na casa de Saint-Loup" é acréscimo da atual edição.

feitamente a voz, usando as mesmas expressões que empregaria. Ora, agora, escrevendo, Morel transcrevia conversas a Bergotte, sem contudo lhes imprimir a transposição que as transformaria em escrita a Bergotte. Como pouca gente havia conversado com Bergotte, não se reconhecia o tom, diverso do estilo. Essa fecundação oral é tão rara que a quis consignar. Não produz, é certo, senão flores estéreis.

Morel, que entrara para o serviço de imprensa e cuja situação irregular era ignorada, simulava crer, o sangue francês lhe fervendo nas veias como o sumo das uvas de Combray, que não bastava, durante a guerra, trabalhar numa secretaria, e fingia querer alistar-se (do que nada o impedia), enquanto a sra. Verdurin fazia o possível para convencê-lo de ficar em Paris.[85] Sem dúvida, apesar da idade do sr. de Cambremer, indignava-a vê-lo num Estado-Maior, e de qualquer homem que não lhe frequentasse o salão, indagava: "Onde conseguiu esconder-se aquele sujeito?"; se lhe afirmavam que estivera desde o primeiro dia na linha de frente, respondia, sem pejo de mentir ou talvez por hábito de enganar-se: "Não é exato, não saiu de Paris, andou em missões tão arriscadas como a de acompanhar um ministro, tenho certeza do que avanço, sei por alguém que o viu"; mas para os "fiéis" era diferente, não os queria deixar partir, chamando a guerra de grande "desmancha-prazeres" que os obrigava a abandonar-lhe o convívio; por isso dava todos os passos para retê-los, o que lhe forneceria o duplo prazer de tê-los para jantar e de, antes de sua chegada ou após sua saída, profligar-lhes a inatividade. E exigia que os fiéis se prestassem a esse *embusquage*, desolando-a Morel por fingir-se de recalcitrante; por isso dizia-lhe:[86] "Mas

85 A edição de 1989 traz várias modificações nesse trecho com relação à de 1927: "Morel, que estava no serviço de imprensa, achava, aliás, o sangue francês lhe fervendo nas veias como o sumo das uvas de Combray, que não bastava, durante a guerra, trabalhar numa secretaria, e acabou se alistando, embora a sra. Verdurin fizesse o possível para convencê-lo a ficar em Paris".
86 A atual edição traz: "lhe dissera durante muito tempo e em vão".

você presta mais serviços na secretaria do que numa trincheira. O importante é ser útil, tomar realmente parte na guerra, pertencer-lhe. Há os que lhe pertencem e há os *embusqués*. Você é dos que lhe pertencem e, esteja tranquilo, ninguém o ignora, ninguém lhe atirará a primeira pedra". Assim também, quando não escasseavam tanto os homens e ela não se via, como agora, forçada a receber sobretudo mulheres, se um deles perdia a mãe, não hesitava em persuadi-lo de que poderia sem inconveniência continuar a comparecer-lhe às recepções: "É no coração que se traz a dor. Se se tratasse de um baile" (não os dava nunca) "eu seria a primeira a desaconselhá-lo de ir, mas aqui, em minhas reuniões íntimas das terças-feiras, ou numa frisa, não escandalizará ninguém. Todos têm a certeza de que sentiu muito..." Agora os homens andavam mais raros, os lutos, de tão frequentes, já não os retinham em casa, a guerra bastava. A sra. Verdurin agarrava-se aos que sobravam.[87] Garantia aos amigos que seriam mais úteis à França permanecendo em Paris, como lhes assegurava outrora que o morto gostaria que se distraíssem. Apesar de tudo, dispunha de poucos homens e quiçá de vez em quando lamentasse haver se separado do sr. de Charlus por uma ruptura irrevogável.

Mas, se o sr. de Charlus e a sra. Verdurin já não se viam, continuavam, cada qual para seu lado — com pequenas diferenças sem maior importância —, como se nada mudara, esta a receber, aquele a buscar prazeres: por exemplo, Cottard assistia agora às recepções da sra. Verdurin em uniforme de coronel da "ilha do Sonho", semelhante ao dos almirantes do Haiti, sobre o qual uma larga fita azul lembrava a dos "filhos de Maria"; quanto ao sr. de Charlus, numa cidade onde haviam desaparecido os homens feitos, até então seus preferidos, fazia como certos franceses, apreciadores de mulheres em sua terra, mas vivendo nas colônias: adquirira antes o hábito e depois o gosto dos meninos.

87 Essa frase é acréscimo da atual edição.

Logo, porém, apagou-se um dos cunhos característicos do salão Verdurin, com a morte de Cottard "na frente de batalha", como disseram os jornais, embora não tivesse saído de Paris e sucumbisse, de fato, à usura da idade, seguida pela do sr. Verdurin, só chorado — quem o diria? — por Elstir. Eu estudara a obra deste sob um ponto de vista em certo sentido absoluto. Mas, sobretudo à medida que envelhecia, ligava-a ele supersticiosamente à sociedade que lhe fornecera os modelos e que, após se haver assim, pela alquimia das impressões, transformado em obra de arte, lhe granjeara seu público, seus espectadores. Cada vez mais inclinado a crer materialistamente inerente às coisas grande parte da beleza, assim como, de início, adorara na sra. Elstir o tipo de formosura um pouco pesada que sempre procurara e acariciara nas telas, nas tapeçarias, lamentava ver desaparecer com o sr. Verdurin um dos últimos vestígios do quadro social, do quadro efêmero — tão depressa caduco como as próprias modas do vestuário, das quais também se compõe — que sustenta uma arte e lhe garante a autenticidade, como se desolaria um pintor de festas galantes ao destruir a Revolução as elegâncias setecentistas, ou Renoir ao assistir ao desaparecimento de Montmartre ou de Le Moulin de la Galette; mas, acima de tudo, via extinguirem-se com o sr. Verdurin os olhos e o cérebro que melhor lhe haviam entendido a pintura, nos quais esta, feita recordação cara, de algum modo residia. Surgiram sem dúvida novos apreciadores de pintura, mas de outra pintura, os quais, para julgar Elstir com justiça, não haviam, como Swann, como o sr. Verdurin, recebido lições de gosto de Whistler, lições de verdade de Monet. Por isso sentiu-se mais só sem o sr. Verdurin, embora já estivessem havia muitos anos de relações rotas, como se, com aquela parcela de consciência universal de seu valor, se eclipsasse um pouco da beleza de sua obra.

Quanto às mudanças que afetaram os prazeres do sr. de Charlus, permaneciam intermitentes. Entretendo com "o front" assídua correspondência, não lhe faltavam, quando de folga, soldados maduros. Em suma, de modo geral, a sra. Verdurin continuava a receber, e o sr. de Charlus a cuidar de seus divertimentos como se nada se houvesse modificado. E todavia, nos dois últimos anos, o imenso ser humano chamado França, cuja colossal beleza não se sente, mesmo de um ponto de vista puramente material, senão quando se percebe a coesão dos milhões de indivíduos que, como células de formas várias, como outros tanto pequenos polígonos interiores, enchem-lhe até o bordo extremo o perímetro, e quando se consegue vislumbrá-lo na escala pela qual um infusório, uma célula veriam o corpo humano, isto é, tão grande quanto o Mont Blanc, travara gigantesca luta coletiva com esse outro conglomerado de indivíduos que é a Alemanha.[88]

Ao tempo em que eu acreditava nas palavras, ouvindo a Alemanha, depois a Bulgária, depois a Grécia, proclamar suas pacíficas intenções, teria tido a intenção de lhes dar crédito. Mas depois que a convivência com Albertine e com Françoise me ensinara a desconfiar de pensamentos, de projetos informulados, nenhuma expressão aparentemente sincera de Guilherme II, de Ferdinando da Bulgária, de Constantino da Grécia conseguia iludir-me o instinto graças ao qual lhes adivinhava as maquinações. Minhas rusgas com Françoise, com Albertine, não passavam, evidentemente, de querelas particulares, visando apenas a vida da pequena célula espiritual que é um ser humano. Mas, assim como existem corpos de animais, corpos de homens, isto é, conjuntos de células que, comparados com uma só, parecem imensos como montanhas,[89] existem também enormes amontoados de indivíduos que se chamam nações; sua vida não é senão a repetição ampliada da existência das células componentes; e quem não for capaz de compreender o mistério, as reações, as leis desta, só pronunciará palavras ocas a respeito das guerras. Mas, se conhecer a fundo a psicologia individual, então essas massas

88 O trecho iniciado por "Em suma", que constava do original de 1927, foi eliminado da edição de 1989.
89 A atual edição trocou "uma montanha", do original, por "Mont Blanc".

colossais de seres conglomerados, a se defrontarem reciprocamente, assumirão a seus olhos uma beleza mais poderosa do que a dos conflitos nascidos apenas da oposição entre dois caracteres; vê-las-á na escala em que veriam o corpo de um homem alto os infusórios dos quais são necessários mais de dez mil para encher um cubo de um milímetro de lado. Assim surgiam, havia já algum tempo, a grande figura da França, repleta até a borda de pequenos polígonos de vários feitios, e a figura, ainda mais atochada de polígonos, da Alemanha, a se medirem numa luta semelhante, guardadas as proporções, às dos indivíduos.[90] Mas os golpes que trocavam obedeciam às regras desse boxe coletivo da qual Saint-Loup me expusera os princípios; e porque, ainda considerados do ponto de vista dos homens, eram aglomerado gigantes, a luta assumia formas imensas e magníficas, como a revolta de um oceano de vagas incontáveis contra uma linha secular de penedos escarpados, como geleiras enormes a tentarem, com suas oscilações lentas e destruidoras, romper o círculo de montanhas que as circunscrevem.

Apesar disso, a vida continuava a mesma para muitas das pessoas evocadas nesta narrativa, notadamente para o sr. de Charlus e para os Verdurin, como se não se tivessem aproximado tanto os alemães, a permanência ameaçadora, embora no momento contida, de um perigo nos deixando inteiramente frios se dele não cogitamos. Toda gente sempre se diverte sem pensar que, se acaso cessassem as influências estiolantes ou moderadoras, a proliferação dos infusórios atingiria o máximo, isto é, daria em poucos dias um salto de vários milhões de léguas, passando de um milímetro a uma massa um milhão de vezes maior do que o Sol, destruindo ao mesmo tempo todo o oxigênio, todas a subs-

---

90 A atual edição traz uma versão diferente para esse trecho: "figura da França e [...] figura [...] da Alemanha, ainda mais atochada de polígonos, lutavam entre si. Assim sendo, desse ponto de vista, o corpo Alemanha e o corpo França, e os corpos aliados e inimigos comportavam-se, em certa medida, como indivíduos".

tâncias vitais, e que não haveria mais humanidade, nem animais, nem terra; ou, sem imaginar que uma catástrofe irremediável mas bem possível poderia ser provocada no éter pela atividade incessante e frenética que se oculta sob a aparente imutabilidade do Sol, trata de seus negócios, igualmente alheia a esses dois mundos, pequeno demais um e grande demais o outro para percebermos as ameaças de que nos cercam.

Assim procediam os Verdurin dando seus jantares (ou a sra. Verdurin, sozinha, após a morte do marido) e sr. de Charlus correndo a seus prazeres, deslembrados de que os alemães estavam — imobilizados, é verdade, por uma barreira sangrenta, sempre renovada — a uma hora de automóvel de Paris. Os Verdurin preocupavam-se entretanto com isso, dir-se-á, já que tinham um salão político, onde todas as noites se discutia a situação não só dos exércitos como das frotas. Pensavam, com efeito, nas hecatombes de regimentos dizimados, de passageiros afogados, mas uma operação inversa multiplica tanto o que interessa ao nosso bem-estar, e divide por um número tão formidável o que não o interessa, que a morte de milhões de desconhecidos traz apenas um arrepio, talvez menos desagradável do que o causado pelas correntes de ar. A sra. Verdurin, piorando de suas enxaquecas por não ter mais croissants para molhar em seu café com leite matinal, obtivera de Cottard uma receita que lhe permitira encomendá-los no restaurante de que já falamos. A licença fora tão difícil de arrancar dos poderes públicos como a nomeação de um general. Saboreou o primeiro pãozinho na manhã em que os jornais narravam o naufrágio do *Lusitânia*.[91] Mergulhando-o na xícara, e dando piparotes no jornal, a fim de mantê-lo bem aberto sem o auxílio da outra mão, a da gula, exclamava: "Que horror! Nunca

---

91 Naufráfio de navio inglês que causou a morte de milhares de pessoas a bordo. O naufrágio desse navio, em maio de 1915, coincide com o início dos bombardeios submarinos. Ver, nesse, sentido o capítulo "Les Sébuts de la guerre sous-marine", do livro de Marc Ferro *La Grande guerre (1914-1918)*.

houve tragédia igual!". Mas a morte de tantos afogados só lhe devia aparecer reduzida à milionésima parte, pois enquanto, com a boca cheia, pronunciava frases desoladas, o ar que lhe boiava na face, suscitado provavelmente pelo gosto do croissant, tão precioso contra a enxaqueca, era antes o de doce satisfação.

O sr. de Charlus[92] ia além de não desejar ardentemente a vitória da França: queria, sem nem a si próprio o confessar, senão que a Alemanha triunfasse, pelo menos que não fosse esmagada como todo o mundo esperava. E isso porque, em seus conflitos, os grandes conjuntos de indivíduos chamados nações se conduzem, até certo ponto, como criaturas humanas. A lógica que os guia é toda interior e perpetuamente refundida pela paixão, como a da gente empenhada em desavenças amorosas ou domésticas, como a de um filho com o pai, de uma cozinheira com a patroa, de uma esposa com o marido. Quem tem culpa cuida entretanto de ter razão — era o caso da Alemanha —, e quem tem razão prova muitas vezes seu direito com argumentos que só lhe parecem irrefutáveis por corresponderem a sua paixão. Nessas querelas particulares, para convencer-se de que a justiça está com qualquer das partes, o melhor será pertencer-lhe, um espectador nunca chegando à aprovação total. Ora, em se tratando de nações, quem realmente pertence a um torna-se mera célula do indivíduo-nação. A preparação psicológica é uma expressão sem sentido. Se dissessem aos franceses que seriam vencidos, nem um só se desesperaria menos do que se soubesse que ia ser morto pelos "Berthas". A verdadeira preparação psicológica é feita interiormente, pela esperança, espécie de instinto de conservação nacional, atuante em quem for de fato membro vivo de sua nação. Para ser cego à injustiça da causa do indivíduo-Alemanha, para reconhecer a todo instante a justiça da causa do indivíduo-França, o melhor não seria, para um alemão, não possuir espírito de justiça, e, para

92 A atual edição traz versão diferente para esse início de parágrafo: "Quanto ao sr. de Charlus, seu caso era um pouco diferente, mas ainda pior, pois ele ia além".

um francês, possuí-lo, mas, tanto para um quanto para outro, ser patriota. O sr. de Charlus, dotado de raras qualidades morais, acessível à piedade, generoso, capaz de afeição, era em compensação, por motivos diversos — entre outros o de ser filho de uma duquesa da Baviera —, destituído de patriotismo. Pertencia, por conseguinte, ao corpo-França tanto quanto ao corpo-Alemanha. Eu mesmo, se, em vez de me sentir uma das células do organismo francês, fosse desprovido de patriotismo, creio que não encararia o conflito como o teria feito outrora. Na adolescência, quando acreditava piamente no que me diziam, ouvindo o governo alemão protestar de sua boa-fé, teria com certeza experimentado a tentação de não a pôr em dúvida, mas de longa data aprendera que nem sempre concordam pensamentos e palavras; não apenas descobrira um dia, da janela da escadaria, um Charlus de que eu não desconfiava, mas sobretudo, em Françoise, depois, infelizmente, em Albertine, eu tinha visto julgamentos, projetos se formarem, tão opostos às palavras delas, que, mesmo enquanto simples espectador, eu não teria deixado nenhuma das falas aparentemente sensatas do imperador da Alemanha, do rei da Bulgária, enganar meu instinto, que teria adivinhado, como para Albertine, o que estavam tramando em segredo.[93] Mas, enfim, não posso imaginar o que faria se não fosse ator, se não me integrasse no ato-França, como não me poderia ter mostrado isento em minhas brigas com Albertine, nas quais meu olhar triste e meu peito opresso faziam parte de meu indivíduo, apaixonavam-se por minha causa. Era ao contrário completa a isenção de Charlus. Colocado na posição de mero espectador, tudo devia levá-lo ao germanofilismo, já que, sem ser inteiramente francês, vivia na França. Possuía espírito requintado, e os tolos em qualquer país constituem maioria; é evidente que, se morasse na Alemanha, os tolos de lá, defendendo com tolice e paixão uma causa injusta, haveriam de irritá-lo; mas, residindo na França, os tolos daqui, defendendo com tolice e pai-

---

93 A partir de "não apenas descobrira" é acréscimo da atual edição.

xão uma causa justa, não o irritavam menos. A lógica da paixão, ainda a serviço do bem, nunca parece irrefutável aos não apaixonados. O sr. de Charlus notava com finura todos os falsos raciocínios dos patriotas. A satisfação de um imbecil seguro de seu direito e de seu bom êxito é particularmente exasperante. Ralava-se o barão com otimismo triunfante de gente sem noção da Alemanha, por ele tão bem conhecida, e de seu poder, que cada mês lhe marcava para o seguinte o aniquilamento, e, ao cabo de um ano, não se mostrava menos categórica nos novos prognósticos, esquecida de já haver formulado, com igual firmeza, outros inteiramente errados, alegando, se lhe lembravam, que "não era a mesma coisa". Ora, sem ser superficial, o sr. de Charlus talvez não houvesse entendido que, em Arte, correspondia a idêntico feitio mental o "não é a mesma coisa" oposto pelos detratores de Monet à objeção: "Já disseram o mesmo de Delacroix".

Enfim, muito compassivo, não suportava o espetáculo dos vencidos, ficava sempre com o mais fraco, não lia as crônicas judiciárias para não sofrer como suas as angústias do condenado e não ter ganas de assassinar o juiz, o carrasco e a turba radiante de ver que "se fazia justiça". Estava em todo caso convencido de que a França já não poderia ser derrotada, e sabia ao revés que os alemães passavam fome e mais cedo ou mais tarde seriam obrigados a render-se sem condições. Ideia que também se lhe tornava mais penosa pelo fato de morar na França. Guardava, apesar de tudo, apenas remotas recordações da Alemanha, ao passo que, dos franceses a falarem sempre do esmagamento dos adversários com desagradável alegria, eram-lhe familiares os defeitos e as fisionomias antipáticas. Lamentam-se, em tais casos, os desconhecidos, os que se imaginam, mais do que os próximos na vulgaridade da vida cotidiana, a menos que se esteja inteiramente com os últimos, como numa só carne; o patriotismo opera esse milagre, é-se por seu país como se é por si mesmo num conflito amoroso.

Assim a guerra se tornava para o sr. de Charlus uma cultura extraordinariamente fecunda daqueles ódios que lhe nasciam num instante e tinham rápida duração, durante a qual seria porém capaz de todas as violências. Lendo os jornais, o ar de triunfo dos cronistas a apresentarem diariamente a Alemanha abatida: "A fera acuada, reduzida à impotência", quando o contrário ainda era verdade, enfurecia-o com sua toleima eufórica e feroz. Os jornais eram então em parte redigidos por homens importantes, que achavam assim um meio de "voltar à atividade", pelos Brichot, pelos Norpois, pelo próprio Morel, pelos Legrandin.[94] O sr. de Charlus sonhava encontrá-los e cobri-los dos mais amargos sarcasmos. Sempre particularmente a par das taras sexuais, conhecia as de alguns daqueles que, julgando secretas as próprias, se comprraziam em denunciar as dos soberanos dos "impérios de rapina", de Wagner etc. Ardia por encontrar-se frente a frente com eles e esfregar-lhes os focinhos no vício diante de todos, deixando desonrados e arquejantes os que assim insultavam um vencido.

Possuía, além disso, razões mais pessoais de ser germanófilo. Uma delas consistia no fato de, homem de sociedade, ter longamente convivido com mundanos, com gente de prol, com cavalheiros, com os que não apertariam a mão de um biltre, e lhes conhecer a delicadeza e a dureza; sabia-os insensíveis às lágrimas de um indivíduo por eles expulso de um clube ou julgado indigno de bater-se em duelo, embora seu ato de "limpeza moral" acarretasse a morte da mãe da ovelha negra. A despeito de si mesmo, e da admiração que pudesse nutrir pela Inglaterra, pela maneira admirável de sua entrada na guerra,[95] aquela Inglaterra impecável, incapaz de mentira, impedindo o trigo e o leite de entrarem na Alemanha, se lhe afigurava como a nação dos homens intransigentes, das testemunhas impassíveis, dos árbitros em questões de honra; e não ignorando quanto os tarados, os canalhas como certas personagens de Dostoiévski lhes podiam, no fundo, ser su-

---

94 O trecho "pelo próprio Morel" é acréscimo da atual edição.

95 O trecho "pela maneira admirável de sua entrada na guerra" é acréscimo da atual edição.

periores, com eles identificava os alemães, nunca compreendi por quê, pois a mentira e o embuste não bastam para provar o bom coração que por outro meio não revelaram.

Enfim, um último traço completará o germanofilismo do sr. de Charlus; devia-o, por uma bizarra reação, a seu "charlismo". Achava os alemães muito feios, talvez por estarem muito próximos de seu sangue; enlouqueciam-no os marroquinos, e sobretudo os anglo-saxões, nos quais via vivas estátuas de Fidias. Ora, nele, o prazer não se separava de certa crueldade, cuja força eu ainda não avaliava bem naquele momento; o homem que amava lhe parecia como um delicioso carrasco. Julgaria, se tomasse partido contra os alemães, estar procedendo como só o fazia nas horas de volúpia, isto é, em senso contrário ao de seu natural compassivo, inflamado pelo mal sedutor e esmagando a virtuosa fealdade. Tal foi sua reação ao assassínio de Rasputin, no qual, diga-se de passagem, a todos surpreendeu descobrir tão característico cunho russo, numa ceia à Dostoiévski (impressão que teria sido ainda muito mais forte se o público não ignorasse certos pormenores perfeitamente conhecidos pelo sr. de Charlus), porque tanto nos desilude a vida que nos convencemos de que a literatura não tem com ela a menor relação, e nos espanta ver as preciosas ideias hauridas em livros estatelarem-se, sem receio de se corromper, gratuitamente, naturalmente, em plena vida cotidiana, e, por exemplo, uma ceia, um assassínio, um acontecimento russo terem algo de russos.

A guerra prolongava-se indefinidamente, e os que, vários anos antes, já haviam anunciado de fonte segura bem entabulados entendimentos de paz, especificando até as cláusulas do tratado, nem se davam ao trabalho de, conversando com os ouvintes de então, desculpar-se das falsas notícias. Haviam-nas esquecido e estavam prontos a propagar sinceramente outras, que esqueceriam com a mesma rapidez. Era a época das contínuas incursões de gothas; o ar chilreava sempre, com a vibração vigilante e sonora dos aeroplanos franceses. Mas de vez em quando retinia a sereia, como um cortante apelo das *Valquírias* — a única música alemã ouvida depois da guerra — até os bombeiros anunciarem que o alerta cessara, e, a seu lado, o clarim, como um garoto invisível, comentar a intervalos regulares a boa notícia e lançar ao ar seu grito de alegria.

Espantava ao sr. de Charlus ver até homens como Brichot, militaristas antes da guerra, sempre prontos então a criticar a França por não o ser suficientemente, exprobrarem não só o militarismo da Alemanha, mas até seu apreço pelo exército. É certo que mudavam de opinião se se tratava de diminuir a intensidade da guerra contra a Alemanha, e denunciavam com razão os pacifistas. Mas Brichot, por exemplo, tendo-se encarregado, apesar de sua má vista, de fazer, em conferências, resenhas de trabalhos publicados nos países neutros, exaltava o romance de um suíço, onde duas crianças, tomadas de simbólica admiração à vista de um dragão, eram apresentadas zombateiramente como sementes de militarismo.[96] Tal motejo desagradaria por outros motivos o sr. de Charlus, para quem um dragão podia ser algo de muito belo. Mas sobretudo não compreendia o entusiasmo de Brichot, senão pelo livro, que não lera, pelo menos por seu espírito, tão diverso do que animava Brichot antes da guerra. Reputara então bom tudo quanto faziam os militares, fossem as irregularidades do general Boisdeffre, as fantasias e maquinações do coronel Paty de Clam, a forjicação do coronel Henry.[97] Por que reviravolta ex-

96 Trata-se de uma alusão ao texto em alemão do escritor pacifista suíço Carl Spitteler (1845-1924) — prêmio Nobel de 1919 — traduzido em 1917 para o francês com o título *Les Petits misogynes* [*Os pequenos misóginos*]. Dois meninos, com uniforme de cadete, vivem uma série de aventuras ao voltar das férias passadas no campo. A eles junta-se uma menina que também volta à escola cuja companhia eles detestam. Toda a crítica vem do fato de já estarem sendo treinados para a guerra. O texto destaca o capítulo em que os dois cadetes vêm pela janela de um albergue um dragão, ou seja, um soldado da infantaria montada. Admiram seu barrete e seu uniforme e quando querem tratar do cavalo, são repelidos pelo dragão. Temos de novo o narrador referindo-se à mudança de opinião de um personagem antes e durante a guerra, no caso a posição de Brichot.

97 Os três militares citados desempenham um papel importante no caso Dreyfus. São acusados nominalmente na carta aberta de Zola "J'accuse". O general Boisdeffre

traordinária (apenas o avesso de uma nobre paixão, a paixão patriótica, obrigada, de militarista que fora ao lutar contra o dreyfusismo, de tendências antimilitaristas, a tornar-se quase antimilitarista, a luta sendo agora contra a Alemanha supermilitarista) Brichot exclamava: "Oh! espetáculo mirífico e digno de atrair a juventude de um século só feito de brutalidade, voltado ao culto da força: um dragão! Pode-se bem imaginar o que será a vil soldadesca de uma geração educada na idolatria da brutalidade! De forma que Spitteler, querendo opô-la acima de tudo a essa horrível concepção do sabre, acabou exilando simbolicamente nas profundezas dos bosques, ridicularizado, caluniado, solitário, o personagem sonhador denominado por ele "Louco Estudante" em quem o autor encarnou deliciosamente a doçura lamentavelmente fora de moda, logo esquecida, poder-se-ia dizer, se o reino atroz de seu velho deus não estiver arruinado, a doçura adorável dos tempos de paz".[98]

(1839-1916), chefe do estado-maior do exército a partir de 1893, responsável, portanto, de todas as manobras para a condenação de Dreyfus, pediu demissão em 1898, por ocasião da descoberta do documento falso fabricado por Henry. O comandante du Paty du Clam (1853-1916) teria arquitetado todas as acusações contra Dreyfus que culminaram com a acusação de alta traição, sua expulsão do exército e a prisão na Ilha do Diabo em 1894. Depois do processo contra Zola e de sua condenação, o tenente-coronel Henry (1846-1898) é desmascarado, confessa ter falsificado um documento destinado a comprovar a culpabilidade de Dreyfus, é preso e se suicida na prisão em agosto de 1898. A partir daí a revisão do processo é inevitável, o que vai ocorrer em Rennes, em agosto de 1899.

98 A partir de "De forma que Spitteler" é acréscimo da atual edição. Na novela de Spitteler há um capítulo do encontro de um dos meninos com o Louco Estudante que vive isolado na floresta, repudiado pelo pai, o prefeito da cidade, e por todos. Inicialmente o menino agride o estudante que compreende a razão da agressão por ser ele uma parte da opinião pública. Depois de conversarem sobre o amor e a religião, o Estudante dá-lhe conselhos: "Gerold, preste atenção, você se põe a pensar, é uma ocupação proibida, antipatriótica, misantropa e prejudicial para a comunidade. Se você continuar a praticá-la, vai começar, em primeiro lugar, a ser odiado por todos e, em segundo lugar, um belo dia vai encontrar o diploma de charlatão ao lado de sua xícara de café; tenha certeza! Não pense, Gerold, não pense!".

"Escute", dizia-me o sr. de Charlus, "você conhece Brichot e Cambremer. Nunca os encontro sem que me falem da extraordinária falta de psicologia da Alemanha. Entre nós, você acredita que até aqui eles tenham cuidado muito de psicologia, e que mesmo agora sejam capazes de pôr à prova seus conhecimentos psicológicos? Mas fique certo de que não exagero. Ainda a propósito do maior alemão, de Nietzsche, de Goethe, Brichot[99] há de dizer: 'Com a habitual falta de psicologia que caracteriza a raça teutônica'. Há evidentemente na guerra coisas mais penosas. Mas convenha que é enervante. Norpois é mais fino, não nego, apesar de não ter feito senão enganar-se desde o começo. Mas por que será que esses artigos provocam entusiasmo universal? Meu caro, você sabe tão bem quanto eu quanto vale Brichot, de quem gosto muito, mesmo depois do cisma que me separou de sua panelinha e nos afastou um pouco. Tenho certa consideração por esse diretor de colégio, bem-falante e muito instruído, e acho tocante vê-lo, em sua idade e decadente como está, pois o está sensivelmente, há já alguns anos, voltar, como diz, a servir. Mas, afinal, as boas intenções são uma coisa, o talento outra, e Brichot nunca teve talento. Confesso que partilho de sua admiração por certas grandezas da guerra atual. Parece-me apenas estranho um partidário fanático da Antiguidade como Brichot, que cobria de sarcasmos Zola por achar mais poesia num casal de operários, numa mina, do que nos palácios históricos, ou Goncourt, por colocar Diderot acima de Homero e Watteau de Rafael, pôr-se agora a repetir que as Termópilas, que mesmo Austerlitz nada são ao lado de Vauquois. Desta vez, aliás, o público, que resistiu aos modernistas da literatura e da arte, segue os da guerra, porque suas ideias estão em moda, e, além disso, os espíritos medíocres se deixam empolgar, não pela beleza, mas pela enormidade da ação. Não se escreve mais Kolossal senão com K, mas, no fundo,

---

99 As duas menções a Brichot, constantes do original de 1927, foram substituídas por Cottard no texto da edição de 1989.

todos se ajoelham é mesmo diante do colossal. Por falar em Brichot, você tem visto Morel? Disseram-me que ele quer voltar a me ver. É só ele dar os primeiros passos, sou o mais velho, não sou eu que tenho que começar."[100]

Infelizmente, contemo-lo desde já, logo no dia seguinte o sr. de Charlus encontrou-se na rua cara a cara com Morel; este, para excitar-lhe o ciúme, tomou-o pelo braço e contou-lhe histórias mais ou menos verídicas, e quando o barão, desesperado, ávido da presença de Morel ao menos por uma noite, suplicou-lhe que não o deixasse, ele avistou um camarada e despediu-se. Enfurecido, esperando retê-lo com uma ameaça que, bem entendido, nunca realizaria, o sr. de Charlus exclamou: "Toma cuidado; eu me vingarei", mas Morel partiu, risonho, acariciando a nuca e enlaçando a cintura do amigo atônito.

Sem dúvida, o que me dizia o sr. de Charlus a respeito de Morel demonstrava o quanto o amor — e o do barão devia ser muito persistente — nos torna (ao mesmo tempo mais imaginativos e mais suscetíveis) mais crédulos e menos arrogantes. Mas quando o sr. de Charlus acrescentava: "É um rapaz louco por mulher e só pensa nisso", dizia algo mais verdadeiro do que achava. Ele o dizia por amor próprio, por amor, para que os outros pudessem achar que o apego de Morel por ele não tinha sido seguido por outros do mesmo gênero. É claro que eu não acreditava nisso, eu que tinha visto, o que o sr. de Charlus sempre ignorou, Morel oferecendo por cinquenta francos uma de suas noites ao príncipe de Guermantes. E se, ao ver passar o sr. de Charlus, Morel (exceto nos dias em que, por necessidade de fazer confissões, ele esbarrava nele para poder lhe dizer entristecido: "Oh! Desculpe, reconheço que joguei sujo com você"), sentado do lado de fora de um café com alguns colegas, dava gritinhos com eles, apontava o barão com o dedo e cacarejava como quando se quer zombar de um velho invertido, eu estava convencido de que

100 A partir de "Por falar em Brichot", acréscimo da atual edição.

era para esconder o jogo, que, a sós com o barão, cada um desses denunciadores públicos teria feito tudo o que ele lhe pedisse. Eu estava enganado. Se um movimento particular havia levado à inversão — e isso em todas as classes sociais — seres como Saint-Loup que estava mais distante dela, um movimento em sentido contrário tinha desviado de tais práticas aqueles que estavam mais habituados a elas. Em alguns, a mudança acontecera por tardios escrúpulos religiosos, pela emoção sentida quando eclodiram alguns escândalos, ou pelo temor de doenças inexistentes nas quais passaram a acreditar em razão da influência sincera dos pais, na maioria zeladores ou lacaios, e em razão da influência, sem sinceridade, dos amantes enciumados que acreditavam assim manter só para eles um jovem que, pelo contrário, eles haviam afastado de si e dos outros. Foi assim que o ex--ascensorista de Balbec não teria mais aceito, por ouro nem prata, propostas que lhe pareciam agora tão graves quanto as do inimigo. Para Morel, sua recusa de qualquer proposta, sem exceção — a respeito do que o sr. de Charlus dissera sem querer uma verdade que justificava ao mesmo tempo suas ilusões e destruía suas esperanças —, advinha do fato que, dois anos depois de ter deixado o sr. de Charlus, ele tinha se apaixonado por uma mulher com a qual ele morava e que, por ter mais força de vontade do que ele, soubera lhe impor uma fidelidade absoluta. De forma que Morel, que, no tempo em que o sr. de Charlus lhe dava tanto dinheiro, tinha oferecido por cinquenta francos uma noite ao príncipe de Guermantes, ainda que lhe oferecessem cinquenta mil francos, não os teria aceito vindos do príncipe ou de qualquer outra pessoa. Em vez de honra e de desinteresse, sua "esposa" lhe inculcara certo respeito humano, que não se furtava à bravata e à ostentação de que todo o dinheiro do mundo lhe era indiferente quando oferecido em certas condições. Assim o jogo das diferentes leis psicológicas consegue compensar, na floração da espécie humana, tudo o que, num sentido ou em outro, levaria, pela pletora ou pela rarefação, a seu aniquilamento.

Isso também ocorre com as flores entre as quais uma mesma sabedoria, evidenciada por Darwin, regula os modos de fecundação, opondo-os sucessivamente uns aos outros.[101]

"Sucede, porém, um fato esquisito", acrescentou o sr. de Charlus com a vozinha pontuda que assumia em determinadas ocasiões. "Ouço pessoas que parecem muito felizes o dia todo, que tomam coquetéis, declarar que não chegarão ao fim da guerra, que seu coração não aguentará, que não podem pensar noutra coisa, que morrerão de repente, e o mais extraordinário é que isso realmente acontece. É curioso! Será uma questão de alimentação, porque só ingerem comidas mal preparadas, ou porque, para provar seu zelo, se atrelam a tarefas vãs mas destruidoras do regime que as conservava? Mas, enfim, registro um número espantoso dessas estranhas mortes prematuras, prematuras pelo menos na opinião do defunto. Estou me desgarrando, eu dizia que Brichot e Norpois admiram esta guerra mas falam dela de maneira absurda![102] Já reparou no pulular de expressões novas empregadas por Norpois, que, mal as gasta o uso diário — ele é realmente infatigável, e acho que a morte de minha tia de Villeparisis lhe deu uma segunda mocidade —, logo as substitui por outros lugares-comuns? Lembro-me de que antigamente você se divertia em notar essas modas de linguagem que aparecem, mantêm-se algum tempo e depois desaparecem: quem semeia ventos colhe tempestades; os cães ladram, a caravana passa; dai-me boa política e eu vos darei boas finanças, dizia o barão Louis; há sintomas que seria exagero tomar ao trágico, mas convém tomar a sério; trabalhar para o rei da Prússia (era inevitável a ressurreição desta). Pois bem, quantas, coitadas, já vi morrer![103] Tivemos: o farra-

101 A partir de "Sem dúvida o que me dizia o sr. de Charlus", longo acréscimo da atual edição.

102 A menção a Brichot foi suprimida do texto da atual edição.

103 Trata-se do verso de abertura do longo poema "Fantômes", presente na coletânea *Les Orientales*, de Victor Hugo. A forma com pronome utilizada por Charlus (outro Guermantes, grande leitor de Hugo) é uma retomada do tema da morte dessas jovens,

po de papel; os impérios de rapina; a famosa Kultur, que consiste em assassinar mulheres e crianças indefesas; a vitória pertence, como dizem os japoneses, a quem resiste um quarto de hora mais; os germano-turanianos; a barbárie científica; se quisermos ganhar a guerra, segundo a forte expressão de Lloyd George — enfim, são sem conta, não falando na agressividade e no moral das tropas. Mas a sintaxe do excelente Norpois alterou-se com a guerra tão profundamente como o fabrico do pão e a rapidez dos transportes. Já notou que essa grande figura, procurando imprimir a seus desejos força de verdade prestes a realizar-se, não ousa entretanto empregar o futuro puro e simples, que arriscaria ser desmentido pelos acontecimentos, mas adotou como sinal dos tempos o verbo saber?" Confessei não entender bem o que queria dizer meu interlocutor.

Preciso registrar aqui que o duque de Guermantes não participava em absoluto do pessimismo do irmão. Era, além disso, tão anglófilo como o sr. de Charlus anglófobo. E, finalmente, tinha Caillaux na conta de traidor a merecer cem vezes o fuzilamento. Pedindo-lhe o irmão provas dessa traição, o sr. de Guermantes respondia que se só pudesse ser condenado quem declarasse em documento assinado "eu traí", não se puniriam nunca os crimes de traição. Mas, para o caso de não voltar mais ao assunto, consignarei também que, dois anos mais tarde, o duque de Guermantes, ainda cheio de aversão por Caillaux, conheceu um adido militar inglês e sua mulher, casal extremamente culto, que frequentou tanto quanto, ao tempo da questão Dreyfus, as três damas encantadoras; e, logo no primeiro dia, pasmou-o ouvir o casal simpático e letrado dizer, a respeito de Caillaux, de quem ele, Guermantes, entendia certa a condenação e patente o crime:

---

no início da segunda parte do poema. Diferentes poemas de Hugo serão mobilizados ao longo do livro; talvez o ponto comum entre as citações será o tema da morte. Datado de 1828, o longo poema está dividido em seis partes. O final de *O tempo redescoberto* traz menção a "Tristesse d'Olympio", poema escrito já perto de sua morte.

"Mas será provavelmente absolvido, não há nada contra ele". O sr. de Guermantes procurou alegar que Norpois, ao depor, exclamara, fitando Caillaux, aterrado: "Sr. Caillaux, sois o Giolitti da França". Mas o casal atraente sorrira,[104] ridicularizara Norpois, citara provas de sua caduquice, e concluíra que sem dúvida não se dirigira a Caillaux aterrado, como afirmara o *Figaro*, mas na realidade a Caillaux irônico. As opiniões do duque de Guermantes não tardaram a mudar. Atribuir tal transformação à influência de uma inglesa não é hoje absurdo como seria até 1919, quando os ingleses só tratavam os alemães de hunos e reclamavam castigos ferozes para os culpados. Também sua opinião mudaria, e aprovariam decisões que contristariam a França e redundariam em auxílio à Alemanha.

Para voltar ao sr. de Charlus: "Mas é isso", respondeu à minha confissão de não ter entendido o que dizia, "saber, nos artigos de Norpois, é um sinal do futuro, isto é, das esperanças de Norpois — e de nós todos, aliás", acrescentou talvez sem inteira sinceridade, "compreenda que se saber não se tivesse tornado simplesmente um meio de exprimir o futuro, ainda se admitiria que Norpois lhe desse por sujeito um país, como, por exemplo, quando diz: 'A América não saberia ficar neutra ante tão repetidas violações do direito', 'A monarquia bicéfala não saberia evitar o arrependimento'. É claro que estas frases exprimem os desejos de Norpois (como os meus, como os seus), mas ao menos aqui o verbo conserva apesar de tudo o sentido antigo, porque um país pode saber, a América pode saber, até a monarquia bicéfala pode saber (apesar da eterna falta de psicologia), mas a dúvida é impossível quando Norpois escreve: 'Essas devastações sistemáticas não saberiam persuadir os neutros', 'A região dos lagos não saberia deixar de cair em breve nas mãos dos Aliados', 'Os resultados das eleições neutralistas não saberiam refletir a opinião da grande maioria do país'. Ora, é evidente que devastações, regiões e resul-

---

104 A atual edição traz: "o atraente casal letrado sorrira".

tados eleitorais são coisas inanimadas que não podem saber. Com essa fórmula, Norpois dirige na realidade aos neutros um apelo (ao qual lamento verificar que não atendem) para que saiam da neutralidade, e à região dos lagos para que deixe de pertencer aos 'boches'". O sr. de Charlus pronunciava a palavra *boche* com a mesma espécie de ousadia graças à qual aludia outrora no trem de Balbec aos homens cujas preferências não são pelas mulheres.

"Já reparou na astúcia com que, desde 1914, Norpois se dirige aos neutros? Começa sempre afirmando que, sem dúvida, a França não se há de imiscuir na política da Itália, ou da Romênia, ou da Bulgária etc. Só a essas potências compete decidir com inteira independência, e consultando apenas o interesse nacional, se devem ou não abandonar a neutralidade. Mas se os primeiros conceitos do artigo (o antigo exórdio) são elevados e isentos, o trecho seguinte não é geralmente menos. Todavia, continuando, diz em resumo Norpois: 'É claro que só tirarão da luta benefícios materiais as nações que se houverem colocado ao lado do Direito e da Justiça. Não se pode esperar que os Aliados recompensem, outorgando-lhes os territórios onde se erguem há séculos os gemidos de seus irmãos cativos, os povos que, preferindo a política do menor esforço, não tiverem posto sua espada a serviço dos Aliados'. Dado esse primeiro passo para aconselhar a intervenção, nada mais detém Norpois; já não é só sobre o princípio, mas sobre a época da participação ativa que dá conselhos mais ou menos disfarçados. 'Bem entendido', diz, como lobo metido em pele de cordeiro, para usar uma de suas expressões prediletas, 'só à Itália e à Romênia compete decidir do momento oportuno e da forma mais conveniente a sua intervenção. Não podem entretanto ignorar que, tergiversando muito, arriscam deixar passar a ocasião azada. Já os cascos da cavalaria russa fazem estremecer a Germânia, presa de indizível pavor. Os povos que apenas voarem ao encontro da vitória, cuja resplandecente aurora já se divisa, não terão, evidentemente, direito à mesma recompensa que, se se apressarem, ainda poderão' etc. É como no teatro, quando anunciam: 'Os últimos lugares não tardarão a esgotar-se. Aviso aos retardatários'. Raciocínio tanto mais estúpido quanto Norpois o repete de seis em seis meses, declarando periodicamente à Romênia: 'Soou a hora de saber se quer ou não realizar suas aspirações nacionais. Se não se decidir, poderá ser tarde demais'. Ora, fala assim há dois anos, e não somente não é ainda 'tarde demais', como crescem sem cessar os oferecimentos à Romênia. Convida igualmente a França etc. a intervir na Grécia como potência protetora, por haver sido desrespeitado o tratado entre a Grécia e a Sérvia. Mas, diga-me sinceramente, se a França não estivesse em guerra e não desejasse o auxílio ou a neutralidade simpática da Grécia, ocorrer-lhe-ia intervir como potência protetora?; e não se calam, ante a violação igualmente flagrante, por parte da Itália e da Romênia, as quais, tal como a Grécia, e com maior razão, acho eu, não cumpriram seus deveres, menos imperativos e extensos do que se crê, de aliadas da Alemanha, os escrúpulos morais revoltados por não haver a Grécia sido fiel a seus compromissos para com a Sérvia? A verdade é que todo mundo vê tudo através de seu jornal favorito, e nem poderia ser de outro modo, quando não se conhecem de ciência própria os homens e sucessos em causa. Ao tempo da questão que tão estranhamente empolgou uma época da qual nos pretendem separados como por séculos, pois, para os filósofos da guerra, estão rotos todos os laços com o passado, escandalizava-me ver alguns membros de minha família demonstrar o maior apreço por anticlericais, antigos partidários da comuna, que seu jornal apresentava como antidreyfusards, e criar horror a um general bem-nascido e católico, mas revisionista. Não me escandaliza menos ver os franceses execrarem o imperador Francisco José, antes venerado, e justamente, posso afirmá-lo, eu que o conheci muito, a quem ele se digna tratar de primo. Ah! nunca mais lhe escrevi, depois da guerra", acrescentou, como se confessasse corajosamente uma falta pela qual sabia muito bem que não seria censurado. "Ou por outra, só uma vez, no primeiro ano. Que é que você quer, isso não afeta em nada meu respeito por ele, mas tenho aqui muitos parentes moços, que se batem em nossas fileiras, e que, eu o sei, levariam a mal ver-me entreter correspondência assídua com o chefe de uma nação inimiga. Que fazer? Critique-me quem quiser", sublinhou, como a expor-se ousadamente a minha censura, "não quero que uma carta assinada Charlus chegue neste momento a Viena. A maior crítica que eu faria ao velho soberano é por se ter um grande senhor de sua linhagem, chefe de uma das casas mais antigas e ilustres da Europa, deixado conduzir por um fidalgote de província, muito inteligente, é verdade, mas afinal um simples *parvenu*, como Guilherme de Hohenzollern. Aí está uma das anomalias mais irritantes desta guerra." E como, quando se colocava no ponto de vista nobiliárquico, no fundo, a seu critério, primordial, o sr. de Charlus tornava-se capaz das maiores infantilidades, confiou-me, no mesmo tom com que falaria do Mame ou de Verdun, a existência de pontos capitais e muito curiosos, cuja omissão seria impossível a quem escrevesse a história dessa guerra. "Assim, por exemplo", exemplificou, "a ignorância é tão generalizada que ninguém salientou este fato notável: o grão-mestre da ordem de Malta, um puro 'boche', continua a morar em Roma, onde goza, na qualidade de grão-mestre de nossa ordem, do privilégio de extraterritorialidade. É interessante", acrescentou, como a dizer-me: "Veja que, encontrando-me, não perdeu a noite." Agradeci-lhe, assumindo ele a atitude modesta de quem não exige salário. "De que é mesmo que eu falava? Ah! sim, que todos odeiam agora Francisco José, em obediência aos jornais. A respeito do rei Constantino da Grécia e do czar da Bulgária, o público oscilou diversas vezes entre a aversão e a simpatia, pois afirmavam-lhe que penderiam, ora para os Aliados, ora para o que Norpois chama de Impérios Centrais. É como quando Norpois[105] repete a cada passo que 'vai soar a hora de Venizelos'. Não duvido da grande capacidade de estadista de Veni-

---

105 As duas menções a Norpois foram substituídas por Brichot na edição atual.

zelos, mas quem nos diz que os gregos o desejam tanto assim? Ele queria, asseguram, que a Grécia cumprisse seus compromissos para com a Sérvia. Mas é preciso saber ao certo que compromissos são esses e se seriam mais graves do que os que a Itália e a Romênia julgaram poder violar. Não nos preocuparia tanto ver a Grécia cumprir seus tratados e respeitar sua Constituição se nisso não tivéssemos interesse. Sem a guerra, acredita que as potências 'fiadoras' encarariam do mesmo modo a dissolução das Câmaras? Vejo é retirarem-se um a um os apoios ao rei da Grécia, a fim de poder expulsá-lo ou prendê-lo quando já não possuir exército que o defenda. Dizia que o público julga o rei da Grécia e dos búlgaros pelas informações dos jornais. E poderia imaginá-los diferentes, se não os conhece? Eu não, estive inúmeras vezes com eles, conheci ainda o príncipe herdeiro Constantino da Grécia, que era uma pura maravilha. Sempre suspeitei o imperador Nicolau de ter tido um profundo sentimento por ele. Sem más intenções, é claro. A princesa Cristina falava disso abertamente, mas era uma peste. Quanto ao czar dos búlgaros, é um refinado patife, uma peça inteiriça, mas muito inteligente, homem notável. E muito meu amigo."

O sr. de Charlus, que podia ser tão agradável, tornava-se insuportável ao abordar tais assuntos. Fazia-o com a satisfação irritante de um doente a gabar-se de boa saúde. Penso muitas vezes que, no trenzinho de Balbec, os "fiéis" ávidos das confissões a que ele se furtava talvez não houvessem aguentado essa espécie de ostentação de uma triste mania e, contrafeitos, opressos como num quarto de doente ou diante de um morfinômano a injetar-se publicamente, teriam posto termo às confidências que criam desejar. Além do mais, irritava ouvir acusar todo mundo, e certamente, na maioria dos casos, sem provas, por alguém que a si mesmo omitia na categoria particular à qual entretanto sabidamente pertencia, onde com tanta facilidade classificava os outros. Finalmente, a despeito de sua inteligência, fechava-se a tal respeito numa pequena filosofia estreita (em cuja base haveria resquícios dos aspectos curiosos que Swann encontrava na "vida"), atribuindo tudo a essas causas especiais e, como sempre que se tratava daquele defeito, mostrando-se não apenas abaixo de si, mas excepcionalmente satisfeito consigo. Assim foi que se despiu de sua gravidade e nobreza habituais para, com o mais alvar dos sorrisos, terminar a frase seguinte: "Como há sérias desconfianças de que o imperador Guilherme possua inclinações semelhantes às de Ferdinando de Coburgo, quem sabe não estará aí a razão de haver este ficado ao lado dos 'Impérios de rapina'. Mas, que diabo, é compreensível, é-se sempre indulgente com uma irmã, não se lhe recusa nada. Acho que se justificaria assim de maneira pitoresca a aliança da Bulgária com a Alemanha". E dessa estúpida explicação o sr. de Charlus riu longamente, como se lhe parecesse realmente engenhosa, quando, mesmo se se baseasse em fatos verídicos, seria tão pueril como as reflexões que, revestindo-se de seu espírito feudal ou de sua qualidade de cavalheiro de São João de Jerusalém, emitia sobre a guerra. Acabou com uma observação justa: "O espantoso", disse, "é o público, que só julga os homens e as coisas da guerra pelos jornais, estar convencido de que julga por si mesmo".

Nisso o sr. de Charlus tinha razão. Contaram-me como dignas de nota as pausas de silêncio e hesitação, semelhantes às necessárias não só para enunciar, mas para elaborar uma opinião pessoal, que a sra. de Forcheville fazia antes de proferir, no tom de quem exprime uma persuasão íntima: "Não, não creio que eles tomem Varsóvia"; "Não tenho a impressão de que se possa atravessar um segundo inverno"; "O que não admito é uma paz de compromisso"; "Quereis saber o que me assusta? A Câmara"; "Sim, acho que apesar de tudo poderemos romper a frente inimiga". E, para isso, Odette assumia um jeito dulçuroso, que ainda exagerava ao conceder: "Não digo que o exército alemão não se bata com coragem, mas falta-lhe peito". Pronunciava "peito" (ou mesmo apenas "agressividade") fazendo com as mãos o gesto modelar, e cerrando os olhos como os pintores quando empregam termos de seu ofício. Sua linguagem revelava entretanto cada vez mais a admiração pelos ingleses, que não se cria mais obrigada, como outrora, a chamar apenas de nossos vizinhos de além-Mancha, ou quando muito de nossos amigos britânicos; agora eram nossos leais aliados! Inútil dizer que não perdia ocasião de citar a todo propósito a expressão "fair-play", para mostrar como os ingleses reputavam os alemães jogadores incorretos, e "o importante é ganhar a guerra, como dizem nossos bravos aliados". E só aludia ao genro para associá-lo, com certa falta de tato, aos soldados ingleses, narrando o prazer que experimentava no convívio íntimo tanto dos australianos como dos escoceses, dos neozelandeses e dos canadenses. "Meu genro Saint-Loup já conhece a gíria de todos os valentes *tommies*, entende-se até com os que vêm dos mais longínquos *dominions*, e, tanto quanto com o general-comandante da base, confraterniza com o mais humilde *private*."

Esse parêntese sobre a sra. de Forcheville me autoriza, enquanto desço os bulevares lado a lado com o sr. de Charlus, a outro ainda mais longo, porém útil para descrever aquela época, sobre as relações da sra. Verdurin com Brichot. Com efeito, se ao pobre Brichot, como a Norpois, julgava sem indulgência o sr. de Charlus (a um tempo muito arguto e mais ou menos inconscientemente germanófilo), ainda mais o maltratavam os Verdurin. Sem dúvida, como bons nacionalistas, deveriam estes apreciar os artigos de Brichot, em nada inferiores a muitos que deleitavam a sra. Verdurin. Mas, em primeiro lugar, talvez os leitores se recordem de que, já em Raspelière, Brichot passara, para os Verdurin, do grande homem que dantes lhes parecera, se não a um bode expiatório como Saniette, pelo menos a alvo de mal disfarçadas zombarias. Nesse momento ele era, porém, ainda um "fiel" entre os "fiéis", o que lhe assegurava parte das vantagens tacitamente previstas pelos estatutos para todos os sócios fundadores do "grupinho". Mas à medida que, graças à guerra talvez, ou talvez à rápida cristalização de uma elegância de lento florescer, mas cujos elementos indispensáveis e invisíveis saturavam havia muito o salão dos Verdurin, este se abria a uma sociedade nova, e os "fiéis", a princípio elementos de atração para os recém-vindos, iam sendo aos poucos menos convidados, um fenômeno paralelo se dava em relação a Brichot. Apesar da Sorbonne, apesar do Instituto, sua fama não transpusera antes da guerra os limites do salão Verdurin. Mas quando começou a escrever, quase cotidianamente, artigos ornados daquele falso brilho que tanto prodigalizara aos "fiéis", cheios, por outro lado, de autêntica erudição que, como legítimo professor, não dissimulava, embora agradavelmente a apresentasse, a "alta sociedade" ficou literalmente deslumbrada. Ao menos uma vez, aliás, festejava alguém que, longe de ser uma nulidade, atraía a atenção pela fecundidade da inteligência e pelos recursos de memória. E enquanto três duquesas iam passar a noite com a sra. Verdurin, três outras disputavam entre si a honra de ter como conviva o grande homem, que aceitava um dos convites, sentido--se tanto mais livre quanto a sra. Verdurin, exasperada pela repercussão de seus artigos no faubourg Saint-Germain, evitava-lhe cuidadosamente a presença a suas reuniões quando devia comparecer alguma notoriedade mundana que ainda não o conhecesse e se apressaria em atraí-lo. Foi assim que o jornalismo — ao qual, em suma, Brichot se limitava a dar tardiamente, em troca de honrarias e soberbos emolumentos, o que levara toda a vida a desperdiçar grátis e incógnito no salão dos Verdurin (pois seus artigos não lhe exigiam mais esforços, tanto era loquaz e culto, do que as conversas) — tê-lo-ia, como de fato pareceu um momento, conduzido à gloria incontestável, não a sra. Verdurin. Certo, os artigos de Brichot estavam longe de ser tão notáveis como supunham os mundanos. A vulgaridade do homem transparecia a todo instante sob o pedantismo do letrado. E, ao lado de imagens que não queriam dizer nada ("Os alemães não ousarão mais fitar a estátua de Beethoven"; "Mal secara a tinta com que se assinara a neutralidade da Bélgica"; "Schiller há de ter estremecido na cova"; "Lênin fala, mas o vento da estepe leva tudo"), havia trivialidades deste teor: "Vinte mil prisioneiros — já é uma cifra"; "Nosso comando saberá abrir o olho, e vivo"; "Queremos vencer, e nada mais". Misturado, entretanto, a tudo isso, quanto saber, quanta inteligência, quanto claro raciocínio. Ora, a sra. Verdurin nunca abria um artigo de Brichot sem antegozar a satisfação de descobrir coisas ridículas, e lia com acurada atenção para não as deixar escapar. E é infelizmente verdade que existiam algumas, embora não tantas quantas encontrava. Citar, muito a propósito, um autor realmente pouco conhecido, ao menos pela obra a que se referia Brichot, constituía prova de insuportável pedantismo para a sra. Verdurin, que aguardava com impaciência a hora do jantar, a fim de provocar as gargalhadas de seus convivas. "Então, que me dizem do Brichot desta tarde? Lembrei-me de vocês quando li a citação de Cuvier. Palavra, acho que está ficando maluco." "Ainda não li", dizia um dos "fiéis".[106] "Como, ainda não leu? Mas não sabe as delícias de que se priva. Está de um ridículo infinito." E, contente, no fundo, por encontrar alguém que ainda não tivesse lido Brichot, para ter a oportunidade de fazer ressaltar os ridículos, a sra. Verdurin pedia *Le Temps* ao copeiro e se punha a ler, tornando bombásticas as frases mais simples. Depois do jantar, noite afora, a campanha contra Brichot continuava, mas com falsas reservas. "Não quero falar alto, pois receio que daquele lado", dizia, mostrando a condessa Molé, "não se compreenda nossa admiração. A gente de sociedade é mais ingênua do que parece." A sra. Molé, a quem queria deixar perceber, falando bastante alto, de que se tratava dela, e também, pelo amortecimento do tom, que as palavras não lhe eram destinadas, renegava covardemente Brichot, que entretanto comparava a Michelet. Concordava com a sra. Verdurin, mas para concluir por algo que cria incontestável disse: "O que não se pode negar é que está bem escrito". "Acha bem escrito?!", exclamou a sra. Verdurin. "Pois a mim me parece que escreve como um porco", audácia que fez rir tanto mais os mundanos quanto a sra. Verdurin, que, como

---

106 O trecho "um dos fiéis" aparece especificado na edição atual: "dizia Cottard".

se também a escandalizasse a palavra *porco*, pronunciara-a baixinho, tapando os lábios com as mãos. Sua raiva contra Brichot ainda aumentava ao vê-lo ingenuamente satisfeito com seus triunfos, embora a censura provocasse nele acessos de mau humor sempre que, como dizia com seu hábito de empregar palavras novas para mostrar-se livre do formalismo universitário, ela "empastelava" algum trecho de seu artigo. Diante dele a sra. Verdurin não deixava transparecer, senão por certo tom brusco que não escaparia a alguém mais suspicaz, seu pouco caso pelo que escrevia Chochotte.[107] Só uma vez o censurou por empregar demais a primeira pessoa. Brichot de fato usava frequentemente esse recurso, primeiro porque, como bom professor, recorria muitas vezes a expressões como "eu concedo que", "eu admito que o enorme desenvolvimento das frentes exija" etc., mas sobretudo porque, antigo militante antidreyfusard, tendo farejado muito antes da guerra os preparativos germânicos, adquirira o vezo de lembrar amiúde: "Já denunciei desde 1897", "assinalei em 1901", "adverti numa pequena brochura hoje raríssimas (*habent sua fata libelli*)". Chegou a corar com a observação da sra. Verdurin, feita em tom azedo. "Tem razão, minha senhora; alguém que apreciava tão pouco os jesuítas como o sr. Combes, embora não tivesse sido prefaciado por nosso suave mestre de ceticismo amável, Anatole France, que se não me engano foi meu adversário... antes do Dilúvio, disse que o eu é sempre 'odioso'."[108] Desde então, Brichot substituiu o eu pelo se, o

107 O apelido de Brichot é acréscimo da edição atual.

108 Trata-se de alusão a Émile Combes (1835-1921), primeiro ministro francês entre 1902 e 1905. Foi seminarista católico, mas por divergência com a Igreja, torna-se um ferrenho anticlerical. Revoga a Concordata de 1801 com o Vaticano e passa a nomear os bispos sem consultar Roma e antes de deixar o posto, em 1905, promulga a separação da Igreja e do Estado, final da campanha anticlerical ainda consequência do caso Dreyfus em que a Igreja coloca-se como antissemita e contrária ao ensino público leigo. Anatole France, outro anticlerical dreyfusista, escreve o prefácio de seu livro *Une Campagne laïque*, de 1904, depois publicado com o título *Le Parti noir* [*O partido negro*], uma alusão à vestimenta dos padres, em que faz um histórico da questão que agita a França.

que não impedia o leitor de perceber que o autor falava de si, e facilitou a este fazê-lo sem cessar, comentar todas as próprias frases, escrever um artigo inteiro sobre uma única recusa, sempre abrigado pela voz passiva. Havendo, por exemplo, afirmado anteriormente que os exércitos alemães já não mostravam a mesma força, começou assim: "Não disfarça aqui a verdade. Disse-se que os exércitos alemães haviam perdido parte de seu valor. Não se disse que não tivessem ainda grande valor. E ainda menos se dirá que nada mais valham. Não se dirá tampouco que o terreno ganho, se não for etc". Em suma, enunciando apenas o que não diria, lembrando tudo quanto dissera, e o que Clausewitz, Jomini,[109] Ovídio, Apolônio de Tiana haviam dito séculos antes, Brichot reuniria facilmente matéria para um grosso volume. É lamentável que não o publicasse, pois seus artigos tão substanciosos são agora difíceis de encontrar-se. Industriado pela sra. Verdurin, em sua companhia o faubourg Saint-Germain pôs-se a rir de Brichot, mas longe do "grupinho" continuou a admirá-lo. Depois, a moda de zombar dele sucedeu à de incensá-lo, e até aquelas que secretamente ainda o faziam, que desde o início o liam, disfarçavam e tomavam parte nas caçoadas, receosas de parecerem menos argutas do que outras. Nunca, no grupinho, se falou tanto de Brichot — mas por derrisão. A pedra de toque da inteligência dos novos membros era sua opinião sobre os artigos de Brichot; se ele respondia mal da primeira vez, davam-lhe claramente a entender como é que se distinguem as pessoas de espírito.

"Enfim, meu pobre amigo", prosseguiu o sr. de Charlus, "tudo isso é horrível, e temos a lamentar outras coisas além de artigos maçantes. Fala-se de vandalismo, de estátuas mutiladas. Mas não será também vandalismo a destruição de tantos rapazes, incomparáveis estátuas policromas? Uma cidade sem belos homens não será como uma cidade sem monumentos? Que prazer haverá em jantar num restaurante servido por velhos palha-

---

109 O nome do barão suíço Jomini é acréscimo da atual edição.

ços barbudos como o padre Didon, ou até por mulheres de touca, que dão a impressão de se estar numa distribuição de sopa aos pobres? Perfeitamente, meu caro, acho que tenho direito de falar assim porque o Belo, na matéria viva, é sempre o Belo. Grande prazer ser atendido por criaturas raquíticas, de óculos, em cujas caras se estampa o motivo da não convocação! Ao contrário de antigamente, quem quiser, num restaurante, descansar os olhos no espetáculo de alguém digno de ser visto, não deve olhar para os garçons que servem, e sim para os fregueses que comem. Mas os criados, embora mudem muito, podem ser contemplados novamente, e ai de quem quiser rever o tenente inglês que surge hoje e talvez morra amanhã. Quando, segundo narra aquele encantador Morand, o delicioso autor de Clarisse, Augusto da Polônia trocou um de seus regimentos por uma coleção de potes chineses fez, a meu ver, um mau negócio. Lembre-se de que todos os guapos lacaios de dois metros de altura que ornamentavam as escadarias monumentais das mais elegantes de nossas amigas estão mortos, tendo-se em sua maioria apresentado porque lhes garantiam que a guerra duraria dois meses. Ah! Não conheciam como eu a força da Alemanha, a virtude da raça prussiana!", exclamou, traindo-se.

E em seguida, percebendo que revelara demais seu ponto de vista: "Não é tanto a Alemanha que temo para a França como a guerra em si mesma. Os civis imaginam que a guerra é apenas uma gigantesca luta de boxe a que assistem de longe, graças aos jornais. Mas enganam-se redondamente. É uma doença que, quando parece conjurada num ponto, ressurge noutro. Hoje Noyon será libertado, amanhã não teremos mais nem pão nem chocolate, um pobre-diabo que se julgava tranquilo, e talvez recebesse corajosamente alguma bala inesperada, tremerá ao ler nos jornais a convocação de sua classe. Quanto aos monumentos, apavora-me menos a destruição de uma obra-prima como Reims, única pela qualidade, do que a de uma imensa quantidade de conjuntos graças aos quais era instrutiva e agradável a menor aldeia da França".

Lembrei-me logo de Combray, e de como temera outrora diminuir-me aos olhos da sra. de Guermantes se confessasse a modesta posição lá ocupada por minha família. E indaguei a mim mesmo se Legrandin, Swann, Saint-Loup ou Morel não a teriam revelado aos Guermantes e ao sr. de Charlus. Mas o silêncio me seria menos penoso do que explicações retrospectivas. Só queria que o sr. de Charlus não aludisse a Combray.

"Não quero falar mal dos americanos, meu caro", continuou, "proclamam inesgotável a sua generosidade, e, não havendo maestro nesta guerra, cada um tendo entrado na dança a seu tempo, eles, que começaram quando já estávamos quase no fim, podem vir com um ímpeto já gasto em nós por quatro anos de luta. Mesmo antes da guerra apreciavam muito nossa terra, nossa arte, pagavam caro nossas obras-primas. Muitas lhes pertencem agora. Mas essa arte desenraizada, como diria Barrès, representa precisamente o contrário do que constituía o encanto da França. O castelo explicava a igreja, que, por seu lado, como centro de peregrinações, explicava a canção de gesta. Não preciso encarecer minhas origens ilustres nem minhas alianças, e nem se trata aliás disso. Mas, por questões de interesse, e apesar de não me dar muito bem com o casal, fui recentemente visitar minha sobrinha Saint-Loup, que mora em Combray. Combray não passava de uma cidadezinha como muitas outras. Mas os nomes de nossos antepassados inscreviam-se como doadores em muitos vitrais, noutros figuravam nossas armas. Tínhamos nossa capela, nossos túmulos. A igreja foi destruída pelos franceses e pelos ingleses por servir de ponto de observação aos alemães. A mistura de história viva e de arte que era a França está sendo demolida, e continuará a sê-lo. É claro que não me dou ao desfrute de comparar a perda da igreja de Combray à da catedral de Reims, que representava o milagre de uma catedral gótica a voltar naturalmente à pureza da estatuária antiga, ou à da de Amiens. Não sei se quebraram o braço erguido de São Firmino. Se o fizeram, terá desaparecido do mundo a mais alta afirmação de fé e de energia." "Seu símbolo apenas, meu caro barão", retruquei. "Também venero certos símbolos. Mas seria absurdo sacrificar aos símbolos a realidade que simbolizam. As catedrais devem ser adoradas até o dia em que, para preservá-las, faz-se mister renegar as verdades que ensinam. O braço de São Firmino, alçado num gesto de comando quase militar, parecia ordenar: 'Que nos quebrem se o exigir a honra. Não sacrifiqueis homens a pedras cuja beleza provém justamente de haver fixado um momento verdades humanas'." "Compreendo o que quer dizer", respondeu o sr. de Charlus, "e Barrès, que infelizmente nos obrigou a excessivas romarias à estátua de Strasbourg e à sepultura de Déroulède, foi comovente e gracioso quando escreveu que a própria catedral nos é menos cara do que a vida de nossos soldados.[110] Asserção diante da qual parece um tanto ridícula a cólera dos jornais contra o general alemão comandante daquela zona, por alegar que a catedral de Reims valia menos do que a vida de um único soldado alemão.[111] Aliás, é exasperante e desanimador ver repetirem-se em todos os países os mesmos argumentos. As razões aduzidas pelas associações de industriais alemães ao declararem a posse de Belfort in-

110 Barrès, numa crônica de 21 de setembro de 1914, mostra sua indignação pelo bombardeio da catedral de Reims: "Pelo menos esses obuses não caíram sobre nossos batalhões, sobre nossos irmãos e nossos filhos, sobre nossos defensores. Que pereçam as maravilhas do gênio francês em vez do próprio gênio francês! Que as mais belas pedras sejam aniquiladas e que o sangue de minha raça permaneça! Neste momento, prefiro o mais humilde, o mais frágil soldado da infantaria da França a nossas obras-primas dignas da imortalidade". (*L'Âme française et la guerre I*. Paris: Émile-Paul, 1915-1920, p. 232)

111 A essa resposta alemã dizendo que a catedral de Reims era menos preciosa que a vida de um soldado alemão tem como tréplica o artigo de Romain Rolland de setembro de 1914. Para ele, "uma obra como Reims é muito mais do que uma vida: é um povo, são seus séculos que fremem como uma sinfonia nesse órgão de pedra; são suas lembranças de alegria, de glória e de dor, suas meditações, suas ironias, seus sonhos; ela é a árvore da raça cujas raízes penetram no mais profundo da terra e que, num impulso sublime, ergue os braços para o céu. [...] Quem mata essa obra, assassina mais do que um homem, assassina a alma mais pura de uma raça" ("Pro Aris", in *Au-dessus de la mêlée*. Paris, Paul Ollendorff, 1915, p. 10).

dispensável à defesa de sua pátria contra nossas ideias de desforra são as mesmas de Barrès exigindo Mainz para nos garantir contra as veleidades de invasão dos boches. Por que a retomada da Alsácia-Lorena pareceu à França motivo insuficiente para provocar a guerra, e suficiente para continuá-la, para renovar-lhe anualmente a declaração? Você parece inclinado a crer a vitória doravante prometida à França, eu a desejo de todo o coração, não lhe restam dúvidas a respeito, mas enfim, depois que, com ou sem razão, os Aliados se julgam certos de triunfar (a mim, agradar-me-ia naturalmente essa solução, mas vejo sobretudo muitas vitórias no papel, vitórias de Pirro, cujo preço nos escondem), e os boches começam a temer a derrota, vê-se a Alemanha tentar apressar a paz e a França querer prolongar a guerra, 'la France juste' que tem o direito de pronunciar palavras de justiça, mas também 'la douce France', que deveria ter expressões de piedade, quando mais não fosse para com seus próprios filhos, a fim de que as flores a renascerem cada primavera possam ornar algo além de túmulos. Seja franco, meu caro, lembre-se de sua teoria sobre as coisas que não existem senão graças a uma criação a renovar-se perpetuamente. A criação do mundo não se fez de uma vez para sempre, dizia-me você, renova-se necessariamente todos os dias. Pois bem! de boa-fé não excluirá dessa teoria a guerra. Nosso excelente Norpois pode escrever à vontade — com flores de retórica que lhe são tão caras como 'a aurora da vitória' ou 'o general Inverno' — 'Já que a Alemanha quis a guerra' e 'Não é possível recuar', e verdade é que todas as manhãs se declaram novamente as hostilidades. Logo, quem teima em continuá-las é tão culpado como quem as iniciou, mais talvez, pois este não lhes previra certamente todos os horrores.

Ora, ninguém garante que uma guerra tão prolongada não ofereça riscos, ainda no caso de acabar bem. É difícil prever sucessos sem precedentes, as repercussões sobre um organismo de uma operação que se tenta pela primeira vez. Geralmente, é verdade, essas novidades que tanto alarme causam processam-se sem maiores abalos. Os republicanos mais sensatos reputavam loucura a separação da Igreja, que passou quase despercebida. Dreyfus foi reabilitado, Piquart ministro da Guerra sem bulha nem matinada. Há entretanto tudo a temer da fadiga de uma guerra ininterrupta por tantos anos. Que farão os homens quando regressarem? Estarão exaustos?[112] O esgotamento os terá derreado ou desequilibrado? As consequências podem ser nefastas, se não para a França, pelo menos para o governo, ou até para o regime. Foi você quem me fez ler há muito tempo o estudo admirável de Maurras sobre Aimée de Coigny.[113] Espantar-me-á se alguém não esperar da guerra republicana o mesmo que em 1812 Aimée de Coigny esperava da guerra imperial. Se a Aimée atual existe, suas esperanças se realizarão? Não o desejo.

Para voltar à guerra em si, quem a desencadeou foi mesmo o imperador Guilherme? Tenho grandes dúvidas. E, se foi, nada fez senão repetir Napoleão, por exemplo, atitude que a mim parece abominável, mas não deveria inspirar tamanho horror aos turiferários de Napoleão, aos que, quando da declaração de guerra, exclamaram, como o general Pau: 'Espero este dia há quarenta anos. É o mais belo de minha vida'. Deus sabe que ninguém protestou mais energicamente do que eu contra o lugar exagerado conferido

---

112 Essa pergunta, que constava da edição de 1927, foi eliminada da edição de 1989.

113 No capítulo dedicado por Maurras às *Memórias* de Aimée de Coigny, ele identifica nelas justamente "o que podemos chamar de *geração dos acontecimentos*", ou, dizendo de outra forma, "em que medida a inteligência e a vontade dos seres humanos contribuem com os fatos da história": Aimée de Coigny, nascida em 1769, presa durante o Terror, vivia intensa relação com Boisgelain, seu amante no ano de 1812; das conversas com ele sobre os anseios de restauração da monarquia, Aimée tem a ideia de intervir junto de um personagem que será peça chave após a queda de Napoleão, o bispo Talleyrand — Maurras mostra que a obstinação de Aimée, em conversas sucessivas com Talleyrand, terão papel decisivo para tirá-lo da inanição. A conclusão de Maurras: "Aimée de Coigny tem razão: os fatos não acontecem naturalmente". Membro da Action Française, grupo de extrema direita nacionalista, Maurras propunha "preparar energicamente, com todos os meios que se apresentarem, aquilo que considerarmos bom, útil, necessário ao país". Charles Maurras. *L'Avenir de l'intelligence.* (1905). Paris: Ernest Flammarion Éditeur, 1927, p. 259.

aos nacionalistas na sociedade, contra as acusações aos amigos da arte de cuidarem de coisas funestas à pátria, como se fosse deletéria toda civilização não belicosa. Em confronto com um general, quase nada valia um homem bem-nascido e bem-educado. Uma louca por pouco não me apresentou ao sr. Syveton. Dirá que, afinal, eu procurava apenas preservar certas regras mundanas. Mas, a despeito de sua aparente frivolidade, teriam talvez impedido muitos excessos. Sempre me inspiraram apreço os defensores da gramática, ou da lógica. Só cinquenta anos depois se reconhece que conjuraram grandes perigos. Ora, não há ninguém mais germanófobo, nem mais partidário da guerra a todo transe do que nossos nacionalistas. Mas sua filosofia mudou muito em quinze anos. Certo, não admitem o menor esmorecimento na peleja. Mas tão somente para exterminar uma raça belicosa, e por amor da paz. A civilização guerreira, que tanto admiravam outrora, provoca-lhes repulsa; não só condenam a Prússia por haver estabelecido o predomínio do elemento militar como acusam as civilizações militares de destruírem tudo quanto agora consideram precioso, as artes e até a galanteria. Se um de seus adversários se converte ao nacionalismo, logo o proclamam amigo da paz, revoltado com a condição humilhante e vil das mulheres nas civilizações guerreiras. E ninguém ousa responder que as 'Damas' dos cavaleiros medievais e a Beatriz de Dante talvez se assentassem em trono tão alto como o das heroínas do sr. Becque.[114] Um dia desses, ainda me verei colocado na mesa abaixo de algum revolucionário russo

---

114 Alusão provável a Clotilde du Mesnil, heroína cinicamente imoral da peça *La Parisienne* (1885), de Henry Becque, grande crítico do período da Terceira República francesa. Rindo-se da "mediocridade burguesa", Clotilde procura todas as formas de se desfazer de Lafont, amante que a incomoda e, já no início da peça, ela mostra ao marido uma carta de outro amante na frente de Lafont; o marido, propositalmente cego, é um economista que escreveu um livro de negócios e pretende enriquecer escrevendo ou conseguir um cargo no governo; nada confiante nas aspirações medianas e nos contatos dele, ela pretende usar o caso que está tendo com um rapaz da alta sociedade para conseguir o posto almejado pelo marido.

ou de algum de nossos generais que combatem por ódio à guerra, e para castigar um povo cujo ideal reputavam há quinze anos o único salutar. O desgraçado czar era ainda há pouco louvado por haver promovido a conferência de Haia. Mas agora saúda-se a Rússia livre sem sequer lembrar esse título de benemerência. Assim anda a Roda do Mundo.

E todavia a Alemanha emprega expressões idênticas às da França, que parece citar, não se farta de afirmar 'que luta pela própria existência'. Ao ler: 'Combateremos um inimigo implacável e cruel até obter uma paz que nos resguarde de qualquer futura agressão, a fim de que não se derrame em vão o sangue de nossos soldados', ou então: 'Quem não é por nós é contra nós', não sei se deve atribuir tais frases ao imperador Guilherme ou a Poincaré, ambos as tendo, com pequenas variantes, pronunciado vinte vezes, embora seja forçado a confessar que neste caso foi o imperador quem plagiou o presidente da República. A França não mostraria tanto empenho em prolongar a guerra se se houvesse mantido fraca, nem a Alemanha em terminá-la se ainda dispusesse da mesma força. Digo da mesma força, pois força, você verá como ainda tem."

Por nervosismo, porque buscava expandir suas impressões, das quais — nunca havendo cultivado tal arte — precisava livrar-se como um aviador de suas bombas, habituara-se a falar muito alto, mesmo no campo, onde suas palavras não atingiriam ninguém, mas sobretudo em sociedade, onde caíam ao acaso sobre interlocutores que o ouviam por esnobismo, por amizade e até, tanto os tiranizava, pode-se dizer que constrangidos pelo receio. Nos bulevares, essa arenga significava também desprezo pelos transeuntes, para os quais não baixava a voz como também não se desviaria de seu caminho. Mas seu tom era despropositado, chamava a atenção e, além do mais, deixava claramente perceber, a quem se voltava para escutá-las, opiniões que nos fariam passar por derrotistas. Fi-lo notar ao sr. de Charlus, só conseguindo provocar-lhe hilaridade. "Convenha que seria engraçado" exclamou. "Afinal de contas", acrescentou, "tudo pode acontecer, estamos todos sempre arriscados a fornecer assunto ao noticiário do dia seguinte. E por que não seria eu fuzilado nos fossos de Vincennes? Foi o que aconteceu a meu tio-avô, o duque D'Enghien. A sede de sangue nobre desvaira o populacho, que nisso se mostra mais requintado do que os leões. Sabe que esses animais se atirariam até à sra. Verdurin, se lhe vissem um arranhão no nariz. No beque, como se dizia em minha mocidade!" E desatou a rir às gargalhadas, como se estivéssemos a sós numa sala.

Várias vezes, vendo indivíduos suspeitos emergirem da escuridão à passagem do sr. de Charlus, e se aglomerarem por perto, eu indaguei a mim mesmo se lhe seria mais agradável deixando-o em liberdade ou continuando em sua companhia. Estava na situação de quem, encontrando um velho sujeito a frequentes crises epileptiformes, e adivinhando pela desordem da marcha a iminência provável de um acesso, fica sem saber se é bem-vindo, como um socorro, ou importuno, como uma testemunha indiscreta, cuja presença talvez baste para desencadear o ataque, que a calma completa poderia conjurar. Mas a proximidade da crise à qual não se sabe se se deve ou não assistir é revelada, no doente, pelo andar ziguezagueante de bêbado. Ao passo que, no caso do sr. de Charlus, as diversas posições divergentes, sinais de um incidente possível, do qual não me era dado saber se ele desejava ou temia ver afastado por minha presença, eram, com engenhosa distribuição, ocupadas não pelo barão, que caminhava firme, mas por todo um círculo de figurantes. Acho, entretanto, que preferia evitar encontros, pois conduziu-me para uma travessa, mais escura ainda do que o bulevar, onde este derramava sem cessar, a menos que fosse na direção do barão que afluíssem,[115] soldados de todas as armas e nações, num

---

115 O trecho "a menos que fosse na direção do barão que afluíssem" é acréscimo da edição atual.

fluxo juvenil, consolante e compensador, para o sr. de Charlus, do refluxo masculino para as fronteiras, que esvaziara rapidamente Paris nos primeiros tempos da mobilização. O sr. de Charlus não se fartava de admirar os uniformes vistosos que nos tomavam a dianteira, graças aos quais Paris se mostrava cosmopolita como um porto, irreal para um cenário de pintor, onde a arquitetura fosse simples pretexto para reunir vestuários coloridos e brilhantes.

Conservava, para com as grandes damas acusadas de derrotismo, o mesmo respeito e a mesma afeição outrora demonstrados às suspeitas de dreyfusismo. A seus olhos, nada afetava essas senhoras. Para sua frivolidade sistemática, o nascimento, unido à beleza e a outros fatores de prestígio, constituía o elemento permanente — a guerra, como a questão Dreyfus, não passando de modas banais e efêmeras. Fuzilassem embora, por tentativa de paz em separado com a Áustria, a duquesa de Guermantes, não a consideraria menos nobre nem mais degradada do que se nos afigura hoje Maria Antonieta, condenada à decapitação. Naquele instante, fidalgo à maneira de um Saint-Vallier ou um Saint-Mégrin, aprumava-se, rígido, solene, falando gravemente, sem nenhum dos trejeitos denunciadores dos de sua espécie. Mas por que não lhes será nunca possível ter a voz firme? Mesmo quando, como agora, mais sério se mostrava, a sua ainda soava falso e parecia carecer de um afinador.

Aliás, o sr. de Charlus não sabia literalmente onde tinha a cabeça, e com frequência a erguia, lamentando não ter um binóculo, que, porém, não lhe adiantaria muito, pois, mais numerosos do que habitualmente, por causa da incursão de zepelins da antevéspera, devido à qual se alertara a vigilância dos poderes públicos, havia militares até no céu. Os aeroplanos, que poucas horas antes me haviam dado a impressão de insetos a mancharem de pardo a tarde azul, passavam agora, na noite ainda mais profunda pela extinção parcial da iluminação, como fachos luminosos. A maior sensação de beleza provocada por essas humanas estrelas cadentes talvez proviesse de obrigarem a fitar o céu, em regra pouco contemplado nessa Paris, da qual, em 1914, eu surpreendera a formosura quase indefesa a esperar a ameaça do inimigo sempre mais próximo. Havia, certo, como outrora, o antigo esplendor inalterado de uma lua cruelmente, misteriosamente serena a banhar na inútil beleza de sua luz os monumentos ainda intatos, mas, como em 1914, e mais do que em 1914, havia também outra coisa, fogos diferentes e intermitentes que, partindo dos aviões ou dos projetores da Torre Eiffel, sabiam-se dirigidos por uma vontade inteligente, por uma vigilância amiga, a inspirar emoção, gratidão e calma semelhantes às que eu experimentara no quarto de Saint-Loup, na cela daquele convento militar onde se exercitavam para o sacrifício que algum dia consumariam, sem hesitar, em plena mocidade, tantos corações ardentes e disciplinados.

Depois da incursão da antevéspera, o céu, por um momento mais agitado do que a terra, aquietara-se como o mar após a tempestade. Mas, também como o mar depois da tormenta, custava a recobrar sua tranquilidade absoluta. Aeroplanos subiam ainda, como foguetes, ao encontro das estrelas, projetores passeavam ainda, na abóbada seccionada como uma pálida poeira de astros, de errantes vias lácteas. Entretanto, os aviões vinham se inserir nas constelações, como "estrelas novas" que simulavam outro hemisfério.

O sr. de Charlus falou-me de sua admiração pelos aviadores, não logrando abafar as tendências germanófilas melhor do que as outras, apesar de a todas negar: "Devo acrescentar que não admiro menos os alemães dos gothas. E os zepelins, quanta coragem exigem! São heróis, pura e simplesmente. Não importa que atirem bombas sobre os civis, se se expõem do mesmo modo aos tiros das baterias. Você tem medo dos gothas e dos canhões?". Respondi negativamente, e talvez me enganasse. Sem dúvida, tendo a preguiça me habituado, em relação ao trabalho, aos constantes adiamentos, parecia-me que sucederia o mesmo com minha morte. Como recearia uma bala, se me persuadira de que não me mataria naquele dia? Aliás, concebidas isoladamente, essas ideias de bombardeio, de morte possível, nada acrescentavam para mim de trágico à imagem que formava da passagem das aeronaves alemãs, até, uma tarde, vislumbrar numa delas, balouçada, segmentada a meus olhos pelas vagas brumosas de um céu agitado, num aeroplano que, embora soubesse mortífero, só concebia como estelar e celeste, o movimento da bomba atirada contra nós. Pois a realidade intrínseca de um perigo, só a capta essa coisa nova, irredutível ao que dantes sabíamos, que se chama impressão, frequentemente, como naquele caso, resumida numa linha, uma linha a desvendar uma intenção, uma linha deformada pelo potencial latente de realização, enquanto sobre a ponte da Concórdia, em torno do aeroplano ameaçador e trágico, como se se refletissem nas nuvens as fontes dos Campos Elísios, praça da Concórdia e das Tulherias, os jatos luminosos dos projetores infletiam-se no céu, em linhas também cheias das impressões previdentes e protetoras de homens prudentes e poderosos aos quais, como na noite passada no alojamento de Doncières eu me sentia grato por sua força dignar-se assumir, com tão bela precisão, o encargo de velar sobre nós.

A noite estava tão bonita como a de 1914, e Paris igualmente ameaçada. O luar parecia um suave magnésio contínuo, permitindo fixar pela última vez imagens noturnas daqueles majestosos conjuntos, como a praça Vendôme, a praça da Concórdia, aos quais o receio por mim sentido dos obuses que talvez os destruíssem emprestava, por contraste, em sua beleza ainda intata, uma espécie de plenitude, como se se expandissem, oferecendo aos golpes seus monumentos indefesos. "Você não tem medo", repetiu o sr. de Charlus. "Os parisienses não se compenetram da situação. Dizem que a sra. Verdurin dá recepções todos os dias. Só sei pelo que ouço, não tenho mais o menor contato com eles, cortei de uma vez as relações", explicou, baixando não apenas os olhos, como à passagem de um menino mensageiro do telégrafo, mas também a cabeça, os ombros, e erguendo os braços, no gesto que significa, se não "lavo as mãos", pelo menos "não quero dizer coisa alguma" (apesar de eu nada lhe haver indagado). "Sei que Morel vai sempre muito lá", continuou (era a primeira vez que então aludia a ele). "Pretendem-no saudoso do passado, desejoso de reaproximar-se de mim", acrescentou, com a credulidade dos homens do povo, quando repetem: "Falam muito de entendimentos cada vez maiores entre a França e a Alemanha, de negociações já entabuladas", ou dos apaixonados a quem nem as ofensas desanimam. "Em todo caso, se quiser é só dizer, sou mais velho do que ele, não me compete dar os primeiros passos." Palavras inúteis, tão evidente era sua disposição. Insinceras, além do mais, pois, ao ouvi-las, vexava-me sentir que, alegando embora não lhe caberem os primeiros passos, dava ao contrário um e esperava que eu me oferecesse como intermediário.

Certo, eu conhecia bem a credulidade ingênua ou fingida dos que, amando ou simplesmente querendo estabelecer contatos, atribuem à outra parte um desejo entretanto nunca manifestado, a despeito de importunas solicitações. Pela voz subitamente trêmula com a qual, falando de Morel, o sr. de Charlus escandira as palavras, pelo turvo olhar a vacilar-lhe no fundo dos olhos, tive a impressão de algo além de uma banal insistência. Não me enganava e relatarei logo dois fatos que me provaram isso retrospectivamente (antecipo de muitos anos o segundo, posterior à morte do sr. de Charlus. Ora, esta ainda tardará e teremos ensejo de rever várias vezes, muito diferente, sobretudo na última, de quando o conhecemos, um barão já inteiramente esquecido de Morel). Quanto ao primeiro desses fatos, deu-se dois anos[116] apenas após a noite em que desci os bulevares com o sr. de Charlus. Cerca de dois anos depois dessa noite, encontrei, pois, Morel. Lembrei-me imediatamente do sr. de Charlus, do prazer que teria em rever o violinista, e insisti com este para que o visitasse, ao menos uma vez. "Foi tão bom para você", disse-lhe. "Já está velho, pode morrer, é melhor acabar com brigas antigas e apagar os vestígios das

---

116 A edição atual traz "dois ou três anos".

queixas." Morel pareceu concordar inteiramente comigo no tocante às vantagens da reconciliação, mas nem por isso recusou-se menos categoricamente a visitar uma só vez o sr. de Charlus. "Faz mal", observei. "Será por teimosia, por preguiça, por maldade, por orgulho fora de propósito, por virtude (fique certo de que a sua não será atacada) ou para fazer-se desejado?" Então o violinista, contorcendo a fisionomia para uma confissão extremamente penosa, respondeu-me, a tremer: "Não, não é nada disso; virtude, pouco se me dá; maldade como, se ao contrário tenho pena dele?; as negaças seriam desnecessárias; preguiça não existe para quem como eu passa às vezes o dia todo procurando o que fazer; não, não é nada disso; é, não repita nunca a ninguém, faço uma loucura em dizê-lo, é… é… é… medo!". Vi que tremia todo, e não lhe escondi quanto me parecia estranha sua atitude. "Não, não me pergunte nada, não toquemos mais nisso, você não o conhece como eu, posso dizer que absolutamente não o conhece." "Mas que mal lhe poderá ele fazer? Nenhum, tanto mais quanto não lhe guarda o menor rancor. E depois, você sabe que no fundo é muito bom." "Ora, se sei! Bom, delicado, correto. Mas deixe-me, não fale mais nisso, eu lhe peço, envergonho-me de confessá-lo, mas tenho medo!"

O segundo fato data de depois da morte do sr. de Charlus. Entregaram-me algumas lembranças que me deixara, e uma carta em sobrecarta tríplice, escrita pelo menos dez anos antes. Estivera então gravemente enfermo, dispusera de seus bens, mas restabelecera-se, para cair mais tarde no estado em que o veremos numa recepção da princesa de Guermantes — e a carta, metida num cofre, com objetos legados a vários amigos, lá ficara sete anos, sete anos durante os quais o barão esquecera totalmente Morel. A missiva, traçada com letra firme e segura, estava assim concebida:

"Meu caro amigo, são imprevisíveis os caminhos da Providência. Serve-se por vezes da fraqueza de um ser medíocre para preservar a superioridade de um justo. Você conhece Morel, sabe de onde saiu, a que cimos o quis eu guindar, a bem dizer até meu nível. Sabe que preferiu voltar, não ao pó e à cinza de onde o homem, isto é, a verdadeira fênix, pode renascer, mas à lama onde rasteja a víbora. E, decaindo, impediu minha queda. Lembra-se com certeza de que meu escudo de armas ostenta a própria divisa de Nosso Senhor: 'Inculcabis super leonem et aspidem', com um homem a calcar aos pés, como suporte heráldico, um leão e uma serpente. Ora, se pude pisar o leão, que sou eu, foi graças à serpente e a sua prudência, por muitos considerada um defeito, levianamente, pois tem-na por virtude? ao menos para os outros, a profunda sabedoria do Evangelho. Nossa serpente, de silvos tão harmoniosamente modulados outrora, quando tinha um domador — por sua vez domado —, não era apenas sonora e rastejante, possuía, até a covardia, a virtude que ora reputo divina, a Prudência. Essa divina prudência permitiu-lhe resistir aos pedidos por outrem transmitidos em meu nome, para que me viesse visitar, e não terei paz neste mundo nem esperança de perdão no outro se não lhe confessar isso. Foi ele o instrumento da Sabedoria divina, pois eu estava resolvido a não o deixar sair vivo de minha casa. Era mister que um de nós dois desaparecesse. Decidira matá-lo. Deus aconselhou-lhe prudência para livrar-me de um crime. Não me restam dúvidas sobre o papel importante desempenhado em tudo isso pela intercessão do Arcanjo Miguel, meu santo padroeiro, a quem peço perdão por haver sido tão relapso durante anos a fio, correspondendo muito mal aos inúmeros benefícios de que me cumulou, especialmente em minha luta contra o mal. Devo a esse servo, digo-o na plenitude de minha fé e de minha inteligência, ter o Pai celestial inspirado a Morel suas recusas. Agora, sou eu quem está morrendo. Seu fielmente devotado, Semper idem,

P. G. Charlus".

Compreendi então o pavor de Morel; certo, havia na carta muito orgulho e muita literatura. Mas a confissão era verdadeira. E Morel sabia melhor do que eu que "o lado quase louco", descoberto pela sra. de Guermantes no cunhado, não se limitava, como até então me parecera, às explosões fugazes de uma cólera superficial e inoperante.

Mas é necessário voltar atrás. Eis-me descendo os bulevares, ao lado do sr. de Charlus, que acaba de escolher-me como vago intermediário de preliminares de paz entre ele e Morel. Diante de meu silêncio, prosseguiu: "Não sei, aliás, por que não toca mais; evita-se a música, a pretexto de guerra, mas dança-se, janta-se fora. As festas enchem o que talvez seja, se o alemães continuarem a avançar, os últimos dias de nossa Pompeia. E é o que o salvará da frivolidade.[117] Basta que a lava de algum Vesúvio alemão (os canhões navais, por exemplo, com sua força vulcânica) as surpreenda enquanto se vestem, e, interrompendo-as, lhes eternize os gestos, para que crianças se instruam, mais tarde, ao verem, nos manuais ilustrados, a sra. Molé passar a última camada de creme antes de ir jantar com uma das cunhadas, ou Sosthène de Guermantes acabar de tingir as sobrancelhas postiças; aí encontrarão assunto para cursos os Brichot do futuro: após dez séculos, a frivolidade de qualquer época torna-se digna da mais grave erudição, sobretudo se a conservou tal qual foi alguma erupção vulcânica, ou matéria análoga à lava, projetada por bombardeio. Que documentos para a história, quando gases asfixiantes semelhantes aos do Vesúvio, ou desabamentos como os que soterraram Pompeia, guardarem intatas as últimas imprudentes que ainda não fugiram para Bayonne com seus quadros e estátuas! E não vemos, aliás, todas as noites, há um ano, fragmentos de Pompeia? Todo mundo corre para as adegas, não em busca de uma velha garrafa de Mouton Rothschild ou de Saint-Émilion, mas para esconder-se com o que possui de mais precioso, como os padres de Herculano, surpreendidos pela morte ao guardarem os vasos sagrados. É sempre o apego ao objeto que causa a morte do dono. Paris não foi, como Herculano, fundada por Hércules. Mas é espantosa a semelhança!, e a lucidez que nos foi concedida não cons-

---

117 A frase "E é o que nos salvará da frivolidade" é acréscimo da edição de 1989.

titui apanágio de nossa época, todas a tiveram. Assim como eu imagino amanhã para nós o destino das cidades do Vesúvio, estas se sentiam ameaçadas pela sorte das cidades malditas da Bíblia. Descobriu-se na parede de uma casa de Pompeia uma inscrição reveladora: 'Sodoma, Gomorra'." Não sei se foi o nome de Sodoma, com as ideias de bombardeio por ele suscitadas, que levou o sr. de Charlus a erguer um instante os olhos para o céu; mas logo os baixou para a terra. "Admiro todos os heróis desta guerra", disse. "Ouça, meu caro, tomei a princípio, um pouco levianamente, os soldados ingleses por meros jogadores de futebol, bastante presunçosos para se quererem medir com profissionais — e que profissionais!; pois bem, esteticamente falando, são atletas da Grécia, veja bem, da Grécia, meu caro, são os jovens de Platão, ou melhor, de Esparta.[118] Um amigo meu, indo a Rouen, onde fica o acampamento britânico, viu maravilhas, maravilhas incríveis. Não é mais Rouen, é outra cidade. Sem dúvida, subsiste a velha Rouen, com os santos emaciados dá catedral. É também belo, evidentemente, mas é outra coisa. E nossos *poilus*!, não posso dizer o sabor que têm para mim os *poilus*, os rapazes de Paris, olhe, como aquele que ali vai, com seu ar desabusado, sua carinha esperta e engraçada. Chamo-os às vezes, dou-lhes dois dedos de prosa: que finura, que bom senso! E os provincianos, como são divertidos e simpáticos com seu *r* rolado e sua linguagem típica!... Vivi muito no campo, dormi em herdades, sei como falar-lhes, mas nossa admi-

---

118 Charlus sente-se efetivamente revigorado com a reinstauração de um ambiente em que prevalece a beleza da juventude e cita título de ensaio de Hippolyte Taine. Alguns trechos, que tentam reconstituir o ambiente ateniense, parecem remeter ao que Charlus procura na Paris da Primeira Guerra: "Eles estavam por toda parte, conversando, sob os pórticos, na ágora, interrogando Sócrates e lhe respondendo sobre vários assuntos com toda liberdade" (p. 15). Nas traduções de Platão, Taine (lido por Charlus) oferece novamente possibilidade de uma leitura maliciosa: "O jovem que, pela primeira vez, experimentou a água dessa fonte, se alegra como se tivesse encontrado um tesouro de sabedoria; ele se sente arrebatado pelo prazer". Hippolyte Taine, *Essais de critique et d'histoire* (1858). Paris: Hachette, 1923.

ração pelos franceses não nos deve levar a depreciar o inimigo, que assim nos diminuiríamos. Você não sabe o que é um soldado alemão, nunca o viu, como eu, desfilar em passo de parada, em passo de ganso, 'unter den Linden'." Voltando ao tema da virilidade ideal, que me esboçara em Balbec e com o tempo assumira forma filosófica, empregando aliás raciocínios absurdos que, por vezes, e até quando acabava de mostrar-se superior, deixavam à mostra sua trama inconsistente de simples mundano, embora mundano inteligente, prosseguiu: "Olhe, o esplêndido latagão que é o soldado boche, é uma criatura forte, sadia, só pensando na grandeza de sua terra, *Deutschland uber alles*, no que faz muito bem; e enquanto eles se preparavam virilmente, nós nos abismávamos no diletantismo". Esta palavra significava provavelmente para o sr. de Charlus algo semelhante à literatura, pois, lembrado sem dúvida de meu gosto pelas letras e de minhas veleidades de cultivá-las, bateu-me no ombro (aproveitando o gesto para apoiar-se até incomodar-me tanto quanto, no serviço militar, o recuo do fuzil 76) e explicou, como para atenuar a censura: "Sim, nós nos perdemos no diletantismo, nós todos, você também, não se esqueça, pode repetir comigo mea-culpa, nós todos fomos diletantes demais". Surpreso pela censura, não tendo espírito pronto, cheio de deferência para com meu interlocutor e enternecido por sua atitude bondosa, respondi como se, segundo sugeria, devesse bater no peito, o que era completamente estúpido, pois não tinha nem sombra de diletantismo de que me arrepender. "Bem", concluiu, "aqui o deixo" (o grupo que o acompanhava afinal desistira). "Vou me deitar, como velho, tanto mais quanto a guerra modificou todos os nosso hábitos, no aforismo idiota caro a Norpois."[119] Eu sabia, diga-se de passagem, que, em casa, o sr. de Charlus continuaria entre soldados, já que transformara em hospital militar a sua residência, cedendo, aliás, muito menos aos impulsos da imaginação do que aos do bom coração.

119 O adjetivo "idiota" é acréscimo da atual edição.

A noite estava transparente, o ar parado. Eu imaginava o Sena, a correr entre as pontes circulares, cuja forma seus reflexos alteravam, semelhante ao Bósforo. E, símbolo, seja da invasão prevista pelo sr. de Charlus, seja da cooperação entre nossos irmãos muçulmanos e os exércitos da França, a lua estreita e curva como um cequim parecia colocar o céu parisiense sob o signo oriental do crescente.

Por um instante, o sr. de Charlus deteve-se diante de um senegalês,[120] despedindo-se de mim e segurando-me com força a mão em risco de quebrá-la, traço germânico comum em pessoas de seu feitio; continuou por algum tempo a malaxar-ma, para exprimir-me à maneira de Cottard, como se pretendesse restituir a minhas articulações uma elasticidade que não haviam perdido. Para certos cegos, o tato supre, em parte, a vista. Não sei de que sentido fazia agora as vezes. Acreditava talvez o barão apenas apertar-me a mão, como sem dúvida acreditava apenas ver o senegalês, que passava na rua sombria e nem se dignava notar-lhe a admiração. Mas enganava-se em ambos os casos, pecava por excesso de contato e de olhares. "Não está ali todo o Oriente de Decamps, de Fromentin, de Ingres, de Delacroix?", perguntou-me ainda imobilizado pela passagem do senegalês. "Você sabe, eu só me interesso pelas coisas e pelas criaturas como pintor, como filósofo. E, além do mais, já estou muito velho. Mas é pena que, para completar o quadro, um de nós dois não seja uma odalisca."

Não foi o Oriente de Decamps, nem mesmo o de Delacroix que, quando o barão me deixou, ficou a dançar-me na cabeça, mas o velho Oriente daquelas *Mil e uma noites* que eu tanto amara; e, perdendo-me aos poucos nos meandros das ruas escuras, pensava no califa Haroun Al Raschid em busca de aventuras nos bairros longínquos de Bagdá. Por outro lado, o calor e a marcha me haviam dado sede, mas todos os bares já estavam fechados, e,

---

120 A observação de que o barão "deteve-se diante de um senegalês" foi eliminada da edição atual.

por causa da penúria de gasolina, os raros táxis que encontrava, conduzidos por levantinos ou por negros, nem respondiam a meus sinais. O único lugar onde poderia beber água e restaurar as forças para voltar a casa seria algum hotel.

Mas, na rua bastante afastada do centro onde fora dar, nenhum hotel continuara a funcionar depois que os gothas começaram a bombardear Paris. O mesmo acontecia com as lojas dos comerciantes que, por falta de empregados ou por medo, haviam fugido para o campo, deixando na porta o habitual aviso manuscrito, anunciando a reabertura em data remota e problemática. Os outros estabelecimentos sobreviventes avisavam pelo mesmo meio que só abriam duas vezes por mana. Sentia-se que a miséria, o desespero, o pavor habitavam este bairro. Por isso ainda mais me surpreendeu ver, entre tantas casas abandonadas, uma na qual, ao contrário, a vida parecia vencer o terror, a decadência, mantendo a atividade e a fartura. Por detrás das venezianas fechadas de cada janela, a luz, tamisada em obediência às posturas policiais, traía não obstante o mais completo desprezo da economia. E a todo momento a porta se abria para dar entrada ou saída a novos visitantes. Este hotel (devido aos lucros de seus proprietários) provocaria sem dúvida a inveja de todos os negociantes vizinhos; e despertou-me também a curiosidade, quando dele vi sair rapidamente, a cerca de quinze metros de mim, isto é, muito longe para ser reconhecido, um oficial.

O que me intrigou não foi porém o rosto, que não distingui, nem o uniforme, dissimulado sob uma capa ampla, mas a desproporção entre os vários pontos diferentes ocupados por seu corpo e os breves segundos gastos nessa saída, que mais parecia uma fuga de sitiado. Por isso, embora não o reconhecesse formalmente, lembrei-me não direi da silhueta, nem da esbeltez, nem do andar, nem da agilidade, mas da espécie de ubiquidade peculiar a Saint-Loup. O militar capaz de colocar-se em tão pouco tempo em tantas posições diversas desaparecera sem me haver avistado, numa rua transversal, e fiquei a hesitar se devia ou não entrar no

hotel, cuja aparência modesta me fazia duvidar de ter sido Saint-
-Loup quem vira sair.

Ocorreu-me involuntariamente uma história de espionagem
em que ele fora injustamente envolvido, por figurar seu nome
nas cartas apreendidas em poder de um oficial alemão. Justiça
plena lhe fora, aliás, feita pelas autoridades militares. Mas, a despeito de mim mesmo, estabelecia ligações entre tal fato e o que
acabava de presenciar. Aquele hotel serviria de ponto de encontro
a espiões? O oficial sumira havia pouco quando vi entrarem simples soldados de várias armas, o que me robusteceu as desconfianças. A sede, por outro lado, incomodava-me. "Provavelmente,
acharei ali alguma coisa para beber", disse com meus botões,
dando-me um pretexto para tentar satisfazer uma curiosidade à
qual todavia se misturava algum receio.

Não creio, entretanto, que o interesse aguçado por aquele encontro me houvesse, por si só, decidido a subir a escadinha de poucos degraus, em cujo topo estava aberta, sem dúvida por causa do
calor, a porta de uma espécie de vestíbulo. Temi, a princípio, não
poder satisfazê-lo, pois, da escada escura onde eu estava,[121] vi diversas pessoas pedirem quartos e serem informadas de que não
havia nenhum vago. Mas compreendi depois que só recusavam
quem não fazia parte da rede de espionagem, pois, tendo-se apresentado um simples marinheiro, logo lhe deram o de número 28.
Pude observar, sem ser pressentido, graças à escuridão, alguns militares e dois operários que conversavam tranquilamente numa
saleta abafada, pretensiosamente ornada de retratos coloridos de
mulheres, recortados de revistas ilustradas. Tagarelavam pacata-
mente, expandindo ideias patrióticas. "Que queres, havemos de
fazer como os companheiros", dizia um. "Ah! é claro que espero
não morrer", respondia, a um voto por mim não ouvido, outro que,
segundo percebi, voltava no dia seguinte a um posto perigoso.
"Não, com 22 anos, só tendo servido seis meses, seria também de-

---

121 O trecho "da escada escura onde eu estava" é acréscimo da atual edição.

mais!", exclamou, a trair, além do desejo de viver muito, a certeza de estar raciocinando bem, como se o fato de contar 22 anos lhe devesse conferir maiores probabilidades de não morrer, como se fosse mesmo impossível acontecer-lhe alguma coisa. "Em Paris, é extraordinário", dizia o outro, "nem parece que há guerra. E tu, Julot, vais mesmo apresentar-te?" "É evidente que vou; ando com vontade de dar pancada nos patifes dos boches." "Mas Joffre é um sujeito que só cuida de andar com mulheres de ministros; nunca fez nada." "Até revolta ouvir tolices dessa ordem!", exclamou um aviador um pouco mais velho, voltando-se para o operário que fizera a observação. "Aconselho-o a não tocar nisso na linha de frente, os *poilus* o liquidariam em dois tempos." A vulgaridade da conversa não me convidava a continuar a ouvir, e ia entrar, ou descer, quando me arrancaram à indiferença estas frases, que me arrepiaram: "É esquisito, e o patrão que não volta! Também, a esta hora, não sei onde arranjará correntes". "Mas o camarada já está amarrado." "Que está, eu sei; mas está e não está; se me prendessem assim eu acharia jeito de me soltar." "O cadeado está trancado." "Trancado está, mas pode ser aberto. O que há é que as correntes são curtas. Não venhas querer ensinar-me, a mim que o sovei ontem a noite inteira, até ficar com as mãos escorrendo sangue." "Hoje, quem vai bater és tu." "Não, não sou eu, é Maurice. Minha vez é domingo, o patrão já me prometeu." Agora eu entendia por que havia necessidade dos sólidos braços do marinheiro. Se afastaram os pacíficos burgueses, fora porque este hotel não se destinava apenas a reunir espiões. Um crime atroz ia aqui consumar-se, se não houvesse tempo de descobrir e fazer prender os culpados. Na noite calma e grávida de ameaças, tudo assumia, porém, ares de sonho, de conto maravilhoso, e foi tanto com orgulho de justiceiro quanto com volúpia de poeta que entrei deliberadamente no hotel.

Toquei de leve no chapéu, e as pessoas presentes, sem se moverem, responderam mais ou menos polidamente a minha saudação. "Poderiam informar-me a quem me devo dirigir? Queria um quarto, e que me levassem alguma coisa para beber." "Espere um pouco, o patrão saiu." "Mas o chefe está lá em cima", insinuou um dos que conversavam. "Mas bem sabes que não o podemos incomodar." "Acha que obterei o quarto?" "Creio que sim." "O 43 deve estar desocupado", informou o rapaz que se mostrara certo de não morrer por ter 22 anos. E afastou-se ligeiramente para dar-me lugar. "Se abríssemos um pouco a janela? Está tão enfumaçado", propôs o aviador; com efeito, todos fumavam cachimbo ou cigarro. "Pois sim, mas então feche antes as venezianas, é proibido deixar passar a luz, por causa dos zepelins." "Não há mais zepelins. Os jornais já disseram que foram todos abatidos." "Não há, não há, como podes garantir? Quando tiveres, como eu, quinze meses de trincheiras no costado, e despachando cinco boches desta para melhor, poderás falar. Não te fies em jornais. Eles andaram ontem por cima de Compiègne, mataram uma mãe de família com os dois filhos." "Uma mãe de família com os dois filhos", repetiu com olhos ardentes e expressão de profunda piedade o rapaz que esperava não morrer e tinha, aliás, uma fisionomia enérgica, aberta, das mais simpáticas. "Não se tem notícias do grande Julot. Há oito dias sua madrinha não recebe carta dele, e nunca passou tanto tempo sem escrever." "Quem é sua madrinha?" "A senhora que toma conta do gabinete reservado perto do Olympia." "São amantes?" "Que pergunta! É uma senhora casada, de muito respeito. Manda-lhe dinheiro todas as semanas porque tem bom coração. Ah! não há muitas mulheres assim!" "Então tu o conheces, o grande Julot?" "Se conheço!", prosseguiu calorosamente o rapaz de 22 anos. "É um dos meus melhores amigos íntimos. Gosto de pouca gente como dele, é um ótimo camarada, muito prestativo. Ah! podes ter a certeza de que seria uma desgraça se lhe acontecesse alguma coisa." Propuseram uma partida de dados, e, à pressa febril com que o moço de 22 anos virava os dados e gritava os resultados, de olhos esbugalhados, era fácil discernir-lhe o temperamento de jogador. Não percebi o que alguém lhe disse, mas ouvi-o exclamar, em tom magoado: "Julot, um rufião! Sei que se gaba disso. Mas é mentira. Eu mesmo já o vi pagar a uma pequena, sim, pagar-lhe. Isto é, não nego que Jeanne l'Algérienne não lhe desse alguma coisa, mas nunca mais de cinco francos, e ela estava numa boa casa, fazia mais de cinquenta francos por dia. Só aceitar cinco francos! É preciso ser muito tolo. E agora, ela foi para o front, é verdade que leva uma vida dura, mas ganha o que quer; pois bem, não lhe manda nada. Ah! um rufião, Julot? Dessa maneira, muita gente seria rufião. E não só não é rufião, como até, em minha opinião, é um imbecil". O mais velho do grupo, que o patrão, sem dúvida devido à idade, encarregara de manter a linha, tendo ido ao banheiro, só alcançou o fim da conversa. Mas não se pôde impedir de fitar-me e pareceu visivelmente contrariado com a impressão que ela me poderia ter causado. Sem dirigir-se especialmente ao jovem de 22 anos, que entretanto acabava de expor essa teoria do amor venal, observou de modo geral: "Vocês falam demais e muito alto, há pessoas dormindo a esta hora. Sabem que se o patrão chegasse e ouvisse esta conversa".

Precisamente neste momento abriu-se a porta e todos se calaram, julgando ser o patrão, mas era um motorista estrangeiro, que foi festivamente acolhido. Vendo uma soberba corrente de relógio a brilhar no colete do recém-chegado, o rapaz de 22 anos lançou-lhe uma olhadela interrogativa e risonha, seguida por um franzir de sobrancelhas e uma piscadela severa para meu lado. E compreendi que o primeiro olhar queria dizer: "Que é isso? Roubaste? Felicitações". E o segundo: "Não digas nada por causa deste tipo que não conhecemos". De repente, o patrão entrou, carregando alguns metros de grossas correntes, capazes de atar vários forçados, suando e exclamando: "Que trabalheira! Se vocês não fossem todos uns malandros eu não precisaria ter ido em pessoa". Eu lhe disse que procurava um quarto. "Por poucas horas apenas, não encontrei carro e estou ligeiramente indisposto. Queria que me levassem alguma coisa para beber." "Pierrot, vai à adega buscar um pouco de cassis e manda arrumar o número 43. A campanhia do 7 está tocando. Dizem-se doentes. Nessa não caio, são tomadores de coca, parecem meio tontos, vamos tratar de pô-los na rua. Levaram os lençóis para o 127? Pronto! o 7 já está chamando de novo, corre lá. Arre, Maurice, que fazes aqui? Sabes que te esperam, sobe ao 14 bis. E depressa." E Maurice saiu rapidamente, seguido pelo patrão, que, contrariado por eu ter visto as correntes, sumiu com elas. "Por que chegaste tão tarde?", indagou do motorista o rapaz de 22 anos. "Como, tão tarde? Estou uma hora adiantado. Mas faz muito calor para andar. Meu encontro é à meia-noite." "Para quem vens?" "Para Pamela, a sedutora", respondeu o oriental, cujo riso descobriu lindos dentes brancos. "Ah", exclamou o moço de 22 anos.

Conduziram-me daí a pouco ao quarto 43, mas a atmosfera era tão desagradável e minha curiosidade tão grande que, bebido o cassis desci a escada e, em seguida, mudando de ideia, tornei a subir, passei o andar do quarto 43 e fui até o último. Subitamente, num aposento isolado no fim de um corredor, pareceu-me ouvir gemidos abafados. Caminhei célere nessa direção e colei a orelha à porta. "Eu imploro, graça, graça, piedade, solte-me, não me maltrate tanto", suplicava uma voz. "Beijo-lhe os pés, humilho-me, prometo não recomeçar. Tenha dó de mim!" "Não, crápula", retrucava outra voz, "e já que te pões a berrar e a ajoelhar-te, vamos amarrar-te na cama, nada de piedade", e ouvi estalar uma chibata, provavelmente eriçada de pregos, pois seguiu-se um uivo de dor. Então notei na parede do quarto uma claraboia lateral, sobre a qual se haviam esquecido de correr a cortina; caminhando pé ante pé, no escuro, esgueirei-me até a abertura, por onde, amarrado a uma cama, como Prometeu a seu rochedo, açoitado por Maurice, com uma chibata efetivamente armada de pregos, já todo ensanguentado e coberto de equimoses, prova de que esse suplício não era o primeiro, avistei à minha frente o sr. de Charlus.

De repente abriu-se a porta e entrou alguém que felizmente não me viu: era Jupien. Aproximou-se com ar respeitoso e sorriso cúmplice: "Então, não precisa de mim?". O barão pediu-lhe que fizesse Maurice sair um instante, Jupien pô-lo para fora com a maior desenvoltura. "Não podem ouvir-nos?", perguntou o barão a Jupien que lhe afirmou que não. O sr. de Charlus sabia que Jupien, inteligente como um literato, não tinha espírito prático, e falava sempre, diante dos interessados, por meio de subentendidos e alcunhas que todo mundo conhecia.

"Um segundo", interrompeu Jupien, ao ouvir ressoar a campainha do quarto 3. Era um deputado da Action Libérale que saía. Jupien nem precisaria consultar o quadro, tão familiar lhe era esse toque, o deputado vindo, com efeito, diariamente, logo depois do almoço. Naquele dia fora obrigado a mudar de hora, porque casara a filha, ao meio-dia, em Saint-Pierre-de-Chaillot. Viera à noite, mas quisera sair cedo, em atenção à esposa, sempre inquieta quando ele tardava, mormente nestes tempos de bombardeios. Jupien timbrava em acompanhá-lo até a porta, numa demonstração de deferência para com a qualidade de parlamentar, inteiramente desinteressada, diga-se de passagem. Pois, a despeito de esse deputado, repudiando os exageros de L'Action Française (seria, aliás, incapaz de entender uma linha de Charles Maurras ou de Léon Daudet), estar nos melhores termos com os ministros, que lhe aceitavam pressurosos os convites para caçadas, Jupien não lhe ousaria pedir o menor auxílio em seus embaraços com a polícia. Sabia que, se se arriscasse a tocar nisso com o legislador abastado e medroso, não conseguiria evitar nem a mais inócua das "batidas", mas perderia instantaneamente seu mais generoso freguês.

Após haver reconduzido até a rua o deputado, que puxara o chapéu para os olhos, levantara a gola e, deslizando rapidamente, como sobre os programas eleitorais, acreditava esconder o rosto, Jupien voltou para junto do sr. de Charlus, a quem explicou: "Era o sr. Eugène". Em sua casa, como nos hospitais, só se designavam as pessoas pelo nome de batismo, tendo o cuidado de segredar, a fim de satisfazer a curiosidade dos frequentadores ou de aumentar o prestígio do estabelecimento, o nome por inteiro. Algumas vezes, todavia, Jupien ignorava a verdadeira personalidade de algum de seus clientes, supunha e dizia ser tal financista, tal titular, tal artista, enganos passageiros e agradáveis para quem os provocava, mas acabava desistindo de estabelecer a identidade do "sr. Victor". Tomara também o hábito, para agradar ao barão, de fazer o inverso do que se dá em certas reuniões: "Vou apresentar-lhe o sr. Lebrun" (ao ouvido: "Faz-se passar pelo sr. Lebrun, mas de fato é o grão-duque da Rússia"). Ao contrário, Jupien sentia não ser bastante para o sr. de Charlus conhecer um leiteiro. Murmurava, piscando o olho: "É leiteiro, mas, no fundo, é sobretudo um dos mais perigosos dos apaches de Belleville" (era de se ver seu ar velhaco ao pronunciar *apache*). E, não julgando suficiente a informação, procurava acrescentar outros "títulos": "Foi condenado diversas vezes por assalto e roubo, esteve em Fresnes em consequência de brigas" (mesmo ar velhaco) "com transeuntes que deixou meio estripados, e andou no batalhão da África. Matou o sargento".

Desagradava ao barão saber que nesta casa, comprada para ele por seu factótum, e entregue a um gerente testa-de-ferro, todos, pelas indiscrições do tio da srta. D'Oloron, a finada sra. de Cambremer,[122] conheciam-lhe mais ou menos a personalidade e o nome (apenas muitos o tomavam por um apelido e, pronunciando-o mal, deformavam-no de tal sorte que a salvaguarda do barão fora a tolice dos outros, e não a reserva de Jupien). Mas achava mais cômodo dar-lhe crédito, e, tranquilizado pela informação de que não os poderiam ouvir, disse: "Não queria falar na frente daquele pequeno, que é muito bonzinho e faz o que pode. Mas não o acho bastante brutal. Sua cara me agrada, mas chama-me 'crápula' como se recitasse uma lição". "Oh! não, ninguém lhe ensinou nada", respondeu Jupien, sem perceber o absurdo de tal asserção. "Ele esteve, aliás, implicado no assassínio de uma parteira em La Villette." "Ah! isso é interessante", observou o barão sorrindo. "Mas está justamente aqui o carniceiro, o rapaz do matadouro, que se parece com ele; entrou por acaso. Quer experimentar?" "Pois

---

122 A menção a "finada sra. de Cambremer", constante do texto original, foi eliminada da edição atual.

sim, de bom grado." Vi entrar o homem do matadouro, que realmente lembrava um pouco Maurice; e — coisa mais curiosa — possuíam ambos as características de um tipo humano que, embora nunca me houvesse chamado a atenção, percebi naquele momento ser o de Morel, não talvez a fisionomia de Morel como eu via, mas a face que olhos amantes, fitando-o de modo diverso do meu, comporiam suas feições. Apenas construí interiormente, com os traços fornecidos por minhas recordações do violinista, essa maquete do que ele poderia representar para outrem, dei-me conta de que aqueles dois rapazes, dos quais um era ourives e o outro empregado num hotel, não passavam de vagos sucedâneos de Morel. Deveria concluir que o sr. de Charlus, ao menos em certas peculiaridades de seus amores, se mostrava fiel ao mesmo tipo, o desejo a cujo impulso escolhera, um após outro, esses dois rapazes sendo da mesma natureza do que o fizera deter Morel na plataforma de Doncières? Que todos os três se aproximavam do efebo, cuja forma, talhada na safira que eram os olhos do sr. de Charlus, comunicava-lhe ao olhar aquela expressão tão sua, que me assustara no primeiro dia em Balbec? Ou que, tendo seu amor por Morel modificado o tipo que buscava, procurava homens parecidos com ele para consolar-se de sua ausência? Outra suposição me veio: a de que, sem talvez nunca ter tido com Morel, a despeito das aparências, senão relações platônicas, o sr. de Charlus encomendasse a Jupien moços cuja semelhança com ele lhe pudesse dar a ilusão de o estar desfrutando. É verdade que, diante de tudo quanto o sr. de Charlus fizera por Morel, tal alvitre se tornaria muito pouco provável, se não soubéssemos que o amor nos induz não somente aos maiores sacrifícios por seu objeto como também, algumas vezes, ao de nosso próprio desejo, tanto menos facilmente satisfeito, aliás, quanto mais se sente amado quem requestamos.

Concorre ainda, para revelar essa suposição menos inverossímil do que à primeira vista parece (embora sem dúvida não corresponda à realidade), o temperamento nervoso, profundamente apaixonado do sr. de Charlus, idêntico, nisto, ao de Saint-Loup, e que poderia ter desempenhado, no início de suas relações com Morel, o mesmo papel, mais decente, porém, e negativo, do que o do sobrinho no começo de sua ligação com Rachel. As relações com a mulher amada (e isso se aplica também ao amor por um rapaz) podem manter-se platônicas por motivos alheios à virtude da mulher ou à natureza pouco sensual do amor que inspira. A razão residirá no fato de, com impaciência devida ao próprio excesso de seu amor, não saber o enamorado aguardar com pretensa indiferença a oportunidade favorável à obtenção do que almeja. Não cessa de insistir, de escrever a amada, vive a querer vê-la, e, à menor recusa, ei-lo na maior aflição. Cedo ela compreende que, quando lhe conceder sua companhia, sua amizade, esses bens parecerão tão preciosos a quem temeu perdê-los que dispensarão outras dádivas, e, vendo-o desesperado pelas negaças, ávido de acordo a qualquer preço, impõe-lhe uma paz cuja condição preliminar é o platonismo das relações. Aliás, durante todo o tempo precedente ao tratado, o infeliz, sempre ansioso, sempre à espreita de uma carta, de um olhar, deixara de pensar na posse física, cuja cobiça antes o atormentara, mas aplacara-se com o adiamento e fora substituída por necessidades de outra ordem, mais dolorosas, porém, ainda, se frustradas. E o prazer, no primeiro dia esperado das carícias, chega afinal, completamente deturpado, sob a forma de palavras amigas, de promessas de presença, as quais, após as agruras da incerteza, não raro apenas após um olhar enfarruscado por todas as neblinas da frieza, a fazer tão distante a amada que se teme não revê-la nunca, trazem um apaziguamento delicioso. As mulheres adivinham tudo isso e sabem poder permitir-se o luxo de nunca entregar-se àqueles em quem sentem, se, muito ardentes, não o ocultaram de início, o incurável desejo que inspiram. A mulher deleita-se em, sem nada conceder, receber muito mais do que habitualmente, quando se entrega. Os grandes nervosos acreditam por isso na virtude de seu ídolo. E a auréola de que a cercam é também um produto, mas, como se vê, indireto, de seu amor excessivo. Dá-se então com a mulher o mesmo que, em estado inconsciente, existe nos medicamentos por natureza manhosos, como os soporíferos, a morfina. Não é àqueles a quem fornecem o prazer do sono ou do verdadeiro bem-estar que se tornam absolutamente indispensáveis. Quem os compraria a peso de ouro, quem os trocaria por tudo quanto possui não são estes, senão outros doentes (ou talvez os mesmos, mas modificados por alguns anos de intervalo), aos quais não traz a droga nem sono nem volúpia, mas que, não a tomando, caem numa agitação que procuram aplacar a todo custo, até pelo suicídio.

Quanto ao sr. de Charlus, cujo caso, apesar da ligeira diferença devida à similitude de sexo, cabe em suma nas leis gerais do amor, embora pertencesse a uma família anterior à dos Capeto, fosse rico e em vão cortejado pela sociedade elegante, ao passo que Morel nada valia, embora lhe pudesse dizer, como a mim me dissera: "Sou príncipe, hei de cumulá-lo de bens", ainda assim Morel o dominaria enquanto não se rendesse. E não se render bastava-lhe sentir-se amado. O horror dos nobres pelos esnobes que querem à força misturar-se a eles, o indivíduo viril tem-no pelo invertido, a mulher por qualquer homem excessivamente apaixonado. O sr. de Charlus não só possuía todas as vantagens, como as teria proporcionado, e imensas, a Morel. Mas nada disso prevaleceria contra uma vontade firme. Nesse caso, o sr. de Charlus estaria como os alemães, aos quais pertencia, aliás, pelas origens, e que, na guerra em curso, viam-se sem dúvida, como o barão gostava demais de repetir, vencedores em todas as frentes. Mas que lhes adiantavam as vitórias, se após cada uma encontravam os Aliados mais inabaláveis na recusa da única coisa que eles, alemães, desejariam obter, a paz e a reconciliação? Assim entrara Napoleão na Rússia, convidando magnanimamente as autoridades a procurá-lo. Mas ninguém se apresentou.

Desci e voltei à pequena antessala, onde Maurice, ignorando se o tornariam a chamar, pois Jupien o mandara esperar, jogava cartas com seus companheiros. Reinava grande agitação, por causa de uma cruz de guerra encontrada no chão; não sabiam quem a perdera, a quem enviá-la para poupar incômodos ao titular. Depois falaram na bondade de um oficial, vitimado ao tentar salvar seu ordenança. "Apesar de tudo, há gente boa entre os ricos. Eu daria de bom grado a vida por um tipo assim", disse Maurice, que, evidentemente, só flagelava tão cruelmente o barão por hábito mecanizado, por falta de educação conveniente, por necessidade de dinheiro e certa inclinação para ganhá-lo de modo supostamente menos penoso que o trabalho, apesar de talvez o ser mais. Mas, como receava o barão, devia ter bom coração, e era, segundo consta, admirável de bravura. Quase lhe vinham lágrimas aos olhos ao comentar a morte do oficial, e o rapaz de 22 anos não se mostrava menos comovido: "Ah! são sujeitos estupendos. Os pobres-diabos como nós não têm grande coisa a perder, mas um ricaço com criadagem às ordens, podendo tomar seu trago todos os dias às seis horas, faz muita pena. Caçoe quem quiser, mas ver morrer camaradas assim mexe com a gente. Deus não devia permitir que ricos tão bons morressem; primeiro, porque são úteis aos trabalhadores. Só por causa de uma morte dessas deviam-se exterminar todos os boches, até o último; e o que fizeram em Louvam, e os pulsos cortados das crianças; não, não sei não, não sou melhor do que os outros, mas preferia ser crivado de balas a obedecer a bárbaros dessa ordem; porque são bárbaros, não podes sustentar o contrário". Todos eram, afinal, patriotas. Só um, ligeiramente ferido no braço, não se mostrou à altura dos demais, pois disse, ao sair: "Ora, este ferimento não foi dos bons" (dos que determinam a reforma), como a sra. Swann dizia outrora: "Achei jeito de apanhar uma influenza das bravas".

A porta abriu-se, dando passagem ao motorista, que fora tomar ar. "Como, já acabou? Não demorou muito", exclamou ao ver Maurice, que julgava ocupado em espancar aquele que, em alusão a um jornal da época, haviam apelidado *L'homme enchaîné*. "Não demorou para ti, que foste tomar a fresca", respondeu Maurice irritado por perceberem seu mau êxito lá em cima. "Mas se te visses, como eu, obrigado a bater sem parar, e com este calor!

Não fossem os cinquenta francos que ele dá..." "E depois, é um sujeito que sabe conversar; vê-se que tem instrução. Que diz ele da guerra? Acha que acabará logo?" "Acha que não podemos dar conta deles, que no fim nenhum levará a melhor." "Raios o partam, então é um boche." "Já disse que vocês falam alto demais", interrompeu o mais velho, ao notar minha presença. "Já deixou o quarto?" "Vai te catar, não és dono aqui." "Sim, deixei, e vinha pagar." "É melhor pagar ao patrão. Maurice, vai chamá-lo." "Não quero dar incômodo." "Não é incômodo algum." Maurice subiu e anunciou-me, ao voltar: "O patrão já vem". Dei-lhe dois francos pelo serviço. Até corou de prazer. "Ah! muito obrigado. Vou mandar para meu irmão, que caiu prisioneiro. Mas não se queixa, seu campo não é dos piores."

Enquanto isso, dois fregueses muito elegantes, de casaca e gravata branca por baixo dos sobretudos — dois russos pareceu-me, pelo ligeiro sotaque —, parados na soleira, deliberavam se deviam ou não entrar. Era visivelmente a primeira vez que vinham, alguém com certeza lhes falara desse hotel, e hesitavam entre o desejo, a tentação, e um medo extremo. Um deles — belo rapaz — repetia a todo minuto ao outro, com um sorriso meio interrogativo, meio persuasivo: "Bolas! Afinal de contas, danem-se!". Mas, a despeito de querer significar com isso desprezo pelas consequências, é possível que não lhes fosse indiferente, pois nenhum movimento se seguia às palavras, e sim novo olhar, novo sorriso, e o mesmo: "Afinal de contas, danem-se!". Era este "danem-se" um exemplar entre mil da linguagem magnífica, tão diversa da usada habitualmente, na qual a emoção, desviando o que pretendíamos dizer, permite desabrochar em seu lugar uma frase inteiramente nova, emersa do lago ignorado onde vivem as expressões sem relação com o pensamento, e que por isso mesmo o revelam. Lembro-me de que uma vez Albertine, como Françoise entrasse sem ser pressentida, quando minha amiga, nua, colava-se a mim, disse inconscientemente, para prevenir-me: "Olha a bela Françoise". Françoise, que via pouco, e ia atravessando a peça longe de nós, não teria sem dúvida percebido nada. Mas as palavra anormais, "bela Françoise", que Albertine nunca antes pronunciara, mostraram por si só a sua origem; sentiu-as colhida ao acaso pela emoção, não precisou olhar para entender tudo, e saiu resmungando em seu dialeto: "Poutana". De outra feita, muito mais tarde, quando Bloch já tinha a família criada e uma filha casada com um católico, um mal-educado indagou daquela se, de fato, como ouvira dizer, seu pai era judeu, e como se chamava. A moça srta. Bloch desde que nascera, respondeu pronunciando Bloch à alemã, como faria o duque de Guermantes, isto é, dando ao *ch* não o valor de *c* ou *k*, mas de *rh* germânico.

Para voltar à cena do hotel (no qual os dois russos se haviam decidido a penetrar; "afinal de contas, danem-se"), o patrão ainda não chegara quando Jupien entrou, reclamando porque falavam muito alto e os vizinhos poderiam queixar-se. Mas interrompeu-se, estupefato, ao ver-me. "Saiam todos para o pátio." Já se erguiam quando eu alvitrei: "Seria mais fácil deixar os rapazes aqui e eu sair um instante com você". Seguiu-me perturbado. Expliquei-lhe por que viera. Ouviam-se fregueses perguntar ao patrão se não lhes poderia proporcionar um lacaio, um menino coroinha, um motorista negro. Todas as profissões interessavam a esses velhos malucos; na tropa, todas as armas, e aliados de todas as nações. Alguns pediam sobretudo canadenses, sofrendo talvez sem o saberem a sedução de um sotaque tão leve que não se distingue bem se é da velha França ou da Inglaterra. Devido a seus saiotes, e porque sonhos lacustres associam-se frequentemente a certos desejos, os escoceses eram os mais cotados. E como toda loucura é influenciada, se não agravada, pelas circunstâncias, um velhote, cujas curiosidades haviam sido todas satisfeitas, reclamava insistentemente um mutilado. Ouviram-se passos lentos na escada. Com sua natural indiscrição, Jupien não pôde deixar de informar ser o barão quem descia; deveríamos a todo custo evitar que me visse, mas, se eu quisesse passar à saleta contígua ao vestíbulo onde estavam os rapazes, ele abriria o postigo, truque inventado para o barão poder ver e ouvir sem ser pressentido, e que agora, dizia Jupien, se viraria contra ele, a meu favor. "Apenas, não se mexa." E deixou-me, depois de empurrar-me para o cubículo escuro. Não dispunha, aliás, de outro quarto para mim, estando o hotel cheio apesar da guerra. O que eu deixara fora ocupado pelo visconde de Courvoisier, o qual, tendo conseguido ausentar-se por dois dias da Cruz Vermelha de X, viera aproveitar uma hora de Paris, antes de ir para o castelo de Courvoisier, onde se achava a viscondessa, a quem alegaria não ter alcançado o trem. Nem suspeitaria estar a tão poucos metros do sr. de Charlus, fato que este também não poderia imaginar, nunca tendo encontrado o primo no hotel de Jupien, que ignorava a verdadeira personalidade do visconde, cuidadosamente dissimulada.

Logo, com efeito, surgiu o barão, andando com dificuldade por causa dos ferimentos, aos quais entretanto já devia estar habituado. Embora saciado, entrando só para dar a Maurice o dinheiro que lhe devia, percorreu os rapazes ali reunidos com um olhar circular, terno e atento, a descontar o prazer de trocar com cada um uma despedida platônica mas carinhosamente prolongada. Notei-lhe de novo, na trêfega vivacidade patenteada a esse harém que parecia intimidá-lo, os meneios de cadeiras e de cabeça, os olhares filtrados que me haviam impressionado em sua primeira visita a Raspelière, graças herdadas de alguma avó que eu não conhecera, de ordinário dissimuladas sob expressões mais viris, desabrochando entretanto faceiramente em certas circunstâncias, quando queria agradar a um meio inferior, aguilhoadas pelo desejo de mostrar-se grande dama.

Jupien recomendara aqueles homens à simpatia do barão apresentando-os como rufiões de Belleville, capazes de se deitarem com as próprias irmãs por um luís. Aliás, Jupien ao mesmo tempo mentia e dizia a verdade. Melhores, mais sensíveis do que os pintara, não pertenciam a nenhuma raça selvagem. Mas os que criam tais lhe falavam com inteira boa-fé, atribuindo a mesma a esses seres terríveis. Julgando-se em companhia de assassinos, o sádico nem por isso perde a candura de alma, e pasma diante da falsidade de tais criaturas, que nunca mataram ninguém, mas desejam ganhar facilmente a "grana", em cujas palavras pais, mães e irmãs ora ressuscitam ora tornam a morrer, tanto se atrapalham na conversa com o freguês a quem querem agradar. Alarma-se a ingenuidade deste, pois à sua arbitrária concepção do gigolô, ao deslumbramento provocado pelos numerosos crimes que lhe atribui, parecem escandalosas a contradição e a mentira, evidentes no que ouve.

Todos mostravam conhecer o sr. de Charlus, e ele se demorava junto de cada um, empregando o que julgava ser a sua linguagem, tanto por afetação pretensiosa de cor local como por prazer sádico de misturar-se à vida crapulosa. "Tu me enojas, vi-te em frente do Olympia com duas fêmeas. Estás me traindo." Felizmente para aquele a quem se dirigia esta apóstrofe, não teve tempo de declarar-se incapaz de receber dinheiro de mulheres, o que diminuiria a excitação do sr. de Charlus, e reservou seu protesto para o fim da frase, exclamando: "Oh! não o engano!". Tais palavras causaram viva satisfação ao sr. de Charlus, e como, a sua revelia, o natural feitio de inteligência lhe transparecia sob a afetação, voltou-se para Jupien: "Gostei de ouvi-lo dizer isso. E como o disse bem! Até parece verdade. Afinal, que importa ser ou não verdade, se consegue iludir-me? Que lindos olhinhos ele tem. Olha, meu rapaz, vou dar-te dois beijos como recompensa. Hás de lembrar-te de mim na trincheira. Não é dura demais a vida lá?". "Ora, tem dias que é, quando as granadas passam rentinho." E pôs-se a imitar o ruído das granadas, dos aviões etc. "Mas tem-se de fazer como os outros, e o senhor pode estar certo e seguro de que iremos até o fim." "Até o fim! Se ao menos se soubesse até que fim", murmurou melancolicamente o barão, que estava "pessimista". "Não viu o que Sarah Bernhardt declarou nos jornais: 'A França irá até o fim. Os franceses preferirão morrer até o último'." "Não duvido nem por um instante de que os franceses hão de morrer valentemente até o último", respondeu o sr. de Charlus, como se isso fosse a coisa mais natural do mundo, e apesar de não ter a menor intenção de fazer fosse o que fosse, mas pensando corrigir assim a impressão de pacifismo que dava quando não se dominava. "Não duvido, mas pergunto até que ponto a sra. Sarah Bernhardt pode falar em nome da França. Parece-me que não conheço este encantador rapaz", acrescentou divisando alguém que não reconhecia, ou talvez nunca tivesse visto. Cumprimentou-o como o faria a um príncipe em Versailles, e, para aproveitar o ensejo de um suplemento grátis de prazer — como, quando eu era pequeno, e minha mãe acabava de fazer alguma encomenda a Boissier ou a Gouache, comia uma bala, oferecida por uma caixeira, que a tirava de um dos bocais de vidro entre os quais reinava —, segurando a mão do rapaz encantador e apertando-a longamente, à prussiana, fixou-o sorridente durante o tempo interminável gasto outrora pelos fotógrafos para tirar um retrato com má luz: "Apreciei muito, muitíssimo conhecê-lo". "Tem cabelos bonitos", observou voltando-se para Jupien. Aproximou-se em seguida de Maurice, a fim de entregar-lhe seus cinquenta francos, mas abraçando-o antes pela cintura: "Não me contaste que liquidaste uma velhota de Belleville". E arquejava de êxtase, chegando o rosto bem junto do de Maurice. "Oh! senhor barão", protestou o gigolô, não prevenido, "como pode acreditar numa coisa dessas?" E, porque fosse realmente falso, ou porque, verdadeiro, embora o feito parecesse abominável e inconfessável a seu autor: "Eu, tocar em meu semelhante? Num boche, sim, por causa da guerra, mas numa pobre mulher, velha ainda por cima?". Esta declaração de princípios virtuosos foi como uma ducha fria no barão, que se afastou secamente de Maurice, entregando-lhe todavia o dinheiro, mas com o ar de despeitado de quem se sente ludibriado, de quem não quer reclamar, mas não esconde o desagrado. Sua má impressão aumentou ainda com o agradecimento do beneficiário, que disse: "Vou mandar para os velhos, mas guardo um naco para o mano que está no front". Sentimentos tocantes que desapontaram o sr. de Charlus quase tanto quanto o sotaque artificialmente rústico. Jupien prevenia-os às vezes de que "era preciso ser mais perverso". Então um deles, como se confessasse algo satânico, arriscava: "Veja só, barão, quando eu era garoto, espiava pelo buraco da fechadura meus pais se beijarem. Viciado, hein? O senhor parece pensar que é invenção, mas não, juro que fazia tal qual digo". E o sr. de Charlus ficava a um tempo desesperado e exasperado por esse esforço factício de perversidade, que só conseguia revelar tamanha tolice e inocência. E nem mesmo o ladrão, o assassino mais frio o contentariam, pois não falam de seus crimes; há, aliás, no sádico — por melhor que seja, e até tanto mais quanto melhor for — uma sede de mal, que os maus, agindo em busca de outros fins, não podem saciar.

Embora o rapaz, percebendo demasiado tarde seu erro, garantisse que zombava dos "tiras" e levasse a audácia a ponto de propor ao barão: "Marque um bate-papo sozinho comigo", o encanto se dissipara. Sentia-se o artifício, como nos livros de escritores que usam gíria. O moço detalhou em vão todas as "safadezas" que fazia com a mulher. Ao sr. de Charlus só espantou serem tão poucas... E não o eram, afinal, apenas por insinceridade. Nada é mais limitado do que o prazer e o vício. Pode-se, nesse sentido, e mudando o sentido da expressão, dizer que se roda sempre no mesmo círculo vicioso.

Se no estabelecimento supunham o barão príncipe, em compensação lamentavam a morte de alguém a cujo respeito os gigolôs diziam: "Não sei o nome, parece que é barão", e era apenas o príncipe de Foix (pai do amigo de Saint-Loup). Fazendo constar em casa que ia muito ao clube, na realidade passava horas no hotel de Jupien, a tagarelar, a contar boatos mundanos aos malandros. Era, como o filho, um belo pedaço de homem. Excepcionalmente, sem dúvida por só encontrá-lo em sociedade, o sr. de Charlus ignorava que partilhasse de suas tendências. Acusaram-no até outrora de ter chegado a querer satisfazê-las no próprio filho, ainda colegial (o amigo de Saint-Loup), o que seria provavelmente falso. Ao contrário, profundo conhecedor de costumes por muitos ignorados, tinha o maior cuidado com as relações do filho. Um dia, um homem, aliás de origem humilde, seguira o jovem príncipe de Foix até a casa, onde jogara pela janela um bilhete, apanhado pelo pai. Mas se o perseguidor não pertencia ao meio aristocrático do sr. de Foix pai, era, sob outro ponto de vista, de sua igualha. Não lhe foi difícil encontrar entre os cúmplices comuns um intermediário que fez calar o sr. de Foix, provando-lhe ter sido o rapaz quem provocara a audácia do homem maduro. E era possível. O príncipe de Foix lograra preservar o filho das más companhias, mas não da hereditariedade. Aliás, o jovem, tal como o pai, nunca foi suspeitado nesse particular pela gente de sua roda, embora, com a da outra, fosse livre como poucos.

"Como é simples! Não se diria um príncipe",[123] comentaram alguns dos presentes quando o sr. de Charlus saiu, acompanhado até a rua por Jupien, ao qual o barão não deixou de queixar-se da virtude do jovem. Pelo ar zangado de Jupien, que certamente industriara de antemão ao rapaz, adivinhava-se que o falso assassino receberia um pito em regra. "É o contrário do que me anunciaste", acrescentou o barão, a fim de que Jupien aproveitasse a lição para outra vez. "Parece ter boa índole, manifesta sentimentos respeitosos para com a família." "Mas não se entende bem com o pai", objetou Jupien perplexo,[124] "moram juntos, mas não frequentam o mesmo botequim." Era evidentemente pouco como crime, em comparação com o assassínio, mas Jupien fora tomado de surpresa. O barão calou-se, pois se queria que lhe preparassem os prazeres, buscava dar-se a si mesmo a ilusão de não serem estes "fabricados". "É um bandido autêntico, disse aquilo para enganá-lo, o senhor é muito ingênuo", afirmou Jupien para desculpar-se, só logrando melindrar o amor-próprio do sr. de Charlus.

"Parece que tem um milhão por dia para gastar", comentou o rapaz de 22 anos, sem ver a inverossimilhança da asserção que

---

123 A edição de 1989 troca "príncipe" da edição de 1927 por "barão".
124 O termo "perplexo" foi suprimido da edição atual.

emitia. Ouviu-se em breve o rodar do carro que viera buscar o sr. de Charlus não distante dali.[125] Divisei nesse momento, caminhando devagar ao lado de um militar, com quem evidentemente saía de um quarto, um vulto que me pareceu de uma senhora idosa, vestida de preto. Logo verifiquei meu engano: era um padre. Era essa coisa rara e, na França, de todo excepcional: um mau padre. O militar vinha sem dúvida zombando do companheiro, da disparidade entre sua batina e sua conduta, pois este, erguendo para junto do rosto hediondo um dedo de doutor em teologia, proferiu sentenciosamente: "Que quer, não sou" (eu esperava "um santo") "um anjo".[126] Estava já de saída e despediu-se de Jupien, que voltava de acompanhar o barão; mas, por distração, o mau padre não pagara o quarto. Jupien, com sua presença de espírito, sacudiu o mealheiro onde guardava as contribuições dos fregueses e fê-lo tilintar, exclamando: "Para as despesas do culto, senhor abade!". A triste personagem desculpou-se, entregou o dinheiro e sumiu.

Jupien veio buscar-me no antro escuro onde nem ousava mexer-me. "Espere um instante no vestíbulo com a rapaziada, enquanto subo para fechar o quarto; é um hóspede, pode ficar à vontade." Lá encontrei o patrão, com quem liquidei minha conta. Nesse momento entrou um rapaz de smoking, perguntando com ar autoritário ao patrão: "Poderei ter peão amanhã às quinze para as onze em vez de onze horas, porque vou almoçar fora?". "Depende", respondeu o patrão, "do tempo que ele demorar com o padre." A resposta pareceu desagradar ao rapaz de smoking, que

125 O trecho "não distante dali" é acréscimo da atual edição.
126 Fala de Tartuffe, o falso devoto, na peça homônima de Molière. A fala que faz parte da confissão amorosa de Tartuffe a Elmire, mulher de Orgon; ele confessa seu amor por ela justamente no momento em que Elmire vem conversar com ele sobre um possível casamento dele com a filha dela, Marianne. Na cena, há também um espectador acompanhando tudo de longe — como o herói proustiano, Damis, filho de Orgon, ouve tudo de um cômodo ao lado. Orgon, entretanto, se recusa a acreditar no que lhe revela o filho e na própria confissão de Tartuffe.

sem dúvida se preparava para deblaterar contra o padre, mas cuja cólera mudou de rumo ao ver-me; avançou para o patrão: "Quem é, que significa isso?", inquiriu com voz baixa mas irritada. O patrão, contrafeito, explicou que minha presença não tinha a menor importância, que eu era um hóspede. O rapaz de smoking não se acalmou com a explicação. Repetia sem cessar: "É excessivamente desagradável, coisas dessas não deveriam acontecer, sabe que não as suporto, e acabarei não pondo mais os pés aqui". A execução da ameaça não era entretanto iminente, pois saiu furioso, mas recomendando que Léon se arranjasse para estar livre às quinze para as onze, às dez e meia se possível. Jupien voltou para buscar-me e desceu comigo até a rua:[127]

"Não queria que me julgasse mal", disse-me, "esta casa não rende tanto quanto imagina, sou obrigado a aceitar hóspedes honestos, é verdade que só com eles não daria nem para as despesas. Aqui, ao contrário dos conventos carmelitas, é graças ao vício que a virtude vive. Não, se tomei esta casa, ou, melhor, se a fiz tomar pelo gerente que o senhor viu, foi unicamente para servir ao barão e distraí-lo na velhice"; Jupien não se referiu apenas às cenas de sadismo como aquela a que eu assistira e à prática do vício do barão. Este, até para conversar, para ter companhia, para jogar, só se sentia bem com a gente do povo, que o explorava. Certo, o esnobismo acanalhado é tão compreensível como o outro. Reunidos durante muito tempo, alternando-os na casa do sr. de Charlus, que não achava ninguém bastante requintado para suas relações mundanas, bastante apache para outras. "Detesto os tipos médios", dizia, "a comédia burguesa é artificial, quero princesas de tragédia clássica ou farsa completa. Nada de meios-termos, *Fedra* ou *Les saltimbanques*." Mas rompera-se afinal o equilíbrio entre os dois esnobismos. Talvez por cansaço senil, ou por extensão da sensualidade aos contatos mais ligeiros, o barão só convivia agora com "inferiores", a reproduzir, sem dar por isso, algum de seus ilustres

---

127 O trecho "até a rua" é acréscimo da atual edição.

antepassados, o duque de La Rochefoucauld, o príncipe D'Harcourt, o duque de Berry, que Saint-Simon mostra sempre às voltas com lacaios, que lhes arrancavam somas enormes participando de seus divertimentos a ponto de se vexarem os amigos desses aristocratas, quando, indo visitá-los, os encontravam a jogar cartas ou a beber de igual a igual com a própria famulagem. "E sobretudo", acrescentou Jupien, "para poupar-lhe aborrecimentos, porque, como sabe, o barão é uma criança grande. Mesmo agora, tendo aqui tudo quanto pode sonhar, comete ainda a tolice de meter-se em aventuras. E, generoso como é, isso poderá, com os tempos que correm, dar maus resultados. Outro dia, um mensageiro de hotel quase morreu de medo por causa do dinheirão que o barão lhe prometeu se fosse à sua casa. A sua casa, veja que imprudência! O rapaz, apesar de só gostar de mulheres, tranquilizou-se ao saber o que queria dele. Diante de tantas promessas de dinheiro, tomara o barão por um espião. E ficou muito contente por verificar que não lhe pediam a entrega da pátria, e sim a do corpo, o que talvez não seja mais moral, mas é menos perigoso, e sobretudo mais fácil." Ouvindo Jupien, eu dizia a mim mesmo: "Pena o sr. de Charlus não ser romancista ou poeta, não para descrever suas experiências, mas porque a posição assumida por um Charlus relativamente ao desejo suscita-lhe em torno os escândalos, força-o a levar a vida a sério, a misturar emoção ao prazer, impede-o de parar, de imobilizar-se na apreciação irônica e exterior das coisas, faz-lhe jorrar incessantemente no seio uma corrente dolorosa. Cada declaração sua implica a possibilidade de ser agredido, senão preso". Não apenas a educação das crianças, mas também a dos poetas, faz-se à custa de bofetadas. Se o sr. de Charlus fosse romancista, a casa de Jupien, reduzindo consideravelmente os riscos, pelo menos (pois eram sempre de temer-se as batidas policiais) os provenientes de indivíduos cuja disposição, na rua, não poderia prever o barão, seria para ele uma infelicidade. Mas em arte, o sr. de Charlus não passava de um diletante, não pensava em escrever nem tinha dons para tanto.

"Posso confessar-lhe", prosseguiu Jupien, "que a origem desses lucros não me provoca maiores escrúpulos? O que aqui se pratica é de meu gosto, é o prazer de minha vida. Ora, será proibido ganhar-se salário por serviços que não se julgam condenáveis? Mais instruído do que eu, o senhor objetará sem dúvida que Sócrates se recusava a aceitar pagamento de suas lições. Mas em nosso tempo já não pensam assim os professores de filosofia, nem os médicos, nem os pintores, nem os dramaturgos, nem os diretores de teatro. E não imagine que este ofício me obrigue a frequentar unicamente desclassificados. Sem dúvida, o diretor de um estabelecimento deste gênero, como uma grande *cocotte*, só recebe homens, mas muito notáveis, de todas as categorias, e, via de regra, em igualdade de situação, dos mais finos, dos mais sensíveis; dos mais amáveis de cada profissão. Esta casa se transformaria facilmente, posso garantir-lhe, num escritório intelectual e numa agência de novidades." Mas eu estava ainda sob a impressão das vergastadas que vira infligirem ao sr. de Charlus.

E, na verdade, quem conhecia o sr. de Charlus, seu orgulho, seu tédio aos prazeres mundanos, seus caprichos a degenerarem rapidamente em paixões por tipos da última ordem e da pior espécie, compreendia muito bem por que a mesma fortuna, que deslumbraria um *parvenu* por permitir-lhe casar a filha com um duque e convidar altezas para caçar, alegrava o sr. de Charlus por dar-lhe meios de manobrar assim um ou talvez vários alcouces sempre repletos de jovens com os quais se deleitava. É possível que ainda sem o vício tal se desse. Descendia de muitos daqueles grandes senhores, príncipes de sangue ou duques, que Saint-Simon acusava de não frequentarem ninguém "digno de menção" e passavam o tempo jogando cartas com seus lacaios a quem davam quantias enormes![128]

"Enquanto não se transforma", retorqui a Jupien, "esta casa é o oposto, é pior do que um hospício, pois nela expõe-se, reconstitui-se, exibe-se a loucura dos alienados; um verdadeiro pandemô-

---

128 A partir de "e passavam o tempo", acréscimo da atual edição.

nio. Julguei, como o califa das *Mil e uma noites*, ter chegado na hora precisa para socorrer um homem espancado, e foi outro conto das *Mil e uma noites* que vi realizar-se diante de mim, o da mulher transformada em cadela, que se deixa voluntariamente açoitar, a fim de recuperar a forma primitiva." Jupien pareceu perturbar-se com minhas palavras, compreendendo que eu assistira à flagelação do sr. de Charlus. Permaneceu um instante silencioso, enquanto eu parava um fiacre;[129] mas, de repente, com o espírito ágil que tantas vezes me surpreendera nesse autodidata, vendo-o receber-nos, a Françoise e a mim, no pátio de nosso edifício, com frases tão graciosas: "O senhor fala muito bem dos contos das *Mil e uma noites*", observou. "Conheço um que não deixa de lembrar o título de um livro por mim avistado na casa do barão" (aludia à tradução de *Sesame and lilies*, de Ruskin, que eu mandara ao sr. de Charlus[130]). "Se alguma noite tiver ganas de ver, não direi quarenta, mas uma dezena de ladrões, basta vir até aqui; para saber se estou em casa, olhe lá para cima; a janelinha aberta e iluminada é sinal de que estou, de que pode entrar: é meu Sésamo. Só Sésamo. Pois lírios, se os quiser, aconselho-o a buscar em outro lugar." E cumprimentando-me com desenvolta familiaridade, ganha no contato com a freguesia aristocrática e a malta de rapazes que dirigia como um chefe de piratas, despediu-se de mim. Apenas me deixou, soou a sirene, imediatamente seguida por violentos tiros de barragem. Sentia-se o avião alemão muito perto, bem em cima de nós, e o ruído súbito de uma forte detonação demonstrou que acabava de lançar uma de suas bombas.[131]

129 O trecho "enquanto eu parava um fiacre" é acréscimo da atual edição.

130 A menção a uma suposta tradução do livro de Ruskin faz coincidir aqui a trajetória do herói do livro com a do próprio Proust, que, não fosse a criação de *Em busca do tempo perdido*, seria ainda hoje lembrado como o maior conhecedor da obra do pensador inglês na França. Devemos essa lembrança ao livro de Bernard Brun, *Marcel Proust*, da coleção"" Idées Reçues.

131 A edição de 1989 traz uma versão diferente para esse final de parágrafo: "[...] ele ia se despedir de mim, quando o barulho de uma detonação, uma bomba que as

Eu saíra mal começara o alarme.[132] As ruas estavam inteiramente negras. De quando em quando, algum avião inimigo, voando baixo, iluminava a ponte que pretendia bombardear. Sem conseguir orientar-me, lembrava-me do dia em que, indo a Raspelière, encontrara, como um deus diante do qual se assustara meu cavalo, um avião. Imaginava que agora o encontro seria diferente, que o deus do mal me mataria. Apressava o passo para fugir, como um viajante perseguido por um macaréu, rodeava praças escuras das quais não achava a saída. Afinal, ao clarão das chamas de um incêndio, pude reconhecer o caminho, enquanto sem parar crepitava o canhoneio. Mas outra cogitação me ocupava. Pensava na casa de Jupien, talvez já desfeita em cinzas, pois uma bomba caíra perto de mim quando a deixava, a casa na qual o sr. de Charlus poderia ter escrito profeticamente "Sodoma", como fizera, com igual presciência ou talvez no início da erupção vulcânica, o desconhecido habitante de Pompeia. Mas que importavam sirenes e gothas a quem só gozo buscava? O quadro social ou natural de nossos amores, mal o notamos. A tempestade ruge no mar, o navio joga para todos os lados, do céu precipitam-se torrentes açoitadas pela ventania, e, apenas para disfarçar o incômodo que nos causa, concedemos fugaz atenção ao cenário imenso onde somos quase nada, nós e o corpo do qual nos tentamos aproximar. A sirene anunciadora de bombas não perturbava os fregueses de Jupien mais do que faria um iceberg. Ao contrário, a ameaça do perigo físico os libertava de velhos receios doentios. É falso supor que a escala dos temores corresponda à dos riscos que os inspiram. Pode-se ter muito medo de não dormir e nenhum medo de um duelo sério, pode-se temer um rato e não temer um leão. Por várias ho-

---

sirenes não conseguiram antecipar fez com que ele me aconselhasse a ficar mais um pouco com ele. Logo em seguida, começaram os tiros de barragem, e tão violentos que se sentia que o avião alemão estava muito próximo, bem em cima de nós".

132 Essa frase de abertura do parágrafo, constante da edição de 1927, foi eliminada da edição de 1989.

ras os agentes policiais, só preocupados com a vida dos habitantes, afinal tão sem importância, não se lembrariam de vir desmoralizá-los. Muitos dos frequentadores, além de recobrar a liberdade moral, deixaram-se seduzir pelas trevas que subitamente envolveram as ruas. Alguns desses pompeanos, sobre quem já baixava o fogo do céu, desceram aos corredores do metrô, negros como catacumbas. Ora, a escuridão, a banhar todas as coisas como um elemento novo, acarreta a consequência, irresistivelmente tentadora para certas pessoas, de suprimir o prólogo do prazer, permitindo entrar sem delongas no terreno das carícias a que habitualmente só se tem acesso ao cabo de algum tempo. Quer o objeto cobiçado seja, com efeito, feminino ou masculino, ainda supondo-se fácil a abordagem e inúteis os galanteios que se eternizariam num salão, há, sobretudo de dia, mas também à noite e em ruas mal iluminadas, pelo menos um preâmbulo durante o qual só os olhos se regalam, pois o receio dos transeuntes e da própria criatura desejada impede de ir além de palavras e olhares. No escuro, toda essa antiga prática fica abolida, as mãos, os lábios, os corpos podem assumir a dianteira. Há sempre a desculpa da escuridão e dos enganos que engendra, se se for mal recebido. Sendo favorável a acolhida, a imediata resposta do corpo que não foge, que se aproxima, dá-nos daquela ou daquele que buscamos silenciosamente uma impressão de ausência de preconceitos, de vício franco, a aumentar a felicidade de morder o fruto sem precisar nem cortejar com os olhos nem pedir licença. E entretanto as trevas persistiam. Mergulhados nessa atmosfera nova, os clientes de Jupien imaginavam ter viajado para assistir a um fenômeno natural, um macaréu ou um eclipse, e saboreando, em vez do prazer preparado e sedentário, o do encontro fortuito em lugar desconhecido, celebravam, sob o troar vulcânico das bombas, como num lupanar pompeano, ritos secretos no negror das catacumbas.

Na mesma sala da casa de Jupien reuniam-se muitos homens que não tinham querido fugir. Não se conheciam entre si, embora pertencessem mais ou menos à mesma camada, rica e nobre. Em todos havia algo de repulsivo, proveniente sem dúvida da não resistência a prazeres degradantes. Um, enorme, ostentava a face congesta dos ébrios. Segundo me contaram, não se embriagava outrora, contentando-se em fazer os jovens beberem. Mas, apavorado pela perspectiva da mobilização (apesar de aparentar mais de cinquenta anos), e sendo já muito gordo, pusera-se a beber desbragadamente, a fim de ultrapassar o peso de cem quilos, limite máximo para o serviço ativo no exército. E agora, crescido em vício o embuste, mal se relaxava a vigilância sobre ele exercida, onde quer que se encontrasse, logo corria a algum bar. Mas por suas palavras adivinhava-se, a despeito da inteligência medíocre, grande saber, educação e cultura. Chegara outro elemento da sociedade, este muito moço e de extrema distinção física. Não se lhe distinguia ainda, é verdade, nenhum estigma exterior de vício; sentiam-se, porém, o que era mais perturbador, os interiores. Muito alto, de fisionomia aprazível, revelava ao falar uma inteligência muito superior à de seu vizinho alcoólatra, e, sem exagero, realmente notável. Não se lhe ajustava todavia à palavra o jogo fisionômico, que sugeriria frases diferentes. Como se, possuindo não obstante a gama completa das expressões da face humana, vivesse em outro mundo, usava tais expressões sem ordem nem método, distribuía ao acaso sorrisos e olhares inadequados ao que ouvia. Espero que se, como parece certo, vive ainda, tenha sido então vítima, não de um mal crônico, mas de uma intoxicação passageira. É provável que, pedindo-se os cartões de visita de todos esses homens, se verificasse com surpresa sua alta hierarquia social. Mas algum vício, e o maior de todos, a falta de vontade que a nenhum permite resistir, aqui os reunia, em quartos isolados, é verdade, mas, segundo me afirmaram, todas as noites, tanto que, apesar de serem seus nomes familiares às senhoras da sociedade, estas os haviam pouco a pouco perdido de vista e nunca tinham o ensejo de os receber em suas casas. Convidavam-nos ainda, mas o hábito os prendia ao antro heterogêneo. Não guardavam aliás disso grande reserva, ao contrário dos pequenos mensageiros, operários etc., que lhes satisfaziam os caprichos. E, além de outras razões fáceis de adivinhar, a seguinte razão explica essa diferença de conduta. Para um empregado de fábrica, para um doméstico, frequentar este hotel equivalia, para uma mulher honesta, a ir a uma casa de tolerância. Os que confessavam haver estado lá protestavam não ter voltado, e o próprio Jupien, mentindo para lhes salvar a reputação ou evitar concorrência, assegurava: "Oh! não, ele nunca vem aqui, nem viria em caso algum". Para os homens de sociedade, os riscos eram menores, tanto mais quanto a gente de sua roda estranha ao lupanar nem sequer lhe suspeitava da existência, e não se ocupava com a vida alheia. Enquanto que numa empresa de aviação, se determinados mecânicos tivessem ido ao lupanar, os colegas que os espionavam por nada neste mundo gostariam de ir até lá, com medo de que isso fosse descoberto.[133]

Aproximando-me de casa, eu refletia sobre a efêmera colaboração da consciência em nossos hábitos, que deixa crescerem livremente, e sobre como, por isso, nos surpreendem, quando observadas apenas de fora e no pressuposto de que por elas responda o indivíduo todo, as ações de homens cujas qualidades morais e intelectuais se podem entretanto desenvolver independentemente uma das outras, tomando rumos divergentes. Era, sem dúvida, algum erro de educação, ou a ausência total desta, a que se somava o desejo de ganhar dinheiro do modo, senão o menos penoso (pois muitos trabalhos devem, afinal, ser mais suaves: mas o doente, por exemplo, não tece, com manias,[134] privações e remédios, uma existência ainda mais triste do que o exigiria a moléstia talvez branda contra a qual pretende lutar?), em todo caso o menos trabalhoso possível, que induzira aqueles "pequenos" a prestar-se, por assim dizer inocentemente, e por salário medíocre,

---

133 A partir de "Enquanto que numa empresa de aviação" é acréscimo da atual edição.
134 Substantivo acrescentado à edição atual.

a práticas que não lhes causavam o menor prazer e lhes deveriam, de começo, ter inspirado a mais viva repugnância. Poderiam por isso ser tachados de fundamentalmente maus, mas não só foram na guerra soldados maravilhosos, incomparáveis "bravos", como muitas vezes revelaram, na vida civil, bons sentimentos, senão bom caráter. Já não distinguiam o aspecto moral ou imoral da vida que levavam, porque era a de seu meio. Assim, ao estudar determinados períodos da história antiga, espanta-nos saber que indivíduos pessoalmente bons participaram sem escrúpulo de assassínios em massa, de sacrifícios humanos, então provavelmente considerados naturais.

Os quadros pompeanos da casa de Jupien adaptavam-se aliás muito bem, por evocarem o fim da Revolução Francesa, a época semelhante ao Diretório que se iniciava. Desde já, antecipando a paz, ocultando-se no escuro para não desrespeitar abertamente as ordens da polícia, danças novas por toda parte se organizavam, desencadeavam-se dentro da noite. Ao mesmo tempo, certas opiniões artísticas, menos antigermânicas do que nos primeiros anos da guerra, expandiam-se como para permitir aos espíritos abafados respirarem livremente, mas, para ousar manifestá-las, era mister possuir cartas de civismo. Um escritor escrevia sobre Schiller um livro notável, do qual davam notícia os jornais. Mas antes de qualquer comentário sobre o autor, declarava-se, à guisa de imprimátur, que estivera no Mame, em Verdun, fora citado cinco vezes e perdera dois filhos em combate. Só então gabava-se a clareza, a profundidade de seu estudo sobre Schiller, a quem se podia qualificar de "grande", tendo contudo o cuidado de dizer, em vez de "grande alemão", "grande boche". Obedecendo a essa senha, o artigo era publicado.

Nossa época, a quem lhe ler a história daqui a dois mil anos, dará sem dúvida a impressão de haver mergulhado certas consciências sensíveis e puras num meio vital depois verificado monstruosamente pernicioso, mas no qual não se sentiam contrafeitas. Por outro lado, eu não conhecia ninguém mais rico em inteligência e sensibilidade do que Jupien;[135] porque o delicioso amálgama que lhe compunha a trama espiritual da palestra não provinha dos estudos secundários ou universitários desperdiçados por tantos rapazes bem-nascidos, com os quais se teria certamente tornado ilustre. Só com o puro senso inato, com o gosto instintivo, e raras leituras feitas ao acaso, sem guia, em momentos de lazer, construíra aquela locução precisa, na qual todas as simetrias da linguagem se deixavam surpreender e desvendavam sua beleza. E, não obstante, o ofício que exercia, talvez dos mais lucrativos, era com certeza o mais ignóbil. Quanto ao sr. de Charlus, embora o orgulho aristocrático lhe conferisse o maior desprezo pela opinião alheia, como não o forçara certo sentimento de dignidade pessoal a recusar à sua sensualidade satisfações que só a demência completa desculparia? Mas, nele como em Jupien, o hábito de excluir da moralidade toda uma série de atos (o que, diga-se de passagem, ocorre também em várias funções, nas dos juízes por vezes, por vezes nas dos estadistas e tantas outras) devia ser antigo, e, não ouvindo nunca o senso moral, agravara-se dia a dia, até aquele em que esse Prometeu voluntário se deixou atar pela Força ao Rochedo da pura matéria.

Sem dúvida, não me escapava constituir esta uma nova fase da moléstia do sr. de Charlus, a qual, desde que se me tornara visível, e a julgar pelas diversas etapas percorridas, evoluía com rapidez crescente. O pobre barão não devia andar agora muito longe de seu termo, da morte, mesmo se esta, contrariando as predições e os votos da sra. Verdurin, não sucedesse a um envenenamento que em tal idade só poderia apressar o fim. Todavia, talvez eu tenha sido inexato ao dizer: Rochedo da pura matéria. Nessa pura matéria, é possível que sobrenadassem ainda uns restos de espírito. Aquele louco sabia-se, apesar de tudo, louco, presa

---

135 A edição de 1989 traz uma versão diferente para esse trecho: "Por outro lado, conhecia poucos homens, posso mesmo dizer que não conhecia ninguém que, no tocante à relação entre inteligência e sensibilidade, fosse tão bem dotado quanto Jupien".

de desvario em certos momentos, já que tinha a certeza de não ser quem o açoitava mais perverso do que o menino designado pela sorte, nos brinquedos de guerra, para fazer de "prussiano", sobre o qual os outros se atiram num ardor de patriotismo verdadeiro e fúria fingida. Mas nessa insânia subsistiam traços da personalidade do sr. de Charlus. Ainda nas aberrações (como nos amores, nas viagens), a natureza humana deixa perceber, pela busca da verdade, sua sede de crença. Se me acontecia falar a Françoise de uma igreja de Milão — onde provavelmente jamais iria — ou da catedral de Reims, e até da de Arras, que já não poderia conhecer, visto estarem meio destruídas, ela se punha a invejar os ricos a quem era dado contemplar tais tesouros, e exclamava, num lamento nostálgico: "Ah! como tudo isso deve ser belo!", apesar de, morando em Paris há tantos anos, nunca ter tido a curiosidade de visitar a Notre-Dame. E que a Notre-Dame fazia justamente parte de Paris, da cidade onde lhe transcorria a vida cotidiana, e onde por conseguinte era difícil a nossa velha criada — como seria a mim, se o estudo da arquitetura não me houvesse corrigido em alguns pontos os instintos de Combray — situar os objetos de seus sonhos. Existe, imanente às pessoas que amamos, um sonho que nem sempre claramente discernimos, mas buscamos. Minha fé em Bergotte, em Swann, me fizera amar Gilberte, minha fé em Gilbert le Mauvais me fizera amar a sra. de Guermantes. E que larga extensão de mar compreendia meu amor, mesmo o mais doloroso, o mais cioso, o mais individualizado aparentemente, o que senti por Albertine! Devido, aliás, precisamente à ânsia de captar o elemento individual, os amores pelas criaturas têm algo de aberrante. E as próprias doenças corporais, ao menos as relacionadas com o sistema nervoso, talvez sejam uma espécie de inclinações ou temores particulares, contraídos por nossos órgãos, nossas articulações, que parecem tomar a determinados climas um horror tão inexplicável e persistente como a predileção de certos homens pelas mulheres que usam lorgnon, por exemplo, ou pelas amazonas de circo. O desejo, sempre excitado pela vista de uma mulher a cavalo, quem sabe a que sonho duradouro e inconsciente se liga, tão inconsciente e misterioso como, para quem sofreu toda a vida de acessos de asma, a influência de tal cidade, na aparência semelhante às outras, onde pela primeira vez se respira livremente.

Ora, as aberrações são como amores nos quais a tara mórbida tudo cobriu, a tudo contaminou. Ainda na mais louca, reconhece-se o amor. No fundo da insistência do sr. de Charlus em exigir para os pés e mãos correntes de comprovada solidez, em reclamar o pelourinho e, segundo me informou Jupien, instrumentos de tortura difíceis de encontrar-se, ainda com a ajuda de marinheiros — pois serviam para castigos já abolidos até a bordo dos navios, onde é mais rigorosa a disciplina —, havia, intato, seu sonho de virilidade atestada, se necessário, por atos brutais, havia, invisíveis para nós, perceptíveis, porém, por alguns reflexos, as iluminuras interiores, com cenas e acessórios de suplícios, que lhe decoravam a imaginação medieval. Obedecia ao mesmo sentimento quando, ao chegar, dizia a Jupien: "Não haverá alarme, ao menos esta noite, pois já me vejo calcinado pelo fogo celeste, como um habitante de Sodoma". E afetava temer os gothas, sem sombra de medo, apenas como pretexto para, mal soavam as sirenes, precipitar-se aos abrigos do metrô, a descontar o prazer dos contatos no escuro, misturado a vagos devaneios de subterrâneos medievais e de *in pace*. Em suma, o desejo de ser algemado, açoitado, embora repulsivo, traía sonho tão poético como onde ir a Veneza ou ter uma amante dançarina, que a outros moviam. E o sr. de Charlus ansiava tanto por conferir a tal sonho um vislumbre de realidade que Jupien se viu obrigado a vender a cama de madeira do quarto 43, substituindo-a por uma de ferro, com as correntes.

O toque tranquilizador soou quando eu chegava em casa. Um garoto comentava o espalhafato dos bombeiros. Encontrei Françoise voltando da adega com o copeiro. Julgara-me morto. Disse-me que Saint-Loup entrara um instante, desculpando-se, para saber se, na visita que me fizera de manhã, não teria deixado cair a sua cruz de guerra. Acabava de verificar que a perdera e, devendo regressar a seu posto no dia seguinte, quisera ver se, por acaso, não teria ficado em minha casa. Procurara-a por toda parte com Françoise, mas não a achara. Françoise pensava que a devia ter perdido antes de vir visitar-me, porque, afirmava, estava certa, poderia até jurar que já o tinha visto sem a cruz. No que se enganava. Eis o valor dos testemunhos e das recordações. De resto, isto não tinha muita importância. Saint-Loup era tão considerado por seus superiores quanto por seus subordinados, e a questão seria resolvida facilmente.[136]

Percebi, aliás, logo, pelo pouco entusiasmo com que a ele se referiam, que Saint-Loup causara medíocre impressão a meus dois empregados. Evidentemente, todos os esforços do filho do copeiro e do sobrinho de Françoise para fugir ao serviço, Saint-Loup os fizera em sentido inverso, e com bom êxito, ávido de expor-se ao perigo. Era o que, julgando por si, não admitiam nem um nem outra. Estavam convencidos de que os ricos ocupavam sempre postos ao abrigo de qualquer risco. Mas, mesmo que soubessem da verdade sobre a coragem heroica de Robert, não se comoveriam. Não chamava os alemães de *boches*, elogiava-lhes a valentia, não atribuía à traição o fato de não termos vencido logo no primeiro dia. E era o que gostariam de ouvir, o que lhes parecia prova de bravura. Por isso, enquanto continuavam a procurar a cruz de guerra, não me esconderam sua frieza para com Robert, a mim que suspeitava onde fora esquecida. Todavia, se Saint-Loup buscara distrações naquela noite, fora só à guisa de paliativo, pois, possuído pelo desejo de rever Morel, e certo de que este se apresentara, recorrera a todas as suas relações para saber em que regimento estaria, a fim de visitá-lo, não tendo recebido até agora senão respostas contraditórias. Aconselhei a Françoise e ao copeiro que fossem se deitar. Mas este atardava-se junto de Françoise depois que a guerra lhe fornecera, para atormentá-la, um

136 A partir de "De resto", acréscimo da edição atual.

meio ainda mais eficaz do que a expulsão das ordens religiosas e a questão Dreyfus. Aquela noite, como sempre que os ouvi conversar nos últimos dias de minha permanência em Paris, antes de ir para uma outra clínica,[137] surpreendi-o a dizer a Françoise, apavorada: "Eles não têm pressa, é claro, esperam que o fruto amadureça para tomar Paris, mas quando entrarem aqui não terão dó nem piedade!". "Meu Deus, Virgem Maria!", exclamava ela, "não lhes basta a conquista da pobre Bélgica, que padeceu tanto com a 'invadição'!" "A Bélgica, Françoise? Mas o que fizeram na Bélgica não foi nada em comparação com o que farão aqui." E até, tendo a guerra introduzido no mercado verbal da gente do povo uma quantidade de termos que só conhecia de vista, e cuja pronúncia portanto ignorava, o copeiro acrescentava: "Não consigo entender como esse mundo é louco...[138] Você há de ver, Françoise, eles preparam um ataque de muito maior 'envergadura' do que os outros". Insurgindo-me eu, senão em nome da misericórdia para com Françoise e do bom senso estratégico, ao menos no da gramática, e declarando que se devia pronunciar "enverjadura", só obtive o resultado de, cada vez que entrava na cozinha, ouvi-lo repetir a frase terrível, pois, quase tanto quanto assustar a companheira, deleitava-o mostrar ao patrão que, embora antigo jardineiro de Combray e simples copeiro, era bom francês de Saint-André-des-Champs, e ganhara com a Declaração dos Direitos do Homem a liberdade de pronunciar "enverjadura" quanto quisesse, e de não receber ordens em matéria estranha ao serviço, da qual, em consequência da Revolução, não devia contas a ninguém, já que era meu igual.

Passei, pois, pelo dissabor de ouvi-lo falar a Françoise de operações de grande "enverjadura", com insistência destinada a provar-me que tal pronúncia provinha não da ignorância, mas de

---

137 O trecho "antes de ir para uma outra clínica" é acréscimo da edição atual.

138 A frase "Não consigo entender como esse mundo é louco" é acréscimo da edição atual.

uma deliberação maduramente pesada. Confundia o governo e os jornais no mesmo "se" a transbordar desconfiança, dizendo: "Fala-se das perdas dos boches, mas não se fala das nossas, parece que são dez vezes maiores. Diz-se que eles estão perdendo o fôlego, que não têm o que comer, e eu acho que têm cem vezes mais alimentos do que nós. Não adianta virem com engodos. Se não tivessem o que comer, não lutariam como outro dia, quando mataram mais de cem mil rapazes de menos de vinte anos". Exagerava assim continuamente os triunfos alemães, como outrora os dos radicais; narrava-lhes as atrocidades juntamente com as vitórias, a fim de tornar estas mais penosas a Françoise, que não cessava de repetir: "Ah! Santa Mãe dos Anjos! Ah! Maria, Mãe de Deus!". Por vezes, buscando outro modo de lhe ser desagradável, dizia: "Aliás, nós não somos melhores do que eles; o que fazemos na Grécia equivale ao que fizeram na Bélgica. Você há de ver o mundo inteiro virar-se contra nós, sermos obrigados a enfrentar todas as nações", quando se dava exatamente o oposto. Se eram favoráveis as notícias, sua desforra consistia em garantir a Françoise que a guerra duraria 35 anos, e, se paz houvesse, seria breve, ao cabo de poucos meses interrompida por batalhas junto das quais as atuais passavam de brinquedos de criança, que arrasariam totalmente a França.

A vitória dos Aliados parecia, se não próxima, pelo menos quase certa, e é mister confessar que isso desolava o copeiro. Porque, tendo reduzido a guerra "mundial", como tudo o mais, àquela que movia surdamente a Françoise (de quem gostava como se pode gostar de alguém que diariamente, perdendo nos dominós, fornece o espetáculo rejubilante de sua irritação), a Vitória assumia a seus olhos o aspecto da primeira conversa em que teria o desgosto de ouvir Françoise dizer: "Afinal, está tudo acabado e eles vão ter de nos pagar mais do que nós lhes pagamos em 70". Nunca duvidara, aliás, da chegada desse tempo fatal, fazendo-o, o patriotismo inconsciente, como a todos os franceses, vítimas da mesma miragem que eu, depois de doente, esperar sempre a vitória — como minha cura — para o dia seguinte. Tomando a dianteira, anunciava a Françoise que a vitória viria, mas lhe faria sangrar o coração, pois seria seguida pela Revolução e pela invasão. "Desta maldita guerra, os boches serão os únicos a se refazer depressa, Françoise, ela já lhes rendeu centenas de milhares. Mas que espichem um sou para nós, que vã esperança! Os jornais hão de dizer que deram", acrescentava prudentemente, a fim de precaver-se contra qualquer eventualidade, "para acalmar o povo, como há três anos anunciam para o dia seguinte o fim da guerra. Não sei como há gente bastante tola para acreditar em tudo isso."[139] Françoise impressionava-se tanto mais com essas palavras quanto efetivamente, tendo confiado mais nos otimistas do que no copeiro, via a guerra que, apesar da" 'invadição' da pobre Bélgica", imaginara acabada em quinze dias, prosseguir e parecer estacionária, pelo fenômeno, que não entendia, da fixação das frentes, e um dos inúmeros "afilhados", a quem dava tudo quanto ganhava em nossa casa, lhe garantia que se escondia do povo muita coisa. "Tudo isso recairá sobre os trabalhadores", concluía o copeiro. "Tomarão suas terras, Françoise." "Ah! Senhor Deus!" Mas às desgraças longínquas ele preferia as próximas, e devorava os jornais na esperança de poder anunciar uma derrota a Françoise. Procurava as más notícias como ovos de Páscoa, desejando-as bastante sérias para assustar Françoise, mas não tanto que causassem a ele danos materiais. Assim, apreciaria uma incursão de zepelins, para ver Françoise correr à adega, e porque se persuadira de que, numa cidade tão grande como Paris, as bombas não escolheriam precisamente nossa casa.

Françoise, todavia, mostrava-se por momentos novamente imbuída de seu pacifismo de Combray. Chegava quase a duvidar das "atrocidades alemãs". "No começo da guerra, todos apresentavam os alemães como assassinos, salteadores, verdadeiros bandidos, bbboches..." (punha vários *b* em boches, porque, se julgava

---

139 Aqui, a edição de 1989 suprimiu essa frase, talvez por ser bastante semelhante ao acréscimo anterior.

plausíveis os crimes imputados aos alemães, a acusação de serem boches lhe parecia quase inverossímil, de tão grave). Era apenas difícil compreender que sentido misteriosamente aterrador emprestava à palavra *boche*, ligando-a ao início da guerra, pronunciando-a com ar incrédulo. Porque a dúvida da criminalidade dos alemães poderia ser infundada, mas não encerrava, do ponto de vista lógico, a menor contradição. Mas como duvidar de que fossem boches, se o vocábulo, na linguagem popular, significa precisamente alemão? Talvez ela não fizesse senão repetir, em estilo indireto, as frases violentas que então ouvira, nas quais com ênfase especial se acentuava a palavra *boche*. "Acreditei em tudo isso", confessava, "mas agora chego a perguntar se não seremos tão patifes como eles." Esse pensamento blasfemo lhe fora insidiosamente insinuado pelo copeiro, que, vislumbrando na companheira certa simpatia pelo rei Constantino da Grécia, não se fartava de pintá-lo privado por nós de alimento até o dia em que cedesse. Por isso a abdicação do soberano comovera Françoise, que não hesitava em declarar: "Não somos melhores do que eles. Se estivéssemos na Alemanha, faríamos o que fazem".

Durante os últimos dias, pouco a vi, aliás, pois estava quase sempre em casa daqueles seus primos, dos quais mamãe me dissera uma vez: "Sabes? são mais ricos do que tu". Assistimos então a algo de belíssimo, frequente em todo o país, e que, perpetuado por algum historiador, testemunharia da grandeza da França, de sua grandeza, de alma, de sua grandeza segundo Saint-André-des--Champs, a animar tanto os civis sobreviventes na retaguarda quanto os soldados caídos no Marne. Um sobrinho de Françoise, morto em Berry-au-Bac, era sobrinho também desses primos milionários, antigos proprietários de botequins, há muito retirados, com fortuna feita, do comércio. Morrera, e era um pequeno negociante pobre, que, mobilizado aos vinte e cinco anos, deixara a jovem esposa cuidar sozinha do bar modesto para onde esperava voltar dentro de alguns meses. E morrera. Deu-se então o seguinte. Os primos milionários de Françoise, que não tinham o menor parentesco com a moça, viúva de seu sobrinho, deixaram o campo, onde há dez anos repousavam, e recomeçaram a trabalhar, sem ganhar um vintém; todas as manhãs, às seis horas, a mulher milionária, verdadeira dama, estava vestida, bem como a filha "senhorita", prontas ambas para ajudar a sobrinha e prima afim. E há três anos lavavam copos e atendiam a freguesia, da manhã às nove e meia da noite, sem um dia de descanso. Neste livro, onde não há um fato que não seja fictício, nem uma só personagem real, onde tudo foi inventado por mim segundo as necessidades do que pretendia demonstrar, devo declarar, em louvor de minha terra, que só os parentes milionários de Françoise, renunciando à aposentadoria para auxiliar a sobrinha desamparada, só eles são pessoas verdadeiras, só eles de fato existem. E, persuadido de não ofender sua modéstia, já que nunca o lerão, é com prazer infantil e profunda emoção que, não podendo citar os nomes de tantos outros, que devem ter feito o mesmo e graças aos quais sobreviveu a França, registro aqui o seu: chamam-se Larivière, apelido, diga-se de passagem, bem francês. Se houve vis *embusqués*, como o moço de smoking que encontrei no hotel de Jupien, cuja única preocupação consistia em saber se Léon estaria livre às dez e meia "porque ia almoçar fora", resgata-os a turba inumerável dos franceses de Saint-André-des-Champs, dos soldados sublimes aos quais equiparo os Larivière.

O copeiro, para atiçar as aflições de Françoise, desencavara velhos números de *Lectures pour tous*, em cujas capas (datavam de antes da guerra) aparecia a "família imperial da Alemanha". "Contemple seu futuro amo", dizia a Françoise mostrando-lhe "Guilherme". Ela arregalava os olhos e depois, passando à figura feminina colocada ao lado do Kaiser, exclamava: "Esta é a Guilhermina!". O ódio de Françoise pelos alemães era extremo; só era temperado pelo ódio que lhe inspiravam nossos ministros. E não sei se ela desejava com mais ardor a morte de Hindenburg ou a de Clemenceau.[140]

---

140 A partir de "O ódio de Françoise", acréscimo da edição atual.

Retardou minha partida de Paris uma notícia que me abalou a ponto de impedir-me por algum tempo de viajar. Soube, com efeito, da morte de Robert de Saint-Loup, dois dias após voltar ao front, quando protegia a retirada de seus homens. Nunca ninguém participara menos do que ele do ódio coletivo por um povo (e, quanto ao imperador, por motivos particulares, e talvez falsos, pensava que procurara antes impedir a guerra do que desencadeá-la). Tampouco odiava o germanismo; as últimas palavras que o ouvi proferir, havia seis dias, eram as primeiras de um *lied* de Schumann, cantaroladas em alemão em minha escada, tanto que, por causa dos vizinhos, lhe pedi que se calasse. Habituado pela educação perfeita a podar sua conduta de qualquer apologia, qualquer invectiva, qualquer excesso verbal, desprezara diante do inimigo, como no momento da mobilização, o que lhe poderia ter salvo a vida, levado por aquele esquecimento de si mesmo diante dos fatos que simbolizavam seus menores gestos, até a maneira de fechar a porta de meu fiacre, quando, sem chapéu, me acompanhava sempre que eu saía de sua casa. Permaneci vários dias fechado no quarto, pensando nele. Lembrava-me de sua chegada, pela primeira vez, em Balbec, vestido de flanela clara, com olhos esverdeados e buliçosos como o mar, atravessando o hall contíguo ao salão de jantar, cujas janelas envidraçadas abriam sobre a praia. Evocava a criatura à parte que então me pareceu, cuja amizade tanto desejei. Esse desejo se realizara além do que eu poderia jamais esperar, sem contudo me causar então maior prazer, só mais tarde tendo-lhe eu percebido os grandes méritos, ocultos, como tanta coisa mais, sob a aparente tafulice. Tudo isso, o bom como o mau, ele esbanjara sem contar, todos os dias, e mormente no último, quando atacou uma trincheira por generosidade, pondo a serviço de outrem tudo quanto possuía, como na noite em que percorrera todos os sofás do restaurante, para não me incomodar. E tê-lo visto, em suma, tão pouco, em sítios tão vários, em circunstâncias tão diversas e separadas por longos intervalos, naquele hall de Balbec, no café de Rivebelle, no alojamento dos oficiais de cavalaria e nos jantares militares em Doncières, no teatro onde esbofeteara um jornalista, em casa da princesa de Guermantes, dava-me, de sua vida, quadros mais sugestivos, mais nítidos, da sua morte um sofrimento mais lúcido do que os em regra deixados por pessoas mais amadas, vistas, porém, tão continuamente que a imagem se lhes dilui numa espécie de vaga média de uma infinidade de figuras insensivelmente diferentes, e que nossa afeição, satisfeita, não nutre a seu respeito, como ao dos que só avistamos em momentos fugazes, durante encontros interrompidos a seu e nosso despeito, a ilusão da possibilidade de uma afeição maior, burlada apenas pelas contingências. Poucos dias depois de tê-lo contemplado a correr atrás do monóculo, no hall de Balbec, e de o ter suposto tão orgulhoso, outra forma viva, que também já não existe senão em minha memória, me aparecera pela primeira vez na praia de Balbec: Albertine, calcando a areia naquela tarde inicial, indiferente a todos, marítima como uma gaivota. A ela, amei-a logo, tanto que, para poder passear diariamente em sua companhia, não fui, de Balbec, visitar Saint-Loup. E entretanto a história de minhas relações com ele prova também que em certa época eu deixara de amar Albertine, pois para ir passar algum tempo com Robert, em Doncières, moveu-me o desgosto de não ser correspondido o sentimento que nutria pela sra. de Guermantes. Sua vida e a de Albertine, tão tarde por mim conhecidas, ambas em Balbec, e tão depressa terminadas, apenas se haviam cruzado; foi ele, dizia de mim para mim, observando como as lançadeiras ágeis do tempo tecem fios entre as lembranças que nos pareciam a princípio mais independentes, foi ele que encarreguei de ir à casa da sra. Bontemps quando Albertine me deixou. E sucedia que aquelas duas vidas tinham segredos paralelos, por mim insuspeitados. O de Saint-Loup me penalizava talvez mais do que o de Albertine, cuja existência se me tornara tão estranha. Mas não me conformava com a brevidade de ambas. Tanto uma como outra me repartiam frequentemente, cercando-me de cuidados: "Você que é doente". E foram eles a morrer, eles, dos quais me era fácil, separadas por intervalos afinal tão curtos, evocar a imagem derradeira, na trincheira ou após a queda, e a primeira, que, mesmo no caso de Albertine, só valia agora para mim por associar-se à do poente no mar.

Françoise recebeu com mais pesar a notícia da morte de Saint-Loup do que a de Albertine. Assumindo suas funções de carpideira, celebrou a memória do finado com lamentos desesperados e fúnebres cantilenas. Ostentava sua dor e só assumia um ar seco, virando o rosto, quando eu deixava perceber a minha, que afetava não notar. Pois, como muitas pessoas nervosas, o nervosismo alheio, sem dúvida por demais semelhante ao seu, repugnava-lhe. Gostava agora de salientar seus mais ligeiros torcicolos, uma tonteira, um esbarrão. Mas, se eu aludia a um de meus males, de novo estoica e severa, fingia não ouvir.

"Pobre marquês", repetia, embora não pudesse deixar de pensar que ele deveria ter tentado o impossível para não partir, e, uma vez nas fileiras, para fugir ao perigo. "Pobre senhora", acrescentava, referindo-se à sra. de Marsantes, "como deve ter chorado ao saber da morte do filho! Ainda se o tivesse podido ver, mas talvez tenha sido melhor assim, porque ele ficou com o nariz partido em dois, completamente desfigurado." E os olhos de Françoise se enchiam de lágrimas, através das quais filtrava, porém, a curiosidade cruel da camponesa. Sem dúvida, compadecia-se de todo o coração com a dor da sra. de Marsantes, mas lamentava não poder verificar a forma por que sofria, assistir-lhe ao espetáculo da aflição. E, querendo chorar, e que eu a visse chorando, disse para enternecer-se: "Isso mexe comigo!". Em mim também espreitava os sinais de sofrimento com tal avidez que me obrigou a simular certa secura ao falar de Robert. E sem dúvida por espírito de imitação, já tendo ouvido coisa semelhante, pois as frases feitas imperam nas cozinhas como nos cenáculos, repetia, não sem certa satisfação de pobre: "Todas as suas riquezas não o impediram de morrer como qualquer outro e não lhe adiantam mais nada". O copeiro aproveitou o ensejo para observar que essa morte, apesar de lamentável, nada significava diante dos milhões de perdas diárias, que o governo procurava ocultar. Desta feita não logrou, contudo, como desejava, aumentar a tristeza de Françoise. Pois esta retrucou: "É verdade que morrem também pela França, mas são desconhecidos. É mais interessante quando se trata de gente conhecida". E, porque gostava de chorar, recomendou: "Não se esqueça de avisar-me se falarem da morte do marquês nos jornais".

Robert me dissera muitas vezes, melancolicamente, antes da guerra: "Oh! nem vale a pena falar de minha vida, sou um homem de antemão condenado". Aludiria ao vício que conseguira até então esconder de toda gente, e cuja gravidade talvez exagerasse, como os meninos que, praticando pela primeira vez o amor, ou, antes disso, buscando prazeres solitários, imaginam-se semelhantes às plantas que não podem disseminar seu pólen sem morrer logo em seguida? Talvez esse exagero proviesse, em Saint--Loup como nos adolescentes, tanto da ideia do pecado com a qual não se está ainda familiarizado, como do fato de as sensações inteiramente novas possuírem uma força quase terrível que depois vai se atenuando. Ou, quem sabe, teria, justificado pelo exemplo do pai falecido ainda jovem, o pressentimento do fim prematuro? Tem-se sem dúvida por impossível tal pressentimento. Mas a morte parece obedecer a certas leis. Dir-se-ia, às vezes, que, por exemplo, os seres nascidos de pais mortos muito velhos ou muito moços desaparecem quase forçosamente na mesma idade, os primeiros arrastando até o centenário desgostos e doenças incuráveis, os segundos, a despeito de uma existência feliz e higiênica, levados na data inevitável e precoce por um mal tão oportuno e acidental (embora com raízes profundas no temperamento) que mais parece a formalidade indispensável à realização da morte. E não seria possível que a própria morte acidental — como a de Saint-Loup, ligada, aliás, talvez ao seu caráter por mais aspectos do que julguei necessário dizer — fosse, também ela, inscrita previamente, conhecida tão somente pelos deuses, invisível aos homens, mas revelada por uma tristeza especial, meio inconsciente, meio consciente e, ainda nesse caso, comunicada aos outros com a sinceridade completa com que anunciamos desgraças às quais, no foro íntimo, julgamos poder escapar, e entretanto sucederão), de quem traz em si e sem cessar a vislumbra, como um marco, a data fatal.

Devia ter sido belo naqueles vinte minutos derradeiros; ele que, ainda sentado, ainda movendo-se num salão, parecia sempre conter o ímpeto de um assalto, dissimulando sob o sorriso a vontade implacável a transparecer-lhe na cabeça triangular lançara-se, afinal, ao assalto. Não mais obstruído pelos livros, tornara a ser militar o torreão feudal. E esse Guermantes morrera mais ele mesmo, ou, melhor, mais de sua raça, na qual ele se enraizava,[141] na qual ele era exclusivamente um Guermantes, como simbolicamente patenteou o enterro, na igreja de Saint-Hilaire de Combray, toda forrada de preto, onde se destacavam em vermelho, sob a coroa fechada, sem iniciais de prenomes, o G do Guermantes que pela morte voltara a ser.

Antes de ir ao enterro, que não se realizou logo, escrevi a Gilberte. Deveria talvez ter escrito à duquesa de Guermantes, mas dizia com meus botões que ela acolheria a morte de Robert com a mesma indiferença já manifestada pelas de tantos outros que pareciam estreitamente ligados a sua vida, procurando, com o feitio mental dos Guermantes, mostrar-se acima da superstição dos laços de sangue. Eu estava muito fraco para escrever a todo mundo. Julgara-os outrora muito amigos, ela e Robert, no sentido que à amizade se dá entre mundanos, isto é, o de, quando juntos, trocarem palavras meigas, naquele momento sinceras. Separados, porém, ele não vacilava em declará-la idiota, e ela, se sentia por vezes em vê-lo um prazer egoísta, já se me revelava incapaz de tomar o menor incômodo, de usar, mesmo ligeiramente, de seu prestígio para servi-lo, até para evitar-lhe uma infelicidade. A maldade que lhe

---

141 O trecho "na qual ele se enraizava" é acréscimo da edição atual.

demonstrara ao recusar recomendá-lo ao general de Saint-Joseph, quando Robert ia para Marrocos, reduziu a dedicação que lhe testemunhara por ocasião de seu casamento a uma espécie de compensação nada custosa. Espantou-me por isso saber que, achando-se ela enferma quando Robert morreu, haviam julgado necessário, a fim de evitar-lhe o choque dessa notícia, esconder-lhe durante vários dias (sob os mais fúteis pretextos) os jornais que a poderiam dar a conhecer. Mas minha surpresa cresceu ao saber que, afinal a par da verdade, a duquesa chorara um dia inteiro, ficara de cama, e levara muito tempo — para ela, mais de uma semana era muito tempo — a consolar-se. Comoveu-me seu desgosto. Todo mundo, por isso, repetiu, e eu afirmei, que os unia uma grande amizade. Lembrando-me, todavia, das pequenas censuras, da má vontade em se prestarem um ao outro que esta incluía, convenci-me da pequena valia de uma grande amizade entre mundanos.

Aliás, pouco mais tarde, em circunstância que, se me tocava menos o coração, tinha maior importância histórica, a sra. de Guermantes mostrou-se, a meu entender, sob um aspecto ainda mais favorável. Ela que, em solteira, como se devem lembrar, testemunhara à família imperial da Rússia tão impertinente audácia, e que, casada, se dirigia sempre a seus membros com uma liberdade frisando a falta de tato da qual por vezes a acusaram, foi, após a Revolução Russa, a única a cercar grã-duquesas e grão-duques de uma dedicação sem limites. Ainda um ano antes da guerra irritara profundamente a grã-duquesa Wladimir, porque chamava a condessa de Hohenfelsen, esposa morganática do grão-duque Paul, de "grã-duquesa Paul". O que não a impediu de, mal rebentou a Revolução Russa, crivar de telegramas nosso embaixador em Petersburgo, o sr. Paléologue ("Paléo" para o mundo diplomático, que também usa abreviaturas tidas por espirituosas), para ter notícias da grã-duquesa Marie Pavlovna.[142] E

---

142 O embaixador francês, Maurice Paléologue, aparece no livro como conviva da duquesa de Guermantes. Testemunha no processo Dreyfus e grande analista do

durante muito tempo as provas de simpatia e respeito — recebidas sem cessar por essa princesa provinham exclusivamente da sra. de Guermantes.

Saint-Loup provocou, senão ao morrer, ao menos pelo que fizera nas semanas precedentes, sofrimentos maiores do que o da duquesa. Com efeito, no dia seguinte a meu encontro com o sr. de Charlus, naquele em que o barão dissera a Morel:[143] "Eu me vingarei!", os esforços de Saint-Loup para descobrir Morel tiveram êxito — isto é, levaram o general sob cujas ordens deveria servir Morel a verificar-lhe a deserção, a mandá-lo procurar e prender, escrevendo a Saint-Loup para desculpar-se do castigo que aguardava seu protegido. Morel atribuiu sua prisão ao ódio do sr. de Charlus. Lembrou-se de suas palavras: "Eu me vingarei!", cuidou ser aquela a vingança, e disse que tinha revelações a fazer. "Não nego", declarou, "que desertei. Mas a culpa será só minha se me desencaminharam?" Contou sobre o sr. de Charlus e o sr. D'Argencourt, com o qual estava também estremecido, histórias em que não se envolvia diretamente, confiadas por aqueles com a dupla indiscrição dos amantes e dos invertidos, provocando a detenção simultânea do sr. de Charlus e do sr. D'Argencourt. A prisão afligiu talvez menos a ambos do que a certeza de serem rivais ignorados um do outro, e de muito mais, numerosos, obscuros, provindos da sarjeta, como provou o processo. Foram, aliás, logo soltos. E Morel também, porque a carta escrita a Saint-Loup pelo general foi devolvida com a seguinte menção: "Falecido, morto em combate". O general quis prestar ao defunto a homenagem de apenas mandar Morel para o front; aí portou-se com bravura, escapou a todos os perigos e, acabada a guerra, voltou com a conde-

processo de hostilidades que conduziria à Guerra, ele é autor de *Un grand tournant dans la politique mondiale, 1904-1906*, livro que mistura análise política das relações internacionais ao relato de recepções mundanas na Paris do início do século. Ver notas sobre Paléologue em *A prisioneira*.

143 A edição de 1989 traz versão diferente para esse trecho: "Com efeito, logo no dia seguinte da noite em que o vira, e dois dias depois que Charlus dissera a Morel".

coração que o sr. de Charlus debalde solicitara outrora para ele, indiretamente devida à morte de Saint-Loup.

Muitas vezes, depois, lembrando-me da cruz de guerra perdida no hotel de Jupien, ocorreu-me que, se Saint-Loup estivesse vivo, seria facilmente eleito deputado logo após a guerra, pois se, graças à espuma de tolice e ao reflexo de glória por esta deixados em seu rastro, um dedo a menos, abolindo séculos de preconceitos, dava acesso, através de casamentos brilhantes, às famílias aristocráticas, a cruz de guerra, ainda ganha em serviços burocráticos, equivalia à profissão de fé necessária para entrar na Câmara dos Deputados,[144] quase na Academia Francesa. A eleição de Saint--Loup, por causa de sua "santa família", teria feito Arthur Meyer verter ondas de lágrimas e tinta. Mas talvez ele amasse demais o povo para conseguir conquistar-lhe os sufrágios, embora lhe fossem sem dúvida perdoadas, em consideração aos títulos de nobreza, as ideias democráticas. Saint-Loup as teria seguramente exposto com grande sucesso a uma câmara de aviadores. Certo, esses heróis o compreenderiam, assim como alguns, muito raros, espíritos superiores. Mas graças à pacificação do Bloc National, haviam também voltado à tona os velhos canastrões políticos, sempre reeleitos. Os que não lograram ingressar na câmara de aviadores mendigaram, ao menos para entrar na Academia Francesa, os votos dos marechais, de um presidente da República, de um presidente da Câmara etc. Estes não teriam sido favoráveis a Saint--Loup, mas o foram a outro freguês de Jupien, o deputado da Action Libérale reeleito sem concorrente. Não despia a farda de oficial do exército territorial, apesar de já estar mais que acabada a guerra. Sua eleição foi saldada com júbilo por todos os jornais promotores da "união" em torno de seu nome, pelas damas nobres e ricas, que o senso das conveniências e o medo dos impostos reduziam a andar pobremente vestidas, ao passo que os homens da

144 A edição de 1989 traz versão diferente para esse trecho: "bastava para entrar, numa eleição triunfal, na Câmara dos deputados".

Bolsa não cessavam de adquirir diamantes, não para as esposas, mas porque, sem confiança no crédito de todo e qualquer povo, refugiavam-se nessa riqueza palpável, determinando assim uma alta de mil francos nas ações da Beers. Tanta tolice chegava a irritar, mas perdoou-se ao Bloc National quando, de súbito, surgiram as vítimas do bolchevismo, as andrajosas grã-duquesas cujos maridos e filhos haviam sido assassinados, uns em carrinho de mão, outros, depois de privados de alimentos e forçados a trabalhar sob vaias, atirados a poços onde os lapidavam, como suspeitos de portadores e transmissores de peste. Os que conseguiram fugir apareceram inopinadamente, acrescentando a este quadro de horrores novos pormenores pavorosos.[145]

A RECEPÇÃO DA PRINCESA DE GUERMANTES

A nova casa de saúde a que então me recolhi, tal como a primeira, não me conseguiu curar; e nela passei muito tempo. No trajeto de trem, a caminho de Paris, a convicção da ausência em mim de dons literários, descoberta outrora nos arredores de Guermantes, verificada com maior tristeza ainda em Tansonville, nos passeios cotidianos com Gilberte, antes de voltar para jantar muito tarde, já noite fechada, e que, na véspera de deixar aquela propriedade, lendo algumas páginas do diário dos Goncourt, eu mais ou menos identificara com a vaidade, a mentira da literatura, essa convicção menos dolorosa talvez, porém mais melancólica quando a atribuía, não à minha própria e peculiar deficiência, mas à inexistência do ideal em que acreditara, essa convicção, que havia muito não me acudia ao espírito, assaltou-me novamente e com força mais acabrunhadora do que nunca. Foi, bem me lembro, numa parada do trem em pleno campo. O sol iluminava até meia altura um ren-

---

145 O final da frase, a partir de "acrescentando", foi eliminado da edição da edição atual.

que de árvores que margeava a estrada de ferro. "Árvores", pensei, "não tendes mais nada a dizer-me, meu frígido coração já não vos ouve. Estou no seio da natureza, e todavia é com indiferença, com tédio que meus olhos contemplam a linha que vos separa a fronde luminosa do tronco sombrio. Se alguma vez me imaginei poeta, agora sei que não o sou. Talvez, na nova fase que se abre em minha vida ressequida, os homens me possam sugerir o que não mais me segreda a natureza. Mas os anos em que porventura me fosse dado cantá-la não voltarão jamais." Ao dar-me, porém, a esperança de uma possível observação humana substituir a inspiração impossível, eu a sabia apenas um consolo, sobre cujo valor não me iludia. Se possuísse realmente alma de artista, que prazer não experimentaria diante dessa cortina vegetal, batida pelo sol poente, diante das humildes flores do talude, a se alçarem até quase o estribo do vagão, cujas pétalas poderia contar, e das quais nem ousaria descrever as cores, como faria um escritor autêntico, pois como tentar transmitir ao leitor um prazer não sentido?

Pouco depois, vira com a mesma apatia as pastilhas de ouro e laranja de que o sol no ocaso criava as janelas de uma casa; enfim, como avançasse o crepúsculo, outra vivenda me pareceu construída com uma substância de um róseo estranho. Mas verificava tudo isso com a mesma indiferença com que, se passeando no jardim ao lado de uma senhora, visse uma folha de vidro, e, mais além, algum objeto de matéria análoga ao alabastro, cuja rara coloração não me vencesse o dolente tédio, e, por polidez para com minha companheira, a fim de dizer alguma coisa e mostrar que notara a cor, designasse de passagem o vidro colorido e o pedaço de estuque. Assim também, por desencargo de consciência, assinalava a mim mesmo, como a alguém que estivesse comigo e fosse mais capaz de apreciá-los, os reflexos de fogo nas vidraças e a transparência rósea da casa. Mas o interlocutor a quem indicava esses efeitos curiosos não possuía sem dúvida o feitio entusiasta das pessoas cordiais, que se deslumbram com tais espetáculos, pois tomou conhecimento das cores sem nenhuma espécie de prazer.

Minha longa ausência de Paris não impedira alguns velhos amigos de continuarem, porque meu nome constava das listas, a mandar-me fielmente convites, e quando ao chegar encontrei — com um convite para o chá dado pela Berma em honra da filha e do genro — um outro para uma recepção, na mesma tarde, na casa do príncipe de Guermantes, as tristes reflexões feitas no trem não foram um dos menores motivos que me aconselharam a ir. Não valia a pena privar-me de vida social, dizia a mim mesmo, já que do famoso "trabalho" ao qual há tanto tempo esperava cada dia consagrar-me no seguinte, eu não não estava, ou já não estava mais à altura, e que talvez até ele não correspondesse a nenhuma realidade. No fundo, esta razão, toda negativa, apenas destruía as que me poderiam desviar do concerto mundano. O que me decidiu a ir foi o nome de Guermantes, bastante afastado de minhas cogitações para que, lido num cartão, me despertasse um lampejo de atenção, suscitasse, nos desvãos de minha memória, um trecho de seu passado, envolto em todas as imagens de florestas senhoriais ou de floridos arbustos que então o escoltavam, e readquirisse para mim o encanto e a significação que lhe emprestava em Combray, quando, ao passar, de volta a casa, pela rue de l'Oiseau, via de fora, como uma laca escura, o vitral de Gilbert le Mauvais, senhor de Guermantes. Por um momento, os Guermantes se me afiguraram de novo completamente diversos da gente de sociedade, não sofrendo confronto com ela, nem com nenhum ser vivo, embora fosse um soberano: reapareciam-me como frutos do cruzamento do ar ácido e virtuoso daquela sombria cidade de Combray onde decorrera minha infância, com o passado que, junto do vitral, aí se vislumbrava na rua estreita. Desejava ir à festa dos Guermantes como se assim me pudesse aproximar da infância e das profundezas da memória onde a avistava. E continuei a reler o convite até que, revoltadas, as letras componentes desse nome familiar e misterioso como o de Combray retomassem sua independência e desenhassem ante meus olhos fatigados um apelido estranho. Como justamente mamãe ia a um chá íntimo em casa da sra. Sazerat, reunião que já sabia que seria muito entediante,[146] não tive o menor escrúpulo em sair para a recepção da princesa de Guermantes.

Tomei um carro, pois o príncipe já não habitava seu antigo palacete, mas outro, magnífico, que mandara construir na avenue du Bois. Erra a gente de sociedade, não entendendo que, para impor-se a nós, deveria começar por ter fé em si mesma ou ao menos respeitar os elementos essenciais de nossa crença. Ao tempo em que, embora me afirmassem o contrário, eu não admitia que os Guermantes habitassem tal ou qual palácio senão em virtude de um direito hereditário, penetrar na morada do feiticeiro ou da fada, ver abrirem-se diante de mim portas que só cedem à fórmula mágica, parecia-me tão difícil como obter uma entrevista com o próprio feiticeiro ou a própria fada. Convencia-me ingenuamente de que o velho criado, alugado na véspera ou fornecido por Potel e Chabot, era filho, neto, descendente dos que muito antes da Revolução já serviam à família, e, com infinita boa vontade, considerava retrato de antepassado o que fora adquirido um mês antes a Bernhei filho. Mas um sortilégio não se transporta, não se dividem recordações, e do príncipe de Guermantes, desde que, ao se mudar para a avenue du Bois, destruíra por si mesmo as ilusões de minha fé, já pouco restava. Os tetos que eu temera ver desabarem ao som de meu nome, e sob os quais vagaria ainda para mim parte do encanto e dos receios de outrora, abrigaríamos saraus de uma americana qualquer. Naturalmente, as coisas não têm poder em si mesmas, e, como somos nós quem o emprestamos a elas, algum jovem colegial burguês experimentaria neste momento, diante da residência da avenue du Bois, sentimentos idênticos aos meus diante da antiga casa do príncipe de Guermantes. Isto, porque ele estaria ainda na idade das crenças, mas eu já a transpusera e fora privado de seus privilégios, como, após a primeira infância, perde-se a faculdade peculiar às crianças de

---

146 Essa oração entre vírgulas é acréscimo da edição atual.

dissociar em frações digeríveis o leite que absorvem, o que lhes permite mamar indefinidamente, sem tomar fôlego, ao passo que, por prudência, os adultos precisam beber leite em pequenas doses. A mudança do príncipe de Guermantes trouxe-me ao menos a vantagem de obrigar o carro que me fora buscar, no qual me vinham estas reflexões, a atravessar as ruas do percurso até os Campos Elísios. Eram muito mal calçadas naquela época, mas, nem por isso, apenas nelas penetrei, deixou de distrair-me de meus pensamentos uma sensação de extrema doçura; dir-se-ia que de repente começara o carro a rodar mais facilmente, mais suavemente, sem ruído, como quando, transposto o portão de um parque, desliza-se sobre alamedas cobertas de fina areia ou de folhas secas; materialmente, nada mudara, mas eu sentia a súbita supressão dos obstáculos exteriores, como se não me fossem mais exigidos os esforços de adaptação ou de atenção que, à nossa revelia, fazemos diante das coisas novas; as ruas já esquecidas por onde passava naquele momento eram as que tomava antigamente com Françoise para ir aos Champs-Élysées. O próprio solo sabia aonde conduzia; sua resistência estava vencida. E, como o aviador até então penosamente preso à terra decola de pronto, eu subia aos poucos para as alturas silenciosas da memória. Em Paris, estas ruas se destacarão sempre para mim, substancialmente diversas das outras. Na esquina da rue Royale, onde se vendiam outrora, ao ar livre, as fotografias tão do gosto de Françoise, pensei que o carro, impulsionado por centenas de curvas antigas, não poderia deixar de virar por si mesmo. Eu não percorria as mesmas ruas que os transeuntes daquele dia, mas um passado escorregadio, triste e doce. Sendo, aliás, composto de tantos passados diferentes, era-me difícil distinguir a causa de minha melancolia, saber se se devia à espera de Gilberte e ao receio de que não viesse, à proximidade de certa casa onde me disseram que Albertine fora com Andrée, à significação de vaidade filosófica[147] que

147 O substantivo "vaidade" é acréscimo da edição atual.

parece assumir um caminho mil vezes seguido com paixão extinta e estéril, como aquele no qual, depois do almoço, eu andava apressadamente, febrilmente, para contemplar, ainda úmidos de cola, os cartazes de *Fedra* e do *Domino noir*. Chegado aos Champs-Élysées, não querendo ouvir todo o concerto dado em casa dos Guermantes, mandei parar o carro, e preparava-me para descer e caminhar um pouco, quando chamou-me a atenção outro carro que também se detinha. Um homem de olhos fixos, muito curvo, antes colocado do que sentado no fundo, fazia para aprumar-se esforços semelhantes aos de uma criança a quem se houvesse recomendado juízo. Mas sob o chapéu de palha via-se uma floresta indômita de cabelos inteiramente brancos, e uma barba branca, como as que a neve põe nas estátuas dos rios dos jardins públicos, escorria-lhe do queixo. Era, ao lado de Jupien, que o cercava de cuidados, o sr. de Charlus, convalescente de um ataque de apoplexia que eu ignorava (soubera apenas que havia perdido a vista, perturbação passageira, pois via de novo muito bem), e, a menos que até então se pintassem e lhe houvessem proibido tal esforço, tendo conseguido, como num precipitado químico, tornar visível e brilhante todo o metal de que se saturavam e lançavam, à guisa de gêiseres, as mechas agora de pura prata da cabeleira e barba, que entretanto conferiam ao velho príncipe decaído a majestade shakespeariana de um rei Lear. Os olhos não escaparam a essa convulsão, a essa alteração metalúrgica da cabeça. Mas, por um fenômeno inverso, haviam perdido todo o brilho. E ainda como via mais sentir-se que esse brilho perdido era o da altivez moral, e, consequentemente, que a existência física e até a intelectual do sr. de Charlus sobrevivia ao orgulho aristocrático, do qual parecera inseparável. Assim, naquele instante, dirigindo-se também sem dúvida à casa do príncipe de Guermantes, passou numa vitória a sra. de Sainte-Euverte, outrora tida pelo barão na conta de socialmente inferior. Jupien, que o tratava como criança, soprou-lhe ao ouvido que se tratava de uma pessoa de suas relações, a sra. de Sainte-Euverte. E logo, com dificuldade infinita e toda a aplicação de um enfermo desejoso de mostrar-se capaz de movimentos ainda custosos, o sr. de Charlus se descobriu, inclinou-se e saudou a sra. de Sainte-Euverte com tanto respeito como se fosse a rainha da França. Talvez, já que os enfermos, como os reis, exageram a polidez, residisse na própria dificuldade em executar esse movimento um motivo para levá-lo a cabo o sr. de Charlus, certo de ser mais uma ação que, dolorosa para um doente, duplica o mérito de quem a pratica e a homenagem àquela a quem visa. Talvez entrasse também nos movimentos do barão a descoordenação consecutiva às perturbações da espinha e do cérebro, e os gestos lhe ultrapassassem a intenção. Quanto a mim, vi neles sobretudo uma espécie de doçura quase física, de desapego às realidades da vida, tão sensíveis naqueles sobre os quais a morte já projeta sua sombra. A descoberta das jazidas argênteas da cabeleira revelava mudança menos profunda do que essa inconsciente humildade mundana a inverter todas as relações sociais, a rebaixar ante a sra. de Sainte-Euverte, como rebaixaria — patenteando-lhe a fragilidade —[148] ante a última das americanas (enfim, alvo da polidez até então para ela inacessível do barão) o mais sobranceiro esnobismo. Porque o barão ainda vivia, ainda pensava; sua inteligência não fora atingida. Nenhum coro de Sófocles sobre o orgulho abatido de Édipo nem a própria morte, nem qualquer oração fúnebre proclamaria melhor a vaidade do amor às grandezas terrenas e de toda humana soberbia do que o cumprimento reverente e humilde do barão à sra. de Sainte-Euverte. O sr. de Charlus, que até há pouco se recusaria a jantar com a sra. de Sainte-Euverte, cortejava-a agora até o chão. Talvez o fizesse por ignorar a hierarquia social da pessoa a quem saudava (os artigos do código social podendo ser destruídos como qualquer outra parte da memória por um ataque), talvez por uma descoordenação dos movimentos[149] a transpor para o plano da humildade

---

148 O trecho entre travessões foi eliminado da edição de 1989.
149 O trecho "dos movimentos" é acréscimo da edição atual.

aparente a dúvida — do contrário arrogante — sobre a identidade da senhora que passava. Saudou-a enfim com a amabilidade das crianças vindo, ao chamado materno, dar bom-dia aos adultos. E criança de fato se tornara, porém sem a altivez infantil.

Receber a homenagem do sr. de Charlus era para a sra. de Sainte-Euverte puro esnobismo, como puro esnobismo fora para o barão lho recusar. Ora, o temperamento inacessível e precioso que conseguir fazer a sra. de Sainte-Euverte julgar-lhe parte essencial da personalidade, o sr. de Charlus arrasou-o de um golpe ao tirar, com atenta timidez e zelo medroso, o chapéu do qual, com a eloquência de Bossuet, jorraram, enquanto manteve, por deferência, descoberta a cabeça, as torrentes prateadas da cabeleira.[150] Tendo Jupien ajudado o barão a descer e o havendo eu cumprimentado, ele se pôs a falar-me muito depressa, em voz tão sumida que mal se lhe distinguiam as palavras, o que lhe arrancou, quando pela terceira vez o fiz repetir, um gesto de impaciência em contraste com a impassibilidade antes revelada pela face, certamente devida a um resto de paralisia. Mas quando cheguei a entender o pianíssimo das frases sussurradas,[151] percebi que o doente conservara absolutamente intata a inteligência.

---

150 A menção a Bossuet justifica-se pelas alusões subliminares que esse trecho do encontro com Charlus traz ao sermão proferido por Bossuet quando da morte de Henriette d'Angleterre (1644-1670). Filha do rei inglês Carlos I, ela era irmã de Carlos II, que assume o trono da Inglaterra no mesmo ano em que ela se casa com "Monsieur" (irmão de Luís XIV) e em que o próprio Luís XIV atinge a maioridade e também assume o reino da França. Henriette d'Angleterre, filha, irmã e cunhada de reis, morre após viagem diplomática (em abril de 1670) junto de seu irmão tentando afastá-lo da "Tripla Aliança" e aproximá-lo da França. Bossuet, seu guia espiritual, insiste na transitoriedade das coisas terrenas, expressa na morte de alguém tão privilegiada por nascimento e casamento: "Quero com essa desgraça deplorar todas as calamidades do gênero humano, e através dessa morte dar a ver a morte e o vazio presente em todas as grandezas humans". Bossuet, "Oraison funèbre de Henriette d'Angleterre, duchesse d'Orléans prononcée à Saint-Denis le 21ème jour d'août 1670", in: *Oraisons funèbres et panégyriques*. Paris: Pléiade, pp. 97-122.
151 O termo "pianíssimo" é acréscimo da edição atual.

Havia, aliás, descontados os mais, dois homens no sr. de Charlus. Dos dois, o intelectual vivia a queixar-se de estar ficando afásico, de pronunciar uma palavra, uma sílaba por outra. Mas sempre que tal sucedia, o outro Charlus, o subconsciente, que desejava tanto ser invejado quanto o outro ser lastimado e tinha certas vaidades desdenhadas pelo primeiro,[152] interrompia logo, como um maestro cujos músicos erram, a frase começada, e, com infinito engenho, prendia-lhe o fim do vocábulo na realidade pronunciado por outrem, mas que ele simulava haver escolhido. Até sua memória era perfeita; timbrava, é verdade, a despeito da árdua aplicação que isso lhe exigia, em evocar casos antigos, sem maior importância, relacionados comigo, a fim de provar-me que guardava ou recobrara a nitidez de espírito. Sem mexer a cabeça ou os olhos, sem alterar a inflexão vocal, disse-me, por exemplo: "Veja naquele poste um cartaz semelhante àquele em cuja frente eu estava quando o vi pela primeira vez em Avranches, não, é engano, em Balbec". Tratava-se, com efeito, de um anúncio do mesmo produto.

De início, eu mal percebera o que dizia, como quase nada se vê ao entrar num quarto de cortinas cerradas. Mas, como os olhos à penumbra, meus ouvidos logo se habituaram a esse pianíssimo. Creio também que este se elevava à medida que o barão falava, talvez por provir em parte a fraqueza da voz de uma apreensão nervosa, que se dissipava quando, distraído pelo interlocutor, a esquecia; talvez, ao contrário, por corresponder-lhe tal fraqueza ao verdadeiro estado, sendo a momentânea energia de expressão determinada por uma excitação factícia, passageira e antes funesta, que levava os estranhos a dizerem: "Já está melhor, não deve pensar na doença", mas de fato agravava o mal que não tardava a recrudescer. Seja como for, nesse momento (mesmo levando em conta minha adaptação) o barão emitia com mais força as palavras,

---

152 O trecho "e tinha certas vaidades desdenhadas pelo primeiro" é frase acrescentada à edição atual.

como a maré, nos dias de mau tempo, as suas pequenas ondas retorcidas. E o que lhe restava do recente ataque fazia ressoar no fundo de suas palavras como um ruído de seixos rolados. Continuando a falar do passado, sem dúvida para melhor mostrar-me que não perdera a memória, evocava-o de modo fúnebre, porém sem tristeza. Enumerava longamente todos os membros de sua família ou de sua roda já falecidos, dando a impressão de ter menos pena de já não existirem do que satisfação em sobreviver-lhes. Lembrar as mortes alheias como que lhe dava mais clara consciência da própria volta à vida. Era com dureza triunfal que repetia em tom uniforme, gaguejando um pouco, e com surdas ressonâncias sepulcrais: "Hannibal de Bréauté, morto! Antoine de Mouchy, morto! Charles Swann, morto! Adalbert de Montmorency, morto! Boson de Talleyrand, morto! Sosthène de Doudeauville, morto!".[153] E, cada vez, a palavra "morto" parecia cair sobre os defuntos como uma pá de terra mais pesada, lançada por um coveiro que os quisesse prender mais profundamente ao túmulo.

A duquesa de Létourville, que não ia à festa da princesa de Guermantes porque estivera muito doente, passou naquele instante junto de nós, e, vendo o barão, cujo recente ataque ignorava, deteve-se para dar-lhe bom-dia. A doença que sofrera não a tornara mais compreensiva aos males alheios, cujo espetáculo suportava, ao contrário, impacientemente, com mau humor nervoso, tal-

---

153 O apelo aos mortos faz parte de um procedimento bastante característico das *Mémoires d'outre-tombe* de Chateaubriand: o de assinalar insistentemente um antes e um depois — mundo da monarquia e dos reis e o mundo que caminha para a queda dos Bourbons e o fim da "monarquia de São Luís". Em Chateaubriand, a lista contém vinte nomes, entre imperadores, reis, ministros de estado, duques, um papa, um cardeal. Assim como para Charlus, as mortes que ele constata após o término da guerra, para Chateaubriand o evento trágico que está subentendido às mortes e ao silêncio que impera em seu retorno à Itália, em 1833, é a queda dos Bourbons na figura de Charles X e a tomada de poder pelo primo do rei, Louis-Philippe d'Orléans; Verona, tão animada em 1822, pela presença dos soberanos da Europa, voltara ao silêncio em 1833. Dos tantos participantes do congresso, ele era o único que permanecia vivo.

vez mesclado de piedade. Ouvindo o barão pronunciar com dificuldade e erradamente certas palavras, vendo-o mover a custo o braço, fitava ora a mim ora a Jupien, como a nos pedir explicação de tão desagradável fenômeno. Como nada lhe disséssemos, foi ao próprio sr. de Charlus que dirigiu um longo olhar carregado de tristeza mas também de censura. Parecia exprobrar-lhe estar a seu lado, na rua, em atitude tão insólita como se estivesse saído sem gravata ou descalço. Ante novo erro de pronúncia cometido pelo barão, a dor e a indignação da duquesa crescendo juntas, ela exclamou: "Palamède!", no tom interrogativo e exasperado dos nervosos que não admitem esperar um minuto e que, se os mandamos entrar logo, desculpando-nos por nos estarmos acabando de vestir, dizem amargamente, não para escusar-se, mas para acusar: "Mas eu estou incomodando!", como se fosse crime ser incomodado. Deixou-nos, afinal, mostrando-se cada vez mais desolada, aconselhando ao barão: "Seria melhor voltar para casa".

O sr. de Charlus pediu uma cadeira para sentar-se enquanto Jupien e eu andaríamos um pouco, e tirou com dificuldade do bolso um livro que me pareceu de orações. Apreciei a oportunidade para ter informações detalhadas sobre o estado de saúde do barão. "Quero muito conversar com o senhor", disse-me Jupien, "mas só podemos ir até a praça. Graças a Deus, o barão está melhor agora, mas não ouso deixá-lo sozinho muito tempo, é sempre o mesmo, bom demais, daria aos outros tudo quanto tem, e depois, não é só isso, continua ardente como um rapaz, e eu preciso abrir os olhos." "Tanto mais quanto ele recobrou os seus", respondi, "entristeceu-me muito saber que perdera a vista." "De fato a paralisia atingiu-a, não via absolutamente nada. Imagine que, durante o tratamento, que aliás lhe fez tanto bem, esteve vários meses como um cego de nascença." "Ao menos assim você ficou livre de boa parte de seus cuidados, não?" "Qual nada! Mal chegava a algum hotel, perguntava-me como eram os empregados. Eu garantia serem todos horrorosos. Mas ele logo via que isso não podia ser universal, que muitas vezes eu devia estar mentindo.

É um velhaco! E depois, tinha uma espécie de faro, talvez por causa da voz, não sei bem. Então inventava alguma coisa para eu comprar com urgência. Um dia — desculpe-me tocar nisso, mas o senhor entrou uma vez, por acaso, no Templo do Impudor, não posso lhe esconder nada" (note-se que sempre tivera uma satisfação desagradável em publicar os segredos alheios) "voltava eu de uma dessas saídas pretensamente urgentes, tanto mais depressa quanto já a imaginava arranjada de propósito, quando, ao aproximar-me do quarto do barão, ouvi uma voz que dizia: 'O quê?' 'Como', respondia o barão, 'então foi a primeira vez?'. Entrei sem bater, e qual não foi meu susto. O barão, iludido pela voz, de fato mais forte do que habitualmente em tal idade (estava então completamente cego) atirara-se, ele que preferia outrora pessoas maduras, a um menino de menos de dez anos."

Contaram-me que naquela época o sr. de Charlus fora quase cotidianamente sujeito a crises de depressão mental, caracterizada, não precisamente pela divagação, mas pela confissão em voz alta — diante de terceiros de cuja presença ou severidade se esquecia — de opiniões que ordinário ocultava, seu germanofilismo, por exemplo. Assim, muito depois de terminada a guerra, deplorava a derrota dos alemães, entre os que se incluía, e dizia orgulhosamente: "É entretanto impossível que não tenhamos nossa desforra, pois provamos nossa maior capacidade de resistência e a superioridade de nossa organização". Suas confidências assumiam por vezes outro tom, e exclamava, irritado: "Que lord X ou o príncipe X não me venham repetir o que disseram ontem, precisei dominar-me para não responder: 'Vocês sabem que o são pelo menos tanto quanto eu'.". Inútil acrescentar que, quando o sr. de Charlus fazia, nos momentos, como se diz, de "ausência", tais declarações germanófilas e outras, as pessoas amigas que se achavam a seu lado, como Jupien ou a duquesa de Guermantes, costumavam interromper as palavras imprudentes e lhes dar, para os ouvintes menos íntimos e mais indiscretos, uma interpretação forçada, porém honrosa.

"Mas, meu Deus!", exclamou Jupien, "eu tinha razão em não querer que nos afastássemos, ele já achou jeito de entrar em conversa com um jardineiro. Adeus, é melhor eu despedir-me do senhor e não deixar nem um instante sozinho o meu doente, que não passa de uma criança grande."

Desci novamente do carro pouco antes de chegar à porta da princesa de Guermantes, e recomecei a pensar no cansaço e no tédio com os quais, na véspera, tentara notar a linha que, num dos campos repontados mais belos da França, separava nas árvores a sombra da luz. Certo, as conclusões intelectuais que daí tirara já não me afetavam tão cruelmente a sensibilidade. Continuavam as mesmas. Mas, como sempre que me acontecia ser arrancado aos meus hábitos, sair em hora diferente, para lugar novo, experimentava um vivo prazer. O de hoje me parecia puramente frívolo, pois cifrava-se à ida a uma recepção dada pela sra. de Guermantes. Mas, já que agora sabia não poder alcançar senão prazeres frívolos, porque os negaria a mim mesmo? Repetia comigo que não tivera, ao esboçar aquela descrição, a menor parcela do entusiasmo que é não o único, mas o primeiro sinal do talento. Tentava extrair da memória outros "instantâneos", notadamente os tomados em Veneza, mas esta palavra bastava para me tornar fastidiosa como uma exposição de fotografias, e não me descobria então mais gosto, mais dons para descrever o que vira outrora do que no dia anterior para fixar imediatamente o que observava com olhos minuciosos e entediados. Dentro de um instante, muitos amigos há longo tempo perdidos de vista instariam sem dúvida para que não me isolasse tanto e lhes consagrasse meus dias. E não teria razão alguma para recusar, pois estava provado que nada faria, que a literatura não me daria mais a menor alegria, não sei se por culpa minha, de minha incapacidade, ou sua, se de fato era menos carregada de realismo do que eu supusera.

Lembrando-me das palavras de Bergotte: "Você é doente, mas não merece lástima, já que tem as alegrias do espírito", verificava como se enganara a meu respeito. Quão pouca alegria havia nessa lucidez estéril.

Acrescento que, se algumas vezes encontrei prazeres — não os da inteligência —, sempre os desperdicei com mulheres diversas; de sorte que o Destino, se me concedesse mais cem anos de vida, e de vida sadia, não teria senão aumentado, com emendas sucessivas, uma existência toda em comprimento que não interessava alongar ainda mais e sobretudo por muito tempo. Quanto às "alegrias da inteligência", poderia dar tal nome às frias verificações a que meu olhar clarividente e meu raciocínio preciso procediam sem nenhum prazer, e que permaneciam infecundas?

Mas é muitas vezes quando tudo nos parece perdido que sobrevém o aviso graças ao qual nos conseguimos salvar: bateu-se em todas as portas que a nada conduzem, e na única por onde se poderia entrar, e que se procuraria em vão durante cem anos, esbarra-se por acaso, e ela se abre.

Ruminando as tristes reflexões a que acabo de aludir, entrara eu no pátio da residência dos Guermantes, e com minha distração não vi um carro que se aproximava; ao grito do *wattman* só tive tempo de afastar-me rapidamente, recuando tanto, sem querer, que tropecei nas pedras irregulares do calçamento em frente à cocheira. Mas no momento em que, procurando equilibrar-me, firmei o pé numa pedra um pouco mais baixa do que a vizinha, todo meu desânimo se desvaneceu, ante a mesma felicidade em épocas diversas de minha vida suscitada pela vista das árvores que eu julgara reconhecer num passeio de carro pelos arredores de Balbec, ou dos campanários de Martinville, pelo sabor da madeleine umedecida numa infusão por tantas outras sensações das quais já falei e me pareciam sintetizar-se nas últimas obras de Vinteuil. Como quando provei a madeleine, dissiparam-se quaisquer inquietações com o futuro, quaisquer dúvidas intelectuais. As que há pouco me assaltaram, sobre a realidade de meus dons literários e até da própria literatura, haviam desaparecido como por encanto.

Sem que eu tivesse feito qualquer novo raciocínio, sem que tivesse encontrado qualquer argumento decisivo, as dificuldades, insolúveis há pouco, tinham perdido toda sua importância.[154] Desta vez eu estava bem resolvido a não mais me resignar, como no dia em que saboreara a madeleine molhada no chá a ignorar por que, sem haver eu feito nenhum novo raciocínio nem achado nenhum argumento decisivo, perderam toda importância as dificuldades, insolúveis minutos antes. A felicidade que acabava de experimentar era, efetivamente, a mesma que sentira ao comer a madeleine, e de cujas causas profundas adiara até então a busca. A diferença, puramente material, residia nas imagens evocadas. Um azul intenso ofuscava-me os olhos, impressões de frescura, de luz deslumbrante rodopiavam junto de mim e, na ânsia de captá-las, siderado como ao degustar o sabor da madeleine, tentando distinguir o que me lembrava, com o risco de provocar o riso da turba inumerável dos *wattmen*, eu continuava, como havia pouco, a titubear, um pé na pedra mais alta, outro na mais baixa. Cada vez que refazia, materialmente apenas, esse mesmo passo, ele se revelava inútil; mas se conseguia, esquecendo a recepção dos Guermantes, reconstituir o que sentira ao pousar assim os pés, de novo a visão deslumbrante e indistinta me roçava, como a dizer: "Detém-te se para tanto tens força e tenta resolver o enigma de felicidade que te proponho". E logo a seguir, bem a reconheci, surgiu-me Veneza, da qual nunca me satisfizeram meus ensaios descritivos e os pretensos instantâneos tomados pela memória, e me era agora devolvida pela sensação outrora experimentada sobre dois azulejos desiguais do batistério de São Marcos, juntamente com todas as outras sensações àquela somadas no mesmo dia, que haviam ficado à espera, em seu lugar na fila dos dias esquecidos, de onde um súbito acaso as fazia imperiosamente sair. Tal como o gosto da pequena madeleine me recordava Combray. Mas por que me tinham, num como noutro momento, comunica-

154 Esse início de parágrafo é acréscimo da edição atual.

do as imagens de Combray e de Veneza uma alegria semelhante à da certeza, e suficiente para, sem mais provas, tornar-me indiferente a ideia da morte?

Fazendo a mim mesmo esta pergunta e resolvido a encontrar-lhe hoje a resposta, entrei em casa dos Guermantes, pois damos sempre preferência, sobre o trabalho interior que nos incumbe, ao papel aparente que representamos, e, naquele dia, era o de convidado. Chegado, porém, ao primeiro andar, um lacaio convidou-me a entrar um instante numa pequena sala-biblioteca contígua ao bufê, até terminar o trecho começado, tendo a princesa proibido que se abrissem as portas durante a execução. Ora, naquele momento um segundo aviso veio reforçar o que me havia dado a pavimentação irregular e exortar-me a perseverar em minha tarefa. Com efeito, um copeiro, procurando em vão não fazer barulho, acabava de bater com uma colher num prato. Invadiu-me um bem-estar do mesmo gênero do causado pelas pedras irregulares; às sensações também ainda frescas, mas muito diversas, misturava-se agora um cheiro de fumaça, abrandado pelos eflúvios de uma paisagem silvestre; e, no que me parecia tão agradável, reconheci o mesmo renque de árvores que me entediara observar e descrever, em frente ao qual, abrindo a caneca de cerveja que levava no vagão, acreditei por um instante, numa espécie de vertigem, ainda estar, tanto quanto o ruído idêntico da colher esbarrando no prato me dera, antes de cair em mim, a ilusão do martelo de um empregado que consertara alguma coisa numa roda do trem quando paramos na orla da pequena mata. Dir-se-ia até que os sinais destinados a, naquele dia, arrancar-me ao desânimo e restituir-me a fé nas letras timbravam em multiplicar-se, pois um copeiro, antigo no serviço do príncipe de Guermantes, tendo-me reconhecido e trazido à biblioteca onde me achava, para evitar-me a ida ao bufê, um prato de *petits-fours* e um copo de laranjada, enxuguei a boca no guardanapo que me deu; mas logo, como a personagem das *Mil e uma noites* que, sem o saber, cumpre precisamente o rito que faz surgir, visível só para ela, um dócil gênio pronto a transportá-la ao longe, nova visão cerúlea me passou ante os olhos; era pura e salina, e arredondou--se em mamelões azulados; a impressão foi tão intensa que tomei pelo atual o momento imaginário, e, mais tonto do que quando indagava mentalmente se seria mesmo recebido pela princesa de Guermantes ou se tudo ia desabar, julguei que o criado tinha aberto uma janela sobre a praia e que tudo me convidava a um passeio no cais, com a maré alta; o guardanapo onde limpara a boca, engomado exatamente como a toalha com a qual tivera tanta dificuldade em enxugar-me defronte da janela no dia de minha chegada a Balbec, estendia, tirada de suas dobras quebra-diças, a plumagem de um oceano verde e azul como uma cauda de pavão. E eu não gozava apenas as cores, mas toda uma fase de minha vida que as soerguia, que sem dúvida a elas aspirara, da qual uma sensação de fadiga ou de tristeza me frustrara em Balbec, e agora, livre das imperfeições da percepção exterior, pura e desencarnada, enchia-me de alegria.

A música em execução podia terminar de um momento para outro, e eu seria obrigado a entrar no salão. Por isso procurava discernir o mais claramente possível a natureza dos prazeres idênticos que, três vezes em alguns minutos, acabava de experimentar, procurando em seguida a lição a tirar daí. Sobre a extrema diferença entre a impressão real que recebemos uma coisa e a impressão fictícia que determinamos quando voluntariamente a buscamos representar, não me detinha; lembrando-me muito bem da relativa indiferença com que Swann pudera outrora falar dos dias em que fora amado, porque as palavras lhe suscitavam lembranças outras, e da dor súbita causada pela curta frase de Vinteuil, que lhe restituía aqueles mesmos dias tais como os sentira, eu compreendia que as sensações em mim despertadas pelo contato das pedras desiguais, a goma do guardanapo e o gosto da madeleine não se prendiam de modo algum às tentativas de evocar Veneza, Balbec, Combray por meio da memória sem cambiantes; e compreendia também como a vida podia parecer medíocre, embora tão bela se mostrasse em certos momentos, sendo, no primeiro caso, apreciada e depreciada através de coisas a ela alheias, de imagens que não a reproduzem. Registrei quando muito, acessoriamente, que a diferença entre cada uma das impressões reais — diferenças que explicam por que não pode ser a pintura uniforme da vida — derivava provavelmente do seguinte: a mínima palavra dita em determinada época de nossa existência, o gesto mais insignificante deixavam-se banhar e impregnar pelo reflexo de algo logicamente estranho, do qual os separava a inteligência a cujos raciocínios não eram necessários, mas onde — aqui na rósea luz crepuscular a bater no muro florido de um albergue campestre, na sensação de fome, no desejo de mulheres; ali em volutas azuis do mar matinal a envolverem frases musicais delas emergindo parcialmente como ombros de ondinas — o gesto, o mais simples ato era encerrado como em mil vasos fechados, dos quais cada um contivesse uma substância de cor, cheiro e temperatura absolutamente diversas; sem contar que esses vasos, dispostos ao longo de muitos anos durante os quais não cessáramos de mudar, ao menos de sonhos e ideias, situam-se em altitudes diferentes e nos fornecem sensações de atmosfera extremamente várias. E certo que tais mudanças, nós as sofremos insensivelmente; mas entre a lembrança surgida inopinadamente e nosso estado atual, assim como entre duas reminiscências de datas, lugares e horas diversas, a distância é tal que, ainda deixando de lado a originalidade específica, bastaria para tornar impossível qualquer comparação. Sim, se, graças ao esquecimento, não pôde estabelecer nenhum laço, tecer malha alguma entre si e o momento presente, se ficou em seu lugar, em seu tempo, se conservou sua distância, seu isolamento no côncavo de um vale ou no cimo de uma montanha, a recordação faz-nos respirar de repente um ar novo, precisamente por ser um ar outrora respirado, o ar mais puro que os poetas tentaram em vão fazer reinar no Paraíso, e que não determinaria essa sensação profunda de renovação se já não houvesse sido respirado, pois os verdadeiros paraísos são os que perdemos.

E, de passagem, notei que haveria, na obra de arte que já me sentia, sem ter tomado nenhuma resolução consciente, prestes a empreender, grandes dificuldades. Pois deveria compor-lhe as partes sucessivas com material em certo sentido diferente. Divergiria o conveniente às evocações das manhãs à beira-mar do apropriado a uma tarde em Veneza, substância sempre peculiar, nova, de transparência, de sonoridade especial, compacta, fresca e rósea, que se deveria também alterar se eu quisesse descrever as tardes de Rivebelle, na sala de jantar abrindo para o jardim, o calor começava a desfazer-se, a cair, a depositar-se, enquanto uma última claridade iluminava ainda as rosas das paredes do restaurante e as derradeiras aquarelas do dia eram ainda visíveis no céu.[155]

Deslizei célere sobre tudo isso, mais imperiosamente solicitado como estava a procurar a causa dessa felicidade, do caráter de certeza com que se impunha, busca outrora adiada. Ora, essa causa, eu a adivinhava confrontando entre si as diversas impressões bem-aventuradas, que tinham em comum a faculdade de serem sentidas simultaneamente no momento atual e no pretérito, o ruído da colher no prato, a desigualdade das pedras, o sabor da madeleine fazendo o passado permear o presente a ponto de me tornar hesitante, sem saber em qual dos dois me encontrava; na verdade, o ser que em mim então gozava dessa impressão e lhe desfrutava o conteúdo extratemporal, repartido entre o dia antigo e o atual, era um ser que só surgia quando, por uma dessas identificações entre o passado e o presente, se conseguia situar no único meio onde poderia viver, gozar a essência das coisas, isto é, fora do tempo. Assim se explicava que, ao reconhecer eu o gosto da pequena madeleine, houvessem cessado minhas inquietações acerca da morte, pois o ser que me habitara naquele instante era extratemporal, por conseguinte alheio às vicissitudes do futuro.

---

155 Na edição de 1989, o parágrafo termina com travessão seguido do trecho "substância sempre peculiar, nova, de transparência, de sonoridade especial, compacta, fresca e rósea".

Ele vivia apenas da essência das coisas, e não conseguia captá-la no presente em que, a imaginação não estando em jogo, os sentidos eram incapazes de lhe fornecer essa essência; o próprio futuro para o qual tendem nossas ações nô-la abandona.[156] Tal ser nunca me aparecera, nunca se manifestara senão longe da ação, da satisfação imediata, senão quando o milagre de uma analogia me permitia escapar ao presente. Só ele tinha o poder de me fazer recobrar os dias escoados, o Tempo perdido, ante o qual se haviam malogrado os esforços da memória e da inteligência.

E talvez, se há pouco me parecera ter Bergotte errado outrora ao aludir às alegrias da vida espiritual, fosse porque eu dava então o nome de vida espiritual a raciocínios lógicos sem ligação com ela, com o que em mim já existia — exatamente como se achasse fastidiosos o mundo e a vida por julgá-los através de falsas recordações, quando, ao contrário, tinha tanta sede de viver, agora que, por três vezes, renascera em mim um verdadeiro momento passado.

Apenas um momento do passado? Muito mais, talvez: alguma coisa que, comum ao passado e ao presente, é mais essencial do que ambos. Muitas vezes, no decurso da existência, a realidade me decepcionara porque, ao vislumbrá-la, minha imaginação, meu único órgão para sentir a beleza, não se lhe podia aplicar, devido à lei inevitável em virtude da qual só é possível imaginar-se o ausente. E eis que repentinamente se neutralizava, se sustinha o efeito dessa dura lei, pelo expediente maravilhoso da natureza, fazendo cintilar a mesma sensação — ruído da colher e do martelo, irregularidade semelhante do calçamento — [157] tanto no passado, o que permitia à imaginação gozá-la, como no presente, onde o abalo efetivo dos sentidos, pelo som, pelo contato com o guardanapo,[158] acrescentara aos sonhos da fantasia aquilo

156 A partir de "Ele vivia", acréscimo da edição atual.

157 A edição de 1989 substitui "irregularidade semelhante do calçamento", constante da primeira edição, por "mesmo título de livro etc."

158 O trecho "com o guardanapo" é acréscimo da edição atual.

de que são habitualmente desprovidos, a ideia da existência, e graças a esse subterfúgio, me fora dado obter, isolar, imobilizar o que nunca antes apreendera: um pouco de tempo em estado puro. O ente que em mim renascera quando, com tal frêmito de felicidade, ouvira o ruído comum à colher esbarrando no prato e ao martelo batendo na roda, sentira sob os pés a pavimentação igualmente irregular do pátio dos Guermantes e do batistério de São Marcos, tal ente só se nutre da essência das coisas, só nela encontra subsistência e delícias. Desaperece na observação do presente, onde não lha fornecem os sentidos, na investigação de um passado ressecado pela inteligência, na expectativa de um futuro que a vontade constrói com fragmentos do presente e do passado, dos quais extrai ainda mais a realidade, só conservando o necessário aos fins utilitários, estreitamente humanos, que lhes fixa. Mas que um som já ouvido, um olor outrora aspirado, o sejam de novo, tanto no presente como no passado, reais sem serem atuais, ideais sem serem abstratos, logo se libera a essência permanente das coisas, ordinariamente escondida, e nosso verdadeiro eu, que parecia morto, por vezes havia muito, desperta, anima-se ao receber o celeste alimento que lhe trazem. Um minuto livre da ordem do tempo recriou em nós, para o podermos sentir, o homem livre da ordem do tempo. E é compreensível que este, em sua alegria, seja confiante, apesar do simples gosto de uma madeleine não parecer logicamente encerrar as causas de tal alegria, é compreensível que a palavra "morte" perca para ele a significação; situado fora do tempo, que poderá temer do porvir?

Mas era efêmera a ilusão que colocava junto a mim um momento, do passado, incompatível com o presente. Certamente podem-se prolongar os espetáculos da memória voluntária, não demandando esforço maior do que o de folhear um livro de figuras. Assim como outrora, por exemplo, no dia em que ia visitar pela primeira vez a princesa de Guermantes, do pátio ensolarado de nossa casa de Paris eu contemplava preguiçosamente, à minha escolha, ora a praça da igreja em Combray, ora a praia de

Balbec, como teria enchido de paisagens a claridade reinante folheando um caderno de aquarelas feitas nos diversos lugares onde estivera e, com prazer egoísta de colecionador, dissera a mim mesmo, ao catalogar destarte as estampas de minha memória: "Afinal, vi muita coisa bela em minha vida". A memória me afirmara sem dúvida então as diferenças de sensações, mas nada fazia além de combinar entre si elementos homogêneos. Não sucedia o mesmo com as três lembranças que me acabavam de assaltar e nas quais, em vez de colher uma ideia mais lisonjeira de mim mesmo, encontrara, ao contrário, quase a dúvida da realidade atual de meu eu. Como ao molhar a madeleine na infusão quente, onde quer que me achasse (em meu quarto de Paris, como então, ou como hoje, na biblioteca do príncipe de Guermantes neste momento, um pouco antes no pátio de sua casa) nascia em mim, irradiando de uma estreita zona em meu derredor, uma sensação (sabor da madeleine umedecida, ruído metálico, pavimentação irregular) comum a este sítio (onde me encontrava) e também a outro (quarto de minha tia Léonie,[159] vagão da estrada de ferro, batistério de São Marcos). Enquanto refletia sobre isso, o barulho estridente de um encanamento de água, inteiramente semelhante aos longos apelos que por vezes, no verão, os iates de passeio faziam ressoar à noite ao largo de Balbec,[160] comunicou-me (como já fizera uma vez em Paris, num grande restaurante, a vista de uma luxuosa sala de jantar meio vazia, estival e quente) uma sensação mais do que simplesmente análoga à que experimentava ao cair da tarde em Balbec, quando, já guarnecidas de toalhas e talheres todas as mesas, bem abertas para o grande dique, sem um só intervalo, um só espaço recoberto por vidro ou por pedra, as largas janelas envidraçadas, no momento em que o sol descambava lentamente para o mar onde começavam a errar os navios, eu não precisava, para encontrar Albertine

---

159 A edição de 1989 substitui "Léonie" por "Octave".
160 A edição de 1989 traz "Balbec" no lugar de "Combray" da edição original.

e as amigas, que passeavam no cais, senão transpor o caixilho de madeira, pouco mais alto do que minha canela, para dentro do qual, a fim de facilitar a aeração do hotel, corriam todas as vidraças a se seguirem sem interrupção. Mas a lembrança dolorosa de haver amado Albertine não se misturava com essa sensação. Só existem lembranças dolorosas dos mortos. Ora, estes se desfazem com rapidez e em torno de seus próprios túmulos não restam mais do que a beleza da natureza, o silêncio, a pureza do ar.[161] Não era, aliás, tão somente um eco, uma ressonância da sensação passada que acabava de despertar o ruído do encanamento, mas essa mesma sensação. Neste caso, como em todos os precedentes, a sensação comum buscara recriar em torno de si o lugar antigo, enquanto o atual que o substituía opunha-se com toda a resistência de sua matéria a essa imigração, para uma casa de Paris, de uma praia normanda ou de um talude de estrada de ferro. A marítima sala de jantar de Balbec, como seu linho adamascado preparado como toalhas de altar para receber o pôr do sol, tentara abalar a solidez do palacete Guermantes, forçara-lhe as portas e fizera um instante vacilarem à minha volta os sofás, como fizera de outra vez com as mesas de um restaurante parisiense. Sempre, nessas ressurreições, o lugar distante, engendrado em torno da sensação comum, agarrava-se por um instante, como um lutador, ao lugar atual. Sempre este saía vencedor; sempre o vencido me parecia o mais belo, tanto que ficara em êxtase sobre as pedras desiguais como ante a xícara de chá, tentando reter quando surgiam, invocar se me escapavam, aquele Combray, aquela Veneza, aquela Balbec invasores e sopitados que se erguiam para abandonar-me em seguida no seio desses lugares novos, mas permeáveis ao passado. E se o lugar presente não fosse logo vitorioso, creio que desfaleceria; pois essas ressurreições do pretérito, durante sua fugaz duração, são tão totais que não se limitam a impedir nossos olhos de ver o quarto onde se acham para contemplar uma

---

161 A partir de "Mas a lembrança", acréscimo da edição atual.

estrada ladeada de árvores ou a maré subindo. Forçam-nos as narinas a respirar a atmosfera de sítios todavia remotos, a vontade a optar entre os diversos projetos que nos sugerem, a pessoa inteira a crer-se em seu âmago, ou pelo menos a tropeçar entre eles e os locais presentes, na vertigem de uma incerteza semelhante à que nos provoca por vezes, ao adormecermos, uma visão inefável.

Assim, o que acabava de deleitar o ser três ou quatro vezes suscitado em mim talvez fossem mesmo fragmentos de existência subtraídos ao tempo, mas essa contemplação, embora de eternidade, era fugidia. E não obstante eu sentia como o único fecundo e verdadeiro o prazer que ela me concedera em raros intervalos de minha vida. O sinal da irrealidade dos outros revela-se de sobejo, quer em sua impossibilidade de nos satisfazer, como, por exemplo, no caso dos prazeres mundanos, geradores quando muito do mal-estar comparável ao produzido pela ingestão de alimentos abjetos, ou no dos da amizade, simples simulação, já que, ainda quando o faz por motivos éticos, o artista que renuncia a uma hora de trabalho para conversar com um amigo sabe ter sacrificado uma realidade a algo inexistente (os amigos só o sendo graças à doce loucura que nos acompanha ao longo de toda a vida, à qual nos prestamos, mas que no fundo de nossa inteligência sabemos ser o desvario de um demente imaginando vivos os móveis e com eles conversando), quer pela tristeza que se lhes segue à satisfação, como a minha ao ser apresentado a Albertine, por ter feito esforços, entretanto ligeiros, para conseguir uma coisa — conhecer aquela moça — que, uma vez alcançada, me pareceu insignificante. Até um gozo mais profundo, como poderia ter sido o meu amando Albertine, só se deixava, de fato, perceber inversamente, pela angústia da ausência, pois a certeza de sua vinda, como no dia em que voltou do Trocadero apenas me comunicava um vago tédio, ao passo que me exaltava cada vez mais, à proporção que analisava mais profundamente o ruído da colher ou o sabor da infusão, a alegria crescente de haver transportado para meu o quarto de tia Léonie, e, com este, todo Combray e seus dois lados. Por isso, essa contemplação da essência das coisas, eu estava agora bem resolvido a retê-la, a fixá-la, mas como? Por que meios? Sem dúvida, no momento em que a goma do guardanapo me restituíra Balbec e me acariciara de relance a imaginação, não somente com a vista do mar tal como se mostrara naquela manhã, mas com o cheiro do quarto, a velocidade do vento, a vontade de almoçar, a hesitação entre diversas excursões, tudo isso preso à sensação do guardanapo como as mil asas dos anjos que dão mil voltas por minuto.[162] Sem dúvida, quando a irregularidade das pedras prolongara em todos os sentidos e dimensões, com todas as sensações lá experimentadas, as imagens secas e nuas que me restavam de Veneza e de São Marcos, unindo a praça à igreja, o embarcadouro à praça, o canal ao embarcadouro, e a tudo quanto os olhos alcançam do mundo dos desejos, só percebido realmente pelo espírito, eu me deixei tentar, se não devido à estação, por um passeio nas águas para mim sobretudo primaveris de Veneza, ao menos por uma ida a Balbec. Mas não me deteve um segundo esta ideia; sabia as terras distantes muito diversas, não apenas do que me sugeriam seus nomes, como da impressão que me deixaram. Só dormindo, só em sonhos, via estender-se à minha frente uma localidade constituída por matéria pura, inteiramente distinta das coisas comuns, que se veem, que se tocam, matéria que elas possuíam quando eu as representava para mim.[163] Mesmo em se tratando de imagens de outro gênero, as da lembrança, eu sabia não ter descoberto a beleza de Balbec quando lá estivera, nem ter encontrado, lá regressando, a formosura guardada na memória. Já verificara demasiadamente a impossibilidade de atingir na realidade o que havia em meu íntimo. Não seria na praça de São Marcos, como

162 A edição de 1989 corrigiu a leitura do manuscrito: onde aparecia "large" ("alto--mar") e "roues" ("rodas") lemos "linge" ("guardanapo") e "anges" ("anjos"). Seguindo o original, a tradução de Lúcia Miguel Pereira era: "tudo isso preso à sensação de alto-mar, como rodas de barcas em rapidez vertiginosa".

163 A partir de "matéria que elas possuíam", acréscimo da edição atual.

não fora na segunda viagem a Balbec, ou a Tansonville, em visita a Gilberte, que acharia o Tempo perdido, e a jornada, que só me daria mais uma vez a ilusão da existência, fora de mim, no canto de certa praça, dessas impressões antigas, não podia ser o meio que buscava. Não me queria deixar novamente embair, pois precisava saber afinal se era possível atingir aquilo que, sempre decepcionado pelos sítios e pelos seres (apesar de me ter uma vez parecido insinuar o contrário a peça para concerto de Vinteuil), acabara por acreditar irrealizável. Logo, não tentaria novas experiências em caminho que há muito verificara sem saída. Impressões como as que procurava fixar só se poderiam evanescer ao contato do gozo direto, que fora impotente para suscitá-las. O único modo de apreciá-las melhor seria tentar conhecê-las mais completamente lá onde se achavam, isto é, em mim mesmo, torná-las claras até em suas profundezas. Não conhecera o prazer em Balbec, como não conhecera o de viver com Albertine, que só posteriormente se me tornara perceptível. E, ao recapitular as decepções de minha vida enquanto vivida, tendentes a convencer-me de que a realidade desta devia residir fora da ação e não se uniam apenas fortuitamente, segundo as vicissitudes da existência, os diversos desapontamentos, eu concluía que as decepções de viagem e de amor não eram independentes, e sim o vário aspecto assumido, de acordo com o fato ao qual se aplica, por nossa incapacidade de nos realizarmos no gozo material, na ação efetiva. Tornando a pensar na alegria extratemporal determinada, já pelo tilintar da colher, já pelo sabor da madeleine, dizia para mim mesmo: "Seria esta a felicidade sugerida pela frase da sonata a Swann, que errou assimilando-a ao prazer amoroso, e não a soube encontrar na criação artística; a felicidade que, ainda mais do que a frase da sonata, me fez pressentir supraterrestre o apelo rubro e misterioso do septeto que Swann não chegou a conhecer, tendo morrido, como tantos outros, antes de ser revelada a verdade para ele feita?". Aliás, de nada lhe valeria a frase, já que podia simbolizar um apelo, mas não suscitar forças e transformá-lo no escritor que não era.

Entretanto, percebo ao cabo de um momento, depois de refletir sobre essas ressurreições da memória, que, de outro modo, impressões obscuras me haviam, já em Combray, no caminho de Guermantes, solicitado, tal como essas reminiscências, a atenção, encerrando porém não uma velha sensação, mas uma verdade nova, uma imagem preciosa que eu tentava desvendar por meio de esforços semelhantes aos que fazemos para recordar alguma coisa, como se nossas mais belas ideias fossem músicas que nos voltassem sem nunca as termos ouvido e buscássemos escutar, transcrever. Lembrei-me com prazer, porque significava que eu já era então o mesmo, e se marcava assim um traço fundamental de minha natureza, com tristeza também, porque não fizera nenhum progresso, de em Combray ter fixado atentamente em meu espírito uma imagem qualquer que se me impusera à vista, uma nuvem, um triângulo, um campanário, uma flor, um seixo, sentido que talvez houvesse, sob esses sinais, algo diferente que devia procurar descobrir, uma ideia traduzida à maneira dos hieróglifos, que se supõriam representar apenas objetos materiais. Decifração sem dúvida difícil, mas que unicamente nos permitia ler a verdade. Porque as verdades direta e claramente apreendidas pela inteligência no mundo da plena luz são de qualquer modo mais superficiais do que as que a vida nos comunica à nossa revelia numa impressão física, já que entrou pelos sentidos, mas da qual podemos extrair o espírito. Em suma, num como noutro caso, quer se tratassem de impressões como as que me provocara a vista dos campanários de Martinville, quer de reminiscências como a da desigualdade de dois passos ou o gosto da madeleine, era mister tentar interpretar as sensações como signos de outras tantas leis e ideias, procurando pensar, isto é, fazer sair da penumbra o que sentira, convertê-lo em seu equivalente espiritual. Ora, esse meio que se me afigurava o único, que era senão a feitura de uma obra de arte? E já as consequências me enchiam a mente; pois, reminiscências como o ruído da colher e o sabor da madeleine, ou verdades escritas por figuras cujo sentido eu buscava em minha cabeça, onde campanários, plantas sem nome, compunham um alfarrábio complicado e florido, todas, logo de início, privavam--me da liberdade de escolher entre elas, obrigavam-me a aceitá-las tais como me vinham. E via nisso a marca de sua autenticidade. Não procurara as duas pedras em que tropeçara no pátio. Mas o modo fortuito, inevitável por que surgira a sensação constituía justamente uma prova da verdade do passado que ressuscitava, das imagens que desencadeava, pois percebemos seu esforço para aflorar à luz, sentimos a alegria do real recapturado. A sensação assim vinda atesta a legitimidade do quadro de impressões contemporâneas, que arrasta após si com aquela infalível proporção de luz e sombra, de relevo e omissão, de lembrança e olvido, que a memória ou a observação consciente sempre ignorarão.

Do livro subjetivo composto por esses sinais desconhecidos (sinais em relevo, dir-se-ia, que minha atenção, explorando o inconsciente, procurava, roçava, contornava como um mergulhador em suas sondagens), ninguém me poderia, com regra alguma, facilitar a leitura, consistindo esta num ato criador que não admite suplentes nem colaboradores. Muitos, por isso, deixam de escrevê-lo, substituem-nos por tarefas várias. Qualquer acontecimento, o caso Dreyfus, a guerra, servia aos escritores de pretexto para abandonarem a decifração daquele livro; queriam assegurar o triunfo da justiça, restituir à nação sua unidade moral, não lhes sobrava tempo para cogitar de literatura. Meras desculpas de quem não tinha — ou já não tinha — gênio, isto é, instinto. Porque o instinto dita o dever e a inteligência fornece escusas para elidi-lo. Apenas, não as aceita a arte, onde não se registram intenções, onde o artista deve sempre obedecer a seu instinto, e é por isso, além de real acima de todas as coisas, a mais austera escola de vida, o verdadeiro Juízo Final. Aquele livro, difícil de decifrar como nenhum outro, é também o único jamais ditado pela realidade, único cuja "impressão" ela mesma efetuou. De qualquer ideia deixada em nós pela vida, a representação material, indício da impressão que nos causou, é sempre o penhor da verdade necessária. As ideias formadas pela inteligência pura só possuindo uma verdade lógica, uma verdade possível, sua seleção tornara-se arbitrária. O livro de caracteres figurados, não traçados por nós, é nosso único livro. Não que as ideias por nós elaboradas não possam ser logicamente certas, mas não sabemos se são verdadeiras. Só a impressão, por mofina que lhe pareça a matéria e inverossímeis as pegadas, é um critério de verdade e como tal deve ser exclusivamente apreendida pelo espírito, sendo, se ele lhe souber extrair a verdade, a única apta a conduzi-lo à perfeição, a enchê-lo de perfeita alegria. A impressão é para o escritor o mesmo que a experimentação para o sábio, com a diferença de ser neste anterior e naquele posterior o trabalho da inteligência. O que não precisamos decifrar, deslindar à nossa custa, o que já antes de nós era claro, não nos pertence. Só vem de nós o que tiramos da obscuridade reinante em nosso íntimo, o que os outros não conhecem. E como a arte recompõe exatamente a vida, em torno dessas verdades dentro de nós atingidas flutua uma atmosfera de poesia, a doçura de um mistério que não é senão a penumbra que atravessamos.[164]

Um raio oblíquo do poente sugere-me instantaneamente uma época esquecida de minha primeira infância, quando, tendo tia Léonie adoecido, com uma febre que o dr. Percepied receava tifoide, mandaram-me passar uma semana no quarto de Eulalie, na praça da igreja, onde só havia uma esteira no chão e na janela uma cortina de percal, sempre ressoante de um sol a que eu não estava habituado. E vendo como a lembrança desse pobre quarto de antiga empregada acrescentava de repente à minha vida passada um longo trecho, diferente do resto e delicioso, pensei por contraste que nenhuma impressão marcante haviam deixado em minha existência as festas mais suntuosas dos mais principescos palácios. A única nota tristonha do quarto de Eulalie era ouvir-se à noite, devido à proximidade do viaduto, os uivos dos trens. Mas,

164. O final do parágrafo, a partir de "E como a arte" foi eliminado da edição de 1989.

sabendo-os emanados de máquinas dirigidas, tais mugidos não me alarmavam como teriam feito, nas eras pré-históricas, os gritos de um mamute vizinho em seu passeio livre e desordenado.

Chegara eu assim à conclusão de que não somos de modo algum livres diante da obra de arte, que não a fazemos como queremos, mas que, sendo preexistente, compete-nos, porque é necessária e oculta e porque o faríamos se se tratasse de uma lei da natureza, descobri-la. Mas essa descoberta a que nos obriga a arte não seria, no fundo, a do que temos de mais precioso e em regra nos permanece para sempre ignorado, nossa verdadeira vida, a realidade tal como a sentimos, tão diversa do que se nos afigura que transbordamos de felicidade se o acaso nos traz dela uma lembrança verdadeira? Convencia-me disso a própria falsidade da arte tida como realista, que não seria tão mentirosa se houvéssemos contraído na vida o hábito de dar ao que sentimos uma expressão totalmente falsa, que tomamos, ao cabo de algum tempo, pela realidade mesma. Não me deveria, bem o percebia, preocupar com as várias teorias literárias que por um momento me haviam perturbado — notadamente as desenvolvidas pela crítica durante a questão Dreyfus e retomadas durante a guerra, tendentes a "fazer o artista sair da torre de marfim" —, não tratar de assuntos frívolos ou sentimentais, pintar os grandes movimentos operários e, em falta de massas, ao menos nunca vadios insignificantes — "Confesso que não me interessa a descrição desses inúteis", dizia Bloch — e sim nobres intelectuais ou heróis.

Aliás, antes mesmo de lhes discutir o conteúdo lógico, essas teorias me pareciam constituir em quem as sustentava prova de inferioridade moral, como uma criança realmente bem-educada, ao ouvir as pessoas em cuja casa a mandaram almoçar proclamarem: "Nós não escondemos nada, somos francos", sente que isso denota um nível moral inferior ao da boa ação pura e simples, sem palavras. A verdadeira arte prescinde de manifestos e se realiza em silêncio. Além do mais, os doutrinadores empregavam frases feitas extraordinariamente parecidas com as dos imbecis que censuravam. E talvez se aquilate melhor pela qualidade da linguagem do que pelo gênero estético o grau de perfeição do labor intelectual e moral. Mas, inversamente, essa qualidade da linguagem (e até, para estudar as leis do caráter, servem tanto os temas sérios quanto os frívolos, como um dissecador estuda as da anatomia indiferentemente no corpo de um imbecil ou no de um homem de talento: as grandes leis morais, como as da circulação do sangue ou da eliminação renal, pouco variam segundo o valor intelectual dos indivíduos), da qual se creem dispensados os teóricos, os admiradores destes convencem-se facilmente de que não é prova de superioridade intelectual, superioridade que, para discernir, precisam ver exprimir-se diretamente, pois não a induzem da beleza de uma imagem. Daí a tentação grosseira para os escritores de escrever obras intelectuais. Grande indelicadeza. Um livro eivado de teorias é como um objeto com etiqueta de preço. E esta exprime ao menos um valor que, ao contrário, em literatura o raciocínio lógico diminui. Raciocina-se, isto é, vagabundeia-se, quando não se consegue fazer passar uma impressão por todos os estados sucessivos que conduzem a sua fixação, à expressão de sua realidade.

A realidade a traduzir dependia, só agora o entendia, não da aparência do assunto, mas do grau de penetração dessa impressão nas profundezas onde nada significa a aparência,[165] como simbolizavam aquele tilintar da colher no prato, aquela dureza engomada do guardanapo, mais importantes para minha renovação espiritual do que muitas conversas humanitárias, patrióticas, internacionalistas e metafísicas.[166] "Abaixo o estilo", ouvira eu então, "abaixo a literatura, só queremos a vida." Já se vê que até as ingênuas teorias do sr. de Norpois "contra os flautistas" ganharam com a guerra novo vigor. Porque para todos quantos, privados de

---

165 Essa passagem recebeu nova versão na edição de 1989, um tanto diferente da edição de 1927: "A realidade a traduzir dependia, só agora o entendia, não da aparência do assunto, mas de um grau de profundidade em que essa aparência pouco importava".
166 O trecho "e metafísicas" é acréscimo da edição atual.

senso artístico, isto é, de submissão à realidade, gozam entretanto da faculdade de raciocinar interminavelmente diante de uma obra de arte, sobretudo se, diplomatas ou financistas, lidarem com as "realidades" do momento, a literatura reduz-se ao mero jogo do espírito, destinado a ir no futuro gradualmente desaparecendo. Alguns queriam fazer do romance uma espécie de desfile cinematográfico das coisas. Concepção absurda. Nada se afasta mais daquilo que de fato percebemos do que a visão cinematográfica.

Como, ao entrar nessa biblioteca, tinham-me justamente ocorrido as palavras dos Goncourt sobre as belas condições originais nela existentes, resolvi vê-las enquanto ali estava. E, sem parar de refletir, ia tirando um a um, sem maior atenção, os preciosos volumes, quando, ao abrir distraidamente um deles, *François le champi*, de George Sand, assaltou-me uma impressão de início desagradável, como se contrariasse o rumo atual de meu pensamento, mas que depois, comovido até as lágrimas, reconheci estar bem de acordo com ele. Tal como numa câmara ardente, quando os empregados da empresa funerária se preparam para levar o caixão, o filho do morto que prestara grandes serviços à pátria, ao ouvir, enquanto aperta a mão dos últimos amigos em desfile, explodir de súbito sob suas janelas uma fanfarra, revolta-se imaginando tratar-se de pilhéria insultuosa a sua dor, e, em seguida, ele que até então se dominara, não contém mais o pranto, pois compreende ser a banda de um regimento que vem associar-se a sua dor e prestar homenagem aos restos de seu pai. Assim acabava eu de reconhecer o quanto estava de acordo com meus pensamentos atuais[167] a impressão dolorosa experimentada ao ler na biblioteca do príncipe de Guermantes o título de um livro, título do qual me viera a noção da realidade do mundo misterioso que já agora não encontrava mais na literatura. Não era entretanto um livro extraordinário, era *François le champi*, mas este nome, como o de

---

167 O trecho "o quanto estava de acordo com meus pensamentos atuais" é acréscimo da edição.

Guermantes, não se confundia para mim com os que depois aprendi. A lembrança de tudo quanto, ao ouvir mamãe lê-lo, me parecera inexplicável no enredo de *François le champi* acudia invocada pelo título, do mesmo modo por que o nome dos Guermantes (quando passava muito tempo sem vê-los) resumia para mim o feudalismo — como *François le champi* a essência do romance — e se substituía por um momento à ideia geral das histórias camponesas de George Sand. Num jantar, onde o pensamento se mantém sempre superficial, ser-me-ia sem dúvida possível falar de um *François le champi* ou de uns Guermantes que não fossem os de Combray. Mas estando, como neste momento, sozinho, mergulhava mais profundamente em mim mesmo. Agora, a ideia de alguma senhora conhecida em sociedade ser prima da sra. de Guermantes, isto é, de uma personagem de lanterna mágica, parecia-me tão incompreensível como a de serem os mais belos livros que já li — não digo superiores, embora de fato o fossem —, mas iguais a este extraordinário *François le champi*. Era uma remota impressão, em que se misturavam suaves reminiscências de infância e de família, e que eu não reconhecera de pronto. Indagara com raiva que estranho me vinha perturbar, e o estranho era eu mesmo, a criança que fora, logo suscitada pelo livro que só dela tomava em mim conhecimento, só a ela invocava, não querendo ser visto senão por seus olhos, amado senão por seu coração, ouvido senão por seus ouvidos. Por seu lado, este livro, cuja leitura minha mãe me fizera em Combray até alta madrugada, guardara para mim todo o encanto daquela noite. Certamente a "pena" de George Sand, para usar uma expressão de Brichot, sempre a falar em livros escritos com pena ágil, estava longe de parecer-me mágica, como tanto tempo, antes de se lhe haver lentamente moldado pelo meu gosto literário, julgara minha mãe. Mas, sem querer, eu a tornara magnética, como fazem por brincadeira os colegiais, e eis que mil nadas de Combray, há muito esquecidos, se punham por si mesmos a saltar, airosos, e vinham, uns após outros, prender-se ao bico imantado, em fila interminável e trêmula de lembranças.

Alguns espíritos amantes de mistério imaginam que os objetos conservam algo dos olhos que os miraram, que quadros e monumentos só nos aparecem sob o véu perceptível tecido pelo amor e pela contemplação de seus adoradores durante séculos a fio. Tal quimera seria verdadeira se transposta para os domínios da realidade única para cada um de nós, para os domínios da sensibilidade individual. Sim, neste sentido, somente neste, e com maior amplidão; qualquer objeto outrora visto, se o revemos, nos devolve, com o primeiro olhar nele pousado, todas as imagens que então o enchiam. É que as coisas — um livro de capa vermelha, igual aos outros —, apenas as divisamos, tornam-se em nós algo de imaterial, de natureza idêntica à de nossas preocupações e sensações daquele tempo, às quais indissoluvelmente se mistura. Tal nome de um livro antigo guarda entre suas sílabas o vento rápido e o sol brilhante que sentíramos ao lê-lo. Na menor sensação proveniente do mais humilde alimento, do cheiro do café com leite, encontramos aquela vaga esperança de bom tempo que, frequentemente, nos sorria ante o dia ainda intato e pleno, na incerteza do céu matinal; uma hora e um vaso repleto de perfume, de sons, de momentos de disposições várias, de climas.[168] Assim sendo, a literatura que se cifra a "descrever as coisas", a fixar-lhes secamente as linhas e superfícies, é, apesar de denominar-se realista, a mais afastada da realidade, a que mais nos empobrece e entristece, pois corta bruscamente toda comunicação de nosso eu presente com o passado, do qual as coisas guardavam a essência, e com o futuro, onde elas nos incitam a de novo gozá-lo. É isso que deve exprimir a arte digna de tal nome, e, não o conseguindo, dá-nos ainda, com sua impotência, uma lição (ao passo que nenhuma se aproveita das realizações do realismo), a saber, que essa essência é em parte subjetiva e incomunicável.

Mais ainda, uma coisa vista em determinada época, um livro lido, não se prendem apenas ao que então nos rodeava; associa-se

168 A partir de "Na menor sensação", trecho excluído da última edição de 1989.

este também fielmente ao que éramos, não pode ser de novo percorrido senão pela sensibilidade, pela pessoa de então; se pego, ou imagino[169] pegar na estante *François le champi*, logo uma criança se ergue que me substitui, que tem exclusivo direito a ler este título: *François le champi*, e o faz como outrora, com a mesma impressão do tempo reinante no jardim, os mesmos sonhos sobre longes terras e sobre a vida, a mesma angústia do dia seguinte. Revendo eu algum objeto de outro período, outro rapaz surgirá. E minha pessoa de hoje não passa de uma pedreira abandonada, que julga igual e monótono tudo quanto encerra, mas de onde cada recordação, como um escultor grego, tira inúmeras estátuas. Falo em coisas revistas por que, atuando os livros nisso como coisas, o modo pelo qual se abria sua lombada, o grão de seu papel podem ter conservado, tão viva como as frases do texto, a lembrança de como eu imaginava então Veneza e de meu desejo de visitá-la. Mais viva até, pois estas por vezes perturbam, como certas fotografias, que nos fornecem do modelo uma imagem menos fiel do que nossa memória. Sem dúvida, muitos livros de minha infância, e, infelizmente, alguns do próprio Bergotte, eu só os abria, cansado, à noite, como se tomasse um trem, na esperança de repousar pela visão de paisagens diferentes, de respirar a atmosfera de outrora. Mas sucede que a leitura, prolongando-se, prejudica, ao contrário, a evocação desejada. Num de Bergotte (em cujo exemplar na biblioteca do príncipe a dedicatória esmerava-se em vulgaridade e bajulação), lido por inteiro[170] num dia de inverno em que não pudera ir ver Gilberte, não consegui encontrar as páginas que tanto apreciara.[171] Algumas palavras me induziriam a crer que as achara, mas é impossível. Onde estaria a beleza que então lhes descobrira? Mas, do

---

169 O trecho "ou imagino pegar", constante da edição de 1927, foi suprimido da edição de 1989.

170 O trecho "por inteiro", constante da edição de 1927, foi suprimido da edição de 1989.

171 Na edição de 1989, "phrases" ("frases"), da edição original, foi substituído por "pages" ("páginas").

volume em si mesmo, não fora removida a neve que cobria os Champs-Élysées quando o li. Vejo-a ainda.

E é por isso que, se me tentasse ser bibliófilo como o príncipe de Guermantes, só de um modo o seria, de um modo especial, procurando a beleza independente do valor intrínseco da obra, a que decorre, para um colecionador, de conhecer as bibliotecas onde esteve, de sabê-lo dado, por ocasião de tal acontecimento, a tal homem célebre por tal soberano, de havê-lo seguido, de venda em venda, através de toda a sua vida; essa beleza de certa maneira histórica de um livro não me seria indiferente. Mas haveria de extraí-la de preferência da história de minha própria vida, não a encarando apenas com olhos de bibliófilo; e frequentemente a buscaria não no exemplar material, mas na obra em si mesma, como no caso deste *François le champi*, contemplado pela primeira vez em meu quarto de Combray, na noite talvez mais doce e triste de minha vida — quando, ai de mim (numa época em que me pareciam inacessíveis os misteriosos Guermantes), obtive de meus pais a abdicação inicial, da qual data o declínio de minha saúde, e de minha vontade, minha sempre crescente renúncia a qualquer tarefa difícil — e revisto hoje na biblioteca dos Guermantes, precisamente no dia mais belo, o que me iluminava subitamente não somente as antigas hesitações intelectuais, mas a própria razão de ser de minha existência e quiçá da arte. Quanto aos exemplares, ter-me-iam evidentemente interessado, mas só em função da vida. A primeira edição de uma obra ser-me-ia mais preciosa do que as outras, mas assim classificaria a edição em que pela primeira vez a li. Procuraria as edições originais, quer dizer, aquelas nas quais me viera desse livro uma impressão original. Porque já não o são as que se lhe seguem. Colecionaria os romances por causa das encadernações antigas, as do tempo em que li os primeiros romances, e que tantas vezes ouviram papai dizer-me: "Não te curves". Como o vestido com o qual vemos pela primeira vez uma mulher, elas me restituiriam o amor então sentido, a beleza sobre a qual se haviam superposto tantas imagens, cada vez menos amadas, permitindo-me assim rever a inicial, a mim que já não sou quem a viu e devo ceder o lugar ao eu de então, a fim de que ele chame o que conheceu e meu eu atual já não conhece. Mas mesmo nesse sentido, o único que consigo compreender, não me sentiria tentado a ser bibliófilo. Estou mais do que convencido do quanto as coisas são porosas ao espírito e dele se impregnam.[172]

A biblioteca que assim organizaria seria ainda mais valiosa, pois os livros outrora lidos em Combray, em Veneza, enriquecidos agora por minha memória com vastas iluminuras representando a igreja de Saint-Hilaire, a gôndola atracada aos pés de Saint-Georges-le-Majeur no Grande Canal incrustado de safiras cintilantes, tornar-se-iam dignos daqueles "livros de figuras", daquelas histórias bíblicas, daqueles livros de horas[173] que o conhecedor abre, não para ler o texto, mas para deslumbrar-se mais uma vez ante as cores que lhe acrescentou algum êmulo de Fouquet, e constituem o maior valor do volume. E, entretanto, até o simples folhear desses livros outrora lidos, para ver as ilustrações que então não os ornavam, parecer-me-ia tão perigoso que nem neste sentido, o único que admito, gostaria de ser bibliófilo. Sei muito bem quão facilmente as imagens gravadas pelo espírito são por ele próprio apagadas. Substitui as antigas por novas sem o mesmo poder de ressurreição. Se ainda possuísse o *François le champi* por mamãe tirado uma noite do embrulho de livros que minha avó acabara de me dar como presente de aniversário, nunca o olharia; temeria inserir nele, pouco a pouco, minhas impressões de hoje, recobrindo inteiramente as antigas, temeria vê-lo tornar-se de tal maneira atual que, quando lhe pedisse para invocar de novo a criança que lhe soletrara o título no quarto de Combray, esta, não lhe reconhecendo a voz, não respondesse mais ao apelo e permanecesse para sempre sepultada no esquecimento.

A ideia da arte popular, como a da arte patriótica, ainda que

---

172 Esse final de parágrafo, a partir de "Mas mesmo nesse sentido", é acréscimo da edição atual.

173 O trecho "daqueles livros de horas" é acréscimo da edição atual.

não fosse perigosa, se me afiguraria ridícula. Procurando torná-
-la acessível ao povo, sacrificar-se-iam os requintes da forma,
"bons para desocupados"; ora, eu frequentava suficientemente os
mundanos para saber que são eles, e não os operários eletricistas,
os verdadeiros iletrados. Assim sendo, uma arte popular pela forma destinar-se-ia mais aos membros do Jockey Club do que aos
da Confederação Geral do Trabalho; quanto aos temas, os romances populares satisfazem tão pouco à gente do povo como às
crianças os livros escritos em sua intenção. Todos buscam novidade na leitura, e os operários têm pelos príncipes a mesma curiosidade dos príncipes pelos operários. No início da guerra, já dizia
Barrès que um artista (no caso Ticiano) deve antes de tudo servir
à glória de sua pátria.[174] Mas só como artista o pode fazer, isto é,
com a condição de, ao estudar as leis da Arte, ao tentar suas experiências e fazer suas descobertas, tão delicadas como as da Ciência, não pensar em nada — nem na pátria — além da verdade
que tem diante de si. Não imitemos os revolucionários desprezan-
do, por "civismo", quando não as destruíam, as obras de Watteau
e La Tour, pintores que honravam mais a França do que todos os
da Revolução.[175] Nenhuma criatura sensível, se pudesse escolher,

174 O parecer de Barrès, na verdade não data do início da guerra, mas de 14 de junho
de 1916, quando o autor comenta sua viagem à Itália em artigo para *L'Écho de Paris*,
e retoma a inscrição na casa em que nasceu Ticiano: "A Ticiano que, por meio da arte,
preparou a independência de sua pátria". Segundo Barrès, é um pensamento que
serve para a vida toda, pois "engrandece, da maneira mais verdadeira, o papel dos
artistas". (*L'Âme française et la guerre*. Paris: Émile-Paul, 1915-1920, vol. 9, p. 336)

175 Expressão da opinião do personagem principal de *Les Dieux ont soif* (1912), de Anatole France. Assim como as *Memórias* da condessa de Boigne, as do conde
d'Haussonville e as *Memórias de além-túmulo*, de Chateaubriand, o romance de
Anatole enfoca os anos imediatamente posteriores à Revolução Francesa. O personagem principal do livro de Anatole é Évariste Gamelin, um antigo pintor de "cenas galantes que não correspondiam mais a seu caráter"; naquelas cenas que pinta-
va antes, ele "reconhecia a depravação da monarquia e o efeito vergonhoso da
corrupção das cortes". A ação se passa em 1793, durante o acirramento do período
do Terror, quando "os tempos estavam ruins para os artistas". A condenação de

optaria provavelmente pela anatomia. Não foi a bondade, grande embora, de seu coração virtuoso que levou Choderlos de Lados a escrever *As relações perigosas*, nem a predileção pela burguesia, grande ou pequena, que sugeriu a Flaubert temas como os de *Madame Bovary* ou de *Educação sentimental*. Prediziam alguns que seria breve a arte de uma época apressada, como antes da guerra a imaginavam curta. Também a estrada de ferro deveria matar a contemplação, era inútil lamentar as diligências, mas o automóvel as veio substituir e permitir de novo aos turistas pararem nas igrejas abandonadas.

Uma imagem oferecida pela vida nos traz de fato, num momento, sensações múltiplas e diversas. A vista, por exemplo, da capa de um livro já lido tece nos caracteres do título os raios de lua de uma remota noite de verão. O gosto do café com leite matinal nos restitui a vaga esperança de bom tempo que tantas vezes, enquanto o tomávamos numa tigela de alva porcelana, macia e enrugada como leite coalhado, estando o dia ainda intacto e pleno,[176] nos sorrira na clara incerteza do amanhecer. Uma hora não é apenas uma hora, é um vaso repleto de perfumes, de sons, de projetos e de climas. O que chamamos realidade é uma determinada relação entre sensações e lembranças a nos envolverem simultaneamente — relação suprimida pela simples visão cinematográfica que se afasta tanto mais da realidade quanto mais lhe pretende limitar —, relação única que o escritor precisa encontrar a fim de unir-lhe para sempre em sua frase os dois termos diferentes. Podem-se alinhar indefinidamente, numa narrativa, os objetos pertencentes ao sítio descrito, mas a verdade só surgirá quando o escritor tomar dois objetos diversos, estabelecer a rela-

---

pintores do Antigo Regime faz parte dos princípios do pintor fracassado Gamelin antes de vir a integrar o implacável júri que envia centenas de pessoas inocentes para a guilhotina. Com sua obra sobre a arte do século XVIII, os Goncourt terão papel importante na recuperação de pintores como Watteau, La Tour e Fragonard.

176 O trecho "estando o dia ainda intacto e pleno" é acréscimo da edição atual.

ção entre eles, análoga no mundo da arte à relação única entre causa e efeito no da ciência, e os enfeixar nos indispensáveis anéis de um belo estilo, ou quando, como a vida, por meio de uma qualidade comum a duas sensações, lhe extrair a essência comum,[177] confundindo-as, para as subtrair às contingências do tempo, numa metáfora, ligando-as pelo laço indescritível de uma aliança de palavras.[178] Não fora, sob este ponto de vista, a própria natureza que me pusera no caminho da arte, não era ela o começo da arte, ela que tantas vezes só muito mais tarde, e através de outra, me permitira conhecer a beleza de uma coisa, o meio-dia em Combray pelo repicar de seus sinos, as manhãs de Doncières pelo ruído de nosso calorífero? A relação pode ser pouco interessante, medíocres os objetos, pobre o estilo, mas sem isso nada se faz.

A literatura que se limita a "descrever as coisas", a fornecer-lhes um esquema das linhas e superfície, é, a despeito de suas pretensões realistas, a mais fora da realidade, pois corta bruscamente toda comunicação de nosso eu presente com o passado, do qual as coisas guardavam a essência, e com o futuro, onde nos convidam a gozá-lo de novo.[179]

Mais ainda. Se a realidade fosse essa espécie de detrito da experiência, mais ou menos o mesmo para todos, porque quando dizemos: mau tempo, guerra, posto de carros de aluguel, restaurante iluminado, jardim florido, todos sabem o que temos em mente; se a literatura fosse isso, bastaria sem dúvida um arremedo de filme cinematográfico das coisas, e o "estilo", a "literatura" que se afastassem de tais dados não passariam de excrescência artificial. Mas seria mesmo isso a realidade? Se tentasse verificar o que de fato se passa em nós quando alguma coisa nos causa de-

---

177 O adjetivo "comum" é acréscimo da edição atual.

178 Esse final de frase (a partir de "ligando-as") constava da edição de 1927 e foi retirado da edição de 1989.

179 Esse parágrafo, constante da edição de 1927, repete quase literalmente trecho acima. Por isso ele foi eliminado da edição de 1989.

terminada impressão — como se, ao passar pela ponte do Vivonne, a sombra de uma nuvem na água me fizesse exclamar: "Ora bolas!", saltando de alegria; se, ouvindo uma frase de Bergotte, só conseguisse captar de minha impressão esta generalidade vaga: "É admirável"; se, irritado por algum desazo, Bloch proferisse estas palavras, despropositadas para caso tão vulgar: "Acho até fantástico que se proceda assim"; ou se, deslumbrado pela boa acolhida dos Guermantes, e aliás um pouco excitado por seus vinhos, eu não me pudesse impedir de murmurar para mim mesmo ao deixá-los: "São, a despeito de tudo, criaturas encantadoras, com as quais seria doce a vida" —, eu veria que, para exprimir tais sensações, para escrever[180] esse livro essencial, o único verdadeiro, um grande escritor não precisa, no sentido corrente da palavra, inventá-lo, pois já existe em cada um de nós, e sim traduzi-lo. O dever e a tarefa do escritor são as do tradutor.

Ora, se, quando se trata, por exemplo, da linguagem inexata do amor-próprio, o aprumar do oblíquo monólogo interior (que gradativamente se afasta da impressão primeira e cerebral[181]) até confundi-lo com a reta que deveria ter partido da impressão é empresa árdua, contra a qual se irrita nossa preguiça, outros casos existem, o do amor, sobretudo, em que essa retificação se torna dolorosa. Todas as nossas indiferenças simuladas, toda a nossa indignação contra mentiras tão naturais, tão semelhantes às nossas, numa palavra, tudo quanto não cessamos, ao nos sentirmos infelizes ou traídos não só de dizer ao ente amado, mas até, longe dele, de repetir a nós mesmos, algumas vezes em voz alta, no silêncio de nosso quarto, quebrado por frases como — "não, é realmente intolerável essa conduta" e "quis rever-te pela última vez e não nego que sofro" —, não o podemos fazer voltar à verdade, da qual tanto se desviara, sem abolir aquilo a que mais nos ape-

---

180 O trecho "para exprimir tais sensações, para escrever" foi eliminado da edição de 1989.
181 Em vez de "cerebral", da primeira edição, a edição de 1989 traz "central".

gávamos, aquilo que, nos projetos febris de cartas e entrevistas, debatíamos a sós, fervorosamente.

Até nos prazeres artísticos, não obstante os busquemos pela impressão que provocam, achamos logo meios de deixar de lado, como inexprimível, o que precisamente constitui essa impressão, e de nos arrimar ao que permite desfrutar o prazer sem conhecê-lo até o fundo, e nos dá a ilusão de comunicá-lo a outros apreciadores, com os quais a conversa se tornará possível por falarmos de algo idêntico para eles e para nós, tendo sido suprimida a raiz pessoal de nossa própria impressão. Ainda quando somos apenas espectadores isentos da natureza, da sociedade, do amor da mesma arte, como toda impressão é dupla, envolta uma parte pelo objeto, prolongada em nós a outra, só de nós conhecida, apressamo-nos em desprezar esta, isto é, a única que nos deveria seduzir, e nos apegamos à que, sendo exterior, e, por conseguinte, não aprofundável, não nos causará a menor fadiga: o pequeno sulco cavado em nós por uma frase musical[182] ou pela vista de uma igreja não nos animará a tentar descobri-lo. Mas continuamos a tocar a sinfonia e a visitar a igreja até que — na fuga para longe de uma vida que não ousamos encarar, cujo nome é erudição — as chegamos a conhecer tão bem como os mais sábios amantes de música ou de arqueologia, e exatamente da mesma maneira que eles.

Muitos ficam nisso, nada extraem das próprias impressões, envelhecem inúteis e insatisfeitos, como celibatários da arte. Padecem de males idênticos aos das virgens e dos indolentes, que a fecundidade no trabalho curaria. Exaltam-se ante obras de arte mais do que os verdadeiros artistas porque, não provindo de um duro labor de aprofundamento, sua exaltação derrama-se para fora, aquece as palavras, inflama a fisionomia; creem realizar-se ao gritar até perder a voz: "Bravo, bravo!" após a execução da peça preferida. Não os obrigam todavia tais manifestações a veri-

---

182 A edição de 1989 traz, no lugar de "por uma frase musical", "pela vista de um espinheiro" ("la vue d'une aubépine").

ficar a natureza de seu amor, que lhes permanece ignorada. Inaproveitado, este transborda entretanto em suas palestras mais calmas, e, para falar de arte, força-os a gestos exuberantes, a esgares, a meneios de cabeça. "Fui a um concerto no qual tocaram uma música[183] que, confesso, não me entusiasmou. Começou depois o quarteto. Ah! que diferença!" (transparece-lhe então no rosto uma inquietação ansiosa, como se pensasse: "Mas vejo labaredas, cheira a chamusco, é um incêndio"). "Pode ser irritante, mal escrito, mas mexe com a gente, que diabo!, não é coisa para qualquer um fazer." Este olhar é também precedido de uma entonação ansiosa, de meneios de cabeça, de novas gesticulações, de todo o ridículo dos membros mal formados do filhote de ganso que não solucionou o problema das asas e no entanto vive obcecado pelo desejo de voar. De concerto em concerto, passa a vida esse amante estéril, amargurado e insatisfeito quando começa a envelhecer, sem velhice fecunda, em certo sentido, um solteirão da arte. Mas essa raça de gente absolutamente detestável, que exala o mal cheiro de seu mérito e não obteve seu quinhão de satisfação, é tocante porque é a primeira tentativa informe da necessidade de passar do objeto variável do prazer intelectual para seu órgão permanente.[184]

E, embora ridículo, não nos devem merecer desprezo esses apreciadores.[185] São os esboços da natureza desejosa de criar o artista, tão informes, tão pouco viáveis como os primeiros animais que precederam as espécies atuais, e não se destinavam a perdurar. Indecisos e estéreis, comovem-nos como aqueles aviões iniciais, que não conseguiram erguer-se do solo, mas nos quais residia não o meio secreto, ainda por descobrir, mas a ânsia de voo. "Pois, meu velho", acrescenta o musicômano, tra-

---

183 O trecho "no qual tocaram uma música" foi eliminado da edição de 1989.
184 A partir de "Este olhar", acréscimo da edição atual.
185 A edição atual elimina o substantivo "apreciadores" ("amateurs") substituindo-o pelo pronome "eles".

vando-nos o braço, "é a oitava vez que ouço, e juro que não há de ser a última." Com efeito, como não assimilam o que na arte é realmente nutritivo, presas de uma bulimia que nada aplaca, precisam tais criaturas a todo momento dos prazeres artísticos. Aplaudem anos a fio a mesma obra, crentes, além do mais, de que sua presença representa um dever, uma ação, como para outros a assistência a uma sessão de conselho administrativo ou a um enterro. Dão-se mais tarde a paixões outras, e até opostas, em literatura, pintura ou música. Porque a faculdade de lançar ideias, sistemas, sobretudo de os adotar, sempre foi mais frequente, mesmo nos criadores, do que o verdadeiro gosto, mas assumiu proporções mais consideráveis depois que se multiplicaram as revistas e jornais literários (e com eles as vocações factícias de escritores e artistas). Passou assim a melhor parte da mocidade, a mais inteligente, a mais interessada,[186] a só apreciar em literatura[187] obras de grande alcance moral, sociológico e até religioso. Renovando o erro dos David, dos Chenavard, dos Brunetière, imaginava ser este o critério de julgamento. A Bergotte, cujas frases elegantes não teriam evidentemente sido possíveis sem fundas sondagens interiores, preferiam-se escritores que só pareciam profundos por não escreverem tão bem. A complicação de sua escrita visava apenas aos mundanos, alegavam os democratas, prestando assim àqueles uma homenagem imerecida. Mas quando a inteligência raciocinante se mete a avaliar as obras de arte, não resta nada de fixo, de certo: demonstra-se o que se quer. A despeito de constituir a realidade do talento um patrimônio, uma aquisição universal, cuja presença se deve antes de tudo buscar sob as modas aparentes do pensamento e do estilo, é nestas que se arrima a crítica para classificar os autores. Sagra profeta, em virtude de seu tom peremptório, de seu desprezo pela escola que o prece-

186 A edição de 1989 substituiu "interessada" por "desinteressada".
187 O trecho "em literatura" é acréscimo da edição atual.

deu, um escritor que não traz a menor mensagem nova. Tal é essa constante aberração da crítica que o escritor deveria preferir ser julgado pelo grande público (se este não fosse incapaz de perceber por si mesmo as tentativas de um artista numa ordem de pesquisas que desconhece). Porque há maiores analogias entre a vida instintiva do público e o talento de um grande escritor, que não é senão um instinto religiosamente ouvido em meio ao silêncio a tudo o mais imposto, um instinto aperfeiçoado e compreendido, do que entre este e a verbosidade superficial, as normas flutuantes dos juízes oficiais. Sua logomaquia renova-se de dez em dez anos (não se compondo o calidoscópio apenas de grupos mundanos, mas de princípios sociais, políticos, religiosos, que se espairam graças a sua refração pelas massas extensas, e são, não obstante, fadados à curta vida das ideias cuja novidade só seduz espíritos pouco exigentes em matéria de provas). Assim se sucediam partidos e escolas, arrebanhando sempre os mesmos homens, relativamente inteligentes, vítimas de entusiasmo que não contagiavam os mais acurados e ciosos de exatidão. Infelizmente, por serem meios-espíritos, necessitando da ação para completar-se, atuam aqueles mais do que as mentalidades superiores, atraem a multidão e criam em torno de si não só falsas reputações e desdéns injustificados, como as guerras internas e externas, das quais nos preservaria um pouco de autocrítica não realista.

E quanto à satisfação que ao espírito bem formado, ao coração de fato vivo, causa o puro pensamento de um mestre, é sem dúvida salutar, mas os homens capazes de apreciá-la (quantos haverá em vinte anos?), na verdade preciosos, reduzem-se a mera, embora plena, consciência alheia. Tal será o indivíduo que, tudo havendo feito para conquistar o amor de uma mulher da qual só lhe adviriam desgostos, sem conseguir, a despeito de redobrados e persistentes esforços, uma só entrevista, em vez de procurar exprimir seus sofrimentos e os perigos a que escapou, se puser a reler incessantemente, misturando-lhe "um milhão de palavras"[188] e as mais comovidas lembranças da própria vida, esta reflexão de La Bruyère: "Os homens frequentemente querem amar sem o conseguir, e são, assim se pode dizer, coagidos a permanecer livres".[189] Que este pensamento tenha ou não tido tal sentido para quem o escreveu (e, para tanto, "ser amados" deveria, aliás com vantagem, substituir "amar"), é certo que o letrado sensível o vivifica, carrega-o de significação até fazê-lo estourar, só o relê transbordando de alegria, tão verdadeiro e belo lhe parece, mas afinal nada lhe acrescenta, pois não é senão um eco de La Bruyère.

Como teria qualquer valor a literatura descritiva, se a realidade se oculta sob pequenas coisas que enumera (a grandeza no ruído distante de um aeroplano, na linha do campanário de Saint-Hilaire, o passado no sabor de uma madeleine etc.) e por si mesmas nada significam, se não se souber desentranhar o que encerram?

Pouco a pouco conservada pela memória, é a cadeia de todas as impressões inexatas, onde nada resta do que realmente sentimos, que constitui para nós nosso pensamento, nossa vida, a realidade, e é essa falsidade a reproduzida pela arte dita "vivida", simples como a vida, sem beleza, duplo emprego do que veem nossos olhos e verifica nossa inteligência, tão fastidioso e vão que indagamos onde encontra quem a cultiva a flama alegre e motora capaz de animá-lo, de fazê-lo prosseguir na tarefa. A grandeza da verdadeira arte, da que Norpois tacharia de jogo de diletante, consiste ao contrário em captar, fixar, revelar-nos a realidade

---

188 Essa expressão citada pelo narrador proustiano é o verso 792 da peça *Les femmes savantes*, de Molière. Trata-se da reação entusiasta de Philaminte aos versos de Trissotin, escritor falsário que pretente ganhar a confiança da família e desposar Henriette, filha de Philaminte.

189 Citação literal de uma máxima do capítulo "Du coeur", dos *Caractères*, de La Bruyère. Os pares Marcel/Gilberte, Marcel/Albertine, Swann/Odette, Charlus/Morel, Saint-Loup/Rachel, Saint-Loup/Morel exemplificam em vários momentos a modificação que o narrador propõe na sequência para a formulação inicial de La Bruyère sobre o amor.

longe da qual vivemos, da qual nos afastamos cada vez mais à medida que aumentam a espessura e a impermeabilidade das noções convencionais que se lhe substituem, essa realidade que corremos o risco de morrer sem conhecer, e é apenas nossa vida.

A verdadeira vida, a vida enfim descoberta e tornada clara, a única vida, por conseguinte, realmente vivida é a literatura.[190] Essa vida que, em certo sentido, está sempre presente em todos os homens e não apenas nos artistas.

Mas não veem, porque não a tentam desvendar. E assim seu passado se entulha de inúmeros clichês, inúteis porque não "revelados" pela inteligência. Captar nossa vida; e também a dos outros; pois o estilo para o escritor como a cor para o pintor[191] é um problema não de técnica, mas de visão. E a revelação, impossível por meios diretos e conscientes, da diferença qualitativa decorrente da maneira pela qual encaramos o mundo, diferença que, sem a arte, seria o eterno segredo de cada um de nós. Só pela arte podemos sair de nós mesmos, saber o que vê outrem de seu universo que não é o nosso, cujas paisagens nos seriam tão estranhas como as porventura existentes na lua. Graças à arte, em vez de contemplar um só mundo, o nosso, vemo-lo multiplicar-se, e dispomos de tantos mundos quantos artistas originais existem, mais diversos entre si do que os que rolam no infinito, e que, muitos séculos após a extinção do núcleo de onde emanam, chame-se este Rembrandt ou Vermeer, ainda nos enviam seus raios.

Esse trabalho do artista, de buscar sob a matéria, sob a experiência, sob as palavras, algo diferente, é exatamente o inverso do que, a todo instante, quando vivemos alheados de nós, realizam por sua vez o amor-próprio, a paixão, a inteligência e o hábito, amontoando sobre nossas impressões, mas para escondê-las de nós, as nomenclaturas, os objetos práticos a que erradamente chamamos vida. Em suma, esta arte, tão complicada, é justamente a

---

190 O trecho "é a literatura" é acréscimo da edição atual.
191 O trecho "a cor" é acréscimo da edição atual.

única viva. Só ela exprime para os outros e a nós mesmos mostra nossa própria vida, essa vida que não pode ser "observada", cujas aparências observáveis precisam ser traduzidas, frequentemente lidas às avessas, e a custo decifradas. O trabalho feito pelo amor-próprio, pela paixão, pelo espírito de imitação, pela inteligência abstrata, pelos hábitos, é o que há de desmanchar a arte, na marcha em sentido contrário, na volta que nos fará empreender aos abismos onde jaz ignorado de nós o que realmente existiu.

Grande tentação, sem dúvida, a de recriar a verdadeira vida, de rejuvenescer as impressões. Mas exigia coragem em todos os terrenos, até no sentimental. Porque consistia antes de tudo em derrogar as mais caras ilusões, em deixar de crer na objetividade daquilo que se elaborou, em vez de embalar-se pela centésima vez com estas palavras: "Ela era tão boazinha", ler nas entrelinhas: "Causava-me prazer beijá-la". Decerto o que eu sentira nas horas de amor, todos os homens o sentem. Sente-se, mas o que se sente é como certos negativos que parecem inteiramente negros quando não examinados junto de uma lâmpada, e também precisam ser vistos às avessas: não se sabe do que se trata sem aproximá-lo da inteligência. Só depois de o haver esta iluminado, intelectualizado, é que se distingue, e com que dó, a figura do que se sentiu. Mas eu verificava do mesmo passo que o sofrimento, que primeiro me veio a propósito de Gilberte, de perceber que nosso amor não pertence a quem o inspira é salutar acessoriamente, como um meio de conhecimento. (Porque, embora deva ser breve nossa vida, é só enquanto sofremos que nossos pensamentos, de algum modo agitados por movimentos perpétuos e ondulantes, elevam, como numa tempestade, a um nível onde se torna visível, toda essa imensidade regida por leis, que, debruçados a uma janela mal colocada, não conseguimos avistar, pois deixa-a rasa e lisa a calma da felicidade; só para alguns grandes gênios tal movimento existirá sempre, independente da agitação da dor; não o podemos todavia afirmar, pois, ao contemplar-lhes o largo e regular desenvolvimento das obras alegres, inferimos, da alegria da produção, a da vida, talvez ao contrário constantemente dolorosa?) Mas, principalmente se nosso amor não se deu apenas a uma Gilberte, percebemos que não foi por se ter dado também a uma Albertine, que nos fez padecer tanto, e sim por ser uma porção de nossa alma, mais durável do que os diversos "eus" que morrem sucessivamente em nós e por egoísmo o quereriam reter, porção de nossa alma que deve, ao preço embora de um sofrimento, aliás útil, desprender-se dos seres, a fim de lhe alcançarmos e restituirmos a generalidade, e darmos esse amor, a compreensão desse amor, a todos, ao espírito universal, e não a esta e depois àquela, nas quais se desejariam fundir este e depois aquele dos nossos "eus".

Cumpria-me, pois, buscar o sentido, encoberto pelo hábito, dos menores sinais que me rodeavam (Guermantes, Albertine, Gilberte, Saint-Loup, Balbec etc.). Precisamos saber que, uma vez atingida a realidade, para exprimi-la, para conservá-la, é forçoso afastar tudo quanto dela difere e que incessantemente nos traz a velocidade adquirida do hábito.[192] Mais do que tudo, eu evitaria portanto as palavras escolhidas antes pelos lábios do que pelo espírito, as palavras espirituosas usadas nas conversas, e que, após estas, continuamos a dirigir artificialmente a nós mesmos, enchendo-nos de falsidades o espírito, as palavras apenas materiais acompanhadas, no escritor que desce a transcrevê-las, pelo breve sorriso, pela mímica brejeira a alterarem constantemente a frase oral de um Sainte-Beuve, por exemplo, ao passo que os livros verdadeiros se geram não na diurna luz e nas palestras, mas no escuro e no silêncio. E como a arte recompõe exatamente a vida, em torno das verdades em nós mesmos atingidas flutuará sempre uma atmosfera de poesia, a doçura de um mistério que não é senão o vestígio da penumbra que atravessamos, a indicação, marcada com precisão de altímetro, da profundidade da obra. (Porque essa profundidade não é inerente a certos temas, como supõem os romancistas materialmente espiritualistas, que

---

192 O trecho "Precisamos saber que", introdução da frase, foi eliminada da edição de 1989.

não sabem descer além do mundo das aparências, e cujas nobres intenções, semelhantes às tiradas virtuosas de pessoas incapazes do menor esforço de bondade, não nos devem impedir de notar que não tiveram energia mental nem para livrar-se das banalidades de forma adquiridas por imitação.)

Quanto às verdades que a inteligência — ainda a mais alta — colhe a mancheias, em plena luz, ao acaso, talvez sejam valiosas; mas têm contornos antes secos e são planas, sem profundidade, porque nenhuma profundeza foi transposta para alcançá-las, porque não foram recriadas. Muitos escritores, em cujo âmago já não aparecem essas verdades misteriosas, só escrevem, a partir de certa idade, com a inteligência, cada vez mais robusta; os livros da maturidade são por isso mais fortes do que os da juventude, porém já não possuem o mesmo aveludado frescor.

Eu sabia entretanto não serem inteiramente desprezíveis essas verdades que a inteligência extrai diretamente da realidade, pois poderiam envolver em matéria menos pura, mas ainda permeada de espírito, as impressões que nos confere, fora do tempo, a essência comum às sensações do passado e do presente, as quais, mais preciosas, são todavia muito raras para só delas compor-se a obra de arte. Prontas para serem aproveitadas, eu sentia aglomerarem-se em torno de mim inúmeras verdades relativas às paixões, aos caracteres, aos costumes. Satisfazia-me verificar essas verdades; julguei contudo lembrar-me de haver descoberto na dor várias dentre elas, em prazeres medíocres muitas outras.

Cada criatura que nos faz sofrer pode representar para nós uma divindade da qual é apenas um reflexo fragmentário e a derradeira manifestação, divindade que, contemplada tão somente como ideia,[193] para logo transmuda em alegria a dor que experimentávamos. A arte de viver consiste em nos sabermos servir de quem nos atormenta como de degraus de acesso à sua forma divina, povoando assim diariamente de deuses nossa vida.

---

193 Esse trecho foi sintetizado na edição de 1989: "divindade (Ideia), cuja contemplação".

Então, menos brilhante sem dúvida do que a que me fizera vislumbrar na obra de arte o único meio de reaver o Tempo perdido, nova luz se fez em mim. E compreendi que a matéria da obra literária era, afinal, minha vida passada; que tudo me viera nos divertimentos frívolos, na indolência, na ternura, na dor, e eu acumulara como a semente os alimentos de que se nutrirá a planta, sem adivinhar-lhe o destino nem a sobrevivência. Como a semente, poderia morrer uma vez desenvolvida a planta, para qual vivera sem o saber, sem nunca imaginar que minha vida devesse entrar em contato com os livros que sonhara escrever e cujo assunto, quando outrora me sentava à mesa de trabalho, buscara em vão. Assim, minha existência até este dia poderia e não poderia resumir-se neste título: uma vocação. Não poderia porque a literatura não desempenhara nela o menor papel. Poderia porque essa vida, com as recordações de suas tristezas e alegrias, constituía uma reserva semelhante à albumina existente no óvulo das plantas, da qual este encontra o alimento necessário para transformar-se em semente, na evolução embrionária, ignorada e invisível, não obstante processar-se por meio de fenômenos químicos e respiratórios secretos mas muito ativos. Assim também minha vida fora condicionada pelo que lhe determinaria a maturação. E os que dela depois se nutririam ignorariam o que para alimentá-los se realizara, como quem come cereais não sabe terem antes nutrido a semente e lhe facultado a evolução as ricas substâncias que contém.

Neste terreno, as mesmas comparações podem ser falsas como pontos de partida, e verdadeiras como metas de chegada. O literato inveja o pintor, gostaria de fazer rascunhos, tomar notas, e estará perdido se o fizer. Mas quando escreve, não há um só gesto de suas personagens, um tique, um modo de falar que não lhe sejam ditados à inspiração pela memória; não há um só nome de personagem inventada sob o qual não possa colocar sessenta nomes de pessoas reais, das quais uma pousou para os trejeitos, outra para o monóculo, esta para a cólera, aquela para o movimento imponente do braço etc. Verifica então o escritor que, se seu sonho de ser pintor era irrealizável de modo consciente e voluntário, cumpriu-se entretanto, e o caderno de esboços se encheu à sua revelia...

Pois, movido pelo instinto que o habitava, o escritor, muito antes de imaginar sê-lo, omitia invariavelmente reparar em coisas que todos notavam, fazendo-se acusar pelos outros de distração, por si mesmo de não saber ouvir nem ver, mas enquanto isso impunha aos olhos e aos ouvidos guardarem para sempre o que a outrem parecia pueril, o tom com que fora proferida uma frase, a expressão e o dar de ombros, em dado momento e determinada circunstância, de uma pessoa a cujo respeito talvez nada mais soubesse, e isso porque esse tom, já o ouvira ou sentia que tornaria a ouvir, que era algo de renovável, de durável; é o senso do geral que, no futuro escritor, escolhe por si mesmo o que é geral e poderá entrar na obra de arte. Não ouvira por isso os outros senão quando, por mais néscios ou loucos que fossem, repetindo como papagaios o que dizem as criaturas de feitio semelhante ao seu, tornavam-se aves proféticas, porta-vozes de uma lei psicológica. Só do geral se recorda. Graças a tais entonações, tais jogos de fisionomia, tais movimentos de ombros,[194] vistos embora na mais longínqua infância, grava-se nele a vida alheia que, quando mais tarde começar a escrever, há de ajudá-lo a recriar a realidade,[195] seja compondo um movimento de ombros comum a muita gente, exato como se tivesse sido anotado no caderno de um anatomista, seja enxertando nele um pescoço tirado de outra pessoa, cada modelo tendo pousado a seu tempo.

Não é certo que, para a elaboração literária, não sejam a imaginação e a sensibilidade qualidades mais ou menos equivalentes, que a segunda não possa sem maior dano substituir-se à

194 O trecho "tais jogos de fisionomia, tais movimentos de ombros", constante do original de 1927, foi substituído por "tais movimentos de fisionomia".
195 O trecho "há de ajudá-lo a recriar a realidade", constante da edição original, foi eliminado da edição de 1989.

primeira, como em pessoas cujo estômago é incapaz de digerir, e o intestino lhe faz as vezes. Um homem dotado de sensibilidade poderia, ainda que não tivesse imaginação, escrever romances admiráveis. O sofrimento que outros lhe causassem, seus esforços para evitá-lo, os conflitos que daí lhe resultariam com pessoas cruéis, tudo isso, interpretado pela inteligência, forneceria matéria para um livro, não apenas belo como se fosse imaginado, inventado, mas também, até para o próprio autor, quando feliz e livre, tão estranho, tão surpreendente, tão acidental como um capricho fortuito da fantasia.

Os seres mais estúpidos manifestam, nos gestos, nas palavras, nos sentimentos involuntariamente expressos, leis que não percebem mas deixam surpreender pelo artista. Observações desse gênero levam o público a, injustamente, acoimar de maldade o escritor, que num ridículo distingue uma bela generalidade, sem por isso menosprezar a pessoa observada, como não a culparia um médico se padecesse de um dos tão frequentes distúrbios circulatórios; ninguém zomba menos que ele das fraquezas humanas. É de lamentar-se que seja mais infeliz do que cruel ao tratar de suas próprias paixões; embora convicto de sua generalidade, não as consegue com a mesma facilidade isolar dos sofrimentos pessoais que lhes causam. Sem dúvida, quando um insolente nos insulta, preferiríamos que nos elogiasse, e, sobretudo, quando uma mulher adorada nos trai, tudo faríamos para que o contrário fosse verdadeiro. Mas o ressentimento da afronta, as dores do abandono permaneceriam, neste caso, terras desconhecidas, cuja descoberta, penosa para o homem, é preciosa para o artista. E assim é que, a despeito de si mesmos, e do autor, entram na obra os perversos e os ingratos. O panfletário associa involuntariamente à própria glória o canalha que desmascarou. Reconhecem-se em qualquer livro todos os que o escritor mais odiou, e até, ai dele, todas as que mais amou. Mesmo estas lhe serviam de modelos quando, bem contra sua vontade, o torturavam. Amando Albertine, já certo de não ser correspondido, eu

246

me resignara a que não me desse senão uma lição de como se sofre, se ama, e até, no início, de como se é feliz.

E quando buscamos extrair de nossa dor a generalidade, escrever a seu respeito, sentimo-nos consolados, por outro motivo talvez além dos enumerados, proveniente de que pensar, de maneira geral, escrever, é para o escritor uma função sadia e necessária, cujo cumprimento lhe comunica a mesma satisfação que aos homens esportivos os exercícios físicos, o suor e o banho. Para ser sincero, devo dizer que isso me revoltava um pouco. Apesar de ver na arte a verdade suprema da vida, apesar de, por outro lado, já não ser capaz do esforço de memória indispensável para amar novamente Albertine ou novamente chorar minha avó, eu não sabia, entretanto, se uma obra de arte da qual não teriam consciência seria para elas, para o destino das pobres mortas, uma realização. Minha avó, que com tamanha frieza eu vira agonizar e morrer junto de mim! Oh! possa eu, como expiação, uma vez terminada minha obra, ferido sem esperança, sofrer longamente, por todos abandonado, antes de morrer. Compadecia-me, aliás, infinitamente, de seres menos queridos, de indiferentes até, de existências humanas cujos sofrimentos, cujos ridículos até, porque os buscara compreender, me haviam sido, afinal, úteis. Todos os que me haviam revelado verdades, e já não existiam, apareciam-me como se tivessem vivido uma vida só a mim proveitosa, como se tivessem morrido por mim.

Entristecia-me pensar que meu amor, tão meu, se desligaria tanto no livro de qualquer criatura em particular, que leitores diversos o superporiam exatamente ao que por outras mulheres houvessem sentido. Mas dever-me-ia escandalizar essa infidelidade póstuma, essa possibilidade de fulano ou sicrano vislumbrarem em mulheres desconhecidas o objeto de meus sentimentos, se a infidelidade, a divisão do amor entre vários seres começara durante minha vida, e antes mesmo de pensar em escrever? Sofrera sucessivamente, por Gilberte, pela sra. de Guermantes, por Albertine. Esquecera-as também sucessivamente, e só o amor, dedicado a seres diferentes, fora durável. A profanação de uma de minhas recordações por leitores desconhecidos, eu a perpetuara antes deles. Não estava longe de causar horror a mim mesmo, como aconteceria a um partido nacionalista em cujo nome se processassem hostilidades, ao qual unicamente beneficiasse uma guerra onde nobres vítimas sofreriam e morreriam sem sequer saber — o que ao menos para minha avó teria representado uma recompensa — o resultado da luta. Só me consolava do fato de ela não saber que eu punha enfim mãos à obra, pensar que — tal é a sorte dos mortos —, se não lhe era dado gozar de meu progresso, há muito também não tinha consciência de minha inação, de minha vida frustrada que tanto a afligira. E, evidentemente, nem só de minha avó, de Albertine, assimilara eu uma frase, um olhar, mas de muitos outros dos quais, como criaturas individuais, já me esquecera; um livro é um vasto cemitério onde na maioria dos túmulos já não se leem as inscrições apagadas. Por vezes, ao contrário, lembramo-nos nome, mas sem saber se subsistem nestas páginas resquícios de quem o usou. Aquela rapariga de olhos fundos e voz arrastada estará aqui? E se está, onde repousa, como encontrá-la sob as flores?

Mas já que vivemos longe dos seres individuais, que nossos sentimentos, ainda os mais fortes, como meu amor por minha avó, por Albertine, não os reconhecemos ao cabo de alguns anos, pois tornam-se para nós palavras incompreensíveis, já que conseguimos falar de nossos mortos com os mundanos frequentados prazerosamente a despeito da perda de tudo quanto amávamos — se se nos deparar um meio de aprender e entender essas palavras esquecidas, não o deveremos empregar, embora seja necessário traduzi-las para uma linguagem universal, mas ao menos permanente, que faria dos finados, em sua mais legítima essência, uma aquisição perpétua para todas as almas? E até, se lograrmos explicar a lei da transformação que nos tornara ininteligíveis aquelas palavras, nossa inferioridade não se transmudará em um novo dom?

Aliás, a obra na qual colaboraram nossos desgostos pode ser interpretada, relativamente ao futuro, como sinal, tanto nefasto, de desgostos, como favorável, de consolo. Se se afirma, com efeito, que os amores, as mágoas do poeta o serviram, ajudando-o a edificar sua obra, que, sem sequer o suspeitarem, muitas desconhecidas contribuíram, esta pela crueldade, pela zombaria aquela, com pedras para um monumento que não chegarão a ver, esquece-se que a vida do escritor não termina com essa obra, que o mesmo temperamento, em virtude do qual passou pelos sofrimentos incorporados ao livro, o levará a amar outras mulheres, em condições que seriam idênticas, caso não as desviassem ligeiramente as modificações pelo tempo causadas nas circunstâncias e no próprio indivíduo, em sua fome de amor e em sua resistência à dor. Considerada como agouro, será a obra comparável a um amor infeliz, a pressagiar fatalmente outros, tanto se assemelhando à vida que já quase não sentirá o poeta necessidade de escrever, pois encontra no que já escreveu a prefiguração do que sucederá. Assim meu amor por Albertine, até em suas divergências, já se inscrevia em meu amor por Gilberte, nos dias felizes em que lhe ouvi pela primeira vez, de sua tia, o nome e a descrição de Albertine, sem cuidar que esse germe insignificante se desenvolveria e se estenderia mais tarde por toda minha vida.

A obra, sob outro ponto de vista, é promessa de felicidade porque nos ensina não só que em todo amor o geral jaz ao lado do particular, como também a passar deste àquele, numa ginástica que, consistindo em desprezar-lhe o motivo para buscar-lhe a essência, nos fortalece contra a dor. Com efeito, como eu verificaria depois, até enquanto ama e sofre, sente-se, se já se realizou afinal a vocação, nas horas de trabalho diluir-se tão completamente o ser amado numa realidade mais vasta que se chega a esquecê-lo por instantes e a não padecer mais das penas de amor senão como de males físicos, de uma espécie de doença do coração, independente do objeto amado. Só por instantes, é verdade, e o efeito talvez seja o oposto se o trabalho só muito mais tarde for empreendido. Porque se encetamos a tarefa quando as criaturas que, por sua perversidade, sua mesquinhez, nos haviam à nossa revelia consegui-do destruir as ilusões, já por si mesmas se haviam reduzido a nada e separado da quimera amorosa por nós forjada, nossa alma se vê, pelas exigências da autoanálise, compelida a reerguê-las, a iden-tificá-las como seres que nos teriam amado, e, neste caso, refazen-do a desfeita urdidura do sonho amoroso, empresta uma sorte de sobrevida a sentimentos mortos.

Sem dúvida, somos obrigados a reviver nosso próprio sofri-mento com a coragem do médico que em si mesmo injeta um soro perigoso. Mas devemos ao mesmo tempo pensá-lo de um modo geral, que nos permite até certo ponto escapar-lhe à compreensão, que faz toda gente participar de nossa infelicidade e não deixa de causar algum prazer. Lá onde a vida empareda, a inteligência abre uma brecha, pois, se não há remédio para o amor não corres-pondido, ao menos pelas deduções de suas consequências distraí-mo-nos da contemplação da dor. A inteligência não conhece as si-tuações sem escapatória da vida cujos horizontes se fecharam.

Assim cumpria resignar-me, visto que nada dura a não ser pela generalização, e o espírito a si mesmo mente,[196] à ideia de que até os seres mais caros ao escritor nada mais fizeram, afinal, do que posar para ele como para um pintor.

Em amor, o rival feliz — ou, por outra, o inimigo — é o nos-so benfeitor. A um ser que não nos provocava senão um breve desejo físico, acrescenta imediatamente um valor imenso, posti-ço, mas que com ele confundimos. Se não tivéssemos rivais, o prazer não se transformaria em amor. Se não os tivéssemos, ou não os julgássemos ter. Pois não é necessário que existam de fato. Para nosso bem, basta a vida ilusória conferida por nossa suspicá-cia, por nossos ciúmes, a rivais inexistentes.

Por vezes, um trecho doloroso tendo ficado apenas em esboço, uma nova afeição, um novo sofrimento nos vêm que permitem acabá-lo, enchê-lo. Não nos podemos queixar desses grandes des-

---

196 A edição de 1989 substitui "mente" ("ment") por "morre" ("meurt").

gostos úteis, pois não falham, nem se fazem esperar muito. Ainda assim, é preciso pressa em aproveitá-los, que eles não duram muito; logo nos consolamos, ou, quando são muito intensos e não é dos mais sólidos o coração, morremos. A felicidade é salutar para o corpo, mas só a dor enrijece o espírito. Ainda porém que não nos revelasse a cada passo uma lei, não seria menos indispensável para nos chamar constantemente à verdade e nos obrigar a tomar tudo a sério, arrancando as ervas daninhas do hábito, do ceticismo, da leviandade, da indiferença. A verdade da dor, incomparável com a ventura, com a saúde, não o é às vezes menos com a vida. O sofrimento acaba matando. A cada novo e violento desgosto, sentimos intumescer-se mais uma veia, cuja sinuosidade mortal nos corre nas têmporas e sob os olhos. Assim se formam as terríveis faces sulcadas do velho Rembrandt, do velho Beethoven, de quem toda gente se ria. E nenhuma importância teriam as bolsas sob os olhos e as rugas da testa se não fosse a tristeza do coração. Mas já que uma força pode se transformar em outra, que se faz luz o ardor durável e energia fotográfica a eletricidade do raio, que, a cada dissabor, nossa surda dor de coração conseguirá erguer acima de si, como uma flâmula, a permanência visível de uma imagem, aceitemos, pela sabedoria espiritual que nos dá, os males físicos que nos inflige; deixemos desagregar--se nosso corpo, pois cada parcela que dele se destaca vem, já agora luminosa e inteligível, acrescentar-se à nossa obra, completando-a à custa de reveses desnecessários aos escritores mais dotados, tornando-a mais sólida à proporção que gradativamente as emoções nos minam a existência. As ideias são sucedâneos dos desgostos; tornando-se ideias, perdem estes parte de sua ação nociva sobre o coração, e até, no primeiro instante da transformação, se desprende uma súbita alegria. Sucedâneos, aliás, só na ordem do tempo, porque o elemento primitivo parece ser a ideia, não passando os pesares de vias de penetração inicial de certas noções. Mas existem várias famílias no grupo das ideias, das quais algumas para logo se demudam em prazeres.

Tais reflexões emprestavam sentido mais forte e exato à verdade por mim frequentemente pressentida, sobretudo ao perguntar-me a sra. de Cambremer como podia eu preferir a companhia de Albertine à de um homem notável como Elstir. Mesmo do ponto de vista intelectual, eu a adivinhava enganada, mas sabia que o erro lhe provinha da ignorância das lições com as quais aprende seu ofício o homem de letras. O valor objetivo das artes é para isso de somenos valor; o que importa desvendar, tornar claro, são nossos sentimentos, nossas paixões, isto é, os sentimentos e paixões de todos. A mulher de quem não podemos prescindir nos faz sofrer, arranca-nos, como não faria nenhum homem superior que nos interessasse, toda uma gama de sentimentos profundos, vitais. Resta saber, dependendo do plano onde vivemos, se a traição nos parece menos marcante do que as verdades cuja descoberta permitiu, e que a mulher, feliz de ter feito sofrer, nem entenderia. Em todo caso, traições não faltam. O romancista pode empreender sem receio seu longo trabalho. Que a inteligência encete a tarefa, em caminho surgirão os desgostos que se encarregarão de terminá-la. Quanto à felicidade, quase só tem uma serventia, tornar possível a infelicidade. É mister atarmos na ventura laços muito doces e muito fortes de confiança e afeição, a fim de que sua ruptura nos cause o dilaceramento precioso cujo nome é infelicidade. Se não tivéssemos sido felizes, ao menos pela esperança, as desventuras, menos cruéis, permaneceriam infrutíferas.

E, mais do que o pintor, a quem é necessário ver muitas igrejas para pintar uma, o escritor, se quiser alcançar o volume, a consistência, a generalidade, a realidade literária, precisa de vários seres para um só sentimento, porque se a arte é longa e breve a vida, pode-se também dizer, ao contrário, que, se é curta a inspiração, muito mais longos não são os sentimentos a exprimir. São nossas paixões que esboçam os livros, os intervalos de trégua que os escrevem. Quando a inspiração renasce e podemos retomar a tarefa, a mulher que nos servia de modelo para um sentimento já não o provoca mais em nós. Terminamos seu retrato com ajuda de outra, e, se nisso vai traição, do ponto de vista literário não são inconvenientes essas substituições, pois, graças à identidade de nossos sentimentos, todo livro se faz simultaneamente com a recordação de amores passados e as peripécias dos atuais. É esta uma das razões da vaidade dos estudos em que se pretende adivinhar de quem fala o autor. Porque toda obra, ainda quando de confissão direta, intercala-se pelo menos entre episódios diversos da vida do narrador, os anteriores, que a inspiraram, os posteriores, que se lhes assemelham, decalcando-se pelas dos precedentes as peculiaridades dos amores mais novos. Pois nem ao ser que mais amamos somos tão fiéis como a nós mesmos, e cedo ou tarde o esquecemos, a fim de poder — visto ser esse um de nossos traços de caráter — continuar a amar. Quando muito, a este amor terá aquela que tanto amamos acrescentado um cunho particular, que nos obrigará a ser-lhe fiel até na infidelidade. Necessitamos, com sua sucessora, dos mesmos passeios matinais, a levaremos do mesmo modo todas as noites à casa, lhe daremos também dinheiro demais. (Coisa curiosa, a circulação do dinheiro gasto com mulheres que por isso nos fazem infelizes, isto é, nos permitem escrever nossos livros — pode-se quase dizer que estes, como os poços artesianos, elevam-se tanto mais quanto mais profundamente o sofrimento cavou o coração.) Tais substituições emprestam à obra algo de desinteressado, de geral, ensinando-nos austeramente a não nos prender aos seres, que não existem realmente e, por conseguinte, não são suscetíveis de expressão, e sim às ideias. É ainda mister que nos apressemos e não percamos um minuto enquanto temos os modelos à nossa disposição. Porque os que encarnam a felicidade não nos podem via de regra conceder muito tempo, nem infelizmente os que encarnam a dor, pois ela também passa tão depressa.[197]

---

197 O trecho "nem infelizmente os que encarnam a dor, pois ela também passa tão depressa!" é acréscimo da edição atual.

Além disso, ainda se não nos fornecer, descobrindo-a para nós, a matéria de nossa obra, a dor nos servirá de incentivo. A imaginação, o pensamento serão máquinas em si mesmas admiráveis, mas podem ficar inertes. E o sofrimento as põe em movimento. Mas os seres que posam para a dor, os temos sempre longamente, no ateliê onde só entramos em determinados períodos, e que se situa dentro de nós. Esses períodos são como a imagem de nossa vida com suas diversas dores. Porque também estas contêm outras, diferentes, e quando julgávamos tudo calmo surge uma nova, nova em todos os sentidos da palavra talvez porque situações imprevistas nos forcem a entrar em contato mais íntimo com nós mesmos; os dilemas dolorosos pelo amor a todo momento formulados nos instruem, revelam-nos gradualmente a substância de que somos feitos. Assim, quando Françoise, vendo Albertine entrar à vontade em minha casa, como um cãozinho de estimação, remexer tudo, arrumar-me, encher-me de tristeza, me dizia (já então eu fizera alguns artigos e algumas traduções): "Ah! Se em vez dessa moça que só o faz perder tempo o senhor tivesse tomado um jovem secretário bem-educado que classificasse toda a sua papelada!", talvez eu não tivesse razão de achar-lhe sensatas as palavras. Fazendo-me perder tempo, afligindo-me, Albertine me terá sido mais útil, do ponto de vista literário, do que um secretário que me arrumasse os papéis. Quando, todavia, um ser é tão mal constituído (e, na natureza, tal ser é sem dúvida o homem) que não possa amar sem sofrer, e só na dor apreenda a verdade, torna-se-lhe muito fatigante a vida. Os anos felizes são anos perdidos, espera-se um desgosto para trabalhar. A ideia do sofrimento prévio se associa à do labor, teme-se toda obra nova, pensando nas agruras que será mister suportar antes de concebê--la. E como se compreende que o sofrimento é ainda o que de melhor se encontra na vida, chega-se a pensar sem medo, quase como numa libertação, na morte.

Se, porém, tudo isso me revoltava um pouco, devia não obstante acautelar-me, pois muitas vezes jogamos mal nossa partida com a sorte, não aproveitamos as criaturas para os livros, antes fazemos o contrário. O caso, tão nobre, de Werther não era, ai de mim, o meu. Sem acreditar por um instante no amor de Albertine, por ela quisera vinte vezes me matar, arruinara-me, perdera a saúde. Para escrever, somos escrupulosos, examinamos tudo de perto, rejeitamos o que não é verdadeiro. Mas na vida, empobrecemo-nos, adoecemos, matando-nos por mentiras. É certo que tais mentiras são a canga de onde (se já passou a idade da poesia) podemos extrair ao menos um pouco de verdade. Os desgostos são servos obscuros, detestados, contra os quais lutamos, sob cujo domínio caímos cada vez mais, servos atrozes, insubstituíveis, que por vias subterrâneas nos conduzem à verdade e à morte. Felizes os que deparam a primeira antes da segunda, para quem, embora muito próximas uma da outra, a hora da verdade soa antes da hora da morte.

Compreendi também que os menores episódios de meu passado haviam concorrido para dar-me a lição de idealismo de que agora aproveitaria. Meus encontros com o sr. de Charlus, por exemplo, não me haviam, antes de esclarecer-me no mesmo sentido o seu germanofilismo, o melhor do que meu amor pela sra. de Guermantes ou por Albertine, e o de Saint-Loup por sua Rachel, convencido da nenhuma importância do tema, no qual o pensamento pode enxertar tudo, verdade que o fenômeno tão mal compreendido, tão inutilmente vilipendiado, da inversão sexual ilumina mais do que o amor, já de si tão instrutivo; este nos mostra a beleza fugindo à mulher que já não amamos e se fixando na face que outros acharão feia, e a nós mesmos poderia, poderá um dia desagradar; mas é ainda mais revelador vê-la, obtendo todas as homenagens de um grande senhor que por isso abandona uma linda princesa, emigrar para sob o boné de um fiscal de ônibus. Meu espanto, sempre que revia, nos Champs-Élysées, na rua, na praia, o rosto de Gilberte, da sra. de Guermantes, de Albertine, não provaria que a lembrança só se prolonga em direção divergente da impressão com a qual de início coincidira e da qual mais e mais se desvia?

Não se ofenda o escritor de emprestar o invertido traços masculinos a suas heroínas. Só essa peculiaridade um tanto aberrante lhe permite conferir ao que lê toda a generalidade. Racine fora obrigado, para em seguida lhe dar todo seu valor universal, a fazer por um instante da Fedra antiga uma jansenista; da mesma forma,[198] se o sr. de Charlus não tivesse dado as feições de Morel à "infiel" por quem Musset chora na *Nuit d'octobre* e no *Souvenir*; não teria nem também chorado, nem entendido, que só por esse caminho, estreito e escuso, tinha acesso às verdades do amor. O escritor não diz "meu leitor" senão pelo hábito contraído na linguagem insincera dos prefácios e dedicatórias. Na realidade, todo leitor é, quando lê, o leitor de si mesmo. A obra não passa de uma espécie de instrumento óptico oferecido ao leitor a fim de lhe ser possível discernir o que, sem ela, não teria certamente visto em si mesmo. O reconhecimento, por seu foro íntimo, do que diz o livro, é a prova da verdade deste, e vice-versa, ao menos até certo ponto, a diferença entre os dois textos devendo ser frequentemente imputada não a quem escreveu, mas a quem leu. Além disso, o livro pode ser muito complicado, muito obscuro para o leitor ingênuo, e não lhe apresentar assim senão lentes turvas, com as quais lhe será impossível a leitura. Mas outras particularidades (como a inversão) o obrigarão a ler de tal maneira para ler bem; o autor não se deve com isso ofender, mas, ao contrário, deixar-lhe a maior liberdade, dizendo-lhe "Experimente se vê melhor com estas lentes, com aquelas, com aquelas outras".

Se eu me interessara tanto pelos sonhos não será porque, compensando pela potência a brevidade, eles nos auxiliam a melhor perceber o que há de subjetivo, por exemplo no amor? E o conseguem pelo simples fato de — com rapidez prodigiosa — realizarem o que vulgarmente se chamaria ficar louco por uma mulher, fazendo-nos, durante alguns poucos minutos de sono,[199] amar apaixonadamente uma feia, o que na vida real exigiria anos de hábito,

---

198 A partir de "Racine fora obrigado", acréscimo da edição atual.
199 O trecho "de sono" é acréscimo da edição atual.

de ligação, e — caso as houvesse inventado algum médico milagroso — injeções intravenosas de amor e portanto de sofrimento; tão veloz como veio, foge a ilusão amorosa e, não raro, não apenas deixa a amada noturna de o ser para nós reassumindo seu cediço e pouco atraente aspecto, mas desvanece-se também algo demais precioso, todo um risonho quadro de sentimentos, de ternura, de volúpia, de vagas saudades esfumadas, o *embarquement pour Cythère* de paixão de cujas nuanças nos buscamos recordar ao despertar, mas que se apaga como uma tela por demais esmaecida para ser restaurada. Pois bem, talvez sobretudo por seu estupendo jogo com o Tempo me fascinassem os Sonhos. Não vira tantas vezes numa noite, num instante de uma noite, épocas remotas, relegadas para imensas distâncias, onde quase nada lográvamos discernir dos sentimentos então experimentados, correrem a toda velocidade para nós, cegando-nos com sua claridade, como se fossem não as pálidas estrelas que supuséramos, e sim aviões gigantes, restituírem-nos tudo quanto para nós contiveram, darem-nos a emoção, o choque, a luz de sua vizinhança imediata, e, mal acordamos, de novo ganharem o recuo milagrosamente vencido, de modo a nos fazer, aliás sem razão, ver nos Sonhos um meio de recuperar o Tempo perdido?

Convencera-me de que só uma percepção grosseira e viciada coloca tudo no objeto, quando tudo está no espírito; só perdera sentimentalmente minha avó muitos meses após havê-la perdido materialmente; vira muitas pessoas mudarem de aspecto segundo as julgavam outros, serem diversas para observadores diversos (tais os vários Swann do começo deste livro, variando com os que encontrava, a princesa de Luxembourg, apreciada pelo presidente ou por mim) ou até para o mesmo, no decurso de alguns anos (as variações, em mim, do nome de Guermantes, e de Swann).[200]

---

200 A edição de 1989 traz uma versão mais sintética do que o texto original para o trecho dos dois parênteses: "(diversos Swann do início por exemplo; princesa de Luxembourg para o primeiro presidente)" e "(nome de Guermantes, diversos Swann para mim)".

Vira o amor emprestar ao objeto amado o que ao amador pertencia. Verificara melhor tudo isso quanto fizera variar e desdobrar-se[201] ao máximo a distância entre a realidade objetiva e o amor (Rachel para Saint-Loup e para mim, Albertine para mim e para Saint-Loup, Morel ou o condutor de ônibus para de Charlus e para outros e, apesar disso, ternura de Charlus; versos de Musset etc).[202] Enfim, de certa maneira, o germanofilismo do sr. de Charlus ajudara-me, tal como o olhar de Saint-Loup para a fotografia de Albertine, a sobrepujar por um instante, senão minha germanofobia, ao menos a crença na pura objetividade desta, a pensar que talvez nisso se assemelhassem ódio e amor, entrando, na dura sentença com que neste momento a França considera fora da humanidade a Alemanha, uma objetividade[203] sobretudo de sentimentos, idênticos aos que tornaram Rachel e Albertine tão preciosas, aquela para Saint-Loup, esta para mim. Estava, com efeito, autorizado a não julgar a perversidade rigorosamente intrínseca à Alemanha porque, assim como tivera, individualmente, amores sucessivos, cujos objetos, finda a paixão, me pareciam desinteressantes, assistira, em meu país, a sucessivas explosões de ódio, a acoimarem de traidores — muito mais nefandos do que os alemães aos quais entregam a França — *dreyfusards* como, por exemplo, Reinach, com quem colaborariam hoje os patriotas, unidos contra a nação cujos filhos reputavam mentirosos, ferozes, assassinos, exceção feita dos que esposaram a causa francesa, como o rei da Romênia, o rei dos belgas, ou a imperatriz da Rússia.[204] É verdade que os antidreyfusards redarguiriam: "Não é a mesma coisa". Mas, evidentemente, nunca é a mesma coisa, nem a mesma pessoa; do contrário, diante de um mesmo fenôme-

---

201 A edição de 1989 elimina "fizera variar" do texto original.

202 O trecho "e, apesar disso, ternura de Charlus; versos de Musset etc)." é acréscimo da edição atual.

203 A edição de 1989 troca "objetividade" ("objectivité") por "objetivação" ("objectivation").

204 O trecho "o rei dos belgas" é acréscimo da edição atual.

no, quem se deixasse enganar só se poderia queixar de seu estado subjetivo, e nunca das qualidades e defeitos do objeto. Com a maior facilidade, constrói então a inteligência uma teoria baseada em tal diferença (ensino antinatural das congregações religiosas, segundo os radicais; impossibilidade de nacionalizar-se a raça judaica, ódio perpétuo dos germanos contra os latinos, estando momentaneamente reabilitados os amarelos). Subjetividade bem marcada, aliás, nas reações dos neutros, os germanófilos, por exemplo, deixando de entender e até de ouvir se se aludia às atrocidades alemãs na Bélgica (bem reais, entretanto). O que eu notava de subjetivo no ódio e na própria visão não privava todavia o objetivo de qualidade ou defeitos, nem de modo algum diluía a realidade num puro "relativismo". E se, após tantos anos escoados e tanto tempo perdido, reconhecia a influência capital do lago interno[205] até nas relações internacionais, já a pressentira na mocidade, ao ler no jardim de Combray um dos romances de Bergotte que ainda hoje, se os abro ao acaso e deparo num trecho esquecido com os embustes de algum maldoso, não consigo largar sem verificar, virando uma centena de páginas, se o mau acaba devidamente humilhado e viveu bastante para ver malograrem-se seus tenebrosos planos. Porque já não me lembrava bem do que sucedera a essas personagens, nisso semelhantes, diga-se de passagem, a pelo menos algumas das pessoas que se encontravam esta tarde nos salões da sra. de Guermantes, cuja vida passada era para mim tão vaga como se a houvesse lido num romance meio esquecido. O príncipe D'Agrigente acabara desposando a srta. X? Ou seria o irmão da srta. X que se deveria ter casado com a irmã do príncipe? E não haveria de minha parte confusão com alguma leitura ou sonho recente? O sonho incluía-se entre os fatos de minha vida que mais me haviam impressionado, que me deveriam ter convencido do caráter puramente mental da reali-

---

205 A edição de 1989 substitui "do lago interno" ("du lac interne") por "do ato interno" ("de l'acte interne").

dade, de cujo auxílio eu não desdenharia na composição de minha obra. Quando, mais ou menos desinteressadamente, eu me deixava empolgar por um amor, logo algum sonho, de modo estranho, aproximava de mim, fazendo-lhes percorrer grandes distâncias de tempo perdido, minha avó, Albertine, que recomeçava a amar porque, durante o sono, ela me dera uma versão, embora atenuada, da história da lavadeira. Pensei que os sonhos me trariam assim, por vezes, verdades e impressões que só o esforço ou os encontros naturais não bastavam para fornecer-me; que acordariam em mim o desejo, a saudade de certas coisas inexistentes, condição indispensável para o trabalho, para nos subtrairmos dos hábitos e superar o concreto. Não desprezaria essa segunda musa, essa musa noturna que muitas vezes haveria de substituir a outra.

Vira nobres tornarem-se vulgares de maneiras, porque seu espírito (como por exemplo o do duque de Guermantes) era vulgar: "Você não se aperta", costumava dizer, como diria Cottard. Na medicina, na questão Dreyfus, durante a guerra, eu vira acreditar-se que a verdade se resume numa informação possuída por ministro e médicos, num sim ou não a dispensar interpretações, como se uma chapa fotográfica bastasse para revelar o estado de um doente, como se os homens de governo soubessem Dreyfus culpado, ou (sem precisar mandar Roques verificar no local) se Sarrail dispunha ou não de recursos para marchar ao mesmo tempo que os russos. Nem uma só hora de minha vida deixou de servir para ensinar-me, como já disse, que apenas a percepção grosseira e errônea enfeixa tudo no objeto quando, ao contrário, tudo reside no espírito.

Em suma, refletindo bem, a matéria de minha experiência, que seria matéria de meu livro,[206] me vinha de Swann, e não só no que lhe dizia pessoalmente respeito, ou a Gilberte. Mas fora ele quem, desde Combray, me inculcara o desejo de ir a Balbec, para onde, do contrário, nunca se lembrariam de mandar-me meus pais, e sem Balbec eu não teria conhecido Albertine. Mas,

---

206 O trecho "que seria matéria de meu livro" é acréscimo da edição atual.

260

sem Swann, eu nem teria conhecido os Guermantes, já que minha avó não se reaproximaria da sra. de Villeparisis, nem travaria com Saint-Loup e com o sr. de Charlus relações que me valeram as da duquesa de Guermantes, e através desta as de sua prima, de sorte que minha presença neste momento na casa do príncipe de Guermantes, onde me acabava de vir bruscamente a ideia de minha obra (o que me mostrava ser devedor a Swann não apenas do tema mas da decisão) prendia-se também a Swann. Pedúnculo talvez um pouco frágil para sustentar assim toda a extensão de minha vida. (Procedia, nesse sentido, do "caminho de Swann" o "caminho de Guermantes.") Mas muitas vezes o autor dos sucessos de nossa vida é a mais medíocre das criaturas, muito inferior a Swann. Não teria bastado ouvir um camarada qualquer mencionar alguma prostituta bonita ali existente (que provavelmente não encontraria) para eu ir a Balbec? Pode acontecer encontrarmos, anos depois, um sujeito desagradável, cuja mão mal apertamos, de quem, se pensarmos bem, veremos ter saído toda nossa vida e toda nossa obra, graças a uma sugestão feita à toa, a um "você deveria ir a Balbec". Não lhe somos reconhecidos, sem com isso nos mostrar ingratos. Porque ao pronunciar tais palavras ele nem de leve imaginara as enormes consequências que teriam para nós. Nossa sensibilidade e nossa inteligência souberam, por si sós, aproveitar as circunstâncias que, dado o primeiro impulso, se engendraram umas às outras, não podendo quem deu o conselho inicial prever a coabitação com Albertine e o baile à fantasia dos Guermantes. Foi sem dúvida necessário a sua instigação, e por isso dependem dele a forma exterior de nossa vida, a própria substância de nossa obra. Sem Swann, nunca ocorreria a meus pais mandar-me a Balbec. Não o responsabilizo, aliás, pelos sofrimentos que indiretamente causou. Vêm de minha fraqueza. Também a sua o fez padecer por causa de Odette. Mas, determinando assim a vida que levamos, excluiu as que em seu lugar poderíamos ter tido. Se Swann não me falasse de Balbec, eu não conheceria Albertine, a sala de jantar do hotel, os Guermantes. Teria ido alhures, visto outra gente, minha memória, como meus livros, se encheria de quadros bem diversos, que nem posso imaginar, e cuja novidade, de mim desconhecida, me seduz e faz lamentar não a ter de preferência buscado, ignorando para sempre Albertine, a praia de Balbec, a de Rivebelle, e os Guermantes.

Certamente, à face desta, tal como a avistara pela primeira vez em frente ao mar, prendera eu muito do que sem dúvida escreveria. Num sentido se legitimava essa ligação, que se não tivesse ido naquele dia ao dique, se não a conhecesse, todas estas ideias não se desenvolveriam (a menos que as provocasse outra mulher). Era, por outro lado, falsa, pois o prazer gerador que nos agrada encontrar retrospectivamente num belo rosto feminino nos vem dos sentidos: inegavelmente, com efeito, as páginas que ia escrever, Albertine, sobretudo a Albertine de então, não as teria entendido. Era porém justamente por isso (e aqui vai um conselho para não se viver em atmosfera por demais intelectualizada), por ser muito diferente de mim, que me fecundara pelo sofrimento e, antes dele, pelo simples esforço de entender alguém tão diverso de mim. Estas páginas, se fosse capaz de compreendê-las, por isso mesmo não as teria inspirado.

Bom recrutador é o ciúme, que, se há um vazio em nosso quadro, corre à rua, a buscar a bela rapariga que faltava. Já não era mais bela, volta a sê-lo por nos despertar zelos, preencherá a vaga.

Uma vez mortos, já não nos alegrará haver assim completado a tela. Mas não é desalentador esse pensamento. Porque sentimos que a vida é um pouco mais complicada do que se pretende, e também as circunstâncias. Urge patentear-se essa complexidade. O ciúme, tão útil, não nasce forçosamente de um olhar, de uma narrativa, de uma reflexão retrospectiva. Podemos topá-lo, pronto ao bote, entre as folhas de um anuário — o *Tout-Paris*, para a cidade, para o campo o *Annuaire des châteaux*; ouvíramos, distraidamente, tal beldade, que nos tornara indiferente, dizer que precisava ir passar uns dias com a irmã, no Pas-de-Calais, perto de Dunkerque.[207] Suspeitáramos, também vagamente, de que a cortejara outrora o sr. E., de quem se achava afastada, pois já não frequentava o bar onde o encontrava. Que seria sua irmã? Talvez arrumadeira? Por discrição, nada indagaremos. E eis que abrindo o *Annuaire des châteaux*, vemos que o sr. E. tem um castelo no Pas-de-Calais, perto de Dunquerque. Sem dúvida para ser agradável à rapariga, tomou-lhe a irmã para criada de quarto e, se não a encontra mais no bar, é que a recebe em casa, em Paris, onde passa quase o ano todo, e até, não podendo viver sem ela, no Pas-de-Calais. Os pincéis ébrios de fúria e de amor pintam, pintam. E se todavia nada disso fosse verdade? Se de fato o sr. E. não tivesse maiores relações com a jovem, mas, prestativo, lhe houvesse recomendado a irmã ao irmão que, este sim, habitasse sempre o Pas-de-Calais? Assim sendo, poderia suceder que ela visitasse a irmã justamente na ausência do sr. E., visto não terem maior interesse um pelo outro. A menos que a irmã não estivesse empregada nem no castelo nem em parte alguma, mas possuísse parentes no Pas-de-Calais. Nossa dor do primeiro instante cede às últimas suposições, próprias para acalmar qualquer ciúme. Mas que importa? Escondido nas páginas do *Annuaire des châteaux*, este surgiu no momento oportuno, pois já agora se encheu o vazio da tela. A composição se equilibra graças à presença, por ele suscitada, da mulher que já não o provoca, que já não amamos.

Nesse momento, o *maître d'hôtel* veio avisar-me que, estando terminada a primeira peça do concerto, eu poderia deixar a biblioteca e entrar nos salões. Isso me lembrou onde eu estava. Mas de modo algum perturbou-me o raciocínio iniciado o fato de o ponto de partida para uma vida nova, que não soubera achar na solidão, me ter sido fornecido por uma reunião mundana, pela volta à sociedade. Nem o deveria estranhar, a impressão capaz de ressuscitar em mim o homem eterno não se ligando forçosamente mais ao ermo do que à companhia (como julgara outrora, como

207 O trecho "perto de Dunkerque" é acréscimo da edição atual.

talvez então se houvesse dado, e ainda se desse, se eu me tivesse desenvolvido harmoniosamente, sem a longa parada que só agora parecia ter fim). Pois, sensível às impressões de beleza apenas quando, a uma sensação atual, embora insignificante, se superpunha outra semelhante,[208] que, renascendo espontânea em mim, espalhava a primeira, simultaneamente, sobre várias épocas e me enchia a alma, onde, em regra, tantos claros deixavam as sensações particulares, de uma essência geral, não haveria motivo para eu não receber sensações desse gênero tanto no seio da sociedade como no da natureza, se as fornece o acaso, auxiliado sem dúvida pela excitação peculiar aos dias fora do ritmo ordinário da vida, quando as coisas as mais simples recomeçam a nos provocar as reações pelo hábito poupadas a nosso sistema nervoso. Por que seria, justa e unicamente, esta espécie de sensação a propícia à obra de arte, eis o que tentaria verificar objetivamente, continuando as reflexões encetadas na biblioteca, pois a corrente da vida espiritual fazia-se agora tão forte em mim que tanto poderia pensar no salão, entre os convidados, como a sós entre os livros; parecia-me que, neste sentido, saberia resguardar minha solidão no meio da mais numerosa assistência. Pela mesma razão pela qual não deixará um escritor medíocre de o ser, embora viva em tempos épicos, só representará risco a sociedade caso a frequentemos com disposições mundanas. Mas, por si mesma, ela não contribui mais para nos mediocrizar do que uma guerra heroica para tornar sublime um mau poeta.

De qualquer maneira, fosse ou não teoricamente proveitoso que a obra de arte assim se formasse, e à espera de, como o faria, melhor elucidar a questão, eu não podia negar que, efetivamente, em mim as impressões realmente estéticas só surgiam no encalço de sensações deste jaez. Apesar de bastante raras em minha vida, dominavam-na, e eu encontraria no passado alguns desses cimos,

---

208 A edição de 1989 elimina "se superpunha" da edição original e o verbo principal da frase fica sendo "espalhava".

que andara mal em perder de vista (o que esperava não mais fazer). E já me tranquilizava pensar que se em mim, pela importância exclusiva que assumia, tal feitio constituía uma característica pessoal, em outros escritores aparentava-se a traços menos marcados, mas reconhecíveis, discerníveis e, no fundo, análogos. Não é às sensações do gênero da madeleine que se prende a parte mais bela das *Mémoires d'outre-tombe?* "Ontem à noite passeava eu solitário... tirou-me de minhas reflexões o trinado de um tordo pousado no galho mais alto de uma bétula. Instantaneamente, esse som mágico trouxe-me aos olhos o domínio paterno; esqueci as catástrofes que acabava de testemunhar, e, transportado de súbito para o passado, revi os campos onde tantas vezes ouvira cantar o tordo." E não será a seguinte uma das duas ou três melhores frases daquelas *Mémoires*? "Um odor fino e suave de heliotrópio se exalava de um canteiro de favas em flor; não o trazia a brisa da pátria, mas o vento selvagem da Terra-Nova, alheio à planta exilada, sem simpatia de reminiscências e de volúpia. Nesse perfume, não respirado pela beleza, não depurado em seu seio, não esparzido a sua passagem, nesse perfume carregado de aurora, de cultura e de humanidade, havia todas as melancolias das saudades, da ausência e da juventude."[209] Uma das obras-primas da literatura francesa, *Sylvie*, de Gérard de Nerval, encerra, tal como o volume das *Mémoires d'outre-tombe* relativo a Combourg, uma sensação do mesmo gênero que o gosto da madeleine e o "trinado do tordo".[210] Em Baudelaire,

---

209 O narrador proustiano cita dois extremos das *Memórias* de Chateaubriand: a revelação nos moldes da "memória involuntária" (presente no *Livro III*) e a "chamada dos mortos" (dos livros finais das *Mémoires*), sugerindo que, em Chateaubriand, embora ela esteja presente, o fenômeno da "memória involuntária" não é o responsável decisivo para a redação do livro, pois Chateaubriand narra em seu livro seu progressivo engajamento político enquanto panfletista, orador, ministro e embaixador.

210 Alusão ao final do primeiro capítulo de *Sylvie*, que traz um episódio que será retomado por Proust no contexto do amor de Swann por Odette e de Marcel por Albertine: a partir da leitura de uma única frase no jornal, o narrador do livro tem acesso a todo um conjunto de lembranças de sua adolescência que pareciam perdi-

enfim, tais reminiscências, ainda mais numerosas, são evidentemente menos fortuitas e, portanto, em minha opinião, decisivas. É o próprio poeta quem, com mais requinte e indolência, busca deliberadamente, no cheiro da mulher, por exemplo, em seus cabelos e em seu seio, as analogias inspiradoras que lhe evocarão "l'azur du ciel immense et rond" e "un port rempli de flammes et de mâts".[211] Tentava eu lembrar-me dos poemas de Baudelaire assim baseados numa sensação transposta, a fim de, de uma vez por todas, filiar-me a uma nobre linhagem e adquirir assim a certeza da obra sobre cujo empreendimento já não hesitava merecer os esforços que demandaria, quando, chegado ao termo da escada por onde descia da biblioteca, achei-me de repente no grande salão, em meio a uma festa que me ia parecer muito diversa de todas a que antes assistira, e se revestira para mim de aspecto particular e sentido novo. Com efeito, apenas entrei na sala principal, e não obstante já estar, a essa altura, bem firme em mim o projeto recém-formado, um *coup de théâtre* se produziu, que levantaria contra meus planos a mais séria das objeções. Haveria sem dúvida, de transpô-la, mas, enquanto prosseguia em minhas reflexões sobre as condições da obra de arte, ela iria, pelo exemplo cem vezes repetido da ponderação mais capaz de me fazer hesitar, interromper-me volta e meia as deduções.

No primeiro instante, não entendi por que vacilava em reconhecer o dono da casa, os convidados, por que me pareciam todos trazer a caráter as cabeças, em regra empoadas, que inteiramente os modificavam. O príncipe tinha ainda, para receber, o ar bonachão de rei de lenda, que já lhe notara da primeira vez, mas desta, como se se houvesse submetido à etiqueta imposta aos convidados, ostentava uma barba branca e arrastava aos pés, tornando-os pesa-

---

dos — o mesmo jornal que anuncia uma alta nas ações que o deixa rico traz o anúncio de uma "Festa do Buquê Provincial" — "Tais palavras simples despertaram nele uma nova série de impressões. Eram as lembranças da província há muito esquecida, um eco distante das festas inocentes da juventude".

211 O autor dos *Paraísos artificiais* registrou em versos e em prosa as associações que a "cabeleira" da amante nele despertava.

dos, solas de chumbo. Parecia haver-se encarregado de representar uma das "estações da vida". Brancos exibia também os bigodes, como se se lhes colassem restos de geada da floresta do Pequeno Polegar. Incomodavam no evidentemente a boca endurecida, e, uma vez obtido o efeito desejado, deveria tê-los tirado. Na verdade só o reconheci com a ajuda do raciocínio, chegando, pela seme-lhança de certos traços, à conclusão da identidade da pessoa. Não sei o que pusera no rosto o jovem Lezensac, mas, enquanto outros haviam alvejado, este a metade da barba, aquele os bigodes, ele, desdenhando de tinturas, achara jeito de cobrir a face de rugas, as sobrancelhas de pêlos eriçados, o que, aliás, não lhe assentava, dando-lhe um ar hirto, solene, envelhecendo-o tanto que nem pare-cia um rapazola. Espantou-me, no mesmo momento, ouvir chamar de duque de Châtellerault um velhote de bigodes prateados de em-baixador, no qual só o jeito de olhar, sempre o mesmo, permitiu-me reconhecer o moço uma vez encontrado numa visita à sra. de Villeparisis. Quando, procurando fazer abstração da fantasia e completar, num esforço de memória, os traços não disfarçados, lo-grei identificar a primeira pessoa, meu impulso deveria ter sido, e de fato foi, ao menos durante um segundo, felicitá-la por ter tão maravilhosamente caracterizado que, vista de relance, provocava no interlocutor a mesma hesitação experimentada, à entrada em cena de grandes atores em papéis a exigirem aspecto diferente do habitual, pelo público que, ainda alertado pelo programa, fica um instante perplexo antes de prorromper em aplausos.

Desse ponto de vista, o mais extraordinário de todos era meu inimigo pessoal, o sr. D'Argencourt, o grande número da festa. Não contente de, em vez de sua própria barba, apenas grisalhas exibir outra de espantosa alvura, lançara mão de todos os recur-sos para diminuir e alargar o corpo e, mais ainda, para mudar-lhe a aparência, a personalidade, para fazer do homem de cuja atitude grave, ereta, engomada, eu não me esquecia, um mendi-go incapaz de infundir o menor respeito, emprestando tal veraci-dade à personagem de velho caduco que os membros se lhe punham a tremular e as feições lassas da fisionomia habitualmente altiva não cessavam de sorrir com aparvalhada beatitude. Levada a tal extremo, a arte do disfarce se confunde com a da transformação completa da personalidade.[212] Com efeito, apesar de alguns ligeiros indícios confirmarem ser mesmo o sr. D'Argencourt que oferecia tão inenarrável e pitoresco espetáculo, precisei figurar-me em um sem-número de fases sucessivas daquele rosto, até chegar ao D'Argencourt meu conhecido que, dispondo apenas de seu corpo, conseguia parecer tão diverso de si mesmo. Mais não poderia evidentemente fazer sem matar-se; a face tão orgulhosa, o torso tão garboso se desfaziam em restos informes, a agitarem-se aqui e ali. Só me lembrando de certos sorrisos do sr. D'Argencourt, que outrora fugazmente lhe temperavam a dureza, chegava a encontrar no Argencourt verdadeiro aquele que eu vira tão frequentemente,[213] chegava a admitir a existência, no correto *gentleman*, do germe desse riso senil de vendedor de roupas velhas. Mas, ainda emprestando ao sorriso D'Argencourt a mesma intenção antiga, a própria substância dos olhos, pelos quais a exprimia, tanto se alterara com a prodigiosa transformação da fisionomia que a expressão parecia outra, e até de outro. Tive um acesso de riso diante desse caduco sublime, tão abrandado pela humilde autocaricatura como — no sentido trágico — o barão de Charlus, paralítico e polido. Encarnando um moribundo cômico de Regnard exagerado por Labiche,[214] o sr. D'Argencourt

---

212 O trecho "completa da personalidade" é acréscimo da edição atual.

213 Essa oração entre vírgulas é acréscimo da edição atual.

214 Alusão provável ao personagem Géronte, na comédia *Le Légataire universel* (1708), de Jean-François Regnard. À beira da morte, Géronte está mesmo assim disposto a se casar com Isabelle (com quem Éraste, seu sobrinho e herdeiro, também pretende se casar). Muito doente, Géronte conta com a beleza de Isabelle para se restabelecer e já fala em produzir descendentes com a jovem. Isabelle e a mãe, de complô com Éraste, enviam bilhete a Géronte rompendo o casamento. O criado, Crispin, passando-se pelo sobrinho, consegue convencer o velho a deixar-lhe sua herança. Géronte morre sem deixar testamento e é novamente Crispin que, traves-

era tão acessível, tão afável como o sr. de Charlus no rei Lear, tirando aplicadamente o chapéu para corresponder ao cumprimento de qualquer pé-rapado. Não me ocorreu entretanto felicitá-lo pelo extraordinário espetáculo que oferecia. Não me fez calar a antiga antipatia, pois precisamente por mostrar-se muito diferente de si mesmo dava-me a ilusão de estar diante de outra pessoa, benevolente, desarmada e inofensiva tanto quanto distante, hostil e perigoso era o verdadeiro D'Argencourt. Tão diverso parecia que, contemplando essa personagem inefavelmente sorridente, ridícula e branca, esse boneco de neve a simular um general Durakine pela velhice tornado à infância, pensei que o ser humano pode sofrer metamorfoses comparáveis às de certos insetos. Tinha a impressão de ver, no mostruário instrutivo de algum museu de história natural, a evolução sofrida pelo mais ágil, mais nítido, dos insetos, e não conseguia, em frente dessa mole crisálida, antes vibrátil que movediça, voltar aos sentimentos que sempre me inspirara o sr. D'Argencourt. Calei-me, não felicitei o sr. D'Argencourt pelo espetáculo que parecia alargar os limites dentro dos quais se podem operar as transformações do corpo humano.

Certamente nos bastidores de um teatro ou num baile à fantasia, por polidez exageramos a dificuldade, e quase afirmamos a impossibilidade de reconhecer o mascarado. Aqui, ao contrário, o instinto me levava a dissimulá-las o mais possível, pois, sendo involuntária a transformação, nada teriam de lisonjeiras, e afinal percebi o que não me ocorrera ao entrar neste salão: o fato de qualquer festa, mesmo íntima, a que se compareça muito depois de ter deixado de frequentar a sociedade, e onde se encontrem algumas das pessoas conhecidas, produzir um efeito de baile à fantasia, admiravelmente organizado, mas cujas cabeças a caráter, lenta e intencionalmente preparadas, que sinceramente nos

---

tido de Géronte, deixa tudo para Éraste, seu "herdeiro universal" ("légataire universel"). Géronte ressuscita e dita novamente o mesmo testamento, sem se dar conta nem desmascarar nenhuma das trapaças.

surpreendem, não se desmancham por abluções, uma vez terminada a reunião. Surpreendido pelos outros? Surpreendendo-os também, infelizmente. Pois minha dificuldade em ajustar o nome certo às fisionomias alheias parecia partilhada pelos que me olhavam como se nunca me tivessem visto, ou tentassem evocar, pelo aspecto atual, outro bem diferente.

Ao dar esse extraordinário número, sem dúvida a visão mais impressionante, em seu burlesco, que dele me ficaria, o sr. D'Argencourt conduzia-se como o ator voltando pela última vez à cena antes de o pano descer entre gargalhadas. Se já não me inspirava ressentimento era que, tendo ele readquirido a inocência da primeira idade, já nem se lembrava mais do desdém a mim votado, de ter visto o sr. de Charlus largar-me bruscamente o braço, talvez porque já nada lhe restasse de tais sentimentos, talvez porque, para chegar até nós, devessem estes passar através de refratores físicos tão deformantes que em caminho se lhes adulterava completamente o sentido, o sr. D'Argencourt podendo parecer bom por já não dispor de meios físicos para exprimir a maldade, para reprimir a perpétua e comunicativa hilaridade. Terá sido excessiva a comparação com o autor; privado que estava de alma consciente, era à maneira de trepidante boneco, de barba postiça de lã branca, que eu o via agitar-se, passear no salão tal como num teatro de fantoches ao mesmo tempo científico e filosófico, onde servia, como numa oração fúnebre ou num curso da Sorbonne, ao mesmo tempo de prova da vaidade de todas as coisas e de exemplar da história natural.

Um teatro de bonecos no qual, para identificarem-se as pessoas conhecidas, seria necessário assistir-se à ação em vários planos a se desdobrarem em profundidade atrás das personagens e exigindo grande trabalho mental, pois deviam-se ver esses velhos fantoches tanto com os olhos como com a memória. Um teatro de bonecos envoltos nas cores imateriais dos anos, personificando o Tempo, o Tempo ordinariamente invisível que, para deixar de sê-lo, vive à cata de corpos e, mal os encontra, logo deles se apodera a fim de exibir a sua lanterna mágica. Tão imaterial como outrora Golo na maçaneta da porta de meu quarto em Combray, o recente e irreconhecível D'Argencourt era a revelação do Tempo, que tornava parcialmente visível. Nos elementos novos que lhe compunham a face e a personagem, lia-se certo número de anos, reconhecia-se a figura simbólica da vida, não tal qual nos aparece, isto é, permanente, mas real, atmosfera tão mutável que o soberbo fidalgo nela se projeta, caricaturalmente, à noite, como um vendedor de roupas usadas.

Em alguns seres, aliás, essas mudanças, essas verdadeiras alienações não se restringiam aos domínios da história natural, e causava pasmo, ao ouvir pronunciar um nome, alguém poder apresentar não as características de uma nova espécie diversa, como o sr. D'Argencourt, mas os traços exteriores de outra pessoa. Eram sem dúvida, como no sr. D'Argencourt, possibilidades insuspeitadas pelo tempo extraídas de tal moça, mas essas possibilidades, embora fisionômicas ou corporais, pareciam ter algo de moral. Alterando-se, combinando-se de modo diverso, contraindo-se como habitualmente, porém, com maior lentidão, as feições assumem aspecto diferente e diferente significação. De sorte que, em certa mulher outrora apoucada e seca, o arredondamento das bochechas agora quase irreconhecíveis, a imprevista curvatura do nariz, provocavam surpresa semelhante à de alguma palavra profunda e boa, alguma ação corajosa e nobre, nela inesperadas. A bondade, a ternura, antes impossíveis, tornavam-se possíveis com aquelas bochechas. Diante daquele queixo podia-se dizer o que nunca se diria diante do precedente. Todos os traços novos do rosto implicavam outros tantos do caráter; a jovem ríspida e magra adoçara-se em vasta e indulgente matrona. Não no sentido zoológico, como o sr. D'Argencourt, mas no sentido social e moral, era agora outra pessoa.

Por todos os motivos, uma recepção como esta fazia-se mais preciosa do que uma visão do passado, oferecendo-me todas as imagens sucessivas, por mim nunca vistas, que separavam o passado do presente, ou, melhor, a relação entre ambos; era o que outrora se chamava um "panorama", mas um panorama dos anos, à vista não de um monumento, mas de alguém situado fora da perspectiva deformante do Tempo.

Quanto à mulher de quem o sr. D'Argencourt fora amante, não mudara muito, *se fosse levado em conta o tempo decorrido*, isto é, seu rosto não estava demolido demais para quem se fora deformando ao longo do trajeto no abismo onde se acham, cuja direção só logramos exprimir por comparações vãs, fornecidas tão somente pelo mundo espacial, e que, orientadas no sentido quer da elevação, quer do comprimento ou da profundidade, apenas nos conseguem dar a perceber a existência de tão inconcebível e sensível dimensão. A necessidade de, para ligar um nome às faces, subir afetivamente o curso do tempo, forçava-me, como reação, a estabelecer em seguida em seu devido lugar os anos de que não cogitara. Desse ponto de vista, e para não me deixar iludir pela identidade aparente do espaço, o aspecto imprevisto de uma criatura como o sr. D'Argencourt constituía para mim a revelação surpreendente da realidade do milésimo, que em regra nos permanece abstrata como o aparecimento de certas árvores nanicas ou dos baobás gigantes anuncia a mudança de latitude.[215]

A vida se nos afigura então uma lanterna mágica a mostrar, nos diversos atos, a criancinha tornando-se adolescente, amadurecendo, curvando-se para a sepultura. E, sabendo contínuas as mudanças pelas quais, observados com grandes intervalos, tão diferentes se mostram esses seres, sentimos não termos, nós também, escapado à lei a cujos imperativos eles se transformaram tanto que sem deixarem de existir — justamente por não terem deixado de existir — já não possuem a menor semelhança com o que outrora foram.

Uma jovem que eu conhecera antes, agora de cabelos brancos, reduzida a velha feiticeira, parecia evidenciar a necessidade de, na alegoria final da peça, mascararem-se todos de modo a se tornarem irreconhecíveis. Mas seu irmão continuava tão aprumado, tão igual a si mesmo que espantava ver-lhe, na fisionomia moça,

215 A edição de 1989 substituiu "latitude" do original por "meridiano".

tingidos de branco os retorcidos bigodes. Os trechos brancos de neve nas barbas[216] até então inteiramente negras tornavam a paisagem humana desta recepção melancólica como as primeiras folhas amarelas das árvores, quando, supondo ter ainda diante de nós um longo verão e contando aproveitá-lo, vemos que já chega o outono. Eu sobretudo, que desde a infância só vivia do momento presente e formara de mim e dos outros uma impressão definitiva, apercebia-me afinal, diante das metamorfoses sofridas pelos outros, do tempo sobre eles decorrido, revelação perturbadora, pois significava que também para mim passara. Indiferente em si mesma, sua velhice desolava-me, indício que era da aproximação da minha. Esta foi, aliás, estrondosamente proclamada, em frases que, uma sobre as outras, me ressoaram aos ouvidos como as trombetas do Juízo Final. A primeira, pronunciou-a a duquesa de Guermantes; acabava de avistá-la, entre duas filas de curiosos que, sugestionados pelos maravilhosos artifícios de *toilette* e de estética, se deixavam comover pela cabeça fulva, pelo colo cor de salmão a emergir, apertado por colares, de aladas rendas negras, contemplando-lhe as linhas hereditariamente sinuosas como se fossem as de um peixe sagrado, cintilante de gemas, no qual encarnasse o gênio protetor da família Guermantes. "Ah!", exclamou, "que prazer de ver meu mais velho amigo!" Em minha vaidade de rapaz de Combray, que nunca sonhara incluir-se entre seus amigos, participar realmente da vida misteriosa dos Guermantes, como o sr. de Bréauté, como o sr. de Forrestille, como Swann, como tantos outros já falecidos, eu deveria sentir-me lisonjeado, mas fiquei antes triste. "Seu mais velho amigo", pensei, "está exagerando; talvez seja dos mais antigos, mas estarei..." Nesse momento acercou-se de mim um sobrinho do príncipe: "O senhor, que é um velho parisiense", disse-me. Logo a seguir entregaram-me um bilhete. Eu encontrara, ao chegar, um rapaz de

216 "Os trechos brancos de neve nas barbas", constante do original, foi substituído por "As partes brancas de barbas" na edição de 1989.

nome Létourville, cujo parentesco com a duquesa não sabia exatamente qual fosse, mas que me conhecia ligeiramente. Acabava de sair Saint-Cyr, e, imaginando que poderia vir a ser para mim um bom camarada, como Saint-Loup, capaz de iniciar-me nas mudanças operadas no exército, prometi procurá-lo mais tarde, a fim de combinarmos jantar juntos, o que muito me agradeceu. Mas demorei-me muito a devanear na biblioteca, e ele me deixara um recado, avisando-me de que não me pudera esperar, mandando-me seu endereço. A cartinha do suposto camarada terminava assim: "Com todo o respeito de seu jovem amigo Létourville". "Jovem amigo!" Assim escrevia eu antigamente às pessoas trinta anos mais velhas, a Legrandin, por exemplo. Qual! esse tenentezinho em quem eu antevia um companheiro como Saint-Loup se dizia meu jovem amigo! Mas então não haviam mudado apenas os métodos militares, e para Létourville eu era não um camarada, mas um senhor idoso, e de Létourville, cujo camarada eu, tal como me via, cuidara poder ser, me separava a invisível abertura de um compasso no qual nunca pensara, que me situava tão longe do juvenil segundo-tenente que, para este, "meu jovem amigo" como se dizia, eu era um velho!

Logo depois, falando alguém de Bloch, indaguei se se referia ao moço ou ao pai (cuja morte, durante a guerra, atribuída ao choque de ver a França invadida, eu ignorava). "Não sabia que tivesse filhos nem mesmo que fosse casado", observou a duquesa.[217] "Mas trata-se evidentemente do pai, pois já é bem maduro. Poderia ter filhos adultos", acrescentou a rir. Compreendi então que aludiam ao meu amigo. Este chegou, aliás, daí a pouco. Vi superporem-se no semblante de Bloch[218] aquele ar débil e opinativo, aquele fraco balancear de cabeça, tão limitado, nos quais eu veria a douta fadiga dos velhos se, ao mesmo tempo, não reconhecesse meu amigo e não lhe emprestassem minhas reminiscências a vivacidade ju-

---

217 A edição de 1989 substitui "duquesa" ("duchesse") por "príncipe" ("prince").
218 A menção a Bloch foi acrescentada na edição atual.

venil e ininterrupta que já não parecia possuir. Para mim, que o conhecera no limiar da vida e nunca deixara de encontrá-lo,[219] continuava um contemporâneo, um adolescente cuja mocidade eu media pela que, deslembrado de ter desde então vivido, inconscientemente me atribuía. Ouvindo dizê-lo muito bem conservado para sua idade, espantou-me notar-lhe na fisionomia alguns dos sinais que caracterizam de preferência os velhos. Compreendi, diante disso, que de fato o era, e que, com os adolescentes cuja existência se prolonga, a vida fabrica seus velhos.

Como alguém, sabendo-me fraco, perguntasse se não receava apanhar a gripe que então grassava, um bondoso tranquilizou-me, explicando: "Não, o contágio é mais perigoso para os moços, a gente de sua idade não corre grande risco". E garantiram-me que os criados me haviam reconhecido. Segredavam entre si meu nome, "na sua linguagem", contou uma senhora que os surpreendera a dizer: "Chegou *Le Père*..." (a essa expressão seguia-se meu nome. E, não tendo filhos, só à minha idade se poderia ela referir).

Ouvindo a duquesa de Guermantes exclamar: "Como, se conheci o marechal? Pois se conheci gente muito mais representativa, a duquesa de Galliera, Pauline de Périgord, monsenhor Dupanloup", lamentei não haver também alcançado o que ela chamava de restos do antigo regime. Deveria ter pensado que se chama de antigo regime aquele de que só se conheceu o fim; assim é que o que divisamos no horizonte assume uma grandiosidade misteriosa e nos parece limitar um mundo inatingível; entretanto avançamos, e breve nos achamos, por nossa vez, no horizonte para as gerações posteriores; o horizonte recua, porém, e o mundo que parecia acabado recomeça. "Ainda vi, mocinha", acrescentou a sra. de Guermantes, "a duquesa de Dino. Ora, já não tenho 25 anos." Contrariaram-me suas últimas palavras. Não as deveria ter dito, pareciam de mulher velha. E imediatamente pensei que

---

219 O trecho "e nunca deixara de encontrá-lo" é acréscimo da edição atual.

de fato ela era uma mulher velha.[220] "Mas você está sempre o mesmo, pode-se garantir que não mudou nada", observou dirigindo-se a mim e me magoando mais do que se me achasse diferente, pois, se lhe parecia extraordinário eu me ter conservado mais ou menos como antes, era que muito tempo se passara.[221] "Meu amigo", continuou, "você é espantoso, sempre moço, expressão melancólica visto que só tem sentido se estivermos, de fato senão na aparência, velhos. E deu-me o último golpe ao acrescentar: "Sempre lamentei que não se tivesse casado. Mas, no fundo, talvez tenha feito bem. Seus filhos estariam em idade militar, e se morressem, como o pobre Robert de Saint-Loup (penso tanto nele), sensível como é, não lhe sobreviveria". Pude contemplar-me, primeiro espelho fiel que se me deparava, nos olhos dos velhos que a meu exemplo se acreditavam jovens, os quais, quando, certo de ser desmentido, eu me proclamava velho, não mostravam, nos olhos que me viam, não como a si mesmos se viam, mas como eu os via, o menor protesto. Porque não verificamos nosso próprio aspecto, nossa própria idade, mas cada um, como um espelho, refletia os dos outros. Talvez, descobrindo-se envelhecidos, poucos sofressem tanto quanto eu. Mas, em primeiro lugar, acontece com a velhice como com a morte, certas pessoas as encaram com indiferença, não por serem corajosas, mas por terem menos imaginação. Além disso, o homem que desde a infância visa ao mesmo ideal, para quem a indolência e a má saúde, adiadoras das realizações, anulam todas as noites o dia passado à toa e a doença do mesmo passo apressa a usura do corpo e retarda a do espírito quando percebe não ter cessado de viver no Tempo surpreende-se e perturba-se mais do que quem, menos ensimesmado, se rege pelo calendário e não descobre de repente o total dos anos, cuja soma, ao contrário, fora gradativamente fazendo.

---

220 A frase "E imediatamente pensei que de fato ela era uma mulher velha." é acréscimo da edição atual.

221 A partir de "observou", trecho eliminado da edição de 1989.

Mas uma razão mais grave explicava minha angústia; eu verificava essa ação destrutiva do Tempo precisamente quando me propunha a evidenciar, intelectualizar, numa obra de arte, as realidades extratemporais.

Em alguns seres, a substituição lenta, mas operada em minha ausência, de cada célula por outras trouxera mudança tão completa, tão radical metamorfose que eu poderia jantar cem vezes defronte deles num restaurante sem suspeitar os haver jamais conhecido, como não adivinharia a majestade de um soberano incógnito ou o vício de um estranho. Já não será exata a comparação no caso de me ser revelada a identidade destes, pois nada me impediria de acreditar um rei ou um criminoso o homem sentado à minha frente, mas, quanto àqueles, tendo-os conhecido, ou, melhor, tendo conhecido indivíduos desse nome, não podia admitir que fossem os mesmos, tão diferentes estavam. Todavia, tal qual faria ao aceitar a ideia da majestade ou do vício, que não tardaria conferir ao desconhecido (com o qual, na ignorância de sua verdadeira personalidade, cometeria facilmente a gafe de ser insolente ou amável) algo de distinto ou de suspeito, eu me aplicava em introduzir na fisionomia da desconhecida, inteiramente desconhecida, a noção de que era a sra. Sazerat,* e lograva afinal restabelecer o sentido outrora familiar dessa face, que me permaneceria alheio a ponto de fazê-la parecer outra mulher, tão despida de atributos humanos como um homem transformado em macaco, se o nome e a afirmação da identidade não me pusessem, apesar das dificuldades do problema, no caminho da solução. Por vezes, entretanto, a antiga imagem renascia bastante precisa para permitir-me tentar o confronto; e, como uma testemunha levada à presença do acusado que vira, eu me sentia forçado, tão grande era a diferença, a confessar: "Não, não o reconheço".

---

* Não deveria estar a sra. Sazerat na recepção da princesa de Guermantes, por ter nesse mesmo dia convidado para um chá a mãe do narrador, como visto anteriormente. (N. T.)

Uma jovem perguntou-me:[222] "Quer ir jantar comigo num restaurante?". E, respondendo eu: "Se não achar comprometedora a companhia de um rapaz", todos se puseram a rir, de tal forma que acrescentei: "Ou de um velho". A frase causadora da hilaridade era, logo o percebi, das que teria a meu respeito minha mãe, para quem eu não deixara de ser um menino. Eu me colocava, portanto, para julgar-me, em seu ponto de vista. Se acabara por, a seu exemplo, registrar as alterações por mim sofridas desde a primeira infância, é que já se faziam muito antigas. Detivera-me naquele de quem se podia dizer, antecipando um pouco: "É quase um rapaz". Assim me imaginava ainda, já agora com imenso atraso. Não me dera conta de minha mudança. E, afinal, onde a verificavam os que tanto se riam? Não tinha um fio branco, meu bigode era preto. Desejaria indagar-lhes como se patenteava a coisa horrível.

E então compreendi que a velhice — de todas as realidades, talvez aquela da qual conservemos até mais tarde uma ideia puramente abstrata, consultando calendários, datando cartas, assistindo a casamentos de amigos, de filhos de amigos, sem entender, por medo ou preguiça, a significação de tudo isso, até avistarmos um belo dia uma silhueta estranha, como a do sr. D'Argencourt, que nos revela estarmos vivendo em mundo novo; até vermos o neto de uma de nossas contemporâneas, a quem instintivamente tratáramos como um camarada, sorrir como se estivéssemos caçoando, lembrando-nos que poderíamos ser seu avô; compenetrei-me afinal do que significavam a morte, o amor, os prazeres do espírito, a utilidade da dor, a vocação. Porque se os nomes haviam para mim perdido a individualidade, as palavras me desvendavam todo seu sentido. A beleza das imagens situa-se por detrás das coisas, a das ideias na frente. De sorte que a primeira cessa de nos maravilhar quando atingimos estas, mas só compreendemos a segunda quando as ultrapassamos.

222 A edição de 1989 substitui por "Gilberte de Saint-Loup perguntou-me".

Ora, a todas essas reflexões, a cruel descoberta que acabava de fazer acerca do Tempo decorrido não poderia senão somar-se, contribuindo para a própria substância de meu livro.[223] Tendo decidido que esta não se constituiria unicamente de impressões de fato completas — as situadas fora do Tempo — força me seria destacar, entre as verdades nas quais as encastoaria, as relativas ao Tempo, ao Tempo onde mergulham e se alteram os homens, as sociedades, as nações. E não levaria em conta tão somente as modificações externas das criaturas, de que não me faltavam exemplos, pois, enquanto pensava em minha obra, já com impulso suficiente para não ser prejudicada por distrações passageiras, continuava a cumprimentar os conhecidos, a dar-lhes dois dedos de prosa. O envelhecimento, aliás, não se evidenciava em todos do mesmo modo.

Ouvi alguém perguntando meu nome, soube ser o sr. de Cambremer. Para mostrar que me reconhecera, indagou: "Ainda tem seus acessos de asma?", acentuando, diante de minha resposta afirmativa: "Veja que não impedem a longevidade", como se eu fosse indubitavelmente centenário. Eu lhe falava com os olhos pregados nos dois ou três traços suscetíveis de enquadrarem-se mentalmente na síntese de recordações — da qual divergia todo o resto — que em mim correspondia a sua pessoa. Mas logo virou ligeiramente a cabeça. Vi então o que o tornava irreconhecível: enormes bolsas vermelhas nas faces, impedindo-o de abrir francamente os olhos e a boca; fiquei perplexo, sem ousar fixar essas espécies de antrazes, aos quais seria mais polido deixá-lo aludir em primeiro lugar. E como, doente corajoso, nem se queixasse de seu mal, e risse, temi dar prova de insensibilidade não perguntando o que tinha, e de falta de tato perguntando. "Com a idade não se espaçaram?", interrogou, continuando a ocupar-se de minhas sufocações. Disse-lhe que

---

223 A edição de 1989 traz uma versão mais sintética para o início desse parágrafo: "É provável que a cruel descoberta que eu acabara de fazer não poderia senão somar-se, contribuindo para a própria substância de meu livro".

não. "Ah! pois minha irmã tem melhorado muito", acrescentou em tom de contradita, como se meu caso não pudesse ser diverso do de sua irmã, e a idade fosse um remédio que, tendo feito bem à sra. de Gaucourt, me devesse forçosamente ser benéfico. A sra. de Cambremer-Legrandin, tendo-se aproximado, aumentou meu receio de parecer indiferente não deplorando o que notar no rosto de seu marido, sem contudo ousar fazê-lo. "Está gostando de vê-lo?", indagou. "Ele vai bem?", repliquei de maneira indecisa. "Felizmente, como deve ter verificado." Nem percebera o mal que me ofuscava, e não era senão uma das máscaras do Tempo, por este aplicada à face do marquês, pouco a pouco, porém, e tornando-a vultuosa tão lentamente que escapara à marquesa. Quando o sr. de Cambremer acabou de inteirar-se de minha asma, chegou minha vez de informar-me discretamente junto de alguém se ainda vivia a mãe do marquês. Vivia.[224] Na apreciação do tempo passado, só custa o primeiro passo. É difícil, antes, imaginar tanto tempo decorrido, depois, aceitar que não se haja passado ainda mais. Causa espanto, a princípio, ser tão longínquo o século XIII, mais tarde existirem tantas igrejas daquela época, entretanto inúmeras na França. Em poucos instantes operara-se em mim o trabalho mais vagarosamente realizado em quem, tendo hesitado em considerar sexagenária uma pessoa que conhecera jovem, não chega a capacitar-se, após três lustros, de que ainda viva e não conte mais de 75 anos. Perguntei ao sr. de Cambremer como ia sua mãe. "Sempre admirável", retrucou, usando um adjetivo que, por oposição às tribos onde reina a impiedade para com os pais idosos, se aplica em certas famílias aos macróbios, nos quais o exercício de faculdades físicas, como ouvir bem, ir à missa a pé e suportar com insensibilidade os lutos impregna-se, aos olhos dos filhos, de extraordinária beleza moral.

---

224. Essa confirmação de que a mãe do marquês estava viva foi eliminada da edição da edição de 1989. No lugar de "elle vivait" traz "Com efeito" ("En effet").

Em outros convidados, de semblantes ainda intatos, a idade se marcava de modo diverso;[225] só na marcha mostravam-se incertos; pareciam a princípio sofrer de alguma doença nas pernas, e só depois se percebia ter sido a velhice que lhes pregara solas de chumbo. A alguns embelezava a idade, como ao príncipe D'Agrigente. Ao homem alto, magro, de olhar inexpressivo e cabelos condenados a perene vermelhidão, sucedera, numa metamorfose análoga à dos insetos, um velho cuja cabeleira ruiva, como um pano de mesa muito usado, fora substituída por outra branca. O peito ganhara uma corpulência imprevista, robusta, quase bélica, que deve ter violentamente rompido a frágil crisálida de outrora; uma gravidade autoconsciente banhava os olhos em que se lia uma benevolência nova, a todos estendida. E como, a despeito de tudo, uma vaga semelhança subsistia entre o potente príncipe atual e o retrato conservado por minha memória, admirou-me a força original de renovação do Tempo que, respeitando embora a unidade do ser e as leis da vida, sabe assim mudar o cenário e introduzir contrastes ousados em dois aspectos sucessivos das mesmas personagens, pois muitos dos presentes eu identifiquei imediatamente, mas como retratos infiéis reunidos numa exposição, onde um artista inexato e malévolo houvesse endurecido as feições de um, privado esta da frescura da pele ou da flexibilidade do talhe, tornado sombrio o olhar daquele. Comparando essas imagens com as que me guardavam os olhos da memória, preferia as antigas. Tal como muitas vezes achamos pior e recusamos uma das fotografias que um amigo nos dá para escolher. A cada um, ante a figura que agora exibia, eu desejaria dizer: "Não, não quero esta, você não está bem nela, não parece sua". Não ousaria acrescentar: "Em vez de seu lindo nariz reto, puseram-lhe o nariz adunco de seu pai, que você nunca teve". Era com efeito um nariz novo e familial. Breve, o artista Tempo interpretara todos es-

---

225 O trecho "a idade se marcava de modo diverso" constava no original, mas foi eliminado da edição de 1989.

ses modelos de modo a torná-los reconhecíveis, mas não parecidos, não que os embelezasse, mas porque os envelhecera. Esse artista trabalha, aliás, muito lentamente. Assim a réplica de Odette, cujo esboço, no dia em que vi Bergotte pela primeira vez, vislumbrara no rosto de Gilberte, o Tempo, tal um pintor que retivesse longamente a obra e aos poucos a completasse, levara-o afinal à perfeita semelhança, como breve se verá.[226]

Se pela pintura algumas mulheres confessavam a velhice, esta se patenteava, ao contrário, pela ausência de artifícios nos homens em cujos rostos eu não a notara expressamente, e que entretanto pareciam mudados porque, desesperando de agradar, já não se enfeitavam. Era o caso de Legrandin. A supressão do róseo, que eu nunca supusera artificial, das faces e dos lábios, conferia-lhe à fisionomia uma tonalidade acinzentada e aos traços compridos e tristonhos a precisão escultural e lapidar dos de um deus egípcio. Um deus! Antes um fantasma. Perdera o ânimo não só de pintar-se, como de sorrir, de dar brilho ao olhar, de dizer frases engenhosas. Espantava vê-lo tão pálido, tão abatido, não pronunciando senão raras palavras, insignificantes como as dos mortos que se evocam. Como diante da mediocridade do espírito de um homem em vida brilhante, ao qual as perguntas do médium se prestariam entretanto a respostas chistosas, eu procurava descobrir o que o impedia de mostrar-se insinuante, eloquente, agradável. Afinal entendi que a causa da substituição do Legrandin colorido e rápido por seu pálido e triste fantasma fora a velhice.

A muitos, eu não reconhecia só, revia exatamente como foram; Ski, por exemplo, tão pouco mudado como uma flor ou uma fruta seca, tipo acabado de "celibatário da arte" a envelhecer inútil e insatisfeito.[227] Confirmando minhas teorias artísticas,

226 A observação "como breve se verá" não consta mais do texto de 1989.
227 O trecho "tipo acabado de '"celibatário da arte'" a envelhecer inútil e insatisfeito" foi eliminado da edição de 1989.

era um ensaio informe. Outros o imitavam, embora não fossem diletantes; mundanos sem interesse por coisa alguma, também a eles não amadurecera a velhice e, mesmo envolto no primeiro círculo de rugas e no arco de cabelos brancos, seu rosto corado e redondo conservava a leveza descuidada dos dezoito anos. Não eram velhos, mas rapazolas extremamente gastos. Muito pouco bastaria para apagar essa usura da vida, e a morte lhes restituiria ao semblante a mocidade tão facilmente como se limpa um quadro do qual só uma camada de poeira empanava o brilho. Pensei então na ilusão de que somos vítimas quando, ouvindo falar de algum velho célebre, de antemão confiamos em sua bondade, em sua justiça, na doçura de sua alma; pois sentia que haviam sido, quarenta anos antes, moços terríveis, cuja vaidade, doblez, arrogância e manhas, nada permitia supor não houvessem conservado.

E entretanto, em completo contraste com estes, tive a surpresa de conversar com homens e mulheres outrora insuportáveis, que haviam perdido quase todos os seus defeitos, talvez porque a vida, frustrando-lhes ou realizando-lhes os desejos, lhes tivesse anulado a pretensão ou a amargura. Um casamento rico, tornando desnecessária a luta ou a ostentação, a própria influência da esposa, o conhecimento lentamente adquirido de valores diversos daqueles em que exclusivamente acreditavam na mocidade frívola, tudo isso lhes suavizara o caráter e permitira demonstrar as qualidades. Envelhecendo, pareciam ganhar uma personalidade nova, como as árvores às quais o outono, alterando as cores, parece mudar a essência. Neles a velhice se manifestava realmente, mas como uma coisa moral (que antes não possuíam).[228] Em outros era sobretudo física, e tão nova que a pessoa — a sra. de Souvré, por exemplo — se me afigurava ao mesmo tempo conhecida e desconhecida. Desconhecida porque me era impossível supor que fosse ela, e, malgrado meu, não pude disfarçar, correspon-

---

228 Esse parêntese foi eliminado da edição de 1989.

dendo ao seu cumprimento, o trabalho de espírito que me fazia hesitar entre três ou quatro senhoras — nas quais não incluía a sra. de Souvré — para saber a quem saudava, aliás com efusão que a deve ter espantado, pois, receoso de mostrar-me frio para com alguma amiga íntima, compensara a indecisão do olhar pelo calor do aperto de mão e do sorriso. Mas, por outro lado, não me era desconhecido seu recente aspecto. Vira-o muitas vezes em minha vida, em damas idosas e corpulentas, sem então suspeitar de que, muitos anos antes, tivessem sido parecidas com a sra. de Souvré.[229] Aspecto tão diferente do antigo que se diria haver ela sido condenada,[230] como uma personagem de conto de fada, a surgir sob a aparência, primeiro de uma jovem, depois de espessa matrona, e sem dúvida mais tarde de uma anciã trêmula e curva. Simulava, como uma nadadora cansada a avistar ao longe a margem, afastar penosamente as ondas do tempo que a submergiam. Após contemplar-lhe detidamente a fisionomia hesitante, incerta como a memória infiel, incapaz de reter as formas antigas, logrei todavia descobrir restos destas, graças ao jogo que consistia na eliminação dos quadrados e hexágonos pela idade apostos a suas faces. Não misturara, aliás, esta apenas figuras geométricas aos rostos femininos. No da duquesa de Guermantes, semelhante a si mesma, e não obstante agora heterogênea como um *nougat*, distinguiam-se estrias azinhavradas, um pedacinho de concha rósea pulverizada, uma excrescência indefinível, menor do que uma baga de *gui* e menos transparente do que uma pérola de vidro.

Logo se verificava não ser devido a nenhum acidente de carro, mas a um ataque, o coxear de alguns homens que já tinham, como se diz, um pé na sepultura. Da sua, entreaberta, certas mu-

---

229 As três ocorrências da "sra. de Souvré", constantes do original, foram substituídas pela "sra. 'D'Arpajon".

230 A edição de 1989 registra uma versão ligeiramente diferente para esse trecho: "Aspecto da marquesa tão diferente daquele que eu conhecera que se diria haver ela sido condenada".

lheres meio paralíticas, como a sra. de Franquetot,[231] pareciam não poder soltar inteiramente os vestidos presos na lápide, e, incapazes de aprumar-se, infletidas, de cabeça baixa, descreviam uma curva que era de fato sua posição atual entre a vida e a morte, à espera da queda final. Nada impediria o movimento da parábola que as arrebatava, elas tremiam se tentavam erguer-se, e seus dedos já não conseguiam segurar coisa alguma.

Em certos homens nem estavam ainda brancos os cabelos. Reconheci, vendo-o dar um recado a seu amo, o velho criado de quarto do príncipe de Guermantes. Os pelos duros que lhe eriçavam as faces e o crânio continuavam de um ruivo tirante a rosa, e não se podia suspeitá-lo de tingi-los como a duquesa de Guermantes. Nem por isso parecia mais moço. Provava apenas a existência, entre os homens, de espécies que, como os musgos, os líquens e tantos outros no reino vegetal, não se alteram com a aproximação do inverno.

Com efeito, tais mudanças eram normalmente atávicas, e a família — às vezes até mesmo — entre os judeus sobretudo — a raça — vinha ofuscar aquelas que o tempo deixara ao passar. Aliás, tais particularidades, poderia eu dizer que morreriam?[232] Eu sempre considerara o indivíduo humano como um polipeiro, onde o olho, organismo independente apesar de associado, não espera ordens da inteligência para piscar à passagem de um grão de poeira, mais ainda, onde o intestino, parasita enterrado, infecta-se sem ciência da inteligência; e, paralelamente, a alma se me afigurara, na duração da vida, como uma série de eus, unidos mas distintos, a morrerem uns após outros, ou mesmo a se alternarem, como os que, em Combray, se substituíam em mim quando a noite chegava. Mas percebera também que as células componentes de um ser duram mais do que ele. Vira os vícios, a coragem dos Guermantes

---

231 O trecho "como a sra. Franquetot", constante da edição original, foi eliminado da edição de 1989.
232 Esse início de parágrafo é acréscimo da edição atual.

ressurgirem em Saint-Loup, tanto quanto seus próprios defeitos, estranhos e efêmeros, ou o semitismo de Swann. Dava-se o mesmo com Bloch. Depois da morte do pai, só os arraigados sentimentos de família, frequentes nos judeus, como a convicção de que fora um homem a todos superior, deram a seu amor por ele a forma de um culto.[233] Não pudera suportar a ideia de sua perda, e tivera de recolher-se durante um ano a um sanatório. Respondera a minhas condolências em tom a um tempo profundamente sentido e quase altivo, tanto se julgava digno de inveja por ter privado com pessoa de tal porte, cujo carro de dois cavalos gostaria de doar a algum museu histórico. E agora, na mesa familial (porque, ao contrário do que supunha a duquesa de Guermantes, estava casado),[234] a mesma cólera que animara o pai contra Nissim Bernard o impelia contra o sogro. As explosões eram idênticas. Assim como, ouvindo as palavras de Cottard, Brichot e tantos outros, eu sentira que, pela cultura e pela moda, uma única ondulação propaga em toda a extensão do espaço as mesmas maneiras de falar, de pensar assim também, em toda a duração do tempo, imensos vagalhões trazem das profundezas das idades, através de gerações superpostas, as mesmas cóleras, as mesmas tristezas, os mesmos arrojos, as mesmas manias, cada corte, operado em níveis diferentes da mesma série, mostrando, projetada em telas sucessivas, a repetição de um quadro idêntico, embora muitas vezes insignificante, como aquele em que igualmente se defrontavam, Bloch e o sogro, Bloch pai e Nissim Bernard, e tantos outros por mim ignorados.

Embuçados nas cãs, alguns semblantes já tinham a rigidez, as pálpebras cerradas dos moribundos, e os lábios, agitados por perpétuo tremor, pareciam murmurar as orações dos agonizantes.

---

233 A edição de 1989 apresenta uma versão um tanto diferente para esse trecho: "Ele perdera o pai há alguns anos e, quando lhe escrevi naquele momento, inicialmente ele não conseguiu me responder, pois além dos arraigados sentimentos…"
234 O trecho entre parênteses, constante do original, foi suprimido da edição de 1989.

A um rosto linearmente o mesmo, bastava, para fazer-se outro, a substituição dos cabelos negros ou louros por brancos. Os encarregados das caracterizações nos teatros sabem uma peruca empoada suficiente para disfarçar e tornar irreconhecível um ator. O jovem marquês de Beausergent,[235] que eu conhecera segundo-tenente no camarote da sra. de Cambremer, na noite em que a sra. de Guermantes estava com a prima, conservada, talvez acrescida, a regularidade dos traços, a rigidez fisiológica da arteriosclerose exagerando a retidão impassível daquela fisionomia de dândi, emprestando-lhe às feições a nitidez intensa, quase caricatural à força de imobilidade, dos estudos de Mantegna ou de Michelângelo. Sua tez, outrora de vivo tom avermelhado, cobria-se agora de solene palidez; os pelos prateados, a gordura discreta, o nobre ar de doge, a fadiga sonolenta, tudo nele concorria para dar uma impressão nova e profética[236] de majestade fatal. No lugar do retângulo de barba loura ajustara-se tão perfeitamente outro de fios brancos que, notando os cinco galões do antigo segundo-tenente, meu impulso foi felicitá-lo, não por ter sido promovido, mas por estar tão à vontade na fantasia de coronel, para a qual certamente pedira emprestados o uniforme e a atitude grave e triste do oficial superior que fora seu pai. Em outro, também a barba branca sucedera à loura, mas como o rosto permanecia vivo, sorridente e jovem, só lhe conferia maior colorido e realce, aumentando o brilho dos olhos, dando ao mundano sempre moço uma expressão inspirada de profeta.

A transformação que os cabelos brancos e outros semelhantes haviam operado, sobretudo nas mulheres, afetar-me-ia menos se atingisse apenas a cor, o que pode ser agradável à vista, e não a pessoa, o que desorienta o espírito. Com efeito, "reconhecer" alguém e, mais ainda, identificá-lo sem ter logrado reconhecê-lo, é

---

235 A edição de 1989 suprimiu a referência ao "jovem marquês de Beausergent", substituindo-a por "jovem conde de ***".
236 O trecho "e profética" é acréscimo da edição atual.

pensar duas coisas contraditórias com uma só denominação, é admitir que já não existe o ser conhecido, e sim outro, desconhecido, é entrever um mistério quase tão perturbador como o da morte, do qual é, aliás, o prefácio e o anúncio. Pois essas mudanças, eu sabia o que significavam, a que serviriam de prelúdio. Por isso, somando-se a tantas outras alterações, a alvura da cabeleira impressionava nas mulheres. Diziam-me um nome, e pasmava-me vê-lo aplicar-se tanto à loura valsista que eu conhecera outrora quanto à pesada senhora encanecida que se arrastava a mim. Com certo tom róseo da pele, esse nome era talvez a única ligação entre as duas mulheres — a da memória e a da recepção da princesa de Guermantes — mais opostas do que uma ingênua e uma velhota de comédia. Para a vida chegar a dar à dançarina essa vasta corpulência, para conseguir, como um metrônomo, retardar seus canhestros movimentos, para, conservando como único elemento constante as faces — sem dúvida mais cheias agora, porém já arroxeadas desde a mocidade —, substituir à loura tão leve esse velho marechal ventripotente, deve-lhe ter sido necessário realizar mais devastações e reconstruções do que para colocar uma cúpula no lugar de uma flecha, e, quando se pensava que tal trabalho se operara, não em matéria inerte, mas numa carne cujas modificações só se fazem insensivelmente, o espantoso contraste entre a aparição presente e a criatura da qual eu me lembrava fazia esta recuar para um passado mais que remoto, quase inverossímil. Custava-se a reunir os dois aspectos, a designar pelo mesmo nome as duas pessoas; porque, assim como é difícil representar-se vivo um morto, ou morto um vivo, também o é, quase tanto, e do mesmo modo (a destruição da juventude, de um ser alado e vigoroso sendo o primeiro passo para o nada) conceber velha a que foi moça, quando o aspecto da anciã, justaposto ao da jovem, de tal forma o repele que, cada uma por sua vez, a velha, a moça, novamente a velha, parecem figuras de sonho, e não se acreditaria que isto pudesse jamais ter sido aquilo, que a matéria daquilo se tivesse, sem refugiar-se alhures, tornado isto graças às sábias manipulações do tempo, que seja a mesma substância, e do mesmo corpo — se não se possuísse a prova do nome igual e o testemunho afirmativo dos amigos, aos quais só conferem relativa aparência de verdade as rosáceas das faces, outrora disfarçadas pelo ouro das espigas, hoje estateladas sob a neve.

Em geral, o maior ou menor encanecimento parecia marcar a extensão do tempo vivido, tal como os cumes cobertos de neve, que, ainda surgindo aos olhos na mesma linha de outros, revelam o nível de sua altitude pelo esplendor da nívea alvura. O que contudo nem sempre se dava, ao menos em relação às mulheres. Assim, as mechas da princesa de Guermantes, que, quando grisalhas, lhe emolduravam em prata a fronte saliente, tendo adquirido, à força de brancura, um tom baço de lã e estopa, simulavam, ao contrário, o cinzento da neve poluída, cujo brilho se empanara.

E, das louras dançarinas, muitas não conquistaram, com as perucas empoadas, apenas a amizade de duquesas que outrora nem conheciam. Porque se haviam inteiramente dedicado à dança, a arte as tocara, como a graça. E, como ilustres damas setecentistas em conventos, encerravam-se em apartamentos repletos de quadros cubistas, um pintor cubista trabalhando só para elas, que só para ele viviam. Velhos de feições deformadas buscavam não obstante reter, fixa e permanentemente, uma dessas expressões que, para tirar partido de um dote físico ou disfarçar um defeito, se assumem diante dos retratistas; eram definitivos e imutáveis instantâneos de si mesmos.

Todos haviam levado tanto *tempo* vestindo as fantasias que nem as notavam os próximos. Alguns, em virtude de um prazo dilatório, continuavam os mesmos até mais tarde. Mas então o disfarce adiado operava-se com maior rapidez; de qualquer modo, era inevitável. Nunca adivinhara eu a menor semelhança entre a sra. X e a mãe, que já conheci idosa, sumida e curva como um turco velho. Com efeito, sempre vira bonita e esguia a filha, que assim se conservou por um período excessivo, pois, para quem devia, antes da noite, enfiar a fantasia de turca, grande era seu atraso, tanto que se viu obrigada a encolher-se às pressas, quase de repente, para reproduzir fielmente a figura de turca velha outrora exibida pela mãe.

Havia homens cujo parentesco com outros eu conhecia sem lhes haver jamais notado uma só feição comum; admirando o velho eremita encanecido que se tornara Legrandin, de súbito verifiquei-lhe, posso dizer descobri-lhe, com satisfação de zoólogo, nos malares, a forma dos de seu jovem sobrinho Léonor de Cambremer, que entretanto não se lhe assemelhava; a esse primeiro traço comum acrescentei outro ainda não observado, depois mais outros, não incluídos nos que habitualmente me oferecia a síntese de sua mocidade, de sorte que em breve obtive dele como uma caricatura, mais verdadeira, mais reveladora do que se fosse literalmente parecida; o tio se me afigurava agora o jovem Cambremer, assumindo, por brincadeira, a aparência do velho que de fato um dia seria e, assim, o que com tanto vigor me desvendava a sensação do Tempo já não era apenas a transformação dos moços de outrora, mas também a que aguardava os de hoje.

As feições em que se gravara, senão a mocidade, pelo menos a beleza, tendo em quase todas desaparecido, elas tentavam, com o que lhes restava, fabricar faces diferentes. Deslocando, nas próprias fisionomias, o centro, não de gravidade, mas de perspectiva, em cujo derredor dispunham diversamente os traços, inauguravam aos cinquenta anos outro gênero de beleza, como se muda tardiamente de profissão ou se plantam beterrabas nas terras já imprestáveis para os vinhedos. Em torno dessas feições novas florescia uma nova juventude. Só não se adaptavam a tais transformações as muito bonitas ou muito feias. As primeiras, como se se esculpissem num mármore cujas linhas definitivas não sofressem correção, esboroavam-se como estátuas. As segundas, portadoras de alguma deformidade facial, levavam certas vantagens sobre as belas. Antes do mais, eram inconfundíveis. Sabia-se não haver em Paris duas bocas assim, o que me permitia identificá-las sem tardança nesta *matinée* onde não reconhecia mais ninguém. E, além disso, nem pareciam envelhecidas. A velhice é algo de humano. Sendo monstros, elas não poderiam mudar, como não mudam as baleias.

Também outros homens, outras mulheres não davam a impressão de estarem mais velhos; o talhe continuava esbelto, fresco o rosto. Mas se, para falar-lhes, eu me acercava de seu semblante de pele lisa e finos contornos, este se alterava como uma superfície vegetal, uma gota de água ou de sangue examinadas ao microscópio. Distinguia então, na epiderme que acreditara unida e macia, repelentes manchas gordurosas. As linhas não resistiam às lentes. A do nariz logo se quebrava e arredondava, invadida pelos mesmos círculos oleosos que o resto do rosto; de perto, os olhos empapuçados destruíam a ilusória semelhança da face atual com a antiga. De sorte que, nestes convidados, jovens de longe, a idade crescia com a aproximação, que lhes aumentava o volume das faces e permitia observá-las em seus diversos planos. Para eles, em suma, a velhice dependia do espectador saber colocar-se de jeito a vê-los jovens, não lhes lançando senão olhares longínquos, que diminuem os objetos, sem os vidros receitados aos presbitas pelos oculistas; em seu caso a velhice, discernível[237] como a presença de infusórios numa gota de água, estava, aparentemente, menos em função da passagem dos anos do que do grau, na visão do observador da escala aumentativa.

Encontrei ali um antigo camarada que, durante dez anos, eu vira quase diariamente. Alguém nos quis apresentar de novo. Encaminhei-me então para ele, e ouvi-o dizer, numa voz que logo reconheci: "É para mim um grande prazer, depois de tantos anos". Mas que surpresa a minha! A voz parecia emitida por um fonógrafo aperfeiçoado, porque, se era a de meu amigo, provinha de um sujeito corpulento e grisalho, para mim desconhecido, dando portanto a impressão de ter sido alojada artificialmente, por engenho mecânico, nesse velho gordo igual a tantos outros. Sabia entretanto ser ele, visto não se prestar a mistificações a

---

237 A palavra "discernível" ("décelable") foi eliminada da edição da edição de 1989.

pessoa que, depois de tanto tempo, nos apresentara. Declarou-me que eu não mudara, e compreendi que também a si se achava o mesmo. Mirei-o então mais atentamente. Afinal, apesar da gordura, conservara muitos traços antigos. Mas não chegava a convencer-me que era ele. Procurei então recordar-me. Tivera na mocidade olhos azuis, sempre risonhos, sempre móveis, à cata evidentemente de alguma coisa que no momento me escapara, algo de desinteressado, a verdade talvez, perseguida com constante inquietação, espírito galhofeiro, mas erradio respeito por todos os amigos de sua família. Ora, feito político influente, hábil, despótico, os olhos azuis, que aliás não encontraram o que buscavam, haviam-se imobilizado, o que lhes aguçava o olhar, como se saísse de sob um sobrecenho carregado. Por isso, a expressão de alegria, de abandono, de inocência se transformara em ar de manha e dissimulação. Decididamente, parecia-me outro, quando, de súbito, ouvi, provocada por palavras minhas, sua risada, sua risada solta de antigamente, a que lhe correspondia à perene mobilidade do olhar. Alguns melômanos achavam inteiramente diversa a música de Z orquestrada por X. São nuanças insensíveis ao vulgo, mas uma contida gargalhada infantil, sob um olhar pontudo como um lápis azul bem afiado embora um pouco torto, é mais significativa do que uma diferença de orquestração. Cessado o riso, eu bem quereria prolongar a sensação que me causara, mas, como Ulisses, na *Odisseia*, correndo para a mãe morta como um espírito tentando em vão arrancar de uma aparição uma resposta capaz de identificá-la, como o visitante de uma exposição de eletricidade, mais propenso a crer emitida espontaneamente por alguém a voz restituída inalterada pelo fonógrafo, não pude mais reconhecer meu amigo.

É, porém, mister ressalvar a aceleração ou o retardamento que sofrem, para certas pessoas, as medidas do próprio tempo. Eu encontrara por acaso na rua, haveria quatro ou cinco anos, a viscondessa de Saint-Fiacre (nora da amiga dos Guermantes). Seus traços esculturais pareciam assegurar-lhe eterna mocidade. Era, aliás, ainda jovem. Ora, não consegui, a despeito de seus sorrisos e cumprimentos, vislumbrá-la numa senhora de feições tão desfeitas que não se lhe poderia recompor a linha do rosto. É que há três anos tomava cocaína e outras drogas. Os olhos, afundados em negras olheiras, eram de alucinada. A boca tinha um ricto estranho. Deixara, segundo me contaram, só para esta recepção a cama ou a *chaise-longue* onde passava meses. O Tempo possui assim trens expressos e especiais, que conduzem à velhice prematura. Mas em trilhos paralelos circulam trens de volta, quase igualmente velozes. Tomei o sr. de Courgivaux pelo filho, tão remoçado o achei (já devia ter ultrapassado os cinquenta anos e estava mais jovem do que aos trinta). Encontrara um médico inteligente, suprimira o álcool e o sal; voltara à casa dos trinta, que, hoje, nem parecia haver atingido. É que, de manhã, cortara o cabelo. Já disse alhures como, do mesmo modo, apenas me diziam os nomes dos homens cujas fisionomias desconhecia, cessava a ação da magia e eu os identificava.[238] Houve, porém, um que, ainda depois de lhe saber o nome, não pude reconhecer, e pensei em algum homônimo, pois já nada tinha de comum, não apenas com a pessoa antiga, mas com a que eu vira há poucos anos. Era, todavia, ele mesmo, apenas mais gordo e encanecido, mas raspara o bigode, e tanto bastara para lhe fazer perder a personalidade.

Coisa curiosa, o fenômeno da velhice como que levava em conta, em suas modalidades, certos hábitos sociais. Grandes senhores que haviam sempre usado ternos de alpaca ordinária e velhos chapéus de palha, inadmissíveis para pequeno-burgueses, envelheciam como jardineiros, como os camponeses entre os quais viveram. Manchas pardas lhes invadiam as faces, e seus rostos amareleceram, escureceram como um livro.

E eu pensava nos que não tinham vindo porque já não podiam, nos que os secretários, alimentando a ilusão de sua sobrevida, desculpavam em telegramas volta e meia entregues à prince-

238 Esse início de parágrafo foi eliminado da edição de 1989.

sa, nos doentes cuja agonia se arrastava havia meses, que já não se levantam, não se mexem, e, ainda cercados pela curiosidade frívola de visitantes curiosos como turistas ou confiantes como peregrinos, olhos fechados, terço na mão, empurrando ligeiramente o lençol já mortuário, parecem jazer no túmulo, a carne rígida e pálida esculpida como mármore pela doença, deixando transparecer o esqueleto.

As mulheres procuravam manter o que constituíra o cunho mais pessoal de sua sedução, ao qual não se ajustava porém, na maioria dos casos, a nova substância dos rostos. Horrorizava imaginar os períodos decorridos antes de cumprir-se tal revolução na geologia daquele rosto, verificar a erosão ao longo do nariz, as massas aluvionais, opacas e refratárias, acumuladas nas bordas das faces, deformando o oval.

Algumas senhoras eram sem dúvida facilmente reconhecíveis, com a fisionomia quase intata, tendo apenas, como para harmonizarem com a estação, arvorado os cabelos grisalhos, adornos outoniços. Mas em outras, e também em certos homens, a transformação era tão completa, tão impossível a identificação — a de um sempre lembrado boêmio moreno com o monge ancião de agora, por exemplo — que, ainda mais do que atores hábeis, suas fabulosas modificações lembravam os transformistas prodigiosos, cujo protótipo é Fregoli. Tal velha tivera vontade de chorar ao compreender que o indefinível sorriso melancólico, sua maior sedução, já não conseguia irradiar-se pela máscara de gesso que lhe aplicara a velhice. Depois, desistindo repentinamente de agradar, achando mais sensato resignar-se, utilizou a carranca de modo jocoso, para fazer rir! A maioria feminina não conhecia tréguas na luta contra a idade, e estendia, para a beleza a afastar-se como o sol poente cujos raios desejava ardentemente conservar, o espelho de sua face. Para isso, algumas tentavam aplainar, alargar a branca superfície, renunciando à graça picante das covinhas ameaçadas, à malícia do sorriso condenado e já frouxo; ao passo que outras, vendo afastar-se definitivamente a beleza, refugiavam-se na expressão, como se compensa pela arte da dicção a perda da voz, agarravam-se a um trejeito, a um pé de galinha, a um olhar vago, por vezes a um sorriso que, devido à descoordenação dos músculos, incapazes de obedecer, mais parecia um esgar de pranto.

Mesmo, contudo, nos homens pouco mudados, naqueles em quem só o bigode encanecera, sentia-se não ser apenas material a modificação. Era como se os víssemos através de um vapor colorido, ou melhor, de um vidro pintado, a alterar o aspecto das faces sobretudo pelo que lhes acrescentava de turvo, evidenciando estarem na realidade muito longe aqueles que nos permitia ver em "tamanho natural", a uma distância diversa, é verdade, da do espaço, mas de cujo fundo, como de outra margem, percebíamos ser-lhes tão difícil reconhecer-nos como nós a eles. Talvez só a sra. de Forcheville, que logo avistei,[239] tumefata como se se tivesse injetado algum líquido, uma espécie de parafina preservadora da pele, parecesse a mesma antiga *cocotte*, para sempre "naturalizada".

"Você me toma por minha mãe", dissera Gilberte. Era verdade.[240] Partindo da ideia de que os outros ainda eram os mesmos, achamo-los velhos. Mas se nos capacitarmos de que são velhos, reconhecemo-los, não os julgamos muito acabados. Com Odette não se dava só isso; seu aspecto, para quem não lhe esquecia a idade e esperava encontrar uma velha, parecia desafiar mais milagrosamente as leis da cronologia do que a conservação do rádio as da natureza. Se não a identifiquei à primeira vista foi, não por ter, e sim por não ter mudado. Cônscio, havia uma hora, de tudo quanto o tempo acrescenta às criaturas, e da subtração indispensável para vê-los como os conhecera, efetuava agora rapidamente o cálculo, e, somando à antiga Odette o número de anos passados, obtive como resultado uma pessoa que me parecia não poder ser a que tinha sob os olhos, precisamente porque esta era semelhante à de outrora. Qual, nisso, a parte dos cosméticos e das tinturas?

239 O trecho entre vírgulas foi suprimido na edição atual.
240 Aqui, a edição atual acrescenta: "Aliás, até que teria sido gentil".

Lembrava, com os cabelos dourados penteados para baixo — peruca arrepiada de grande boneca mecânica sobre uma face atônita, também, de boneca —, sobre os quais pousava um chapéu de palha igualmente baixo, a Exposição de 1878 (da qual teria sido, sobretudo se já contasse então a idade atual, a mais fantástica maravilha), recitando seu papel numa revista de fim de ano, mas a Exposição de 1878 representada por uma mulher ainda jovem.

Um ministro anterior ao movimento do general Boulanger, que voltara agora ao governo, chegou por sua vez junto de nós, endereçando às damas um sorriso trêmulo e longínquo, como se o enleassem os mil liames do passado, minúsculo fantasma guiado por não invisível, a estatura reduzida, essencialmente outro, como se fosse a própria miniatura em pedra-pomes. Esse antigo presidente do Conselho, tão bem recebido no faubourg Saint-Germain, fora outrora réu de um processo criminal, execrado pela sociedade e pelo povo. Mas, graças à renovação, em ambos, dos componentes, e, nos elementos subsistentes, das paixões e até das recordações, o caso fora inteiramente esquecido, ele se via novamente acatado. Não há, pois, humilhação, forte embora, a que não nos devamos prontamente resignar, certos de que, ao cabo de poucos anos, os erros enterrados não passarão de poeira imperceptível, sobre a qual vicejará a paz sorridente e florida da natureza. O indivíduo momentaneamente repudiado encontrar-se-á, pelo jogo de equilíbrio do tempo, entre duas recentes camadas sociais, que só lhe testemunharão deferência e admiração, que lhe permitirão pavonear-se a contento. Mas só ao tempo incumbe essa tarefa; na hora da luta, nada o consola de ouvir-se chamar "tubarão" pela turba de punhos cerrados, quando subia ao "tintureiro", na presença de sua vizinha, a jovem leiteira que não se pode colocar no plano do tempo, que ignora o desprezo ontem votado aos homens hoje incensados pelos jornais matutinos, e não antevê celebrado pela imprensa e festejado pelas duquesas quem, ora à beira da condenação, talvez por pensar nela, não encontre as palavras humildes aptas a granjear simpatia. O tempo amaina igualmente as brigas de família. Na casa da princesa de Guermantes estava um casal cujos tios, já falecidos, se haviam esbofeteado, tendo em seguida um deles, para rebaixar o outro, escolhido como testemunhas do duelo seu porteiro e seu copeiro, sob a alegação de que o adversário não merecia gente de sua classe. Mas essas histórias dormiam nos jornais de trinta anos antes e ninguém mais as lembrava. E assim o salão da princesa era iluminado, desmemoriado e florido como um cemitério tranquilo. O tempo não somente desfizera as antigas criaturas como possibilitara, criara, novas associações.

Para tornar ao político, não obstante sua mudança de substância física, tão profunda como as transformações das ideias morais que agora suscitava no público, isto é, apesar de já ser remota sua presidência do Conselho, voltara a ser ministro. Esse presidente do Conselho de há quarenta anos[241] fazia parte do novo Gabinete, cujo chefe lhe entregara uma pasta um pouco como os diretores de teatro confiam a uma de suas antigas camaradas, já retirada, o papel que a julgam ainda mais capaz do que as jovens de desempenhar com finura, sabendo-a, não só em difícil situação financeira, como capaz de demonstrar ao público, aos oitenta anos quase, a integridade de seu talento ainda a bem dizer intato, naquela força vital que se verifica depois com espanto ter admirado poucos dias antes da morte.

Tão milagroso era o aspecto da sra. de Forcheville que nem se poderia falar em rejuvenescimento, e sim em reflorescimento, conseguido à custa de carmins e tintas ruivas. Mais ainda do que a encarnação da Exposição Universal de 1878, ela seria, numa moderna exibição de horticultura, o ponto de mira, de atração. Para mim, aliás, era como se dissesse, em vez de: "Eu sou a Exposição de 1878", "Eu sou a alameda das Acácias de 1892". Lá ainda deveria estar. E, justamente porque não mudara, não dava a impressão

---

241 O trecho que se inicia com "voltara a ser ministro. Esse presidente do Conselho de há quarenta anos" foi eliminado da edição atual.

de viver. Parecia uma rosa esterilizada. Cumprimentei-a, e via, por algum tempo, buscar em vão meu nome em minha fisionomia, como um aluno busca, na fisionomia do examinador, uma resposta que teria encontrado com mais facilidade na própria mente.[242] Declinei-o e logo, como se, graças a essas sílabas mágicas, eu tivesse perdido a aparência, adquirida com a idade, de uma árvore ou de um canguru, reconheceu-me e pôs-se a falar com sua entonação característica, que se deslumbrava de ouvir à saciedade, nas menores palavras, durante toda a conversa, que, tendo-a aplaudido nos teatrinhos, a encontrava depois num almoço íntimo. A voz continuava a mesma, inutilmente quente, envolvente, com um ligeiro sotaque inglês. E, entretanto, assim como os olhos me pareciam fitar de longínquo litoral, o tom fazia-se tristonho, quase súplice, tal o dos mortos da *Odisseia*. Odette ainda poderia representar. Dei-lhe os parabéns por sua mocidade. Retrucou: "Você é muito gentil, *my dear*, obrigada", e como, por preocupação de elegância, dificilmente exprimia sem afetação até um sentimento verdadeiro, repetiu diversas vezes: "Obrigada, muito, muito". Mas eu, que fizera longos trajetos a pé a fim de avistá-la no Bois, que, quando estivera pela primeira vez em sua casa, recolhera, como um tesouro, o som de sua voz a cair da boca, achava agora intermináveis os minutos a seu lado, por não saber o que dizer, e afastei-me, dizendo a mim mesmo que as palavras de Gilberte "Você me toma por minha mãe" não eram apenas verdadeiras, mas eram antes de mais nada lisonjeiras para a filha.[243]

E seria, aliás, lisonjeiro para a filha. Não só nesta, porém, manifestavam-se traços de família, até então invisíveis no rosto como as partes interiores da semente, onde não se adivinham as saliências que um dia formarão. Assim, uma enorme curva materna vinha, nesta ou naquela, transformar pelas alturas dos cinquenta anos um nariz antes reto e puro. Em outra, filha de ban-

---

242 A partir de "como um aluno", acréscimo da edição atual.
243 A partir de "dizendo a mim mesmo", acréscimo da edição atual.

queiro, a tez da frescura camponesa se avermelhava, assumia tons de cobre, refletia o ouro que tanto manejara o pai. Alguns indivíduos acabavam por parecer com seus bairros, traziam em si resquícios da rue de l'Arcade, da avenue du Bois, da rue de l'Élysée. Mas reproduziam sobretudo as feições paternas.

Não devia, coitada, manter-se em forma por muito tempo. Menos de três anos mais tarde, numa *soirée* dada por Gilberte, eu a veria, não caduca, mas um tanto enfraquecida mentalmente, incapaz de esconder sob a máscara impassível o que pensava — mas talvez nem pensasse —, o que sentia, a balançar a cabeça e sacudir os ombros a cada impressão, como os ébrios, as crianças e certos poetas que, alheios ao meio, e inspirados, compõem poemas em sociedade, franzem o sobrolho, fazem mil trejeitos, com grande pasmo da senhora a quem dão o braço para conduzir à mesa. As impressões da sra. de Forcheville — salvo uma, precisamente a que lhe explicava a presença na festa dada por Gilberte,[244] de ternura pela filha bem-amada e orgulho de vê-la receber com tanto brilho, orgulho que mal velava, na mãe, a melancolia da própria decadência — não eram agradáveis, e mantinham-na como se menina fosse, em defesa constante e timorata contra as desconsiderações de que era alvo. Só se ouviam palavras deste teor: "Não sei se a sra. de Forcheville me reconheceu, se não lhe precise ser apresentado de novo". "Ora, não tome esse trabalho", respondia alguém, falando alto, esquecido de que o ouvia a mãe de Gilberte, ou a isso indiferente, "não vale a pena. E melhor deixá-la de lado. Está meio gagá." Furtivamente, a sra. de Forcheville lançava aos interlocutores injuriosos um olhar de seus olhos ainda belos, mas logo o recolhia, receosa de ter sido impolida, e, agitada pela ofensa, sopitando a débil indignação, a cabeça a tremular, o peito a arfar, contemplava outro convidado igualmente grosseiro sem grande espanto, pois de fato sentira-se mal

---

244 O trecho "dada por Gilberte", constante da edição original, foi suprimido da edição atual.

nos últimos dias e sugerira cautelosamente à filha, sem ser atendida, um adiamento da recepção. Nem por isso menos a estremecia; as duquesas que entravam, a admiração geral pela nova casa inundavam-lhe de júbilo o coração, e, vendo chegar a marquesa de Sebran, então a dama mais alto e intangivelmente situada na escala social, a sra. de Forcheville verificou ter sido uma boa e previdente mãe, e estar cumprida sua tarefa. Novos comentários escarninhos obrigaram-na outra vez a mirar os mal-educados e a falar sozinha, se falar se pode chamar à linguagem muda a traduzir-se tão somente pela gesticulação. Tão formosa ainda, ganhara a mais — o que nunca possuíra — uma infinita simpatia; porque, ela, que enganara Swann e todo mundo, era agora enganada pelo universo inteiro; e tão fraca estava que nem ousava, tendo-se invertido os papéis, defender-se do homens. Dentro em breve nem da morte se defenderia. Mas, após esta antecipação, recuemos três anos, regressemos à *matinée* da princesa de Guermantes, onde nos encontramos.

Custei a reconhecer meu colega Bloch,[245] que adotara, diga-se de passagem, não o pseudônimo, mas o nome de Jacques du Rozier, sob o qual só mesmo o faro de meu avô descobriria o doce vale do Hebron e as cadeias de Israel, que Bloch parecia haver definitivamente rompido. Uma elegância britânica lhe modificara, com efeito, inteiramente a silhueta, aplainando tudo quanto podia ser apagado. Os cabelos antes crespos, agora lisos e repartidos ao meio, brilhavam de cosmético. O nariz continuava vermelho, mas como se o congestionasse um resfriado permanente, que explicava o anasalado das frases vagarosas, pois encontrara não só um penteado adaptado a seu tipo, mas ainda uma voz apropriada a sua pronúncia, na qual o fanhoso de outrora assumia o tom característico do desdém e se harmonizava com as asas inflamadas do nariz. Graças ao penteado, à supressão do bigode, ao donaire da atitude, à força de vontade, o

---

245 O trecho "meu colega Bloch" é acréscimo da edição atual.

nariz judaico se disfarçava, como parece quase esticado um corcunda bem posto. Mas, sobretudo, apenas Bloch surgia, logo se lhe notava o monóculo prestigioso a alterar a significação da fisionomia. A parte mecânica que introduzia naquela face a dispensava dos deveres difíceis aos quais se submente toda face humana, dever de ser bela, de exprimir inteligência, benevolência, atenção. Bastava a presença do monóculo para ninguém indagar se Bloch era ou não bonito, como, numa loja, diante das mercadorias inglesas que o caixeiro assegura serem a última moda, não se ousa discutir se agradam ou não. Por outro lado, ele se instalava tão arrogante, distante e confortavelmente atrás desse vidro como se se tratasse da vidraça de um carro de luxo, e, para se harmonizarem com os cabelos lisos e o monóculo, suas feições se faziam impassíveis.

Tendo Bloch me pedido que o apresentasse ao dono da casa, o fiz sem sombra das objeções que me tolheram na primeira recepção do príncipe de Guermantes a que comparecera, e então me pareciam tão justas como agora simples dizer-lhes o nome de um de seus convidados, ou mesmo ousar introduzir sem maiores preâmbulos alguém que não houvesse sido convidado. Seria porque, desde aquela época afastada, eu me tornara um "familiar", embora ultimamente um pouco "esquecido", da roda onde era então noviço? Seria, ao contrário, porque, já não me incluindo entre os autênticos mundanos, tudo quanto lhes era difícil deixara de existir para mim, uma vez vencida a timidez? Seria porque as criaturas, tendo pouco a pouco deixado cair diante de mim o primeiro, não raro o segundo e o terceiro aspecto fictício, eu adivinhava sob a altivez sobranceira do príncipe uma grande e humana avidez de aproximar-se até daqueles a quem afetava desprezar? Seria porque também ele mudara, a exemplo de tantos jovens e maduros insolentes abrandados pela velhice (tanto mais quanto havia muito conheciam de vista e sabiam bem aceitos os homens e ideias recentes contra os quais resmungavam), sobretudo se contasse esta com o auxílio das virtudes e vícios que facilitam as relações, ou da revolução operada por uma conversão política como a do príncipe ao dreyfusismo?

Bloch me interrogava como eu interrogara a outros quando de minha entrada na sociedade, como ainda me acontecia fazer a propósito de pessoas que então conhecera, mas estavam tão longe, tão afastadas de tudo como os habitantes de Combray, que tantas vezes tentei "situar" exatamente. Mas Combray se me afigurava de feitio peculiar, inconfundível com o resto, verdadeiro *puzzle* que nunca lograria encaixar no mapa da França. "Então não poderei avaliar o que foi antigamente o príncipe, lembrando-me de Swann ou do barão de Charlus?",[246] perguntava Bloch, que imitava agora frequentemente meu modo de falar, como eu imitara outrora o seu. "Não, absolutamente." "Mas em que consiste a diferença?" "Para senti-la, seria necessário ouvi-los conversar uns com os outros,[247] o que é impossível, Swann estando morto e Charlus quase. Mas era enorme." E enquanto a ideia de o que teriam sido as palestras entre[248] essas personagens fabulosas acendia chispas no olhar de Bloch, eu verificava que exagerara, ao evocá-lo, o prazer de sua companhia, nunca experimentado senão posteriormente, quando me via só, a impressão da verdadeira diversidade sendo apreendida apenas pela imaginação. Bloch o terá percebido? "Talvez estejas me pintando tudo embelezado", disse; "sei, por exemplo, que já não é moça a dona desta casa, a princesa de Guermantes, e, entretanto, não há muitos anos me falavas de sua sedução incomparável, de sua maravilhosa beleza. Possui sem dúvida um porte aristocrático e os olhos extraordinários que descrevias, mas não a acho, afinal, o portento que anunciaste. Evidentemente é *racée*, mas..." Fui obrigado a esclarecer que não

246 A edição atual traz uma nova versão da frase de Bloch: "Então o príncipe de Guermantes não pode me dar a mínima ideia de Swann, nem do sr. de Charlus?".
247 A edição atual traz também uma nova versão para esse trecho: "Seria necessário que você conversasse com eles, mas é impossível".
248 A edição atual suprime "as palestras entre", constante da edição original.

se tratava da mesma mulher. Com efeito, a princesa de Guermantes falecera e o príncipe, arruinado pela derrota da Alemanha, desposara a ex-sra. Verdurin, que Bloch não reconhecia.[249] "Estás enganado, eu procurei no Gotha deste ano e encontrei o príncipe de Guermantes, morando na casa onde estamos, e casado com uma dama ilustre, espera um pouco, com Sidonie, duquesa de Duras, nascida Baux." Realmente, pouco depois de enviuvar, a sra. Verdurin se casara com o velho duque de Duras, então já sem fortuna, que a fizera prima dos Guermantes e morrera dois anos depois. Representara para a sra. Verdurin uma transição muito útil, e agora, feita princesa de Guermantes, pelo terceiro enlace, ela gozava, no faubourg Saint-Germain, de uma situação que provocaria o maior pasmo em Combray, onde, nos últimos anos, antes de ser princesa de Guermantes, era chamada zombeteiramente, como se com tal nome representasse uma comédia, de "duquesa de Duras" pelas senhoras da rue de l'Oiseau, a filha da sra. de Goupil e a nora da sra. Sazerat. E até, exigindo o princípio das castas que ela se conservasse sra. Verdurin até a morte, o título, que não acreditavam dever conferir-lhe nenhum prestígio mundano, causava antes mau efeito. "Dá que falar", expressão em todas as classes aplicada às mulheres levianas, e no faubourg Saint-Germain também às escritoras, na burguesia de Combray estendia-se às que fazem casamentos num ou noutro sentido "desiguais". Quando desposou o príncipe de Guermantes, devem tê-lo imaginado um falso Guermantes, um escroque. Quanto a mim, pensar nessa continuidade de título, de nome, graças à qual existia ainda uma princesa de Guermantes, sem nada de comum com a que tanto me seduzira e já não vivia, morta indefesa, despojada da própria identidade, era tão doloroso como ver os bens da princesa Hedwige, seu castelo, tudo quanto lhe pertencera, pela outra desfrutado. A sucessão ao nome é triste como todas as sucessões, todas as usurpações de propriedade; e sempre, sem ces-

---

249 O trecho "que Bloch não reconhecia" foi eliminado da edição atual.

sar, surgiriam, à feição de vagas, novas princesas de Guermantes, ou, melhor, sob a figura nova que lhe desempenharia em cada geração as funções, viveria, milenar, uma única princesa de Guermantes, alheia à morte, a tudo que flui e nos fere o coração, e o nome, como o mar,[250] recobriria as que periodicamente soço-brassem com sua imutável e imemorial placidez.

Certo, a modificação exteriormente estampada nas fisionomias conhecidas não passava de símbolo da interior, efetuada gradualmente. Talvez todos tivessem continuado a fazer as mesmas coisas, mas sua concepção delas e dos seres que frequentavam, sendo viva, evoluíra, e, ao cabo de alguns anos, outras coisas, outros seres eram os que, sob o mesmo nome, amavam e, tornados assim eles próprios outras pessoas, seria estranho não apresentarem nova aparência.

Entre os convidados contava-se um homem de grande prestígio, que acabava de prestar, num processo famoso, um depoimento cujo único valor residia na alta moralidade da testemunha, diante da qual inclinaram-se unanimemente juízes e advogados, e que determinou a condenação de duas pessoas. Houve por isso, a sua entrada, um movimento de curiosidade e deferência. Era Morel. Talvez fosse eu o único a saber que fora sustentado pelo sr. de Charlus, depois por Saint-Loup,[251] e até por um amigo deste. A despeito de tais recordações, saudou-me prazerosa, embora reservadamente. Lembrava-se de quando nos encontramos em Balbec, e essas reminiscências se lhe nimbavam da poesia e da melancolia da mocidade.

Mas havia também convidados que eu não poderia reconhecer, pela boa razão de nunca os ter conhecido, o tempo havendo exercido, neste salão, sua química tanto sobre os indivíduos como sobre a sociedade. Até este meio, cuja natureza específica, definida por certas afinidades que exerciam ação atrativa sobre todas as

---

250 O trecho "como o mar" foi suprimido da edição atual.

251 O trecho "pelo sr. de Charlus, depois" foi eliminado da edição atual.

figuras principescas da Europa e repulsiva sobre qualquer elemento não aristocrático, se me afigurava um refúgio material para o nome de Guermantes, ao qual emprestava uma última realidade, havia sofrido, em sua constituição íntima, que me parecera estável, uma alteração profunda. Espantou-me menos a presença de gente já vista em outras rodas, cuja entrada nesta julgara impossível, do que a íntima familiaridade da acolhida, do tratamento pelo prenome; certo conjunto de preconceitos aristocráticos, de esnobismo, que outrora afastava do apelido Guermantes tudo quanto com ele não se harmonizava, deixara de funcionar.

Alguns estrangeiros (Tossizza, Kleinmicheî)[252] que, quando eu começara a frequentar, davam grandes jantares só para a princesa de Guermantes, para a duquesa de Guermantes, para a princesa de Parma, sentavam-se em lugares de honra na mesa dessas damas, eram tidos como firmemente instalados na sociedade de então, e talvez de fato o fossem, haviam sumido sem deixar vestígios. Tratar-se-ia de diplomatas que regressaram a seus países? Talvez um escândalo, um suicídio, um rapto lhes explicassem a ausência, ou quem sabe se não seriam alemães? Mas seu nome só devera o lustre a circunstâncias momentâneas, e já ninguém o usava: não me entendiam quando o pronunciava, faziam-me soletrar, e imaginavam que eu falava de rastaqueras. Criaturas que, segundo o antigo código social, nem deveriam ser convidadas, tinham, para meu maior pasmo, íntimas relações com pessoas admiravelmente bem-nascidas, que só em sua honra se vinham cacetear na casa da princesa de Guermantes. O que melhor caracterizava essa sociedade era sua prodigiosa tendência para desclassificar.

Lassas ou quebradas, já não atuavam as molas da máquina joeirante, mil corpos estranhos penetravam, destruíam completamente a homogeneidade, a distinção, a cor. Como uma velhota caduca, o faubourg Saint-Germain só tinha sorrisos tímidos para os servos insolentes que lhe invadiam os salões, bebiam a laran-

---

252 O parêntese especificando os nomes estrangeiros é acréscimo da edição atual.

jada e apresentavam as amantes. Ainda assim, a sensação do tempo decorrido e da destruição de uma parte de meu passado prendia-se menos ao desaparecimento do conjunto coeso (o salão Guermantes) de elementos cuja presença, frequência e coordenação explicavam-se por mil nuanças, mil razões,[253] do que à extinção do próprio conhecimento dessas mil razões, dessas mil nuanças, graças às quais tal personagem ainda nele figurando parecia naturalmente indicada, e em seu lugar, enquanto tal outra que se lhe emparelhava representava uma novidade suspeita. Esse desconhecimento não campeava só na sociedade, mas na política, em tudo. Porque a memória dura nos indivíduos menos do que a vida, e, por outro lado, jovens sem as lembranças nos outros abolidas fazendo agora, muito legitimamente, mesmo no sentido nobiliárquico, parte da alta-roda, o olvido ou a ignorância dos pontos de partida levavam a aceitar todos — em sua elevação ou em sua queda — onde se encontravam, como se houvesse sido sempre assim, se a sra. Swann,[254] a princesa de Guermantes e Bloch tivessem sempre gozado da melhor situação, Clemenceau e Viviani sido sempre conservadores. Certos fatos prolongando-se excessivamente, a recordação execranda do caso Dreyfus, transmitida pelos pais, persistia vagamente nos moços, que corrigiam, ao ouvir tachar Clemenceau de *dreyfusard*: "Não é possível, é um equívoco, estava justamente do lado oposto". Ministros tarados e antigas mulheres públicas eram considerados modelos de virtude. Perguntando alguém a um rapaz de família ilustre se já não se falara da mãe de Gilberte, o fidalgo concordou que efetivamente, no começo da vida, ela desposara um aventureiro de nome Swann, mas depois se casara com um homem de prol, o conde de Forcheville. Sem dúvida, alguns dos assistentes, a duquesa de Guermantes, por exemplo, ririam de tal asserção (que, negando a elegância

253 O trecho após o parêntese, iniciando-se por "de elementos cuja presença" foi eliminado da edição atual.

254 O trecho "a sra. Swann" é acréscimo da edição atual.

de Swann, me parecia monstruosa, a mim a quem entretanto outrora, em Combray, parecera, como a minha avó, ser impossível a Swann conhecer "princesas"), e também certas senhoras que poderiam estar presentes, mas já não saíam, como as duquesas de Montmorency, de Mouchy, de Sagan, amigas íntimas de Swann, que nunca tinham visto esse Forcheville, não recebido nos salões de seu tempo. Mas precisamente a sociedade de então, bem como as fisionomias ora transformadas e as melenas douradas substituídas por perucas brancas, só existia na memória de uns poucos, cujo número baixava cada vez mais.

Bloch, durante a guerra, deixara de "sair", de frequentar seu antigo meio, em que fazia má figura. Em compensação, não cessara de publicar as obras cujos sofismas absurdos eu procurava agora destruir, para não me deixar enlear, obras sem originalidade, mas que davam aos moços e a muitas grã-finas a impressão de uma altura intelectual pouco comum, de uma espécie de gênio. Foi, pois, em seguida a uma cisão completa entre seu antigo mundanismo e o recente que, numa sociedade reconstituída, fez, na nova fase de vida, acatada e gloriosa, sua aparição de grande homem. Os moços ignoravam, naturalmente, que, em sua idade, fosse noviço nos salões, tanto mais quanto aos poucos nomes ouvidos de Saint-Loup lhe permitiam conferir ao prestígio atual um recuo indefinido. Na pior das hipóteses, parecia um desses indivíduos de talento que em todas as épocas brilham nas altas-rodas, e nem se cogitava de que pudesse ter vivido alhures.

Mas — em contradição com essa permanência —[255] os velhos mundanos achavam tudo diferente na sociedade, em que se recebia gente outrora inadmissível, e, como se diz, "tinham e não tinham razão". Não tinham, porque não levavam em conta a curva do tempo, devido à qual hoje se via já no termo final a gente nova, a cuja partida eles haviam assistido. Também ao começarem a frequentar haviam os atuais veteranos encontrado já instaladas pes-

---

255 Esse início de parágrafo foi eliminado da edição atual.

soas das quais outros recordavam a entrada. Uma geração basta agora para processar-se a evolução secular que enobreceu o nome plebeu de Colbert. E, por outro lado, poderiam estar com a razão, pois, se os indivíduos mudam de situação, as noções e costumes mais enraizados (bem como as fortunas, as alianças e ódios entre países) também se alteram, inclusive as que proscrevem as relações pouco elegantes. O esnobismo, a exemplo da própria guerra, não somente ganha feitio diverso, mas poderia até desaparecer, deixando livre a entrada no Jockey de radicais e judeus.

Se as novas gerações não prezavam muito a esta, acusada de ser amiga de atrizes etc., as senhoras — hoje velhas — de sua família ainda a achavam uma personagem extraordinária, não só por lhe conhecerem exatamente a origem, a primazia heráldica, a intimidade com as *royalties*, como diria a sra. de Forcheville, como também por vê-la desdenhar as reuniões familiares, onde se entediava, e saber que não poderiam contar com ela. Suas relações no mundo teatral e político, aliás vagamente sabidas, só lhe faziam aumentar o retraimento e, portanto, o prestígio. De modo que, enquanto nos círculos políticos e artísticos era tida como uma criatura indefinida, uma trânsfuga do faubourg Saint-Germain à cata de subsecretários de Estado e de estrelas, naquele mesmo faubourg, quando davam alguma festa, perguntavam: "Valerá a pena convidar Marie-Sosthènes?[256] Não virá. Só mesmo pró-forma, mas sem esperar que aceite". E se, lá para as dez e meia, numa *toilette* deslumbrante, revelando nos olhares duros que lhe lançava o desprezo por todas as primas, ela assomava, parando um instante à entrada com ar de majestoso desdém, e sobretudo se se demorava uma hora, a alegria da velha dona da casa excedia a de um diretor de teatro vendo outra Sarah Bernhardt, que lhe prometera um concurso no qual não se ousava fiar, aparecer e, com benevolência e simplicidade infinitas, reci-

---

256 As duas alusões a "Marie Sosthènes" foram substituídas por "Oriane" na edição atual.

tar, além do trecho combinado, vinte outros. A presença de Marie-Sosthènes, a quem os chefes de gabinete falavam do alto das tamancas, e que nem por isso (assim o espírito dirige o mundo) desistia de procurá-los cada vez mais, colocava a recepção da *douairière*, em que, entretanto, só havia mulheres elegantíssimas, à parte e muito acima de todas as outras recepções *douairières* da mesma *season* (como diria ainda a sra. de Forcheville), às quais não se dignara comparecer aquela que consideravam uma das rainhas do momento.[257]

Mal acabara eu de falar com o príncipe de Guermantes, Bloch apoderou-se de mim e me apresentou a uma jovem que me conhecia de nome pelas referências da duquesa de Guermantes.[258] Seu nome era-me totalmente desconhecido, e os dos vários Guermantes não lhe deviam ser familiares, pois perguntou a uma americana a que título alardeava a sra. de Saint-Loup tanta intimidade com o grupo ali reunido. Ora, para essa americana, casada com o conde de Furcy, parente obscuro dos Forcheville, estes representavam o que há de mais seleto no mundo. Por isso retrucou com a maior naturalidade: "Quando mais não fosse, por ter nascido Forcheville; não poderia ter origem mais ilustre". A sra. de Furcy, embora supondo ingenuamente o nome de Forcheville superior ao de Saint-Loup, sabia ao menos o que significava este. Mas a simpática amiga de Bloch e da duquesa de Guermantes não possuía dele a menor noção, e, sendo bastante leviana, respondeu a uma jovem que lhe perguntava como vinha a sra. de Saint-Loup a ser parente do dono da casa, o príncipe de Guermantes: "Pelos Forcheville", informação que a interlocutora comunicou, como se sempre a houvesse sabido, a uma das amigas, que, muito nervosa e geniosa, ficou rubra como um galo quando um senhor lhe asse-

---

257 A edição atual desloca para o final do próximo parágrafo "aquela que consideravam uma das rainhas do momento" e substitui por "Oriane".

258 A edição atual insere aqui a observação "e que consideravam uma das rainhas do momento".

gurou não provir dos Forcheville a aliança entre Gilberte e os Guermantes, tanto que o contestador julgou ter-se enganado, adotou o erro e não tardou em propalá-lo. Os jantares, as festas mundanas, eram, para a americana, uma espécie de escola Berlitz. Ouvia os nomes e os repetia sem lhes procurar antes conhecer o valor, alcance exato. A uma pessoa desejosa de saber se Gilberte herdara Tansonville de seu pai, o sr. de Forcheville explicara que não, que a propriedade vinha da família do marido, era vizinha de Guermantes, pertencera à sra. de Marsantes, mas, estando hipotecada, fora resgatada pelo dote de Gilberte. Enfim, um velho membro do antigo grupo evocou Swann, suas relações com os Sagan e os Mouchy, e, perguntando-lhe a americana amiga de Bloch como eu conhecera Swann, declarou ter sido por intermédio da sra. de Guermantes, sem suspeitar do vizinho de campo, do jovem amigo de meu avô que ele fora para mim. Enganos desse gênero, sempre os cometeram homens célebres, e passam por particularmente graves nas sociedades conservadoras. Para mostrar Luís XIV de uma ignorância que "o fez cair, em público, nos mais grosseiros absurdos", limita-se Saint-Simon a citar dois casos nos quais o rei, não sabendo Rénel da família dos Clermont-Gallerande, nem Saint-Herem da dos Montmorin, a ambos tratara como indivíduos secundários. Ao menos no tocante ao segundo, temos o consolo de saber que o monarca não morreu em erro, tendo sido, "muito tarde", esclarecido pelo sr. de La Rochefoucauld. "E ainda", acrescenta condescendentemente Saint-Simon, "foi mister explicar-lhe que casas eram essas, cujos nomes nada lhe diziam."[259]

259 Citações extraídas do quarto volume das *Memórias* do duque de Saint-Simon, trecho em que faz um balanço do reino de Luís XIV no ano de sua morte, em 1715. É mais um argumento do memorialista no sentido de provar a inferioridade de Luís XIV com relação a seu pai, Luís XIII: ignorante das distinções hierárquicas, o rei tentará legitimar seus filhos bastardos com as amantes, a sra. de Montespan e a sra. de Maintenon, permitindo que concorressem à coroa francesa. Essa ignorância do rei ocasiona grandes injustiças na distribuição de títulos honoríficos — como o de "Caveleiro da Ordem

Esse olvido tão pronto em recobrir o passado mais recente, essa invasora ignorância, conferem, por contraste, foros de erudição, tanto mais preciosa quanto mais rara, ao restrito conhecimento da genealogia dos homens, de suas verdadeiras situações, dos motivos amorosos, pecuniários ou outros pelos quais se aliaram a tal família ou fizeram casamentos inferiores, conhecimento prezado em todos os meios de espírito conservador, por meu avô possuído no mais alto grau a respeito da burguesia de Combray e de Paris, tão estimado por Saint-Simon que, ao celebrar a maravilhosa inteligência do príncipe de Conti, antes mesmo de falar de ciência, ou melhor, como se fosse esta a primeira das ciências, louva-o por ter sido "um belo espírito luminoso, justo, exato, extenso, de infinita leitura, a par de tudo, conhecedor de toda as genealogias, de suas quimeras e realidades, de uma polidez que distinguia a cada uma segundo a hierarquia e o mérito, concedendo tudo quanto os príncipes de sangue devem conceder e já não concedem. Falava sem reticências até das usurpações por estes cometidas, fornecendo-lhe a história dos livros e das conversações oportunidade para aludir ao que lhe parecia mais honroso no nascimento, nos cargos" etc.[260] Menos brilhante, meu avô não

---

em 1661" — e, em contrapartida, acaba beneficiando seus ministros de origem burguesa. Com efeito, no mesmo trecho citado das *Memórias*, o duque destaca a fraqueza do rei pela bajulação e o papel cada vez mais importante que seus ministros assumem em seu governo, em detrimento de membros da antiga nobreza. Saint-Simon associa esse comportamento à ruína da monarquia e da nobreza francesa.

260 Saint-Simon celebra as virtudes do príncipe de Conti no trecho de suas *Memórias* em que narra a morte do príncipe, no mês de fevereiro de 1709. Proust unifica dois trechos do retrato do príncipe em um só. O príncipe de Conti, segundo o memorialista, "fora, diferentemente dos de sua posição social, extremamente bem educado". Nas *Memórias*, todas essas virtudes do príncipe de Conti (e a "pureza de seu sangue") serão balanceadas pelo efeito negativo que produziram no rei e em seu círculo íntimo: por conhecer muito bem as questões de genealogia e ter livre acesso junto a todos, o príncipe desperta ciúme. Saint-Simon observa que "a pureza de seu sangue, o único que não estava contaminado pelos bastardos, era um outro demérito que era notado a todo instante". Consequentemente, "a baixa estima que tinha

era menos exatamente informado de tudo quanto tocava à burguesia de Combray e de Paris, nem com menor prazer o saboreava. Já escasseiam os entendidos, os especialistas desse gênero, capazes de saber que Gilberte não era Forcheville, nem Méséglise a sra. de Cambremer ou Valintonais a sua nora. Raros e talvez não recrutados na mais alta aristocracia (não são forçosamente os devotos, nem mesmo os católicos, as maiores autoridades na *Légende dorée* ou nos vitrais do século XIII), mas de preferência numa aristocracia secundária, mais curiosa de um mundo distante que tem tantos maiores lazeres para estudar quanto menos frequenta, esses conhecedores reúnem-se com prazer, travam relações, dão jantares semelhantes aos dos bibliófilos ou dos amigos de Reims, mas onde só se degustam genealogias. Não se admitindo mulheres, os maridos contavam, de volta: "Foi muito interessante. Um dos convivas, o sr. de la Raspelière, encantou-nos explicando não ser Forcheville de nascimento essa sra. de Saint-Loup que tem uma filha tão bonita. É um verdadeiro romance".

Não sendo apenas simpática e elegante, mas também inteligente a amiga de Bloch e da duquesa de Guermantes, a conversa com ela era agradável, apesar de dificultada por não me ser novo apenas seu nome, mas o de muitas das pessoas das quais falava, que constituíam atualmente o âmago da sociedade. E certo que, por seu lado, desejosa de me ouvir contar casos, ignorava não poucos dos que lhe citei, inteiramente esquecidos, senão todos, pelo menos aqueles que, não sendo apelidos genéricos e permanentes de célebres famílias nobres (cujos títulos exatos ela raramente sa-

---

pelas pessoas e pela situação social dos filhos bastardos" de Luís XIV, unida à "extrema superioridade de sua posição social" serão tomados como uma ameaça. A obstinação em legitimar seus filhos bastardos, unida à ignorância geral no quesito das distinções sociais e a um anseio de favorecimento de seus ministros serão questões duramente criticadas pelo memorialista em seu retrato de Luís XIV. Assim, o príncipe será "o único a não ter um cargo, um governo, nem mesmo um regimento, enquanto os outros, e sobretudo os bastardos, estavam cheios deles". Saint-Simon. *Mémoires*. Paris: Pléiade, t. III. pp. 368 e seg.

bia, induzida em confusões por não haver entendido bem algum nome pronunciado no jantar da véspera), só haviam refulgido graças ao valor de um indivíduo do qual não lhe chegaram ecos, pois começara a frequentar (não só por ser ainda jovem como por morar havia pouco na França, cujos salões não se lhe abriam logo) vários anos depois de me ter eu recolhido. De forma que, se nos era comum o dicionário de palavras, o onomástico diferia para cada um de nós.[261] Não sei como, caiu-me dos lábios o nome da sra. Leroi, e, por acaso, através de um velho amigo da sra. de Guermantes, que ligeiramente a cortejava, já o conhecia a americana. Inexatamente, porém, como depreendi do tom desdenhoso pelo qual a jovem esnobe me respondeu: "Sim, sei quem foi a sra. Leroi, a velha amiga de Bergotte", como se dissesse: "Não a convidaria para minha casa". Compreendi que ao informante, perfeito mundano, imbuído do espírito dos Guermantes, parecera tolo e anti-Guermantes explicar: "A sra. Leroi, que frequentava todas as altezas, todas as duquesas", preferindo comentar: "Era muito engraçada. Um dia deu esta resposta a Bergotte". Apenas, para os não iniciados, tais alusões feitas no correr da conversa equivalem aos esclarecimentos dados pela imprensa ao povo, que, alternativamente, de acordo com seu jornal, tem Loubet e Reinach na conta de ladrões ou de grandes homens. Para minha interlocutora, a sra. Leroi fora uma espécie de sra. Verdurin da primeira fase, menos brilhante, e cujo "grupinho" se reduzira ao solitário Bergotte... Esta moça foi, aliás, das últimas a terem, por puro acaso, notícia da sra. Leroi, hoje justamente esquecida. Não figura nem mesmo no índice das memórias póstumas da sra. de Villeparisis, a quem tanto preocupou. A marquesa, todavia, omitiu a sra. Leroi não tanto por ter esta em vida sido pouco amável para com ela, quando porque, morta, não interessaria a ninguém, silêncio ditado, pois, menos pelo ressentimento mundano da mulher do que

---

261 Essa conclusão, iniciada por "De forma que", constava do original, mas foi eliminada da edição atual.

pelo tato literário da escritora. Minha palestra com a galante amiga de Bloch foi amena, por não lhe faltar inteligência, mas a diferença entre nossos dicionários a tornava, a par de instrutiva, difícil. Embora sabendo que os anos passam, que a mocidade se transforma em velhice, que aluem as fortunas e os tronos mais sólidos, que é efêmera a glória, nosso modo de tomar conhecimento e, por assim dizer, de gravar a chapa desse universo movediço, levado pelo Tempo, é, ao contrário, estático. De tal sorte que vemos sempre jovem quem assim conhecemos, que ornamos retrospectivamente das virtudes da velhice quem só nessa quadra vimos, que confiamos sem reserva no crédito de um milionário e nos favores de um soberano, sabendo pelo raciocínio mas não crendo efetivamente que poderão, amanhã, ser fugitivos despojados de seu poderio. Em terreno mais restrito, e de puro mundanismo, como em problemas simples pelos quais nos iniciamos nas dificuldades mais complexas da mesma ordem, a incompreensão resultante, na conversa com aquela moça, do fato de termos frequentado a mesma sociedade com 25 anos de intervalo me revelava o sentido da história, e ele deveria me robustecer.

É preciso, aliás, notar que essa ignorância das situações reais — graças à qual em cada decênio os eleitos surgem em sua aparência atual e como se não existisse o passado, sendo impossível a uma americana chegada há pouco entender que o sr. de Charlus tivesse tido a mais alta posição em Paris quando Bloch não tinha nenhuma, que Swann, depois tão desejoso de agradar ao sr. de Bontemps, houvesse sido tratado com a maior amabilidade pelo príncipe de Gales —[262] não campeia apenas entre os recém-vindos, mas também entre os que sempre frequentaram rodas vizinhas, sendo, nuns como noutros, mais uma consequência (agora exercida sobre o indivíduo, e não sobre a curva social) do Tempo. Sem dúvida, embora mudemos o ambiente, de gênero de vida,

262 O trecho "pelo príncipe de Gales", constante do original de 1927, foi eliminado da edição de 1989.

nossa memória, retendo o fio de nossa personalidade estável, prende-lhe sucessivamente a lembrança de todos os meios em que vivemos, dos quais, mesmo passados quarenta anos, ainda nos recordamos. Na casa do príncipe de Guermantes, não olvidava Bloch o humilde israelita de seus dezoito anos, e Swann, já indiferente a Odette, apaixonado pela mulher que servia chá no mesmo Colombin tido pela sra. Swann durante algum tempo como tão elegante como a confeitaria da rue Royale, Swann, cônscio de seu valor mundano, não esquecido de Twickenham, não se iludia sobre os motivos pelos quais frequentava Colombin de preferência à duquesa de Broglie, e sabia perfeitamente que, se acaso fosse muito menos *chic*, nem por isso deixaria de ir ao Colombin ou ao Hotel Ritz, onde, pagando, qualquer um entra. Os amigos de Bloch ou de Swann certamente também se recordavam do pequeno grupo judeu ou dos convites a Twickenham, e, como indecisas projeções da personalidade daqueles, não separavam, em sua memória, do Bloch mundano de hoje o sórdido Bloch de outrora, do Swann dos últimos dias, frequentador de Colombin, o Swann do palácio de Buckingham. Mas estes haviam, de algum modo, sido os vizinhos de Swann na vida; seguindo rumo bastante próximo do seu, puderam guardar-lhe as imagens; em outros, mais afastados, não tanto pela distância social como pela menor intimidade, que tornara vagas as relações e espaçados os encontros, as reminiscências, raras, faziam imprecisas as noções. Ora, a estranhos desse gênero já não resta, ao cabo de trinta anos, nenhuma lembrança nítida, capaz de, pela sugestão do passado, alterar o valor do ser atual. Nos derradeiros anos da vida de Swann, eu ouvira, e de mundanos, à menção de seu nome, esta pergunta, que lhes parecia resumir todos seus títulos de notoriedade: "O Swann de Colombin?". Agora, gente que, entretanto, deveria estar a par de tudo, dizia de Bloch: "O Bloch-Guermantes? O íntimo dos Guermantes?". Tais erros, que cindem em dois uma vida, e isolando o passado fazem de quem se fala um outro homem, diferente, uma criação da véspera, mera condensação de hábitos recentes (quando traz em si, ligando-o ao passado, a continuidade da própria existência), esses erros dependem igualmente do Tempo, mas são, em vez de um fenômeno social, um fenômeno da memória. Tive logo em seguida um exemplo, de natureza diversa, é verdade, mas nem por isso menos frisante, dos esquecimentos que modificam para nós o aspecto das criaturas. Um jovem sobrinho da sra. de Guermantes, o marquês de Villemandois, fora outrora tão obstinadamente insolente, que me vi forçado a, em represália, adotar para com ele uma atitude insultante, e tacitamente nos tornamos inimigos. Abismava-me eu em minhas reflexões sobre o Tempo, na *matinée* da princesa de Guermantes, quando, pedindo para me ser apresentado, ele me disse que conhecera meus pais, que lera artigos meus e desejava travar relações comigo. É certo que, como tantos outros, trocara com a idade a impertinência pela gravidade, já não tinha a mesma arrogância e, por outro lado, ouvira elogiar-me, por artigos entretanto superficiais, no meio que frequentava. Mas estes eram apenas motivos acessórios de sua cordialidade e de suas arremetidas. O principal, ou pelo menos o que permitiu aos outros manifestarem-se, era que, com memória inferior à minha, ou menos atento a meus revides do que eu a suas agressões, por ser eu então menos importante a seus olhos do que ele aos meus, estava inteiramente esquecido de nossa inimizade. Meu nome lhe recordava quando muito ter me visto, ou algum dos meus, na casa de uma de suas tias. E, não sabendo bem se me fora apresentado ou reapresentado, apressou-se em falar-me da tia, em cujo salão acreditava ter me conhecido, lembrando-se não de nossa desavença, mas de que lá se falava muito de mim. Um nome, eis tudo quanto nos fica de um ser, não só depois de morto, mas em vida. E nossas noções atuais a seu respeito são tão vagas e bizarras, correspondem tão pouco às antigas, que nos esquecemos de quase o termos desafiado em duelo, mas nos lembramos de que usava, em menino, estranhas polainas amarelas nos Champs-Élysées, onde, a despeito de nossas asserções, não tem a menor ideia de haver brincado conosco.

Bloch entrara saltando como uma hiena. Pensei: "Frequenta salões onde há vinte anos não pisaria". Mas tinha vinte anos mais. Estava mais perto da morte. De que lhe servia isso? De perto, transparecia sob a face na qual, de longe, eu só divisara a mocidade alegre (porque de fato perdurasse, ou porque eu evocasse), a máscara quase assustadora, ansiosa, de um velho Shylock, já caracterizado, esperando, nos bastidores, a hora de entrar em cena, a recitar a meia voz os primeiros versos. Dentro de dez anos, dominador, mas de muletas, chegaria a estes salões, onde o impusera a fraqueza dos La Trémoïlle, lamentando-se por ter de visitá-los. De que lhe serviria isso?

Das mudanças produzidas na sociedade eu poderia extrair verdades tanto mais valiosas e dignas de cimentar uma parede de minha obra quanto não eram, como talvez eu me inclinasse a crer, no primeiro momento, peculiares à nossa época. Quando, noviço, eu penetrei, mais alheio do que agora Bloch, no ambiente dos Guermantes, talvez tenha tomado por parte integrante dele elementos heterogêneos, recentemente agregados, parecendo estranhamente novos aos antigos, dos quais eu não os distinguia, e que, por sua vez, embora aceitos pelos duques de então como membros natos de faubourg, haviam sido *parvenus*, por si mesmos ou por seus pais ou avós. Não era, pois, tão brilhante este meio por só se compor de gente de prol, mas pelo dom de assimilar mais ou menos completamente os adventícios, de torná-los, em cinquenta anos, perfeitos mundanos. Mesmo no passado para onde, a fim de o revestir de toda a sua grandeza, eu recuava, aliás com razão, o nome dos Guermantes, que gozavam sob Luís XIV de prestígio superior ao de hoje, já se dava de maneira idêntica o fenômeno que registro. Não se aliaram então à família Colbert, por exemplo, que hoje, é certo, reputamos fidalga, pois não é uma Colbert ótimo partido para um La Rochefoucauld? Mas não atraiu os Guermantes a fidalguia dos Colbert, ainda simples burgueses, enobrecidos, isso sim, por essa aliança. Se o nome D'Haussonville se extinguir com o representante atual dessa casa, atribuir-lhe-ão talvez o lustro a sra. de Stäel, quando, todavia, antes da Revolução, o sr. D'Haussonville, um dos mais ilustres senhores do reino, gabava-se junto do sr. de Broglie de não conhecer o pai de sra. de Stäel, e não o poder, portanto, apresentá-lo como a ele, D'Haussonville, não o poderia apresentar o sr. de Broglie, não imaginando nem um nem outro que seus filhos desposariam um dia, respectivamente, a filha e a neta da autora de *Corine*.[263] Eu percebera, por certas palavras da duquesa de Guermantes, que talvez pudesse ter feito na sociedade figura de homem elegante, sem título, mas facilmente aceito como tradicionalmente filiado à aristocracia, a mesma de Swann, e antes dele de Lebrun, de Ampère, de todos os amigos da duquesa de Broglie, ela própria em seu tempo recém-vinda na alta-roda. As primeiras vezes que jantei em casa da sra. de Guermantes, devo ter escandalizado homens como o sr. de Beauserfeuil, menos por minha presença do que pelas observações reveladoras de minha completa ignorância

---

263 O trecho que traça ligações entre famílias nobres e burguesas é tema central dos volumes finais de *Em busca do tempo perdido*. Seu exemplo máximo é o casamento de Robert de Saint-Loup com Gilberte Swann. Victor Broglie (1785-1870) se casou em 1816 com Albertine de Staël Necker, filha de Mme de Staël. A filha do casal, Louise-Albertine, se casaria com o conde d'Haussonville (1809-1884), autor de um livro de *Memórias*, de onde Proust extrai a menção ao diálogo entre o sr. De Broglie e o conde d'Haussonville . Essas famílias desempenham papel importante nos últimos volumes de *Em busca do tempo perdido* (ver notas sobre os Broglie em *A fugitiva*). No início de *O tempo redescoberto*, a sra. Bontemps, tia de Albertine, é apresentada ao conde d'Haussonville , filho do memorialista que publicou as *Memórias* do pai. As famílias de Broglie e d'Haussonville estão associadas a esse movimento de união da nobreza com a burguesia enriquecida. O conde, autor das *Memórias*, acaba sendo convidado por Napoleão Bonaparte para ser seu camareiro-mor, cuja função era introduzir os visitantes junto do imperador. Antes de narrar sua atuação junto ao imperador, o conde lembra algumas características marcantes de seu pai: "Meu pai sempre teve uma queda pelas distinções honoríficas do antigo regime [...] ele dava importância à nobreza"; o pai considerava a família "muito antiga e considerável". Ele frequentava a corte do rei Luís XVI e o círculo íntimo da rainha Maria Antonieta. Citações extraídas de *Ma Jeunesse (1814-1830). Souvenirs par le Comte d'Haussonville*. Paris: Calmann Lévy, 1886, pp. 04-05.

de recordações que lhe constituíam o passado e moldavam os hábitos sociais.[264] Um dia, quando, muito idoso, Bloch possuir do salão Guermantes, tal como agora se lhe apresentava aos olhos, lembranças remotas, experimentará sem dúvida a mesma irritação diante de certas intrusões, de certas ignorâncias. E, por outro lado, terá provavelmente adquirido e irradiará as qualidades de tato e discrição que me pareciam privilégio de homens como Norpois, mas que renascem e se encarnam naqueles que acima de todos se nos afiguravam dever repeli-las.

Aliás, a oportunidade que me facultara a admissão na sociedade dos Guermantes, eu a considerara algo de excepcional. Mas, a despeito de sair pouco de mim e de meu ambiente imediato, verificava não ser tão raro como supusera esse fenômeno social, revelando-se, em suma, assaz numerosos os repuxos que, do mesmo lago de Combray onde eu nascera, se elevavam simetricamente a mim, acima da massa líquida que os alimentava. Certamente, tendo sempre qualquer coisa de peculiar as circunstâncias, e de individual os caracteres, diferiram os modos por que Legrandin (graças ao estranho casamento de seu sobrinho) a seu tempo penetrara nesse meio, por que a filha de Odette se lhe aparentara, por que o próprio Swann e depois eu lá chegamos. Para mim, que me enclausurara em minha vida e só dentro a via, a de Legrandin me parecia não se relacionar com ela, e seguir rumo oposto, como quem margeia o curso de um regato em seu vale profundo não percebe outro córrego, divergente, que vai, apesar dos desvios de seu leito, desaguar no mesmo rio. Mas, numa rápida visão panorâmica — semelhante à dos estatísticos, indiferentes aos motivos sentimentais, às imprudências evitáveis que determinaram a morte de tal pessoa, atentos, apenas ao número de falecimentos num ano —, viam-se muitos seres, partidos do meio cuja descrição ocupou o início desta narrativa, instalados em outro total-

---

264. Em vez de "moldavam os hábitos sociais", a edição atual registra "moldavam a imagem que tinha da sociedade".

mente diverso, sendo provável que, dada a média de casamentos realizados anualmente em Paris, qualquer outro meio burguês, rico e culto, fornecesse em proporções equivalentes indivíduos jogando-se, como Swann, como Legrandin, como eu e Bloch, no oceano da "alta sociedade". E aí reconheciam-se uns aos outros, pois se o jovem conde de Cambremer maravilhava a toda gente com sua distinção, sua graça, sua sóbria elegância, eu via nelas — como também em seu belo olhar e em seu ardente desejo de impor-se — as características de seu tio Legrandin, isto é, um velho amigo bem burguês, embora de feitio aristocrático, de meus pais.

A bondade, simples maturação que acabara adoçando naturezas primitivamente ácidas como a de Bloch, é tão comum como o sentimento de justiça que nos leva, se for boa nossa causa, a não temer um juiz hostil mais do que um juiz amigo. E os netos de Bloch serão bons e discretos quase instintivamente, o que com Bloch certamente não se dera. Mas notei que, enquanto outrora fingia crer-se obrigado a viajar duas horas de trem a fim de visitar alguém que não o convidara, agora que recebia muitos convites, não apenas para almoços e jantares, mas para passar quinze dias aqui ou ali, recusava vários, e sem contar nada, sem jactar-se de ser instado e escusar-se. A discrição, discrição nos atos, nas palavras, lhe viera com o prestígio e os anos, como uma espécie de maioridade social, se assim se pode dizer. Sem dúvida, mostrar-se antes tão discreto como incapaz de benevolência, de um conselho amigo. Mas certos defeitos prendem-se menos a tal ou qual indivíduo do que a determinada fase da existência, considerada do ponto de vista social. São quase exteriores aos seres, que se colocam sob sua luz como sob solstícios diversos, preexistentes, gerais, inevitáveis, Os médicos que buscam verificar se tal medicamento aumenta ou diminui a acidez do estômago, lhe ativa ou retarda as secreções, obtêm resultados variáveis, não segundo a víscera da qual retiram o suco gástrico, mas o instante mais ou menos próximo da ingestão do remédio em que procedem ao exame.

Assim, em cada período de sua duração, o nome de Guermantes, entendido como um resumo de todos quantos enfeixava em si mesmo ou em suas cercanias, sofria perdas, recrutava elementos novos, à semelhança dos jardins onde flores mal desabrochadas, destinadas a substituir as que forem murchando, confundem-se numa massa que parece sempre igual, salvo para os que não haviam ainda visto as novas e guardam na lembrança a imagem precisa das antigas.

Várias das pessoas reunidas ou evocadas nessa *matinée* apresentavam a meus olhos os aspectos que sucessivamente me haviam oferecido, de acordo com as circunstâncias diferentes, opostas, nas quais me haviam aparecido, evidenciando assim as faces múltiplas de minha vida, as diversidades de perspectiva, como um acidente de terreno, uma colina ou um castelo que, surgindo ora à direita, ora à esquerda, parece a princípio dominar uma floresta, depois erguer-se de um vale, e revela assim ao viajante as mudanças de orientação e altitude da estrada por onde segue. Subindo cada vez mais, eu chegava a encontrar imagens de uma mesma criatura, separadas por tão largo intervalo cronológico, conservadas por formas tão distintas do meu "eu", revestidas de significações tão diferentes, que as omitia quando acreditava abranger o fluir de minhas relações com quem as provocara, e nem me pareciam pertencer-lhes, até que algum casual relâmpago de atenção me permitisse filiá-las, como a uma etimologia, a seu sentido inicial. A srta. Swann lançava-me, por sobre a cerca de róseos espinhos, um olhar cuja expressão, a do desejo, só retrospectivamente pude alcançar. O amante da sra. Swann, segundo a crônica de Combray, fitava-me, por detrás da mesma sebe, com um ar duro cuja significação também no momento não desvendei, e, aliás, mudou depois a ponto de não o reconhecer eu no homem que, em Balbec,[265] mirava um anúncio perto do Cassino, do qual me vi-

---

265 A edição de 1989 traz "Balbec" no lugar de "Combray", da edição de 1927.

nha, quando muito de dez em dez anos, a lembrança, com esta reflexão: "Mas já era o sr. de Charlus, parece incrível!". A sra. de Guermantes no casamento da filha do dr. Percepied, a sra. Swann vestida de rosa, na casa de meu tio-avô, a sra. de Cambremer, irmã de Legrandin, tão elegantes que este receava ter de apresentar-nos, constituíam com outras, de Swann, Saint--Loup etc., figuras que, quando me voltavam, eu me divertia em colocar como frontispício no limiar de minhas relações com toda essa gente, parecendo de fato apenas imagens, não gravadas em mim pelo ser de que provinham, ao qual nada mais as ligava. Não somente há criaturas dotadas de memória e outras dela destituídas (sem contudo atingirem o alheamento completo dos embaixadores da Turquia e outros[266]), nas quais há sempre lugar — a notícia procedente esvanescendo-se em oito dias ou tendo a seguinte o dom de exorcizá-la — para as novidades contraditórias que lhes comunicam, como, mesmo com dons equivalentes de memória, duas pessoas não retêm os mesmos fatos. Uma terá dado meia atenção ao incidente do qual a outra conservará persistentes remorsos, e, em compensação, haverá captado no voo, como sinal característico de simpatia, uma palavra que aquela deixava escapar sem refletir. O desejo de não se ter enganado ao emitir um falso prognóstico abrevia a duração de lembrança deste e permite em breve afirmar-se não o haver proferido. Enfim, um interesse mais profundo, mais gratuito, torna diversas as memórias, podendo um poeta, quase completamente esquecido de sucessos que outros lhe recordam, guardar uma impressão entretanto fugitiva. De tudo isso resulta que, após vinte anos de ausência, encontramos, em vez de rancores esperados, perdões involuntários, inconscientes e, inversamente, ódios inexplicáveis (pois de nosso lado esquecemos as más impressões que deixamos). Até da história dos que nos são mais familiares perdemos as datas. Porque havia pelo menos

---

266 O trecho "e outros" é acréscimo da edição atual.

vinte anos que vira Bloch pela primeira vez, a sra. de Guermantes juraria ter este nascido em sua roda e sido aos dois anos embalado ao colo da duquesa de Chartres.

E quantas vezes essas pessoas se me apresentaram, no decurso de seus dias, em circunstâncias que pareciam trazer os mesmos seres, mas sob formas e para fins vários; e a diversidade dos pontos de minha existência por onde passara o fio da de cada uma dessas personagens acabara por emaranhar os mais distantes, como se a vida possuísse um número limitado de fios para executar os mais variegados desenhos. Que haveria, por exemplo, de mais diverso, em meus muitos passados, do que as visitas a meu tio Adolphe, o sobrinho da sra. de Villeparisis, prima do marechal, ou Legrandin e a irmã, ou o antigo alfaiate do pátio de nosso edifício, amigo de Françoise? E hoje todos esses fios diferentes estavam reunidos, aqui na trama do casal Saint-Loup, ali no outrora jovem par Cambremer, para não falar de Morel, nem de tantos outros cuja inserção concorrera para formar um conjunto tão bem urdido que parecia uma unidade perfeita, da qual os indivíduos representavam apenas os elementos componentes. E minha vida já se fazia bastante longa para suscitar-me, nas regiões opostas da memória, em correspondência com os seres dos quais me aproximava, outros que o completavam. Aos Elstir, cujo lugar nesta evocação era um penhor da glória adquirida, eu somava minhas mais antigas lembranças dos Verdurin, dos Cottard, a conversa no restaurante de Rivebelle, a manhã em que conhecera Albertine, e tanta coisa mais. Assim um amante de arte a quem mostram o painel de um retábulo sabe em que igreja, em que museu, em que coleção particular andam dispersos os demais (e como, lendo catálogos de vendas ou frequentando antiquários, logra encontrar o objeto gêmeo do que possui e com este forma par, reconstitui mentalmente o políptico, o altar todo). Como a caçamba guindada num poço toca por diversas vezes, de lados opostos a corda presa à roldana, quase não havia pessoa ou coisa alguma que, havendo figurado em minha vida, nela não representasse diversos papéis. Se, ao cabo de alguns anos, acontecia-me desencavar da memória uma simples relação mundana, ou mesmo um objeto material, logo verificava que, pela incessante urdidura de fios vários em seu torno, compusera-lhes a vida um belo casulo aveludado,[267] semelhante aos que, nos velhos parques, recamam de esmeraldas os humildes canos de água.

Não era apenas exteriormente que tantas criaturas pareciam personagens de sonho. Nelas próprias, a vida, já na quadra da mocidade e do amor meio sonolenta, tornava-se cada vez mais um sonho. Esquecidas até de seus ódios e ressentimentos, precisariam, para certificar-se de que falavam a alguém a quem havia dez anos não dirigiam a palavra, consultar um registro, mas este tinha a imprecisão dos pesadelos em que nos sentimos insultados, mas sem saber qual o agressor. As contradições flagrantes da política, reunindo num mesmo ministério indivíduos que se haviam mutuamente acusado de assassínios ou traições, provinham de tais sonhos. E em certos velhos tornava-se tal sonho espesso como a morte após a realização do ato do amor. Naqueles momentos, nada se poderia indagar do presidente da República, esquecido de tudo. Depois, se o deixavam descansar alguns dias, a lembrança dos negócios públicos lhe voltava, fortuita como um devaneio.

Por vezes, mais de uma imagem me acudia do ser tão diferente do que depois se me mostrara. Durante anos, Bergotte me parecera um doce ancião divino, e eu me sentira paralisado, como por um fantasma, diante do chapéu cinza de Swann, do mantô violeta de sua mulher, do mistério em que, até num salão, envolvia a duquesa de Guermantes o nome de sua raça: origens quase fabulosas, encantadora mitologia de relações depois banais, que graças a seus inícios se prolongavam no passado como em pleno céu, com fulgor semelhante ao da cauda brilhante de um cometa. E ainda as que não haviam começado misteriosamente, como as minhas com a sra. de Souvré, hoje tão secas e puramente munda-

267 A edição atual traz "o belo veludo inimitável dos anos".

nas, guardavam em seus primórdios o sorriso inaugural, mas calmo, mais doce, untuosamente esboçado na plenitude de uma tarde à beira-mar, de um primaveril crepúsculo parisiense, ressoante de equipagens, de poeira redemoinhante, de sol agitado como água. E talvez a sra. de Souvré pouco valesse fora desse quadro — como certos monumentos (a Santa Maria della Salute, por exemplo) que, sem grande beleza própria, ressaltam admiravelmente lá onde estão colocados —, mas fazia parte de um lote de recordações que, umas pelas outras, eu avaliava alto, sem indagar qual a parte exata da sra. de Souvré.

Uma coisa espantou-me em todos esses seres mais do que suas mudanças físicas e sociais: a ideia diferente que agora faziam uns dos outros. Legrandin desprezara outrora Bloch e nem se dignava falar-lhe. Pois mostrou-se muito amável para com ele. Não por causa de sua melhor situação, o que neste caso nem mereceria menção, as alterações sociais acarretando forçosamente as das posições respectivas daqueles que atingem. Mas porque as criaturas — isto é, o que para nós significam — não têm em nossa memória a uniformidade de um quadro. Evoluem ao sabor de nossos olvidos. Chegamos às vezes a confundi-las com outras: "Bloch, aquele moço que costumava ir a Combray", diziam, pensando em mim. Inversamente, a sra. Sazerat atribuía-me uma tese histórica sobre Filipe II (da autoria de Bloch). Mesmo sem cair em tais trocas, esquecemos as canalhices de um sujeito, seus defeitos, a última vez que nos separamos sem lhe apertar a mão, e, ao contrário, lembramo-nos de outro encontro anterior, quando nos dávamos bem. A esses encontros anteriores prendia-se a cordialidade que Legrandin testemunhava a Bloch, talvez por se lhe ter apagado um trecho do passado, talvez por julgá-lo prescrito, no misto de perdão, olvido e indiferença que é um dos efeitos do Tempo. Aliás, nem no amor coincidem as recordações. Albertine me repetia exatamente uma frase minha numa de nossas primeiras entrevistas, que de todo me esquecera. De outro fato, que se me gravara para sempre, ela não tinha a menor ideia. Nossas vidas paralelas eram como essas orlas de alamedas onde de distância em distância se veem vasos de flores, simétricos mas alternados. Com maioria de razão compreende-se que, no caso de pessoas mais afastadas, mal saibamos quem são, ou nos deixemos dominar por impressões remotas, diversas das que depois nos causaram, sugeridas pelo meio onde novamente as encontramos, constituído por gente que, só recentemente as tendo conhecido, lhes emprestava qualidades e destaque não possuídos outrora e que desmemoriados para logo aceitamos.

Sem dúvida, pondo diversas vezes em meu caminho essas criaturas, a vida as apresentara a mim envoltas em situações especiais, que me tiravam a perspectiva e impediam-me de lhes penetrar na essência. Esses mesmos Guermantes, objetos para mim de tão lindo sonho, só os vira, inicialmente, sob o aspecto de uma velha amiga de minha avó, ou de um homem que, em pleno dia, me fitara de modo desagradabilíssimo no jardim do Cassino. (Pois há entre nós e os outros seres uma barreira de contingências semelhante à que, na percepção, impede o contato direto entre a realidade e o espírito, como me demonstraram minhas leituras em Combray.) Só mais tarde, diante de seu nome, convenci-me de que, conhecendo-os, conhecera os Guermantes. Mas talvez me tornasse mais poética a vida o fato de a raça misteriosa, de olhos perfurantes e bico de pássaro, a raça rósea, dourada, inatingível, se me haver, tão repetida e naturalmente, graças a circunstâncias cegas e várias, oferecido à contemplação, ao comércio, à intimidade, a ponto de, para ser apresentado à sra. de Stermaria ou encomendar vestidos para Albertine, eu me ter dirigido aos Guermantes, como aos mais serviçais de meus amigos. Sem dúvida, tanto quanto os outros mundanos que depois conheci, enfadava-me frequentá-los. O encanto da própria duquesa de Guermantes, como o de certas páginas de Bergotte, só me era sensível à distância, esvaindo-se de perto, visto residir em minha memória e em minha imaginação. Mas enfim, apesar de tudo, os Guermantes, assim como Gilberte, diferiam dos outros grã-finos, por lançarem fundas raízes em meu passado, na época em que fora sonhador e acreditara nos homens. O que agora com tédio possuía, conversando com uns e outros, nada mais seria senão a realização dos sonhos que na infância julgara mais belos e inacessíveis, consolava-me confundir, como uma negociante cujos assentamentos são malfeitos, o valor da posse com o preço ao qual os cotara meu desejo.

Mas com outros seres a história de minhas relações se enfunava de devaneios mais ardentes, concebidos sem esperança, onde florescia com tal exuberância minha vida de então, a eles dedicada, que não chegava a entender como, efetivados, se reduziam à rala fita, estreita e desbotada, de uma intimidade fria e espaçada, sem resquícios do que lhe constituíra o mistério, a febre, a doçura. Nem todos haviam sido "reconhecidos", condecorados, para alguns o termo empregado era outro, embora não mais importante: haviam morrido recentemente.[268]

"Que é feito da marquesa D'Arpajon?", perguntou a sra. de Cambremer. "Morreu", retrucou Bloch. "Não, você está confundindo com a condessa D'Arpajon, que faleceu no ano passado." A princesa de Malta entrou na discussão;[269] jovem viúva de um velho marido riquíssimo e de alta linhagem, ela era frequentemente pedida em casamento, o que lhe dava grande confiança em si. "A marquesa D'Arpajon também morreu, há mais ou menos um ano." "Um ano! Garanto que não", afirmou a sra. de Cambremer, "estive há menos de um ano num concerto em sua casa." Bloch e os gigolôs elegantes não puderam tomar parte nos debates, distantes como estavam de todas essas mortes de anciãs, quer pela enorme diferença de idade, quer (como Bloch) por terem entrado recentemente de esguelha, num círculo novo, já em

268 Esse final de parágrafo, a partir de "Nem todos haviam sido", é acréscimo da edição atual.

269 A edição atual substitui "A princesa de Malta", constante do original, por "A princesa d'Agrigente".

declínio, cujo crepúsculo não lhes poderia iluminar a projeção de um passado que desconheciam. E para a gente da mesma época e do mesmo meio, a morte perdera sua estranheza. Quem manda diariamente saber notícias de muitos amigos em estado grave, dos quais uns se restabelecem e outros sucumbem, não pode saber ao certo se alguém que nunca tivera ocasião de ver escapara à congestão pulmonar ou se finara. A morte se múltiplicava e fazia-se mais indecisa entre os velhos. No cruzamento de duas gerações e de duas sociedades que, mal colocadas, por motivos diversos, para enxergar a morte, quase a confundiam com a vida, aquela se humanizara, transformara-se num incidente próprio a mais ou menos qualificar as criaturas; sem demonstrar no tom de voz a consciência de que esse episódio rematava tudo para aquele de quem falavam, diziam: "Mas você se esquece de que fulano morreu", como diriam: "Foi condecorado" (característica diferente, mas não mais importante),[270] "E da Academia", ou — o que, impedindo igualmente de comparecer às reuniões, vinha a dar no mesmo — "Foi passar o inverno no sul", "Mandaram-no para um clima de montanha". Em se tratando de homens conhecidos, o que deixavam ao morrer ainda servia para lembrar que já não existiam. Mas dos simples mundanos macróbios, ninguém sabia bem se estavam ou não vivos, não só por ser vago ou estar esquecido seu passado, como por não se prenderem de modo algum ao futuro. E a dificuldade por todos experimentada em distinguir, na velha gente da sociedade, as doenças, a ausência, o retiro no campo ou a morte, provava, tanto quanto a indiferença dos hesitantes, a insignificância dos defuntos.

"Mas, se não morreu, por que é que ninguém mais a vê, nem ao marido?", perguntou uma solteirona metida a engraçada. "Eu te explico", redarguiu a mãe, que, apesar de quinquagenária, não perdia uma festa, "é porque estão velhos e em sua idade não se sai mais." Era como se, antecedendo ao cemitério, houvesse uma ci-

---

270 Esse parêntese foi eliminado da edição de 1989.

dade fechada, de velhos, com lâmpadas sempre acesas na bruma. A sra. de Sainte-Euverte cortou a discussão declarando que a condessa D'Arpajon morrera, haveria um ano, após longa enfermidade, mas que a marquesa também morrera depois, rápida "e obscuramente", morte nisso semelhante à vida de toda aquela gente, e que, trazendo em si o motivo pelo qual passara despercebida, desculpava as confusões. À afirmação de que a sra. D'Arpajon falecera realmente, a solteirona lançou à mãe um olhar alarmado, temerosa de que a "impressionasse" a morte de suas "contemporâneas"; acreditava ouvir de antemão comentarem seu fim com esta explicação: "Ficou 'muito impressionada' com a morte da sra. D'Arpajon". Mas a mãe, ao contrário, sentia-se como se tivesse derrotado em concurso adversários notáveis, cada vez que "desaparecia" alguém de sua idade. A morte alheia era-lhe o único meio de tomar agradavelmente consciência da própria vida, à solteirona não escapou a quase satisfação da mãe ao dizer a sra. D'Arpajon enclausurada numa das casas de onde não saem os velhos fatigados, e sobretudo ao sabê-la na Cidade do Além, aquela de onde não se volta. Essa constatação da indiferença de sua mãe trouxe satisfação ao espírito cáustico da solteirona.[271] E, para divertir as amigas, fez-lhes depois uma narrativa desopilante do caso, apresentando a mãe a esfregar as mãos e a exclamar prazerosamente: "Meu Deus, é mesmo verdade que morreu a pobre D'Arpajon!". Essa morte foi um regozijo até para os que não precisavam dela a fim de felicitar-se por estarem vivos. Porque toda morte é para os outros uma simplificação da existência, anula os escrúpulos de gratidão, as visitas obrigatórias. Não foi contudo assim que Elstir recebeu a morte do sr. Verdurin.

Devendo ir ainda a duas recepções, e tomar chá com duas rainhas, uma senhora saiu. Era a princesa de Nassau, a grande *cocotte* da sociedade de meu tempo. Mas, a não ser pela estatura reduzida — o que, pondo-lhe a cabeça mais baixa do que anti-

271 Essa frase é acréscimo da edição atual.

gamente, fazia supô-la, como se diz, "com um pé na sepultura" —, não parecia envelhecida. Era ainda a mesma Maria Antonieta de nariz austríaco e delicioso olhar, conservada embalsamada graças a mil cremes de beleza que, maravilhosamente combinados, lhe compunham uma face lilás. Nimbava-a, emanando das muitas reuniões seletas em que era esperada, uma graça confusa e meiga, feita de pena de partir, de promessas de retorno, de discreta esquivância. Nascida quase nos degraus de um trono, casada três vezes, sustentada durante longo tempo, luxuosamente, por grandes banqueiros, sem falar nas incontáveis fantasias que se permitira, ela ostentava com galhardia, a par dos admiráveis olhos redondos, da face esmaltada, do vestido malva, as recordações um tanto confusas desse passado inumerável.[272] Como passasse diante de mim ao sair "à inglesa", eu a cumprimentei. Reconheceu-me, apertou-me a mão e fixou em mim as pupilas redondas e malva, que pareciam dizer: "Há quanto tempo não nos vemos, conversaremos melhor de outra vez". Sem saber se, no carro, uma noite em que voltáramos juntos da casa da duquesa de Guermantes, houvera ou não alguma coisa entre nós, reforçou a pressão dos dedos. Parecia, na dúvida, aludir ao que não se dera, sem maior dificuldade, pois deitava olhares ternos a uma simples torta de morangos e assumia, quando, num concerto se via obrigada a sair antes do fim, a atitude desesperada da ruptura não definitiva. Mas, incerta sobre o possível caso comigo, não prolongou a furtiva carícia, nem me disse uma só palavra. Lançou-me apenas, como já notei, um olhar que significava: "Há quanto tempo!", no qual perpassaram seus maridos, seus generosos amantes, duas guerras, as pupilas estelares, semelhantes a relógios astronômicos talhados em opalas, marcando sucessivamente todas as horas solenes de um passado remoto,

---

272 A edição atual traz uma versão diferente para esse trecho: "ela ostentava com galhardia sob seu vestido, malva como seus olhos admiráveis e redondos e como sua face esmaltada, as recordações".

sempre presente quando pretendia do mesmo passo saudar e escusar-se. Depois, deixando-me, caminhou ligeira para a saída, a fim de não incomodar os outros, e também de mostrar-me que só não ficara a palestrar comigo por estar com pressa, devendo recuperar o minuto perdido se quisesse chegar pontualmente ao chá da rainha da Espanha, da qual era a única convidada. Até, perto da porta, pareceu-me que se ia pôr a correr. Corria, com efeito, para o túmulo.

Uma senhora gorda deu-me boa-tarde, e, enquanto falava, as ideias as mais diversas me passavam pela cabeça. Hesitei um minuto em responder-lhe, temeroso de que, reconhecendo os demais convidados tal quanto eu, me tomasse por outro; depois, ante sua tranquilidade, exagerei, ao contrário, imaginando, em alguma relação íntima, a amabilidade do sorriso; e não cessava de buscar-lhe na fisionomia, com o olhar, o nome que me faltava. Como o candidato incerto da resposta prega os olhos no examinador, na vã esperança de encontrar nele o que deveria procurar na própria memória, eu observava, continuando a sorrir-lhe, os traços da senhora gorda. Pareceram-me os da sra. de Forcheville,[273] e meu sorriso se matizava de respeito à medida que me diminuía a hesitação. Daí a um segundo, ouvi-a dizer: "Você me tomou por mamãe, e de fato estou ficando muito parecida com ela". Reconheci Gilberte.

Eu me sentara junto de Gilberte de Saint-Loup.[274] Falamos de Robert, Gilberte em tom de deferência, como se se tratasse de um ente superior, ao qual me quisesse mostrar como compreendera e admirara. Lembramos um ao outro quanto as ideias que ele professara sobre a arte militar (pois lhe repetira em Tansonville as mesmas teses que sustentara diante de mim em Doncières e depois alhures) haviam frequentemente, e, em suma, em numerosos pontos, sido confirmadas pela última guerra.

---

273 No lugar de "sra. de Forcheville", a edição atual traz "a sra. Swann".
274 Essa frase de início de parágrafo foi eliminada da edição atual.

"Não lhe posso dizer a que ponto me impressionam agora as menores coisas que ele me dizia em Doncières e também durante a guerra. As últimas palavras que lhe ouvi, quando nos despedimos para sempre, foram sobre seu desejo de ver Hindenburg, general napoleônico, enfrentar um dos tipos de batalha napoleônica, o que visa a cindir dois adversários, provavelmente, acrescentou, os ingleses e nós. Ora, apenas um ano após a morte de Robert, um crítico ao qual votava profunda admiração, e que exercia visivelmente grande influência sobre suas teorias militares, Henry Bidou, dizia que a ofensiva de Hindenburg em março de 1918 era a 'batalha da ruptura, por parte de um exército em formação concentrado de dois exércitos dispostos em linha, manobra que o imperador realizou com bom êxito em 1796 nos Apeninos e malogrou em 1815 na Bélgica'. Pouco antes, Robert comparara diante de mim as batalhas a peças teatrais nas quais nem sempre é fácil saber o que pretendia o autor, tendo seu plano sido alterado durante os ensaios. No tocante à ofensiva alemã de 1918, interpretando-a assim, Robert não estaria certamente de acordo com o sr. Bidou. Mas outros críticos pensam que o vitorioso avanço de Hindenburg na direção de Amiens, seguido de um estacionamento forçado, e o triunfo em Flandres, sucedido por novo estacionamento involuntário, transformaram Amiens e Bolonha, acidentalmente afinal, em objetivos dos quais não cogitara. E, cada um sendo livre de refazer a seu modo uma peça, alguns viram nessa ofensiva o prenúncio de uma marcha fulminante sobre Paris, outros, golpes cegos e desordenados para destruir o exército inglês. E, ainda quando as ordens dadas pelos chefes se opõem a tal ou tal concepção, resta aos críticos o recurso de dizer, como Monnet-Sully a Coquelin, que lhe afirmava não ser *Le Misanthrope* a comédia triste e dramática que desejava levar (pois, segundo o testemunho de contemporâneos, Molière dava-lhe uma interpretação cômica que provocava risos): 'Ora, era Molière quem estava errado'."

"E sobre os aviões", acrescentou Gilberte, "lembra-se de quando ele dizia (falava tão bem!): 'Cada exército deve ser um Argos de cem olhos'. Infelizmente não pôde assistir à realização de suas teorias." "Pôde sim", respondi; "na batalha do Somme pôde ver que começaram por cegar o inimigo, furando-lhe os olhos, destruindo--lhe os aviões e balões cativos." "Ah! é isso mesmo." E como, depois que só vivia para a inteligência, se tornara um pouco pedante: "Acreditava também na volta aos antigos métodos. Pois reparou como, nesta guerra, as expedições da Mesopotâmia" (ela deve ter lido isso, na ocasião, nos artigos de Brichot) "evocam a todo instante, inalterada, a retirada de Xenofonte? E para ir do Tigre ao Eufrates, o comandante inglês serviu-se de barcos estreitos e longos, as gôndolas locais, já usadas pelos antigos caldeus". Estas palavras me fizeram sentir a estagnação do passado, que, em certos lugares, por uma espécie de peso específico, se imobiliza indefinidamente, podendo ser sempre recobrado intato.

"Não lhe escapou um aspecto da guerra", prossegui; "percebeu que é humana, podendo ser vivida como um amor ou como um ódio, narrada como um romance, e que, por conseguinte, a convicção de ser a estratégia uma ciência pouco adiante para entender a guerra, que não é estratégica. Como ignoramos os projetos da mulher amada, os generais ignoram os do inimigo, que talvez nem os tenha deliberado. Os alemães, na ofensiva de 1918, pretendiam tomar Amiens? Não se sabe com certeza. E possível que também eles não o soubessem; previamente, que o plano nascesse do progresso de suas forças a oeste, no rumo de Amiens. Ainda supondo a guerra científica, será necessário pintá-la como Elstir o mar, ao revés, partindo das ilusões, das crenças pouco a pouco retificadas, tal como Dostoiévski reconstituiria uma existência. E aliás fora de dúvida que a guerra não é estratégica, mas antes patológica, comportando acidentes imprevistos que o clínico talvez pudesse evitar, como a Revolução Russa."

E confesso que, pensando em minhas leituras em Balbec,[275] tão perto de Robert, impressionou-me — como na campanha

---

275 A edição atual traz "Balbec" no lugar de "Combray" da edição original.

da França a menção à trincheira de Madame de Sévigné —
ver no Oriente, a propósito do cerco de Kout-el-Amara (Kout, o
Emir, como nós dizemos Vaux-le-Vicomte e Boilleau-l'Evêque,
explicaria o pároco de Combray se estendesse às línguas orien-
tais sua sede de etimologia), aliar-se ao de Bagdá o nome de
Baçorá, do qual tanto se fala nas *Mil e uma noites*, por onde,
muito antes do general Townsend e do general Gorringe,[276] no
tempo dos califas, passava Simbad, o Marujo, para voltar a
Bagdá ou de lá sair.

Nesta conversa, Gilberte se referira a Robert com um respeito que mais parecia dirigido a meu finado amigo do que a seu
defunto esposo. Era como se me dissesse: "Sei quanto você o ad-
mirava. Quero mostrar-lhe que também compreendi o ente superior que ele foi". E todavia o amor que já não lhe dedicava à
memória talvez fosse a causa remota das peculiaridades de sua
vida atual. Era agora inseparável de Andrée. Embora esta come-
çasse, graças sobretudo ao talento do marido, a penetrar, não, sem
dúvida, na roda dos Guermantes mas num meio infinitamente
superior ao que outrora frequentava, causara espécie sua intimidade com a marquesa de Saint-Loup. O fato pareceu sintoma, em
Gilberte, de inclinação para o que lhe parecia a vida artística, e,
portanto, para a queda de nível social. Esta explicação pode ser
verdadeira. Outra me veio porém ao espírito, sempre imbuído da
noção de que as imagens aqui e ali reunidas são geralmente o
reflexo, ou de qualquer modo o efeito, de um agrupamento anterior, simétrico mas diverso, de outras imagens muito distantes
das do segundo. Parecia-me que, se se viam juntos todas as noites
Andrée, o marido e Gilberte, talvez fosse porque, há anos, ter-se-
-ia podido ver o marido de Andrée vivendo com Rachel e abando-
nando-a pela atual esposa. É provável que então Gilberte, no
mundo muito fechado e muito alto onde vivia, de nada houvesse
sabido. Mas deveria ter sido informada mais tarde, quando An-

---

276 O trecho "e do general Gorringe" é acréscimo da edição atual.

drée subira e ela própria descera o bastante para se avistarem. Sofrera certamente naquele momento a atração da mulher causadora do abandono de Rachel pelo homem, sem dúvida sedutor, que preferira a Robert. Enquanto isso,[277] ouvia-se a princesa de Guermantes repetir, exaltada, com a voz metálica que lhe dava a dentadura: "É isso mesmo, faremos um grupo! Faremos um grupo! Gosto desta mocidade tão inteligente, tão pronta a aderir! Ah! que *mugichista* está aqui!". O grande monóculo no olho redondo, falava meio risonha, meio triste por não poder manter por muito tempo o mesmo entusiasmo, mas até o fim "pronta a aderir", a organizar "um grupo".

Assim talvez a presença de Andrée evocasse para Gilberte o romance de mocidade que fora seu amor por Robert, e lhe inspirasse o maior respeito pela amada do homem tão querido por aquela Rachel que sentia ter sido mais cara ao marido do que ela própria. Mas é também possível que, ao contrário, tais reminiscências em nada entrassem na predileção de Gilberte pelo casal de artistas, devidas simplesmente — como tantas vezes acontece — ao desenvolvimento[278] dos desejos, em regra inseparáveis nas mundanas, de instruir-se e de acanalhar-se. Gilberte se lembraria quiçá tão pouco de Robert como eu de Albertine, e, ainda sabendo ter sido Rachel quem o artista deixara por Andrée, não pensasse, quando juntos os via, nesse fato que não influíra em sua simpatia por eles. Não se poderia verificar não apenas a verossimilhança, mas a veracidade de minha primeira explicação, sem o testemunho dos interessados, único recurso em casos tais, dado que em suas confidências houvesse clarividência e sinceridade. Ora, consegue-se raramente a primeira, e nunca a segunda. Em todo caso, a presença de Rachel, hoje atriz famosa, não podia ser muito agradável para Gilberte. Assim, fi-

277 O trecho "Enquanto isso" foi eliminado da edição atual.
278 A palavra "desenvolvimento" ("épanouissement"), constava do original, mas foi eliminada da edição atual.

quei aborrecido ao saber que ela ia recitar versos durante a recepção; como haviam anunciado, seriam *Le souvenir* de Musset e algumas fábulas de La Fontaine.[279]

"Mas como vem a reuniões tão numerosas?", perguntou-me Gilberte. "Vê-lo nesta balbúrdia não corresponde à ideia que faço de você. Onde menos esperava encontrar era nestas festanças de minha tia, já que tenho uma tia", acrescentou maliciosamente, pois, sendo sra. de Saint-Loup antes de a sra. Verdurin entrar para a família, e considerando-se legítima Guermantes, sentia-se atingida pela *mésalliance* feita pelo tio ao desposar a sra. Verdurin, a quem, é verdade, ouvira tantas vezes ridicularizar pelos parentes, que, evidentemente, só em sua ausência aludiam à *mésalliance* de Saint-Loup. Afetava, aliás, tanto maior desdém por essa tia duvidosa quanto a princesa de Guermantes, pela espécie de perversão que leva a gente inteligente a evadir-se das convenções, e também pela necessidade de recordar-se, comum em pessoas idosas, e a fim de prover de um passado em sua recente elegância, gostava de dizer, a respeito de Gilberte: "Esta menina não é para mim uma relação nova; conheci muito sua mãe, amiga de minha prima Marsantes. Foi até em minha casa que ela encontrou o pai de Gilberte. Quanto ao pobre Saint-Loup, conheci-lhe toda a família; seu tio foi meu íntimo antigamente, na Raspelière". "Veja que os Verdurin não eram pés-rapados", observavam-me os que ouviam falar assim a princesa de Guermantes, "eram velhos amigos da família da sra. de Saint-Loup." Talvez eu fosse o único a saber, por meu avô, que de fato não seriam pés-rapados os Verdurin. Mas não exatamente por terem frequentado Odette. Mas é tão fácil embelezar-se as narrativas de um passado do qual já ninguém está a par, como as das viagens por países aonde ninguém foi. "Enfim", concluiu Gilberte, "já que você deixa de vez em quando sua Torre de Marfim, não apreciaria mais pequenas reuniões íntimas em minha casa, só com espíritos simpáticos?

---

279 A partir de "Em todo caso", acréscimo da edição atual.

Mixórdias descomunais, como esta, não são para seu feitio. Vi-o conversar com minha tia Oriane, possuidora de todas as qualidades que quiserem, mas a quem — não é? — não caluniaremos dizendo que não pertence à elite intelectual."

Eu não podia comunicar a Gilberte as ideias que há uma hora me vinham, mas pareceu-me que, no terreno da pura distração, ela serviria a meus prazeres, os quais, com efeito, não se resumiriam em falar de literatura com a duquesa de Guermantes — nem com a sra. de Saint-Loup. Certamente, pretendia recomeçar no dia seguinte, desta vez visando a um fim determinado, a viver na solidão. Nem em casa receberia nas horas de trabalho, pois o dever de realizar minha obra superava o de ser polido, ou mesmo compassivo. Os visitantes insistiriam, sem dúvida. Todos os que há tanto tempo não me viam acabavam de encontrar-me e me julgavam curado. Obstinar-se-iam no propósito de falar-me,[280] pois só me procurariam depois de terminado o labor de seu dia, ou de sua vida, e teriam então tanta necessidade de minha presença quanto outrora eu da de Saint-Loup, porque — como já eu pressentira em Combray, quando meus pais me vinham censurar precisamente no momento em que, a sua revelia, eu acabava de tomar as mais louváveis resoluções — não marcam as mesmas horas os relógios interiores distribuídos aos homens, soando num a do repouso e noutro a do trabalho, apontando o do juiz a do castigo quando desde muito mostrava o do culpado a do arrependimento e do aperfeiçoamento íntimo. Mas, a quem me visitasse ou convidasse, eu teria a coragem de responder que, a fim de ser informado de coisas essenciais, tinha uma entrevista urgente, importantíssima, comigo mesmo. E entretanto, embora quase não existam relações entre nosso eu verdadeiro e o outro, pode parecer egoísmo, em virtude da homonímia e do corpo comum a ambos, a abnegação que nos leva a sacrificar os deveres mais fáceis e até os divertimentos.

280 O trecho "Obstinar-se-iam no propósito de falar-me" foi eliminado da edição atual.

E, aliás, não seria para com eles me ocupar que ia afastar-me dos queixosos de minha ausência, para com eles me ocupar mais a fundo do que o faria a seu lado, para tentar revelá-los a si mesmo, realizá-los? Que adiantaria se, por mais alguns anos, eu perdesse noites a fio respondendo ao eco mal extinto de suas palavras com o som igualmente vão das minhas, pelo estéril prazer de um contato mundano que exclui a penetração? Não seria melhor que, de seus gestos, de suas frases, de sua vida, de sua natureza eu buscasse traçar a curva e descobrir a lei geral? Infelizmente, teria de lutar contra o vezo de nos colocar no lugar dos outros, que, se favorece a concepção da obra, lhe retarda a execução. Pois, por uma polidez superior, essa tendência nos induz a imolar aos outros não somente nossas preferências, mas nosso dever, já que, do ponto de vista alheio, este, seja qual for, seja o de ficar na retaguarda, onde será útil, quem na frente não pode prestar serviços poderá ser tomado pelo que em absoluto não é, por comodismo.

E, longe de julgar-me infeliz nessa existência sem amigos, sem palestras, como sucedeu a tantos homens ilustres, eu me convencia de que as forças de exaltação gastas na amizade são como portas simuladas, conduzem a um convívio egoísta, sem saída, e nos desviam da verdade. Mas enfim, quando sentisse a necessidade de intervalos de repouso e distração, em vez dos debates intelectuais que os mundanos acham úteis aos escritores, ligeiros amores com raparigas em flor constituiriam o alimento escolhido, rigorosamente adequado a minha imaginação, nisso semelhante ao famoso cavalo que só de rosas se nutria. O que de súbito me punha a desejar de novo era aquilo com que em Balbec já sonhava, quando, sem ainda as conhecer, via passarem em frente ao mar Albertine e suas amigas. Mas, ai de mim!, não encontraria justamente aquelas que então mais cobiçara. A ação dos anos, que transformara todos os seres hoje vistos, e a própria Gilberte, reduzira certamente todas as sobreviventes, como teria feito com Albertine se estivesse viva, a mulheres muito diversas das impressões que me deixaram. Doía-me ter de imaginá-las diferentes, pois o tempo que muda os seres não altera as figuras que deles guardamos. Nada é mais triste do que essa oposição entre a decadência das criaturas e a imarcescibilidade das lembranças do que compreendermos não ser de fato mais a mesma quem com tanto viço surge à memória, não nos ser possível, exteriormente, contemplar a que interiormente tão bela nos parece, e que não obstante almejamos rever. Esse desejo violento das moças outrora vistas, excitado em mim pela memória, eu sentia que só seria satisfeito por alguém da mesma idade, isto é, por outra pessoa.[281] Já me ocorrera mais de uma vez que não pertence à criatura cobiçada o que nela nos parece único. Mas com o fluir do tempo verificava-o de modo indiscutível, pois, vinte anos mais tarde, espontaneamente, eu me propunha a procurar, em substituição às moças minhas amigas, as atuais detentoras da juventude então estuante naquelas. Não é aliás só o despontar de nossos desejos carnais que, por não levar em conta o tempo decorrido, não corresponde à realidade. Sucedia-me por vezes esperar que, por milagre, ainda estivessem, ao contrário do que supunha, vivas minha avó e Albertine. Imaginava vê-las, meu coração se alvoroçava. Esquecia-me apenas de uma coisa, de que, se de fato vivessem, Albertine teria agora mais ou menos o aspecto da sra. Cottard em Balbec, minha avó, com mais de 95 anos, já não possuiria a bela face calma e sorridente com a qual ainda agora me figurava, tão arbitrariamente como se emprestam barbas a Deus Padre, ou, no século XVII, vestiam-se de gentis-homens, sem levar em conta sua ancianidade, os heróis de Homero.

Mirei Gilberte sem pensar: "Gostaria de revê-la", mas assegurei-lhe que me daria o maior prazer convidando-me para encontrar

---

281 A edição atual traz versão um tanto diferente do original para esse trecho: "compreendemos [...] não nos ser possível, exteriormente, contemplar o que interiormente tão belo nos parece, o que excita em nós um desejo, entretanto tão individual, de revê-lo, a não ser buscando-o em alguém da mesma idade, isto é, em outra pessoa".

mocinhas, às quais, entretanto, nada pediria senão o ressurgimento de meus sonhos, de minhas tristezas de outrora, e talvez, num dia pouco provável, um beijo casto. Gilberte sorriu e pareceu em seguida procurar seriamente alguma coisa em sua memória.[282]

Tal como a Elstir aprazia contemplar junto de si, encarnada na esposa, a beleza veneziana que tão frequentemente pintara, eu dava a mim mesmo a desculpa de ser atraído, devido a certo egoísmo estético, pelas mulheres formosas, capazes de me fazer sofrer, e tinha um tal ou qual sentimento idólatra pelas futuras Gilbertes, futuras duquesas de Guermantes, futuras Albertines que viesse a conhecer e talvez me fossem, esperava, tão inspiradoras como a um escultor os soberbos mármores antigos entre os quais erra. Deveria entretanto ter pensado que anterior a todas era meu sentimento do mistério que as envolvia, e assim, em vez de pedir a Gilberte que me apresentasse donzelas, deveria frequentar os lugares onde nada as aproxima de nós, onde entre elas e nós existe algo de intransponível, onde, a dois passos, na praia, no mar, vêmo-las separadas pelo impossível. Assim meu senso de mistério se pudera aplicar sucessivamente a Gilberte, à duquesa de Guermantes, a Albertine, a tantas outras. Sem dúvida, o desconhecido, o quase incognoscível, tornara-se o comum, o familiar, indiferente ou doloroso, mas conservando do que fora certo encanto.

E, na verdade, como a folhinha que o estafeta nos dá para fazer jus a festas, nenhum de meus anos deixara de ostentar, no frontispício ou intercalada entre seus dias, a imagem da mulher então amada, imagem tanto mais arbitrária quanto em muitos casos eu nunca vira o original, por exemplo a arrumadeira da sra. Putbus, a srta. D'Orgeville, ou alguma jovem cujo nome figurava na resenha mundana de um jornal, entre um enxame de graciosas valsistas. Adivinhava-a linda, apaixonava-me por ela, e lhe compunha um corpo ideal, destacando-se na paisagem da província onde, pelo *Annuaire des châteaux*, sabia situarem-se as propriedades de sua famí-

---

282 Essa última frase é acréscimo da edição atual.

lia. Para as mulheres que conhecia, tornava-se pelo menos duplo esse fundo de quadro. Cada uma delas se projetava, em ponto diferente de minha vida, como divindade protetora e local, primeiro no centro de uma daquelas paisagens de sonho, cuja justaposição me quadriculava a existência, e que eu me deleitava em imaginar; depois, trazida pelas recordações, aparecia nos sítios onde a conhecera, e que me evocava por se lhes prender, pois, se a vida é errante, sedentária é a memória, e, embora sem cessar deambulemos, nossas lembranças, fixas nos lugares que deixamos, aí continuam sua rotina cotidiana, como os amigos ocasionais, abandonados pelo viajante com a cidade onde os encontrou, terminam em sua ausência, do mesmo modo, seus dias e sua vida, ao pé da igreja, nas soleiras das portas, sob as árvores da praça. Assim era que a sombra de Gilberte se alongava, não apenas diante da igreja da Île-de-France, onde a evocara, mas ainda na aleia de um parque, para os lados de Méséglise, e a da sra. de Guermantes num caminho úmido, todo florido de pirâmides de cachos roxos e avermelhados, ou no ouro matinal de uma calçada parisiense. E essa segunda pessoa, nascida não do desejo, mas da recordação, não era a única para cada uma dessas mulheres, porque a cada uma vira eu diversas vezes, em épocas diferentes, como se fosse outra para mim, eu mesmo outro, imerso em sonhos de outra cor. Ora, a lei reguladora dos sonhos de cada ano subordinando-lhe as lembranças da amada de então, tudo quanto se relacionava, por exemplo, com a duquesa de Guermantes de minha infância, uma força atrativa o concentrava em torno de Combray, e tudo quanto dizia respeito à duquesa de Guermantes que ia agora convidar-me para um almoço, em torno de centro sensitivo inteiramente diverso:[283] havia várias duquesas de Guermantes, como houvera, desde a dama cor-de-rosa, várias sras. Swann, separadas pelo éter incolor dos anos, não me sendo possível saltar

---

283 A edição atual acrescenta a palavra "ser" ("être") à frase "autour d'un être sensitif". Mas a opção de Lúcia Miguel Pereira por "em torno de um *centro* sensitivo" é bastante coerente em seu contexto.

de uma a outra, como não poderia ir de um a outro dos astros perdidos no espaço. Figuras não apenas distintas, mas diferentes, ornadas pelos sonhos que me haviam empolgado em épocas quase opostas, como por uma flora especial inexistente noutros mundos; tanto que, resolvendo não ir almoçar nem com a sra. de Forcheville nem com a sra. de Guermantes, eu não poderia afirmar, pois isso me transportaria para outro planeta, que esta fosse a duquesa de Guermantes descendente de Geneviève de Brabante, e aquela a Dama Rósea, embora me assegurasse disso o homem instruído em mim existente, como me afirmaria um sábio que a Via Látea é a fragmentação de uma única estrela. Assim Gilberte, a quem não obstante eu pedia proporcionar-me amigas semelhantes à que me fora outrora, era para mim tão somente a sra. de Saint-Loup. Vendo-a, já não me lembrava do papel que desempenhara em meu amor, também por ela esquecido, minha admiração por Bergotte, por Bergotte em quem só via agora o autor de seus livros, alheio (a não ser por vagas e esparsas reminiscências) à emoção com que fora apresentado ao homem à decepção, ao pasmo com que o ouvira conversar, no salão atapetado de alvas peles, florido de violetas, onde cedo se acendiam, em tantos consolos, tantas lâmpadas. Todas as recordações que me compunham a primeira srta. Swann apartavam-se, efetivamente, da Gilberte atual, retidas muito longe pela força de atração de outro universo, presas a uma frase de Bergotte sem a qual se confundiam, recendentes a perfume de pilriteiro.

A fragmentária Gilberte de hoje acolheu sorridente meu pedido. Depois, refletindo sobre ele, tornou-se séria, parecendo procurar mentalmente alguma coisa.[284] Felizmente, pois assim absorta não prestou atenção a um grupo formado a pouca distância de nós,[285] cuja vista não lhe seria agradável. Nele figurava a du-

---

284 O trecho "parecendo procurar mentalmente alguma coisa" foi eliminado da edição atual.

285 O trecho "formado a pouca distância de nós" também foi eliminado da edição atual.

quesa de Guermantes, em palestra animada com uma velha horrenda, que eu examinava sem conseguir adivinhar quem era. Voltando a Rachel,[286] era de fato com ela, agora atriz célebre, convidada para recitar versos de Musset e de La Fontaine nesta recepção, que a tia de Gilberte, a duquesa de Guermantes, conversava naquele momento. Ora, a presença de Rachel só poderia, em qualquer caso, ser desagradável a Gilberte, inquietando-me ainda mais saber que ia declamar, e verificar sua intimidade com a duquesa.[287] Esta[288], certíssima de ter o primeiro lugar em Paris (ignorante de que tal lugar só existe nos espíritos que nele acreditam, e de que muitos recém-vindos, não a vendo em parte alguma, não lhe lendo o nome em nenhuma resenha de festa elegante, julgá-la-iam, ao contrário, destituída de importância), só em visitas tão raras e espaçadas quanto possível avistava o faubourg Saint-Germain, onde, como dizia bocejando,[289] era "mortal o tédio", e, em compensação, permitia-se a fantasia de almoçar com atrizes que achava deliciosas. Nos novos meios que frequentava, continuava a duquesa, muito mais fiel a si mesma do que supunha, a ver no tédio uma prova de superioridade intelectual, mas proclamava-o com uma violência que lhe fazia rouquenha a voz. Como eu lhe falasse de Brichot: "Caceteou-me durante vinte anos!", e como a sra. de Cambremer dissesse: "Releia o que Schopenhauer escreveu sobre a música", chamou a atenção para esta frase, exclamando com veemência: "*Releia*, é uma obra-prima! Ora, isso também é demais!". Então o velho D'Albon sorriu, reconhecendo uma das formas do espírito Guermantes. Habitualmente, mais tocada pelo modernismo,[290] embora filha de Swann

286 O trecho "Voltando a Rachel" foi eliminado da edição atual.

287 Todo esse trecho, iniciando-se por "Ora, a presença de Rachel" foi eliminado da edição atual.

288 Em vez de "Esta", da edição original, a edição atual traz "Pois a duquesa".

289 O trecho "bocejando" é acréscimo da edição atual.

290 Essa frase aparece reformulada na edição atual: "Gilberte, mais moderna, permaneceu impassível".

— como pato chocado por galinha — adotava a maneira dos poetas *lakistas* e se limitava a dizer: "Foi tocante, de encantadora sensibilidade".

Contei à sra. de Guermantes que encontrara o sr. de Charlus. Ela o achava ainda mais "acabado" do que estava, os mundanos estabelecendo, relativamente à inteligência, distinções não apenas entre os diversos membros da sociedade, nos quais é mais ou menos equivalente, mas ainda entre as diferentes fases da vida de um mesmo indivíduo. Depois acrescentou: "Sempre foi o retrato de minha sogra; agora é espantosa a semelhança". Nada havia nisso de extraordinário. Sabe-se, com efeito, que certas mulheres por assim dizer se projetam minuciosamente noutro ser, o único erro consistindo no sexo. Erro do qual não se poderia dizer: *felix culpa*, já que o sexo reage sobre a personalidade, e num homem a feminilidade se torna afetação, a reserva suscetibilidade etc. Mas ainda assim, no rosto, embora barbado nas faces, embora congestas sob as suíças, há linhas que se poderão superpor às do retrato materno. Todos os velhos Charlus são ruínas onde se reconhecem, com pasmo, sob camadas de gordura e de pó-de-arroz, restos de uma bela mulher em sua eterna mocidade. Nesse instante, Morel entrou; a duquesa foi, para com ele, de uma amabilidade que me desconcertou um pouco. "Ah! eu não tomo partido nessas brigas de família", disse ela. "Você não acha que são maçantes, as brigas de família?"[291]

Se, em períodos de vinte anos, os conglomerados de grupos se desmanchavam e reformavam sob a atração de astros recém--vindos, destinados, aliás, por sua vez, a apagar-se e reaparecer, nas almas humanas também se operavam cristalizações, seguidas de fragmentações e novas cristalizações. Se, para mim, a duquesa de Guermantes se revestira de várias personalidades, para ela mesma, para a sra. Swann etc., tal indivíduo, favorito antes do caso Dreyfus, degenerara em fanático ou imbecil a partir des-

---

291 A partir de "Nesse instante", acréscimo da edição atual.

te, que alterara o valor dos seres e reclassificara consequentemente às dos partidos, os quais se haviam desde então novamente desfeito e refeito. Contribui poderosamente para isso, somando sua influência às puras afinidades intelectuais, o tempo decorrido, que nos faz olvidar antipatias e desdéns, e até o próprio motivo de nossas antipatias e desdéns. Se houvessem outrora analisado a origem da voga da jovem sra. Léonor de Cambremer,[292] teriam encontrado seu parentesco com o lojista de nosso edifício, Jupien, concorrendo ainda para fazê-la atraente o fato de seu tio fornecer homens ao sr. de Charlus. Mas da combinação que produzia tão cintilantes efeitos, as causas, já remotas, ignoradas por muitos dos novos, estavam também esquecidas pelos antigos, mais atentos ao brilho presente do que às vergonhas passadas, pois aceita-se sempre um nome em sua acepção atual. E o mais interessante nessas transformações dos salões era provirem do tempo perdido, filiarem-se a um fenômeno da memória.

A duquesa ainda hesitava, receosa das cenas do sr. de Guermantes em relação a Balthy e a Mistinguett, que lhe pareciam adoráveis, mas adotara decididamente Rachel por amiga. As novas gerações concluíam disso que, a despeito de seu nome, a duquesa de Guermantes não passava de uma meio-sangue, jamais pertencera à nata da sociedade. Sem dúvida, a alguns soberanos cuja intimidade lhe disputavam duas outras grandes damas, a sra. de Guermantes ainda tomava o incômodo de convidar para almoçar.

Mas como, de um lado, esses monarcas só de longe em longe apareciam, e, de outro, a duquesa, pelo respeito supersticioso dos Guermantes para com o velho protocolo (pois, tanto quanto a caceteava a gente bem-educada, prezava a boa educação), punha nos convites: "Sua Majestade ordenou à duquesa de Guermantes", "dignou-se" etc. E as camadas recentes, alheias a tais fórmulas, viam nelas um indício a mais da origem humilde da duquesa. Do ponto de vista da sra. de Guermantes, a familiaridade com Rachel

292 O nome "Leonor" foi suprimido da edição atual.

podia mostrar que nos enganáramos ao julgar-lhe hipócritas e mentirosas as condenações da elegância, ao imaginarmos que se recusara a ir à casa da sra. de Sainte-Euverte não em nome da inteligência, mas do esnobismo, que só achava a marquesa tola porque esta, não tendo ainda firmado sua situação, não conseguia esconder as atitudes esnobes. Mas a amizade com Rachel trairia também, na duquesa, uma inteligência afinal medíocre, insatisfeita, que, farta de mundanismo, tardiamente buscava realizar-se, com total ignorância das autênticas realidades intelectuais, e uma ponta daquela fantasia graças à qual senhoras distintas, convencidas de que "vai ser muito divertido", acabam a noite fastidiosamente, forçando-se a ir acordar alguém[293] a quem nada têm a dizer, junto de cujo leito ficam um instante, envoltas em suas capas de bailes, até verificarem já ser muito tarde, e resolvem ir dormir.

É mister acrescentar que a viva antipatia votada havia pouco a Gilberte pela versátil duquesa talvez lhe acentuasse a satisfação de receber Gilberte, e de repetir uma das máximas dos Guermantes, a saber: que eram muito numerosos para desposarem as brigas (e quase para usarem luto) uns dos outros, independência resumida na frase "Não tenho nada com isso", e fortalecida pela política adotada em relação ao sr. de Charlus, a quem não poderiam de fato apoiar sem indispor-se com todo mundo.

Quanto à Rachel, os esforços que evidentemente fizera para aproximar-se da duquesa de Guermantes (esforços que esta não soubera distinguir dos desdéns afetados, das grosserias intencionais que a espicaçaram e lhe inspiraram o maior apreço por uma atriz tão pouco esnobe) prendiam-se, de modo geral, ao fascínio exercido, a partir de certo momento, pelos mundanos sobre os mais inveterados boêmios, paralelo ao que os últimos exercem por sua vez sobre os primeiros, duplo refluxo correspondente, no plano político, à curiosidade recíproca e ao desejo

---

293 Em vez de "forçando-se a ir" ("en puisant la force d'aller"), a edição atual traz "brincando de ir" ("en faisant la farce d'aller").

de aliança entre povos que se combateram. Mas a atitude amistosa de Rachel podia vir de um motivo pessoal. Fora na casa da sra. de Guermantes, que recebera outrora a mais cruel afronta. Com o tempo, se não a esquecera, perdoara-a, mas o prestígio singular que a seus olhos assim granjeara a duquesa nunca se apagaria. A conversa da qual eu queria desviar a atenção de Gilberte logo, aliás, se interrompeu, pois a dona da casa veio buscar Rachel, cuja vez de declamar chegara, e que, separando-se da duquesa, assomou ao estrado.

Ora, realizava-se naquele momento, no extremo oposto de Paris, um espetáculo bem diferente. A Berma, como eu disse,[294] convidara algumas pessoas para um chá em honra da filha e do genro. Mas os convidados custavam a chegar. Informada de que Rachel ia recitar na festa da princesa de Guermantes (para maior escândalo da grande artista, que continuava a considerar Rachel uma prostituta, só figurando outrora nas peças em que ela, a Berma, tivera o principal papel porque Saint-Loup lhe pagava o vestuário, escândalo tanto mais profundo quanto se espalhara por Paris o boato de que, embora fossem os convites feitos em nome da princesa, era na realidade Rachel quem recebia nos salões daquela), a Berma escrevera, insistindo por sua presença, a alguns íntimos que sabia também amigos da princesa de Guermantes que a haviam conhecido quando ainda era Verdurin. Mas as horas se passavam e ninguém aparecia. A alguém que lhe perguntava se queria ir ao chá da Berma, Bloch respondera ingenuamente: "Não, prefiro o da princesa de Guermantes". Infelizmente, todos eram no fundo da mesma opinião. A Berma, vítima de uma doença mortal que a obrigava a frequentar pouco a sociedade, vira seu estado agravar-se quando, para sustentar os hábitos de luxo da filha, que o genro, indolente de saúde débil, não podia satisfazer, recomeçara a trabalhar. Não ignorava que estava encurtando seus dias, mas queria, com polpudos honorários, agra-

294 O trecho "como eu disse" é acréscimo da edição atual.

dar à filha, e ao genro, a quem detestava mas adulava, pois, sabendo-o adorado pela mulher, temia que, se o descontentasse, ele a impedisse, por maldade, de ver aquela. A filha da Berma, não de todo má,[295] e amada em segredo pelo médico da mãe, persuadira-se de que não seria perigoso para a enferma levar *Fedra*. Forçara de algum modo o amante a concordar, só lhe retendo da resposta a licença, concedida com reservas a que não dera a menor atenção; o médico dissera efetivamente não ver grande inconveniente em tais representações; dissera-o por sentir que isso causaria prazer à mulher amada, e também talvez por ignorância, por saber de qualquer modo incurável a moléstia — resignamo-nos com facilidade, quando isso nos beneficia, a abreviar o martírio dos doentes —, ou ainda pela estulta ilusão de que, distraindo a Berma, a atividade lhe faria bem, tolice que julgou justificada quando, tendo recebido dos filhos da atriz um camarote, achou-a tão extraordinariamente viva em cena como fora dela quase moribunda. E, com efeito, em parte, nossos hábitos nos permitem, permitem até a nosso organismo,[296] a acomodação a uma existência que à primeira vista parece impossível. Quem já não viu um velho profissional de equitação, cardíaco, executar no picadeiro acrobacias às quais não se acreditaria que seu coração resistisse um segundo? A Berma, não menos afeita à cena, a cujas exigências seus órgãos estavam perfeitamente adaptados, podia, graças à prudência indiscernível ao público, dar impressão de boa saúde, só perturbada por um mal puramente nervoso e imaginário. Após a declaração a Hippolyte, a atriz sabia que tremenda noite a esperava, mas os admiradores aplaudiam-na com entusiasmo, proclamando-a mais bela do que nunca. Chegava em casa sofrendo horrivelmente, mas feliz por levar à filha as notas azuis que, com brejeirice de antiga garota da ribalta, enfiava

---

295 O trecho "não de todo má" foi suprimido do texto da edição atual, que traz também, em vez de "médico da mãe", "o médico que tratava de seu marido".

296 A edição atual substitui "nosso organismo", do original, por "nossos órgãos".

nas meias, de onde as puxava satisfeita, esperando um sorriso, um beijo. Infelizmente, essas notas permitiam à filha e ao genro embelezarem ainda mais sua casa, contígua à da mãe, de sorte que contínuas marteladas interrompiam o sono tão necessário à grande comediante. Segundo as exigências da moda, ou para cingir-se ao gosto de X ou Y, que esperavam receber, eles reformavam todas as salas. E a Berma, sentindo fugir-lhe o sono que lhe acalmaria o sofrimento, resignava-se à vigília, não sem um secreto desprezo pelas preocupações de elegância que lhe apressavam a morte e tornavam atrozes os derradeiros dias. Era sem dúvida por isso que as considerava com desdém, vingança natural contra o que nos molesta e não podemos impedir. Mas também porque, consciente do próprio gênio, certa, desde muito moça, da insignificância de todos os decretos da moda, mantivera-se sempre fiel à tradição que respeitava, que encarnava, graças à qual continuava a julgar coisas e pessoas exatamente como há trinta anos, a ver por exemplo em Rachel não a atriz em voga, mas a prostituta que conhecera. Não era, entretanto, melhor do que a filha, a quem transmitira, pela hereditariedade e pela convivência, cuja eficácia ainda aumentava a mais legítima das admirações, o egoísmo, a zombaria implacável, a crueldade inconsciente. Apenas imolara tudo isso à filha, e assim de tudo se libertara. Aliás, mesmo se não tivesse sempre operários em casa, a filha da Berma fatigaria igualmente a mãe, pois as forças atrativas, ferozes e levianas da mocidade esgotam os velhos, os enfermos que as querem seguir. Sucediam-se diariamente almoços dos quais, sem passar por egoísta, não poderia a Berma privar a filha, nem mesmo esquivar-se, já que, para forçar a vinda de relações recentes e recalcitrantes, ela contava com a presença prestigiosa da mãe ilustre.

"Prometia-a" a essas mesmas pessoas, para uma festa alhures, a fim de lhes fazer uma "fineza". E a pobre mãe, gravemente empenhada no colóquio com a morte que já se instalara nela, via-se obrigada a levantar-se cedo, a sair. Além disso, como Réjane, em pleno apogeu de talento, houvesse dado, com imenso êxito, representações no estrangeiro, o genro achou que a Berma não se poderia deixar eclipsar, cobiçou para a família a mesma profusão de glória, e forçou a sogra a viagens só suportadas graças a injeções de morfina, que lhe poderiam ser fatais, visto o estado de seus rins. A mesma sedução de elegância, do prestígio social, da vida, atuara, como uma bomba aspirante, no dia da festa da princesa de Guermantes, atraindo, como uma máquina pneumática, até os mais fiéis amigos da Berma, em cuja casa, contrária e consequentemente, o vazio era absoluto e mortal. Só comparecera um rapaz, na esperança de que fosse também brilhante a reunião da Berma. Vendo passarem-se as horas e compreendendo afinal que todo mundo a abandonara, a Berma mandou servir o chá, e todos se sentaram em volta da mesa, mas como para um repasto funerário. Nada mais lembrava, na fisionomia da Berma, aquela cujo retrato tanto me perturbara, numa noite de *mi-carême*. Trazia, como diz o povo, a morte estampada no rosto. Parecia agora uma estátua da Acrópole. Já estando meio petrificada suas artérias endurecidas, longos cordões, de rigidez mineral, se lhe esculpiam ao longo das faces. Em comparação com a horrível máscara ossificada, os olhos mortiços conservavam uma relativa vivacidade, tinham o brilho velado de uma serpente dormindo entre pedras. Entretanto o rapaz, que por polidez se sentara à mesa, consultava volta e meia o relógio, atraído pela recepção dos Guermantes.

A Berma não fez a menor censura aos amigos que, ingenuamente esperançosos de mantê-la na ignorância de sua preferência pelos Guermantes, a haviam desprezado. Murmurou apenas: "Uma Rachel recebendo nos salões da princesa de Guermantes é coisa que só em Paris se vê". E comia silenciosamente, e com solene lentidão, como se cumprisse um rito fúnebre, bolos que lhe eram proibidos. O "chá" era tanto mais triste quanto o genro não se consolava de não ter sido convidado por Rachel, que ele e a mulher conheciam. Sua mágoa ainda aumentou quando o rapaz lhe disse ter bastante intimidade com Rachel para, se não tardasse em chegar à casa dos Guermantes, pedir-lhe que convidasse, à última hora, o frívolo casal. Mas a filha da Berma, não ignorando o asco votado a Rachel pela mãe, sabia que a mataria de desespero caso solicitasse um convite da antiga meretriz. Por isso declarou ao marido e ao rapaz que o projeto era irrealizável. Mas vingou-se, assumindo durante o chá atitudes próprias a exprimir-lhe a sede de divertimentos e o desgosto de se ver deles privada pela desmancha-prazeres que era a mãe. Esta fingia não perceber os trejeitos da filha, e dirigia de quando em quando, com voz expirante, uma palavra amável ao conviva único. Mas logo a corrente de ar que aspirava tudo para os Guermantes, e a mim mesmo levara, foi mais forte, até que o rapaz despediu-se e saiu, deixando Fedra ou a morte, que já não se distinguiam uma da outra, acabar de comer, com a filha e o genro, os bolos funerários.

Minha conversa com Gilberte foi interrompida pela voz de Rachel, que se alçava.[297] Era inteligente seu modo de recitar, sugerindo ser o poema algo preexistente à declamação, do qual só nos chegou um fragmento, como se a artista, de passagem, ficasse um instante ao alcance de nossos ouvidos.

O anúncio de uma poesia a quase todos familiar causara prazer. Mas quando se viu Rachel, antes de começar, olhar em volta com ar desvairado, levantar as mãos num gesto implorante, e, depois, acompanhar de um gemido cada palavra, todos se sentiram vexados, quase melindrados por essa exibição de sentimentos. Ninguém imaginava que se pudesse recitar daquele modo. Aos poucos, vamo-nos habituando, isto é, esquecendo a primeira sensação de mal-estar, distinguindo o que é bom, comparando mentalmente as diversas maneiras de declamar, pensando: assim é melhor, assim é pior. Também quando, no julgamento de uma causa simples, vemos um advogado avançar, erguer um braço de onde pende a larga manga da beca, arengar em tom ameaçador,

---

297 O início desse parágrafo aparece modificado na edição atual: "Nós fomos interrompidos pela voz da atriz".

nem ousamos fitar os vizinhos. Parece-nos grotesco, mas talvez seja magnífico, melhor será nada demonstrar.

Pasmaram, porém, os ouvintes ante essa mulher que, sem emitir um único som, dobrara os joelhos, curvava-se e, de repente, para dizer versos muito conhecidos, assumia um tom súplice. Toda gente se entreolhava, sem saber que cara fazer; alguns jovens mal-educados abafavam o riso; lançava-se disfarçadamente, à direita e à esquerda, a mesma furtiva mirada que, nos jantares elegantes, à vista de instrumentos novos, garfo de lagosta, raspador de açúcar etc., de utilidade e manejo desconhecidos, se fixa sobre algum conviva traquejado, na esperança de que se sirva logo e possa ser imitado. Assim se procede quando, citando alguém um verso cuja ignorância não se quer confessar, deixa-se, como quem cede o passo diante de uma porta, a outro mais instruído a satisfação de dizer de quem é. Ouvindo a atriz, todos aguardavam, pois, de cabeça baixa e olhar investigador, que outro tomasse a iniciativa de rir ou criticar, de chorar ou aplaudir.

A sra. de Forcheville, vinda expressamente de Guermantes, de onde, como veremos,[298] a duquesa fora mais ou menos expulsa, assumia uma expressão atenta, tensa, quase desagradável, talvez para mostrar que era conhecedora e não estava ali como mundana, talvez por hostilidade para com as pessoas que, menos versadas em literatura, lhe poderiam querer falar de outra coisa, talvez para melhor concentrar-se, e saber se "gostava" ou não, talvez porque, achando embora "interessante", "não apreciasse" pelo menos a maneira de dizer certos versos. Atitude que pareceria mais própria da princesa de Guermantes. Mas, sendo a anfitrioa e, tão avara como rica, não querendo dar a Rachel senão cinco rosas, esta se encarregara da claque. Provocava o entusiasmo e dava o tom soltando a todo momento exclamações deslumbradas. Apenas nisso se mostrava Verdurin, parecendo recitar os versos por prazer, como se fossem ditos só para ela, e por acaso se hou-

---

298 O trecho "como veremos" foi eliminado do texto da edição atual.

vessem reunido quinhentas pessoas, seus amigos,[299] a quem permitira, às escondidas, participar de seu deleite.

Notei, sem a menor vaidade, tão velha e feia estava, que Rachel me olhava de maneira significativa, com certa reserva, aliás. Enquanto recitava, deixava ela palpitar nos olhos um sorriso contido e penetrante, destinado sem dúvida a aguilhoar o assentimento que de mim esperava. Entretanto, algumas senhoras idosas, pouco habituadas a recitativos poéticos, perguntavam ao vizinho: "Não reparou?", aludindo à mímica solene, trágica, da atriz, que não sabiam como qualificar. A duquesa de Guermantes sentiu a indecisão e forçou a vitória exclamando: "Admirável!", no meio de um poema, que julgara terminado. Vários convidados apressaram-se em sublinhar a exclamação com olhares aprovativos e inclinações de cabeça, para mostrar talvez menos sua compreensão de intérprete do que suas relações com a duquesa. Acabado o poema, como estivéssemos perto de Rachel, ela agradeceu à duquesa de Guermantes e, ao mesmo tempo, aproveitando a oportunidade, voltou-se para mim e cumprimentou-me graciosamente. Percebi então que, ao contrário das miradas apaixonadas do filho do sr. de Vougoubert, que eu tomara por uma saudação destinada a outrem, o que em Rachel me parecera explosão de cobiça nada era senão o desejo de ser reconhecida e abordada por mim. Respondi-lhe sorridente. "Tenho a certeza de que ele não sabe mais quem sou", disse com requebros de faceirice[300] a atriz à duquesa. "Ao contrário", afirmei, "reconheci-a imediatamente." "Pois bem, quem sou eu?" Eu não tinha a mínima ideia e minha situação estava ficando delicada. Felizmente,[301] se, ao recitar com tanta segurança os mais belos versos de La Fontaine, aquela mulher não pensara, por bondade, tolice ou acanhamento, senão na

---

299 O trecho "seus amigos" é acréscimo da edição atual.

300 O trecho "com requebros de faceirice" ("en minaudant") presente na edição original, foi eliminado da edição atual.

301 A partir de "Pois bem, quem sou eu?", acréscimo da edição atual.

dificuldade de falar comigo, Bloch, ao ouvi-los, só cuidara de preparar-se para, mal terminado o poema, arrojar-se como um sitiado em fuga, e passando, não sobre os corpos, mas sobre os pés dos vizinhos, ir felicitar a declamadora, não sei se por uma errônea concepção do dever, se por ânsia de chamar atenção. "É esquisito ver Rachel aqui", segredou-me Bloch, passando junto a mim.[302] Esse nome mágico rompeu de pronto o sortilégio que conferira à amante de Saint-Loup a forma estranha daquela velha imunda, e logo que soube quem era ela, a reconheci perfeitamente.[303] "Saiu-se muito bem", disse a Rachel, e, satisfeito com essas simples palavras o seu desejo, voltou e teve tanta dificuldade,[304] fazendo tanto barulho para chegar a seu lugar que Rachel precisou esperar mais de cinco minutos antes de encetar a segunda poesia. Quando esta, *Les deux pigeons*, findou, a sra. Morienval acercou-se da sra. de Saint-Loup, que sabia letrada, mas não herdeira do espírito malicioso do pai, e perguntou: "É uma fábula de La Fontaine, não?"; julgara reconhecê-la, mas sem certeza, não lhe sendo familiares as fábulas de La Fontaine, que, além disso, achava próprias para crianças, e não para festas de adultos. 'Para ter sido tão aplaudida, a atriz deve sem dúvida ter feito alguma paráfrase de La Fontaine", pensava a pobre senhora. Ora, Gilberte, até então impassível,[305] reforçou-lhe sem querer essa ideia, pois, não gostando de Rachel e querendo significar que a tal interpretação pouco restava da fábula, exprimiu-se com a sutileza do pai, que deixava em suspenso as pessoas ingênuas. Mas à sra. de Morienval respondeu com a fantasia de Swann, desorientadora para quem toma tudo ao pé da letra:[306] "Um quarto é invenção da intérprete, um quarto loucura, um quarto sem sentido, e o resto de

---

302 O trecho "Bloch, passando junto a mim" foi eliminado da edição atual.

303 O trecho "e logo que soube quem era ela" é acréscimo da edição atual.

304 O trecho "e teve tanta dificuldade" é acréscimo da edição atual.

305 O trecho "até então impassível" foi suprimido da edição atual.

306 O trecho que fala da sra. Morienval foi suprimido da edição atual.

La Fontaine", o que induziu a outra a afirmar que não se ouvira *Les Deux Pigeons*, de La Fontaine, e sim uma adaptação, da qual quando muito uma quarta parte seria de La Fontaine, o que, dada a extraordinária ignorância do público, a ninguém espantou.

Mas, tendo chegado atrasado um dos amigos de Bloch, este teve a alegria de lhe perguntar se não ouvira Rachel, e de fazer-lhe uma descrição entusiasta e exagerada de sua arte, encontrando inopinadamente, ao narrar a interpretação moderna, um prazer estranho, que não sentira ao ouvi-la. Em seguida, com afetada emoção, felicitou de novo Rachel em voz de falsete, proclamou-lhe o gênio,[307] apresentou-lhe o amigo, que declarou não admirar ninguém tanto quanto Rachel, ao que esta, agora familiar de damas da alta sociedade, e sem querer as imitando, retrucou: "Oh! Fico muito lisonjeada, muito honrada com sua opinião". O amigo de Bloch perguntou-lhe o que achava da Berma: "Coitada, dizem-na na maior miséria. Não deixava de ter — não, não direi talento, porque no fundo não possuía talento de verdade, só gostava de horrores; mas foi sem dúvida útil; representava com realismo, e depois era boa, generosa, arruinou-se por causa dos outros. Há muito não ganha um vintém, porque o público já não aprecia seu gênero. Aliás", acrescentou rindo, "devo explicar que nossa diferença de idade só me permitiu ouvi-la nos últimos tempos, sendo eu ainda muito jovem para poder julgar". "Não recitava bem?", arriscou o amigo de Bloch, para agradar a Rachel, que respondeu: "Ah! isso, nunca! Nunca conseguiu dizer um só verso; aquilo seria prosa, chinês, volapuque, tudo, exceto verso. Insisto em lembrar que a ouvi muito pouco, e só no fim", repetiu para fazer-se mais moça, "mas disseram-me que antes não era melhor, ao contrário".[308]

---

307 O trecho "de novo" e "proclamou-lhe o gênio", constantes da edição original, foram eliminados da edição atual.

308 O trecho iniciado por "Insisto em lembrar", constava do original, mas foi eliminado da edição atual.

Eu refletia que o fluir dos anos não traz necessariamente o progresso das artes. Do mesmo modo por que um autor do século XVII, anterior à Revolução, às descobertas científicas, à guerra, pode avantajar-se a um escritor de hoje, por que talvez Fagon tenha sido tão grande médico como Du Boulbon (a superioridade do gênio compensando a inferioridade do saber), a Berma estava, como se diz, cem furos acima de Rachel, e o tempo, tornando-a famosa juntamente com Elstir, superestimara uma mediocridade e consagrara o gênio.[309]

Não é de espantar que a antiga amante de Saint-Loup falasse mal da Berma. Tê-lo-ia feito em moça. E se então não o fizesse fá-lo-ia agora. Que uma dama de sociedade, inteligentíssima e de grande bondade entre para o teatro, patenteie nesse ofício novo para ela o maior talento, consiga todos os triunfos, quem a revir após tudo isso será espantoso ouvir-lhe não sua linguagem antiga, mas a das comediantes, a grosseira maledicência destas para com as colegas, tudo quanto, passando sobre um ser humano, lhe acrescentam "trinta anos de palco". Assim procedia Rachel, sem sair de seu meio.

"Digam o que quiserem, é admirável, tem estilo, personalidade, é inteligente, nunca ninguém recitou versos tão bem", sentenciou a duquesa, falando de Rachel, receosa dos ataques de Gilberte. Esta afastou-se, foi para o outro grupo, a fim de evitar uma discussão com a tia, a qual, aliás, fez sobre Rachel observações triviais. A sra. de Guermantes, no declínio da existência, sentia o despertar de curiosidades novas. A alta sociedade já não tinha mais nada a revelar-lhe. A noção de ter aí o primeiro lugar era-lhe, como vimos,[310] tão evidente como a distância entre o céu azul e a terra. Não se via na contingência de consolidar uma situação que julgava inexpugnável. Em compensação, quando lia ou ia ao teatro, sentia a necessidade de ampliar as leituras, os es-

---

309 O trecho "superestimara uma mediocridade" é acréscimo da edição atual.
310 O trecho "como vimos" constava do original, mas foi eliminado da edição atual.

petáculos; como outrora, no jardim minúsculo onde se servia laranjada, os mais requintados elementos de uma roda seleta se reuniam na intimidade para, entre as brisas aromáticas da noite e as nuvens de pólen, cultivar-lhe os gostos mundanos, um apetite diferente lhe despertava agora o desejo de saber as razões de tal polêmica literária conhecer autores e até atrizes. Seu espírito fatigado exigia novos alimentos. Aproximou-se, para conhecer uns e outras, de mulheres a quem antes não mandaria um simples cartão, e que, na esperança de atraí-la, exageravam a intimidade com algum diretor de revista. A primeira atriz convidada imaginou-se a única a entrar naquele ambiente extraordinário, que pareceu mais medíocre à segunda quando viu por quem fora precedida. Porque algumas vezes ainda recebia soberanos, a duquesa não percebia a mudança da própria situação. Na realidade, ela, a única de sangue sem mescla, ela que, nascida Guermantes, podia assinar-se Guermantes — Guermantes quando não usava o título de duquesa, ela que até às cunhadas parecia algo de precioso acima de tudo, como um Moisés salvo das águas, um Cristo escondido no Egito, um Luís XVII escapado à prisão do Temple, puro entre os puros, agora, movida sem dúvida pela necessidade hereditária de alimento espiritual, causa da decadência social da sra. de Villeparisis, tornara-se uma segunda sra. de Villeparisis, em cuja casa as mulheres esnobes temiam encontrar fulana ou sicrano, a quem os jovens, aceitando o fato consumado sem lhe indagar das causas, tomavam por uma Guermantes de ninhada inferior, de má colheita, uma Guermantes desclassificada.

Mas se os melhores escritores, no limiar da velhice ou após um excesso de produção, perdem não raro o talento, são desculpáveis as damas de sociedade que, a partir de dado momento, deixam de ser espirituosas. Para Swann, à dura vivacidade da duquesa de Guermantes, já faltava a finura da jovem princesa de Laumes. Envelhecida, cansada ao menor esforço, a sra. de Guermantes dizia muita tolice. Certo, frequentemente, como verifiquei durante esta *matinée*, voltava a ser a mulher antiga, comentava maliciosamente casos mundanos. Mas também sucedia à palavra esfuziante que, aliada ao belo olhar, lhe mantivera outrora sob o cetro espiritual os homens mais eminentes de Paris, cintilar ainda, porém no vácuo. No momento de lançar um dito chistoso, sua pausa se prolongava pelo mesmo número de segundos que, antigamente, ela parecia hesitar, criar, mas nada dizia que valesse a pena. Pouca gente, é verdade, notava tudo isso, tomando quase todos a continuidade das maneiras pela sobrevivência da graça, como certas pessoas, supersticiosamente apegadas a algum fornecedor, continuam a encomendar-lhe os *petits-fours*, há muito detestáveis. Já durante a guerra evidenciara a duquesa sinais de decadência. Se alguém pronunciava a palavra cultura, ela o interrompia, acendia seu lindo olhar, e proferia: a "KKKKultur", ao que, julgando reconhecer o espírito dos Guermantes, se riam os amigos. E, efetivamente, o molde era o mesmo, a mesma a entonação, o mesmo o sorriso que haviam deslumbrado Bergotte, o qual, por seu lado, se vivesse, guardaria também suas frases cortadas, suas interjeições, suas reticências, seus epítetos, mas para nada dizer.[311] Os recém-vindos, entretanto, achavam-na estranha, e, se calhava encontrarem-na nos dias em que não estava de veia, na plena posse de seus recursos, exclamavam: "Como é tola!".

A duquesa, aliás, sabia canalizar suas maneiras novas e menos finas, não as deixando espraiarem-se junto dos parentes de cuja glória aristocrática beneficiava. Quando, em seu papel de protetora das artes, convidava para seu camarote um ministro, ou um pintor, que lhe perguntava ingenuamente se não viria a cunhada, ou o marido, a timorata duquesa, dando-se soberbos ares de audácia, respondia insolentemente: "Não sei. Fora de casa, ignoro o que faz minha família. Para todos os políticos, para todos os artistas, sou viúva". Assim poupava ao *parvenu* ob-

---

311 Com a supressão de "se vivesse" da edição original, a frase ganha uma nova formulação: "o qual, por seu lado, guardara também suas frases cortadas".

sequioso as grosserias — e a si própria as censuras — da sra. de Marsantes e de Basin.

"Nem sei exprimir o prazer que tenho em vê-lo", prosseguiu a duquesa. "Meu Deus, qual foi mesmo a última vez que o vi..." "Na casa da sra. D'Agrigente, onde nos encontrávamos frequentemente" "Nem eu poderia abster-me de ir muito lá naquele tempo, meu caro, pois Basin a amava. Encontravam-me sempre na casa de sua amante do momento, ele não cessando de repetir-me: 'Você precisa ir vê-la'. No fundo, parecia-me inconveniente essa espécie de 'visita de digestão' a que me forçava cada vez que a possuía. Acabei por habituar-me, mas o mais cacete era que minhas relações continuavam mesmo depois de rotas as dele. Isso me lembrava o verso de Victor Hugo: 'Emporte le bonheur et laisse-moi l'ennui'.[312]

"Como na poesia, eu chegava, apesar de tudo, sorridente,[313] mas, francamente, não era justo, ele me devia ter deixado ser inconstante com suas amantes, porque, armazenando assim todos os saldos de suas liquidações, eu não dispunha mais de uma só tarde livre. Aliás, agora, essa época me parece relativamente agradável, comparada com o presente. Deus meu, que recome-

---

312 No trecho acima, a duquesa de Guermantes, grande leitora da poesia de Hugo, cita dois versos do mesmo poema intitulado "15 février 1843", poema de número II do quarto livro de *Les Contemplations*, obra já citada pelo próprio narrador a respeito do duque no início de *O tempo redescoberto*. Trata-se do poema composto "na igreja" quando do casamento de sua filha, Léopoldine, com um dos fervororos admiradores do escritor, Charles Vacquerie. Hugo se despede da "filha, esposa, anjo, criança" falando em nome da família: "Adeus! Seja o tesouro dele, oh você que foi o nosso!". A duquesa introduz uma pequena modificação no verso citado, substituindo "deixe-*nos* o tédio" do original, por "deixe-*me* o tédio". O casal morreria afogado naquele mesmo ano de 1843.
313 Nova citação do mesmo poema de *Les Contemplations* de Hugo. No verso final, ele aconselha o seguinte à filha que vai se casar e deixar a família: "Saia com uma lágrima! entre com um sorriso!". Tema que aparece desde o terceiro volume, as traições do duque receberão o coroamento disfórico neste último volume do livro, em que prevalecerão a decadência e as lágrimas.

çasse a enganar-me só me poderia lisonjear, pois me remoça. Mas preferia seu sistema antigo. Que quer, passou muito tempo sem ser infiel, já não sabia bem como fazer! Ah! mas mesmo assim não nos damos mal, conversamos, e até gostamos um do outro", explicou a duquesa, receosa de que eu os imaginasse separados, e, como se falasse de um doente grave: "Ainda fala muito bem, esta manhã ouviu-me ler alto durante uma hora. Vou avisá-lo de sua vinda, há de gostar de vê-lo". Dirigiu-se para o duque, que, sentado num sofá, palestrava com a senhora a seu lado. Eu estava admirado de vê-lo quase o mesmo, apenas com mais cabelos brancos, sempre tão majestoso e tão belo.[314] Mas, vendo a mulher prestes a interrompê-lo, mostrou-se tão furioso que esta não teve outro recurso senão retirar-se. "Está ocupado, não sei em quê, deixemos para depois", disse-me dando-me liberdade de agir como entendesse.

Bloch, tendo-se aproximado de nós e indagado, da parte de sua americana, quem era uma jovem duquesa presente, respondi ser a sobrinha do sr. de Bréauté, sobre cujo nome, que nada lhe dizia, Bloch pediu maiores informações. "Ah! Bréauté", exclamou a sra. de Guermantes, dirigindo-se a mim, "você se lembra? Meu Deus, como já vai longe tudo isso!" Depois, virando-se para Bloch: "Era um esnobe. Sua família morava perto de minha sogra. Nada disso o interessa,[315] mas é divertido para este rapaz, que conheceu toda essa gente ao mesmo tempo que eu", acrescentou, dando-me a perceber, de muitos modos, a passagem dos anos. As amizades, as opiniões da sra. de Guermantes se haviam, desde aquele momento, renovado tanto que retrospectivamente considerava um esnobe seu encantador Babal.[316] Por outro lado, este não somente se fizera remoto, como circunstância

---

314 A frase iniciada por "Eu estava admirado" é acréscimo da edição atual.

315 A edição atual elimina "Depois virando-se para Bloch" e substitui por "Nada disso o interessa, sr. Bloch".

316 O trecho "retrospectivamente" é acréscimo da edição atual.

da qual não me apercebera ao entrar na sociedade, quando o crera uma das notabilidades essenciais de Paris, a cuja história mundana se associaria como Colbert à do reinado de Luís XIV, tinha também seu estigma provinciano, era um vizinho de campo da velha duquesa, como tal recebido pela princesa de Laumes. Entretanto, esse Bréauté, despojado de seu vivo espírito, relegado para época longínqua com a qual se confundia, o que provava seu completo esquecimento pela duquesa, confinado aos arredores de Guermantes, constituía, entre ela e eu — coisa que me seria impossível prever naquela primeira noite na Opéra-Comique, quando me pareceu um deus náutico em seu marinho antro — um elo, já que, se se recordava de o ter eu conhecido, era que me considerava seu amigo, senão seu igual pelo nascimento, ao menos frequentador mais antigo de sua roda do que muitos dos presentes, reminiscências todavia bastante vagas para lhe velarem certos pormenores, para mim então muito importantes, como o fato de eu não ir a Guermantes, de não passar de um pequeno-burguês de Combray quando a avistei na missa do casamento da srta. Percepied, de não me ter ela querido convidar, a despeito da insistência de Saint-Loup, no ano seguinte ao de nosso encontro na Opéra-Comique. Para mim, tudo isso fora então capital, pois justamente naquele momento a vida da duquesa de Guermantes se me afigurava um Paraíso onde nunca me seria dado entrar, mas, para ela, em nada se destacava aquela fase da mediocridade de toda a sua existência, e, como, mais tarde, jantei muitas vezes em sua casa, e já era anteriormente amigo de sua tia e de seu sobrinho, não sabia exatamente quando começara nossa intimidade, não se dava conta do formidável anacronismo que cometia ao datá-la de muito antes. Se assim fosse, eu teria conhecido a sra. de Guermantes de nome fabuloso, teria sido admitido no ambiente dessas sílabas douradas, no faubourg Saint-Germain, enquanto a dama em cuja casa jantara muito naturalmente já era para mim igual a todas as outras, e me convidava de vez em quando, não para descer ao reino submarino das nereidas, mas para passar a noite na frisa de sua prima. "Se quiser mais informações sobre Bréauté, que não merecia tanta curiosidade", disse a Bloch, "pergunte a este moço, que está cem furos acima dele: jantaram juntos cinquenta vezes em minha casa. Não foi lá que o conheceu? Em todo caso, lá conheceu Swann." Surpreendeu-me igualmente vê-la supor que eu pudesse ter encontrado alhures o sr. de Bréauté, e, portanto, que frequentasse seu meio antes de conhecê-la, e verificar que julgava ter me apresentado Swann. Mentindo menos do que Gilberte ao dizer de Bréauté: "É um velho vizinho de campo, gosto de falar com ele de Tansonville", quando ele nunca ia a Tansonville, eu poderia afirmar: "Era um vizinho de campo que vinha sempre nos visitar à noite", a respeito de Swann, que não se ligava para mim aos Guermantes.

"Nem sei como explicá-lo", continuou. "Era um homem para quem tudo estava dito sobre alguém quando lhe dava o tratamento de alteza. Sabia uma série de histórias engraçadas sobre a gente de Guermantes, minha sogra, a sra. de Varambon antes de sua ida para junto da princesa de Parma. Mas quem se lembra hoje em dia da sra. de Varambon? Este rapaz alcançou todas aquelas velharias, coisas passadas, gente da qual nem o nome resta, e que, aliás, não merecia sobreviver." E eu percebia que apesar da aparente coesão da alta sociedade, em que, de fato, as relações atingem um máximo de concentração, e tudo se comunica, subsistem, ou pelo menos são suscitadas pelo Tempo, que lhes altera as denominações, províncias impermeáveis a quem começa a frequentar depois de mudada a configuração. "Era uma boa senhora que dizia tolices incríveis", continuou aludindo à sra. de Varambon,[317] a duquesa, que, insensível à poesia do incompreensível, que é um efeito do Tempo, extraía de tudo o elemento cômico, assimilável à literatura gênero Meilhac, ao espírito dos Guermantes. "De uma feita, deu-lhe a mania de tomar a todo instante umas pílu-

---

317 O trecho "aludindo à sra. de Varambon" foi eliminado da edição atual.

las então muito usadas contra a tosse e que se chamavam — ela própria riu ao pronunciar um nome tão significativo e familiar outrora, hoje estranho à maioria des seus interlocutores — pastilhas Géraudel. 'Sra. de Varambon', dizia-lhe minha sogra, 'vai fazer mal a seu estômago, tomando assim sem parar essas pastilhas Géraudel.' 'Mas, duquesa, como podem fazer mal ao estômago, se vão para os brônquios?' Era ela quem repetia: 'A duquesa tem uma vaca tão bonita que até parece um garanhão?'" E a sra. de Guermantes continuaria de bom grado a contar anedotas da sra. de Varambon, das quais conhecíamos centenas, mas logo sentimos que seu nome não despertava na memória ignorante de Bloch nenhuma das imagens em nós provocadas imediatamente à simples menção da sra. de Varambon, do sr. de Bréauté, do príncipe D'Agrigente, e, por isso mesmo, talvez se nimbasse para ele de um prestígio cujas demasias eu compreendia, não entretanto por já lhe ter sido sensível, nossos próprios erros e ridículos raramente nos tornando, ainda quando os reconhecemos, mais indulgentes aos alheios.

A realidade, aliás insignificante, desses tempos longínquos estava a tal ponto perdida que, tendo alguém perguntado, não distante de mim, se a terra de Tansonville fora herdada por Gilberte de seu pai, o sr. de Forcheville, um outro respondeu: "Mas, de forma alguma! É herança da família do marido dela. Tudo isso faz parte do caminho de Guermantes. Tansonville fica bem perto de Guermantes. Pertencia à sra. de Marsantes, mãe do marquês de Saint-Loup. Só que estava tudo hipotecado. De forma que deram para o noivo como dote e a fortuna da srta. de Forcheville o resgatou". E uma outra vez, alguém com quem eu falava sobre Swann para explicar o que era um homem de *esprit* daquele tempo, me disse: "Oh! claro, a duquesa de Guermantes me contou algumas falas dele; é um senhor de idade que você conheceu em casa dela, não é?".[318]

318 Esse parágrafo é acréscimo da edição da edição atual.

O passado a tal ponto se transformara no espírito da duquesa, ou teriam sempre estado longe deste as demarcações existentes no meu, que lhe passara despercebido o que para mim marcara época, chegando a admitir que eu tivesse conhecido Swann em sua casa e o sr. de Bréauté alhures, e a conferir-me assim um passado mundano excessivamente recuado. A noção da fuga do tempo, que eu acabava de adquirir, tinha-a também a duquesa, e até, por uma ilusão contrária à minha, que o crera mais curto, ela o cuidava mais remoto, desrespeitando notoriamente a linha divisória entre o momento em que fora para mim um nome — depois o objeto de meu amor — e aquele em que se me tornara uma mundana sem maior significação. Ora, só a frequentara neste segundo período, quando já me parecia outra pessoa. Mas essas diferenças lhe escapavam, e não acharia estranha minha ida a sua casa dois anos antes, não sabendo que fora então outra a meus olhos, dispondo de outro tapete de entrada, pois, para si mesma não era, como para mim, descontínua.[319]

Contando à duquesa de Guermantes que Bloch crera a recepção dada pela antiga princesa de Guermantes, eu lhe disse:[320] "Isso me lembra a primeira festa a que fui na casa da princesa, receoso de não ter sido convidado e de ser expulso; seu vestido e seus sapatos eram vermelhos". "Meu Deus, como tudo isso é antigo!", respondeu ela, acentuando-me a impressão do tempo decorrido. Tinha um melancólico olhar perdido, e não obstante deteve-se a comentar o vestido vermelho. "Agora ninguém se vestiria assim. Era moda naquele ano." "Mas não era bonito?", interroguei. Ela temia sempre colocar-se por suas palavras em posição desfavorável, dizer alguma coisa que a diminuísse. "Mas, evidentemente, eu achava muito bonito. Ninguém se veste mais

---

319 O trecho "a meus olhos" foi eliminado da edição atual, que acrescenta "dispondo de outro tapete na entrada".

320 Todo o trecho "que Bloch crera a recepção dada pela antiga princesa de Guermantes" foi eliminado da edição atual.

assim porque a moda mudou. Mas voltará, todas as modas voltam, no vestuário, na música, na pintura", acrescentou com vivacidade, achando alguma originalidade nessa filosofia. A tristeza de envelhecer restituiu-lhe todavia a expressão fatigada, logo corrigida por um sorriso: "Tem a certeza de que eram vermelhos os sapatos? Julgava-os dourados". Garanti que os tinha presente à memória, sem declarar a circunstância que me permitia afirmá-lo. "É amável de sua parte lembrar-se disso", observou com ternura, as mulheres julgando amável quem lhes recorda a beleza, como os artistas quem lhes admira as obras. Aliás, nunca é tão longínquo o passado que o esqueçam damas de cabeça sólida como a duquesa. "Lembra-se", disse-me, para agradecer a alusão a seu vestido e seus sapatos, "de que o levamos à casa, Basin e eu? O senhor esperava depois da meia-noite a visita de uma jovem. Basin ria-se perdidamente, só de pensar que recebia visitas àquela hora." Lembrava-me efetivamente, tão bem como a duquesa, de que Albertine me chegara após a *soirée* da princesa de Guermantes, embora Albertine me fosse agora tão indiferente como o seria então à sra. de Guermantes, se esta tivesse sabido quem era a moça por causa de quem eu não pudera entrar em sua casa. E que, muito depois de saírem de nossos corações os pobres mortos, sua cinza fria continua a misturar-se, a servir de veículo às circunstâncias do passado. E, não os amando mais, sucede que, para evocar um quarto, uma alameda, um caminho onde em dado momento estiveram, sejamos obrigados, a fim de encher o lugar que ocuparam, a fazer-lhes referência, sem os lamentar, sem lhes mencionar os nomes, sem querer dar a outrem ensejo de identificá-los. (A sra. de Guermantes ignorava tudo a respeito da moça esperada naquela noite, nunca soubera quem era, e só a lembrava pelo desusado da hora e da situação.) Tais são as derradeiras e pouco invejáveis formas da sobrevivência.

As opiniões a seguir expressas pela duquesa sobre Rachel, embora medíocres, interessaram-me por marcarem, também, uma hora nova em seu relógio. Tal como Rachel, não se esquecera totalmente da ida daquela a sua casa, mas em sua cabeça os fatos se haviam transformado tanto quanto na da atriz. "Confesso-lhe", disse-me, "que me causa ainda maior prazer ouvi-la, e vê-la aplaudida, por ter sido eu quem a descobriu, apreciou, recomendou, impôs, quando ninguém a compreendia e todos zombavam dela. Sim, meu caro, talvez se espante, mas a primeira casa onde recitou foi a minha! Sim, enquanto todos os que se consideravam de *avant--garde*, como minha nova prima", acrescentou aludindo ironicamente à princesa de Guermantes, que para Oriane continuava a ser a sra. Verdurin, "a deixariam morrer de fome sem dignar-se ouvi-la, eu a achei interessante e paguei-lhe para declamar numa festa onde estava a nata da sociedade. Posso vangloriar-me, usando uma expressão um tanto tola e pretensiosa, pois, no fundo, o talento não precisava de ninguém, de a ter lançado. E claro que ela não precisava de mim." Esbocei um gesto de protesto, e vi a sra. de Guermantes disposta a acolher a tese oposta: "Não concorda? Acha que o talento tem necessidade de amparo? De alguém que o ponha em destaque?[321] No fundo, talvez esteja com a razão. E curioso, repete o que me disse outrora Dumas. Neste caso, agrada-me extremamente ter contribuído, pouco que seja, não para o talento, evidentemente, mas para a fama de tal artista". A sra. de Guermantes preferia abandonar a ideia de que o talento vem a furo por si mesmo, como um abscesso, porque a outra era mais lisonjeira, e também porque, ultimamente, recebendo gente nova, e sentindo-se aliás cansada, tornara-se humilde, gostava de interrogar, de formar pela alheia a sua opinião. "É inútil dizer-lhe", prosseguiu, "que o público de escol, a grã-finagem, não entendia nada. Por mais que eu insistisse: 'É diferente, é interessante, é de uma novidade completa', ninguém acreditava, como ninguém nunca acreditou em nada do que eu dizia. Assim também o trecho que recitou, de Maeterlinck, agora é muito conhecido, mas naquele tempo só provocava motejos, e eu já o achava admirável. Espan-

---

321 O trecho "De alguém que o ponha em destaque" é acréscimo da edição atual.

ta-me até quando penso em tudo isso, que uma camponesa como eu, cuja educação foi a de todas as meninas provincianas, apreciasse à primeira vista aquelas coisas. Não sabia por que, naturalmente, mas tocavam-me, mexiam comigo; olhe, Basin, que não peca pela sensibilidade, impressionou-se com o efeito que me causavam. Chegou a dizer: 'Não quero mais que você ouça esses absurdos; acaba doente'. E tinha razão: tomam-me por uma mulher seca, e eu sou, no fundo, um feixe de nervos."

Foi então que se deu um incidente inesperado. Um lacaio avisou a Rachel que a filha e o genro da Berma desejavam falar-lhe. Vimos como a filha da Berma resistira ao desejo que tinha o marido de mandar pedir um convite a Rachel. Mas, após a partida do rapaz, cresceu o tédio do jovem casal, reduzido à companhia da mãe, atormentado pela ideia do divertimento dos outros, até que, afinal, aproveitando o ensejo de ter a Berma ido para o quarto, escarrando sangue, ambos se vestiram, às pressas, com o maior apuro, chamaram um carro e apresentaram-se sem convite em casa da princesa de Guermantes. Rachel, desconfiada da verdade e intimamente satisfeita, assumiu um tom arrogante para dizer ao lacaio que não os podia atender, que escrevessem o motivo de sua insólita aparição. O portador voltou logo com um cartão rabiscado pela filha da Berma, pedindo a Rachel que a deixasse entrar com o marido, pois não podiam resistir à vontade de ouvi-la. Raquel sorriu da ingenuidade do pretexto, e de seu próprio triunfo. Respondeu que lamentava muito, mas que já estavam terminados os recitativos. Já na sala de entrada, onde se prolongava a espera, os criados começavam a caçoar dos dois suplicantes sem ventura. O receio de ver-se humilhada, de sofrer um vexame, a lembrança do nenhum valor de Rachel comparada a sua mãe induziram a filha da Berma a empenhar-se com afinco numa empresa de início determinada pelo mero desejo de divertir-se. Solicitou, como um favor a Rachel, licença para apertar-lhe a mão, já que não a poderia ouvir. Rachel conversava com um príncipe italiano, que diziam seduzido por sua grande fortuna, da qual as relações mundanas feitas pela atriz velavam a origem; avaliou a mudança de situação, que punha agora a seus pés os filhos da ilustre Berma. Depois de ter contado a todos, galhofeiramente, o caso, mandou dizer ao jovem casal que entrasse, apressando-se este em surgir, arrasando de um golpe a posição social da Berma, como já lhe destruíra a saúde. Rachel o compreendeu, e também que, sendo condescendentemente amável em vez de insistir na recusa, criaria na alta sociedade[322] uma reputação de bondade para si mesma, de vileza para o jovem casal. Recebeu-os, pois, de braços abertos, com afetação, exclamando, em tom de protetora importante, que sabe esquecer a própria grandeza: "Mas como não! é um prazer. A princesa ficará encantada". Ignorando que, nos meios teatrais, corria serem seus os convites, talvez temesse, se os impedisse de entrar, suscitar, nos filhos da Berma, dúvidas, não sobre sua boa vontade, o que lhe seria indiferente, mas sobre sua influência. A duquesa de Guermantes afastou-se instintivamente, porque, à medida que mostravam desejos de frequentar a sociedade baixavam as criaturas em sua estima. Só a interessava naquele momento a bondade de Rachel, e daria as costas aos filhos da Berma, se lhe fossem apresentados. Rachel, entretanto, compunha mentalmente a frase com que no dia seguinte esmagaria a Berma nos bastidores: "Penalizou-me, desolou-me fazer sua filha esperar. Se tivesse entendido logo o que queria! Bem que me mandou cartões sobre cartões". Deliciava-a dar essa punhalada na Berma. Talvez recuasse se soubesse que seria mortal. É bom fazer-se vítimas, mas sem pôr-se visivelmente em falta, e sem matá-las. Qual, aliás, seu crime? Diria rindo, alguns dias mais tarde: "É demais! Quis ser, com seus filhos, mais amável do que ela comigo, e por pouco não me acusam de havê-la assassinado. Invoco o testemunho da duquesa. Todos os maus sentimentos dos atores[323] e

322 O trecho "na alta sociedade" é acréscimo da edição atual.
323 O trecho "dos atores" é acréscimo da edição atual.

toda a falsidade da vida de teatro parecem passar, através das grandes atrizes,[324] para os filhos, em quem o trabalho incessante não constitui, como nas mães, um derivativo; as maiores intérpretes dramáticas sucumbem frequentemente a conspirações domésticas travadas em seu redor, como não raro sucedia no final das peças que representavam".[325]

O motivo da infelicidade da duquesa era, aliás, o mesmo que, por outro lado, reduzia o sr. de Guermantes a frequentar um meio inferior. Apaziguado pela idade avançada, apesar de ainda robusto, este deixara havia muito de ser infiel à esposa, quando, sem ninguém saber ao certo, apaixonou-se pela sra. de Forcheville. Pensando-se na idade presumível da sra. de Forcheville, a ligação parecia de fato assombrosa. Mas talvez houvesse Odette começado muito cedo a vida galante. E, além do mais, há mulheres que em cada década surgem em nova encarnação, amando quando já as davam por mortas, reduzindo ao desespero uma jovem por sua causa abandonada pelo marido.

E com tal intensidade que, reproduzindo nesse derradeiro amor seu modo de agir nos outros, o velho sequestrava a amante e, embora com grandes diferenças, repetia meu caso com Albertine, como este repetira o de Swann com Odette. Almoçava e jantava diariamente em sua companhia, não saía de sua casa; ela tirava partido dessa assiduidade junto de amigos que de outra forma nunca fariam relações com o duque de Guermantes, e só para vê-lo a frequentavam, como se visita uma *cocotte* para conhecer o soberano seu amante. Certo, a sra. de Forcheville já en-

---

324 O trecho "através das grandes atrizes" foi suprimido da edição atual.

325 A edição atual suprime o seguinte parágrafo: "Como vimos, Gilberte quisera evitar um conflito com a tia a propósito de Rachel. Fizera bem: seria difícil defender a filha de Odette diante da sra. de Guermantes, tal a animosidade desta, pois o novo sistema que, como me dissera, adotara agora o duque para enganá-la era aquele pelo qual a traía embora parecesse extraordinário a quem soubesse a idade de Odette, com a sra. de Forcheville". Parte do conteúdo do parágrafo é retomada na sequência.

trara havia muito na sociedade. Mas, tardiamente restituída à condição de mulher teúda e manteúda, e por um orgulhoso ancião, cuja importância, apesar de tudo, a dominava, ela se diminuía só querendo usar peignoirs a seu gosto, fazer os pratos de sua preferência, dizendo aos próprios amigos, a fim de lisonjeá-los, que lhe falara deles, como fazia com meu tio-avô referindo-se ao grão-duque, em cujo nome lhe dava cigarros, numa palavra, a despeito de tudo quanto adquirira com a situação mundana, e pela força de novas contingências, tendia a reencarnar-se na dama de cor-de-rosa de minha infância. Evidentemente, meu tio Adolphe estava morto, e bem morto. Mas a substituição, em derredor de nós, das pessoas antigas pelas atuais, acaso nos impedira de recomeçar a mesma vida? As presentes injunções ela cedera sem dúvida por cupidez, mas também porque, festejada na sociedade enquanto tivera uma filha casadoira, esquecida apenas Gilberte desposara Saint-Loup, sentira que o duque de Guermantes, capaz de tudo para satisfazê-la, haveria de aproximá-la de várias duquesas, prontas certamente a pregar uma peça a sua amiga Oriane, e, finalmente, talvez espicaçada pela irritação da duquesa, sobre a qual, por um sentimento feminino de rivalidade, era-lhe grato prevalecer.

Alguns sobrinhos recalcitrantes do sr. de Guermantes, os Courvoisier, a sra. de Marsantes, a princesa de Trania, visitavam a sra. de Forcheville, na esperança de serem contemplados no testamento, indiferentes aos melindres da sra. de Guermantes, de cujo desdém Odette se vingava pela maledicência.[326] Essa ligação, que reproduzia as anteriores, fizera o duque perder, pela segunda vez, a possibilidade da[327] presidência do Jockey, e uma cadeira de lente livre da Academia de Belas-Artes, assim como a pública associação do sr. de Charlus com Jupien privara aquele da presidência da União e da Sociedade dos Amigos da Velha Paris.

326 Todo esse início de parágrafo foi eliminado da edição atual.
327 O trecho "possibilidade da" foi eliminado da edição atual.

Assim os dois irmãos, de gostos tão diversos, sofriam idêntica desconsideração, em virtude da mesma indolência, da mesma falta de vontade, já sensíveis, mas de maneira agradável, no duque de Guermantes seu avô, membro da Academia Francesa, e que nos netos, arrastados, um por amores naturais, outro pelos que por tal não são tidos, redundara em desclassificação.

Até sua morte, Saint-Loup levara fielmente a mulher à casa de Odette. Não eram ambos herdeiros tanto do sr. de Guermantes quanto de Odette, que aliás seria provavelmente a principal herdeira do duque? Alguns sobrinhos recalcitrantes do sr. de Guermantes, os Courvoisier, a sra. de Marsantes, a princesa de Trania, visitavam a sra. de Forcheville, na esperança de serem contemplados no testamento, indiferentes aos melindres da sra. de Guermantes, de cujo desdém Odette se vingava pela maledicência.[328]

Passando as tardes e as noites com Odette, o velho duque já não ia a parte alguma. Mas hoje, sabendo-a na *matinée* da princesa de Guermantes,[329] entrara um instante, para vê-la, apesar do desprazer de encontrar a esposa. Eu nem o reconheceria, se a duquesa, dirigindo-se a ele, não houvesse, havia pouco, claramente designado a mim.[330] Era apenas uma ruína, porém soberba, ou, mais ainda, o empolgante espetáculo romântico de um rochedo em meio à tempestade. Fustigada de todos os lados pelas vagas do sofrimento, da revolta, da preamar ameaçadora, sua face corroída como um bloco de pedra guardava a linha, o donaire que eu sempre admirara; assim carcomida, lembrava as belas cabeças antigas, que, ainda deterioradas, nos felicitamos de possuir para ornar um gabinete de estudo. Parecia somente datar de época remota, não tanto pelo endurecimento e pela usura de mate-

---

328 Esse parágrafo é acréscimo da edição atual.

329 O trecho "sabendo-a na *matinée* da princesa de Guermantes" foi suprimido da edição atual.

330 A edição atual traz uma versão um pouco diferente para esse trecho: "Eu não o tinha visto e talvez nem o reconhecesse, se não o tivessem indicado para mim".

rial outrora brilhante, como pela expressão que sucedera à finura e à jovialidade, expressão inconsciente, involuntária, determinada pela doença, traindo a luta contra a morte, a ânsia de resistir, a dificuldade de viver. As artérias já sem elasticidade conferiam à fisionomia antes aberta uma rigidez escultural. E, a sua revelia, o duque punha a descoberto, na nuca, nas faces, na testa, sinais da trágica tormenta que lhe sacudiam o ser desesperadamente agarrado a cada minuto, enquanto as magníficas[331] mechas brancas, já rarefeitas, açoitavam com sua espuma o promontório invadido do rosto. Assim como a aproximação da procela à qual tudo sucumbirá confere reflexos estranhos, únicos, aos recifes até então de outra cor, o cinza plúmbeo das bochechas duras e gastas, o cinza esbranquiçado e encarneirado da cabeleira revolta, a tênue claridade ainda concedida aos olhos quase sem vista, não eram tons irreais, e sim, ao contrário, muito reais, mas fantásticos porque provenientes da palheta colorida pela velhice, pela morte próxima, cujos terríveis negrumes proféticos são inimitáveis.

O duque pouco demorou-se, o bastante pára me deixar perceber que Odette, toda voltada para admiradores mais moços, não lhe dava importância. Mas, fenômeno curioso, ele, quase ridículo outrora quando assumia atitudes de rei de comédia, ganhara verdadeira majestade, tal como o irmão, a quem, despindo-o do acessório, o tornava semelhante a velhice. E antes orgulhoso, era agora quase diferente, ainda nisso parecendo-se com o irmão, embora, ontem como hoje, diferissem suas maneiras. Se não se mostrava tão decadente como o sr. de Charlus, reduzido a saudar com cortesia de enfermo desmemoriado os que antigamente desprezava, estava muito velho, e, quando quis transpor a porta e descer a escada para sair, obrigado a deter-se no caminho da cruz que é a vida dos impotentes sempre ameaçados, a enxugar a fronte molhada, a buscar com os olhos o degrau fugidio, necessitando para os passos incertos, para os olhos enevoados de um apoio que parecia implo-

331 O adjetivo "magníficas" é acréscimo da edição atual.

rar doce e timidamente a velhice, afinal a maior miséria dos homens, a quem precipita do cume de sua grandeza como reis de tragédia grega, mais do que augusto, revelou-o suplicante.

Não podendo passar sem Odette, instalado em sua casa sempre na mesma poltrona, de onde dificilmente lhe permitiam levantar-se a velhice e a gota, o sr. de Guermantes permitia-lhe receber seus amigos, deslumbrados de serem apresentados a um duque, de lhe cederem a palavra, de ouvi-lo discorrer sobre a antiga sociedade, sobre a marquesa de Villeparisis, sobre o duque de Chartres.

Assim, no faubourg Saint-Germain, as posições aparentemente inexpugnáveis do duque e da duquesa de Guermantes, do barão de Charlus, haviam perdido sua inviolabilidade, do mesmo modo por que mudam todas as coisas neste mundo, pela ação de um agente interior no qual ninguém pensara: no sr. de Charlus, o amor por Charlie, que o escravizara aos Verdurin, e a caduquice; na sra. de Guermantes, a mania da novidade e da arte; no sr. de Guermantes, uma paixão exclusivista, como já tivera muitas, feita, mais tirânica pela fraqueza da idade, e a cujos desmandos já não opunha seu desmentido, seu resgate mundano o austero salão da duquesa, onde não se via o duque, e que, aliás, quase não funcionava mais. Assim se altera a configuração de tudo, assim o centro dos impérios, e o cadastro das fortunas, e a carta dos privilégios, o que parecia definitivo, é perpetuamente reformado, e um homem vivido vê com seus olhos a transformação mais completa justamente onde a crera impossível.

Às vezes, sob os velhos quadros de Swann, cuja arrumação de "colecionador" rematava o caráter fora de moda daquela cena em que figuravam um duque "Restauração" e uma *cocotte* "Segundo Império", a dama de cor-de-rosa, vestindo um peignoir do gosto do amante, interrompia este com sua tagarelice: ele se calava abruptamente, deitava-lhe um olhar feroz. Talvez percebesse que também a ela, como à duquesa, acontecia dizer tolices; talvez, por uma alucinação senil, imaginasse ter tido a palavra cortada por alguma graçola intempestiva da sra. de Guermantes, acreditando estar na mansão Guermantes, como uma fera enjaulada que por uma ilusão momentânea se julgasse ainda livre nos desertos da África. Erguendo bruscamente a cabeça, seus pequenos olhos arredondados[332] amarelos, de brilho felino, lançavam-lhe um daqueles olhares que tantas vezes, no salão da sra. de Guermantes, quando esta falava demais, me haviam feito tremer. Assim o duque fitava um instante a audaciosa dama rósea. Mas ela o desafiava, encarava-o firmemente, e, ao cabo de alguns segundos, que pareciam longos aos espectadores, a velha fera domada, lembrando-se de que não estava, em liberdade com a duquesa, no Saara cuja entrada era indicada pelo capacho da soleira, mas com a sra. de Forcheville, na jaula do Jardin des Plantes, enfiava nos ombros a cabeça com sua juba ainda espessa, entre branca e loura, e retomava a narrativa. Parecia não ter entendido as palavras da amante, de fato, em regra, sem sentido. Permitia-lhe convidar amigos para jantar. Por uma mania adquirida nos antigos amores, que não devia espantar Odette, habituada a vê-la em Swann, e a mim me comovia, pois me lembrava minha vida com Albertine, exigia que os convivas se retirassem cedo, para ser ele o último a despedir-se de Odette. Inútil dizer que após sua saída ela ia encontrar-se com os outros. Mas o duque ignorava-o, ou fingia ignorá-lo; a vista dos velhos se enfraquece, como se lhes endurecem os ouvidos e tolda a clarividência, a própria fadiga os força a relaxar a vigilância. Em certa idade, Júpiter se torna fatalmente uma personagem de Molière — não o olímpico amante de Alcmène, mas o cômico Géronte. Aliás, Odette enganava o sr. de Guermantes como dele cuidava, sem graça, sem nobreza. Era medíocre nesse papel como em todos os outros. Não que a vida não lhe tivesse dado alguns excelentes, mas porque não os sabia encarnar. Por ora, representava o de reclusa.[333]

De fato, muitas vezes quis eu em vão visitá-la, pois o sr. de Guermantes, para conciliar as exigências de seu regime e as

332 O adjetivo "arredondados" é acréscimo da edição atual.
333 Essa frase foi suprimida da edição atual.

de seus ciúmes, só lhe permitia as recepções diurnas, e sem danças. A clausura a que se sujeitava, ela me confessou francamente, por diversos motivos. O principal provinha de tomar-me, embora só tivesse escrito e publicado uns poucos artigos e ensaios, por um autor de fama, chegando a dizer ingenuamente, a propósito de minhas idas à avenue des Acacias para vê-la passar, e das visitas que mais tarde lhe fiz: "Ah! Se eu tivesse adivinhado que aquele rapazola viria a ser um grande escritor!". Ora, constatando-lhe que os romancistas buscam a companhia das mulheres para documentar-se, ouvir histórias de amor, ela se fazia, junto a mim, novamente uma simples *cocotte*, na esperança de interessar-me. Ela me contava:[334] "Olhe, de uma feita enrabichou-se por mim um homem que também amei perdidamente. Era divina nossa vida. Ele precisava ir à América, eu devia acompanhá-lo. Na véspera da partida, entendi que seria melhor não deixar arrefecer uma paixão que não poderia manter sempre o mesmo ardor. Tivemos uma última noite de verdadeira loucura, ele persuadido de minha ida, eu sentindo em seus braços um prazer infinito e o desespero de saber que jamais o reveria. De manhã, saí e dei minha passagem a um viajante desconhecido. Ele quis pagar. Respondi-lhe: 'Não, presta-me um imenso serviço aceitando, guarde seu dinheiro'." Contou ainda outro caso: "Estava eu um dia nos Champs-Élysées, e o sr. de Bréauté, que eu só vira uma vez, pôs-se a olhar-me com tal insistência que parei e lhe perguntei por que me olhava assim. Respondeu-me: 'Porque acho ridículo *seu* chapéu'. Tinha razão. Era um chapeuzinho com amores-perfeitos, da moda horrorosa daquele tempo. Mas enfureci-me e exclamei: 'Não permito que me fale nesse tom'. Começava a chover. Então disse-lhe: 'Só lhe perdoaria se tivesse um carro'. 'Pois justamente tenho um, e vou levá-la.' 'Não, aceito seu carro, mas não sua companhia.' Entrei no carro, e ele lá se foi apanhando chuva. A noite apareceu em minha casa. Tivemos dois anos de amor delirante".

---

334 O trecho "Ela me contava" é acréscimo da edição atual.

Depois acrescentou:[335] "Venha um dia tomar chá comigo, hei de contar-lhe como conheci o sr. de Forcheville. No fundo", observou com melancolia, "passei uma vida reclusa, porque meus grandes amores foram por homens muito ciumentos. Não falo do sr. de Forcheville, porque não passava, afinal, de um medíocre, e eu só pude amar de fato homens inteligentes. Mas saiba que Swann era tão ciumento como o coitado do duque; por este, privo-me de tudo porque o sei infeliz com a mulher. Por Swann, fazia-o porque o amava doidamente, e acho fácil sacrificarem-se as danças, as festas, e tudo o mais, para satisfazer, ou mesmo apenas para poupar preocupações a quem se ama. Pobre Charles, tão inteligente, tão sedutor, exatamente o tipo do homem que eu sempre preferi". E talvez fosse sincera. Houve tempo em que Swann a interessou, justamente quando ela não era "seu tipo" feminino. A bem dizer, o "tipo" de Swann, Odette nunca o foi. Amou-a, porém, então, intensa e dolorosamente. Depois, a ele próprio surpreendia tal contradição, talvez apenas aparente, pois sabemos como avulta na vida de qualquer homem a proporção dos sofrimentos causados por mulheres "que não eram seu tipo". Diversas causas podem explicar esse fato; primeiro, não sendo elas de nosso tipo, deixamo-nos amar sem amarmos, e assim nos escravizamos a um hábito que não se estabeleceria com rapariga alguma de nosso tipo, a qual, sentindo-se desejada, defender-se-ia, só nos concederia raros encontros, não nos encheria a vida com aquela instalação permanente cujo efeito é, se, mais tarde, por nossa vez amarmos e uma rusga, uma viagem que nos privar de notícias motivar uma separação, o rompimento, não apenas de um laço, mas de mil. Além disso, não nascendo da atração física, esse hábito é sentimental, e, se se transformar em amor, solicitará muito mais a imaginação: trata-se de um romance, e não de uma necessidade. Não desconfiamos das mulheres que não são nosso tipo, deixamo-las amar-nos, e se depois as amarmos, amá-las-emos

335 O trecho "Depois acrescentou" foi suprimido da edição atual.

cem vezes mais do que as outras, ainda sem gozar junto delas a satisfação do desejo aplacado. Por tais motivos e vários outros, o fato de nos virem os maiores desgostos de mulheres que não são nosso tipo não se explica apenas pela ironia do destino, que só nos consente a felicidade sob a forma menos de nosso agrado. A mulher de nosso tipo raramente é perigosa, pois, ou nos repele, ou logo nos contenta e nos deixa, não se instala em nossa vida, e o risco e a fonte dos males não é a mulher em si mesma, mas sua presença diária, o desejo de saber a todo momento o que está fazendo; não é a mulher, é o hábito.

Tive a fraqueza de gabar a bondade e a nobreza que Odette revelava ao referir-se a Swann, sabendo imerecido o elogio, e mentirosa sua franqueza. Pensava com horror, enquanto ela me narrava suas aventuras, em tudo o que Swann ignorara, e tanto o teria atormentado, pois fixara sua sensibilidade naquela criatura e lhe descobria com segurança, só pelo olhar, o interesse por algum desconhecido, homem ou mulher. No fundo, confessava-se tão somente para fornecer-me o que imaginava temas de novelas! Enganava-se apesar de me haver alimentado a imaginação, mas involuntariamente, e por iniciativa minha, que a sua revelia eu extraía dela as leis de sua vida.

O sr. de Guermantes reservava suas fúrias para a duquesa, sobre cuja liberdade de relações a sra. de Forcheville não perdia vaza de lhe chamar a atenção. Era assim muito infeliz a duquesa. É certo que o sr. de Charlus, a quem de uma feita toquei no assunto, pretendia não caberem ao irmão as primeiras culpas, e dever-se, na realidade, a um número incalculável de aventuras habilmente dissimuladas a lenda de pureza da cunhada. Coisa de que eu nunca ouvira falar. Para quase todo mundo, a sra. de Guermantes era uma mulher à parte. A ideia de que sempre fora irrepreensível dominava todos os espíritos. Eu não sabia qual das duas versões corresponderia à verdade, a essa verdade que três quartos dos homens quase sempre ignora. Lembrava-me muito bem de certos olhares azuis e errantes da duquesa na nave da igreja de Combray, que entretanto a nenhuma das duas versões desmentiam, ambas lhe podendo conferir um sentido diverso e igualmente aceitável. Em meu pueril desvario eu os tomara, um instante, por miradas amorosas a mim dirigidas. Compreendi depois não serem senão benevolentes olhares de soberana semelhante à dos vitrais, contemplando seus vassalos. Deveria agora acreditar ter sido exata a primeira interpretação, e admitir que, se mais tarde não me falara de amor a duquesa, fora por temer mais comprometer-se com um amigo de sua tia e de seu sobrinho do que com um adolescente desconhecido, encontrado por acaso em Saint-Hilaire de Combray?

A duquesa alegrara um instante sentir seu passado mais consistente pelo fato de ser partilhado por mim, mas quando lhe fiz novas perguntas sobre o provincianismo do sr. de Bréauté, a quem na época eu não achara muito diferente do sr. de Sagan ou do sr. de Guermantes, ela reassumiu seu ponto de vista de mundana, isto é, de denegridora da mundanidade. Enquanto conversávamos, fazia-me percorrer a casa. Nas salas menores encontramos alguns íntimos, que haviam preferido isolar-se para escutar a música. Num salão Império, onde alguns vultos negros, de casaca, ouviam sentados num canapé, via-se, ao lado de uma estatueta representando Psique amparada por Minerva, uma *chaise-longue*, colocada em posição reta, mas interiormente curva como um berço, onde se recostava uma jovem. A atitude langorosa, que não mudou com a entrada da duquesa, contrastava-lhe com o fulgor maravilhoso do vestido Império, ante cuja seda encarnada, onde os floridos desenhos pareciam há muito gravados, tanto se afundavam no tecido nacarado, empalideceriam as mais rubras fúcsias. Para saudar a duquesa, inclinou ligeiramente a formosa cabeça castanha. Apesar de ainda ser dia, tendo ela pedido que cerrassem as cortinas, a fim de melhor recolher-se durante o concerto, haviam, para evitar esbarrões, acendido sobre um tripé uma urna de suave luz irisada. Em resposta a minha pergunta, a duquesa de Guermantes informou-me ser a sra. de Sainte-Euverte. Indaguei então qual seu parentesco com a sra. de Sainte-Euverte que eu conhecera. A sra. de Guermantes disse-a casada com um sobrinho-neto daquela, e, salvo engano, nascida La Rochefoucauld, mas negou haver tido relações com os Sainte-Euverte. Lembrei-lhe o baile, do qual, é verdade, eu apenas ouvira falar, onde, princesa de Laumes, ela revira pela primeira vez Swann. A sra. de Guermantes afirmou não ter ido a tal baile. Sempre mentira um pouco, e agora mais do que nunca. O salão da sra. de Sainte-Euverte — aliás depois bastante decadente — incluía-se entre os que renegava. Não insisti. "Não, quem você pode ter avistado em minha casa, porque eu o achava inteligente, era o marido dessa a quem se refere, com a qual não me dava." "Mas ela não tinha marido." "É o que você pensa, porque estavam separados, mas ele era muito mais agradável do que ela." Acabei por entender que um homem enorme, extremamente alto, extremamente gordo, de cabelos brancos, que vira em toda parte, e cujo nome nunca soubera, fora o marido da sra. de Sainte-Euverte. Morrera haveria um ano. Quanto à sobrinha, ignoro se se devia a alguma doença de estômago, dos nervos, a uma flebite, a uma gravidez adiantada, a um parto recente ou malsucedido, o fato de ouvir música deitada, sem se erguer em atenção a pessoa alguma. O mais provável seria que, vaidosa de suas ricas sedas vermelhas, julgasse produzir na *chaise-longue* uma impressão do gênero Récamier. Mal sabia que emprestava para mim novo brilho ao nome de Sainte-Euverte, o qual, ouvido após tão longo intervalo, marcava a distância e a continuidade do Tempo. Era o Tempo que embalava no berço onde floriam, em rubras fúcsias sedosas, o apelido de Sainte-Euverte e o estilo Império. Estilo que a sra. de Guermantes declarava ter sempre detestado; com isso significava que o detestava agora, e era exato, pois seguia a moda, embora com algum atraso. Nunca ousara falar de David, que mal conhecia, mas, em moça, considerara Ingres, primeiro, o mais fastidioso dos pintores convencionais, depois, bruscamente, o mais saboroso dos mestres da Arte nova, predileção que a levara a negar Delacroix. Não importava saber como voltara o culto à reprovação, já que, essas mesmas variações, os críticos de arte as refletem dez anos antes de transparecerem nas palavras das mulheres superiores. Depois de arrasar o estilo Império, pediu-me desculpas por falar-me de gente tão insignificante como os Sainte-Euverte, e de tolices como o lado provinciano de Bréauté, tão longe de pensar quanto isso me interessava, como a sra. de Sainte-Euverte-La Rochefoucauld, só preocupada com o bem-estar de seu estômago ou seu efeito à Ingres, de supor que me encantara seu nome — de seu marido, e não o dos gloriosos ascendentes deste — e que eu lhe descobrira uma função naquela peça tão bem apetrechada para acalentar o tempo.

"Mas como posso entretê-lo com tais sandices, como lhes pode prestar atenção?", sussurrou a duquesa. Falara a meia voz, para que ninguém mais a ouvisse. Mas um rapaz (que depois me interessaria, por causa de seu nome, mais familiar a minha mocidade do que o de Sainte-Euverte) levantou-se irritado e afastou-se para escutar livre de importunos. Tocavam a sonata de Kreutzer, mas, tendo-se enganado na leitura do programa, tomava-a por um trecho de Ravel, que lhe haviam dito tão belo como os de Palestrina, mas difícil de entender. Mudando assomadamente de lugar, sucedeu-lhe, na meia-luz reinante, esbarrar numa secretária, ao que se voltaram várias pessoas, contentes de diminuírem, pelo simples gesto de olhar para trás, o suplício de ouvir "religiosamente" a sonata de Kreutzer. Esse pequeno escândalo fez com que a sra. de Guermantes e eu nos apressássemos em passar a outra sala. "Sim, como poderão essas nugas prender um homem de seu valor? É como há pouco, quando o vi conversar com Gilberte de Saint-Loup. Não é digna de você. Para mim, aquela mulher não é nada, nem mesmo uma mulher, é o que há de mais falso e burguês no mundo" (até às suas defesas da atualidade misturava a duquesa preconceitos de aristocrata). "E, aliás, nem deveria vir a casas como esta. Hoje, ainda vá, pois havia o recitativo de Rachel como chamariz. Mas, embora ela tenha sido esplêndida, não pôde dar sua medida diante deste público. Hei de convidá-lo para almoçar só com ela. Então verá quanto vale. É cem vezes superior a todos aqui. E depois do almoço ela recitará Verlaine. Depois você me diz o que achou.[336] Mas a festanças como esta, não, não posso entender que venha. A menos que seja para documentar-se...", acrescentou, com ar dubitativo, desconfiado, não querendo avançar mais, pois ignorava em que consistiam exatamente e como se processavam as pouco prováveis operações a que aludia.

"Vai ficar deslumbrado." Gabou-me especialmente suas reuniões durante o dia, às quais não faltaram X e Y. Adquirira a mentalidade — que outrora desprezava, não obstante o negasse hoje — das damas possuidoras de "salões", para quem, segundo então dizia, a maior superioridade, o sinal de eleição, se resumia em receber "todos os homens". Rira-se de minha ingenuidade quando lhe contei que uma dessas senhoras, já falecida, referira-se malevolamente à sra. Howland: "Naturalmente, a outra era procurada por todos os homens que ela tentava atrair". Agora prosseguiu:[337]

"Não acha", perguntei-lhe, "que deve ser penoso para a sra. de Saint-Loup ouvir, como acaba de fazer, a antiga amante do marido?" Vi formar-se em seu rosto a prega oblíqua, reveladora de um raciocínio que filia a pensamentos desagradáveis as palavras do interlocutor. Raciocínio que não se exterioriza, é certo, mas as coisas graves que dizemos nunca são respondidas, nem verbalmente nem por escrito. Só os néscios insistem em reclamar a resposta a uma carta que não deveriam ter mandado, que era uma gafe; a recepção de missiva assim só se acusa por atos, e a destinatária tida por incorreta, quando encontra o correspondente, trata-o cerimoniosamente de senhor, em vez de chamá-lo pelo nome. Minha referência à ligação de Saint-Loup não era desazo muito sério, e só passageiramente aborreceu a sra. de Guerman-

336 Essa frase foi acrescentada à edição atual.
337 Os trechos "Vai ficar deslumbrado", no início do parágrafo, e "Agora prosseguiu" foram suprimidos da edição atual.

tes, lembrando-lhe que eu fora amigo de Robert e talvez seu confidente, a propósito das humilhações sofridas pela amante na recepção da duquesa. Esta não se deteve em tais considerações, desfez-se-lhe a ruga tempestuosa e respondeu à minha pergunta sobre a sra. de Saint-Loup: "Digo-lhe que isso deve ser tanto mais indiferente a Gilberte quanto ela nunca amou o marido. É um monstro. Gosta da situação, do nome, de ser minha sobrinha, de sair da lama, à qual depois só pensava em voltar. Confesso que me sentia confrangida, por causa do pobre Robert, que podia não ser uma águia, mas percebia essas coisas e muitas outras. Prefiro calar, porque apesar de tudo é minha sobrinha, e não tenho prova positiva de que o enganasse, mas houve vários casos suspeitos. Mas garanto, falo porque sei, Robert quis bater-se em duelo com um oficial de Méséglise. Foi por isso que se alistou. Viu na guerra uma libertação dos desgostos domésticos; minha opinião é que não morreu involuntariamente, deixou-se matar. Ela não o chorou, até espantou-me o raro cinismo com que alardeou a indiferença, espantou-me e entristeceu-me, pois gostava muito de Robert. Talvez não acredite, porque todos me julgam erradamente, mas até hoje ainda penso nele. Não me esqueço de ninguém. Ele nunca me disse nada, mas sabia que eu adivinhara tudo. E veja bem, se tivesse amado ao menos um pouco o marido, poderia ela suportar com tanta fleuma a presença da mulher por quem este vivera apaixonado tantos anos, pode-se dizer até o fim, pois tenho a certeza de que suas relações nunca cessaram, nem mesmo durante a guerra? Devia ter querido estrangulá-la", exclamou a duquesa, sem perceber que, tendo insinuado o convite a Rachel e portanto tornado possível a cena que julgava inevitável caso Gilberte houvesse amado Robert, agira com crueldade. "Não, francamente não passa de uma cadela." Esta expressão parecia admissível à sra. de Guermantes porque, de seu meio ao das comediantes, vinha deslizando num suave plano inclinado, porque a enxertava num gênero setecentista que reputava saboroso, enfim porque se julgava autorizada a tudo.

Mas era-lhe também ditada pelo ódio a Gilberte, pela gana de esbofeteá-la, se não fisicamente, pelo menos em efígie. E ao mesmo tempo cuidava legitimar assim toda a sua conduta para com Gilberte, ou, antes, contra ela, na sociedade, na família, até do ponto de vista dos interesses materiais e do inventário de Robert.

Mas os julgamentos que proferimos recebem não raro, de fatos que ignoramos e de cuja existência nem poderíamos desconfiar, uma aparente justificação. Gilberte, que sem dúvida herdara alguns traços maternos (para os quais instintivamente eu apelara ao pedir-lhe que me apresentasse mocinhas), depois de refletir sobre meu pedido, chegou, provavelmente a fim de garantir para a família os possíveis proveitos, a uma conclusão cuja ousadia eu estava longe de imaginar, e acercou-se de mim, dizendo: "Se me permite, vou chamar minha filha, para que você a conheça. Está conversando acolá com o jovem Mortemart e outros garotos sem maior interesse. Tenho a certeza de que encontrará nela uma boa amiguinha".

Perguntei-lhe se Robert se alegrara com o nascimento da menina. "Oh! ficou muito ancho. Mas, naturalmente, dados os seus gostos", explicou ingenuamente, "preferiria um rapaz." Essa moça, cujo nome e fortuna dariam à mãe esperanças de ver casada com um príncipe de sangue real, coroando assim a obra de ascensão social empreendida por Swann, escolheu mais tarde para marido um escritor obscuro, porque era destituída de qualquer esnobismo, e fez baixar a família a um nível inferior ao de seu ponto de partida. Foi então extremamente difícil fazer as novas gerações admitirem a grande situação desfrutada pelos pais deste casal modesto. Os nomes de Swann e de Odette de Crécy ressuscitaram miraculosamente para permitir que as pessoas nos mostrassem que estávamos equivocados, que não era de forma alguma tão surpreendente assim enquanto família; e achavam, em suma, que a sra. de Saint-Loup fizera o melhor casamento possível, que o de seu pai com Odette de Crécy (que não era ninguém) fora realizado numa busca vã de ascensão, enquanto que, pelo menos do ponto de vista de seu amor, o casamento de Gilberte fora inspirado em teorias como as que levaram no século XVIII senhores nobres, discípulos de Rousseau, ou pré-revolucionários, a viver próximos da natureza e a abandonar seus privilégios.[338]

O espanto e o prazer causado pelas palavras de Gilberte logo recuaram, enquanto ela se dirigia a outro salão, ante a noção da fuga do Tempo, que, a seu modo, e antes mesmo de aparecer, me comunicava a srta. de Saint-Loup. Como a maior parte das pessoas, aliás, não representaria ela, na vida, o mesmo que, nas florestas, as clareiras em forma de estrela para onde convergem, de pontos diversos, tantas veredas? Eram numerosas, em meu caso, as que se dirigiam para a srta. de Saint-Loup, ou de seu derredor irradiavam. E, antes de tudo, a ela conduziam os dois grandes "caminhos" de meus passeios e dos sonhos — por seu pai Robert, o de Guermantes, por Gilberte, sua mãe, o de Méséglise, que era o de Swann. Este, através da mãe da jovem e os Champs-Élysées, me levava a Swann, às noites de Combray, no rumo de Méséglise; aquele, através de seu pai, às tardes de Balbec, onde eu o revia junto ao mar ensolarado. Já, entre esses dois caminhos, atalhos se estabeleciam. Porque o Balbec real, o de meu encontro com Saint-Loup, eu o desejara em grande parte conhecer graças ao que me dissera Swann sobre suas igrejas, sobretudo sobre a igreja persa, e, por outro lado, Robert de Saint-Loup, sobrinho da duquesa de Guermantes, me fez descobrir, ainda em Combray, o caminho de Guermantes. Mas a muitos outros pontos de minha existência dava acesso a srta. Saint-Loup à Dama Rósea, sua avó, que eu vira em casa de meu tio-avô. Nova transversal surge aqui, que o criado de quarto de meu tio, o que naquele dia me fizera entrar, e mais tarde pela dádiva de uma fotografia, permitira-me identificar a Dama Rósea, era tio do rapaz amado não só pelo barão de Charlus, mas pelo próprio pai da srta. de Saint-Loup, o causador da infelicidade de sua mãe. E não fora seu avô, Swann, o primeiro a me falar da música de Vinteuil, assim como Gilber-

338 A partir de "Os nomes de Swann", acréscimo da edição atual.

te a primeira a me falar de Albertine? Ora, comentando com Albertine a música de Vinteuil é que descobri quem era sua grande amiga, e comecei com ela a vida que a conduziria à morte, e tantos desgostos me daria. Foi, por outro lado, o pai da srta. Vinteuil quem se prontificou a procurar Albertine e fazê-la voltar. E eu revia até toda minha existência mundana, seja em Paris, no salão dos Swann ou no dos Guermantes, seja no outro extremo, em Balbec,[339] em casa dos Verdurin, alinhando assim, ao lado dos dois caminhos de Balbec, os Champs-Élysées e o belo terraço da Raspelière. Qual, aliás, dos seres que conhecemos, não nos obrigará, para narrar a amizade que a ele nos uniu, a situá-lo necessariamente em todos os quadrantes de nossa vida? Pintada por mim, a de Saint-Loup teria por cenários os da minha e a esta se misturaria totalmente, sem exclusão das passagens a que permanecera estranho, com as de minha avó e Albertine. Além do mais, por oposto que fossem, os Verdurin ligavam-se a Odette pelo passado desta, a Robert de Saint-Loup por Charlie, e imensa fora neles a repercussão da música de Vinteuil. Enfim, Swann amara a irmã de Legrandin, o qual conhecera o sr. de Charlus, com cuja pupila se casara o jovem Cambremer. Certamente, considerando apenas nossos corações, não errou o poeta ao falar dos "fios misteriosos" cortados pela vida. Mas é ainda mais verdadeiro que ela os tece sem cessar entre os seres, entre os sucessos, que os entrecruza e redobra a fim de reforçar a trama, tanto que, entre o mínimo ponto de nosso passado e todos os outros, uma rede riquíssima de lembranças nos oferece larga escolha de vias de comunicação.[340]

339 O trecho "em Balbec", constante do original, foi suprimido da edição atual.
340 Os "fios misteriosos" rompidos pela vida é citação de um poema de Victor Hugo, "Tristesses d'Olympio" (1837), longo poema de oito estrofes de seis versos cada, mais vonte e cinco de quatro versos, presente na coletânea *Les Rayons et les ombres*. Na linhagem romântica de Lamartine e de Musset, trata-se de mais um poema romântico francês do contato do poeta com a natureza. Em um universo de desolação e morte, esses fios foram rompidos e resta apenas a "lembrança sagrada". Pouco antes, em *O tempo*

Pode-se dizer que, se manejada, não inconscientemente, mas no propósito de recordar-lhe a história, nenhuma das coisas, agora a meu serviço, deixaria de lembrar-me já ter sido viva, dotada a meus olhos de vida própria, só depois, pelo uso, transformada em mero produto industrial. E ia conhecer a srta. de Saint-Loup na casa da srta. Verdurin, feita princesa de Guermantes![341] Com que encanto eu pensava nas viagens com Albertine — da qual eu ia pedir à srta. de Saint-Loup que fosse um sucedâneo — no trenzinho de Doville, para visitar a sra. Verdurin, a mesma sra. Verdurin que propiciara, antes de meu amor com Albertine, o início e o fim do dos avós da srta. de Saint-Loup. Cercavam-nos os quadros do mesmo Elstir que me apresentara a Albertine. E, para melhor fundir todos os meus passados, a sra. Verdurin, como Gilberte, desposara um Guermantes.

Não poderíamos descrever nossas relações, ainda superficiais, com alguém, sem evocar os mais diversos sítios de nossa vida. Assim cada indivíduo — eu inclusive — dava-me a medida da duração pelo giro que realizava em torno não só de si mesmo como dos outros, e notadamente pelas oposições que sucessivamente ocupara em relação a mim. E, sem dúvida, todos esses planos diferentes, segundo os quais o Tempo, desde que, nesta festa, eu o recapturara, dispunha minha vida, aconselhando-me a recorrer, para narrar qualquer existência humana, não à psicologia plana em regra usada, mas a uma espécie de psicologia no espaço, acrescentavam nova beleza às ressurreições por minha memória operadas enquanto devaneava a sós na biblioteca, pois a memória, pela introdução, na atualidade, do passado intato, tal qual fora quando era presente, suprime precisamente a grande dimensão do Tempo, a que permite à vida realizar-se.

---

redescoberto, um verso de Hugo é utilizado para metaforizar a dinâmica da criação e da morte ("Il faut que l'herbe pousse"). A ideia desses "fios misteriosos" tecidos pela vida é retomada na chegada da srta. de Saint-Loup ao salão da princesa de Guermantes.

341 O trecho "feita princesa de Guermantes!" foi suprimido da edição atual.

Vi Gilberte adiantar-se. A mim, a quem o casamento de Saint-Loup — com as ideias que então me vieram, as mesmas desta manhã — parecia ter sido ontem, surpreendeu-me ver a seu lado uma donzela de mais ou menos dezesseis anos, cuja estatura elevada marcava a distância que eu me recusara a perceber. O tempo incolor e fugidio se havia, a fim de que eu o pudesse por assim dizer ver e tocar, materializado nela, modelando-a como uma obra-prima, enquanto em mim, mísero, cumprira sua tarefa. E agora defrontava a srta. de Saint-Loup. Tinha olhos profundos, nítidos, penetrantes, cuja pupila, de tão negra, parecia perfurada,[342] e esse lindo nariz, cuja proeminência lembrava vagamente um bico de pássaro, não se encurvava como o de Swann, e sim como o de Saint-Loup. Desvanecera-se a alma daquele Guermantes, mas, da ave que alçara voo para sempre, a bela cabeça de olhos agudos se viera pousar nos ombros da srta. de Saint-Loup, acordando sonhos e saudades nos que haviam conhecido o pai.

Admirou-me ver seu nariz, como se tivesse sido feito na forma dos da mãe e da avó, terminar, em baixo, com a mesma pura linha horizontal, sublime apesar de um pouco longa. Traço tão característico por si só bastaria para fazer reconhecer uma estátua entre mil, e pasmou-me ver que a natureza, qual um grande e original escultor, dera, no momento preciso, na neta como na mãe e na avó, o mesmo poderoso e decisivo golpe de cinzel. Achei-a bonita, ainda cheia de esperanças. Risonha, formada pelos anos que eu perdera, assemelhava-se a minha mocidade.

Enfim, a noção do tempo trazia-me uma última vantagem, era um aguilhão, convencia-me da urgência de começar, se qui-

---

342 O adjetivo "nítidos" foi eliminado da edição de 1989; a eliminação talvez se explique pela má leitura do advérbio "profondément", em vez de "profonds, nets". O texto francês não menciona a cor da pupila; Lúcia Miguel Pereira optou por uma perífrase ("cuja pupila, de tão negra, parecia perfurada") para explicar o adjetivo "forés", que designa uma perfuração, como a que sinaliza a pupila em alguns bustos. Outra possibilidade de tradução, a partir do texto atual, seria "Tinha olhos muito fundos e penetrantes".

sesse captar o que algumas vezes, no curso da existência, eu sentira em fugazes e fulgurantes intuições, no caminho de Guermantes, nos passeios de carro com a sra. de Villeparisis, e me fizera
julgar a vida digna de ser vivida. Assim a considerava, agora mais
do que nunca, pois parecia-me possível iluminá-la, ela que passamos nas trevas, fazê-la voltar à verdade original, ela que continuamente falseamos, em suma, realizá-la num livro. Como seria
feliz quem pudesse escrever tal livro, pensava eu; e que trabalho
teria diante de si! Para dar dele uma ideia, seria mister buscar
comparações nas artes mais diversas e mais altas; porque esse escritor, que, aliás, de cada caráter deveria apresentar as faces opostas, para conferir peso e solidez a seu livro precisaria prepará-lo minuciosamente, com constantes reagrupamentos de forças, como em
vista de uma ofensiva, suportá-lo como uma fadiga, aceitá-lo como
uma norma, construí-lo como uma igreja, segui-lo como um regime, vencê-lo como um obstáculo, conquistá-lo como uma amizade,
superalimentá-lo como uma criança, criá-lo como um mundo,
sem desprezar os mistérios que provavelmente só se explicam em
outros mundos, e cujo pressentimento é o que mais nos comove na
vida e na arte. Nos grandes livros dessa natureza, há partes apenas esboçadas, que não poderiam ser terminadas, dada a própria
amplidão da planta arquitetônica. Muitas catedrais permanecem
inacabadas. Longamente nutrimos um livro assim,[343] fortalece-
mos-lhe os trechos fracos, mas depois é ele que nos engrandece,
que assinala nosso túmulo, que o defende do ruído e um pouco do
esquecimento. Mas, para voltar a mim, pensava mais modestamente em meu livro, e seria inexato dizer que me preocupavam
os que o leriam, os meus leitores. Porque, como já demonstrei,[344]
não seriam meus leitores, mas leitores de si mesmos, não passando
de uma espécie de vidro de aumento, como os que oferecia a um

---

343 A edição atual elimina o advérbio "Longamente" e "um livro assim", trocando
este último por um pronome: "Nutrimo-lo".
344 A edição atual substitui "como já demonstrei" por "a meu ver".

freguês o dono da loja de instrumentos ópticos em Combray, o livro graças ao qual eu lhes forneceria meios de se lerem. Por isso não esperaria deles nem elogios nem ataques, mas apenas que me dissessem se estava certo, se as palavras em si lidas eram mesmo as que eu empregara (as possíveis divergências não provindo, aliás, sempre de erros meus, mas, algumas vezes, de não serem os olhos do leitor daqueles aos quais meu livro conviria para a leitura interior). Mudando de comparações à medida que melhor, mais concretamente, antevia a tarefa em que me empenharia, pensei que, sentado à grande mesa de pinho, eu escreveria minha obra[345] sob o olhar de Françoise. Os seres simples que conosco convivem possuindo certa intuição de nossas ocupações, e já estando eu suficientemente esquecido de Albertine para perdoar a Françoise o que lhe fizera, trabalharia a seu lado, e quase à sua imitação (ao menos à imitação do que outrora fazia: agora, muito velha, já não tinha vista para nada), pois, pregando aqui e ali uma folha suplementar, eu construiria meu livro, não ouso dizer ambiciosamente como uma catedral, mas modestamente como um vestido. Quando não encontrasse todos os meus papéis,[346] meus papeluchos, como dizia Françoise, e faltasse justamente o mais necessário no momento, ela compreenderia que me enervasse, pois repetia sempre ser-lhe impossível coser sem a linha e os botões mais adequados, e também porque, à força de viver minha vida, adquirira do trabalho literário uma tal ou qual compreensão instintiva, mais exata do que a de muitas pessoas inteligentes, e com maioria de razão do que a dos tolos. Assim, antigamente, quando eu escrevia meus artigos para o *Figaro*, ao passo que o velho copeiro, com aquele ar de comiseração por todos assumido para exagerar o aspecto penoso de um ofício que não praticam e nem concebem, até de um hábito que não têm, para dizerem, por exemplo: "Como deve ser fatigante espirrar

345 O trecho "eu escreveria minha obra" foi eliminado da edição atual.
346 O trecho "meus papéis" também foi eliminado da edição atual.

tanto!", lamentava sinceramente os escritores, exclamando: "Que quebra-cabeça deve ser isso!", Françoise, ao contrário, adivinhava meu prazer e respeitava meu trabalho. Só se zangava ao ver-me expor previamente a Bloch meus artigos, temendo vê-lo tomar-me a dianteira, e avisando: "Devia desconfiar de todos esses sujeitos, são uns conspiradores". E, com efeito, Bloch tinha o cuidado de preparar um álibi retrospectivo, observando, cada vez que eu lhe esboçava algo de seu agrado: "Mas é curioso, escrevi mais ou menos a mesma coisa, preciso ler para ti". (Leitura no momento impossível, pois ia escrever naquela noite.)

Os papéis que Françoise chamava de papeluchos estavam, de tanto ser colados uns aos outros, rasgados aqui e ali. Será que Françoise não poderia, se fosse necessário, ajudar-me a consertá-los, do mesmo modo como remendava seus vestidos, ou, esperando o vidraceiro como eu o tipógrafo, punha na janela da cozinha um pedaço de jornal no lugar de uma vidraça quebrada?[347] Apontando para meus cadernos, roídos como madeira por cupim, lamentava:[348] "Está tudo bichado, que pena, este canto de página é uma renda" — examinava-o como um alfaiate — "acho que não poderei consertar, está perdido. Que prejuízo, talvez sejam suas melhores ideias. Como se diz em Combray, ninguém conhece as peles tão bem como as traças. Estragam sempre as melhores fazendas".

Aliás, como as individualidades (humanas ou não) se comporiam neste livro de impressões múltiplas, as quais, provocadas por muitas moças, muitas igrejas, muitas sonatas, serviriam para constituir uma única sonata, uma única igreja, uma única moça, eu poderia fazê-lo como Françoise o *boeuf-à-la-mode*, tão apreciado por Norpois, em que tantos pedaços de carne, escolhidos e acrescentados, enriqueciam a geleia. E realizaria o que tanto desejara em meus passeios no caminho de Guermantes, e crera im-

---

347 Comparada à edição original, essa frase foi transformada, na edição atual, em uma interrogação.

348 Em vez de "lamentava", a edição atual registra apenas "diria".

possível, como crera impossível, de volta, habituar-me jamais a adormecer sem beijar minha mãe, ou, mais tarde, à ideia de Albertine gostar de mulheres, ideia com a qual eu acabara vivendo sem lhe perceber a presença, pois nossos maiores temores, como nossas maiores esperanças, não estão acima de nossas forças, e podemos, ao cabo, dominar aqueles e realizar estas.

Sim, a esta obra, a noção do Tempo, que acabava de adquirir, me dizia chegada a hora de consagrar-me. Essa urgência justificava a ansiedade que de mim se apoderara ao entrar no salão, onde as fisionomias retocadas me deram a sensação do tempo perdido; mas já não seria tarde e será que eu ainda conseguiria?[349] Eu vivera como o pintor galga a encosta que penetra um lago, cuja vista lhe é vedada por uma cortina de rochedos e árvores. Por uma brecha, divisa-o afinal, tem-no todo sob os olhos, toma dos pincéis. Mas já a noite chega e o impede de pintar, a noite após a qual não haverá mais dia! Indispensável à obra tal como há pouco a concebera na biblioteca seria a análise em profundidade das impressões, depois de recriadas pela memória. Ora, esta estava gasta.

Além disso, estando tudo por fazer, sobravam-me motivos de inquietação, pois apesar de me permitir a idade a esperança de viver ainda alguns anos, minha hora poderia soar de um momento para outro. Não podia, com efeito, esquecer-me de que tinha um corpo, isto é, de que corria sempre um perigo duplo, exterior e interior. E só me exprimo desta forma por comodidade de linguagem. Porque o risco interior, o da hemorragia cerebral, por exemplo, é também exterior, já que vem do corpo. Possuir um corpo é a grande ameaça que paira sobre o espírito. Tudo se passa, para os seres humanos e raciocinantes (nos quais devemos ver menos um milagroso aperfeiçoamento da vida animal e física do que uma realização tão precária e rudimentar como a existência gregária dos protozoários nos polipeiros, como a baleia etc.) como se, na organização da vida espiritual, o corpo encerrasse o espírito

---

349 O trecho "e será que eu ainda conseguiria" é acréscimo da edição atual.

numa fortaleza; assediada esta por todos os lados, não resta àquele senão render-se.

Mas, para resignar-me a distinguir duas espécies de riscos para o espírito, e começando pelos de ordem externa, recordei-me de já me ter, várias vezes na vida, nos momentos de excitação intelectual, quando, por qualquer circunstância, se suspendia em mim toda a atividade física, ao deixar, por exemplo, meio embriagado, o restaurante de Rivebelle em demanda de algum cassino vizinho, sucedido sentir nitidamente em mim o objeto atual de meus pensamentos, e compreender que dependera apenas de um acaso, não só a não apreensão, como sua destruição juntamente com meu corpo. Pouco me importara então isso. Minha exaltação não era prudente, não era inquieta. Que, num segundo, essa alegria sumisse, volvesse ao nada, não me preocupava. Já agora não se dava o mesmo; porque a felicidade que experimentava não provinha da tensão puramente subjetiva dos nervos, que nos isola do passado, mas, ao contrário, de um alargamento de meu espírito, no qual renascia, atualizava-se o passado e que me permitia apreender — mas, ai de mim!, fugazmente — o valor da eternidade. Desejaria legá-lo àqueles a quem poderia enriquecer meu tesouro. Certamente, o que sentira na biblioteca e buscava proteger era ainda o prazer, porém não mais egoísta, ou, pelo menos (já que todos os altruísmos fecundos da natureza se desenvolvem de maneira egoísta, sendo estéril o altruísmo humano não egoísta, o do escritor que interrompe seu trabalho para receber um amigo infeliz, exercer função pública, escrever artigos de propaganda) por outrem utilizável. Já não era despreocupado como ao regressar de Rivebelle, sentia-me responsável pela obra que em mim trazia (como por algo precioso e frágil que me houvesse sido confiado e quisesse depor intacto nas mãos de terceiros aos quais se destinava). E dizer que dentro em pouco, no percurso até a casa, bastaria um choque acidental para aniquilar-me o corpo, para obrigar-me o espírito a abandonar para sempre as ideias que neste momento encerrava, abrigava ansiosamente em sua polpa fremente, e não tivera tempo de colocar em segurança num livro.[350] Sentir-me portador de uma obra fazia-me considerar mais temível e até (na medida em que essa obra me parecia necessária e duradoura) absurdo, tanto contrariava meus desejos e os impulsos de meu pensamento, qualquer acidente fatal, nem por isso entretanto menos possível, pois (como acontece diariamente, nos fatos mais comezinhos, uma garrafa posta na beira da mesa caindo e acordando o amigo cujo sono tanto quiséramos proteger contra o menor ruído) os desastres, sendo devidos a causas materiais, podem muito bem ocorrer precisamente quando aspirações diversas, que destroem sem conhecer, os tornam mais odiosos. Eu tinha a certeza de que meu cérebro constituía uma rica zona de mineração, com jazidas preciosas, extensas e várias. Mas teria tempo de explorá-las? Eu era a única pessoa capaz de fazê-lo. Por dois motivos: com minha morte, não desapareceria só o mineiro conhecedor exclusivo dos minérios, mas também as próprias minas; ora, dentro em pouco, na volta para casa, o encontro do automóvel onde viajasse com outro seria suficiente para destruir meu corpo e forçar meu espírito, do qual a vida se retiraria, a abandonar para sempre as ideias novas que neste momento encerrava ansiosamente em sua polpa fremente, protetora, mas frágil, e não tivera tempo de colocar em segurança num livro.[351] Coincidência estranha, a de sobrevir-me esse medo lúcido do perigo logo após se me haver tornado indiferente a perspectiva da morte. O receio de deixar de ser o mesmo atormentara-me outrora, sobretudo quando me vinha um novo amor — por Gilberte, por Albertine —, pois era-me insuportável a ideia de vir um dia a evanescer-se o ser que as amava, numa pre-

---

350 A partir de "E dizer que dentro em pouco", trecho eliminado da edição atual.

351 A edição atual traz uma sequência de frases bastante diferente do texto original, o que ocasionou um rearranjo no trecho que se inicia por "e forçar meu espírito". Poucas palavras, entretanto, foram acrescentadas à tradução: "do qual a vida se retiraria", "novas", "protetora, mas frágil".

figuração da morte. Mas, à força de renovar-se, esse temor se transformara facilmente em calma confiante.

Não era mister um acidente cerebral. Certos sintomas, notadamente uma sensação de vazio na cabeça e o esquecimento de tantos fatos, que só por acaso me vinham, como quando, arrumando a roupa, deparamos com uma peça esquecida, que nem pensáramos em procurar,[352] faziam de mim um avarento cujo cofre, furado, ia aos poucos deixando evadirem-se os tesouros. Durante algum tempo existiu um eu que lamentou a perda dessas riquezas e que se opunha a ela, à memória, e logo depois senti que a memória ao se retirar levava também consigo esse eu.[353]

Se de início a obsessão da morte me amargurou assim o amor, depois da lembrança do amor ajudou-me a encarar corajosamente a morte. Compreendi que morrer não me seria novidade, que, ao contrário, já morrera muitas vezes desde a infância. Para reportar-me ao período mais próximo, não prezara Albertine mais do que minha própria vida? Poderia então ter-me concebido a mim mesmo sem o amor que lhe dedicava? Ora, já não a amava; não era mais o ente que a amara, porém outro muito diverso; cessara de amá-la quando me transformara. E não sofria por me ter tornado esse outro, por não amar Albertine; certo, deixar um dia de possuir meu corpo não me podia de modo algum parecer tão triste como outrora me parecera deixar de amar Albertine. E, entretanto, quão pouco me importava agora não amá-la mais! Essas mortes sucessivas, tão terríveis ao ser que hão de aniquilar, tão inócuas, tão suaves uma vez realizadas, quando já não existia quem as receara, me haviam, recentemente, feito entender quão pouco sensato era o medo da morte. Ora, após haver aprendido a considerá-la com sobranceria, punha-me agora de novo a temê-la, por motivos diferentes, é verdade, não mais por mim, porém por

352 A edição atual traz uma versão diferente da original para esse trecho: "[...] deparamos com uma peça que esquecêramos que precisávamos procurar".
353 A partir de "Durante algum tempo", acréscimo da edição atual.

meu livro, a cuja eclosão seria, ao menos durante algum tempo, indispensável esta vida que tantos riscos ameaçavam. Victor Hugo disse: "Il faut que l'herbe pousse et les enfants meurent".[354]

E eu afirmo que a lei cruel da arte exige que os seres pereçam, que nós mesmos morramos padecendo todos os tormentos, a fim de que cresça a relva, não do olvido, mas da vida eterna, a dura relva das obras fecundas, sobre a qual as gerações futuras virão alegremente, sem cogitar dos que sob ela dormem, fazer seus piqueniques.

Mencionei os perigos exteriores; também os há interiores. Preservado dos desastres vindos de fora, quem sabe não seria eu impedido de aproveitar-me desse benefício por outro ocorrido dentro de mim, alguma catástrofe interna, algum distúrbio cerebral,[355] antes de se completarem os meses necessários à feitura do livro?

Esta tarde, ao voltar para casa pelos Champs-Élysées, quem me garantia que não seria acometido do mesmo mal que minha avó, quando, para seu derradeiro passeio, lá foi comigo, sem o menor pressentimento, na ignorância, por todos sempre partilhada, de haver o ponteiro atingido precisamente a posição em que, soltando a mola, faz o relógio dar a hora. Talvez o receio de já se haver escoado o minuto antecedente à primeira badalada, de estar

354 "É preciso que a grama cresça e as crianças morram." O narrador desenvolve a metáfora do nascimento e crescimento da obra de arte a partir da citação de um verso do livro *Les Contemplations* de Victor Hugo já citado outras vezes em *O tempo redescoberto*. Poema de número xv do quarto livro das *Les Contemplations* tem por título "À Villequier". Com data provável de composição em 1846, o poema celebra, entretanto, um ano da morte da filha Léopoldine, acontecida três anos antes, em 1843. Trata-se de um longo poema de quarenta estrofes em tom bíblico, dirigindo-se a Deus ("à vous, Seigneur"). O final do trabalho de luto corresponde a uma retomada calma de contato com a simplicidade da vida da natureza (substituída pelo narrador proustiano pelo contato com o trabalho artístico). O verso citado tem o tom de aceitação das leis divinas, que roubam uma filha jovem a um pai desconsolado.
355 O trecho "algum distúrbio cerebral", que constava do original, foi eliminado da edição atual.

esta prestes a soar, talvez esse receio do golpe já em preparação dentro de mim fosse uma obscura preciência do que ia suceder, um reflexo na consciência do estado precário do cérebro cujas artérias já não resistem, tão possível como a súbita aceitação da morte por parte de feridos, que, embora lúcidos, embora iludidos pelo médico e pelo próprio desejo de viver, dizem, prevendo o inevitável: "Vou morrer, estou pronto" e escrevem suas despedidas a esposa.

Essa informulada sensação do que me aguardava me foi comunicada por um episódio estranho, ocorrido, de forma insólita, antes de eu ter começado meu livro.[356] Saí uma noite para encontrar alguns amigos, e todos me acharam bem-disposto, melhor do que antes, espantando-se por me verem bastos e negros os cabelos. Mas, por três vezes, quase caí ao descer a escada. Estive fora de casa apenas duas horas, e quando voltei senti-me sem memória, sem força, sem vida. Se me viessem procurar para proclamar-me rei, para se apoderarem de mim, para prender-me, eu me entregaria sem uma palavra, sem abrir os olhos, como os que enjoam a bordo, e que, atravessando o mar Cáspio, não esboçam sequer um gesto de resistência ouvindo que vão ser lançados às águas. Não estava propriamente doente, mas sabia-me incapaz da menor ação, como os velhos, na véspera ainda espertos, que, quebrando uma coxa ou sofrendo uma indigestão, arrastam no leito uma existência que não é senão a preparação mais ou menos longa para a morte de ora em diante inelutável. Uma parte de mim, a que outrora frequentava os bárbaros festins chamados banquetes, onde, para homens de coletes brancos e mulheres empenachadas, meio despidas, os valores se alteram a ponto de parecer mais censurável a falta de um conviva que, tendo aceito o convite, não vem ou mesmo só chega ao servir-se o assado do que os atos imorais levianamente comentados, de mistura com os últimos falecimentos, durante o jantar, ao qual só a morte ou uma moléstia grave desculpam a ausência, com a condição de

---

356 A edição atual traz uma versão mais sintética desse início de parágrafo: "E com efeito foi um episódio estranho".

ter sido a agonia comunicada a tempo de descobrir-se outra pessoa para completar os catorze — essa parte de meu ser conservara os escrúpulos e perdera a memória. A outra, a que concebera sua obra, ao contrário, de tudo se recordava. Eu recebera um convite da sra. Molé e soubera que morrera o filho da sra. Sazerat. Resolvi empregar uma das horas após as quais, como minha avó moribunda, cuja língua se paralisara, não poderia mais pronunciar uma palavra, ou tomar leite, para apresentar desculpas à sra. Molé e pêsames à sra. Sazerat. Mas logo me esqueci do que pretendia fazer. Abençoado esquecimento, pois a memória de minha obra estava vigilante e ia aproveitar para colocar os primeiros alicerces o tempo de que ainda dispunha. Infelizmente, ao pegar o caderno para escrever, deparei com o cartão da sra. Molé. Logo meu "eu" desmemoriado, mas que, como é de regra entre os bárbaros escrupulosos que frequentam banquetes, tinha precedência sobre o outro, afastou o caderno e escreveu à sra. Molé (a qual, sem dúvida, muito grata me ficaria se soubesse haver a resposta a seu convite preterido meus trabalhos de arquiteto). Uma palavra de minha carta lembrou-me bruscamente que a sra. Sazerat perdera o filho; escrevi-lhe também, e depois, tendo assim sacrificado, para mostrar-me polido e sensível, um dever real a uma obrigação factícia, caí exausto, fechei os olhos, durante oito dias apenas vegetei. Entretanto, se todos os deveres inúteis aos quais imolava o essencial me fugiam da cabeça ao cabo de poucos minutos, a ideia de minha construção não me deixava um só instante. Não sabia se seria uma igreja onde pouco a pouco os fiéis aprenderiam algumas verdades e descobririam certas harmonias, um grande plano de conjunto, ou se, como um monumento druida no meio de uma ilha, permaneceria solitária. Mas estava decidido a consagrar-lhe todas as forças que se sumiam lenta e relutantemente, como se me quisessem dar tempo de, terminados os contornos, fechar "a porta funerária".[357] Breve pude mostrar al-

---

357 Nova citação de um poema de Victor Hugo, intitulado "À Théophile Gautier", publicado na coletânea *Toute la Lyre*. Datado do dia 02 de novembro de 1872 (dia de

guns esboços. Ninguém entendeu nada. Até os que me aprovavam a percepção das verdades que tencionava gravar depois no templo felicitaram-me por as haver descoberto ao "microscópio", quando, ao contrário, eu me servira de um telescópio para distinguir coisas efetivamente muito pequenas, mas porque situadas a longas distâncias, cada uma num mundo. Procurara as grandes leis, e tachavam-me de rebuscador de pormenores. Para que, aliás, o fazia? Jovem, denotara alguns dons, e Bergotte achara "perfeitas" minhas composições de colegial, mas, em vez de aplicar-me, vivera na indolência, na dissipação dos prazeres, na doença, nos tratamentos, nas manias, e, na véspera de morrer, sem nada conhecer do ofício, empreendia minha obra. Já não me sentia capaz de cumprir minhas obrigações para com os outros, nem meus deveres para com meus pensamentos e meu trabalho, e ainda menos de a ambos satisfazer. Em relação às pessoas, facilitava-me a tarefa o esquecimento das cartas a escrever. A perda da memória me valia, introduzindo em meus compromissos sociais lacunas que meu livro preenchia.[358] Mas, de repente, com um mês de atraso, alguma associação de ideias me trazia, com os remorsos, a lembrança, e a sensação de minha impotência me acabrunhava. Espantou-me minha indiferença às críticas,[359] mas, desde o dia em que minhas pernas fraquejaram ao descer a escada, eu me tornara indiferente a tudo, só aspirava ao repouso, prefigurador do descanso definitivo, que não poderia tardar muito. Nem era por esperar, para depois de minha morte, a admiração devida, segundo me parecia, minha obra, que tão pouco cioso me mostrava dos sufrágios da atual elite. Pensasse a seguinte o que quisesse. Tanto se me dava. Na realidade, se cuidava de mi-

---

Finados), quando da morte do escritor a quem o poema é dedicado. Trata-se de um pedido de Hugo ao escritor amigo que acabara de morrer e aos que já estão "no infinito": "E seguirei aqueles que me amavam, eu, o banido./ Seus olhos fixos me atraem do fundo do infinito./ Estou correndo nessa direção. Não fechem a porta funerária".

358 Havia na edição original uma frase iniciada por "A perda da memória"; tal frase foi deslocada para o final do parágrafo na edição atual.

359 O trecho "às críticas" foi eliminado da edição atual.

nha obra e não das cartas a responder, não o fazia por distinguir, como no tempo da indolência e, depois, no do trabalho, até o dia em que precisei amparar-me ao corrimão, maior diversidade de importância entre as duas empresas. A organização da memória, das preocupações ligava-se-me à obra, talvez porque, enquanto eram logo esquecidas as cartas recebidas, a ideia desta não me saía da cabeça, sempre a mesma, em perpétuo vir-a-ser. Mas também ela se me tornara importuna. Era para mim como o filho, do qual a mãe moribunda precisa ainda cuidar incessantemente, apesar da fadiga, nos intervalos das injeções e das ventosas. Talvez ainda o ame, mas só sente o amor pelo pesado dever que lhe incumbe de ocupar-se com ele. As forças do escritor já não correspondiam em mim às exigências egoístas da obra. Desde o dia da escada, nada no mundo, nenhuma felicidade, vinda dos amigos, dos progressos de meu livro, da esperança de glória, me chegava senão como um sol tão pálido que já não tinha mais a virtude de aquecer-me, de fazer-me viver, de suscitar em mim o menor desejo, mas ainda assim, tão desmaiado, ofuscava-me os olhos, que preferiam fechar-se, e eu me virava para a parede. Parece-me, não obstante, embora mal sentisse os movimentos de meus lábios, que me deve ter errado na boca um ínfimo sorriso diante destas palavras de uma senhora: "*Muito me surpreendeu*[360] ter ficado sem resposta minha carta." Isso me recordou todavia a carta, a que respondi. Tentava, para que não me julgassem ingrato, manter minha cortesia atual no nível das gentilezas de outrem recebidas. E esmagava-me ter de impor a minha existência agonizante as fadigas sobre-humanas da vida. A perda da memória me valia, introduzindo em meus compromissos sociais lacunas que meu livro preenchia.[361]

Essa ideia da morte instalou-se definitivamente em mim como um amor. Não que amasse a morte: detestava-a. Mas, ao passo que antes só pensava nela de longe em longe, como na mu-

---

360 A palavra "muito" é acréscimo da edição atual.
361 Essa frase de fechamento do parágrafo é acréscimo da edição da atual.

lher ainda não amada, agora sua obsessão aderia à mais profunda camada de meu cérebro, tão completamente que não podia ocupar de outro objeto sem fazê-lo atravessar a ideia da morte, a qual, até quando me alheava de tudo e permanecia em inteiro repouso, se me tornara tão inseparável como a própria noção de mim mesmo. Não creio que, no dia em que me senti semimorto, tivessem sido os sintomas característicos — a impossibilidade de descer uma escada, de lembrar-me de um nome, de erguer-me — os fatores determinantes, embora por um raciocínio inconsciente, da ideia da morte, de já estar quase morto, e sim que tudo viera junto, o grande espelho do espírito refletindo inevitavelmente uma realidade nova. Não percebia, entretanto, como, dos males que me afligiam, poderia passar, sem ser avisado, à morte completa. Mas pensava então nos outros, em todos os que diariamente sucumbem sem nada notarmos de extraordinário no hiato entre sua doença e seu fim. Chegava a imaginar que era tão somente por vê-los do interior (e não por embair-me a esperança) que certos incômodos, considerados isoladamente, não me pareciam mortais, embora estivesse certo de morrer, como os que se sabem desenganados deixam-se facilmente persuadir de que o fato de não conseguirem pronunciar determinadas palavras se deve não a um ataque, a uma crise de afasia, mas ao cansaço da língua, a um estado nervoso análogo à gagueira, ao esgotamento provocado por uma indigestão.

Não eram as despedidas de um moribundo à esposa que eu tinha a escrever, mas algo de mais longo e dirigido a mais de uma pessoa.[362] Demoraria muito. De dia, quando muito tentaria dormir. Se trabalhasse, só seria à noite. Mas precisaria de tantas noites, talvez de cem, talvez de mil. E vivia ansioso, sem saber se o senhor de meu destino, menos indulgente do que o sultão She-

---

362 A edição atual traz versão mais sintética para esse início de parágrafo, substituindo "Não eram as despedidas de um moribundo à esposa" por "Era outra coisa que eu tinha a escrever".

riar, quando pela manhã eu interrompesse minha narrativa, se dignaria adiar minha condenação à morte e permitir-me prosseguir na noite seguinte. Não que de modo algum pretendesse refazer as *Mil e uma noites*, nem as *Memórias* de Saint-Simon, também noturnamente redigidas, nem nenhum dos livros que tanto amara e dos quais, em minha ingenuidade infantil, supersticiosamente apegado a eles como a meus amores, não pudera sem horror imaginar uma obra diferente. Mas, como Elstir, como Chardin, sabia que só renunciando ao que se ama consegue-se refazê-lo. Sem dúvida, também meus livros, como meu ser carnal, pereceriam um dia. Mas devemos nos resignar à morte. Aceitamos a perspectiva de já não existirmos dentro de dez anos, e nossos livros dentro de cem. A duração eterna não foi prometida aos livros mais do que aos homens.

Meu livro seria tão longo como as *Mil e uma noites*, porém diverso. Certo, quando amamos uma obra, a tentação nos vem de produzir outra semelhante, mas é mister sacrificar o amor do momento e cogitar, não das próprias predileções, mas da verdade, que não indaga de nossas preferências e até nos proíbe de nelas pensar. E só se a seguirmos é que algumas vezes encontramos o que abandonáramos, escrevendo, porque as esquecêramos, as *Histórias árabes* ou as *Memórias* de Saint-Simon de outra época. Mas ainda teria eu tempo de fazê-lo? Já não seria muito tarde?

Eu dizia a mim mesmo: "Terei não apenas tempo, mas capacidade para realizar minha obra?"[363] A enfermidade que, tal um severo diretor de consciência, me obrigara a morrer para o mundo, me fora útil (pois se o grão de centeio não morrer depois de semeado, permanecerá único, mas, se morrer, frutificará) talvez me resguardasse da indolência, como esta me preservara da facilidade, mas me consumira as energias, até — verifiquei-o ao deixar de amar Albertine — as da memória. Ora, a recriação, pela

---

[363] A edição atual traz versão mais elíptica desse início de parágrafo: as duas perguntas da edição original foram desmembradas e "para realizar minha obra" foi suprimido.

memória, das impressões que depois seria mister aprofundar, esclarecer, transformar em equivalentes intelectuais, não seria uma das condições, quase a própria essência da obra de arte tal como há pouco a concebera na biblioteca? Ah! se alinda possuísse as forças intatas da noite que então evoquei, sugerida por *François le champi*! Daquela noite, a da abdicação de minha mãe, datava, com a lenta morte de minha avó, o declínio de minha vontade, de minha saúde. Tudo se decidiu no momento em que, incapaz de esperar o dia seguinte para pousar os lábios no rosto de minha mãe, eu me resolvi, saltei da cama e fui, de camisa de dormir, instalar-me na janela por onde entrava o luar, até a saída de Swann. Meus pais o haviam acompanhado, ouvi o portão abrir--se, fazer soar o badalo, fechar-se.

Mas, em todo caso, se tivesse forças para realizar o livro projetado, sentia que a natureza das circunstâncias que me haviam hoje mesmo, durante esta recepção da princesa de Guermantes, dado, juntamente com a ideia de minha obra, o receio de não a poder levar a cabo, lhe imprimiria sobretudo certamente a forma — de ordinário para nós invisível — por mim pressentida outrora na igreja de Combray, em dias decisivos para minha formação — a forma do Tempo.[364] Essa dimensão do tempo, já vislumbrada na igreja de Combray, eu procuraria torná-la continuamente sensível, numa transcrição do mundo por isso mesmo muito diferente da que nos oferecem nossos sentidos tão falazes.

Certamente, muitos outros erros dos sentidos — viu-se como mo provaram vários episódios desta narrativa — nos falseam o aspecto real deste mundo. Mas, enfim, eu poderia, a rigor, na

---

364 A de 1989 traz uma versão um pouco diferente desse parágrafo: "Então, pensei de repente que se tivesse ainda forças para realizar minha obra, essa recepção — como outrora em Combray determinados dias decisivos para minha formação — que me havia, hoje mesmo, dado, juntamente com a ideia de minha obra, o receio de não a poder levar a cabo, lhe imprimiria sobretudo a forma por mim pressentida outrora na igreja de Combray, e que é de ordinário para nós invisível, a forma do Tempo". O resto do parágrafo foi eliminado da edição atual.

transcrição mais exata que tentaria fazer, não modificar o lugar dos sons, evitar desmembrá-los de sua causa, a cujo lado a inteligência os coloca retrospectivamente, embora evocar a chuva cantando suavemente[365] no meio do quarto e nossa tisana em ebulição caindo como um dilúvio no pátio não seja, em suma, mais desconcertante do que aquilo que tantas vezes se permitem os pintores, quando situam muito perto ou muito longe de nós, segundo no-los devem mostrar as leis da perspectiva, a intensidade das cores e a primeira ilusão do olhar, um barco a vela ou um cume, que o raciocínio transportará em seguida a distâncias não raro enormes. Eu poderia, apesar de ser falta ainda mais grave, continuar, como em regra se faz, a desenhar as feições da mulher apenas vista de relance, quando, no lugar do nariz, das faces e do queixo, deveria deixar um espaço vazio, onde no máximo se refletiriam nossos desejos. E até, se não me sobrasse tempo para preparar, coisa mais importante, as cem máscaras que — segundo o sentido emprestado aos traços pelos olhos diversos que os decifram, ou, pelos mesmos olhos segundo a esperança e o receio, ou, ao contrário, o amor e o hábito, graças aos quais se velam por tantos anos as deformações da idade — convém afivelar ao mesmo rosto, mesmo se, enfim, não empreendesse aquilo cuja ausência, como me demonstrara minha ligação com Albertine, torna tudo factício e enganoso, isto é, representar certas pessoas, não fora, mas dentro de nós, onde seus mínimos atos podem acarretar perturbações mortais, e fazer variar a luz do céu moral de acordo com as diferenças de pressão de nossa sensibilidade ou, quando, perturbando a serenidade de nossa certeza,[366] nos faz considerar mínimo um objeto do qual a mais ligeira nuvem ameaçadora multiplica instantaneamente o volume, se não pudesse introduzir tais modificações e muitas outras (cuja necessidade para a pintura do real se há de ter patenteado no curso desta narrativa)

---

365 O termo "suavemente" é acréscimo da edição atual.

366 O termo "quando, perturbando" é acréscimo da edição atual.

na transcrição de um universo a exigir desenho inteiramente novo, ao menos não deixaria, antes de tudo,[367] de descrever o homem como se tivesse o comprimento, não de seu corpo, mas de seus anos de vida, como se a estes devesse, tarefa cada vez mais pesada à qual por fim sucumbe, arrastar após si quando se move.

Aliás, que ocupamos no Tempo um lugar sempre crescente, todos o sentem, e essa universalidade só me podia alegrar, já que assim só me incumbia elucidar a verdade, a verdade por todos entrevista. Não só todos sabem que ocupamos um lugar no Tempo, como até os mais simples o medem aproximadamente, como mediriam o que ocupamos no espaço, já que pessoas sem uma perspicácia especial, ao verem dois homens que não conhecem, ambos com bigodes pretos ou barbeados, dizem que são dois homens, o primeiro de uns vinte anos, o outro de uns quarenta.[368] Sem dúvida, enganamo-nos muitas vezes nessa avaliação, mas a havermos imaginado possível significa que concebemos a idade como algo de mensurável. Ao segundo homem de bigodes pretos, vinte anos a mais foram efetivamente acrescentados.[369]

Se era essa noção do tempo incorporado, dos anos escoados porém inseparáveis de nós que eu tencionava fazer ressaltar em minha obra, é que[370] neste momento, na casa do príncipe de Guermantes, o ruído dos passos de meus pais reconduzindo Swann, o tilintar álacre, ferruginoso, interminável, agudo e claro da sineta, anunciando que afinal a visita se fora e mamãe ia subir, eu os ouvia ainda, distintamente, apesar de já tão remotos. E, refletindo sobre todos os sucessos necessariamente situados entre o instante em que os ouvira e a *matinée* dos Guermantes, pasmou-me verificar ser bem a mesma sineta que ainda repercutia em mim, sem

367 O termo "antes de tudo", constante da edição original, foi eliminado da edição atual.

368 A partir de "já que as pessoas", acréscimo da edição atual.

369 Essa frase de fechamento do parágrafo é acréscimo da edição atual.

370 Essa abertura de parágrafo é resultado de um deslocamento, pois na edição original, encontrava-se mais para o meio, depois de "profunda em mim mesmo".

me ser sequer possível atenuar-lhe os sons gritantes do badalo, pois, esquecido de como se extinguiam, para lembrar-me, para melhor escutá-los, precisei fechar-me à bulha das conversas em meu derredor mantidas pelos mascarados. A fim de pôr-me a seu alcance, foi a meu íntimo que me vi obrigado a descer. Era então que esse tilintar lá estava, e também, entre ele e o presente, todo o passado, que eu não supunha carregar, a desenrolar-se indefinidamente. Eu já existia quando ecoara, e, se ainda o ouvia, era que não houvera a menor descontinuidade, que eu nunca tivera um momento de trégua, nunca deixara de existir, de pensar, de ter consciência de mim, senão esse minuto antigo não se me agarraria tanto, nem o poderia eu recobrar, encontrar mediante apenas uma entrada mais profunda em mim mesmo. E é por guardarem assim as horas do passado que os corpos humanos podem fazer tanto mal a quem os ama, por conservarem recordações, prazeres e desejos, já para eles extintos, mas cruéis para quem contempla e prolonga na ordem do tempo a carne amada, da qual, no desvario do ciúme, chega a desejar a destruição. Porque após a morte o Tempo se retira do cadáver, e as lembranças — tão insignificantes, tão esmaecidas —, assim como se apagaram na morta, breve se retirarão daquele que ainda torturam, perecendo quando não mais as entretiver o desejo do corpo vivo. Profunda Albertine que eu ficava olhando dormir e que estava morta.[371]

Experimentava uma sensação de imenso cansaço e temor[372] ao verificar que todo esse tempo tão longo não só fora, sem interrupção, vivido, pensado, segregado por mim, era minha vida, era eu mesmo, como ainda o devia incessantemente manter preso a mim, pois me sustentava, eu me via jungido a seu cimo vertiginoso, não me podia locomover sem comigo o deslocar. A data em que ouvira o ruído, tão distante e todavia interior, da sineta do jardim de Combray era um marco na dimensão enorme que eu ignorava

---

371 Essa frase final é acréscimo da edição atual.

372 O trecho "e temor" é acréscimo da edição atual.

possuir. Dava-me vertigem ver, abaixo de mim e não obstante em mim, como se eu tivesse léguas de altura, tantos anos.

Acabava de compreender por que o duque de Guermantes, a quem admirara, vendo sentado, por haver envelhecido tão pouco, apesar de ter sob si muitos mais anos do que eu, mal se erguera e quisera permanecer de pé, logo vacilara nas pernas incertas de arcebispo senil amparado por jovens seminaristas, no qual só é sólida a cruz metálica, e caminhara a tremular como uma folha no cume pouco seguro de oitenta e três anos, como se os homens se equilibrassem sobre ondas animadas, sempre crescentes, algumas mais altas do que campanários, tornando-lhes difícil e perigosa a marcha, e de onde subitamente caem. (Será que era por isso que a figura dos homens de certa idade, aos olhos dos mais ignorantes, era tão impossível de ser confundida com a de um rapaz e só transparecia através da seriedade de uma espécie de nuvem?)[373] Horrorizava-me ver tão elevadas as minhas, temeroso de já não ter mais forças para manter por muito tempo preso a mim esse passado que se prolongava tanto para baixo, e que tão dolorosamente eu carregava![374] Se ao menos me fosse concedido um prazo para terminar minha obra, eu não deixaria de lhe imprimir o cunho desse Tempo cuja noção se me impunha hoje com tamanho vigor, e, ao risco de fazê-los parecer seres monstruosos, mostraria os homens ocupando no Tempo um lugar muito mais considerável do que o tão restrito a eles reservado no espaço, um lugar, ao contrário, desmesurado, pois, à semelhança de gigantes, tocam simultaneamente, imersos nos anos, todas as épocas de suas vidas, tão distantes — entre as quais tantos dias cabem — no Tempo.[375]

---

373 O trecho entre parêntese é acréscimo da edição atual.

374 "[...] e que tão dolorosamente eu carregava!" constava da edição original, mas foi eliminado da edição da atual.

375 A edição atual traz uma versão mais sintética da frase de conclusão do livro: "Assim, se ao menos me fosse concedido um prazo para terminar minha obra, eu não deixaria inicialmente de mostrar os homens, ao risco de fazê-los parecer seres monstruosos, ocupando no Tempo um lugar muito mais considerável".

resumo

(os números entre parênteses indicam as páginas)

TANSONVILLE

Estadia em Tansonville, propriedade do casal Saint-Loup (15); mudanças de Robert (15); minha memória perdera o amor de Albertine, são lembranças involuntárias que me colocam em contato com ela (17); mentiras e verdades na relação entre Gilberte e Robert, que, embora a ame, não deixa de traí-la com Morel (18); Morel é recebido como um filho da casa, junto com Bergotte, que ele imita à perfeição (18); testemunha do que o sr. de Charlus fizera por Jupien e Robert de Saint-Loup fazia por Morel, Françoise olha com respeito esse tipo de relação, como a de Legrandin e Théodore (18); compreendo bruscamente ter sido esse último quem me escrevera a propósito de meu artigo no *Figaro* (19).

Saint-Loup insiste para eu me demorar em Tansonville junto de sua mulher (19); entusiasmado, menciona seu amor por outra que, na verdade, é Charlie Morel, antiga relação do tio de Robert, o sr. de Charlus (20); antecipação de novas mudanças comportamentais de Robert, cada vez mais marcado pelos traços dos Guermantes (20); o amor de Robert por Morel não é exclusivo e, seguindo ainda hábito de sua família, ostenta relações com mulheres (23); talvez Morel, excessivamente moreno, fosse necessário a Saint-Loup. Robert não permite, porém, a menor alusão a amores do gênero dos seus, preferindo discutir detalhes da guerra nos Bálcãs (24); Gilberte, ao contrário, aborda comigo os assuntos pelos quais o marido mostra desprezo (26); essas conversas permitem-me indagar-lhe sobre Albertine (25); Gilberte está lendo "um velho Balzac" que trata do tema de nossas conversas (26); naquela última noite em Tansonville, entristece-me pensar que não fora nem uma vez rever a igreja de Combray (26); pergunto novamente a Gilberte se Albertine gostara de mulheres (27); não quis pedir a Gilberte *A menina dos olhos de ouro*, mas empresta-me para ler antes de dormir outro livro, que me causa uma impressão muito forte e desigual: um volume do diário inédito dos Goncourt (28); a leitura desse diário na véspera de partir de Tansonville só reforça minha incapacidade de ver e ouvir (39-40); diferença entre o medíocre duque de Guermantes que conhecera e sua imagem, ainda menino, nas *Memórias* da sra. de Beausergent — exemplo da jovem srta. de Champlâtreux na poesia de Sainte-Beuve (43).

Passo longos anos longe de Paris, num sanatório, onde renuncio inteiramente ao projeto de escrever; retorno à cidade em agosto de 1914, no início da Grande Guerra (45).

O SR. DE CHARLUS DURANTE A GUERRA; SUAS OPINIÕES, SEUS DIVERTIMENTOS

Desejoso de ouvir comentários sobre a guerra, saio para visitar a sra. Verdurin que, com a sra. Bontemps, é uma das rainhas daquela Paris da guerra, que lembra o Diretório (46); painel da cidade durante a guerra sob a égide das duas rainhas e de seus salões (46); perda da memória de fatos não muito distantes, como o caso Dreyfus (50); o sr. Bontemps, antigo dreyfusista, é agora um patriota extremista (51); no faubourg Saint-Germain, nenhuma duquesa vai se deitar sem ouvir da sra. Bontemps ou da sra. Verdurin as novidades da guerra (53); além da conversação sobre a guerra, outra atração do salão da Patroa é Morel, um desertor (55); mudanças no modo de se vestir das mulheres (55); brilha também no salão o "estou frito", jovem esportista que encontrara em Balbec, causador da saída de Albertine de minha casa (agora marido de Andrée) e autor de uma obra notável (56); Andrée, com quem me encontro muito, é, para mim, uma amiga admirável e sincera (56); a sra. Verdurin faz amabilidades indiretas a Odette, que quer atrair para seu salão (57); intensa atividade telefônica da Patroa durante a guerra (58); seu novo salão fica num dos maiores hotéis de Paris, onde se encontram todas as terças-feiras e quase diariamente personagens importantes e as mulheres mais elegantes da cidade (58-59).

Paris vigiada por aeroplanos (60); à hora do jantar, os restaurantes estão cheios; miséria do soldado de folga que entrevejo passando pela rua (60); às nove e meia, todos deixam os restaurantes e se precipitam para os cinemas; Paris, ao menos em certos bairros, está mais escura do que a Combray de minha infância (61). Ah! se Albertine estivesse viva, combinaríamos um encontro ao ar livre, sob as arcadas! Infelizmente, estou só com a impressão de ir a uma visita no campo, ou a sensação de estar à beira do mar furioso (61).

Encontro com Saint-Loup na semana seguinte à declaração de guerra; ele acaba de chegar de Balbec, onde fizera tentativas vãs junto ao diretor do restaurante (63); confessa abertamente que não se alistou por medo (63); ao deixar-me, revela que sua tia Oriane está para se divorciar do duque de Guermantes (64); Robert garante-me que nunca cogitou desposar a srta. de Guermantes (64); mal decorridas quarenta e oito horas, fico sabendo que Robert faz de tudo para alista-se (64); Bloch, embora se declare "míope", é considerado apto para o serviço militar (65); Robert recorre a um antigo oficial, o sr. de Cambremer, para ser apresentado no Ministério da Guerra (65); Bloch insulta Saint-Loup, que ele toma por um desertor e germanófilo (66); Bloch não faz a menor ideia do patriotismo de Robert, que obtém transferência primeiro para oficial de infantaria, depois para oficial dos atiradores (67); em Saint-Loup, o vício hereditário, aliado a certo nível intelectual que ele não ultrapassara, o levam a admirar a coragem e a ter horror à afeminação (69); Robert acaba assumindo o ideal de virilidade do tio, o barão de Charlus (70); nesse início do conflito, ele fala com convicção de "uma gerra muito curta" (70); comento com Robert algumas falas do diretor do Grande Hotel de Balbec sobre a guerra (73); a propósito de Balbec, ele me fala do alistamento do antigo ascensorista, que, há poucos dias, eu encontrara (73); conversa com o ascensorista sobre os hábitos do sr. de Charlus e de outros hóspedes do hotel (74); Robert me fala dos esforços de Françoise para conseguir a reforma do sobrinho dela; comportamento de nossa criada durante a guerra (75).

Não me demoro muito em Paris e logo volto à minha casa de saúde, onde recebo duas cartas, uma de Gilberte e outra de Robert (79); em sua carta, datada de setembro de 1914, Gilberte narra sua fuga de Paris para Tansonville (79); a carta de Robert, recebida muitos meses mais tarde, traz reflexões e previsões pessoais sobre o andamento do conflito (80).

Agora, voltando pela segunda vez a Paris, recebo, logo no dia seguinte ao de minha chegada, nova carta de Gilberte, apresentando sua saída da cidade dois anos antes de um modo muito diferente: sua conduta heroica lhe vale elogio nos jornais e condecoração oficial (84); no dia seguinte ao da recepção dessa carta, Robert, chegado do front, faz-me uma visita rápida (86); percebo que encontrara no exército distrações graças às quais esquecera pouco a pouco que Morel se conduzira mal com ele e tem bruscos desejos de revê-lo (87); trocamos observações artísticas sobre a Paris da guerra (87); recupero nossas antigas conversas em Doncières sobre as batalhas, indagando-o sobre sua pertinência no conflito atual (89).

Enquanto evoco a visita de Saint-Loup, caminho pelas ruas de Paris para ir à casa da sra. Verdurin; descrição da cidade na penumbra (94); seguindo dois suavos, avisto um homem alto e gordo, que faz questão de parar e dirigir-se a mim: é o sr. de Charlus (96); mudara bastante sua situação mundana, sendo agora esnobado até mesmo pela sra. Verdurin, que o acusa de espionagem (98); Morel adere à campanha de desmoralização de seu antigo protetor, publicando artigos na imprensa; seu estilo provém de Bergotte (100); Charlie tenta alistar-se, mas a sra. Verdurin faz o possível para convencê-lo a ficar em Paris (101); como se nada mudara com a guerra, a sra. Verdurin continua a receber em seu salão e o sr. de Charlus continua a buscar prazeres (102); logo, porém, apaga-se um dos cunhos característicos do salão da Patroa: a morte do dr. Cottard, seguida da morte do sr. Verdurin; reações de Elstir a essa morte, que lhe parece eclipsar um pouco a beleza de sua própria obra (103); reflexões sobre psicologia individual e a gigantesca luta coletiva entre a França e a Alemanha (104-105); comportamento dos Verdurin durante o acirramento dos conflitos que envolvem a morte de milhões de pessoas — a Patroa degustando seu croissant matinal (106); germanofilia do sr. de Charlus que deseja senão que a Alemanha triunfe, pelo menos que não seja esmagada como todos esperam (107).

A guerra prolonga-se indefinidamente, contrariando as previsões anteriores dos que falavam em um eminente tratado de paz (111); crítica do sr. de Charlus às contradições implicadas nas opiniões de Brichot, do sr. de Norpois e do sr. de Cambremer (114); termina suas críticas falando de Morel, com quem se encontra no dia seguinte e suplica-lhe um encontro; Charlie o ignora e é ameaçado de vingança (115); a postura de Morel com relação ao barão situa-se no contexto mais amplo de mudança daqueles que estiveram envolvidos anteriormente em relações homoeróticas (115); retomada das críticas do barão aos que escrevem na imprensa durante a guerra (116); oscilações das opiniões do irmão do barão, o duque de Guermantes (118); o sr. de Charlus é particularmente cruel em suas críticas aos artigos do sr. de Norpois sobre a guerra (119); em um ponto ele tem razão: quando analisa a reação do público leitor de jornais (124); parêntese sobre um desses leitores típicos, a sra. de Forcheville (125).

Retomando a conversa com o barão pelas ruas de Paris, ele lamenta "a destruição de tantos rapazes" nos combates, cedendo, em seguida, à expressão de sua germanofilia (129); lamenta também a destruição de monumentos arquitetônicos franceses que ornavam as menores aldeias; lembro-me logo de Combray (130); o barão estende suas críticas aos americanos e retoma o relato da destruição de monumentos como a igreja de Combray, "destruída pelos franceses e pelos ingleses por servir de ponto de observação aos alemães" (131); debate com o barão a destruição dos monumentos comparada com o sacrifício de vidas humanas; ele critica posicionamentos patrióticos como o de Maurice Barrès (131); lucidez do barão que não vê como "uma guerra tão prolongada não ofereça riscos, ainda no caso de acabar bem" (133); análise do barão das forças que conduziram à guerra (134); tudo é dito em voz alta, enquanto caminhamos pelos bulevares parisienses (136); várias vezes, indivíduos suspeitos emergem da escuridão à passagem do sr. de Charlus; ele, entretanto, conduz-me para uma travessa, mais escura ainda do que o bulevar, onde é grande o fluxo juvenil de soldados estrangeiros (137-138); por levar em conta o nascimento unido à beleza e outros fatores de prestígio social, o barão conserva respeito para com as grandes damas acusadas de derrotismo (138); ele não sabe literalmente onde tem a cabeça, tal a afluência de militares até no céu, nos aeroplanos (138); o sr. de Charlus fala-me então de sua admiração pelos aviadores, não logrando mais uma vez abafar suas tendências germanófilas melhor do que as outras (139).

Comentando a situação de Paris sob os bombardeios dos zepelins e dos gothas, o barão fala das recepções dos Verdurin e volta a aludir a um suposto desejo de aproximação da parte de Morel (139); pela voz e olhar do barão, tenho a impressão de algo além de uma banal insistência; minha impressão é comprovada por dois fatos posteriores (141); o primeiro deles acontece dois anos depois de nossa caminhada noturna pelos bulevares: o violinista me revela não querer voltar a se encontrar com o barão por ter medo dele (141); o segundo fato (que, em certa medida, explica o primeiro) acontece depois da morte do sr. de Charlus — em uma carta deixada em um cofre, ele faz ameaças de morte a Morel (142-143).

Voltando a nossa caminhada por Paris durante a guerra, o barão acaba de me escolher como vago intermediário de preliminares de paz entre ele e Morel (144); o barão compara a Paris que atravessamos à cidade de Pompeia, prestes a ser atingida pelas lavas do Vesúvio (144); entusiasmado com o que vê, não se contém em elogios às virtudes dos soldados (145); deixa-me, afirmando que vai se deitar; em sua casa, transformada em hospital militar, ele continuaria entre soldados (146); a lua estreita e curva parece colocar Paris sob o signo oriental do crescente; por um instante, o sr.

de Charlus se detém diante de um senegalês, despedindo-se de mim e segurando-me com força a mão; ele acredita estar no oriente figurado por pintores franceses (147); ficando só, é o oriente das *Mil e uma noites* que a Paris da guerra evoca para mim (147).

Na escuridão e abandono da rua bastante afastada do centro, apenas um hotel parece animado (148); vejo sair dele um oficial do exército que lembra Robert de Saint-Loup (148); ansioso e com sede, peço um quarto no estabelecimento, que talvez seja um foco de espionagem (149); observo a conversa e a movimentação de alguns militares e de dois operários em uma saleta abafada (149); conduzem-me daí a pouco ao quarto 43, mas a atmosfera desagradável e minha curiosidade me levam a percorrer o hotel (150); no último andar, parece-me ouvir gemidos vindos de um quarto; pela claraboia lateral avisto o sr. de Charlus, já todo ensanguentado e coberto de equimoses, sendo espancando por Maurice, um dos jovens que estava na saleta de entrada (153); de repente, entra no quarto Jupien, a quem o barão solicita que faça Maurice sair por um instante (153); Jupien acompanha um deputado até a saída do hotel (154); de volta ao quarto, Jupien ouve as queixas do barão quanto à falta de crueldade de seu algoz (154); Jupien lhe propõe então o "homem do matadouro"; tanto este, quanto Maurice, lembram o tipo físico de Morel (156).

Desço e volto à antessala, onde Maurice joga cartas com seus companheiros; ali reina grande agitação por causa de uma cruz de guerra encontrada no chão (158); eles estão comentando fatos ocorridos durante as batalhas (159); o motorista do barão adentra a saleta, exclamando, ao ver Maurice: "Como, já acabou?" (159); procuro o patrão para pagar meu quarto (160); enquanto isso, dois fregueses muito elegantes estão parados na soleira, deliberando se devem ou não entrar (160); Jupien entra na saleta, reclamando porque falam muito alto, mas para estupefato ao me ver; explico-lhe por que viera (160); ouvem-se fregueses perguntar ao patrão por jovens com quem gostariam de marcar um encontro (161); o barão se aproximando, Jupien me esconde no postigo, de onde presencio a despedida do barão, que se demora junto de cada um dos jovens presentes na saleta (161-162); outro frequentador do hotel de Jupien é o príncipe de Foix, pai do amigo de Saint-Loup (165); "Como é simples! Não se diria um príncipe", comentam alguns dos presentes quando o barão sai, acompanhado até a rua por Jupien, ao qual ele não deixa de queixar-se da virtude do jovem do matadouro (166); diviso um vulto que me parece o de uma senhora idosa, vestida de preto: é um padre (167); Jupien vem me buscar no antro escuro onde nem ouso mexer-me; volto para a saleta onde liquido minha conta com o patrão (167); nesse momento, entra um rapaz de smoking, exigindo a presença de um jovem "às quinze para as onze" do dia seguinte (167); Jupien volta para buscar-me e desce comigo até a rua, onde tenta me explicar a natureza de seu estabelecimento e o que procura proporcionar ao barão (81); este só convive agora com "inferiores" (168); ouvindo Jupien, digo a mim mesmo: "Pena o sr. de Charlus não ser romancista ou poeta" (169); mas em arte, ele não passa de um diletante (169); Jupien afirma não se envergonhar com a origem de seus lucros e me convida a vir ao hotel sempre que quiser presenciar cenas das *Mil e uma noites* (171); apenas me deixa, soa o alarme, seguido de violentos tiros de barragem; sente-se o avião alemão muito perto (171).

Penso na casa de Jupien, talvez já desfeita em cinzas, na qual o sr. de Charlus poderia ter escrito profeticamente "Sodoma", como fizera, no início da erupção vulcânica, o desconhecido habitante de Pompeia (172); perfil dos frequentadores do hotel de Jupien (173); não conheço ninguém mais rico em inteligência e sensibilidade do que ele (176); reflexões sobre a nova fase da moléstia do sr. de Charlus (177).

O toque tranquilizador soa quando chego em casa, onde encontro Françoise voltando da adega com o copeiro (179); diz-me que Saint-Loup entrara um instante à procura de sua cruz de guerra (179-180); Robert causara medíocre impressão a meus dois empregados (180); conversa de Françoise e do copeiro sobre a guerra (180); os primos milionários de Françoise e seu sobrinho morto durante o conflito (184).

A notícia da morte de Robert de Saint-Loup retarda minha partida de Paris (186); sua postura ao longo da guerra e minhas lembranças dele e de Albertine (187); Françoise recebe com mais pesar a notícia da morte de Saint-Loup do que a de Albertine: "Não se esqueça de avisar-me se falarem da morte do marquês nos jornais" (189); mesmo antes da guerra, Robert repetia que era "um homem de antemão condenado" (189); seu enterro na igreja de Saint-Hilaire de Combray (190); a duquesa de Guermantes adoece por causa da morte do sobrinho (191); Saint-Loup provoca sofrimentos maiores em Morel: seus esforços para reencontrá-lo levam à prisão de Morel, que era um desertor; Charlie atribui sua prisão ao ódio do sr. de Charlus (192); enviado depois ao front, Morel retorna da guerra condecorado (192-193); muitas vezes, depois, ocorre-me que, se Saint-Loup estivesse vivo, seria facilmente eleito deputado após a guerra; balanço dessas eleições (193).

A RECEPÇÃO DA PRINCESA DE GUERMANTES

A nova casa de saúde a que me recolho não me consegue curar e nela passo muito tempo. No trajeto de trem, a caminho de Paris, minha convicção da ausência em mim de dons literários é reforçada: "Árvores, não tendes mais nada a dizer-me" (195); olho com indiferença detalhes da natureza (195); de volta a Paris, recebo dois convites: um para um chá dado pela Berma em honra da filha e do genro e outro para uma recepção na casa do príncipe de Guermantes (196); o nome "Guermantes", com todas as lembranças que desperta, me decido a ir a essa recepção (196).

Tomo um carro para ir até a nova residência do príncipe, na avenue du Bois; a mudança do príncipe traz-me ao menos a vantagem de atravessar as ruas do percurso até os Champs-Élysées, subindo aos poucos para as alturas silenciosas da memória (197);

chegando aos Champs-Élysées, chama-me a atenção um homem de olhos fixos, muito curvo; sob seu chapéu de palha vê-se uma floresta indômita de cabelos inteiramente brancos: é, ao lado de Jupien, que o cerca de cuidados, o sr. de Charlus, convalescente de um ataque de apoplexia (198); à passagem da sra. de Sainte-Euverte, ele se descobre, inclina-se e a saúda com tanto respeito como se ela fosse a rainha da França (200); dois homens diferentes convivem no sr. de Charlus: o intelectual e o subconsciente (202); de início, mal percebo o que ele está me dizendo (202); com dureza triunfal, ele repete os nomes de seus contemporâneos mortos (203); reação indignada da duquesa de Létourville diante da afasia do barão: "Seria melhor voltar para casa" (204); o sr. de Charlus pede uma cadeira para sentar-se; aproveito para ter informações detalhadas sobre seu estado de saúde (204); Jupien interrompe seu relato para evitar que o barão, que "continua ardente como um rapaz", entre em conversa com um jardineiro (204).

Desço novamente do carro pouco antes de chegar à porta da princesa de Guermantes, e recomeço a pensar no cansaço e no tédio com os quais, na véspera, tentara notar fenômenos da natureza (206); está provado que nada farei, que a literatura não me dará a menor alegria (206); verifico como se enganara Bergotte a meu respeito quando me parabenizava por eu desfrutar "das alegrias do espírito" (206); mas é muitas vezes quando tudo nos parece perdido que sobrevém o aviso graças ao qual nos conseguimos salvar (207).

Ruminando tristes reflexões, entro no pátio da residência dos Guermantes; ao tropeçar nas pedras irregulares do calçamento, surge-me Veneza (207-208); entro na casa dos Guermantes e um lacaio convida-me a permanecer um instante numa pequena sala-biblioteca para aguardar o final do concerto; o ruído de uma colher contra um prato é idêntico ao do martelo de um empregado que consertava alguma coisa numa roda do trem, na chegada a Combray (209); os sinais destinados a arrancar-me do desânimo e restituir-me a fé nas letras se multiplicam: o guardanapo com que enxugo a boca é engomado exatamente como a toalha com a qual tivera tanta dificuldade de enxugar-me defronte da janela no dia de minha chegada a Balbec (210); a música em execução pode terminar de um momento para outro; por isso procuro discernir o mais claramente possível a natureza dos prazeres idênticos que, três vezes em alguns minutos, acabo de experimentar (210); paralelo com Swann e a dor súbita que lhe causa a sonata de Vinteuil no final de seu amor: diferença entre a lembrança surgida inopinadamente e nosso estado atual (210); noto que haveria grandes dificuldades na obra de arte que já me sinto prestes a empreender (212); características do ser que em mim goza dessa impressão e lhe desfruta o conteúdo extratemporal: ele vive apenas da essência das coisas (212); apenas um momento do passado? Muito mais, talvez: alguma coisa que, comum ao passado e ao presente, é mais essencial do que ambos (212); isolo enfim um pouco de tempo em estado puro (214); diferentemente dos espetáculos prolongados e confortáveis da memória voluntária, é efêmera a ilusão que experimento, colocando em dúvida a realidade atual de meu eu (215); enquanto reflito sobre isso, o barulho estridente de um encanamento de água desperta a lembrança dos apelos que os iates faziam em Balbec (215); embora fugidia, a contemplação de eternidade me concedera "o único fecundo e verdadeiro prazer" (217); diferença entre esse prazer e o prazer do amor e da amizade (217).

Estou agora bem resolvido a reter e fixar a contemplação da essência das coisas, mas como? (218); já verificara a impossibilidade de atingir na realidade o que havia em meu íntimo (218); logo, não tentaria novas experiências em caminho que há muito verificara sem saída; o único modo de apreciá-las seria tentar conhecê-las mais lá onde se achavam, isto é, em mim mesmo (219); seria esta a felicidade sugerida pela frase da sonata de Vinteuil a Swann? (219); entretanto, percebo que impressões obscuras me haviam, já em Combray, no caminho de Guermantes, solicitado a atenção: eu já era então o mesmo, mas não fizera nenhum progresso desde então

(220); deveria decifrar essas impressões pois as verdades direta e claramente apreendidas pela inteligência no mundo da plena luz são mais superficiais do que as que a vida nos comunica numa impressão física (220); o meio de converter essas impressões em seu equivalente espiritual era a feitura de uma obra de arte (220); o ato criador não admite suplentes nem colaboradores (221); o caso Dreyfus, a guerra, serviam aos escritores de pretexto para abandonarem a decifração daquele livro íntimo (221); só vem de nós o que tiramos da obscuridade reinante em nosso íntimo (222).

Um raio oblíquo do poente sugere-me instantaneamente a lembrança do quarto de Eulalie, na praça da igreja em Combray (222); não somos de modo algum livres diante da obra de arte; ela é necessária e oculta (223); convence-me disso a própria falsidade da arte tida como realista; não devo também me preocupar com várias teorias literárias que parecem constituir em quem as sustenta prova de inferioridade moral (223); um livro eivado de teorias é como um objeto com etiqueta de preço (224); a realidade a traduzir dependia não da aparência do assunto, mas do grau de penetração dessa impressão nas profundezas em que essa aparência pouco importa (224); nada se afasta mais daquilo que de fato percebemos do que a visão cinematográfica das coisas (225).

Percorrendo a biblioteca do príncipe de Guermantes, deparo-me com o romance *François le champi*, cujo título me remete aos dias de Combray (225); tal nome de um livro antigo guarda entre suas sílabas o vento rápido e o sol brilhante que sentíamos ao lê-lo (227); é por isso que, se me tentasse ser bibliófilo como o príncipe, buscaria a edição em que pela primeira vez li determinado livro (229).

A ideia de uma arte popular, como a da arte patriótica se me afigura ridícula (231); uma hora não é apenas uma hora, é um vaso repleto de perfumes, de sons, de projetos e de climas (232); a literatura que se limita a "descrever as coisas" é a mais fora da realidade (233); tudo quanto não cessamos de repetir a nós mesmos, algumas vezes em voz alta, no silêncio de nosso quarto não o podemos fazer voltar à verdade, da qual tanto se desviara (234); até nos prazeres artísticos achamos meios de deixar de lado o que precisamente constitui a impressão que sentimos e continuamos a tocar a sinfonia e a visitar a igreja (235); muitos ficam nisso, nada extraem das próprias impressões, envelhecem inúteis e insatisfeitos, são os "celibatários da arte" (235); embora ridículos, eles não devem merecer nosso desprezo — são os esboços da natureza desejosa de criar o artista (236); há maiores analogias entre a vida instintiva do público e o talento de um grande escritor (238); diferença entre aquele que apenas lê e aquele que cria: exemplo de uma máxima de La Bruyère (239).

A grandeza da verdadeira arte consiste em captar, fixar, revelar-nos a realidade longe da qual vivemos: nossa própria vida (239-240); a verdadeira vida é a literatura (240); só pela arte podemos sair de nós mesmos (240); o trabalho feito pelo amor-próprio, pela paixão, pelo espírito de imitação, pela inteligência abstrata, pelos hábitos, é o que há de desmanchar a arte (240); cumpria-me, pois, buscar o sentido, encoberto pelo hábito, dos menores sinais que me rodeavam — Guermantes, Albertine, Gilberte, Saint-Loup, Balbec, etc (242); quanto às verdades que a inteligência colhe em plena luz, ao acaso, talvez sejam valiosas; mas têm contornos antes secos e são planas, sem profundidade (243); eu sabia entretanto não serem inteiramente desprezíveis essas verdades que a inteligência extrai diretamente da realidade (243); cada criatura que nos faz sofrer pode representar para nós uma divindade (243); compreendo enfim que a matéria da obra literária é minha vida passada, que até este dia poderia e não poderia resumir-se neste título: uma vocação (122); não há um só nome de personagem inventada sob o qual o escritor não possa colocar sessenta nomes de pessoas reais (244); movido pelo instinto que o habitava, o escritor omite invariavelmente reparar em coisas que todos notam e só do geral se recorda (245); um homem dotado de sensibilidade poderia, ainda que não tivesse imaginação, escrever romances admiráveis (246); os seres mais estúpidos manifestam leis que não percebem (246); todos os que me haviam revelado verdades, e já não existiam, apareciam-me como se tivessem morrido por mim (247); um livro é um vasto cemitério onde na maioria dos túmulos já não se leem as inscrições apagadas (248); considerada como agouro, será a obra comparável a um amor infeliz, a pressagiar fatalmente outros: meu amor por Albertine já se inscrevia em meu amor por Gilberte (249); somos obrigados a reviver nosso próprio sofrimento com a coragem do médico que em si mesmo injeta um soro perigoso, mas devemos ao mesmo tempo pensá-lo de um modo geral (250); em amor, o rival feliz, o inimigo, é nosso benfeitor (250); a felicidade é salutar para o corpo, mas só a dor enrijece o espírito (251); o que importa desvendar, tornar claro, são nossos sentimentos, nossas paixões, isto é, os sentimentos e paixões de todos (252); quanto à felicidade, quase só tem uma serventia: tornar possível a infelicidade (252); são nossas paixões que esboçam os livros, os intervalos de trégua os escrevem (252); a imaginação, o pensamento podem ficar inertes; o sofrimento as põe em movimento (254); os anos felizes são anos perdidos, espera-se um desgosto para trabalhar (254).

Compreendo também que os menores episódios de meu passado haviam concorrido para dar-me a lição de idealismo de que agora aproveitaria (255); todo leitor é, quando lê, leitor de si mesmo (256); o autor não se deve com isso ofender, mas, ao contrário, deixar-lhe a maior liberdade (256); talvez sobretudo por seu estupendo jogo com o Tempo me fascinem os Sonhos (257); a matéria de minha experiência, que seria a matéria de meu livro, me vem de Swann (260); sentimos que a vida é um pouco mais complicada do que se pretende, e também as circunstâncias. Urge patentear-se essa complexidade (262).

Nesse momento, o *maître d'hôtel* vem avisar-me que eu posso deixar a biblioteca e entrar nos salões (263); herança literária de autores que também escreveram sobre impressões do mesmo gênero das que acabo de experimentar: Chateaubriand, Nerval e Baudelaire (265); deixo a biblioteca e apenas entro na sala principal um *coup de théâtre* se produz, levantando contra meus planos as mais sérias objeções (266).

Dificuldade em reconhecer o príncipe de Guermantes (266); espanta-me, no mesmo momento, ouvir chamar de duque de Châtellerault um velhote de bigodes prateados (267); desse ponto de vista, o mais extraordinário de todos é meu inimigo pessoal, o sr. D'Argencourt (267); a recepção é um verdadeiro teatro de bonecos envoltos nas cores imateriais dos anos (270); alguns seres apresentam traços exteriores de outra pessoa (271); por todos os motivos, uma recepção como esta faz-se mais preciosa do que uma visão do passado (271); quanto à mulher de quem o sr. D'Argencourt fora amante, não mudara muito (272); a necessidade de, para ligar um nome às faces, subir afetivamente o curso do tempo forçava-me a estabelecer em seu devido lugar os anos de que não cogitara (272); uma jovem que eu conhecera antes está irreconhecível, mas seu irmão continua o mesmo, salvo o bigode branco (272).

Apercebo-me afinal, diante das metamorfoses sofridas pelos outros, que também para mim o tempo passara (273); "Ah! que prazer de ver meu mais velho amigo!", exclama a duquesa de Guermantes ao me ver (273); um sobrinho do príncipe me chama de "velho parisiense" (273); eu estou velho (274).

Bloch adentra o salão; espanta-me notar-lhe na fisionomia alguns dos sinais que caracterizam de preferência os velhos (275); ouvindo a duquesa de Guermantes mencionar nomes de antigos conhecidos, lamento não haver também alcançado o que ela chama de restos do antigo regime (275); de fato, ela é uma mulher velha (275); em alguns seres a mudança é tão completa que não suspeitaria tê-los conhecido (277); aplico-me em introduzir na fisionomia da desconhecida a noção de que é a sra. Sazerat (277); todos se põem a rir quando falo de mim como de um rapaz (278); então compreendo que a velhice é a realidade de que conservamos até mais tarde uma ideia puramente abstrata (278); todas essas reflexões, a cruel descoberta que acabo de fazer acerca do

Tempo decorrido não poderia senão somar-se, contribuindo para a própria substância de meu livro (279).

Alguém pergunta meu nome; é o sr. de Cambremer, que, para mostrar que me reconheceu, indaga-me sobre minha doença (279); outros convidados só na marcha mostram-se incertos; parecem a princípio sofrer de alguma doença nas pernas; alguns embeleza a idade, como ao príncipe D'Agrigente (281); se pela pintura algumas mulheres confessam a velhice, esta se patenteia, ao contrário, pela ausência de artifícios nos homens — é o caso de Legrandin, que perdera o ânimo não só de pintar-se, como de sorrir, de dar brilho ao olhar (282); a muitos apenas revejo exatamente como foram — Ski, por exemplo, tão pouco mudado (282); outros mundanos não são velhos, mas rapazolas extremamente gastos (283); tenho a surpresa de conversar com homens e mulheres outrora insuportáveis, que perderam quase todos os seus defeitos (283); muitos têm dificuldade para andar porque já têm um pé na sepultura (284); em outros, noto mudanças atávicas ligadas à família ou à raça (285); alguns semblantes já têm a rigidez, as pálpebras cerradas dos moribundos (286); essas mudanças, eu sei o que significam, a que elas servem de prelúdio (288); efeitos diferentes dos cabelos brancos: o caso da princesa de Guermantes (289); com a velhice ressalta-se o parentesco entre algumas pessoas (290); alguns tentam fabricar faces diferentes; em torno dessas feições novas floresce uma nova juventude (290); outros homens, outras mulheres não dão a impressão de estarem mais velhos; o talhe continua esbelto, fresco o rosto — sua idade revela-se à medida que deles me aproximo (291); encontro ali um antigo camarada que, durante dez anos, eu vira quase diariamente, mas não chego a convencer-me que é ele — seus olhos, sempre risonhos, sempre móveis, se imobilizaram (291); não reconheço a viscondessa de Saint-Fiacre — é que há três anos ela toma cocaína e outras drogas e tem olhos de alucinada (292-293); penso nos que não vieram porque já não podem (293); a maioria feminina não conhece tréguas na luta contra a idade (294); mesmo nos homens pouco mudados sente-se não ser apenas material a modificação (295).

"Você me toma por minha mãe", diz-me Gilberte. É verdade (295); quanto a Odette, se não a identifico à primeira vista é por não ter mudado (295); um ministro, outrora réu de um processo criminal, é agora muito bem recebido no faubourg Saint-Germain (296); tão milagroso é o aspecto da sra. de Forcheville que nem se poderia falar em rejuvenescimento, e sim em reflorescimento: Odette parece uma rosa esterilizada (298); não deve manter-se em forma por muito tempo — menos de três anos mais tarde eu a veria um tanto enfraquecida mentalmente e menosprezada pelos convidados da filha (299); custo a reconhecer meu colega Bloch, que adotou o nome de Jacques du Rozier (300); atendendo a seu pedido, apresento-o ao príncipe de Guermantes (301); Bloch me interroga como eu interrogara a outros quando de minha entrada na sociedade (302).

A princesa de Guermantes falecera e o príncipe, arruinado pela derrota da Alemanha, desposara a ex-sra. Verdurin, que Bloch não reconhece (303); entre os convidados, há um homem de grande prestígio, único a saber que Morel fora sustentado pelo sr. de Charlus, depois por Saint-Loup (304); alguns estrangeiros haviam sumido sem deixar vestígios (305).

O que melhor caracteriza essa sociedade é sua prodigiosa tendência para desclassificar-se: mil corpos estranhos penetram, destroem completamente a homogeneidade do faubourg Saint-Germain; a sensação do tempo decorrido e da destruição de uma parte de meu passado se prende à perda da memória na sociedade, na política, em tudo (305-306); Bloch, durante a guerra, deixara de "sair", de frequentar seu antigo meio, nem se cogitava que ele pudesse ter vivido alhures; em compensação, não cessara de publicar obras que dão a impressão de uma altura intelectual pouco comum, de uma espécie de gênio (307); velhos mundanos acham tudo diferente na sociedade (307).

Mal acabara eu de falar com o príncipe de Guermantes, Bloch me apresenta a uma jovem que me conhecia de nome, mas seu nome me é totalmente desconhecido; ela pergunta a uma americana a que título alardeia a sra. de Saint-Loup tanta intimidade com o grupo ali reunido (309); as festas mundanas são para a americana uma espécie de escola Berlitz: ela ouve os nomes e os repete sem lhes procurar antes conhecer o valor (310); de forma que, se nos é comum o dicionário de palavras, o onomástico difere para cada um de nós (313); um nome: eis tudo quanto nos fica de um ser, não só depois de morto, mas em vida (316).

Das mudanças produzidas na sociedade eu poderia extrair verdades que não são peculiares à nossa época (317); mesmo no passado, já se dava de maneira idêntica o fenômeno que registro — exemplo da família Colbert e da família de sra. de Staël (317-318); verifico não ser tão raro como supusera esse fenômeno social que me levara à sociedade dos Guermantes (319); a bondade, simples maturação que acabara adoçando naturezas primitivamente ácidas como a de Bloch, também é comum (320); assim, em cada período de sua duração, o nome de Guermantes recruta elementos novos (321).

Várias das pessoas reunidas ou evocadas nesta *matinée* apresentam a meus olhos os aspectos que sucessivamente me haviam oferecido, de acordo com as circunstâncias diferentes, opostas, nas quais me haviam aparecido (321); recordação dos primeiros encontros com a srta. Swann, com o sr. de Charlus, com a sra. de Guermantes (321); a diversidade dos pontos de minha existência por onde passara o fio de cada uma dessas personagens acabara por emaranhar os mais distantes; hoje todos esses fios diferentes estão reunidos (323); por vezes, mais de uma imagem me acode do ser tão diferente do que depois se me mostrara (324); uma coisa espanta-me em todos esses seres: a ideia diferente que agora fazem uns dos outros (325); essas criaturas, a vida as apresentara a mim envoltas em situações especiais e impediam-me de lhes penetrar na essência — exemplo dos Guermantes (326); confusões e equívocos nos diálogos sobre a morte de alguns personagens, como a sra. D'Arpajon (329); a morte perdera sua estranheza e faz-se mais indecisa entre os velhos (329); devendo ir ainda a duas recepções, e tomar chá com duas rainhas, uma senhora sai bastante apressada: é a princesa de Nassau, antiga *cocotte*; ela corre, com efeito, para o túmulo (329).

Uma senhora gorda dá-me boa-tarde: "Você me tomou por mamãe", reconheço Gilberte (331); falamos de Robert, que Gilberte trata como um ser superior cujas ideias sobre a guerra agora ela muito valoriza (331); o respeito com que se refere a Robert parece dirigido mais a meu finado amigo do que a seu defunto esposo (334); Gilberte é agora inseparável de Andrée, talvez porque o marido dessa fora também amante de Rachel (334); enquanto isso, ouve-se a atual princesa de Guermantes repetir, exaltada, sua admiração pela "mocidade tão inteligente" (335); "Mas como vem a reuniões tão numerosas?", pergunta-me Gilberte, aludindo maldosamente, enquanto "Guermantes", à recepção da tia *parvenue*, a sra. Verdurin (336).

Pretendo recomeçar no dia seguinte a viver na solidão (337); quando sentir a necessidade de intervalos de repouso e distração, em vez de debates intelectuais, ligeiros amores com raparigas em flor constituirão o alimento escolhido por mim (338); asseguro a Gilberte que me daria o maior prazer convidando-me para encontrar mocinhas; ela sorri e parece procurar seriamente alguma coisa em sua memória (339-340); para as mulheres que conhecia, cada uma delas projeta, em ponto diferente de minha vida, como divindade protetora e local; assim é que a sombra de Gilberte se alonga em lugares sucessivos que a vira (341); a fragmentária Gilberte de hoje acolhe sorridente meu pedido, depois, refletindo sobre ele, torna-se séria, não prestando atenção a um grupo em que figura a duquesa de Guermantes em palestra com uma velha horrenda, Rachel (342-343); conto à duquesa que encontrara o sr. de Charlus; ela o acha ainda mais "acabado" do que está e mais parecido com a mãe dele (344).

Quanto à Rachel, os esforços que evidentemente fizera para aproximar-se da duquesa de Guermantes prende-se ao fascínio exercido pelos mundanos sobre os mais inveterados boêmios; o fascínio tem também motivação pessoal: fora na casa da sra. de Guermantes que Rachel recebera outrora a mais cruel afronta (346-347); realiza-se naquele momento, no extremo oposto de Paris, um espetáculo bem diferente: o chá oferecido pela velha atriz Berma em honra da filha e do genro (347); informada de que Rachel ia recitar na festa da princesa de Guermantes, a Berma escrevera a alguns íntimos que sabia também amigos da princesa; mas as horas se passam e ninguém aparece; o único convidado presente acaba abandonando a velha atriz (347); nesse instante, Morel adentra o salão da princesa; a duquesa é para com ele de uma amabilidade que me desconcerta um pouco (344); a duquesa adotara decididamente Rachel por amiga (345); essa amizade trai também, na duquesa, uma inteligência afinal medíocre, insatisfeita (346).

Minha conversa com Gilberte é interrompida pela voz de Rachel, que se alça (351); sua maneira de recitar causa, inicialmente, profundo estranhamento na plateia (351); toda gente se entreolha, sem saber que cara fazer (352); uma exclamação admirada da duquesa influencia a receptividade dos outros convidados (353); percebo na atriz o desejo de ser reconhecida e abordada por mim (353); ao fim do recital, Rachel fala mal da Berma (356); a duquesa elogia Rachel perto de Gilberte; com efeito, a sra. de Guermantes, no declínio da existência, sente o despertar de curiosidades novas — seu espírito fatigado exige novos alimentos (357); envelhecida, cansada ao menor esforço, a duquesa diz muita tolice (357); fico admirado de ver o duque de Guermantes, quase o mesmo, apenas com mais cabelos brancos (360).

Bloch pede maiores informações sobre a sobrinha do sr. de Bréauté; "Ah! Bréauté era um esnobe" diz a duquesa de seu encantador "Babal" (360); ela passa, em seguida, a relatar curiosidades de pessoas que ambos conhecêramos (360); a realidade desses tempos longínquos está perdida: Swann é agora apenas "um senhor de idade" que eu, supostamente, teria conhecido em casa da duquesa (363); relembro a primeira vez que fui à casa da princesa de Guermantes, aludindo ao vestido e aos sapatos da duquesa — ela não se lembra direito (364); as opiniões dela sobre Rachel, embora medíocre, interessam-me por marcarem, também, uma hora nova em seu relógio (365).

Acontece então um acidente inesperado: um lacaio avisa Rachel que a filha e o genro da Berma desejam falar-lhe (367); depois de contar a todos, galhofeiramente, o caso, Rachel manda dizer ao jovem casal que entre, recebendo-os de braços abertos (368).

A duquesa está infeliz porque o sr. de Guermantes apaixonou-se pela sra. de Forcheville (369); o velho duque sequestra a amante, repetindo meu caso com Albertine, como este repetira o de Swann com Odette (369); parentes do duque visitam a sra. de Forcheville, na esperança de serem contemplados no testamento (370); a ligação do duque com Odette o faz perder, pela segunda vez, a presidência do Jockey e uma cadeira na Academia de Belas-Artes, assim como a associação pública do sr. de Charlus com Jupien o privara da presidência da União e da Sociedade dos Amigos da Velha Paris (370); visando também a herança, Saint-Loup levara fielmente a mulher à casa de Odette (371); o velho duque não vai mais a parte alguma e veio por um instante à recepção da princesa para vê-la — ele não passa de uma ruína, porém soberba (371); o duque fica na recepção por pouco tempo, o bastante para me deixar perceber que Odette não lhe dá importância; ele está muito velho e já não é mais orgulhoso como outrora (372); assim, no faubourg Saint-Germain, as posições aparentemente inexpugnáveis do duque e da duquesa de Guermantes, do barão de Charlus haviam perdido sua inviolabilidade (373).

Os olhares enraivecidos que o duque lançava à esposa ele agora os lança a Odette; ele, entretanto, ignora que, após sua saída, Odette vai se encontrar com os outros (374); Odette é medíocre nesse papel como em todos os que desempenhou (374); acreditando que sou autor de fama, Odette me confessa detalhes de sua vida íntima (375); penso com horror, enquanto ela me narra suas aventuras, em tudo o que Swann ignorara; no fundo, ela se confessa tão somente para fornecer-me o que imagina temas de novelas! (377); é assim muito infeliz a duquesa; não se sabe, porém, ao certo, se ela própria não tem suas aventuras (377).

Percorro a casa da princesa em companhia da duquesa de Guermantes; uma jovem ouve música em atitude langorosa — é uma sobrinha da sra. de Sainte-Euverte; a duquesa sempre mentira um pouco, agora mais do que nunca; e nega ter estado em recepção em casa da sra. de Sainte-Euverte, quando ainda era princesa Des Laumes (379); a sobrinha ouvindo música deitada empresta para mim novo brilho ao nome de Sainte-Euverte (379); a duquesa se espanta que eu possa me interessar pela família Sainte-Euverte e ainda manter contato com Gilberte de Saint-Loup (380); pergunto, então, se não seria penoso para a sra. de Saint-Loup presenciar o recital da antiga amante do marido, o que a irrita momentaneamente: "Gilberte nunca amou o marido", diz, "Não, francamente, não passa de uma cadela", complementa (381-382).

Gilberte, que sem dúvida herdara alguns traços maternos, quer me apresentar a filha (383); são numerosas as veredas que, em meu caso, se dirigem para a srta. de Saint-Loup, ou de seu derredor irradiam (384); não poderíamos descrever nossas relações com alguém sem evocar os mais diversos sítios de nossa vida (386); necessidade de uma psicologia no espaço (386); o tempo incolor e fugidio se havia materializado na srta. de Saint-Loup (387); risonha, formada pelos anos que eu perdera, assemelha-se à minha mocidade (387).

Enfim, a noção do tempo convence-me da urgência de começar minha obra (387); para dela dar uma ideia, seria mister buscar comparações nas artes mais diversas e mais altas (388); nos grandes livros dessa natureza, há partes apenas esboçadas: muitas catedrais permanecem inacabadas (388); meus leitores seriam os leitores de si mesmo, o livro não passando de uma espécie de vidro de aumento (388); escreveria minha obra sob o olhar de Françoise (389); eu realizaria o que tanto desejara em meus passeios no caminho de Guermantes (390); mas já não é tarde e será que ainda conseguiria? Minha hora poderia soar de um momento para outro (391); sinto-me responsável pela obra que trago em mim, como algo precioso e frágil (392); compreendo que morrer não me seria novidade, pois já morrera muitas vezes desde a infância (394); há perigos exteriores de eu morrer, mas também interiores: na noite em que saio para encontrar alguns amigos, desço com dificuldade as escadas e volto para casa sem memória, sem força, sem vida (396); estou decidido a consagrar a minha obra todas as forças que sumiam lenta e relutantemente (397); em breve mostro alguns esboços dela — ninguém entende nada (397-398); desde o dia em que minhas pernas fraquejaram ao descer a escada, espanta-me minha indiferença às críticas (398); as forças do escritor já não correspondem em mim às exigências egoístas da obra (399); a ideia da morte instala-se em mim como um amor (399); o que tenho a escrever é algo de mais longo e dirigido a mais de uma pessoa (400); se trabalhar, só será à noite, mas precisarei de tantas noites, talvez de cem, talvez de mil (400); escreveria as *Histórias árabes* ou as *Memórias* de Saint-Simon de uma outra época (401); se tiver forças para realizar o livro projetado, lhe imprimirei sobretudo a forma do Tempo.

FIM

posfácio[1]

1. ESBOÇOS E MANUSCRITOS

O conjunto dos documentos conservados na Biblioteca Nacional da França (BNF), em Paris, compreende essencialmente 75 cadernos de esboços e vinte cadernos de um manuscrito que vai de *Sodoma e Gomorra* a *O tempo redescoberto*.* Mas a classificação oficial está bastante equivocada, pois ela confunde cadernos de esboços e manuscritos. Foram classificados entre os cadernos de esboços: os cadernos 9 e 10 (e também as folhas soltas) que formam com o caderno 63 um manuscrito para "Combray"; os cadernos de 15 a 19 (e o caderno 22) que formam um manuscrito para o capítulo "Um amor de Swann" (com as folhas soltas arrancadas desses cadernos); os cadernos 24, 20 e 21, que formam um manuscrito para tudo o que diz respeito à sra. Swann e sua filha, e o caderno 35, que é um manuscrito para a estadia na praia que terminava a primeira parte do romance, na versão preliminar de 1911. Isso quer dizer que, nesse momento, já está pronto o manuscrito para o futuro *À sombra das raparigas em flor*, sem Albertine, evidentemente, e sem o grupo das raparigas (mas trata-se de uma lacuna de apenas algumas dezenas de páginas). Acontece a mesma coisa com os cadernos 34, 35, 44 e 45 que formam, desde 1912, um manuscrito do que se tornará *O caminho de Guermantes I*. Outros fragmentos do manuscrito estão nos chamados cadernos

---

1 Título original "Les cent cahiers de Marcel Proust. Comment a-t-il rédigé son roman" ("Os cem cadernos de Marcel Proust. Como ele redigiu seu romance"). Tradução de Érica Gonçalves de Castro e Guilherme Ignácio da Silva.

* Os cadernos de esboços de Proust estão disponíveis para leitura on-line no site "Gallica" que se encontra no interior do site da Biblioteca Nacional de França (www.bnf.fr/gallica). Os cadernos de Proust receberam uma numeração conforme foram sendo adquiridos pela biblioteca; sua numeração não segue, assim, uma ordem cronológica. O trecho inicial do posfácio de Bernard Brun distingue os cadernos de esboços dos cadernos manuscritos, usados para passar a limpo um texto que seria em seguida datilografado ou impresso. *O tempo redescoberto*, publicado após a morte de Proust e sem ter sido revisado em vida pelo autor, foi inteiramente extraído desses cadernos. (N. T.)

de esboços: os cadernos 34, 33 e 46 para as estadias balneárias com as raparigas, algumas frases do caderno 55 para *O tempo redescoberto*, e os cadernos de 59 a 62 para os acréscimos aos manuscritos, às datilografias e às provas de edição — três tipos de documentos em permanente relação de interdependência no trabalho proustiano de escritura.

Da mesma forma, a classificação temática, que faz com que cada caderno corresponda a um trecho preciso do romance (cuja publicação integral aconteceu postumamente, em 1927), deveria ser substituída por uma outra, "estratigráfica", que restituiria as diferentes etapas sucessivas da redação da obra, primeiro em 1909, depois em 1911, em 1914 e a partir da primeira Grande Guerra. Um determinado fragmento dos esboços corresponde a um estado da criação, muito mais do que a certo trecho da narrativa. Teríamos assim várias camadas entrecortando-se por vezes, ou melhor, uma série de círculos concêntricos, com linhas transversais, todas partindo do projeto *Contra Sainte-Beuve*. A análise interna, assim como a análise material dos cadernos, a análise de algumas séries de cadernos numeradas pelo próprio Proust e o estudo comparado de sua biografia, de sua correspondência e dos documentos manuscritos, poderiam nos ajudar nessa datação das etapas da criação.

A todos esses documentos se acrescenta um conjunto de arquivos denominados "relicários dos manuscritos" e que conservam, ligados juntos, várias séries de folhas arrancadas aos cadernos. Uma bela encadernação concebida para atender às necessidades de organização sublinha o fracasso da classificação temática feita pela BNF: não são meros "restos", e sua exploração é difícil, porém fascinante, já que, longe de formarem redações rejeitadas pelo escritor são, de um modo geral, folhas redigidas nos cadernos e arrancadas para preparar os trabalhos de datilografia.

As datilografias também são conservadas, ainda com os "relicários", que são indispensáveis para estudar a gênese da obra e suas transformações sucessivas. Mas tratam-se, na verdade, de páginas que não foram consideradas para formar a cópia. É preciso ainda fazer duas observações sobre as datilografias. Em primeiro lugar, elas fazem com que o romance em gestação entre no domínio do publicável e do social, formando assim um contraste surpreendente com os cadernos de rascunho, e mesmo de manuscritos, que são extremamente fragmentados e descontínuos. Materiais narrativos se perdem durante o trabalho de datilografia, mas muito poucos. Ao contrário, redes temáticas se constituem ou diminuem de extensão. Uma construção vai se desenhando, após a desordem aparente e o intenso desenvolvimento da narrativa nos esboços e manuscritos (que dão a impressão, respectivamente, de algo inacabado e interrompido; embora justa, tal impressão não consegue explicar o formidável investimento na escritura, no momento preciso em que a pluma corre sobre cada folha de papel).

Proust, contudo — e essa é a segunda observação —, corrigia exaustivamente suas datilografias, como se ainda fossem rascunhos. A obra sempre permanece inacabada, ou antes, em eterno devir, seja lá qual for seu estágio de elaboração: não existe fim previsível para o trabalho do escritor. Mas essa dialética do interrompido e da finalidade nos levaria a discutir a ideia do inacabamento constitutivo da escritura, ficando, em todo caso, muito mais distante do que a descrição dos papéis.

O mesmo acontece com os numerosos jogos de provas conservadas, mesmo que lacunares. Digamos simplesmente que é surpreendente que elas tenham sido conservadas, pois o usual é que elas permaneçam nas mãos de tipógrafos, após a impressão da obra. O mistério não foi desvendado; contudo, ele nos reserva uma surpresa que não é das menores: é sempre esse trabalho indefinido a partir de documentos que, teoricamente, não deveria mais mudar de forma, que deveria ser fixado pela impressão. Mas essa observação vale sobretudo para *No caminho de Swann*, cujos documentos preparatórios formam a metade do fundo Proust, se consideramos esse volume em seu primeiro estágio, como parte de *O tempo perdido (Swann, Raparigas em flor* e uma parte de *Guermantes I)*. O restante do romance, por precipitação ou por doença, foi menos remanejado e retrabalhado. A partir de *A prisioneira*, o livro é praticamente póstumo.

É preciso, entretanto, observar as lacunas: a escassez de um dossier de trabalho, de notas do escritor (apenas quatro cadernetas, mais aquela que sabemos que se encontra em uma coleção particular, mas que não foi utilizada). Será que Proust redigia imediatamente, sem reunir documentação prévia, ou suas notas se perderam? O "manuscrito" das *Raparigas em flor* foi recortado e inserido nos cinquenta exemplares de uma edição de luxo, mas eram simplesmente *placards* acrescidos de adições consideráveis. Inúmeros cadernos de rascunho para *Swann*, *Sodoma e Gomorra*, e *O tempo redescoberto* foram conservados até recentemente por um colecionador, que não os mostrava. Esses treze cadernos acabaram de ser acrescentados às coleções da BNF, formando um conjunto extenso, senão completo.

2. UMA MANEIRA DE ESCREVER

A mera descrição crítica do fundo Proust já é uma maneira de se estudar a história do texto. Mas ainda é possível dizer mais. Proust escrevia na cama, com pluma mecânica — o que seriam detalhes anedóticos e insignificantes, se não determinassem uma técnica de escritor. Ele não paginava seus cadernos de rascunho nem os numerava (ele os fazia apenas em seus cadernos de manuscrito), preferindo dar nomes a essas páginas ou a esses cadernos. Ele os designava também por meio de pequenos desenhos. Essa recusa da aritmética, ligada a uma escritura fragmentária, dispersa e repetitiva (Proust redigia várias vezes o mesmo segmento narrativo: sua escritura se repete ao infinito), explica a dificuldade da classificação. Por muito tempo os pesquisadores da obra proustiana renunciaram a uma visão sintética do conjunto do fundo Proust, preferindo extrair citações ou exemplos isolados. Henri Bonnet, Maurice Bardèche e Claudine Quémar inverteram essa tendência, e os pesquisadores da equipe Proust do Centre Nationale de Recherche Sociale (C.N.R.S.), em Paris, lhes seguiram os passos.* Uma escritura dispersa e repetitiva, portanto, mas com alguns reagrupamentos no interior de cada caderno, em torno de temas ou de motivos bastante próximos, contíguos ou antitéticos: Proust tentava se lembrar em qual caderno era necessário redigir preferencialmente tal ou tal passagem. Uma escritura concêntrica, mas dispersa, em todas as direções, em torno do *Contra Sainte-Beuve.* Uma escritura antes centrífuga, portanto, que reúne, de maneira contraditória, e por meio de reescrituras e repetições, o desejo de condensar a narrativa e a pulsão mais instintiva de deixá-la desenvolver-se naturalmente.

O caderno 49, por exemplo, que parece, a princípio, a sequência de um esboço para *Guermantes I* (com o fim da conversa entre Charlus e o herói), continua indefinidamente a busca frenética do herói, que persegue, por várias recepções mundanas — na casa da princesa de Guermantes, da duquesa de Marengo, de sra. de Villeparisis, na *Opéra* —, uma jovem que notara e desejara e que usava uma rosa vermelha e negra. A narrativa aqui reescrita a partir de antigos rascunhos retoma fantasmas de outrora. E como ela poderia se deter? O caderno 49 simplesmente retoma a narrativa do caderno 7 (o herói reencontra Charlus na saída do palacete do príncipe de Guermantes), que será completada, por sua vez, no início do caderno 24. Assim, durante muito tempo, a conversa entre Charlus e o herói ficou associada, seja à recepção da princesa de Guermantes (caderno 43), seja à da sra. de Villeparisis (acrescentada à mão sobre a datilografia de *Guermantes I*). A partir de cada um desses átomos narrativos esboçados em *Contre*

---

* Todos esses trabalhos que renovaram a crítica genética, fazendo-a passar de história da literatura a uma interpretação, infelizmente foram publicados de maneira dispersa. Ver notadamente os cinco números publicados nos *Études proustiennes*, e os quinze numéros do *Bulletin d'Informations proustiennes.* Para uma bibliografia sintética sobre esse campo da pesquisa, ver o B.I.P. n. 10, outono de 1979, p. 51. (N. T.)

Sainte-Beuve (1908-1909), por essa reescritura expansiva e dispersa, a narrativa se desenvolve incessantemente, e sem objetivo aparente, nos rascunhos de 1910.

Essa reescritura, essa fragmentação e dispersão permitem uma série de relações temáticas e narrativas constantes, a partir da constituição da obra romanesca enquanto tal, e da decisão de publicar o livro. A vontade de criar uma rede de correspondências internas surge, é claro, de uma intenção do escritor, mas sobretudo de sua forma de redigir, desde o início, a partir de um núcleo que se desenvolve em todas as direções. Quando Proust abandona o projeto *Contra Sainte-Beuve*, os principais fios da história estão redigidos. Em 1909-1912, quando ele manda datilografar um primeiro volume do romance, o restante está esboçado em rascunhos, quando não prontos em manuscritos. Após a Guerra, quando começa a publicação definitiva em vários volumes (com *Swann* republicado, depois as *Raparigas em flor*), a redação de todo um manuscrito de conjunto está terminada, ao menos sob uma primeira forma.

A cada etapa da reorganização, as correspondências podem assim ser sublinhadas pelo escritor, assim como o desejo constante de redigir um dítico, de criar simetrias, um ritmo binário que levará, no romance impresso, a dividi-lo em dois, ou a repetir sistematicamente os episódios e as cenas (o tempo perdido e o tempo reencontrado, Gilberte e Albertine, as duas estadas em Balbec etc.). Esse ritmo binário, contudo, durante muito tempo concorreu, nos rascunhos, com um ritmo ternário (três estadias em Balbec, por exemplo), ligado a uma etapa da redação em que o sistema bipartite não existia ainda de forma clara (antes da invenção do tempo perdido e do tempo reencontrado, por volta de 1910).

Do contrário, a publicação progressiva dos volumes permitia o enriquecimento do manuscrito e a organização de um jogo de interações entre as primeiras partes e as últimas. O *tempo redescoberto*, em sua versão de 1911, por exemplo, não fazia mais do que retomar os elementos de um primeiro volume datilografado e partes de *Guer-*

mantes e de *Sodoma e Gomorra* esboçadas em rascunhos. Mas o manuscrito para *O tempo redescoberto* que estava terminado em linhas gerais sete anos mais tarde, em 1908, se adapta aos elementos narrativos mais recentes e às diferentes situações contidas nos diversos volumes que já existiam sob a forma de manuscritos, desde a invenção de Albertine em 1913. De um ponto de vista material, vemos desde essa época que o escritor recorta folhas de cadernos de rascunhos para colá-las nos cadernos manuscritos. Retornaremos a isso.

3. NASCIMENTO DE UM ROMANCE

A visão de um desenho de conjunto, a fragmentação da redação, assim como a dispersão da narrativa, a escritura simultânea e repetitiva de todas as partes da obra a cada uma das etapas diferentes do projeto, explicam a clareza da construção romanesca através dos métodos de trabalho contraditórios do escritor, como bem demonstra a observação dos dossiers que foram conservados. Mas não nos antecipemos em relação ao que ainda não existe, a partir do que ainda é um canteiro de obras repleto de indefinições. O romance surge em 1909, de uma reutilização de materiais narrativos constituídos pelas "obras de juventude, como se costuma dizer (mas se trata novamente de uma visão retrospectiva): principalmente *Jean Santeuil*, projeto de romance descontínuo, interrompido (duas características principais da escritura proustiana), e cujo manuscrito (mas não era, antes de mais nada, um rascunho?) está mantido também na BNF. É preciso mencionar ainda as importantes traduções de Ruskin, assim como os inúmeros artigos de crítica literária e de estética, além dos pastiches, que permitiram a Proust definir suas ideias e seu estilo. Esses materiais, porém, foram transformados completamente pelo projeto *Contre Sainte-Beuve* (iniciado no fim de 1908). Um projeto contraditório: uma crítica da conversação através de uma discussão com "mamãe" (nos cadernos 3, 2, 5 e 1). Um projeto descontínuo, segundo o que resta dele, e que muito rapidamente, desde o início de 1909, a partir de folhas avulsas e de cadernos, assumiu formas que foram evoluindo: um ensaio, uma narração, um romance (nos cadernos 4, 31 e 36, 7 e 6, 51). Proust buscava uma forma, partindo da problemática dos gêneros literários. Por fim, acreditamos que jamais tenha existido um manuscrito completo para *Contra Sainte-Beuve*: em todo caso, estudamos apenas os traços conservados.

Mas, na verdade, essa questão não faz o menor sentido. Proust chamava ainda de *Sainte-Beuve*, em fins de 1909, aquilo que já era um romance, e essa confusão enganou inúmeros críticos. A resposta, contudo, é bastante simples: o ensaio projetado fornecia um quadro teórico (crítica literária e estética) e um sistema original de vozes narrativas (uma série de interrupções para o pasado de um narrador) que, conjugadas entre si e com o material acumulado durante os "anos de juventude", assumiram uma forma romanesca sem solução de continuidade. Na primavera de 1909, os cadernos 25, 26, 12, 32, 27, 23, 29 e 8 já formavam a parte essencial de uma narrativa passada em Combray, à beira-mar, e em Paris, e que retomava os elementos presentes em *Contra Sainte-Beuve*. Swann, sua mulher e sua filha e o universo de Sodoma estavam em cena e, assim, a questão de datar exatamente o nascimento do romance fica sem objeto. Seria no outono de 1909, com a redação de um manuscrito para "Combray" (nos cadernos 9, 10 e 63, completados por uma primeira datilografia e dos cadernos? Pensando assim, esqueceríamos que entre o fim de 1910 e o início de 1911, até a criação de *O tempo redescoberto*, a obra terminava provavelmente, no projeto de Proust, com a discussão crítica, literária e estética (com "mamãe").

É importante ressaltar, para quem sabe ler (e o romance é também um método de leitura), a vontade presente em cada página dos rascunhos, e no romance publicado, de mesclar narrativa e demonstração estética e filosófica. Cada um dos fios narrativos é também uma ilustração da teoria. O núcleo Guermantes procura descobrir a "verdadeira realidade", o que vem a ser o objetivo do narrador. Este a busca no sistema de valores mundanos. A alta sociedade, Sodoma, as viagens (a Combray, Balbec, Doncières, Paris, Veneza) estruturam a obra, desde o início, em torno de um "eu" que se exprime em diferentes níveis de passado. Uma crítica da inteligência e da conversação se delineia, mas também de uma crítica da imaginação e das aparências: nomes de países e nomes de pessoas. Localizar a demonstração estética no início ou no fim do ensaio, no meio ou no termo do romance: eis um problema que durante muito tempo atrasou o trabalho Proust e que justifica suas hesitações, mas que encontraria sua solução, desde o princípio, em cada linha da escritura.

4. O ROMANCE DE 1911

"Combray" não terminou com o manuscrito e a datilografia lacunares do fim de 1909. Inúmeros cadernos complementares, que, segundo o método de Proust, mesclam as intrigas e os fragmentos (cadernos 28, 14, 30, 37, 38, 13 e 11), desenvolvem, eles também, o projeto de demonstração literária e estética, por meio de uma narrativa cada vez mais circunstanciada. Nesses Cadernos de 1910-1911, Bergotte, Elstir, a Berma (mas ainda não são os nomes definitivos) encarnam a leitura, a pintura, o teatro. Algumas páginas do caderno 11 formarão uma parte do manuscrito de "Combray" e de *O tempo redescoberto*: rascunhos e manuscritos se confundem com frequência. E, como sempre, o escritor trabalha várias partes ao mesmo tempo, disso que não é ainda *Um amor de Swann*, mas onde já aparece uma demonstração do amor e da música (nos cadernos 22 e 69, depois do 15 ao 19). Quanto àquilo que ainda não é *O caminho de Guermantes*, ele trabalha (nos cadernos 39 a 43) em uma demonstração da alta sociedade.

Desde o início de 1911, Proust reuniu em seus cadernos a matéria do que ainda não é um romance em dois volumes — *O tempo perdido* e *O tempo redescoberto* —, mas que já apresenta uma estrutura binária: o futuro *Swann* (em manuscrito), e o futuro *Guer-*

mantes (em rascunho). A morte da avó (redigida diversas vezes, como todos os episódios o foram, a cada etapa do projeto, e desde os cadernos 29 ou 14, mas agora no caderno 47), essa morte, que é a da mãe, enterra definitivamente o projeto de discussão final e, portanto, o *Contra Sainte-Beuve*. Proust tira daí algumas consequências: elementos para um futuro *Sodoma*, que ainda não tinha esse título nem essa expansão (Albertine não existe, mesmo a homosexualidade estando presente) entram em cena (nos cadernos 47, 48 e 50). Os cadernos 50, 58 e 57, e o 13 encerram um estágio inicial do romance sobre a "Adoração perpétua" e o "Baile de máscaras", retomando a intriga e os personagens mundanos dos rascunhos de *Guermantes*, aos quais deveriam ser comparados e aos quais são simétricos.[2]* O caderno 51 concluía o *Contra Sainte-Beuve*, em ligação, talvez, com um estado intermediário cujo único vestígio seria o Caderno 49. Mas, com o caderno 57, é o ciclo do romance de 1911 que se encerra provisoriamente. A reescritura das mesmas cenas corresponde, entretanto, a uma mudança radical de projeto: a descoberta de um tempo redescoberto que divide em dois o romance, mas não no sentido da espessura dos volumes que, de qualquer forma, ainda não estão constituídos, e sim, sobretudo verticalmente, ao nível de cada cena agora duplicada e que adquire bruscamente um duplo sentido, seja relacionado ao tempo perdido, seja ao tempo redescoberto.

5. AS TRANSFORMAÇÕES DO ROMANCE

É, pois, entre o fim de 1910 e o início de 1911 que situamos a substituição da manhã de conversação com Mamãe pela *matinée* de *O tempo redescoberto* (que, aliás, nesse período, era uma recepção no-

---

2 * Boa parte desse estágio inicial do que vira a ser *O tempo redescoberto* foi publicado pelo próprio Bernard Brun e por Henri Bonet sob o título de *Matinée chez la princesse de Guermantes* (Marcel Proust. *Matinée chez la princesse de Guermantes (Cahiers du Temps Retrouvé)*. Paris: Gallimard, 1982). (N. T.)

turna, uma *soirée*). Essa transformação de uma obra que não é mais exatamente um rascunho não é decerto a primeira. A recusa de Valette (em publicar *Contra Sainte-Beuve)*, no fim de 1909, já havia, provavelmente, acarretado uma primeira modificação. Mas, dessa vez, a transformação é radical. Proust remaneja a datilografia recém-iniciada de *O tempo perdido* (primeiro volume do romance que era então intitulado *As intermitências do coração)* para redigir *O tempo redescoberto*. Inúmeros críticos demonstraram esse trabalho de supressão e de deslocamento de elementos da demonstração estética que estavam até então dispersos nos rascunhos, nos manuscritos e nas datilografias da obra em seu estágio inicial, e também o fio narrativo (cadernos 26, 10, datilografias etc.). O tempo perdido não será mais imediatamente reencontrado: as lembranças, involuntárias ou não, as impressões poéticas e os efeitos de simetria que balizam o romance irão esperar por sua explicação final.

Ao proceder assim, Proust reintroduz em parte a linearidade do romance de aprendizagem e de iniciação em uma obra que tinha por pivô uma cronologia fragmentada por meio de diferentes níveis de retrospecção de um "eu" (herói-narrador). Mas, ao fazê-lo, sublinha uma estrutura binária, antitética, que será, por sua vez, alterada pelas transformações ulteriores do romance.

Estas podem ser reconstituídas sumariamente, comparando os documentos à correspondência. A recusa de publicação de Calmette (em 1910) et de Fasquelle (em 1912) são incidentes menores em relação ao gigantesco trabalho de edição que se inicia com Grasset en 1913. Vale repetir que Proust continua a escrever e reescrever initerruptamente os mesmos elementos de sua obra, indefinida e simultaneamente. A datilografia pronta não o impedia de continuar com seus rascunhos e manuscritos. Mas, dessa vez, ele foi obrigado a dar uma forma à narrativa. A datilografia de *O tempo perdido* é longa demais para o editor (ela terminaria no fim de uma primeira estadia à beira-mar, sem as raparigas em flor e sem Albertine, evidentemente, e com a redação do manuscrito do caderno 35, em 1912). Proust, contudo, ainda não o sabia. O manuscrito daquilo que se tornaria *No caminho de Guermantes I* (nos cadernos 34, 35, 44 e 45) estaria pronto desde 1912 e datilografado no início de 1913. Mas a fabricação das provas para o primeiro volume, em 1913, confirma a necessidade de dividir a obra em três volumes, e agora é preciso mudar os títulos. *No caminho de Swann* está impresso, e o anúncio feito no verso do falso título nos permite analisar as transformações:

> *No caminho de Guermantes* (Na casa de sra. Swann. Nomes de lugares: o lugar. Primeiros traços do barão de Charlus e de Robert de SaintLoup. Nomes de pessoas: a duquesa de Guermantes. O salão da sra. de Villeparisis).
> *O tempo redescoberto* (À sombra das raparigas em flor. A princesa de Guermantes. Sr. de Charlus e os Verdurin. Morte de minha avó. As intermitências do coração. Os "vícios e as virtudes" de Pádua e de Combray. sra. de Cambremer. Casamento de Robert de Saint-Loup. A adoração perpétua).

O primeiro volume (*Swann*) é encurtado, um segundo volume (*Guermantes*) é colocado em prova. Ele compreende o fim do primeiro volume datilografado; isto é, daquilo que se tornará a maior parte das *Raparigas em flor* (mas sem as raparigas e sem Albertine, precisamente), e a datilografia de *Guermantes I*. Uma primeira versão de *Guermantes* foi então concluída em provas quando eclodira a Grande Guerra. Mas, ao mesmo tempo, Proust acaba de redigir, nos cadernos 34 e 33, o manuscrito de uma segunda estadia à beira-mar com as raparigas, a qual, com os cadernos 47, 48, 50, 58, 57, II e 13, forma a matéria, se não a cópia definitiva, do terceiro volume, anunciado quando da publicação de *No caminho de Swann*.

Essa transformação é fácil de acompanhar, se não levamos em conta os títulos de *Raparigas em flor* e de *Guermantes*, abandonando qualquer visão retrospectiva da obra, para analisar seu conteúdo. O primeiro volume entrecortado perde seu sentido, o segundo é feito de duas partes diferentes, e a análise do núcleo Guermantes se encontra, assim, igualmente dividida em duas: a progressão do conhecimento do universo mundano (com a sra. de Villeparisis, Saint-Loup, Charlus, a duquesa e a princesa de Guermantes) é deslocada por razões puramente editoriais. Agora temos dificuldade de discernir a coerência da crítica da imaginação: nomes de lugares (Balbec), nomes de pessoas (Guermantes). Contudo, duas estadias em Balbec se organizam: com e sem as raparigas. Uma terceira talvez estivesse prevista, de acordo com alguns vestígios deixados nos rascunhos dos cadernos 27 e 13. Albertine apareceria, então, a partir do remanejamento das provas Grasset, em 1913. Mas essa reorganização é, antes, uma desestabilização do texto (desestabilização que é uma das leis fundamentais da escritura proustiana em sua expansão infinita), que incitará transformações mais graves.

6. A GRANDE GUERRA

Em 1916, o manuscrito para o futuro *Guermantes* II está terminado, mas há dois anos tudo havia mudado, não apenas por causa da Guerra e da interrupção da composição, mas principalmente pela criação de Albertine. Não nos referimos ao trabalho de reconstrução de Yoshikawa (1); consideremos simplesmente o que resta nos cadernos. As cadernetas 2, 3 e 4 (1913-1915) esboçam a intriga conservada em um novo manuscrito para *À sombra das raparigas em flor* (dessa vez, os cadernos 46 e 54 apresentam duas estadias com Albertine), seguida, pelo que resta dos rascunhos para *Sodoma e Gomorra*, *A prisioneira*, *A fugitiva* (esses dois últimos volumes formavam, no início, apenas duas partes de *Sodoma*): os cadernos 52 a 56 (de 1915). As lacunas são muito importantes nos rascunhos, mas, a partir de 1916, Proust possuía elementos para redigir o manuscrito, de *Sodoma e Gomorra* a *O tempo redescoberto* — uma versão próxima da definitiva — nos vinte cadernos de passar a limpo (1916-1918).

Precisemos a lista dos cadernos para Albertine, a partir de sua criação em 1913, e dos trabalhos de Nathalie Mauriac Dyer:

caderno 71 (intitulado "Dux", em 1813), 54 (com o título de "Vénusté" em 1914), 46 (segunda estadia em Balbec), 72, 53, 73, 55 e 56, 74 e 57 (notas). Esses rascunhos serão retomados no manuscrito passado a limpo.

O restante é a história da lenta publicação do romance, tal como é possível reconstituí-la a partir da análise da correspondência, das provas e dos originais. Swann é publicado novamente em 1917 pela *Nouvelle Revue Française*. Seguem-se as *Raparigas* (em 1918), os dois *Guermantes* (1920-1921), e os dois *Sodoma* (1921-1922). Os demais volumes são póstumos. Mas Proust trabalharia em conjunto todas as diferentes partes. Vale repetir o que já dissemos, que é essencial e que nos obriga a examinar cada um dos documentos conservados de maneira, a um só tempo, sintagmática e paradigmática. Um trabalho constante de releitura e de reescritura simultâneas permite a Proust um movimento duplo: enriquecimento dos cadernos (de rascunho ou de manuscrito) por meio de "superalimentação", "acréscimos" de correspondências com os outros cadernos de rascunhos da mesma época — cadernos no mesmo estágio de elaboração do texto — ou com os volumes em vias de publicação. E difusão nesses volumes, que estão para ser publicados, de todo o material manuscrito acumulado, como foi o caso de cada um dos cadernos de rascunho.

Albertine é, assim, redistribuída em todos os volumes, desde a criação do personagem: em *À sombra das raparigas em flor* (segunda parte), em *No caminho de Guermantes* etc. O fim da redação do manuscrito corresponde efetivamente ao início dos trabalhos de publicação do segundo volume (*Jeunes filles*). Bastaria a Proust reler e readaptar cada volume ao grande desenvolvimento do romance, em um movimento de vai e vem; nesse sentido, como é preciso que os pesquisadores que estudam os rascunhos e manuscritos os leiam, não apenas seguindo a narrativa, mas também a própria história de constituição do texto. O movimento horizontal e linear cede agora lugar a um outro, vertical, estratificado ou circular, que é mais próximo da autenticidade da obra. Os cadernos de acréscimos (59 a 62,1917-1922) testemunham essa última etapa do trabalho de Proust (mas, para dizer a verdade, ela não será a última, ela intervinha desde o começo), a mais cansativa, mas que dá ao romance sua economia definitiva. Contudo, ainda aí a expressão não é exata: não havia razão alguma, a não ser a morte, para que ele encerrasse o sistema de correspondências instaurado pelos recuos de uma escritura que continuava a progredir. Uma tarefa, em todo caso, que impedirá o escritor, após *Guermantes*, de se atrelar a uma outra que lhe era igualmente importante: a correção das datilografias e das provas. Os volumes do romance são publicados em condições difíceis, e com uma qualidade de execução medíocre. Esse trabalho de edição permanece inacabado.

> (1. Kazuyoshi Yoshikawa, "Remarques sur les transformations subies par la *Recherche* autour des années 1913-1914 d'après des cahiers inédits", ("Notas sobre as transformações sofridas pela *Recherche* em torno dos anos 1913-1914, de acordo com cadernos inéditos"). *Bulletin d'Informations proustiennes* nº 7, Paris, 1978.

7. À GUISA DE CONCLUSÃO

A descontinuidade e a reescritura são constantes, ao nível de cada caderno, de cada unidade de redação, de cada fio da narrativa. Elas estão ligadas, sem dúvida, a uma escritura que pretende traduzir uma teoria literária e estética por meio de uma narrativa e de suas estruturas. A descrição dos cadernos alia a análise das técnicas do escritor e da estrutura profunda da obra. Tal descontinuidade e tal repetição da escritura se encontram em diferentes etapas do projeto em sua evolução (1909, 1911, 1914). A organização do romance, a partir desse material caótico, se faz somente ao nível das datilografias e das provas, com exceção dos períodos em que começa a faltar tempo, como depois da Guerra.

Cada caderno, seja de rascunho ou de manuscrito, apresenta traços dessa técnica. Destacamos o mesmo fenômeno no interior dos rascunhos de uma mesma época, ou nas diferentes partes do manuscrito em vias de publicação. Cada um é relido e reescrito, nas margens ou sobre as páginas da esquerda, ou ainda sobre as *paperoles*, para instaurar a rede de correspondências narrativas e temáticas que criou a originalidade da obra em sua fragmentação. Cada rascunho explode ou se dispersa, para ser recuperado nas diferentes partes do romance. Cada manuscrito engendra um jogo de relações com os demais. Essa técnica de releitura ativa permitia ao escritor disfarçar o esfacelamento acidental, devido, de início, às contingências editoriais; depois, à expansão da personagem Albertine, que viria destruir pouco a pouco a imagem de Gilberte, da duquesa de Guermantes, e aquela economia primitiva do dítico tempo perdido/tempo redescoberto.

Mas seriam essa expansão e esse esfacelamento realmente acidentais? Eles parecem, desde os primeiros cadernos e a narrativa de *Contra Sainte-Beuve*, ocasionados por uma lógica escritural, por uma força da pluma que corre sobre o papel. Da mesma forma, a nostalgia da simetria e do dítico subsistem, na obra impressa, pela bipartição sistemática dos episódios da narrativa e dos volumes publicados. Uma lição para os pesquisadores: a escritura se desenvolve independentemente da narrativa que ela sustenta. Seguir cada etapa da redação não permite o estabelecimento de cada estágio do projeto em sua totalidade, pois, entre as primeiras linhas que se escreve e as últimas, ele evoluiu. As páginas derradeiras não coincidem jamais com as primeiras, e seria ilusório buscar reconstituir um *Contra Sainte-Beuve*. Ou um romance de 1913. Quanto aos três últimos volumes do romance, esses são póstumos, foram interrompidos, não sendo devidamente revisados e concluídos.

Bernard Brun
Institut des Textes et Manuscrits Modernes/ENS, Paris

traduzir proust

"Todas as grandes obras da escrita (…) contêm nas entrelinhas sua tradução virtual." Com estas palavras, Walter Benjamin toca no essencial da conversão de uma língua em outra. No ensaio *A tarefa do tradutor*, ele mostra a diferença entre a elaboração do texto original e o ato de traduzir: enquanto a palavra original sobrevive em sua própria língua, o mesmo não ocorre na tradução. Razão suficiente para que esta não seja simples duplicação ou repetição. A tradução sofre a ação do tempo; o que é atual em um determinado momento pode, em seguida, parecer *démodé*, o que era moeda corrente pode tomar uma feição arcaica, a tradução literal pode ser *non-sens*.

A tradução deve abarcar as mutações da língua. Mais: necessita preservar o que faz o parentesco entre as línguas, tornando as traduções possíveis, bem como o que as faz estrangeiras. Toda tradução é uma maneira provisória de procurar um *metron* de seu estranhamento: "Assim como os estilhaços de uma ânfora — para reconstituir o todo — devem ser contíguos em todos os pormenores, mas não idênticos uns aos outros, também a tradução deve procurar, antes de mais nada, não se assemelhar ao sentido original, mas, em um movimento de amor até o mínimo detalhe, fazer passar em sua própria língua o modo de visar do original". Isto quer dizer que a tradução não procura preferencialmente *comunicar* pela enunciação — com o que ela seria "exata" mas perderia o essencial: "Aquilo que um poema contém para além da comunicação não é universalmente tido como o inalcançável", escreve Benjamin, "o misterioso, o 'poético'? Aquilo que o tradutor só pode transmitir fazendo ele mesmo obra de Poeta?". O poeta-tradutor não pretende a objetividade. Encontra uma harmonia entre as línguas, na maneira pela qual roça o sentido-sentido que só pode ser tocado "pela brisa da língua como o vento tangia a harpa eólia".

A tradução de Proust nascia, então, com uma estrela do lado: é obra de poetas. Mario Quintana, Manuel Bandeira, Carlos Drummond de Andrade. Por serem poetas, participam de uma relação privilegiada com a palavra, o que assegura a coerência e a unidade em seus diferentes volumes traduzidos. Coerência e unidade que se mantêm na tradução de Lúcia Miguel Pereira, que, em *O tempo redescoberto*, fez ela também obra de poeta — quando traduziu, por exemplo, *neigeuse blancheur* por "nívea alvura".

Foi no espaço indefinido entre a fidelidade e a liberdade que se construiu a obra de sua criação. Nossos poetas não procuraram aportuguesar o francês, mas afrancesaram, por assim dizer, o português. Benjamin aloja aqui o respeito pela obra estrangeira. Não tomaram a contingência de nossa própria língua como essencial a preservar, mas a submeteram "à moção violenta da língua estrangeira". Destaquemos, pois, em particular, os volumes traduzidos por Mario Quintana. Se todos os poetas conseguiram presentificar o eco e a atmosfera do universo memorioso da *Recherche*, seu luxo cromático, seu barroco sentimental, o equívoco das palavras, seu papel na mentira — mentira que é para Proust o mais básico dos mecanismos de conservação de nossa espécie, é Mario Quintana quem, com uma tradução arriscada, audaciosa, selvagem, nos entrega, no choque das duas línguas, a volúpia e a embriaguez proustianas. E como os fiéis nos ministérios dionisíacos evocam a visitação do deus e o encontram quando com ele se fundem no mito, somos confrontados às palavras de Mario Quintana num êxtase. Por vezes, lemos Proust e subliminarmente a tradução; em outras, a relação se inverte. Tudo se passa como se assistíssemos à construção das paisagens externas — o amarelecente da igreja de Combray ou o caminho de Méséglise — e internas — o tormento da traição, o ciúme, o amor, o esquecimento, a recordação. Mario Quintana acaricia as palavras e faz de um *"bleuâtre"* um inesquecível "azulíneo", de um *"perler"* do suor na fronte de Saint-Loup um tesouro íntimo a "pergolar" nas faces daquele que de súbito revê a mulher amada. Ou quando, na descrição agônica da morte da avó do narrador, no detalhamento de suas crispações corporais, de suas rugas, do encovado do rosto, como que por magia a morte vem. Por uma secreta alquimia, converte o sofrimento e o tumulto em descanso e paz. As rugas desaparecem, retornam as feições habituais, a morte devolve a um só tempo o repouso e a juventude a essa pessoa tão primeira em nossas vidas. Essa morte reconciliadora lhe devolveu *"un air de jeune fille"* que Quintana imortalizou traduzindo: "E ela tinha um ar de menina e moça". Quintana ampliou as fronteiras da *Recherche* e o tônus poético de nossa própria língua.

Olgária Chain Féres Matos

a história de um texto

E assim termina, no ponto exato em que se propõe começar, fixado apenas como projeto e perfeitamente debruçado sobre seu próprio mistério, o romance do tempo perdido. O que significa que não há "romance". Por um subterfúgio digno da literatura mais fantástica, aquele que não esconde suas marcas de fabricação — Sherazade abrindo nas *Mil e uma noites* a página do conto em que vira contista, esta é igualmente a história de um texto.

E igualmente infinito porque solitariamente autorreferencial. Montado que está sobre o recurso — "metalinguístico" se diria em termos técnicos, ou "em abismo" — do livro dentro do livro. Perigosamente espelhante e, como os espelhos, com que o Narrador proustiano nos diz que seu futuro livro deveria se assemelhar, disseminador. Treze volumes ao cabo da aventura, que coincide milimetricamente com a morte de Proust, em 1922. Uma pequena biblioteca para conter a proliferação impressionante de carnês, cadernos, margens escritas, rodapés, tiras intercaladas e as célebres sanfonas de papel destinadas a aumentar as páginas manuscritas, sempre insuficientes, e colocadas no fim pela empregada Françoise, ser biográfico e ficcional cujos préstimos a tornam a única permanência na obra fora seu sonâmbulo Narrador. Três volumes mais tarde, na edição em papel-bíblia da Pléiade, retocada por dois inspetores da Educação Nacional e em fase de restabelecimento, em quatro volumes, agora que, decorridos cinquenta anos do desaparecimento do escritor, a catedral Proust cai no domínio público.

São muitas mil páginas — e outras tantas mil noites, de insônia como se lê na abertura, votadas a funcionar como simples primícias. Luxo proustiano sem dúvida, "cheirando a duquesa" por força, como André Gide chegou um dia a formular, não sem um enorme desprezo profissional. Uma catedral autossabotada para repor a literatura francesa inteira, cuja história o livro carrega e faz avançar, em posição de partida. Espécie de grau zero romanesco, que vai arruinar, em grande estilo, as possibilidades da velha ficção, exorcizar Balzac, Stendhal e um certo Flaubert, monstros que Proust tinha o hábito, tão agressivo quanto fascinado, de "pastichar". Sem esse zero, impossível sequer começar a contar. Todo o romance moderno, do cessar de se pensar como mundo para se saber linguagem, sai daqui.

Ancorada na ilusão da verdade, vivida pelo jovem Proust na fase decadente do naturalismo objetivista, é a grande prosa do *novecento* cientista, seus prolongamentos no século de Gide, de Anatole France e de Maurice Barrès, todos eles "chaves" possíveis do escritor-personagem Bergotte, que a revolução proustiana mais vai atacar. Cônscio em derradeira instância da secura de suas frases, Bergotte morre de apoplexia, comparando seu próprio trabalho com a *Vista de Delft* e o amarelo espesso do pintor Vermeer. Por isso mesmo, são as cores fortes, a pouca verossimilhança realista que Gide, que responde então pelo grupo prestigioso da Gallimard, em torno do qual se alinha a elite da *Nouvelle Revue Française,* mais vai castigar. Em 1912, ele recusa brutalmente o manuscrito de *No caminho de Swann.* Constrangido a pagar as despesas de impressão do livro na Grasset, expulso do único círculo literário que parecia lhe convir — e onde ele é grande demais para caber —, Proust vai ter de esperar o fim da Primeira Guerra, internado num hospital, para se transformar no que sempre quis ser, e sempre foi: "o primeiro escritor da época", como sonha em algum ponto de *À sombra das raparigas em flor.*

Então, não se trata da criança carente da mãe boa, nem do beijo de boa-noite que não acontece cada vez que o sr. Swann vem visitar a família parisiense de férias na provincial Combray. Não se trata do adolescente apaixonado por Gilberte, mais tarde o jovem por uma anagramática Albertine. Nem sequer do orgulho demencial do punhado de nobres feudais — os Guermantes, os Usès, os Latremoille, ignorantes de que a França burguesa, mãe-jacobina dos Verdurin e dos Legrandin, caminha vigorosamente sob a República. Não se trata sobretudo do milagre da memória, condutora convocada do fio do tempo perdido e lugar-comum interpretativo, e nem o biscoito molhado no chá, cena-fetiche que não endossa se bem lida otimismo nenhum, poderia exumar realmente as horas que não voltam mais.

É preciso seguir o Narrador no instante dessa vertigem, quando ele se encontra aliás perfeitamente vigilante, senão terrivelmente crítico, para ver o quanto o êxtase proustiano é insatisfeito. O quanto o livro, como memória, é problemático. Ler que "invadira-me um prazer delicioso" mas "isolado, sem a noção de sua causa". A verdade procurada, ele vai concluir, não está no chá mas nele próprio, a bebida a despertou mas não a conhece, só o que ela pode fazer é dar, cada vez com menos força, "esse tamanho que não sei interpretar". O passado só volta como irrealidade, daí a conclusão do Narrador: "Não apenas explorar: criar". O passado que se busca, como o livro, é para ser reinventado.

Trata-se, isto sim, da própria literatura: da obsessão de escrever um romance. Onde as perdas possam entrar e só assim, no papel, permanecer. Trata-se de registrar a presença da ausência. A falta essencial da Mãe-Tia-Avó, linguagem feminina a que a criança proustiana fica presa, o que nos dá de resto a perversão de *Sodoma e Gomorra*. Falta da sebe de espinheiros nos arredores de Combray, a que o menino nostálgico, já doente dos nervos, chega um dia a se agarrar, desmanchando a toalete. Falta do azul salino do mar, sobre a Mancha, de Balbec. Dos lanches de Gilberte, orquestrados por Odette Swann. De certa Albertine Simonet de bicicleta. Da duquesa com seu nariz de passarinho num camarote da Ópera. Da morte literalmente inenarrável, de tudo isso.

Porque tem apenas o dom de fecundar, a perda não resolve a busca — nem o sentido do livro, que vai ser então circular, o começo sendo o fim, e vice-versa. Buscar — *à la recherche de* — inscreve-se na obra proustiana com a intransitividade de um gesto absoluto. E está nisso seu interesse: no fato singular de que não há o que recobrar. Mesmo se certas sensações tão poderosas quanto inextricáveis, certos paroxismos de que a madeleine é apenas um entre outros exemplos, possam parecer de repente, por um átimo, querer fazer voltar o tempo. Desatravancar obstáculos, explodir o lugar presente, como os móveis da biblioteca do príncipe de Guermantes, estremecidos por uma onda súbita — e igualmente fugidia de passado. Erguer mortos que olham redivivos de seus retratos como Vinteuil a cena profanatória entre sua filha e uma senhorita, para os lados malditos de Montjouvain. Na verdade, a menos que se queira olhar o mundo proustiano em linha reta, o que contraria sua perfeita redondez, não há o grande reencontro com o passado. Ele que é no entanto o tema perseguido: "Toda a matéria da obra literária era minha vida passada", explica-nos o Narrador. Assim como é a recordação o método, maniacamente aplicado: "Eu passava a maior parte da noite me lembrando de nossa vida de outrora". Sonhado, quer dizer, impossível, o livro é posto no futuro. O que se tem é a realidade única desse impasse — o presente da narração.

Como para celebrá-lo, as trinta últimas páginas de *Em busca do tempo perdido*, onde amadurece a ideia de uma obra por vir, fecham o Narrador na esfera dos livros unicamente. É na biblioteca do príncipe de Guermantes, onde ele é convidado a aguardar que a música cesse para fazer sua entrada em mais uma recepção, que lhe parece pela primeira vez ter — e saber — o que dizer. A saber: que não é a vida, nem mesmo a passada, a já perdida, o que lhe cabe. Mas o livro. Que o seu não será, balzaquiano, gideano, o livro de uma vida. Mas, inversão proustiana, a vida de um livro: a gênese de uma vocação.

Então, não é também a Combray provincial, controlada da cama ao pé da janela pela Tia-Avó que somatiza seus males, prefigurando a reclusão e o solilóquio do sobrinho-escritor, o que se capta. Nem "todas as flores de nosso jardim e as do parque do sr. Swann, e as ninfeias do Vivonne, e a boa gente da aldeia e suas pequenas moradias e a igreja e toda Combray e seus arredores, tudo isso que toma forma e solidez...", fantasmas saídos todos do fundo da xícara. Fantasmas que regridem a metáfora à letra, note-se: Proust tendo ganho um dia de presente um delicadíssimo jogo japonês cujo mecanismo consistia em encher de líquido uma bacia de porcelana, dentro da qual, encharcados, pedacinhos de papel se estiravam, se desenvolvendo em personagens, casas e flores coloridas.

É a forma desse fundo o que o livro tenta desenhar: o trabalho literário propriamente dito, ou a inversão de um estilo. Tarefa que se realiza dentro da noite, por força de uma outra inversão, a troca da noite pelo dia, inversão proustiana por excelência segundo alguns, nesta história de muitas reversões, inclusive sexuais. Proust dopado nas noites de trabalho pelas muitas cobertas, por calmantes e excitantes, numa bruma de fumigações anti-asmáticas, assombrado "como um barômetro vivo" pelo tempo sim, mas do relógio. Corrigindo interminavelmente, vale dizer acrescentando. Quase destruindo à força de inflar a massa escrita, e a ponto de os primeiros editores, cuja tarefa André Breton, jovem aquisição então da *Nouvelle Revue Française*, viria a assessorar, se verem transtornados e se porem a aparar. Proust, uma Penélope às avessas como escreveu seu tradutor para o alemão, o filósofo Walter Benjamin.

A visão das coisas sob o novo ângulo na biblioteca põe fim não só ao texto mas a uma velha angústia. O sentimento arraigado do Narrador de não ter dotes, desde sempre, para escrever. Desde o pequeno poema em prosa apresentado nos idos ao maquinal Norpois, que comenta de maneira mais cruel: não comentando. Desde os repetidos fiascos diante da duquesa de Guermantes, quando se punha, instado por ela, a abordar os temas de suas futuras composições, e nenhuma ideia válida vinha lhe valer. Desde o impacto da afirmação do amigo Bloch de que o mérito maior do literato é nada ter a dizer. Desde o primeiro encontro, em casa dos Swann, com o mito Bergotte, acontecimento que carrega uma perplexidade a mais: como conciliar o autor de tantas obra admiradas, o estilista modelo, com o homem de barbicha, um tanto solícito em sociedade, quase vil, mal falante ainda por cima?

Estas são panes técnicas que o romance do tempo perdido não resolve, mas, em sua novidade absoluta, vai incorporar. Na verdade, a máquina literária proustiana leva a ousadia ao ponto de ser, além de uma reflexão sobre o gênero romance— ou por isso mesmo —, um repositório de dificuldades, de erros de toda a ordem. A falta proustiana, tragicômica, é também falta de *savoir faire*. O que é a condição mesma da renovação que está em jogo. Pois como é próprio dos grandes desvios, os erros vão fixar-se neste caso como marcas estéticas: se nem todo erro é estilo, todo estilo é erro.

São erros táticos, capazes de frear a marcha externa da obra em sua confrontação com o século: o abuso proustiano do estilo indireto, por exemplo, numa época em que se escreve em diálogo, e de preferência popular; as formas castiças, à beira da afetação, senão afetadas; o vocabulário saturado de referências mitológicas, homéricas, em puro "estilo Bloch", o impossível imperfeito do subjuntivo, caduco em francês já no momento proustiano; as frases intermináveis, duas vezes mais longas, em média, segundo um levantamento informático recente, do que as usuais.

Erros de estratégia, o que é pior, frutos de uma espécie de bloqueio interior: a lassidão, o esnobismo que empurra para os salões grã-finos, o sentimento "baixo" de querer uma escalada mundana, até a doença, uma asma intermitente, crônica como todos os males proustianos, e paralisante. Esse leque de vergonhas, a que se teria de somar ainda o judaísmo de Proust, falha biográfica grave à época do caso Dreyfus, e mais a homossexualidade, de que o Narrador vai se eximir no livro suspeitando todas as demais personagens de terem o vício, mas adotando para si o sexo dos anjos, é o cadinho infernal em que se prepara a revolução.

Dela, muitas imagens possíveis, e ao mesmo tempo: a da catedral, repetidamente, o que não impede a do *boeuf-à-la-mode* preparado por Françoise, este mais apreciado pelo juiz Norpois, quando não, mais banal ainda, a de um vestido bem cortado. Escrever é tarefa que se coaduna com as Belas-Artes, com o estilo elevado, mas que não descarta, em sua busca eterna e inquieta, expedientes menores, rudemente artesanais. Pelo contrário, há toda uma cozinha proustiana, chamada a ocupar na obra, pela primeira vez, seu lugar.

A cozinha: subterrâneo profundo onde se desenvolvem dramas particularmente secretos, particularmente sádicos, como o da ajudante apelidada *A caridade*, de Giotto, a esconder ali sua gravidez malvinda, numa primeira lição de sexo. Os baixos da cozinha, por onde o livro começa, são abismos em que o escritor vai conhecer o mundo, sem dúvida. Porém mais que isso, em que vão se cruzar com perfeição Giotto e caçarolas, matança de aves e instinto de morte de Françoise, perfazendo o espaço dúbio onde se lê, deslocada da biblioteca, onde se dá apenas o estalo, uma receita de literatura. Receita em que se misturam os gêneros, se aproveitam partes, se unem os contrários, tudo fermenta, cresce, se transforma. O livro proustiano, deste ponto de vista, é antes de tudo um intrincado "modo de fazer".

O resultado da mistura remetendo ainda a uma metáfora: a do vitral. Um estranho vitral no entanto, deformação daqueles que, crescido à sombra imemorial da igreja de Combray, educado no amor do gótico francês, leitor do esteta inglês John Ruskin, de quem se diz entre especialistas que terá sido sua mais notável influência, o aprendiz de escritor se punha a admirar na capela da igreja. Não mais a tapeçaria irisada de losangos de vidro que contavam histórias: a de Esther e Assuero, a de Teodoro vagando pela noite merovíngia. Vitral partido, infinitamente fragmentado — sem história. Segundo uma concepção diversa, surpreendente, da superfície e da unidade. Vitral cinético, antena dos tempos nessa Paris *belle époque* em que circulam ainda mais fiacres que automóveis mas em que já se tem o prodígio do cinematógrafo. Vitral que gira porque em Proust, onde passado e presente se superpõem, confundindo a posição enunciativa, e com ela os quartos todos de uma vida, com suas diferentes espécies de leito, as diferentes localizações das portas, os diferentes lados para que dão as janelas, os pensamentos dolorosos do menino Narrador que ali adormece e já não se encontra ao acordar... não pode haver imagem fixa do movimento. Caleidoscópio então: "Quando eu assim despertava, com o espírito a debater-se para averiguar, sem sucesso, onde poderia achar-me, tudo girava em redor de mim no escuro, as coisas, os países, os anos".

Leda Tenório da Motta

Este livro, composto na
fonte Walbaum e paginado
por warrakloureiro, foi impresso
em pólen soft 70 g na
Edigráfica, Rio de Janeiro,
Brasil, março de 2021